글짓기 조심하소

글짓기 조심하소

김려 씀
오희복 옮김

보리

겨레고전문학선집을 펴내며

우리 겨레가 갈라진 지 반백년이 넘어서고 있습니다. 그러나 함께 산 세월은 수천, 수만년입니다. 겨레가 다시 함께 살 그날을 위해, 우리가 함께 한 세월을 기억해야 합니다.

옛부터 우리 겨레가 즐겨 온 노래와 시, 일기, 문집 들은 지난 삶의 알맹이들이 잘 갈무리된 보물단지입니다.

그동안 남과 북 양쪽에서 고전 문학을 되살리려고 줄곧 애써 왔으나, 이제껏 북녘 성과들은 남녘에서 좀처럼 보기 어려웠습니다.

북녘에서는 오래 전부터 우리 고전에 깊은 관심과 사랑을 보여 왔고 연구와 출판도 활발히 해 오고 있습니다. 그 가운데 〈조선고전문학선집〉은 북녘이 이루어 놓은 학문 연구와 출판의 큰 성과입니다. 〈조선고전문학선집〉은 가요, 가사, 한시, 패설, 소설, 기행문, 민간극, 개인 문집 들을 100권으로 묶어 내어, 고전을 연구하는 사람들과 일반 대중 모두 보게 한 뜻깊은 책들입니다. 한문으로 된 원문을 현대문으로 옮기거나 옛글을 오늘의 것으로 바꾼 성과도 놀랍고 작품을 고른 눈도 참 좋습니다. 〈조선고전문학선집〉은 남녘에도 잘 알려진 홍기문, 리상호, 김하명, 김찬순, 오희복, 김상훈, 권택무 같은 뛰어난 학자분들이 머리를 맞대고 연구한 성과를 1983년부터 펴내기 시작하여 지금도 이어 가고 있습니다.

보리 출판사는, 조선민주주의인민공화국 문예 출판사가 펴낸 〈조선고
전문학선집〉을 〈겨레고전문학선집〉이란 이름으로 다시 펴내면서, 북녘
학자와 편집진의 뜻을 존중하여 크게 고치지 않고 그대로 내는 것을 원칙
으로 삼았습니다. 다만, 남과 북의 표기법이 얼마쯤 차이가 있어 남녘 사
람들이 읽기 쉽게 조금씩 손질했습니다.

이 선집이, 겨레가 하나 되는 밑거름이 되고, 우리 후손들이 민족 문화
유산의 알맹이인 고전 문학이 지니고 있는 아름다움을 제대로 맛보고 이
어받는 징검다리가 되기 바랍니다. 아울러 남과 북의 학자들이 자유롭게
오고 가면서 남북 학문 공동체가 이루어지는 날이 하루라도 앞당겨지기
바랍니다. 그리고 이 자리를 빌려 어려운 처지에서도 이 선집을 펴내 왔
고 지금도 그 작업에 몰두하고 있는 북녘의 학자와 출판 관계자들에게 고
마운 마음을 전합니다.

2004년 11월 15일
보리 출판사 대표 정낙묵

차례

조선 후기 김려의 시와 글

글짓기 조심하소

글짓기 조심하소 – '사유악부思牖樂府'에서

다복다복 자라난 저 시금치 — '만선와잉고萬蟬窩朥藁'에서

모진 바람 휩쓸더니 — '귀현관시초歸玄觀詩草'에서

황성에서 부른 노래 ─ '간성춘예집艮城春嚶集'에서

일곱 사람 이야기 — '단량패사丹良稗史'에서

부령으로 귀양 가며 쓴 일기〔坎窞日記〕

원문 차례

■ 일러두기

1. 《글짓기 조심하소》는 북의 문예 출판사에서 1990년에 펴낸 《김려 작품집》을 보리 출판사가 다시 펴내는 것이다.

   부의 제목들은 보리 편집부가 달았으며 부의 순서도 바꾸었다. 작가 연보는 북의 해제와 남의 학문 성과를 바탕으로 보리 편집부가 썼다.

2. 맞춤법과 띄어쓰기는 '한글 맞춤법'을 따랐다.

   ㄱ. 한자어들은 두음법칙을 적용했고, 모음과 ㄴ 받침 뒤에 오는 한자 '렬'은 '열'로, '률'은 '율'로 고쳤다. 단모음으로 적은 '계'나 '폐'자를 '한글 맞춤법' 대로 했다.

      예 : 략탈→약탈, 배렬→배열, 문렬→문열, 페가→폐가

   ㄴ. 'ㅣ'모음동화, 사이시옷, 된소리 따위의 표기도 '한글 맞춤법' 대로 했다.

      예 : 미여지다→미어지다, 귀속말→귓속말, 손벽→손뼉, 회갓→회갓

3. 남에서는 흔히 쓰지 않는 표현이지만, 북에서 흔히 쓰는 입말들은 다 살려 두어 우리말의 풍부한 모습을 살필 수 있게 했다.

   예 : 감탕, 그쯘하다, 동자(밥짓는 일), 되알지다, 만문하다, 물어먹다, 벌방, 보지락, 봇나무(자작나무), 사돌배, 입쎗이, 자래우다, 쟁개비, 점직하다, 지실들다

4. 《담정유고》에 본디부터 있던 주석은 '■' 한 가지로 표시했고, 문예 출판사가 달아 놓은 주석은 번호 순서를 주었다.

글짓기 조심하소

— '사유악부思牖樂府' 에서 —

영락정

묻노니 너 무엇을 생각하느냐
북쪽 바닷가를 생각하노라.

영락정 다락 가 오늘 저녁 밝은 달을
이 정자에 올라앉아 구경한 이 몇몇인고.
생각하노라 그 옛날 녹음 짙던 오월달
그땐 이 정자에 초승달이 유난히 밝았지.

남몰래 홀로 걸어 정자에 올라
푸른 못가에서 노래하고 시 읊었네.
세세연년 저 달빛은 변함없이 밝건만
인생은 어이하여 나부끼는 쑥대인가.

남쪽 북쪽 귀양살이 진저리가 나는데
해 바뀌면 어데 갈지 그 누가 짐작하리.

■ 영락정은 성 남쪽 수백 보 되는 곳에 있는데, 전 도호부사 한응검韓應儉이 지은 것이다. 정
자 밑에는 흰 돌이 깔린 맑은 개울이 흐르고 크게 자란 나무들이 무성하다.

問余何所思　所思北海湄
永樂亭頭今宵月　幾人賞月亭上歇
却憶前年五月時　亭頭新月光些兒
潛行獨步亭上去　短歌長吟臨碧池
由來月色年年同　秪恨人生似飄蓬
南竄北謫苦未休　安知明年不西東

붉은 앵두

묻노니 너 무엇을 생각하느냐
북쪽 바닷가를 생각하노라.

우물 가 빨간 앵두 몇 천만 알 열렸던고
긴 가지 짧은 가지 열매 맺어 늘어졌네.
연희[1]가 손수 따서 광주리에 담고 보니
동글동글 하나같이 수정빛이 영롱한데
한 알 집어 입에 넣고 연희 아씨 이르는 말
"내 입술이 붉은가요 앵두 알이 붉은가요."

늙은 이내 몸이 산골에서 귀양 살 때
세 해 동안 그 앵두로 주린 창자 달랬네.
올해에는 떠나오며 꽃 핀 것을 보았으니
그 가지들 열매 열어 흠썩이도 익었으리.

■ 연희가 거처하는 다락 남쪽 우물가에 앵두나무가 있는데 영고탑에서 나는 종자로 알이 소
눈깔만큼씩 크고 맛이 달아서 이름을 '소눈깔 앵두'라고 하였다.
1) 김려가 부령에 귀양 가 있을 때 사귀고 지내던 여인. 이름은 지연화池蓮華, 자는 춘심春
心. 호는 가헌葭軒 또는 천영루주인天酈樓主人이라고 하였다.

問汝何所思　所思北海湄
井上朱櫻千萬顆　壓重長朵復短朵
蓮姬手摘盛筠籠　水晶均圓光玲瓏
自持一箇箝香口　問道脣紅與櫻紅
潭園老夫竄荒谷　三年拾實充饑腹
今日但見花開時　開花結子應爛熟

연희

묻노니 너 무엇을 생각하느냐
북쪽 바닷가를 생각하노라.

우리 나라 여류 문장 수십 명이 넘지마는
시 재주로 말한다면 하곡 누이 으뜸일세.
연희의 시 재주는 위나라 장강[1]같고
탁문군, 왕장[2]보다 낫다고 해야 하리.

앵무 같은 정신에다 나비 같은 넋 지니고
빙설처럼 이쁜 얼굴 비단같이 고운 마음
장백산의 맑은 정기 서리고 서려 오다
이천 년간 오랜 정령 네 한 몸에 모였구나.

■ 하곡 허봉의 누이는 이름이 초희楚姬이고 자는 경번景樊이며 호는 난설헌蘭雪軒인데 시
  를 잘 지었고 문집이 있어 세상에 나돈다. 장백산은 관북의 조종산이다.
1) 장강張姜은 위衛나라 장공의 안해.
2) 탁문군卓文君은 한나라 때 여류 문장가다. 왕장王嬙은 한나라 때 궁녀인데, 왕소군王昭君
  으로 알려졌다. 글을 잘 지었다고 한다.

연희 너는 진정 하늘의 선녀러니
어찌하여 시골에서 속절없이 늙느냐.

問汝何所思　所思北海湄
東方名媛數十輩　詞翰先稱荷谷妹
蓮姬爲詩似衛姜　直過文君與王嬙
鸚鵡精神蛺蝶魂　氷雪容貌錦繡腸
長白之山氣淸淑　二千年間英華毓
蓮姬蓮姬眞天仙　胡爲屈沒沈邊墺

제비

묻노니 너 무엇을 생각하느냐
북쪽 바닷가를 생각하노라.

날아가고 날아오는 처마 밑 저 제비는
해마다 찾아와서 만나고 또 만났네.
남쪽으로 귀양 온 나 귀밑머리 세었는데
뜰에는 이끼 돋고 상 위엔 먼지만 그득

굳게 닫힌 대문에는 찾는 사람 없건마는
제비들만 변함없이 내 곁을 찾아 주네.

어지러운 세상일 어이 차마 말을 하랴
뜻밖에도 올봄엔 진해에서 밥을 먹네.
북쪽 제비 못 만나고 남쪽 제비 만났으니
눈물을 삼키면서 부질없이 시름 짓네.

■ 부령에서 귀양살이할 때 머리 위에 흰 털이 난 제비 한 쌍이 와서 문설주 위에 둥지를 틀더니 해마다 때가 되면 날아오곤 하였다. 나는 따로 '백두연전白頭燕傳'을 썼다.

問汝何所思　所思北海湄
自去自來堂上燕　歲歲年年還相見
南洲遷客鬢如霜　庭苔漾綠塵斑床
重門深掩無人問　只有燕子長隣傍
世事飜覆那可論　今春忽喫鎭海飯
北燕不逢南燕逢　吞聲躑躅空愁悶

국화

묻노니 너 무엇을 생각하느냐
북쪽 바닷가를 생각하노라.

내 살던 집 뜰에 몇 포기 국화꽃들
붉고 희고 누른데 꽃향기 참 좋았네.
속으로 생각하기를 올여름 매화철에
뿌리를 갈라내어 몇 이랑 더 심었다가

연한 잎 새싹들은 나물 삼아 뜯어먹고
꽃은 따서 술을 빚어 향기 낼까 하였더니
국화꽃 씹는 것도 운수에 달렸는지
부질없이 남쪽으로 옮겨 오게 되었어라.

가을바람 불어오면 꽃향기 다시 맡으리니
하늘은 막막한데 이 해도 저무누나.

問汝何所思　所思北海湄
傲舍庭除幾叢菊　紅白紫黃爛醲馥
錯料今夏梅雨霮　蒔根撥土分數畦
嫩葉新芽方漫喫　劚荒釀酒斟劽盞
餐菊於人亦有數　無端更踏嶢南路
西風捫腹嗅馨香　秋雲漠漠歲云暮

최 포수

묻노니 너 무엇을 생각하느냐
북쪽 바닷가를 생각하노라.

키 작고 다부진 지구관[1] 최복이는
눈정기 이글이글 날래기가 원숭이라.
젊어서 배운 화승총 그 솜씨 뛰어나서
남산골 나들면서 곰잡이가 업이라네.

성난 곰 달려들어 한 팔을 물었을 제
총 들고 입을 쳐서 그 곰을 잡았다네.
지난가을 개울에서 늙은 범 만났을 때
단방에 범을 맞혀 창자 꿰뚫었네.

참말로 최 포수는 귀신같은 명수라
숲 속의 노루 사슴 하치않게 여긴다네.

▪ 고을 사람 최복崔復은 총을 잘 쏘았다. 지난해 가을 범이 성안에 들어왔을 때도 최복이 범
을 잡았다. 나는 따로 '최신포전崔神砲傳'을 썼다.
1) 지구관知彀官은 조선 시대 때 훈련도감에 딸린 직임의 하나다.

問余何所思　所思北海湄
短小精悍崔知殼　眼彩酋酋輕於狄
早年學砲砲法工　往來捕熊南山中
熊怒而揩嚼其臂　擧砲築口仍殺熊
前秋溪上白額虎　知殼一砲貫虎肚
嗟乎知殼眞神砲　肯射林間麋與麞

산고수장루

묻노니 너 무엇을 생각하느냐
북쪽 바닷가를 생각하노라.

구월 구일 중양절 고향 생각 간절하여
산고수장루 다락 위에 나 홀로 올랐어라.
다락 동쪽 가까이 연희의 집에서는
그가 홀로 앉아 다듬이질하였지.

내 다락에 올랐다고 술을 보내왔나니
푸른 병 맑은 술 이슬이 어렸지.
머리 숙여 술 마시고 고개 들고 웃는데
해 가린 구름송이 아득히 보였어라.

요즈음 세상만사 모두가 못 미더워
차라리 술에 취해 잊는 것만 못하구나.

■ 전 도호부사 이여절李汝節이 성 동북쪽에 장대將臺를 세우고 이름을 '산고수장루山高水
長樓'라고 했다. 다락은 산세에 의지하여 섰는데 절벽을 끼고 있어 풍치가 볼만하다.

問余何所思　所思北海湄
九月九日望鄉處　山高水長樓上去
樓東咫尺蓮姬家　蓮姬獨坐搗寒紗
聞我登高送酒來　綠瓷瓶深蒸紅霞
低頭痛飲擧頭笑　蔽日浮雲杳盈眺
爾來世事渾無賴　不如沈醉且埋照

아버지 제삿날

묻노니 너 무엇을 생각하느냐
북쪽 바닷가를 생각하노라.

이월이라 한식날에 눈바람 구슬퍼라
통곡하던 그때의 일 어이 차마 말하랴.
하늘땅에 하소한들 이 설움 풀릴쏘냐
남쪽 향해 발 구르며 눈물만 흘렸노라.

사람마다 부모 있고 부모에겐 자식 있거니
어이하여 이내 몸은 죄인 신세 되었던가.

아버님을 여의고 삼 년토록 못 갔으니
부질없는 애달픔에 구곡간장 다 녹누나.
묘지 있는 두곡 땅은 여기서 이천 리 길
그 누가 묘를 찾아 아버님 넋 위로할까.

■ 기미년(1799) 1월 19일에 아버님이 세상을 떠났는데 2월 29일에 부고를 받았다. 부모의 무덤은 공주 두곡杜曲에 있다.

問汝何所思　所思北海湄
二月寒食雪風悲　忍說終天痛哭時
叫霄叩壤莫逮及　頓足南望空垂泣
人生有父父有子　我獨胡爲被拘執
父沒三年竟未奔　九竅噀血空煩冤
杜曲隴阡二千里　何人拜墓慰親魂

부령 서문루

묻노니 너 무엇을 생각하느냐
북쪽 바닷가를 생각하노라.

부령 고을 서문루는 그 높이 백 척이라
누에 올라 굽어보면 시냇물 검푸르네.
시냇가에 자리 잡은 백여 호 여염집들
전나무로 바자 삼고 싸리나무 사립 엮어

날 밝으면 마을에는 밥 짓는 연기 피고
오색 노을 가물가물 나무 끝에 어렸지.
지난날 부령에서 서문루에 오를 때면
이리저리 거닐면서 그 경치 구경했어라.

징검다리 건너편 한길이 뻗은 곳엔
지금도 나의 꿈이 언제나 달린다네.

問汝何所思　所思北海湄
城西門樓高百尺　俯臨溪流沁沁碧
溪上居民一百家　檜砦杉扉相映遮
平明閭巷炊烟出　掛凝樹梢如彩霞
我昔時行到樓上　徘徊緩步延覬賞
短石橋邊馬行東　至今遊魂長來往

자장담에서 고기잡이

묻노니 너 무엇을 생각하느냐
북쪽 바닷가를 생각하노라.

복숭아꽃 스러지자 기장잎 푸르러라
지금쯤은 송어 떼 강굽이에 오르렷다.
자장담 못가에 보슬비 내리더니
물 깊고 돌도 없어 고기 떼 살졌으리.

촌 늙은이 저저마다 작살 메고 모여 오고
아낙네들 손잡고서 낚시터 구경하네.
질가마에 끓인 생선 눈자위가 시뻘겋고
바가지에 떠낸 탁주 빛깔조차 뿌옇구나.

묻노니 이웃 마을 고기 잡던 벗님네들
올해에도 모여 앉아 내 이야기 하였던가.

■ 못은 고을 남쪽 40리에 있다. 바위들이 기이한데 송어가 잡힌다.

問汝何所思　所思北海湄

桃花淨盡黍苗綠　正是鮴魚上江曲

資裝潭前細雨霏　水深石少魚更肥

村翁巷叟荷叉來　提携別婦蒼苔磯

陶罐鮮羹眼猶赤　匏樽濁醪色且白

借問東隣捕魚伴　今年尙說南州客

지난해 단옷날

묻노니 너 무엇을 생각하느냐
북쪽 바닷가를 생각하노라.

지난해 단옷날은 내리던 비 갓 걷은 뒤
시냇가 나무들이 비단처럼 반짝였지.
연희는 나를 위해 고생살이 어떠냐고
푸짐히 술상 차려 내 심사 풀어 주며
안진의 가물치로 가늘게 회 쳐 놓고
무릉의 귀밀 빻아 경단도 빚었지.

올해에는 단오 맞아 시름 더욱 겹치누나.
바닷바람 무더운데 뱀마저 덤벼드니
병든 몸 엎치고 덮쳐 기동하기 어려워
대숲 옆에 돌을 베고 무료히 누웠노라.

■ 안진安津은 연천鰱川에 있고 무릉茂陵은 무산茂山이다.

問汝何所思　所思北海湄
往歲端陽雨初霽　芳樹如錦淸溪裔
蓮姬爲我太辛酸　已辦斗酒令懷寬
安津鯔魚飛雪膾　茂陵耳车滾粉團
今歲端陽愁更甚　瘴海炎蒸蝮蛇踶
病骨嶙峋難扶起　篊竹林邊石頭枕

지덕해

묻노니 너 무엇을 생각하느냐
북쪽 바닷가를 생각하노라.

북방의 사나이들 모두가 건장한데
그중에도 젊은이로 지덕해를 먼저 꼽네.
키는 커서 칠 척이요 두 눈썹 청수하고
수정같이 맑은 눈빛을 뿜었어라.

가는 허리, 퍼진 몸 활쏘기 선수고
다섯 권 병서는 머릿속에 환하였지.
역사에도 통달하여 쉼 없이 읽고 외며
흥망 놓고 논할 때는 점친 듯이 맞혔네.

사나이로 태어난 몸 쓰일 데가 있으려니
어이 이 산골에서 한생을 마치게 하랴.

■ 지덕해池德海는 자가 계함季涵인데 부령 도호부의 지구관이다. 연희와는 같은 고조부의
팔촌 형제 간이다. 병서란 《병학지남兵學指南》을 말한다.

問汝何所思　所思北海湄

朔方健兒總魁壘　妙齡先數池德海

身長七尺雙眉淸　眉間疘子紫光晶

腰細膀闊善騎射　兵書五卷腹中明

且通往史勤誦讀　坐論成敗如著卜

天生男子必有用　爾豈終老荒山谷

황대석

묻노니 너 무엇을 생각하느냐
북쪽 바닷가를 생각하노라.

말 잘 타고 활 잘 쏘는 힘 장사 황대석
백 번 쏘면 백 번 맞혀 과녁을 뚫는다네.
흰 얼굴엔 듬성듬성 구렛나루 제법 나고
억센 허리 날랜 팔에 힘이 세어 곰 같았지.

지난봄 경성 부령 무술 경기 벌였을 때
세 돌림에 신기하게 스무 점을 땄건만
뇌물에 눈이 어둔 죽일 놈의 탐관오리
공 세워도 상 안 주고 본체만체해 버리니.

긴 노래 부르며 제 집으로 돌아가
석양 녘에 이랴 낄낄 소 몰고 밭 갈았네.

■ 황대석黃大錫은 자가 요신堯臣이다. 경성 관관 홍광일洪光一과 부령 도호부사 유상량柳相
亮이 두 고을의 무술을 겨루었는데 황대석이 일등을 하였으나 유상량은 상을 주지 않았다.

問汝何所思　所思北海湄
善騎工射黃大錫　百發百中串破的
白晢豪豪頗有髭　狼腰猿臂力如羆
前春鏡富鬪武日　三巡卄劃壯且奇
虐吏贓官眞可殺　有功不賞視猶恝
長嘯歸去耕石田　夕陽叱犢靑山圯

송이

묻노니 너 무엇을 생각하느냐
북쪽 바닷가를 생각하노라.

나무 끝에 앉은 서리 눈같이 두터운데
단풍나무 잎 붉으니 기러기 슬피 우네.
청계산 속 연지 비탈 버섯 따러 들어가세
이맘때면 송이버섯 흠썩이 돋아나거니.

애기버섯 주먹 같고 삿갓버섯 바리 같네.
부석부석 땅이 솟아 갈아 놓은 땅이런 듯
채 지고 발을 신고 산에 올라 버섯 따다
끓는 물에 슬쩍 데쳐 맑은 물에 씻어 내니

연한 것은 국 끓이고 거센 것은 전 부치면
향기롭고 맛이 좋아 큰상에도 올린다네.

■ 청계산菁溪山은 고을 동쪽 30리에 있다. 산 위에는 큰 비탈이 있는데 비탈 곁에 연지 배나
무가 있어 이름을 '연지 비탈'이라고 한다.

問汝何所思　所思北海湄

木末流霜厚如雪　青楓葉赤哀鴻裂

菁溪山中臙脂陂　正是松蕈爛熳時

童耳如拳笠耳盍　土花鬖鬆似耕犁

荷籠載簾上山采　何以湘之清水漼

輕淊肥炙香馡馤　爾味眞堪登鼎鼐

옥수수

묻노니 너 무엇을 생각하느냐
북쪽 바닷가를 생각하노라.

북쪽 사람 옥수수를 남새처럼 심고 가꿔
밭머리에 심은 것이 집집마다 십여 이랑
한여름 이삭 달려 크기가 외만 하면
은빛 수염 비단 털이 다불다불 나부끼네.

껍질 속에 둥근 알 석류런 듯 빼곡한데
자색 흑색 백색 황색 색은 달라도 고르롭네.
가마에다 쪄 내면 그 맛이 별맛이고
주린 창자 채워 주며 위도 또한 보해 주네.

곳곳마다 전해 오는 지방 풍속 서로 달라
남방에서 천한 것이 북쪽에선 귀하다네.

問汝何所思　所思北海湄
北人種薥如種薥　畂種之田過十畂
當夏結薥大如瓜　銀鬢錦髮亂鬖髿
殼中團粒似榴房　紫黑黃白無等差
鬻炊甗蒸稱佳味　漫喫充腸兼補胃
由來土俗不相同　南人所賤北人貴

부령의 아전들

묻노니 너 무엇을 생각하느냐
북쪽 바닷가를 생각하노라.

부춘¹⁾ 땅 군노들은 모두가 불량배라
지옥에서도 그 무리를 점쳐 놓고 기다리리.
이가네 세 형제는 승냥이처럼 날치고
재물을 탐내다가 사람 죽이기 일쑤라네.

전날에는 도호부사 모함하기 위하여
형제끼리 공모하고 전패²⁾를 불살랐으며
다음에는 두 김가와 한동아리 어울려서
음험하고 난폭한 짓 더욱더 많이 했네.
'황장 영공'³⁾ 유상량이 부사로 있을 때에
그것들이 세상 만난 듯 날뛰기 시작했네.

■ 이봉석李鳳石, 이봉삼李鳳參, 이봉화李鳳華, 김득현金得玄, 김덕필金德弼과 도호 이여절
에 관한 일은 '연음수필烟窨隨筆'에 썼다.
1) 부춘富春은 부령의 다른 이름이다.

問汝何所思　所思北海湄

富春牢子總跋扈　爾輩眞是點鬼簿

李哥三橫狼與豹　性敢殺越喜推埋

向來生心陷都護　兄弟同謀焚殿牌

更有得玄兼德弼　陰鷙桀黠尤奸慝

黃腸令公坐定時　爾輩得意始橫逸

---

2) 고을의 관청 안에 걸어 두는 '전殿' 자를 새긴 나무 패쪽. 임금을 상징하는 것으로 고을
　원들과 그 고장에 나오는 관리들이 그 패쪽에 절을 하고서 일을 하였다.

3) '영공令公' 은 벼슬아치를 대접하여 이르는 말이며 '황장黃腸' 은 곧 임금의 널감으로 쓰
　는 나무. 당시 부령 부사 유상량이 나라에서 쓴다고 하면서 사람들을 동원하여 잣나무를
　베어서는 그것을 팔아 자기의 잇속을 채웠으므로 그의 별명을 '황장 영공' 이라 하였다고
　한다.

악독한 관리

묻노니 너 무엇을 생각하느냐
북쪽 바닷가를 생각하노라.

지난해에 내려왔던 순찰사 구 추밀은
어질고 청렴하기 누구도 못 따랐네.

올해에 새로 나온 순찰사 이 상서는
각박하고 샘 많고 토색질 좋아하여
시기를 놓칠세라 함박으로 퍼 들이니
철문 이북 백성들 모조리 죽탕 됐네.

모진 놈은 내세우고 어진 사람 쫓아내니
백성들은 봇짐 싸고 기가 죽어 앉아 있네.
악한 관리 그냥 두어 비도 오지 않는다고
백성들은 밭머리에 모여 앉아 통곡하네.

■ 처음 구익具廙이 순찰사로 왔을 때에는 백성들이 그의 어진 정사를 좋아하였으나 이병정
李秉鼎이 와서 재물을 탐내며 모질게 고을을 다스리니, 하늘에서는 오래도록 비까지 내리
지 않아 백성들이 딱하게 되었다. 철문鐵門은 회양淮陽에 있다.

問汝何所思　所思北海湄

去年巡使具樞密　仁惠廉明世罕匹

今年巡使李尙書　刻剝猜忌好侵漁

斗會箕斂若不及　鐵門以北皆爲魚

饞吏登褒廉吏逐　閭里荷擔總瑟縮

弘羊不烹天不雨　農夫田婦溝頭哭

황장목 사또

묻노니 너 무엇을 생각하느냐
북쪽 바닷가를 생각하노라.

부령 땅 젊은 여인 그의 성은 육씨러니
밤마다 강가에서 하늘 향해 통곡하누나.
남편은 지난가을 황장목을 나르다가
홍원 앞바다에서 배가 깨져 죽었다네.

그렇지만 고을 사또 도망쳤다 꾸며 대어
늙으신 시부모를 열 달 동안 고문했네.
듣자니 그 물건은 대궐에서 쓰지 않고
고을 사또 위조하여 제 배를 채운 거라네.

하늘이여 하늘이여 아느냐 모르느냐
어찌하여 유상량을 벼락도 안 치느냐.

■ 유상량은 거짓말로 나라의 명령이라고 하면서 황장목 천여 그루를 베어 배로 실어 나르게 하였는데 홍원에 이르러 배가 깨졌다. 그런데 도리어 배를 부리던 군사들의 집에서 그 값을 짜내려 하였다. 그래서 사람들은 그를 '황장목 사또'라고 불렀다.

問汝何所思　所思北海湄

富春兒女身姓陸　夜夜叫天臨江哭

夫壻前秋運黃腸　船破溺死洪原洋

本官猶言在逃禍　十朔拷掠爺與孃

傳聞內需無公務　本官矯旨私營度

天乎天乎知道否　那不震殺柳都護

저주로운 강 만호

묻노니 너 무엇을 생각하느냐
북쪽 바닷가를 생각하노라.

옥련진의 만호[1] 강사헌이란 놈은
할아비 때부터 풍산 땅에 살았네.
남의 딸 능욕하고 남의 안해 겁탈하니
마을이 소란하고 노인네들 통곡했네.

재물을 긁어모아 순찰사께 뇌물 주어
그 등 대고 덤비며 고래처럼 날쳤나니
양인들을 윽박질러 숱한 돈 앗아 내고
저자에서 말 사서 알찬 잇속 차렸네.

어찌하면 군영에서 회자수[2] 손을 빌어

■ 옥련은 진鎭의 이름인데 지금의 폐무산廢茂山이다. 강사헌姜士憲은 본래 군졸인데 재물을 가지고 채제공에게 빌붙어서 중국 사람의 후손이라고 하면서 벼슬자리에 올랐다. 풍산豐山은 진의 이름이다.
1) 조선 시대 각 도에 있는 진에 속한 종4품의 무관 벼슬.

그놈의 허리통을 동강 내어 없앨까.

問汝何所思　所思北海湄
玉蓮萬戶康士憲　父祖豐山壯軍健
强人之女劫人妻　村閭啼呼泣髦齯
只將銀子賻巡相　飛揚跋扈似鯨鯢
前秋壓良攫百鋌　佔馬淸市嗋肯綮
安得携來劊子手　盡斷妖腰與亂頸

---

2) 회자수劊子手는 조선 시대 군영 안에서 사형을 집행하는 자를 이르는 말이다.

장사꾼 남기명

묻노니 너 무엇을 생각하느냐
북쪽 바닷가를 생각하노라.

원산에서 살았다는 장사꾼 남기명은
경박한 사나이라 세상에 소문났네.
살찐 말에 은안장 말고삐도 요란한데
육진 땅의 기생집만 골라 가며 싸다녔지.

비단보에 싸 두었던 오천 냥 돈 꾸러미
하룻밤 투전판에 모조리 들이밀고
지금은 거덜이 나 은점판에 굴러 나와
해진 옷 부서진 갓에 겨죽도 싫잖다네.

타고난 못된 버릇 아직도 못 고쳐서
가만히 관가 끼고 걸태질 부추기누나.

■ 유상량은 차유령 밑에 은점을 내고 남기명에게 주관하게 하였는데, 그것이 함경도 지방의
큰 폐해로 되어 관청과 민간이 모두 떠들썩하였다.

問汝何所思　所思北海湄

黿山商賈南紀明　贏得人間輕薄名

銀鞍駿馬紫游韁　往來六鎭紅妓房

錦纆靑銅五千貫　馬弔六博一夜當

如今乾沒落銀店　破笠弊袍糠粃麖

天生狡獪猶不改　潛通官家喉橫斂

이간의 무덤

묻노니 너 무엇을 생각하느냐
북쪽 바닷가를 생각하노라.

정탐령 고개 위에 넉 자 높이 무덤 하나
예부터 전하는 말 이 도호가 묻혔다네.
그 옛날 오랑캐들 북쪽 변방 침입할 때
흉악한 원수 무리 요해처를 노렸네.

천 명 군사 죽었으나 원수 더욱 날치는데
홀로 남은 도호에겐 창 한 자루뿐이어라.
힘을 다해 싸웠건만 혼자서야 어찌하리
충의로운 그의 넋은 죽지 않고 살아 있네.

지금도 날 흐리면 그의 넋 울부짖누나.
골짜기엔 무덤들만 올망졸망 널려 있네.

- 정탐령偵探嶺은 고을 서쪽에 있다. 선조 경자년(1600)에 변방 오랑캐들이 쳐들어왔는데
  도호부사 이간李侃이 전사하였다. 나는 따로 '이도호전망본말李都護戰亡本末'을 썼다.

問汝何所思　所思北海湄
偵探嶺上四尺墓　古來傳埋李都護
憶昔藩胡亂北州　封豕長虵扼咽喉
千軍盡死賊愈熾　都護隻手挾一矛
氣竭力殲可奈何　忠肝義膽猶不磨
天陰雨濕鬼啾啾　谷中白骨空嵯峨

청어를 사 가지고 온 위 서방

묻노니 너 무엇을 생각하느냐
북쪽 바닷가를 생각하노라.

하늘 가득 까마귀 떼 새벽부터 우짖으니
아마도 오늘 아침 청어 많이 잡히나 봐.
위 서방 청어 사러 서라로 가더니만
사흘토록 오지 않아 걱정이 태산일세.

아이들 떠드는 말 위 서방이 온다더니
청어 생선 차곡차곡 한 바리 싣고 왔네.
내 기뻐 달려 나가 말갈기 부여잡고
입으로는 안부 묻고 손 다시 잡았더니

위 서방 대꾸하며 갑자기 울상 되어
주인의 얼굴색이 너무도 축갔다네.

■ 서라西灑는 곧 서진西津이니 비장 이중배李仲培의 집이 있는 곳이다. 북쪽 사람들은 까마귀 떼가 하늘을 덮는 것을 청어가 잡힐 조짐이라고 한다. 경칩 때에 더욱 그렇다.

問汝何所思　所思北海湄

烏鴉蔽天啼淸曉　今朝捕鯖知多少

韋奴買鯖往西灑　三日不還愁劇那

兒童忽報韋已至　鯖魚戢戢滿馬駄

我喜出門執馬䩞　以口問訊手更摻

韋奴唱喏忽淒慘　語道主人顏色減

연희가 지어 준 옷

묻노니 너 무엇을 생각하느냐
북쪽 바닷가를 생각하노라.

기나긴 여름철에 질금질금 비 오는데
작연사 연희 아씨 베틀 올라 베를 짜네.
나흘에 백 자 짜던 그 솜씨로 엿새 짜니
곱기는 비단 같아 아른아른 살 비치네.

두 필로는 단령에다 도포까지 만들었고
한 필로는 배자 짓고 겹저고리 말고서
한 필하고 열 자로는 홑중의 창의 짓고
등거리와 행전까지 새롭게 마련했네.

이 늙은이 몸뚱이에 씌워진 한 벌 옷이
모두가 연희 손수 지어 준 것이었네.

■ 연희의 집 울안에 베 짜는 방이 있었는데 나는 그 방에 현판을 붙여 '작연사炸然舍'라고
하였다. 북방 사람들은 매양 날이 흐려서 비가 올 때면 베를 짠다. 한 필은 서른다섯 자다.

問汝何所思　所思北海湄

長夏霡露天雨灑　蓮姬織布歡然舍

四日百尺六日朐　布細如縞映肥膚

兩匹團領與道袍　一匹褃子兼袷襦

匹有十尺成單袴　氅衣衲襨行纏具

潭叟身上一套衣　都是蓮姬親手厝

연희가 타이르던 말

묻노니 너 무엇을 생각하느냐
북쪽 바닷가를 생각하노라.

연희가 타이르던 말, 글짓기 조심하소
세상이 어지러워 화 당하기 쉬우리다.
긴긴밤 잠 안 자고 찬 이불 끼고 앉아
고금의 일 이야기하며 함께 눈물 흘렸지.

그날 마침 눈이 멎고 바람이 세찼어라.
푸른 하늘 물빛 같고 밝은 달 교교한데
뜰 앞에서 들려오는 마른 잎 지는 소리에
장차 이별할 생각 쓸쓸히도 나더니.

남북으로 멀리 한 끝 아득히 깔렸구나
마음속 애달픈 일 그 누구와 의논할꼬.

問汝何所思　所思北海湄
蓮姬戒我作文字　人世紛紜易觸忌
長宵不眠擁寒衾　評古談今共霑襟
是時雪霽風力緊　碧天如水月色深
忽聞庭前枯葉墜　凄然却生離合意
北燕南鴻天一角　與誰更論傷心事

고향 생각

묻노니 너 무엇을 생각하느냐
북쪽 바닷가를 생각하노라.

부령에서 귀양살이 길지 않아 오 년 세월
자나 깨나 잊지 않고 고향을 그렸네.
생각나도 보지 못해 미칠 듯 마음 설레고
애간장 다 끊기어 성한 마디 없어라.

운룡산 서쪽 무릉 남쪽 그곳이 어드메뇨
서 노인네 집으로만 꿈길이 잇닿누나.
오다가다 만난 고장 이다지도 그립거든
나서 자란 서울이야 말해서 무엇 하리.

이 해도 저물건만 이내 시름 풀 길 없어
어둑한 방에 앉아 부질없이 속 태우네.

▪ 운룡산雲龍山은 곧 청계산이고 무릉巫陵은 고개 이름이다.

問汝何所思　所思北海湄

我留寧城纔五載　寤寐不忘心瞥瞥

思之未見心欲狂　腸已斷盡無寸腸

雲龍山西巫陵南　魂夢只在徐翁莊

桑下之戀尙如許　何況京華生長處

歲云暮矣增離憂　幽室瘝瘝長羈旅

봄 놀이터

묻노니 너 무엇을 생각하느냐
북쪽 바닷가를 생각하노라.

성안의 봄 놀이터 어데가 좋다더냐.
수양버들 늘어지고 징검다리 놓인 곳에
건장한 사나이들 비단 수건 질끈 쓰고
늦은 봄 들놀이로 삼삼오오 찾아오네.

공차기 비호 같고 씨름에도 장하여라
마천령 이북에선 이 고장이 으뜸일세.
그 가운데 뉘 재주 월등하게 뛰어났나
덕원이네 형제가 재치 있고 용맹했지.
활 잘 쏘고 힘도 있어 호랑이를 잡았거니
그네들은 정녕코 옛사람 못지않네.

▪ 덕원德源은 자가 원보遠甫인데 덕해德海의 형이고, 고을의 제할提轄로 있었다.

問汝何所思　所思北海湄
城裏遊場何處好　石橋垂揚夾官道
朔方健兒錦裏頭　暮春時節來遨遊
蹴毬如飛角觝雄　冠絶嶺北十一州
就中何者才獨聳　德源兄弟尤鷙勇
射命能中力扼虎　爾生眞不讓秦隴

이웃 마을 남씨 노인

묻노니 너 무엇을 생각하느냐
북쪽 바닷가를 생각하노라.

아무런 근심 없는 이웃 마을 남씨 노인
사립 앞뜰 뒷녘엔 맑은 시내 흐르는데
맏아들 소 부리고 둘째 아들 수레 몰고
손자 녀석 고기 잡고 며느리는 길쌈하네.

술항아리 끼고 앉아 탁배기로 배 불리고
밭두렁 길 오고 가며 까마귀 떼 쫓는다네.
어지러운 세상 풍파 내 지지리 맛보았거니
사나이 글을 알면 도리어 우환이로다.

가래여 가래여 자루 흰 긴 가래여
어이하면 너와 함께 농사하며 늙어 보랴.

▪ 남씨 노인의 이름은 제백霽柏이다. 아들 성극聖克, 성삼聖參 형제가 부지런히 농사지어
살림이 넉넉하다. 성극은 말 타기와 활쏘기를 잘하였다.

問汝何所思　所思北海湄

無憂西隣南家老　舍東舍北淸溪道

長男驅牛中男車　兒孫捕魚婦績麻

匏樽濁醴日飽喫　往來田間護烏鴉

世間風波吾已慣　男兒識字眞憂患

長鑱長鑱白木柄　安得隨汝老溝澗

날랜 장수

묻노니 너 무엇을 생각하느냐
북쪽 바닷가를 생각하노라.

부령 땅 오랜 장수 이름난 이 그 누군가
지금은 이 제할이 늙었어도 정정하네.

올해 나이 일흔이나 아직도 용감하여
넉 자 길이 뿔활에다 돌활촉 메우고서
안장 없는 말 잔등에 채찍 하나 휘두르며
나는 새처럼 오락가락 올려 닫고 내리뛰네.

요즈음은 손자에게 글공부시키면서
때로는 낚시 들고 시냇가에 나간다네.
고기에는 마음 없고 은둔 생활 즐기거니
늙은이의 속 취미란 그러루한 거라네.

- 이 제할의 이름은 재욱戴煜이고 자는 욱지묘之다. 손자인 의겸義謙의 자는 백화伯和인데 나에게서 글을 배웠고 글 짓는 재주가 있다.

問汝何所思　所思北海湄
富春宿將夙幹略　李提轄今最矍鑠
行年七十尙番番　四尺角弓靑石碊
身騎驪馬手一鞭　上下馳走飛鳥過
邇來課孫讀書史　有時垂釣淸溪水
魚忘江湖人忘魚　此翁取適聊爾爾

우씨 부인

묻노니 너 무엇을 생각하느냐
북쪽 바닷가를 생각하노라.

기개도 늠름해라 사동진 우씨 부인
해와 같이 빛난 절개 옛날에도 없었으리.

어느 날 밤 도적 들어 시어머닌 달아나고
부인만이 홀로 남아 맨손으로 당해 낼 제
얼굴에 여덟 군데 창끝에 찔렸건만
도적놈 노려보며 개돼지라 꾸짖었네.

전하는 말 들어 보면 뇌물 먹은 고을 포교
이 사실 숨기고서 모르는 체하였다네.

■ 사동진沙東津은 고을 동쪽에 있다. 산원酸院 사람인 남상복南象福이 수절하는 아낙네를
  겁탈하려 하니 아낙네는 죽음으로 맞섰다. 고을의 포교 최창시崔昌始는 이 일을 숨겨 버
  렸다. 나는 따로 '우아전禹娥傳'을 썼다.

도호야 도호야 명문가의 손으로
윤리에 어둡고서 고을 어이 다스리리.

問汝何所思　所思北海湄
凜凜沙津禹貞婦　炳日貫星古無有
夜半賊來姑走亡　貞婦空拳獨抵當
頰中八槍尙不絶　抱樹罵賊如狗羊
風傳捕校受略運　此事隱匿竟不聞
都護都護名門子　胡昧倫綱典州郡

아우가 그리워

묻노니 너 무엇을 생각하느냐
북쪽 바닷가를 생각하노라.

구멍 뚫린 울바자에 박태기나무 심었더니
섬돌 밑을 에돌며 수없이 꽃 만발했네.
같은 뿌리 같은 꼭지 천 송인가 만 송인가
향기로운 꽃 곱게 피어 서로서로 덮었네.

바람 앞에 지는 꽃잎 어지러이 흩날리고
할미새 내려앉아 연한 가지 한들한들

아우는 형을 잃고 형은 아우 잃어
아득히 떨어진 채 눈물 흘려 몇 해던가.
깊은 물 험한 고개 몇 겹이나 가렸나
애태우며 바라보니 눈마저 아물아물.

■ 연희네 집 뒤 울타리는 모두 박태기나무뿐이다.

問汝何所思　所思北海湄
麋眼籬邊紫荊樹　縈階蔓土花無數
同根共蔕結香苞　千朵萬朵相掩遮
風吹亂落如紅霞　鶺鴒飛坐枝影斜
弟別阿兄兄別弟　天涯相憶空垂涕
秦水吳山千萬重　傷心極目眼易睞

재가승

묻노니 너 무엇을 생각하느냐
북쪽 바닷가를 생각하노라.

남석사 중놈이 벼와 기장 잘라다가
기장으로 술 빚어 딸 잔치 차렸구나.
축하 온 손이라야 중 아니면 일반 사람
개 잡고 돼지 삶아 볼이 메게 잘도 먹네.

누런 종이 혼서에 이름을 박아 넣고
붉은 칠 한 함통에 보기 좋게 담았다네.
번들번들 깎은 머리 얼굴에는 사마귀투성이
아미타불 소리 내어 염불은 그치지 않네.

문명한 나라님 덕화 온 나라에 미쳤거니
어찌하여 이런 물건 세상에 용납하랴.

▪ 남석사南石寺는 절간 이름이다. 북방의 중들은 모두 안해를 두고 자식을 기르는데 '집에 있는 중'이라고 이름 붙였다. 집주인 서씨 노인은 중의 딸을 맞아들여 며느리로 삼았다.

問汝何所思　所思北海湄
南石寺僧摘禾黍　釀黍爲酒送嫁女
賀客環坐雜僧凡　烹狗殺猪口爭饞
黃紙婚書書名字　何以盛之楮漆槭
剃頭光光面瘡疣　一聲南無猶念佛
聖化文明漸寰宇　宇內那得容此物

고장을 뜨는 어부들

묻노니 너 무엇을 생각하느냐
북쪽 바닷가를 생각하노라.

영북 땅 네 고을엔 어부 가호 많았건만
집이며 배 버리고 이리저리 떠나갔네.
듣자니 올겨울은 물고기 진상 없었다는데
영문에선 숨겨 두고 이전대로 독촉하네.

지난해는 아전에게 삼백 냥을 먹였건만
올해에는 입씻이가 이천 냥도 넘는구나.
안해 자식 다 팔아도 살아갈 길 막막한데
고을 관청 관리들 글경이질 악을 쓰네.

낟알이 흉년인데 고기 떼도 흉어 드니
사전에 도망하면 차라리 나으리라.

▪ 명천, 길주, 경성, 부령 네 고을에서 진상품으로 물고기를 바치는데 지난겨울에 나라에서 겨울철 진상을 그만두게 하였다. 그런데 이병정은 이미 받았다고 하면서 그런 소식은 알리지도 않았다.

問汝何所思　所思北海湄
嶺北四郡衆漁戶　盡室離散罷船估
傳聞新上減冬魚　營門掩置猶侵漁
往歲人情三十緡　今年人情二百餘
賣妻鬻子那能活　本官官吏又攘奪
況復天荒魚族荒　不如趁時走跳脫

물방아

묻노니 너 무엇을 생각하느냐
북쪽 바닷가를 생각하노라.

부령의 시냇물들 웅덩이진 곳이 많아
그 물길마다에는 물방아 잇닿았네.
늦은 봄 이른 여름 시냇물 넘쳐나면
물소리 방아소리 다투는 듯 요란한데

시름 많은 이 나그네 밤잠을 못 이루고
밤새껏 들으면서 마음이 구슬펐네.
예부터 물방아는 사람의 힘 덜어 주고
돈도 많이 들지 않아 만들기 편리하거니

어이하면 물방아 천만 개 만들어서
남방의 고을에도 도랑마다 놓아 줄까.

問汝何所思　所思北海湄

寧城溪水多洄洑　洑口水碓相連複

春夏之交溪漲濤　水聲碓聲爭相高

遷客愁多眠不成　達夜聽之心忉忉

由來此器減人力　工費不多製中則

安得石臼千億萬　散遍南州置溝洫

참외 장사

문노니 너 무엇을 생각하느냐
북쪽 바닷가를 생각하노라.

부령의 뭇 백성들 살림살이 군색하여
성문 서쪽 비탈에다 참외를 심었네.
참외 한창 익을 때면 길가 밭에 데굴데굴
그것 팔아 낟알 사서 끼니를 잇는다네.

지난해엔 참외밭에 가물이 들었거니
그중에도 피해 큰 건 김윤태와 장문제라
그들이 이르는 말 "내 살림은 걱정 없다네
소 같은 머슴 있고 말도 있어 건장하니."

내 처음 그 말 듣고 한바탕 웃었노라
나라 정사 일반이라 무슨 차이 있을쏜가.

■ 순천부 사람 김윤태金胤泰와 고성군 사람 장문제張文濟는 다 유랑민인데 살림살이가 어려워서 참외를 팔았다.

問汝何所思　所思北海湄

寧州群徒生計蹇　相將種瓜城西坂

瓜熟離離滿路傍　賣瓜買穀爲春糧

往歲瓜坂多黃隕　問誰爲甚金與張

齊言潭叟百無恨　有奴如犇馬亦健

我聞此語還一噱　魯衛之政幾分寸

아전 놈의 자식

묻노니 너 무엇을 생각하느냐
북쪽 바닷가를 생각하노라.

동곡에 사는 처녀 그의 성은 곽가인데
젊은 녀석 깊은 밤에 그 처녀를 묶어 갔네.

처녀는 묶인 채 겁에 질려 말 못 하고
부모들은 발 구르며 하늘을 원망하는데
들리는 말 그 녀석은 고을 아전 자식이라
관가와 결탁하고 새 혼사를 이뤘다네.

북방 풍속 어떤 때는 흉포하기 그지없어
지난겨울 평사[1] 와서 따로 영을 내렸건만
관가에선 모르는 척 백성들은 알지 못해

■ 아전인 마언방馬彦邦의 누이 계섬溪纖이 유상량의 사랑을 받았는데, 마언방이 곽씨 처녀를 겁탈하였다. 북방 풍습에 강다짐으로 혼사하기를 좋아하므로, 지난겨울 안 형安兄이 따로 공문을 내려 보내 단단히 경계하였다.
1) 함경도 지방에 특별히 두었던 문관 벼슬.

처녀 소식 들은 사람 의분에 팔을 걷네.

問汝何所思　所思北海湄

佟谷處女身姓郭　夜深少年來束縛

女被縛急不敢言　爺孃頓足天爲翻

傳聞少年官吏子　曾與官家結新昏

北俗往往多鷙悍　評事前冬另察按

官不頒布民不遵　遂令聞者空扼腕

소금이 귀해

묻노니 너 무엇을 생각하느냐
북쪽 바닷가를 생각하노라.

마천령 북쪽에선 돌소금 귀히 여기니
맛 달고 빛깔 곱고 가늘고 보드랍지.
소금이 눅어지면 쌀 한 말에 소금 서 말
소금값 비싸대야 쌀값과 맞먹었네.

요즈음은 소금값이 갑자기 올라가니
쌀 닷 말에 소금 한 말, 그것도 못 구하네.

북방의 늙은이들 한탄하며 이르는 말
"맨밥은 메스꺼워 넘기기가 어려운데
여섯 달을 소금 없이 맨밥으로 살아가니
올해에는 순찰사 덕을 톡톡히 본 셈일세."

■ 순찰사 이병정이 소금을 독차지하고 이득을 얻는 바람에 소금을 굽던 집들이 모두 도망쳐 버렸다. 그리하여 민간에서는 소금값이 뛰어올라 소금 두 말 값이 쌀 한 섬 값과 맞먹었다.

問汝何所思　所思北海湄
嶺北鐵鹽勝土鹽　味甘色白柔且纖
鹽賤三斗米一斗　鹽貴與米只相耦
而來鹽價忽刁蹬　鹽一米五猶無有
北關父老長太息　對飯嘔峈何由食
喫淡六朔不見鹽　今年儘蒙巡相力

부령이 그리워

묻노니 너 무엇을 생각하느냐
북쪽 바닷가를 생각하노라.

부령이란 말 들을 땐 속으로 언짢더니
부령 땅에 가서 보니 도리어 정들었네.
좁쌀은 기름 돌고 기장쌀은 구수한데
밭벼쌀 풍족하고 물고기도 맛 좋았네.

탕골의 고사리는 손뼉같이 살이 찌고
남포의 붕어들은 상어만큼 큼직한데
맑은 샘 솟는 우물 달고도 시원하고
날씨며 산천경개 아름답고 상쾌했네.

지금은 궁한 처지 게를 잡아 배 불리니
하늘은 뵈지 않고 바닷물만 바라뵈네.

▪ 남반南礀과 동반東礀 두 포구는 고을의 동쪽 60리에 있는데 소반만 한 붕어가 잡힌다.

問汝何所思　所思北海湄
昔聞富寧情懷惡　及得富寧心還樂
粟米流脂黍米香　陸味豐足海族良
湯谷綠薇肥如拳　南浦金鯽大於鱨
井冽泉甘淸且灌　更兼風土頗墝塏
如今饑腸饜燒蛹　盡南無天只有海

의병들의 무덤

묻노니 너 무엇을 생각하느냐
북쪽 바닷가를 생각하노라.

성문 서쪽 십 리 밖에 자리 잡은 무덤 하나
예부터 전하는 말 백골이 묻혔다네.
임진년에 왜놈들 난리를 일으켰을 때
수많은 의병들 같은 날에 전사하니

장군은 통곡하며 가슴을 두드렸고
원한 서린 붉은 피는 골짜기를 물들였네.
나라 은혜 지중하여 유해를 거두어서
산같이 쌓인 시체 한 무덤에 안장했네.

피 썩고 뼈가 삭아 도깨비불 되었는가
비 오고 바람 불면 그 불빛 도랑에 가득.

▪ 서문 밖 10리에 큰 무덤이 있는데 임진왜란 때 부사 원희元熹가 전사한 곳이다. 나는 따로
'원희전망본말元熹戰亡本末'을 썼다.

問汝何所思　所思北海湄
城西門外十里塢　古來白骨相撐拄
憶昔倭奴亂瘡痏　一萬義軍同日死
將軍痛哭坐拊膺　冤血紅漲谷中水
君恩鄭重掩遺骸　髑髏如山同穴埋
土花凝碧陰燐靑　風啾雨嘯滿溪涯

윤 열부

묻노니 너 무엇을 생각하느냐
북쪽 바닷가를 생각하노라.

고을 동둑 수양버들 푸른 잎이 야들야들
윤 열부의 정문이라 말에서 내려야 하리.

그의 낭군 나무하러 산속에 들어가니
호랑이 입 벌리고 달려들어 물었다네.
윤 열부 분김에 연약한 팔 걷어쥐고
단호히 용감하게 후려치고 마구 찼네.
윤 열부 기진하자 호랑이도 죽었나니
그 바람에 몸 뺀 낭군 개울가로 달아났네.

윤 열부 범 잡은 곳 그 자취 어데더냐
막돌이며 거친 숲만 어지러이 덮였구나.

■ 고을 남쪽 5리에 윤씨의 정문旌門이 있다. 윤씨는 선비 원문회元文會의 안해였다. 이 사실
은 '영성 충렬전寧城忠烈傳'에 나온다.

問汝何所思　所思北海湄
官堤烟柳綠婀娜　尹烈婦門下馬可
阿郎斫柴靑山巓　有虎張牙來相嘷
烈婦大怒奮玉腕　橫打亂踢氣雄敢
烈婦力盡虎亦斃　阿郎脫身走水裔
至今烈婦打虎處　醜石頑林相蓊翳

범을 잡은 홍제하

묻노니 너 무엇을 생각하느냐
북쪽 바닷가를 생각하노라.

기진에 사는 홍제하 새벽녘에 범 잡았네.
입 벌린 범 한 마리 벼랑 지고 앉았는데
홍제하는 맨손으로 쟁기 하나 없었으되
벼랑 끝을 발로 차서 바윗돌 깨뜨리고

동이만 한 바위 들어 범을 향해 던졌더니
일떠서서 피하던 범 왼 다리가 부러졌네.
몸을 날려 마구 차니 범의 목 부러지고
그의 얼굴 낙수처럼 비지땀 흘렀다네.

내가 그를 만나 보니 작은 키에 다부진 몸
검붉은 얼굴에는 광대뼈가 앙상했네.

■ 홍생의 이름은 제하濟夏인데 형인 제득濟得과 함께 날래고 건장하였다. 제하는 맨손으로
범을 잡고 나서 초관哨官으로 승진하였다.

問汝何所思　所思北海湄
碁津洪生晨暴虎　虎坐負隅張牙怒
洪生徒手無寸鐵　踢缺蒼崖崖爲裂
一石如甕擲虎前　虎立而禦左股折
飛身亂打虎絶脰　殟汗迸落如屋霤
我見洪生矮且胖　面皮紫棠顴子瘦

누이동생

묻노니 너 무엇을 생각하느냐
북쪽 바닷가를 생각하노라.

누이동생 그립구나 서울 사는 누이동생
다섯 해를 못 만나니 가마 물 끓듯 속이 타네.
지난날 어린 시절 나란히 자라날 제
한 어머니 품에 안겨 한 젖꼭지 빨았지.

어머니 돌아가자 외로운 이 몸이
누이동생 대견하여 어머닌 양 아꼈네.
지난해 편지 부쳐 나의 안부 물었을 때
그 편지 못다 읽고 나는 피를 토했어라.

흰 모시 홑적삼은 연희에게 부쳤고
가는 무명 저고리는 나에게 보냈지.

問汝何所思　所思北海湄
有妹有妹在京洛　五年不見心似濩
憶曾幼少兩齊肩　同藏孃乳乳幜懸
阿孃下世余身孑　愛妹如孃尤相憐
前年送書來相扣　讀之未半血先歐
白苧單衫寄蓮姬　細木綿襦贈潭叟

돌림병

묻노니 너 무엇을 생각하느냐
북쪽 바닷가를 생각하노라.

아직도 생각나네 기미년 봄 돌림병에
남정이며 아낙네들 주검이 드문한데
들리는 말 서울에선 이틀 동안에만도
십만 명이 주검 되어 산처럼 쌓였다네.
다섯 재상 목숨 잃고 북망산에 갔으니
아마도 세상 이치 인정사정없는가 봐.

나라님도 떠나가고 끝내 오지 못하였구나
창오산¹⁾에 해 저물면 벗들 생각만 아득해.
세상일에 갖은 풍파 어이 없으랴만
먼저 죽은 사람보다 산 사람이 더 슬프네.

■ 헌루獻樓 김 공과 평장平章 홍낙성洪樂性, 김희金熹, 채제공蔡濟恭, 몽오夢梧 김종수金鍾
秀가 기미년(1799)과 경신년(1800) 두 해 사이에 차례로 모두 세상을 떠났다.
1) 창오산蒼梧山은 옛날 중국의 순 임금이 남방에 순찰 나갔다가 죽었다는 산 이름이다.

問汝何所思　所思北海湄
尙憶己未春大疫　男女死者相絡繹
傳聞京師二日間　僵尸十萬積如山
五相聯翩歸山岡　天道元來無私顔
鼎湖龍飛竟未廻　暮雲蒼梧思悠哉
世事反覆安所無　先死非哀後死哀

정문부

묻노니 너 무엇을 생각하느냐
북쪽 바닷가를 생각하노라.

그 옛날 임진년 왜란 때를 생각하며
사람들은 지금도 정문부[1]를 말하누나.
그 누가 알았더냐 힘없는 백면서생
기울어진 나라 운명 한 손으로 받들 줄을.

백만의 왜놈 무리 한 놈도 못 살아나
백탑평[2] 들판에는 귀곡성만 들렸어라.
공 세우고 표창 대신 몸 먼저 쓰러졌네
초 회왕[3] 시 외운 것이 모진 화로 되었거니.

- 임진년에 경성鏡城에서 국세필鞠世弼이 변절하여 왜놈들에게 항복하였는데 북평사 정문
  부鄭文孚가 처서 평정해 버렸다. 뒤에 초 회왕楚懷王에 대한 시를 읊은 것이 죄로 되어 화
  를 입었다.
1) 정문부는 임진왜란 때 함경도에서 의병을 일으켜 왜적을 친 사람이다. 호는 농포農圃.
2) 백탑평白塔坪은 정문부가 거느리는 의병들이 왜적을 격멸한 고장 이름이다.
3) 전국시대 말기 초나라의 왕. 항적이 왕권을 탐내면서 그를 '의제義帝'라고 하여 받드는
   척하다가 뒤에 죽였다.

천 년인들 가실쏜가 충신 의사 그 원한에
지금도 눈물짓고 머리칼 곤두서네.

問汝何所思　所思北海湄
萬曆龍蛇兵禍燹　今人猶說鄭忠顯
誰謂白面一書生　隻手擎天天不傾
百萬倭兵無一回　鬼哭聲聲白塔坪
功成不賞身先殀　懷王之詩反爲殃
義士忠臣千古恨　至今髮竦涕滿眶

까마귀 쫓지 마오

묻노니 너 무엇을 생각하느냐
북쪽 바닷가를 생각하노라.

까마귀 까악까악 지붕에서 울어예니
주인은 작대기 들고 문밖에 나와 쫓아 대네.
돌을 찾아 던졌지만 그 돌은 맞지 않고
까마귀는 옮겨 앉아 기승스레 까악까악

남쪽에서 온 나그네 보다 보다 볼 수 없어
뜰에 내려 고개 떨구고 목 놓아 통곡하네.

주인님 주인님 제발 부디 쫓지 마오.
숲에 사는 까마귀 제 어미를 위한다오.
까마귀는 어미 아나 난 그만도 못하다오.
대견한 그 까마귀 밉지 않소 쫓지 마오.

■ 주인이 까마귀를 쫓았다. 그래서 나는 '까마귀를 사랑하는 노래[愛鳥吟]'를 지어 주인을
일깨워 주었다.

問汝何所思　所思北海湄

屋上烏啼啼啞啞　主人曳杖出門打

投之以石石不中　烏飛更坐啼愈閧

南來遷客不忍見　下堂低頭哭之慟

主人主人愼莫怒　林中之烏皆反哺

烏能養親人莫如　是烏可愛不可惡

형제 바위

묻노니 너 무엇을 생각하느냐
북쪽 바닷가를 생각하노라.

우뚝 솟은 두 바위 마주 서서 절하는 듯
앞의 것이 형이고 뒤의 것이 아우인가.
서로들 다정한 듯 가까이 다가서서
바람 부나 비가 오나 변할 줄 모른다네.

예부터 전한 이름 '형제 바위' 뜻이 깊어
오랜 세월 우뚝 서서 형제의 정 변함없네.
슬프다 이내 몸은 무슨 죄를 지었기에
형제들과 헤어져서 하늘 끝에 갈라 있나.

능소각 다락 앞에 홀로 서 있노라니
하염없이 눈물 흘러 두 볼을 다 적시네.

▪ '형제 바위'는 고을 남쪽 20리에 있는데 산천의 경치가 아름답고 기묘한 바위와 맑은 샘물
이 있다. 절도사 이광섭李光燮이 다락을 세우고 이름을 '능소각凌霄閣'이라고 하였다.

問汝何所思　所思北海湄
有巖相揖若知禮　先者是兄後者弟
相親相近莫相離　風不能磨雨不虧
由來命名本非虛　特立萬古扶倫彝
哀我人斯獨何辜　終鮮兄弟天一隅
凌霄閣前來孑立　不勝凄淚滿寒鬚

연희와 약속했지

묻노니 너 무엇을 생각하느냐
북쪽 바닷가를 생각하노라.

남쪽 우리 집에 몇 이랑 밭이 있어
산 끼고 강을 끼어 경치도 괜찮다네.

저번 날 연희와 나, 남들 몰래 약속했지
도롱 삿갓 사 가지고 둘이 다 농군 되어
나는야 가래 들고 연희는 호미 잡고
백 년토록 함께 살며 농사 재미 누리자고.

사람들 꿍꿍이속 자칫하면 망상이라
그때 약속 빈말 되고 지난 추억 더듬을 뿐
어이하면 훨훨 날아 좋은 고장 찾아가서
마음 맞는 그 사람과 옛 약속 지켜 볼꼬.

問汝何所思　所思北海湄
我家南州數頃田　背山臨水饒雲烟
向來我與蓮姬約　買得靑蓑及綠箬
我把長鑱渠把鋤　百年同享田家樂
人事營爲徒妄想　只將空言撫疇曩
安得奮飛歸樂郊　更指雲龍作息壤

까치

묻노니 너 무엇을 생각하느냐
북쪽 바닷가를 생각하노라.

마당 가 감나무에 까치 떼 모여들어
나를 향해 깍깍깍 기쁜 소식 전하려는 듯
그 소리에 놀라 한숨 길게 지으며
내 살던 집 처마 앞 까치새끼 생각하나
아침부터 저녁까지 아무 소식 없으니
북쪽 까치 영리하고 남방 까치 미련한가.

내 들으니 노씨 할머니 귀양에서 풀려날 때
신기한 까치, 배 타고 남해 바다 건넜다네.
자손이 어리석고 까치도 예만 못하거니
네 아무리 우짖은들 무엇을 알려 주리.

■ 나의 7대 조모 노씨 부인이 광해군 때 탐라로 귀양 갔다가 인조 계해년(1623)에 풀려 돌아
  오게 되었는데 그때 까치가 소식을 전하였다고 한다. 내가 지은 '서작편瑞鵲篇'이 있다.

問汝何所思　所思北海湄
忽見群鵲鬧庭梢　對我喳喳如報喜
我聞而驚起長吁　却憶傲舍簷前雛
終朝竟夕無消息　北鵲有靈南鵲愚
曾聞盧母解讁時　神鵲乘舟渡海涯
屠孫不肖鵲非古　爾雖群噪那得知

왜적을 친 황 주부

묻노니 너 무엇을 생각하느냐
북쪽 바닷가를 생각하노라.

늙은이들 말하누나 총 잘 쏘던 황 주부는
호기 있고 용감하여 무예가 출중하다고.
원교[1]가 그려 놓은 사슴 잡는 그림 보니
수풀에 피를 뿌려 벌거우리 물들었네.

백탑평 첫 싸움에 왜놈 장수 사로잡고
미전 땅에 출전하여 오랑캐를 평정했네.
살찐 말에 금빛 안장 기세도 장하구나.
붉은 색깔 저 활짱도 나라에서 준 거라지.

정탐령 고개 위에 영웅 기상 떨쳤거니
이 나라 역사책에 그대 이름 빛나리라.

• 그림은 방상철方尙澈의 집에 있다. 길주 백탑평에서 왜적을 무찌르고 미전보美錢堡에서
  오랑캐를 사로잡은 사실을 담았다. 선조는 그에게 안장 지운 말과 활, 화살을 주었다.

問汝何所思　所思北海湄
故老猶傳黃主簿　射神砲聖雄且武
我見圓嶠捕鹿圖　血雨灑林紅糢糊
白塔一鼓擒酋倭　美錢三矢定藩胡
金鞍寶馬氣逸宕　彤弓之弨天所睨
偵探嶺上英氣飀　千秋竹帛名聲壯

---

1) 원교圓嶠는 18세기에 활동한 서예가이며 화가인 이광사李匡師의 호다. 이광사는 일찍이
부령에 귀양간 적이 있다.

복 많은 박씨 노인

묻노니 너 무엇을 생각하느냐
북쪽 바닷가를 생각하노라.

이웃 마을 박씨 노인 살림살이 부러워라
온갖 복 누리거니 그 뉘인들 따를쏘냐.

맏아들은 소를 몰아 자갈밭 갈아엎고
젊은 생질 사냥 명수 화살은 예리해.
나이 어린 손자들은 옛글을 읽게 하고
때때로 나다니며 어진 사람 사귀누나.

기장밭 스무 이랑 이랑마다 풍년 들어
봄가을 항아리엔 술 향기 그윽해라.
가을이면 매일 취해 고주 되게 마시고
배나무 단풍 아래 편안히 낮잠 드네.

■ 박인섭朴寅燮의 할아버지 박흥규朴興奎는 고을 양사도감養士都監으로 있었다. 아들은 박
  창숙朴昌塾이고 생질은 김창문金昌門이다.

問汝何所思　所思北海湄
却羨西隣朴養士　福祿遒遒誰比似
長男驅牸耕礐礒　少甥能獵鳴鏑髇
更有兒孫通經史　出遊往往賢豪交
種黍甘畝畝十斛　甕頭春酒黃花馥
秋來日醉醉如泥　紅梨葉下臥坦腹

늦추위

묻노니 너 무엇을 생각하느냐
북쪽 바닷가를 생각하노라.

정월달 열흘 동안 쉼 없이 눈 내리더니
소와 말 얼어 죽고 까막까치 종적 없네.
북풍이 들이닥쳐 하늘땅을 뒤엎으니
늙은이들 탄식하며 재변이라 말들 하네.

지나간 병신년 봄 눈 고생을 겪었더니
올해 눈도 그때처럼 재변일지 누가 알리.
성문은 굳게 닫혀 장사꾼들 못 다니고
나그네 아홉 사람 하루에 죽었다네.

남달리 재주 있던 김상동이 불쌍하다
너무 일찍 죽었다고 지금도 슬퍼하네.

■ 경신년(1800) 봄에 눈이 내렸는데 늙은이들은 모두 병신년(1776) 이후로 처음 보는 눈이
라고 하였다. 김상동金祥童이라는 어린아이가 남달리 재주 있고 인물도 깨끗하였는데 이
때 먼 마을에 갔다가 눈 때문에 얼어 죽었다.

問汝何所思　所思北海湄
孟春十日雪不絶　牛馬凍斃烏鵲滅
天地翻覆北風頹　古老歎息皆言災
曾經丙申春雪變　此事安知非禍媒
城門旬朔停朝市　行旅九人同日死
天生奇才竟夭閼　至今猶悲金童子

이단하[1]의 상소문

묻노니 너 무엇을 생각하느냐
북쪽 바닷가를 생각하노라.

티 없이 깨끗했네 이 정승의 그 마음
송우암도 지지한 것 진정 빈말이 아닐세.

그 누가 남의 일에 힘을 쓰려 하였으랴
그대만이 글을 올려 대궐에 호소했네.
빗발치는 참소로 목숨 잃은 지 백 년 지나
그대의 힘을 입어 충신은 원한 풀었네.

창렬사[2] 사당 앞에 꽃은 피어 구름 같고
촉룡당[3] 당집 아래 달빛 밝아 비단 같네.

■ 이 공의 이름은 단하端夏이고 자는 계주季周며 호는 외재畏齋다. 우암 송시열은 일찍이
이단하가 '순연적심소(純然赤心疏, 티 없이 깨끗한 마음으로 써낸 상소문)'를 올려 정문
부의 원한을 풀어 준 데 대하여 칭찬하였다. 촉룡당은 사당 앞에 있다.
1) 17세기 유학자이며 관료. 벼슬이 좌의정까지 올랐고, 《북관지北關誌》 등 여러 저서가 있다.
2) 창렬사彰烈祠는 함경북도 어랑에 있는 의병장 정문부를 위하여 세운 사당이다.

북방의 늙은이들 그대를 칭찬하며
감격에 목이 메어 눈물을 휘뿌리네.

問汝何所思　所思北海湄
純然赤心李丞相　宋子許之眞無妄
誰將偏私作恩怨　公獨尺疏叫天闉
織貝營蠅百年後　賴公幸暴忠臣冤
彰烈祠前花似霧　燭龍堂下月如素
北方父老猶說公　感激洪恩眼橫雨

---

3) 촉룡당燭龍堂은 창렬사 앞에 세웠던 당집으로 이단하가 북평사로 내려왔을 때 세웠다고
   한다.

범 같은 다섯 장수

묻노니 너 무엇을 생각하느냐
북쪽 바닷가를 생각하노라.

지난날 임진년에 왜적이 들이닥쳐
짐승처럼 날치며 기승을 부렸을 때
이 나라 일곱 도가 놈들에게 짓밟히고
나라님은 여덟 해를 의주에서 지냈건만

북쪽 땅이 안전한 것 그 누구의 힘이더냐
정문부의 의병 소문 동해 바다 들썩했네.
범 같은 다섯 장수 다 같이 짜고 도와
의로운 그의 충성 세상에 빛냈어라.

굳세고 떳떳한 넋 장엄히 빛을 뿜고
강 언덕의 옛 사당은 홀로 우뚝해라.

■ 범 같은 다섯 장수란 첨사 강문우姜文佑, 만호 이희당李希唐과 선비인 이붕수李鵬壽, 지
달원池達遠, 최배천崔配天을 말한다. 모두 창렬사에 모셨다.

問汝何所思　所思北海湄

憶昔萬曆龍蛇歲　日出處人來猖獗

七路魚肉血成滙　車駕灣巡過八載

北方全安伊誰力　鄭公軍聲振滄海

五虎趑趄同贊劃　忠肝義膽明且赫

魂魄毅兮爲鬼雄　古祠巋然留江磧

북방의 장사들

묻노니 너 무엇을 생각하느냐
북쪽 바닷가를 생각하노라.

늠름하다 차씨 형제 끌끌한 세 사나이
이름난 집 자손으로 장수 자질 갖췄어라.
어지러운 싸움터에서 창과 칼 휘두르니
백만의 왜적들도 접어들지 못하였네.

벼락같이 달려 나가 왜놈 장수 목 자르고
우리 깃발 추켜올려 높이높이 날렸다네.
김씨 박씨 네 사람도 날래고 용감하여
다 같이 북방 장수 집안의 후예였지.

석문 바위 앞 그들이 화살 씻던 곳은
영원한 그 기상을 천 년토록 간직하리.

■ 차응린車應麟, 차득도車得道, 차덕홍車德弘 세 형제와 김경金鏡, 김전金銓, 박극근朴克勤, 박인범朴仁範은 모두 정문부를 따라 공을 세웠다. 석문石門은 고장 이름이다.

問汝何所思　所思北海湄

凜凜車家三壯士　熊虎之姿名門子

干戈創攘幷騰揚　倭兵百萬不敢當

斬將搴旗如霹靂　整頓乾坤扶危亡

同時金朴四驍勇　盡是邊方猛將種

石門巖前洗箭處　千秋英氣雲長擁

옥련진의 탐관오리

묻노니 너 무엇을 생각하느냐
북쪽 바닷가를 생각하노라.

죽일 놈은 옥련진의 최창규 그놈이다.
천만 가지 악행으로 변방 말썽 일으킨 놈
김 개며 이 고양이 한동아리로 날뛰더니
미욱한 며느리는 창고지기 꼬드겨서
문서를 작간하여 관가 곡식 훔쳐 내고
환자 쌀 만 섬엔 모래 겨 섞었다네.

진영의 장수 또한 마음이 탐욕스러워
어진 사람 억누르고 남김없이 앗아 가니
토병들 봇짐 싸고 모조리 도망치니
황구 백골[1] 군사 명부 태반이나 비었네.

▪ 유진留鎭의 이름은 최창규崔昌奎며 그의 아들은 춘엽春燁이다. 김원표金遠豹, 이동삼李東參은 다 토호들이고 진영 장수는 강사헌士憲이었다.

1) 황구란 어린아이를 말하며 백골이란 이미 죽은 사람을 가리킨다. 아직 병역에 동원될 나이가 되지 않은 어린아이를 명부에 등록하거나 이미 죽은 지 오랜 사람을 그대로 명부에

問汝何所思　所思北海湄

可殺玉蓮崔留鎭　千癡萬點開邊釁

金狗李猫共跳梁　頑媼今年教監倉

幻弄文書偸宮穀　軍糶萬石雜沙糠

況復鎭將性饕餮　壓害良善靡有孑

土卒荷擔盡逃躱　黃白軍簿太半缺

올려놓고 군포를 거두어들였는데 이런 문서를 가리켜 '황구 백골 군졸 문서' 라고 하였다.

중봉 조헌의 사당

묻노니 너 무엇을 생각하느냐
북쪽 바닷가를 생각하노라.

임명 땅 중봉 사당 적막하기 그지없다
단청 낡아 벗어진 채 빈 산속에 놓였구나.
이곳 사람들 북에 사나 남인들을 숭상하여
중봉은 낮추보면서 미암만을 내세우네.

백발 머리 검은 유건 사당지기 누구인가
텅 빈 사당 지키면서 향불을 사르누나.
나를 보자 그 늙은이 절하고서 가리키네
말라죽은 소나무며 이끼 덮인 뜨락들을.

공주 고을 동강 사당 부러운 듯 말하누나
당집도 화려하고 선비 또한 많더라고.

■ 회령에는 미암眉巖 유희춘柳希春의 사당이 있고 종성에는 동강東岡 김우옹金宇顒의 사당
  이 있다. 공주孔州는 종성의 딴 이름이다.

問汝何所思　所思北海湄
寂寞臨溟趙翁廟　丹青剝落空山峭
土人居北議主南　不重重峰重眉巖
白髮緇巾何諸者　獨守寒齋香火參
見我長揖撫庭廡　蒼松枯死苔紋古
但道孔州東岡祠　院宇宏麗盛章甫

신숙주

묻노니 너 무엇을 생각하느냐
북쪽 바닷가를 생각하노라.

북방 사람들 기억하네 조정 명신으로
오랑캐를 물리치던 신숙주의 그 공적을.
흑심하 강변에서 칼 씻고 돌아왔고
황자판 언덕에서 말 먹이며 행군했네.

어깨 위에 동개[1]를 멘 삼십만의 우리 군사
쇠 갑옷에 달빛 비쳐 금빛으로 번쩍였네.
오랑캐들 무찌른 피 흘러 흘러 내 이루니
여진 놈들 발가 거쳐 밤을 타서 도망쳤네.

마천령 비석 위에 세 글자 큰 글씨는
천만년 비바람 분다 지워질 수 있으랴.

■ 문충공 신숙주申叔舟는 자가 범옹泛翁이다. 일찍이 '정호 원수(征胡元帥, 오랑캐를 치는
   군사의 우두머리 장수)'가 되었다. 황자판黃柘坂은 고장 이름이다.
1) 활과 화살을 넣어 등에 지고 다니기 위하여 가죽으로 만든 물건.

問汝何所思　所思北海湄
中廟名臣申泛翁　北人猶記征胡功
黑鱣河邊洗兵廻　黃柘坂頭秣馬來
腰弓臂箭三十萬　甲光向月金鱗開
胡兒盡洗血成波　女眞夜遁過勃哥
摩天石上三大字　萬秋風雨不能磨

어머니 제삿날

묻노니 너 무엇을 생각하느냐
북쪽 바닷가를 생각하노라.

시월 스무이튿날 눈 내리고 비 오는데
어머님 제삿날이라 내 마음 구슬펐지.
연희는 재계 사흘 제사 음식 장만하고
밤 깊자 강가로 달려 나가 울었어라.

울음소리 사무치니 하늘도 미어질 듯
달빛은 침침하고 구름마저 음산했네.
이 해도 다 저물어 가뜩이나 상심한데
제삿날을 맞았으니 가슴 더욱 절통쿠나.

슬프구나 슬프구나, 내 불효자식 되어
발 구르고 가슴 치며 강가에 앉았음이.

■ 10월 22일은 어머니 제삿날이다. 연희는 해마다 제사 음식을 장만해 가지고 강가로 나와
곡을 하였다. 아버지 제삿날에도 그렇게 하였다.

問汝何所思　所思北海湄

孟冬廿二雪雨凍　慈親忌日余心慟

蓮姬宿齋辦庶羞　夜深走哭寒江頭

哭聲干天天爲裂　黑月黯黮愁雲幽

歲云暮矣傷心緖　況當讐日尤痛楚

嗚乎嗚乎余不孝　頓足搥胸臨古渚

신립 장군

묻노니 너 무엇을 생각하느냐
북쪽 바닷가를 생각하노라.

명장의 후신인가 충장공 신립[1]은
풍채며 용맹 기개 옛날 명장 못지않았네.
검붉은 비단 전포엔 오랑캐 놈 피가 배고
번쩍이는 철창에는 비둘기 기름 발랐어라.

자색 말 비껴 타고 포위진 무찌를 땐
그 옛날 조자룡이 이 땅에 다시 온 듯
오랑캐 아이들은 벙어린 듯 울지 못했고
지금도 그 말 들으면 식은땀을 흘린다네.
온성에 나와 앉아 변방을 지킬 때는
여진의 추장들이 말에서 내려 절했다네.

- 신립이 온성穩城의 도호로 있을 때 변방 오랑캐들이 겁을 먹고 기가 죽었는데 지금도 그 때 일을 두고 이야기를 한다.
1) 16세기에 활동한 무관. 일찍이 북쪽 변방에서 여진족의 침입을 막아 공을 세웠고 임진왜란 때 왜적들과 싸우다가 전사하였다.

問汝何所思　所思北海湄

前身尉遲申忠壯　猛氣雄風古良將

團花錦袍猩血濃　點鋼鐵槍鷩膏鎔

身騎紫燕穿重圍　宛是常山趙子龍

胡兒不啼口半啞　至今說著骍汗瀉

穩城令公出陣時　女眞酋王齊下馬

안해의 편지

묻노니 너 무엇을 생각하느냐
북쪽 바닷가를 생각하노라.

지난가을 늙은 안해 편지를 부쳐 왔네
글자마다 피가 묻고 글줄마다 눈물이라.

낭군님 떠나신 뒤 외로이 지내는데
눈앞에 보이는 건 수많은 어린 자식들
시아버님 세상 떠나 원한 더욱 깊은데
집안에 믿을 사람 시동생들뿐이라네.

분분한 세상일 날을 따라 더해서
올봄엔 서원[1]마저 서쪽으로 귀양 갔네.
하늘땅에 사무칠 가슴 아픈 그대 심사
생각하면 그때마다 애간장이 끊어져라.

▪ 내가 북쪽에 있을 때 안해에게서 편지를 두 번 받았다. 편지는 모두 연희에게 맡겨 두었는
  데 지금은 어떻게 되었는지 알 수 없다.
1) 김려의 동생인 김선의 호.

問汝何所思　所思北海湄
老妻前秋寄錦字　字字恨血字字淚
阿郞遠去身孤獨　眼前無數悲骨肉
阿舅下世冤愈深　只恃郞家兩賢叔
世事紛紛日益亂　犀園今春又西竄
念汝空閨痛徹天　不忍思之肝腸斷

석씨네 형제들

묻노니 너 무엇을 생각하느냐
북쪽 바닷가를 생각하노라.

석씨네 형제들은 모두가 끌끌한데
넷째인 원극이는 나와도 가까웠네.
키는 커서 팔 척이요 얼굴은 말쑥한데
넓은 미간 큰 입에다 두 눈은 빛났지.

푸른색 비단 쾌자 긴 갓끈 드리우고
무소뿔 활에다가 쇠 활촉을 먹이고서
청총마에 올라앉아 붉은 고삐 손에 잡고
공중 향해 몸 추키면 따오기가 떨어졌네.

북방의 건장한 이 너 아니면 누구랴
달려가는 그 기세 남들보다 장하구나.

■ 원성元城의 석씨石氏네 형제들인 연천鍊天, 여천戾天, 의천倚天, 준천峻天은 다 날래고
용맹스럽다. 준천의 자는 원극元極인데 이지백李之白의 조카다.

問汝何所思　所思北海湄

石家兄弟總俊秀　元極於我最爲舊

身長八尺潔白晳　廣眉大口雙眸礫

綠錦快子垂曼纓　黑兜角弓飮鐵鏑

坐下靑驄彈紫繮　低身向空落鷲鶬

朔方健兒非爾誰　衆中馳出氣軒昂

윤관 장군

묻노니 너 무엇을 생각하느냐
북쪽 바닷가를 생각하노라.

고려 때에 이름 떨친 문숙공 윤관 장군
말 달려 오랑캐 치니 변방 조용했어라.
말갈 놈들 도망치고 여진 또한 두려워하니
그대 공적 옛날의 서희만 못지않으리.

철문관 요새에는 항복받은 깃발 꽂고
선춘령 고개 위엔 승리한 비석 세웠네.
장군의 힘 없었다면 되놈 풍속 될 뻔했네.
지금도 오랑캐들 우리를 겁내누나.

시중대 언덕 아래 군사를 지휘하던 곳
바닷물은 잠이 든 듯 하늘빛은 비단인 듯.

■ 문숙공文肅公의 이름은 관瓘인데 고려의 시중이었다. 북쪽 변방을 처음으로 개척하였다.
   선춘령先春嶺은 영고탑 지경에 있으며 시중대, 통군산統軍山은 모두 북청에 있다.

問汝何所思　所思北海湄
前朝名將尹文肅　躍馬征胡靜邊墺
鞿韃遠遁野人悲　功名不讓古徐熙
鐵門關口竪降幡　先春嶺頭勒豐碑
微爾東方幾左衽　卽今藩胡猶惶懍
侍中臺前統軍處　海波如眠天如錦

남이 장군

묻노니 너 무엇을 생각하느냐
북쪽 바닷가를 생각하노라.

동포의 대암 아래 맑은 물 출렁출렁
남이 장군 여기에서 칼 씻었다네.

백두산의 돌들은 부질없이 삐죽삐죽
두만강의 저 물도 여전히 흐르는데
장부 나이 스무 살에 몸 먼저 죽었으니
누가 와서 말 먹이며 누가 그 칼을 갈리.

임금의 외척 집안에 나이 또한 젊었어라.
그대의 전신은 아마 곽거병1)이었으리.
장성이 무너진 것을 그대 힘으로 어이하랴.
밝은 별이 부질없이 그 빛을 잃었구나.

▪ 동포東浦의 대암臺巖에 남이 장군이 군사를 쉬게 한 곳이 있다. 장군은 성종의 외손이다.
1) 한나라 무제 때 흉노를 쳐서 공로를 세운 사람.

問汝何所思　所思北海湄
東浦滃滃杳盈渚　南怡將軍洗兵處
白頭山石空嵯峨　豆滿江水猶㵢㳽
丈夫二十身先死　馬誰來飲刀誰磨
戚畹家世年又少　前身爾應霍嫖姚
長城自壞非爾力　空使河魁沈光耀

통제사 원균

묻노니 너 무엇을 생각하느냐
북쪽 바닷가를 생각하노라.

위풍이 늠름해라 통제사 원균 사또
오랑캐 그 소문 듣고 넋 먼저 잃었다네.
흰 살결 모난 얼굴 용기도 장하여서
돌화살 셋을 메워 헐하게 당겼다네.

서평골 산속에서 호랑이를 잡을 때는
휘뿌린 선지피에 수풀이 붉었지.
우직스런 힘만 믿고 지혜는 부족하니
가련하다 그대 명망 남해에서 잃었어라.

원균이여 원균이여 그대 생각 잘못이라
그 재주 아무려면 충무공을 따를쏜가.

■ 통제사 원균이 부령의 도호로 있을 때 변방 오랑캐들이 벌벌 떨었다. 나는 따로 '원 통제사
에 관한 이야기〔記元統制事〕'를 썼다. 서평西坪은 고장 이름이며 '충무공'은 이순신이다.

問汝何所思　所思北海湄
凜凜威風元統制　藩酋聞之魂先殞
白晢方面驍且雄　有力能挽三石弓
西平谷裏射虎時　血雨吹亞林木紅
天生麤猛少智數　可憐名喪南海滸
元公元公錯承當　爾才那及李忠武

가엾은 황생

묻노니 너 무엇을 생각하느냐
북쪽 바닷가를 생각하노라.

신 삼고 자리 엮는 황씨네 외아들은
어려서 머슴으로 남의 집에 의탁했네.
넉 자 길이 작은 키에 볏짚 속에 묻혔으니
부모며 처자식이 그에게 있을 리 없지.

사람됨이 대바르고 마음이 깨끗하여
물결 없는 물이랄까 티 없는 옥이랄까.
내가 준 옷 한 벌을 마지못해 받아들고
점직한 듯 낯 붉히며 더수기를 긁적였네.

이튿날 장으로 가 신 팔아 술을 사서
신세를 갚는다며 나에게 보내왔네.

■ 황생은 덕삼德三의 외사촌 동생인데 성품이 대발랐다. 집이 가난하여 장가를 못 갔는데
  내가 옷 한 벌을 주니 마지못해 받은 다음 술을 사 가지고 와서 사례하였다.

問汝何所思　所思北海湄
緉屨織席黃氏子　生小寄身傭保裏
四尺身材穀樹皮　豈有爸孃與妻兒
爲人性癖且介潔　淸水無文玉無疵
我與一袍彊而受　撫躬忸怩顔如厚
明朝賣屨城西市　謝惠親送酒一卣

관가에 불이 났다

묻노니 너 무엇을 생각하느냐
북쪽 바닷가를 생각하노라.

북소리 나팔소리 성문에서 들리더니
한밤중에 천만 사람 왁자지껄 떠드누나.
그 소리에 놀라 깨어 창 열고 내다보니
관가에서 불이 일어 불길이 훨훨 솟네.

처음은 마구간에 그다음은 긴 행랑에
기둥 튀고 기와 날고 바람 따라 번지고
남녀들의 아우성에 두레박줄 넘뛰는데
흘러 나던 샘물은 물결이 출렁출렁

황장 사또 허겁지겁 대청에서 달아나니
지금쯤은 아마도 황장목을 잊었으리.

■ 유상량이 도호부사로 있을 때 아문에서 불이 일어 관가 건물 백여 칸이 불타고 여염집에까
지 번져 한밤중에 나팔을 불어 군사들을 모으니, 온 고을이 놀라서 야단법석이었다.

問汝何所思　所思北海湄
夜半鼓角吹城門　城裏千人萬人喧
我亦驚起拓戶望　火發衙中烈焰漲
初從芻廥及長庌　棟爆瓦飛疾風颺
男喘女哮絪縕忙　滹彼流泉波洋洋
黃腸都護下堂走　那時不暇念黃腸

거짓 봉화

묻노니 너 무엇을 생각하느냐
북쪽 바닷가를 생각하노라.

남석봉 봉수대는 소소리 높은 곳
오정 지나 삼각 무렵[1] 연기가 올랐어라.
지난해 봄 어느 날 밤 못된 녀석 작간으로
거짓 봉화 올렸건만 관가에선 몰랐다네.

절도사는 깜짝 놀라 군사 점검 바삐 하고
유성탐마[2] 부리나케 한길 위를 달렸건만
세력 좋은 도호부사 무사히 지냈으니
지금도 그 말 듣고 사람들 놀란다네.

■ 유상량이 도호부사로 있을 때 백성이 거짓 봉화를 들었는데 절도사 정관채鄭觀采가 부랴
부랴 군사를 모아들여 점검하였다. 이때의 일은 '침전록鍼氈錄'에 썼다.
1) 오정은 낮 12시, 한 시간은 4각이니 삼각은 4분의 3시간 곧 45분. 지금의 12시 45분을 말
한다.
2) 유성탐마流星探馬는 정황을 알아보기 위하여 급히 파견하는 말을 탄 정찰병을 말한다.

호강스레 자란 자식 참말로 개돼지라
너희 놈들 어찌 감히 변방 일을 감당하랴.

問汝何所思　所思北海湄
南石峰墩碧嶙嶙　午正三刻烟氣準
曩歲春間夜中時　奸民擧火官不知
節度大驚急點兵　流星探馬交頭馳
都護挾勢竟無事　至今聞者肝膽墜
綺紈子弟眞豚犬　爾輩那堪作邊吏

김종서

묻노니 너 무엇을 생각하느냐
북쪽 바닷가를 생각하노라.

깊은 산에 범 있으면 나물 캐러 못 가는 법
김종서의 공적만은 만대에 전하리라.
장팔사모[1] 꼬나들고 금빛 갑옷 떨쳐입고
관북[2] 땅 스물네 고을 뒤흔들어 놓았어라.

흑룡강 언덕 위에 봉화 불빛 스러지자
오랑캐 귀신 울음 동해 가에 구슬퍼라.
얼굴은 가무잡잡 담대하기 그지없고
충직한 그의 절개 옛 충신을 본받았네.
국토 개척 공훈 높고 장수 계략 품었으나
의리를 지키고자 목숨 선뜻 던졌네.

■ 정승 김종서金宗瑞는 육진을 개척하고 세조가 정권을 잡을 때에 목숨을 잃었다.
1) 장팔사모丈八蛇矛는 길이가 두 길이나 되는 날카롭고 센 창.
2) 대관령 북쪽 지방, 곧 함경도 지방을 이른다.

問汝何所思　所思北海湄
虎在深山藜藿衛　金節齊功亘萬世
丈八蛇矛純金鏊　震動關北廿四州
黑龍江頭狼火死　胡鬼啾啾靑海頭
貌寢膽大似裵度　肝烈脾貞賽孝孺
勳嵬尊攘胸虎韜　義辨君臣身鴻毛

다시 부령이 그리워

묻노니 너 무엇을 생각하느냐
북쪽 바닷가를 생각하노라.

남쪽으로 귀양 온 지 어느덧 일곱 달에
편지 한 장 오지 않아 시름만 차 넘치네.
조용한 밤 생각하네 지난날 부령 생활
산 하나 시내 하나 눈앞에 삼삼해라.

산과 물 무정컨만 이처럼 그리우니
뜻이 같고 함께 놀던 사람이야 어떠하리.
풍토 다른 바다 안에 햇빛마저 침침한데
겨울철이 다가오니 바람 더욱 사나우리.

염한들의 이야기에 내 대꾸하기 싫어
외로이 홀로 서서 먼 구름만 바라보노라.

■ 남해 바닷가 사람들은 소금 굽는 집을 '염호鹽戶'라고 하고 이런 일을 하는 사람을 '염한
鹽漢'이나 '염노鹽奴'라고 한다.

問汝何所思　所思北海湄
我今南來月已七　北鴈無字愁思溢
靜夜歷歷古寧州　一山一水總盈眸
山水無情尙如此　何況同志與同遊
瘴海陰昏日色曀　近冬風氣尤凄厲
白頭厭伴鹽奴語　獨立蒼茫望雲際

'사유악부'* 뒤에 쓴다
題思牖樂府卷後

　내가 귀양살이를 시작한 뒤에 쓴 글들로 '귀현거사고歸玄居士稿', '연음수필烟窨隨筆', '연희언행록蓮姬言行錄', '찰나비사刹那秘史', '침전록鍼氈錄', '엉성신사寧城神詞', '부춘풍속계富春風俗繫', '이하기문梨下記聞', '천수만한서千愁萬恨書', '화탕선어樺宕羨語', '정채활요기檉砦滑耀記', '영성충렬전寧城忠烈傳', '감담속기坎窞續記', '설교영언雪窖零言' 등 여남은 종류가 있었다. 그런데 붙잡혀 다니느라 잃어버리기도 하고 산을 넘고 고개를 지나면서 떨어뜨리기도 하여 남은 것이 없고 다만 '사유악부' 두 책과 '감담일기' 아래 함만이 남았다. 그래서 이것을 깨끗이 한 통 정리해서 총서에 넣는다.

■ 사유악부 시들은 무릇 삼백 수로 차례가 있는 것이 아니었으나 경탁景鐸이 편집한 것이 몹시 정연하여 마치 차례가 있는 듯하다.

방주의 노래

〔古詩爲張遠卿妻沈氏作〕

방주의 노래

골 깊은 산속 한 그루 계수나무
험한 바위틈에 뿌리 내렸네.
쓸쓸한 가을바람 불어올 때면
가지와 잎 설레며 속삭이는데
기이한 봉새[1] 한 마리 그 옆에 와서
오색무늬 찬란히 빛을 뿌리네.
검붉은 발가락은 어진 맘 간직했나
성질도 온화하고 몸매 틀진데
저 높은 하늘에서 짝을 잃고서
외로이 날아예며 눈물 흘리네.
추워 가는 계절에 대 열매도 안 열려
갈림길 모퉁이에서 슬피 우누나.

이 세상 사람들에게 하소연하는가.
괴로운 자기 신세 생각해서도

---

1) 봉새는 전설에서 참대나무의 열매를 먹고 산다는 상상의 새 이름. 흔히 봉황새라고 하는
   데 봉새는 그 수컷을 말하며 황새란 암컷을 가리킨다.

딸자식 낳거든 얼쿼 죽일망정
방탕한 자 안해로는 주지 말라고.
방탕한 자 한번 나가 안 돌아오면
빈방에는 원한이 사무치리니.

방주네 집 찾기는 어렵지 않네.
어릴 때는 호남에서 살았지.
호남 땅 쉰 고을 중에서
장성 고을 물맛이 제일 달았네.
조상은 대대로 백정이어서
강가의 버들을 사랑했거니
버들이 잘 자라면 살림 펴이고
버들이 못 자라면 사람도 지실들었지.

아버지의 일솜씨 원래 명수라
정교롭고 섬세함을 따를 이 없네.
남쪽 저자에서 고리짝 팔고
북쪽 거리에서 키를 팔 때면
잇속 다투는 사람들 한낮에 몰려와
맵시 있게 만들었다 칭찬하였네.

큰오빠는 읍으로 다니며 팔고
작은오빠 자그마한 가겟방 내고
둘째 오빠 고기 장사 업으로 삼아

온 여름 개장국을 끓여 팔았네.

가까운 마을에 잔치 있으면
달려가서 돼지나 양을 잡았지.
서릿발이 나도록 쓱쓱 칼 갈아
언제 한번 무딘 적 있어 봤으랴.
품삯이라 받는 것은 동전 스무 닢
도마 삯이라면서 고기가 한 근.
여느 때는 본체만체 천대하지만
저희들이 바쁠 때면 살뜰히 구네.

아버지는 너그럽고 마음 착한 분
검실한 얼굴에는 수염도 많네.
늘그막에 귀염둥이 딸 하나 낳아
그 아이 방주라 이름 지었네.

방주가 이제 겨우 젖 떨어지자
어머니는 뜻밖에 세상 떠나니
홀로 된 아버지 방주를 기르느라
언제나 눈물이 비 오듯 했네.
흰죽을 끓여 먹여도 주고
누더기 잠자리에 잠도 재웠지.
몸에 걸칠 옷가지 어디서 나랴
앙상한 뼈들이 드러났어라.

때 낀 살갗 속에서도 은은히 비치는
얼굴만은 그린 듯이 아름다웠네.
어머니를 잃어버린 방주 신세에
고생과 괴로움 어이 피하리.

아버지는 진심으로 말할 때마다
방주 방주 부르며 사랑하였고
방주도 순정으로 말할 때마다
아빠 아빠 부르며 자라났다네.

방주는 세 살 때에 말을 배우고
네 살 때는 셈 세기 잘도 하였지.
다섯 살엔 이웃 애와 어깨 겯고 놀며
포구 가 밭머리서 풀싸움하면
조무래기 올망졸망 귀엽다고
보리 싹도 푸른 파도 설레었다네.

여섯 살엔 물레 실을 곧잘 뽑았고
일곱 살엔 우리 글자 통달했네.
여덟 살에 방주는 큰 아이들처럼
까만 머리 제 손으로 빗을 줄 알고
때때로 등잔불 마주 앉아서
《사씨남정기》 낭랑히 읽을 때면
바람 타고 울려오는 고운 목소리

구슬을 굴리는 듯 낭랑도 했지.

아홉 살엔 한문 글자 따라 배우고
열 살 때는 노랫가락 익혔거니
메나리 한 곡조 부를 때면
넘기는 그 목청이 하도 고와서
밭 갈던 농부는 수염 만지고
지게꾼도 길가에서 걸음 멈췄네.

어느덧 방주 나이 열서너너덧
의젓하고 얌전한 어른 되었네.
예절 밝다 소문이 사방에 차고
어여쁜 그 자태는 하늘이 낸 듯
바느질도 통달하여 모두 환하고
길쌈하는 재간도 따를 이 없었네.
이른 아침 베틀에 올라앉으면
저녁녘엔 비단 필 잘라 내는데
은하 강변 직녀의 솜씨런 듯
하늘 무늬 곱게도 어리었다네.

집안의 귀천만을 따지지 말고
사람됨이 어떤가를 보아야 하리.
아름다운 연꽃은 진흙에서 자라고
신령스런 용들도 개천에서 난다네.

이름 좋은 방어만을 고기라 말라
누구도 방주만은 따르지 못하리.

신령스런 지초는 뿌리가 없고
단맛 도는 샘물도 근원이 없거니
이 세상의 이치가 공평해야 한다는
옛사람의 이야기 틀림없건만
유순하고 아름다운 이 처녀에게
마침내 어떤 천대 차례질런가.
방주 가문 미천함을 원망치 않고
하늘땅이 좁은 것만 한탄하였네.

삼복 때가 덥다는 건 알아 왔지만
오늘처럼 더운 날은 처음 당하네.
방 안은 무덥기가 시루 속 같아
진땀이 흘러내려 자리 적시네.
옹배기를 들고 나가 빨래나 할까
문을 나서다가 도로 한숨을 짓네.
하늘에서 이글대는 붉은 해님은
넓은 벌에 불볕을 쏟아 붓는데
흰 자갈 널려 있는 여울목 물은
잔물결 일으키며 반짝이누나.

물결 위에 쏠린 마음 끝 간 데 없어

흘러가는 물 보고 탄식하였지.
물 밑에는 울퉁불퉁 바위 깔리고
기슭에는 푸르싱싱 창포 무성해
바위는 언제건 변함없건만
창포잎은 때가 오면 시들고 말리.
세상 만물 그 이치 알 수 없는 것
방주는 생각에 잠겨 머뭇거렸네.

북쪽에서 내려오는 파총[2] 한 사람
그 기세 드높아 하늘 찌를 듯
황금빛 안장에 수놓은 깔개
검푸른 빛 어룽더룽 얼룩 말 탔네.
우레런 듯 말발굽 울리는 소리
말고삐를 드높이 추켜든 모습
번개처럼 채찍을 휘두를 때면
눈부신 빛발이 번쩍거리네.

양태가 가느다란 제주도 갓에
의양 모시로 지은 도포를 입고
귀 밑에는 백옥관자 늘여 붙이고
허리에는 붉은 비단 실띠 둘렀네.
아홉 자도 넘을 듯 우람한 몸매

---

2) 조선 시대 각 군영에 둔 종4품 무관 벼슬.

두 눈에선 불꽃이 펄펄 이누나.
흰 얼굴 깨끗하여 볼품 좋은데
구레나룻 희슥희슥 서리 내렸네.
시냇가에 이르러 말에서 내리니
뒤따르던 사람들도 걸음 멈추네.

방주 향해 부드럽게 건네는 말
"아름다운 아가씨 편안하시오.
먼먼 길에 뙤약볕 내리쬐고
불구름 사나운 속을 뚫고 오다 보니
길 가는 나그네들 갈증 만났소.
점직하긴 하오만 미안한 대로
아리따운 아가씨 제발 부탁이오.
물 한 국자 떠내어 마른 목 축여 주소."

방주는 길손의 이 말을 듣고
공손히 허리 굽혀 인사하였네.
왼손으로 널려 있는 빨래를 거둬
풀섶에 가지런히 쌓아 놓더니
오른손에 깨끗한 바가지 들고
물가에 내려가서 정히 씻고서
물살을 헤가르며 시내에 들어서니
새하얀 발끝이 거울처럼 어리는데
맑은 물 가득 담아 들고 나와서

두 손으로 공손히 받쳐 드렸네.

파총은 방주의 그 모습 보고
차마 선뜻 손 내밀고 받을 수 없어
머뭇머뭇 몇 걸음 물러서면서
한동안 두 손만 잡고 서 있네.

방주는 그 마음 알아차리고
열적은 듯 부끄러움 거두고 나서
"어르신은 길 가는 손님으로
어디선들 예절을 잊으리까만
갑자기 들판에서 차리는 인사
어떻게 법대로만 따르오리까.
까다로운 그 예법 생각 마시고
어르신 편한 대로 하시옵소서."

파총은 그제야 물그릇 받고
마음속의 기쁨을 참지 못했네.
그 누가 알았으랴 이런 시골서
이처럼 어진 처녀 만나볼 줄을.
'내 나이 이제 예순이거니
사람 겪어 본 경험 하도 많건만
내가 보고 들은 것을 놓고 볼진대
어느 누구도 비길 이 세상에 없네.

아아, 어떻게 생긴 할멈이
이렇게 착한 딸을 낳았다던가.'

볼수록 황홀하고 또 황홀하여
한 몸 가누기조차 못하겠구나.
사람들을 놀래키는 환한 그 모습
산수도 맑은 빛발 비쳐 주는 듯

세상에는 미인이 많다지만
덕스러운 용모는 흔치 않은 법
몸매는 어딜 보나 빠진 곳 없고
이마며 관골 턱이 준수하여라.
미간은 어이 그리 곧고 바른가
방실한 입술에는 윤기가 도네.
오똑한 콧날은 봉황보다 곱고
구부러진 눈썹은 활짱 같구나.
죽순 같은 열 손가락 곱기도 한데
핏기 어린 두 손은 탐스러워라.

마음씨도 너그럽고 온순한 처녀
얼굴 윤곽 희고도 은근하거니
부귀를 누리는 건 말할 것 없고
세상에 드문 복도 지녀야 하리.
하얀 발길 사뿐사뿐 옮기는 모습

아리따운 꽃떨기 피었다 할까
진중한 몸가짐이 산과 같다면
점잖은 움직임은 바다 같구나.
앉으면 땅에 내린 기러기런가
걸으면 날아예는 두루미런가.

앞으로 쳐다보면 관세음보살
뒤를 보면 석가여래 분명하여라.
단아하고 아름다운 그 얼굴에
이목구비 영특하고 명석하거니
그윽한 그 자태는 난초라 할까
영롱한 그 광채는 구슬이랄지.

가까이 바라보면 물새도 같고
멀리서 바라보면 사슴도 같네.
얼핏 보면 바람 앞에 한 송이 꽃
자세 보면 물결 속에 일렁이는 달

시냇가에 누워 있는 외나무다리
다리를 건너서면 사립문 하나
문 밖에선 언제나 까마귀 울고
두어 그루 홰나무 그늘 덮었네.
집 앞에는 맑은 시내 굽이쳐 흐르고
집 뒤에는 웅기중기 바위 솟았네.

사립 안엔 돌절구 놓여 있는데
돌절구 높이는 한 자쯤 될까.

파총은 멀리서 바라보더니
서슴없이 말을 몰아 그 집 찾았네.
사립문 들어서서 좌우를 보니
보이는 것 모두가 괴이하구나.

빠꼼빠꼼 구멍 뚫린 개바자 위엔
여기저기 소가죽 널려 있고
마당가엔 털 무지 쌓여 있는데
토방은 퍽으나 넓기도 했네.

대청 위에 앉은 사람 누구던가.
둘러앉은 그네들은 모두 다 백정
더러는 떠꺼머리 더부룩하고
더러는 짤막한 쇠코잠방이
어떤 이는 가죽을 이기고 있고
어떤 이는 고리 상자 엮고 있는데
이쪽에선 서서 칼을 또닥거리고
저편에선 앉아서 곰국 끓이네.

낯선 사람 온 걸 보고 너무 놀라워
물 끓듯 떠들면서 당황하네.

높은 관리님 보자 질서를 잃고
애 어른 한데 몰켜 어수선하다가
문틈에 끼어들어 숨기도 하고
담장 구멍 빠져서 달아도 나네.
새 떼처럼 뿔뿔이 흩어진 뒤에
방 안에는 흙먼지만 자욱하여라.

주인은 몸 둘 바를 몰라하거니
어느 겨를에 옷매무시 돌볼 수 있으랴.
허리를 구부리고 뜰 아래 엎드려
한참 동안 일어날 생각 못 하더니만
"예부터 우리 집엔 손님이 없고
양반님네 행차는 더구나 처음.
지난밤 꿈자리가 아주 좋았고
오늘 아침 까치가 지저귀더니
귀한 손님 이렇듯 찾아오시니
조상들이 내려 주는 복이오리다."

파총은 이 말 듣고 놀라며
달려가 정중히 일으켜 세웠네.
"이 사람도 세상 풍파 겪어 왔거니
가지가지 일들을 잘 알고 있소.
천하 어딜 가나 모두 다 형제
지나친 겸손일랑 삼가 주소.

내 지금 그대의 집 찾아왔으니
다른 것 무엇을 더 꺼리겠소.
올여름철 더위는 참말 지독해
근년에 이런 더위 드물었소.
길가에 심어 놓은 콩 포기들은
모조리 잎이 타서 남은 게 없소.
이 더위에 길을 가는 나그네 행색
사람들도 말들도 모두 지쳤소.
큼직한 땔나무를 얼른 베어다
저녁밥을 얼른 지어 내오소."

주인이 그 말 듣고 대답하는 말
"그 분부 어이 감히 어기오리까.
우리네 살림살이 가난하지만
다행히도 굶주림은 면하오이다.
독 안에는 얼마간 묵은 쌀 있고
우리 안엔 집짐승도 살이 쪘으나
한 가지 흠 있으니 다름 아니라
변변한 그릇이 없사옵니다.
평생에 처음으로 당하는 이 일
황송하고 부끄럽기 짝 없소이다."

파총은 이 말 듣고 껄껄 웃으며
"주인님은 참으로 고지식하오.

박한 산골 살림살이 다 알고 있소
그런 것을 구태여 탓할 것 없소.
하늘 이고 살아가는 사람은 같아
하늘의 혜택이란 고르니
바리때며 밥 바리 가리지 말고
허물없이 같이 밥상을 받아 봅시다."

주인은 너그러운 이 말을 듣고
얼굴에 기쁜 웃음 가득 실으니
서역의 부처가 거룩하여서
자비심을 베풀어 복을 주었나.
예예, 대답 소리 연신 울리고
이리저리 잰걸음 돌아치는데
방 안으로 들어가 방주 불러서
귓속말로 은근히 부탁하는 말
"귀한 손님 윗녘에서 오셨는데
보아 하니 시장기가 있는가 보다.
부디 너무 지체 말고 어서 시작해
저녁 진지 정성껏 지어 올려라."

이 말 듣고 방주는 기뻐하였네.
얼굴에는 담뿍이 웃음꽃 싣고
부엌에 내려가서 깨끗이 손 씻고
치맛자락 날리며 밥을 지었네.

김제 벌 하얀 입쌀 깨끗이 쓿으니
기름기가 자르르 옥보다 희네.
닭국에는 참깨 기름 두둥실 뜨고
잉어회에선 겨자 냄새 코를 찌르누나.
부추 다진 식해 맛은 약간 매웁고
미역 넣어 끓인 국은 푸른빛 도네.
언제나 남새 중에 으뜸이라며
사시장철 늘 먹는 싱싱한 무
은실같이 가늘게 채를 쳐 내니
밥상에선 그것도 한몫 본다네.

아버지는 손에 익은 솜씨가 있어
잠깐 사이 새끼돼지 까눕혔는데
눈빛같이 새하얀 목덜미 고기
연하고도 단맛이 비길 데 없네.
별의별 반찬 가지 얼른 만드니
어이 그리 소담하고 정결하던가.
창문 곁에 놓아둔 찰기장 술은
향기가 뭉클 나고 눈이 시그럽네.

높다란 대청에다 대자리 펴니
자리는 부드럽고 산뜻하여라.
한가운데 자리 내어 손님 앉히고
더위를 쫓느라고 부채질하네.

더운 바람 어느덧 한풀 꺾이고
정자 나무 그림자 길게 누울 때
주인은 제 손으로 밥상을 들고
공손히 꿇어앉아 음식 권하네.

"너무나도 갑자기 겨를이 없어
잘못 선 밥이라 면목 없수다.
더구나 이내 몸은 마누라 잃어
딸자식이 도맡아서 동자를 하니
흉내는 그럭저럭 내려 했지만
입맛이야 그 웬걸 돋구오리까.
요즈음 나라법이 하도 엄하여
소고기는 더더구나 볼 수 없수다."

파총은 저를 들고 집기도 전에
마음속의 감격이 그지없었네.
알락달락 빛깔이 눈을 끄는데
진수성찬 냄새가 코를 찌르네.

아낙네들 일거리가 하도 많지만
그 가운데 음식 솜씨 첫째라는데
음식 솜씨 이처럼 뛰어났거니
다른 일은 물어서 무엇 하리오.

마당 가엔 어느덧 황혼 깃들고
나무 끝엔 선들선들 늦바람 일더니
처마 위로 떠오른 둥그런 달은
널따란 마루 위에 빛을 뿌리네.
드리웠던 조각구름 활짝 개니
은하수는 비단 필인 양 찬연하구나.
이 세상 삼라만상 잠들어 가도
한밤은 대낮처럼 달이 밝아라.

마부들은 마당 가에 곤드라져서
이리저리 머리 두고 잠들었는데
파총은 주인 향해 말을 하였네.
"방 안으로 들어가 얘기나 합시다.
잠시나마 우리 서로 사귀게 되니
이제 무슨 흉허물 있으리이까.
예부터 벗을 사귀는 마당에서는
한번 보고 속내를 터놓았다오.
사람의 일생이란 하루살이라
좋은 밤을 또 만나기 정말 어렵소."

주인은 이 말 듣자 그 자리에서
머리를 조아리고 고쳐 앉으며
"한가마밥 먹은 것도 황송한 터에
한자리에 앉는다니 될 말이외까.

신명의 황황한 눈 번개 같거니
하늘이 두려워서 못 하오리다."

파총은 너그럽게 웃음 지었네.
"지나친 공손은 예절이 아니라오.
의롭게 믿는다면 다 친구가 되고
정이 들면 형제처럼 가까워지니
그 누가 우리 둘이 사귀는 것을
하늘이 탓한다며 시비하겠소."

주인은 이 말 듣고 감격해하며
조심조심 마루 위에 올라와서는
무릎을 마주 대고 가까이 앉으니
양반 상놈 구별이 어데 있으랴.

대숲에는 이슬방울 똘랑똘랑 돋고
처마 끝엔 뭇별들 반짝이는데
반딧불 껌뻑껌뻑 날아 지나며
두레우물 희미하게 비쳐 주네.
사방이 쥐 죽은 듯 조용해지자
파총은 이제런 듯 말을 꺼냈네.

"우리 집엔 다 자란 사내가 있고
이 집에는 아리따운 처녀가 있소.

사나이 성장하면 장가를 들고
처녀가 나이 차면 시집가나니
시집 장가 가는 것도 때가 있는 법
맞춤한 때 놓치지 말아야지요.
바라건대 주인님 망설이지 말고
좋은 대답 한마디 들려주시우."

주인은 이 말 듣고 깜짝 놀랐네.
가슴이 답답하고 억이 막힐 듯
못 들을 그 무슨 말 들은 것처럼
이야기는 들었으나 대답 못 하네.

"제 비록 어리석고 우둔하지만
이 세상 물정이야 알 만하지요.
짚으로 삼은 신은 제 날이 좋고
삼으로 짠 베도 제 씨가 좋다우.
예부터 이 세상 천한 놈 중에
우리 같은 백정이 제일 천해서
남의 집 종만도 못한 이 신세
광대들이 오히려 영화롭다오.
양반 상놈 차이란 하늘땅 차이
혼사란 말 이 어찌 합당하리까.
이놈에게 무슨 죄가 있사옵거든
차라리 된매라도 쳐 주옵소서.

머리가 어찔하여 정신 흐리고
팔다리가 굳어져 말 안 들으니
당치 않은 그 말씀 왜 하시외까.
나으리가 나를 놀래 죽이시리다."

파총은 귀 기울여 이 말을 듣고
고개 들고 껄껄껄 웃어 보였네.
"귀한 자는 조상 덕을 물려받았고
천한 사람 복을 못 타 가난하지만
공평하고 변함없는 세상 이치야
모든 사람 한결같이 살아가는 것
하건만 공연히 등급을 갈라
이 세상은 지옥처럼 되었소그려.
불행히도 주인님은 백정이 되어
저자에서 짐승 고기 각을 뜨지만
착한 분은 제 위치에 만족해하고
소인들은 요행수로 빠져나가지요.
어찌 알리까 지금의 푸줏간 일이
벼슬 사는 우리보다 더 좋을는지.
이 늙은이 천성이 고지식하여
시속에 휩쓸릴까 저어한다오.
제 싫으면 이웃 간 원수로 되고
마음 맞으면 딴 나라 사이도 혼사하나니
우리들 사이좋은 사돈 맺자면

말 한마디 약속하면 그만이지요.
가난한가 부유한가 물을 것 없고
양반이다 상민이다 따질 것 없소.
잘되는가 못되는가 앞날의 일은
저희들의 팔자에 매인 것이지
백 가지 중 사람 하나 똑똑하다면
그 나머지 탓할 일 무엇 있겠소."

주인은 이 말을 듣기만 하고
잠자코 앉은 채 대답 않누나.
숨죽이고 머리 숙인 방주 아버지
어데다 몸 둘지를 몰라하여라.

묻노라 파총은 그 누구던가
그이는 옥산 사는 양인집 자손
높은 벼슬한 가문의 종손으로서
대대로 좋은 문벌로 서슬 푸른데
파총은 어릴 적에 풍파를 만나
고향을 등지고서 유랑하였지.

파총은 어려서 부모 여의니
의지할 곳 어데랴 형제도 없었네.
외로운 몸은 항상 비틀거렸고
구슬픈 생각 못 이겨 속 썩였네.

앞산에 올라가 나무할 적에
구불구불 험한 산길 톺아 오를 때면
초겨울 찬바람은 뼈에 스미고
날씨는 음산하여 눈비 내리니
산골짝 시냇물에 낫을 갈려면
숫돌 위에 물이 튀어 아롱지는데
사나운 호랑이 옆에서 울고
검푸른 멧돼지도 울부짖었네.
숲 속에는 층층이 얼음이 얼고
비탈길에 서리 깔려 미끄러운데
손발은 주글주글 얼어 터지고
잠방이는 정강이도 못 가렸네.

서산에 너울너울 해 넘어가고
지루한 산비탈 길 멀고 험하여라.
구리개 찾아가서 끼니 에웠고
남대문 밖에서 쪽잠 들었네.
갈림길에서 구슬퍼 노래 부르면
눈물은 왜 그리도 헤펐던가.

나이 들어 가까스로 형편이 펴
용강 기슭에서 더부살이했네.
강가에 오고 가는 모든 사람들
생선 장사 경기 좋다 권했는데

물고기 파는 일도 철이 있어서
장사 물계 밝아야 할 수 있는 일

어떤 해는 동해 가에 풍어가 들고
어떤 해는 서해 고기 한몫을 보고
어떤 해는 남해 가에 고기가 많고
어떤 해는 북쪽 바다 고기 흔하고
그러다가 가끔가끔 어떤 해에는
고기 떼 도망쳐서 빈손 터는데
서쪽이 비싸면 동쪽이 눅고
남쪽이 눅으면 북쪽이 비싸
물고기 비쌀 때는 주옥 값이요
물고기 눅을 때면 헐값이었네.

삼월달 조기 철에 조기를 싣고
모진 바람 무릅쓰고 배 몰아가면
제비 여울 물갈기 허옇게 일어
기와 지붕마루보다 높이 솟았네.
사월이라 도미 철 도미를 팔고
오월이면 준치 잡아 파니
한 마리에 한 닢하고 귀가 달리며
두 마리엔 엿 돈하고 나머지 있네.
한 짐을 걸머져야 겨우 서른 관
이만하면 사람 힘에 알맞춤하리.

좁은 길에 말 세내면 더 낫겠지만
운임이 엄청나서 수지 안 맞네.
혹시나 장사 본전 밑진다 해도
노자는 그 속에서 남아야 하리.

장삿속은 물건에 달린 것이라
이득을 억지로 생각할 것 없네.
어찌 백성들 입에 들어갈까
높은 관리 입맛만 돋워 줄 뿐.

유월이면 양양으로 들어가는데
양양 땅엔 어부들이 많고 많으니
바다 기슭 사이사이에 끼어 있다네
오막살이 여기저기 제비 둥지인 양.

붉은 빛깔 송어는 맛도 달지만
소담스런 살점엔 붉은 점 찍혔네.
연어 알은 붉고도 윤기가 돌아
반짝이는 구슬을 꿰어 놓은 듯
이 고장 사람들은 늘 먹지마는
빛깔이며 고기 맛 가리지 않네.

강원도 양양 땅은 큰 도회지
낙산사는 어이 그리 웅장하다더냐.

동대의 바위들 허물어진 곳에
고운 꽃 떨기떨기 피어났구나.

사람들 전복 따려 떠나갈 때면
노래 웃음 바닷가에 떠들썩하네.
어떤 사람 전복 따기 쉽다지만
내 보기엔 전복 따기 정말 힘든 일
흔들흔들 쪽배 위에 몸을 실으면
달팽이껍질인 양 마음 조이는데
왼손엔 대바구니 줄 매어 잡고
오른손엔 쇠작살 꼬나들었네.

바다와 맞닿은 듯 하늘 푸른데
파도는 처절썩 창공을 치네.
그 앞으로 노를 저어 몰아 나가다
닻 내리어 기슭에 버티어 놓고
가슴에다 뒤웅박을 비끄러매고
두 손에는 고래 기름 바르고 나서
몸을 굽혀 바닷속을 내려다보면
물은 맑고 바위 서슬 날카로운데
몸을 던져 한 번 솟고 또다시 솟아
곧바로 거센 물결 박차고 내려가니
처음에는 빈 껍질을 매만져 보고
두 번째로 바위 끝을 더듬어 가다

세 번째 요행으로 전복 잡으면
목 쳐들고 물 밖으로 솟아오르네.

눈 비비며 뱃전에 올라앉으면
두 귀에선 맑은 물이 샘솟듯 하네.
물속에 가라앉고 떠오르는 것
예부터 뒤웅박의 신세 지는데
눈 깜박 새 아차 한번 실수하면
목숨을 빼앗기기 쉬운 일이니
이 고장에 살아가던 숱한 사람들
태반은 파도 속에 장사 지냈네.

모랫벌에 얼굴 검은 늙은 할머니
하늘을 바라보며 울며 하는 말
"우리 아들 전복 따러 바다로 나가
열흘이 지났어도 안 돌아왔소.
재작년에 제 아버지 목숨을 잃고
지난해는 제 형이 뒤따라갔소.
그들 모두 물귀신의 밥이 됐으니
이 어찌 수명이 짧은 탓이겠소.
이름이 관청 문서에 한번 오르면
아무리 피하려도 피할 수 없소.
전복을 딸 때에는 한 개씩 따서
가난한 사람들은 귀히 여겨도

전복을 먹는 사람 천 개씩 먹고
부자들은 이것을 천히 여기며
날마다 산더미로 실어 들이어
부엌이며 창고에다 쌓아 두고서
짓씹고 짓밟아 내버리면서
수많은 종들까지 배 두드린다오.
한밤중에 바다 마을 개가 짖으면
관가 아전 동네방네 쏟아져 나와
수많은 어부들을 몰아내다가
무섭게 호통치고 매질한다오.
'새로 오신 사또님 다담상 위에
생전복 못 오른 게 벌써 두 끼다.
저놈의 뱃놈들은 밉기도 하다
막히고 미련하기 꼭 소 같나니.'
바치라는 독촉이 성화와 같아
된 매질이 빗발처럼 내리친다오."

어부 할미 통곡을 하니
울음소리 하늘가로 사무쳐 가네.
바다 벌레 전복이 원수로구나.
아들은 어이하여 못 돌아오나.

이웃집 놋대야 전당 잡히고
뒷집의 단벌옷 팔아 왔노라.

애를 써서 돈냥을 마련했으되
많은 전복 사다 댈 길 막연하구나.

아아, 바닷사람 고된 일 중에
전복 따는 고생이 첫째이어라.
그 누구 이 사정을 나라에 알려
어부들의 이 고생을 덜어 주려나.

칠월이면 숭어 잡아 숭어를 팔고
팔월이면 민어 잡아 민어 파는데
민어 장사 잇속이 괜찮아서
영종도의 민어라면 제일로 치네.

구월이라 마가을 농어 살찌면
남해 바다 향하여 달려간다네.
남해는 두 고장을 끼고 있어
고장 따라 풍속도 서로 다르니
영남 쪽은 거센 성미 호랑이 같고
호남 쪽은 깜찍하기 양과도 같네.
물고기 값 백 배는 헐하다면서
탐욕스런 장사치들 떼로 모이네.
어떤 때는 기회 보아 꾀를 써 가며
조그마한 잇속 위해 다툼질하고
저울 눈금 한 눈만 어그러져도

대낮에 칼부림쯤 서슴지 않네.
정말로 남쪽 땅은 인심 사나워
북쪽처럼 선량한 맛 전혀 없다네.

산천을 뒤흔드는 모진 바람에
날리어 갈 곳이란 어데이더냐.
정처 없이 떠다니는 나그네러니
첫새벽에 짐을 꾸려 북쪽 향하네.
철령 고갯길은 험준도 해라
어둑한 골짜기엔 진펄이 펼쳐
단풍나무 잣나무 숲 속에 묻히고
너럭바위 돌길에는 마 넝쿨 얽혔네.
길섶의 바위 모양 하도 험하여
말도 발굽 멈추고 망설이더니
사나운 짐승들이 울부짖으매
몸 숨길 곳 찾느라 머리 돌리네.

막히면 트이는 건 만물의 이치나
위험에 다다르면 걱정도 많네.
그러나 내가 갈 길 아직 멀거니
지친 몸 무릅쓰고 가고 또 가네.

시월이라 강서리 잔뜩 내리고
바다에는 파도가 높이지는데

어부들 모여들어 주고받는 말
명태 떼가 물결 따라 몰려온다고
콧대를 높이 들고 떠들어 대며
사람마다 기쁨 넘쳐 껄껄거리네.
"올해엔 아마도 신수가 좋아
먹고 입을 걱정이 풀리려나 봐."

키잡이 잘하는 사공을 시켜
이리저리 뱃길을 알아도 보고
황철나무 다듬어서 돛대 만들고
결 굳은 박달나무 키도 만들어
마상이는 물결 따라 아래로 가고
다른 배는 물 거슬러 올라오는데
키 잡으니 제비보다 더 빨리 달려
수면에서 북처럼 서로 어기네.

간 데마다 고기 그물 벌여 놓으면
고기 떼는 그곳으로 몰려든다네.
잘 걸리면 만 섬쯤 달려 나오고
못 걸려도 백 섬은 그물에 들리.

앞으로 닥쳐올 깊은 항구의
물고기 떼 동향을 속궁냥하네.
첫 고기 떼 바다에 떠오를 때면

콩알 같은 물방울이 일어나는 법
바람에 휘뿌리면 구슬 알 같고
물 위에 떨어지면 비단 무늬세.

키잡이 배 나는 듯이 달려 나가며
고기 떼의 뒷길을 끊어버리고
촘촘히 둘러친 그물마다에
빠져나갈 구멍을 막아 놓았네.

조금 있다 썰물이 밀려 나가고
키잡이 배 좌우에서 그물 당기니
어부네들 손세에는 새 힘이 솟고
어기여차 노랫소리 하늘에 퍼지네.
그물은 물 밑에서 배불렀는데
벼릿줄 끌어당겨 뱃전에 올리며
말아 올리면 뱀 허리 둘러싼 듯
쏟으면 새 날개 너울거리듯

가련하다 그물 속 물고기 무리
넋이 빠져 모두가 몸부림치네.
은빛같이 번쩍이는 고기비늘이
아무 데나 닿는 대로 떨어지는데
작은 놈은 잠깐 새 죽어 버리고
큰 놈들만 한참 동안 기를 쓰누나.

질척질척 이겨 놓은 진흙이런가
풀뚝풀뚝 끓고 있는 죽탕이런가.
스적스적 쌀 이는 소리도 나고
삭둑삭둑 남새 써는 소리도 나네.
여기저기 사방에서 갈구리 들고
아가미며 몸뚱이를 찍어 넘기니
물고기와 사람들 원수진 일 없건만
잠깐 사이 죽은 고기 높이 쌓이네.

나쁜 놈 좋은 놈 언제 따지랴.
하루아침에 모조리 몰아 죽이니
앙화의 시초는 복희씨 열고
재난의 첫자리는 헌원씨라네.
사냥하고 고기 잡는 법을 내놓아
생명에 해 끼치는 근원되었네.

하늘이 낸 물건을 다 잡아내니
욕심이 너무도 심하지 않나.
사나운 바닷바람 고이 잠자도
살기는 한가득 서려 있는데
아득히 먼먼 바다 바라다보니
지는 해도 시름 속에 잠겨 있는 듯
기쁨이 사라지고 쓸쓸해지니
하늘의 노여움을 받아서인가.

든건대 을유년[3]에 바람 불 때도
바다의 신령이 노했다네.
하물며 지금처럼 먹구름 일고
흙비가 빗발치듯 하는 때랴.
대낮은 캄캄하여 그믐밤 같아
온 천하는 어둠에 깊이 잠겼네.
배들이 길을 잃고 서로 부딪쳐
인명은 파리 목숨 다름없구나.
(이 아래는 없어졌다.)

古詩爲張遠卿妻沈氏作

山中有桂樹　托根崇巖路
悲風倏漂搖　柯葉自相顧
異鳥來其傍　五采含亨章
紺趾握仁義　性和體安康
失侶於雲衢　單飛淚如濡
歲寒竹實荒　啾啾岐道隅
寄聲世間人　念我恒苦啼
生女凍殺可　莫作蕩子妻
蕩子不歸周　冤氣漲空閨

---

3) 을유년은 1765년.

君家誠易識　幼少住湖南
湖南五十州　長谿味最甘
祖世楊水尺　慣愛浦邊柳
柳豊令人肥　柳歉令人瘦
阿父妙手工　精緻世無比
南市賣矮籠　北市鬻箕子
錐刀日中集　皆言製造美
大兄邑貿販　小兄營懸坊
中兄業胃脯　長夏烹狗醬
里社冠婚禮　往宰猪與羊
霍霍磨霜刃　何曾鈍寸鋩
手功銅廿葉　俎價肉一斤
平時忽棄之　急處招殷勤
阿父柔且善　胖黑頗有鬢
晚暮雌騾子　呼爾小蚌珠
蚌珠纔斷乳　渠母在鬼錄
阿父養蚌珠　淸涕霍漉漉
餌以煮糜粥　藉以弊絮褥
渾體無所掛　嶒崚骨瘦瘠
隱映垢膩間　眉目粲若畫
渠旣失所恃　豈敢憚勞劬
阿父眞情言　口口稱蚌珠
蚌珠眞情言　口口稱阿父
三歲了語音　四歲解方數

五歲肩隣粲　鬪草渡口田

田頭稗子斑　麥苗青葱芊

六歲識繅絲　七歲通諺書

八歲髮點漆　學姊能自梳

時向華燈下　朗吟謝氏傳

微風送逸響　琮琤破玉片

九歲辨晉字　十歲曉歌詞

短闋山有花　延曬益凄其

耕父坐捋鬚　擔夫駐路歧

荏苒十三四　幽閒儼成人

儀體盈萬方　艷態由天眞

鍼線旣通聖　紡績更無倫

淸晨入機杼　薄暮成七襄

睆彼雲漢流　昭回爲天章

莫以地貴賤　看取人賢愚

菌苕發泥淖　虫幾蟲産溝渠

食魚何必魴　齊姜亦不如

靈芝旣無根　醴泉寧有源

洪勻不偏與　至哉先民言

婉變閨房秀　畢竟怎下落

不怨門戶卑　但恨乾坤窄

劇知三伏熱　今日偏獨甚

深屋烘似甌　粉汗透衾枕

提甕洴澼可　出門氣還吀

大明赫天衢　朱曦散平蕪
淸淺素石灘　文漪漾縈紆
愛波情未極　逝者如斯夫
礧礧澗底磐　鬱鬱河畔蒲
磐性難轉移　蒲性易凋萎
物理亮莫測　感此空踟躕
把摠從北來　意氣凌靑天
金鞍繡障泥　寶馬鐵連錢
轟雷殷四蹄　高擧紫遊韁
揮鞭若奔電　爗爗爛輝光
耽羅細量笠　宜陽縹紵袍
鬖髿白玉圈　腰橫紅錦絛
身材九尺强　舀舀眼彩揚
爲人潔白晳　勒鬢微老蒼
臨流滾下馬　從者羅道傍
怡聲禮娘子　娘子平安不
長程舖火傘　赤雲滲炰炰然
慙愧行路人　中暍慘無顔
申乞小娘子　勺水沃喉乾
娘子聞此言　磬折齊且肅
左手撕澣汙　整頓莎岸曲
右手搦瓢子　下渚拭乾淨
亂流趨中央　素足明如鏡
盛取淸水歸　長跪擎進之

把摠見敬容　不忍親自持
逡巡亦長跪　拱手聽所爲
娘子識此意　謖然斂羞眉
大人上道客　造次寧失儀
倉卒野中禮　安得如度焉
脫略細節文　大人且尊便
把摠捧水瓢　心下大歡喜
誰謂菰蘆叢　見茲女名士
老夫閱歷多　六旬今年紀
耳目所睹聞　誰某可比擬
嘖嘖何物嫗　篤生寧馨兒
神精忽恍惚　四體諒難支
英彩動左右　山水媚淸輝
艶色天下衆　德容世上稀
三停旣圓滿　五岳秀且峻
平正印堂好　寬舒門竈潤
蘭臺懸鳳膽　彩霞彎鵲弓
十指春筍柔　雙掌嗅血紅
心相淑溫惠　輪廓皎而深
富貴不足道　福祿罕古今
盈盈移玉趾　冉冉出素蓂
凝若泰山重　蘊若黃河渾
沈若秋鴈落　逸若春鴻翻
前瞻觀世音　後眺釋迦尊

莊嚴端妙相　七竅皆靈通
幽芳襲蘭茝　光氣洞玲瓏
近看轉沙衍　遠看度林樾
驟看風動花　細看波漾月
谿邊獨木橋　橋盡映柴門
門外老鴉叫　古槐蔭數根
屋前清溪繞　屋後亂石蹲
門內安石臼　石臼高尺許
把摠望見之　便卽驅馬去
入門先左顧　所見多所怪
鬅鬆麂眼籬　纍纍牛皮掛
脩庭堆氄毮　土軒頗圜宭
滿堂者誰子　匝坐高手匠
或垂奔蓬鬢　或曳犢鼻褌
或按瘦衛鞈　或織樿條箱
或立鳴彎刀　或坐爛羊胃
忽驚生客至　叫嚷如鼎沸
尊卑失次序　老幼渾雜糅
紛紛牖竇竄　溜溜垣穴走
斯須鳥獸散　塵芥遍荒阢
主人手腳忙　奚暇檢衣履
傴僂下階伏　良久未敢起
由來小屠家　衣冠豈曾到
前宵夢兆佳　今晨乾鵲噪

貴客儼然臨　祖先介景祉
把摠聞此言　趨進敬扶止
老夫涉世人　凡幹熟消詳
四海皆同胞　謙讓太過當
老夫旣來此　那復置嫌疑
聊知今夏暑　近歲罕如茲
道周荳藿葉　焦黃靡孑遺
辛苦道路色　人馬幷飢疲
翹薪薄刈楚　夕飯兼速炊
主人摧謝道　盛敎焉敢違
小屠家雖窶　幸免常苦饑
甔石略庋儲　畜牧頗腯肥
所欠只一事　器皿難另備
平生始創睹　悚兢恧而愧
把摠呵一呵　主人眞疎迂
薄俗嗜鄕闇　野態亮難誣
等是頂天流　蒼穹賦與敦
不揀鉢與盂　寧嫌共飯湌
主人聞此言　喜氣浮鼇眉
西方活佛聖　慈悲錫純禧
諾諾復喈喈　起身走輒踽
入室呼蚌珠　密地勤叮囑
貴客上道來　所見似空腹
愼莫且稽留　進支宜精熟

蚌珠聞之喜　笑容如可匊
洗腕廚房下　裙聲亂飄儵
金堤戎稻飯　精鑿潤於玉
雞燔荏糝滑　鯉膾芥醬馥
蠯菹味稍辣　海帶羹更綠
蔓菁食四時　菜族爲宗祖
縷切銀絲細　登盤粲可數
阿父手段慣　頃刻推猰子
雪白項攢肉　甘嫩實尠比
斯須辦妙膳　蕭澹楚又潔
䐉頭黑黍酒　芳醲猫眼裂
高堂鋪篁簟　簟膩瀞似氷
勸客坐中央　搖扇敲炎蒸
暑氣盪蚊蚋　庭木頹朱曧
主人親捧飯　前前敬曲跽
苦辭造次間　齷齪太率易
小屠匹已閿　賤媳遂中饋
方法雖粗解　調和豈適味
近來邦禁嚴　黃肉況復貴
把摠未下箸　感激心內意
華彩倏媚眼　珍臭已觸鼻
婦人百行要　先從酒食議
饌品既如此　不須問甚事
天色漸曛黃　木末生微涼

新月動簷隙　軒宇透清光

碧雲掩復開　河漢粲錦繡

蕭蕭群動息　時夜明於晝

僕夫倒庭除　枕藉眼如豿

把袂懇主人　入室叙情話

暫時主客誼　寧復有嫌芥

自古交埸言　一見猶傾蓋

浮生若蜉蝣　良宵難再會

主人得聞之　扣頭便拜跪

同鼎尙自可　幷坐罪當死

神目電晃晃　那不畏天爾

把袂嘻嘻道　過恭殊非禮

義孚皆朋舊　情深卽兄弟

誰謂天公意　以茲限級陛

主人聞此言　黽勉遵階右

款曲促膝坐　等秩更何有

湊湊露滴篠　耿耿星在霤

夜久熠燿飛　明減照莟毿

四隣寂無響　把袂始乃語

儂家有美男　君家有好女

男大必迎室　女長必迎夫

摽梅其實七　良時安可踰

願君勿蘄持　言下當肯兪

主人聞此言　臆塞心膽愧

如得父母名　可聞難可謂

小屠雖迷劣　亦能辨涇渭

芒鞋愛同經　臁布愛同緯

由來下賤者　先頭數白丁

人奴尙不如　倡優反爲榮

霄壤未足比　議論豈敢期

小屠若有過　棍箠任所爲

魂魄不相附　四體無一可

是言奚宜至　進賜驚殺我

把摠聞此言　呀呀還大咲

貴者承祖廕　賤者禀薄祿

絪縕化醇理　均齊元不贄

爭奈缺陷界　較似阿鼻獄

不幸屠市翁　手劈禽獸肉

君子安所蹈　小人倖苟免

寧知爾鼎俎　不羨我軒冕

老夫賦性迂　恥隨流俗奔

緣乖晉秦讎　誼合胡粵昏

惠好姻親約　端的片言存

貧富本不問　地閥誰敢論

將來窮與達　八字所關係

百中當身一　餘外復何計

主人得聞之　默默不復語

低頭屛氣息　措躬昧處所

借問把摠誰　玉山良家子

蟬聯留侯胄　奕赫世趾美

少小嬰憂患　飄宕去鄉里

哀哀劬勞恨　罳罳終鮮恥

零丁且伶俜　惻愴心內傷

采樵南山下　詰屈險羊腸

孟冬北風寒　天嚴雨雪雰

磨鐮高磵水　水激厲石斑

猛虎啼我側　青兒嘷我間

層氷結叢薄　文澌滑危棧

手足跰胝胼　短褐不掩骭

奄奄日崦嵫　漫漫阪剻施

霑飡銅街店　寄宿八牌市

悲歌歧路際　清涕何纍纍

中歲稍有涯　贅食龍江澳

江上往來人　皆言賣魚好

賣魚亦有時　賣魚亦有道

歲子東魚盛　歲午西魚長

歲卯南魚富　歲酉北魚穰

辰戌與丑未　魚族多空亡

西貴東必賤　南賤北必貴

貴必如珠貝　賤出如土卉

三月載石首　舸艤冒風惡

燕灘浪頭白　炭於瓦官閣

四月販鰣子　五月販蹲鴟

單尾州葉零　兩尾六錢奇

一擔三十貫　人力便相宜

輭路勝似馬　駄價逈不同

假使折本了　盤纏出其中

葦條物所有　贏縮不更費

肯落閭巷口　秖充卿相胃

六月上襄陽　襄陽漁戶衆

雜處崖薄間　懸屋若罍空

楨鮴甘如乳　肥肉點絳雪

鱋卵紅且潤　璀璨火珠綴

土人頓頓喫　色味誰鑑別

關東大都會　洛山何雄哉

東臺巖石缺　艷花無數開

蜒子朵鰒去　歌笑凌驚湍

人道朵鰒易　我道朵鰒難

搖擺小艇子　劇似螺蛳殼

左擊竹筌繩　右擎鐵叉槊

海宗與天齊　汨漱黏空碧

驅槳詣其前　下碇據乎額

胸着無口匏　手撒鯨版脂

低身俯見之　水清石矗矗

翻然跳一跳　直向洪波沒

初摘摹虛甲　再摘摹山骨

三摘幸得中　引頸始出水
盼盼艙間頹　清泉湧兩耳
迤來沈與浮　黿也主張是
失手頃刻際　性命在尺咫
蠢蠢此中人　太半濤頭死
沙干黑漁媼　咿嘎拜日哀
阿兒采鰒去　一旬終不廻
曩歲渠爺罷　去歲渠兄續
端爲水鬼餌　豈關年命促
姓名塡公薄　逃躲亦維谷
采者一箇鰒　貧者千純穀
唉者千箇鰒　富者一粒粟
輸來日堆積　充塞庖廚屋
嘔咟兼踩蹂　彭張群奴腹
海犬中夜吠　官差鬧村茇
驅出衆蜒子　咆哮鞭朴之
使道茶啗床　生鰒闕兩次
赤幘彼蜒子　冥頑似牛牸
徵督星火急　白挺如雨墜
漁媼拊膺哭　哭聲徹蒼天
海蟲眞冤讎　阿兒胡不旋
前隣典銅鑵　後隣賣單袴
錢兩艱辛覓　貿易竟無路
吁嗟海夫役　莫如采鰒苦

誰能扣君門　洪恩寬漁戶

七月賣秀鯔　八月賣鮰鰾

鮰鰾利堅白　永宗品最矯

九月鱸魚肥　邐迤走南洋

南洋介兩省　風俗略相當

近嶺猛如虓　近湖悍如羊

廉賈百之一　貪賈鬱成行

乘時射機巧　於利鬪亮芒

失意錙與銖　清晝飛劍揚

信知南土惡　不如北土良

大風卷地來　飄飄吹何處

游子期行邁　束裝向天曙

鐵門谿碅峻　陰黑下沮洳

深林隱楓栝　盤磴垂薯蕷

中路石色改　我馬立猶豫

時聞猛獸叫　回首窺割據

物理限通塞　安危動百慮

吾道悠悠始　疲苶且前去

十月嚴霜厲　海門波濤鴻

漁子競相語　明駝吹浪動

高鼻亂諜聒　咭咭喜口滿

今年直星好　果得衣飯碗

分付善梢手　料理通溟澥

黃樹爲帆柱　白檀爲尾舳

唐兜上瀧澳　　勺佝下瀧涯

水顔竄梭逐　　挧柂捷於燕

群鱗輻輳轂　　去處隨條立

劣條畜百斛　　選條朶萬鍾

暗占魚氣候　　前期深港口

泡沫細似荳　　頭隊上海時

萬波紗紋皺　　散風灑瓊霙

截斷來路後　　耳船飛渡出

壹壹防逸漏　　密密布網子

耳船左右張　　斯須潮始吸

呼聲破彼蒼　　衆手逞神力

挈罟提其綱　　穹窿萬目呀

覆之鳥翼颺　　匝之蛇腰繞

蕩魂都奔忙　　可憐猩介族

所觸無幸亡　　鰭甲齊銀屋

大者猶倔彊　　小者延晷刻

粥粥若滾湯　　戢戢若游泥

掮掮若斷蓋　　叟叟若淅米

摛搊輒中吭　　四面鉤子戟

瞬息庤坻京　　爾我無嫌猜

何論否與臧　　驅打一朝盡

禍首軒轅最　　厲階庖犧始

反爲生成害　　設法敎佃漁

嗜慾無已泰　　天物罦暴殄

猩飈凝不開　殺氣盛蔚薈
窮溟一以眺　黃日愁晻曀
歡娛變蕭瑟　神理詎微沫
傳聞乙酉風　海靈赫斯怒
況此陰雲擁　土霾降如雨
窈窅羌晝晦　昏黑埋天宇
舟楫自相墜　軀命輕鴻羽

(下缺)

질 버치엔 정어리가 그득

— '우해이어보牛海異魚譜' 에서—

머리말

　우해란 진해의 딴 이름이다. 내가 진해로 귀양 온 지 이미 두 해가 지났다.

　섬의 외진 구석에 있어 문 앞에는 큰 바다가 잇닿아 있기 때문에 다만 배꾼이나 어부들과 "너", "나" 하면서 허물없이 지내고 각양각색의 어족들과 친근해지고 있다.

　내가 들어 있는 주인집에는 조그마한 고깃배 한 척이 있고 나이가 여남은 살 되는 아이가 있는데 아이는 글자도 몇 자 안다. 나는 매일 아침 다래끼를 메고 낚싯대를 들고 아이에게는 담배며 차며 화로 등속을 갖추게 하여 배를 저어 바다로 나간다. 그리하여 출렁이는 사나운 파도 속을 오가는데 가까우면 삼 리에서 오 리, 칠 리 정도이고 멀면 십 리, 백 리도 나갔다가 자고서 돌아오는데 일 년 사시절을 줄곧 이렇게 하였다. 그러나 고기를 잡는 것이 업이 아니라 다만 날마다 듣지 못하던 것을 듣고 보지 못하던 것을 보는 것을 하나의 재미로 여겼다.

　물고기들 가운데서 괴상하고 신기스러운 것들은 이루 헤아릴 수 없을 정도이다. 그러니 바다가 뭍보다 넓고 바다에 사는 물고기가 뭍에 사는 짐승보다 많다는 것을 비로소 알게 되었다.

그리하여 한가한 날 붓을 움직여 생각나는 대로 그 생김새와 빛깔, 성질, 맛 같은 것을 모두 기록해 두었다. 그러나 능어, 잉어, 상어, 방어, 연어, 오징어같이 누구나 다 아는 것이거나 바다말, 바다소, 바다개, 바다돼지, 바다양처럼 물고기라고 하기 어려운 것들과 자질구레하여 형용하기조차 어려운 것, 그리고 방언으로 된 이름은 있으나 무슨 뜻인지 모르겠고 비속하여 알 수 없는 것은 다 빼 버리고 적지 않았다.

이렇게 적어 둔 것이 한 권인데 지금 그것을 다시 정리하여 '우해이어보牛海異魚譜'[1]라고 이름 붙였다.

뒷날에 만약 은전을 입어 살아 돌아가게 된다면 마땅히 농사꾼, 나무꾼 들과 함께 일하다 쉴 참에 이것을 보며 멀리 떨어져 있는 남해 바닷가의 풍속과 물산을 이야기함으로써 석양 녘에 피로를 푸는 하나의 웃음거리로 삼으려고 할 뿐 감히 박식한 선비들의 지식에 보탬을 주리라고는 생각지 않는다.

계해년(1803) 9월 29일, 한고루자寒皐鸓子는 셋집 우조헌雨篠軒에서 쓴다.

---

1) 김려는 '우해이어보'에 진해 지방에서 본 물고기들에 대하여 쓰고서 '우산잡곡왈牛山雜曲曰'이라 하고 시를 붙였다. '우산잡곡'은 물고기들의 특징을 보여 주는 내용과 함께 당시 바닷가 사람들의 생활 세태를 반영한 노래들이 적지 않다. 이 책에서는 '우해이어보'는 우리 말로 옮기지 않고 '우산잡곡'이라 이름 붙인 시편들만 옮겼는데, 물고기들의 특성에 대해서는 참고로 주해를 붙였다.

바다망둥이

으슥한 바다 어귀 검은 감탕 덮인 곳에
한밤중 두서너 점 관솔불이 켜 있네.
자루 달린 긴 통발 높이 멘 마을 애들
잠자는 망둥이 잡아 들고 돌아오네.

文鰡魚

鰺泥岸圻海門隈　五夜松明數點開
長柄高挑編竹桶　村童捕得睡鮫回

■ 망둥이는 이른바 '문절 망둥이'다. 길이는 한 뼘가웃 하고 몸이 길쭉한데 앞은 둥글고 뒤
쪽은 약간 넓적하다. 바닷가의 물 얕은 모랫벌에 살면서 밤이면 떼를 지어 가지고 대가리
를 물 밖으로 내놓고 꼬리를 드리운 채 잠을 자는데 이럴 때면 사람들이 맨손으로도 잡을
수 있다.

감송

단풍잎 붉게 타고 찬 이슬 반짝일 제
고저암 바위 가에 바닷물 출렁이네.
노을 비낀 저녁이라 미끼를 잘도 문다
낚싯대 건듯 드니 찰감송 올라오네.

鮎松

靑楓葉赤露華濃　高翥巖頭水正春
斜日照波魚喜食　彩竿飛上稜鮎松

• 감송은 감성돔이라고도 하는 물고기다. 몸이 두 뼘쯤 되고 타원형인데 등이 두드러지고 빛
깔은 회색이다. 입이 몹시 작아서 미끼를 물면 뱉어 버리지 못하여 영락없이 잡히곤 한다.

볼락

바다 위에 달이 지자 갈까마귀 울어옌다.
밤 늦게 밀물 불어나 사립문 두드리네.
알리로다 거제 사공 고기 싣고 돌아와서
벌써부터 물가에선 "사구려" 소리치리라.

甫羅魚

月落烏嘶海色昏　亥潮初漲打柴門
遙知曼舉商船到　巨濟沙工水際喧

■ 볼락은 길이가 한 뼘 남짓하고 모양이 방추형인 물고기다. 거제도에서 많이 잡히는데 맛
이 매우 좋다. 해마다 거제 사람들은 볼락을 잡아 가지고 뭍에 나와 팔아서 천이나 실로
바꾸어 가지고 돌아갔다.

꽁치

누선진 나루터에 가는 비 보슬보슬
우거진 푸른 대숲 낚시터를 에둘렀네.
삿갓 쓴 저 늙은이 기분도 좋을시고
모밀꽁치 가득 잡아 둘러메고 돌아오네.

紅鱒

樓船津上雨霏霏　淡竹蕭槮護石磯
笭笠釣翁端的好　蕎花昆雉荷肩歸

쥐노래미

마상이 흔들흔들 여울 따라 내려가니
붉은 해 방금 솟고 바다 기운 싸늘해라.
뱃전에 앉은 사람 묻노니 그 뉘신고
손을 들고 보여 주네 낚아 올린 쥐노래미.

鼠鮴

輕搖艀艋下烟灘　紅日初生碧海寒
獨坐蓬窓何許子　指端撈出鼠魚看

보가지

멧부리에 구름 걷자 아침 해 산뜻한데
느린 걸음 비척비척 바다 굽이 내려가네.
모래 언덕 저편에서 벼락 소리 들려오네
아마도 아이놈들 보가지를 치는가 봐.

石河魨

嵐銷雲斂靜潮暾　嫩步欹危訪海壖
驀地沙干流霹靂　漁兒撒破石河魨

■ 보가지는 성질이 사나운 물고기다. 처음 물에서 잡아내면 성을 내면서 배에 바람을 채워
팽팽해지고 입으로는 개구리처럼 '박, 바그닥' 소리를 내는데 그런 것을 돌 위에 올려놓고
나무 꼬챙이로 배를 긁어 주면 더욱 성을 내면서 배가 닭알같이 불어난다. 배가 부른 보가
지를 엎어 놓고 돌로 내려치면 배가 터지는데 그 소리가 요란하다.

상어

가을철 바다 위에 밀물이 불어나니
상어 떼 물에 밀려 뭍으로 올라오네.
포구의 남정네들 작살질 붐비더니
세 가닥 작살 끝엔 번질번질 피 묻었네.

閑鯊魚

秋來胞水漲雲湄　正是寒鯊擲岸時
浦漢鐵叉紛似雨　三條橡斷血淋灘

▪ 상어는 낚시나 그물로는 잡을 수 없다. 마가을이 되어 밀물이 갑자기 많이 오르면 고기 떼
가 물을 따라 뭍으로 밀려 나와 죽는데 이런 때 상어도 물이 얕은 곳으로 나온다. 그런데
상어는 성질이 급해서 얕은 물에 그대로 있지 못하고 마른 땅으로 뛰어오르는데 이때 사람
들이 긴 자루가 달린 쇠창으로 찔러서 잡는다.

정어리

양도의 세찬 여인 호랑이도 못 당하리
머리 위 질 버치엔 정어리가 하나 그득.
무명 치마 맨발에다 바빠서 서두는 양
아마도 저녁 전에 성안까지 대려는 게지.

鯷鱜

羊島健娥虎不如　頭兜瓦甒盛鯷魚
綿裙赤脚渾忙了　應向灆城趁晚虛

가방어

연미정 앞머리에 작은 배들 모이더니
아침때가 기울자 밀물 높아지누나.
어부네들 살 늘이며 소곤소곤 이르는 말
"올해에는 이 살통에 방어 떼가 몰키려나."

鱇鮀

燕尾亭頭集小艖　辰時末站海潮高
漁人布箔潛相語　囊柁今年注石牢

오징어

붉은빛 광주리에 귀밝이술 파는 할멈
항아리엔 하나 가득 오징어 담아 놨네.
웃으면서 화로에 숯덩이 더 듯드리니
쟁개비에 삶는 고기 빛깔이 벌겋구나.

鰞鮱

耳鳴酒媼紫篁籃　烏賊奴魚滿一墰
笑向爐前添炭子　銅鍋烹得色紅酣

농어

개울물 곁에 끼고 외떨어진 어촌 마을
쓸쓸한 초가집에 낮 연기 피어오르네.
갑자기 감탕에서 당기는 소리 나더니
푸른 벼 논판에서 농어가 뛰어나오네.

鱸奴魚

漁村搖落近溪漩　茆屋蕭然亂午烟
忽聽泥頭聲撥剌　鱸男跳出碧秔田

■ 농어는 생김새가 쏘가리 비슷한데 조금 작다. 높이 올려 뛰기를 잘한다고 하여 '노루 고기'라고도 한다. 벼를 잘 먹는데 가을철에 논벌의 벼가 익으면 밀물을 따라 올라와서는 논판에 들어가 벼를 먹고 썰물이 질 때 다시 바다로 내려간다.

부레기

매화철 비는 걷고 보리 이삭 가지런한데
쇠비름 첫 싹 돋고 꿩들은 살 오르네.
작은 배들 나는 듯이 모랫벌에 와 닿으니
부레기 말리느라 한꺼번에 복대기네.

鱳鰾

黃梅雨霽麥齊腰　馬莧初芽野雉嬌
舴艋沙堤飛到泊　一時鋪曬綠長鰾

드렁허리

삼노끈에 미끼 달아 뱃머리에 돌려 매고
앞 여울 얼른 건너 얕은 물에 배 세웠네.
참대 자루 무쇠 날창 눈처럼 빛나더니
되알진 소리 끝에 드렁허리 찔러 내네.

豹魚

麻皮魚貫匝船頭　催渡南瀧立淺流
苦竹鋼鎗光似雪　一聲亮處刺文鰌

■ 드렁허리는 뱀장어처럼 가늘고 긴 원통형의 민물고기다. 바닷가 사람들은 긴 노끈에 물고
기를 미끼로 매달아서 뱃전 여러 곳에 매 놓고는 깊은 곳으로 배를 몰고 간다. 그러면 드렁
허리가 미끼를 무는데 이때 배를 얕은 곳으로 몰아와도 드렁허리는 그 미끼를 문 채 그대
로 따라 나온다. 그렇게 되면 배 위에서 자루가 긴 창으로 찔러서 잡아낸다.

삼치

꽃 같은 포구 여인 구슬 같은 눈동자
머리에는 명주 석 자 휘휘칭칭 돌려 매고
삼치 알 주우려고 모래 구멍 뒤지다가
방게 굴 쑤시고서 깔깔깔 웃어 대네.

鰺鰧

花樣浦娃玉漾眸　紫紬三尺好纏頭
爲尋龍卵摸沙穴　誤捉彭蜞笑不休

■ 바닷가 사람들은 삼치 알을 '용란' 곧 용의 알이라고 하는데 맛이 좋다. 서리가 내린 뒤에
남녀를 가리지 않고 모두 삽을 들고 바닷가에 나와서 모래 굴을 뒤져 삼치 알을 주워 낸다.

원앙 고기

포구 집 젊은 여인 연붉게 단장하고
푸른색 모시 치마에 흰 모시 적삼 입었네.
비녀 꽂고 남몰래 고깃배로 달려가서
원앙 고기 한 쌍을 남 먼저 팔았다오.

鴛鴦

浦家小婦淡紅粧　白苧單衫縹苧裳
密地携釵漁艇去　先頭擲賣海鴛鴦

• 원앙 고기는 생김새가 망둥이 비슷한데 언제나 한 쌍이 함께 다닌다. 수놈이 헤엄쳐 가면
암놈은 수놈의 꼬리를 물고 따라가는데 비록 죽더라도 떨어지지 않는다. 그러므로 낚시질
을 하면 두 마리를 함께 잡을 수 있다. 옛날 바닷가 사람들이 말하기를. 이 고기의 눈을 말
려 암놈의 눈은 남자가 간수하고 수놈의 눈은 여자가 간수하면 일생 동안 부부가 화목하게
지낼 수 있다고 한다.

도골

굴꽃 핀 울타리에 사돌배 옮겨 매며
장사꾼들 한숨 소리 남몰래 엿듣노라.
"올해는 웬일인지 도골이 안 잡히니
이제부터 의원님들 치통을 못 고치리."

鮈鯌

杉船移繫橘籬南　暗聽巴陵賈客談
都骨今秋都不得　醫生無計療牙疳

■ 도골은 숭어 비슷하게 생긴 물고기인데 조금 작다. 온몸이 모두 뼈투성이므로 '도골都骨'
이라고 한다. 도골의 뼈는 치담을 비롯한 이 치료에 특효가 있다고 한다.

소경 고기

복숭아꽃 스러지고 연자꽃 피어날 제
여름 고기 잡으려고 어부네들 닻 올리네.
어린 처녀 옷깃 잡고 간절히도 이르는 말
"이번에 나가거든 소경 고기 잡지 마오."

閏娘魚

桃花淨盡棟花初　海賈裝船發夏漁
穉女牽衣勤囑付　今行莫打尹娘魚

■ 소경 고기는 모양이 은어 비슷한데 눈이 없다. 고기에 독이 있어 먹으면 조갈병에 걸린다
고 한다. '소경 고기'는 한편 '윤랑어尹娘魚'라고도 하는데, 전설이 전해진다.
　　옛날 어떤 마을에 윤씨 성을 가진 아낙네가 살고 있었는데 젊어서 남편을 잃고 홀로 지냈
다. 그런데 그의 부모는 젊은 그의 처지가 딱해서 딴 곳에 시집을 보내려고 하였다. 이것을
알게 된 윤씨는 수은을 불에 태워 그 연기를 눈에 쏘여 일부러 소경이 되었다. 그런데도 부
모는 굳이 시집보내려고 하자 윤씨는 마침내 바닷물에 몸을 던져 목숨을 끊고 절개를 지켰
는데 그의 죽은 넋이 변하여 눈이 없는 물고기로 되었다. 그 물고기를 그 여인의 성을 따서
'윤랑어'라고 부른다.

문어

밤 깊어 물속에는 달빛 잠겼는데
문어 떼 이끼 돌에서 달그림자 희롱하네.
마을 처녀 엉겁결에 중이 왔나 생각하고
재빨리 달려 나가 사립문 열어 놓네.

鱆鯱

夜靜溪沈月色微　鱆蹄弄影鬧苔磯
村丫錯認情僧到　忙下空床啓竹扉

■ 문어는 달이 밝은 밤이면 물가의 모랫벌이나 자갈밭에 나와 노는데 멀리서 바라보면 마치 도 가사를 입은 중이 나다니는 것 같다. 문어를 잡으려면 밤이 깊어진 다음 바다 어귀의 돌이 많고 물이 얕은 곳에 관솔불을 켜 놓고 기다리다가 문어들이 그 불빛을 보고 물 밑에 있는 돌 위에 나와 잠을 잘 때 작살로 찔러 잡는다.

기러기밥

이른 서리 함뿍 내려 연꽃들 스러지자
기러기 떼 가을 왔다 바다 찾아 날아드네.
두루미 물오리 떼를 지어 놀던 곳에
기러기밥 가득 모여 기러기를 마중하네.

安鱠魚

芙蓉銷落早霜催　鴈啼秋巡海國廻
鶴子鳧奴頭陣罷　飯魚齊奉進供來

■ 기러기밥은 길이가 한 치나 되나 마나 한 작은 물고기인데 바닷가 모랫벌이나 진흙탕에서
산다. 가을이 되면 물오리, 갈매기, 해오라기, 기러기 같은 물새들이 바닷가로 모여들어 이
물고기를 잡아먹는다. 기러기들이 특히 많이 잡아먹는다고 하여 '기러기밥'이라고 한다.

숭어

날씨는 따뜻하고 바람조차 잔잔한데
비단 같은 물결 따라 숭어 떼 헤엄치네.
어느 때는 너희 부디 남해 바다론 가지 마라
조금 가도 그 어디나 험한 파도뿐이란다.

鱸鯈

日暖風輕浪似羅　山林領袖正婆娑
他時莫向南溟運　咫尺要津總險波

청어

황서락 앞바다에 일엽편주 띄워 놓고
자가웃 청어 고기 낚시 끝에 낚아냈네.
나룻가에 청어 팔기 어부들 꺼려 마오
지금은 호강하던 높은 관리 없어졌소.

眞鯖

黃胥灤前一扁舟　眞鯖尺半上寒鉤
漁郎莫怕津頭賣　豪貴今無漢五侯

비오기

포구 마을 예쁜 처녀 가는 허리 동여매고
창문가에 단정히 앉아 맵시 있게 바느질하다
불현듯 엄마 찾아 급히도 이르는 말
"비오기 올랐어요 널어 놓은 모시 거두세요."

飛玉

漁村處女束纖腰　端坐明窓刺線嬌
催喚阿孃收曬紵　篠籬新打玉魚潮

- '비오기'는 한편 '옥어玉魚'라고도 한다. 이 물고기가 밀물을 따라 올라오면 반드시 비가
내린다고 한다.

칼고기

장다리꽃 스러지자 생강꽃 향기로운
바닷가 넓은 벌에 꿩 무리 날아드네.
도랑에 돌무지 쌓아 물길을 막았으니
밤비 내린 앞 냇물에 칼고기 살 오르리.

鱴魪魚

菁花已落土薑騑　近海平田雉子飛
椵石農家防水閘　前溪夜雨鱴魪肥

■ 칼고기는 모양이 숭어처럼 생겼는데 빛깔이 푸르고 턱 밑에 칼 같은 지느러미 두 개가 있
다. 이 물고기는 바다 가까이에 있는 개울에서 사는데 시냇물이 불어나면 논판에 뛰어들
어 벼를 못 쓰게 만들므로 바닷가의 농부들은 비가 내려 냇물이 불어나면 논두렁을 따라
나무나 돌을 쌓아 올려 물길을 막아 버린다.

겸장

촌 할멈 열무 뽑아 광주리에 담아 이고
낟알이나 얻어 볼까 부잣집을 찾아가네.
지독한 흉년이라 주린 창자 못 채울 제
뉘라서 어린 자식 겸장 먹여 뱃집 키우나.

鰜鯑

野婆栲栳兩頭丫 撥着荅灰買大家
荒歲充腸全沒計 誰敎阿団燒鰜牙

■ 겸장은 붕어 비슷하게 생긴 물고기인데 빛깔은 검고 배가 몹시 크며 배 안에는 온통 밸뿐
이다. 바닷가 사람들이 말하기를, 이 물고기를 많이 먹으면 뱃집이 크게 늘어난다고 한다.

망성

밤송이 입 벌리고 귤껍질 누르렀다.
장가네 통발 안에 망성이 들었나 봐.
큰 애 녀석 배를 몰아 그물 추려 가더니만
몽치 들고 어지러이 뱃전을 두드리네.

鮏 鯹

栗頰微紅橘殼黃　鯹魚初上蔣家瀼
長年艄手牢中去　亂棒齊敲版底忙

■ 망성은, 큰 것은 한 뼘가웃 되는 바다 물고기인데 맛이 좋다. 망성을 잡으려면 바다 굽이
우묵진 곳에 풀단이나 볏짚을 잔뜩 널어놓고 그곳을 표시해 둔다. 밀물이 들어오면 망성
들이 물을 따라 들어와 풀단 속에 들어가는데 썰물이 빠져도 그대로 머물러 있다. 이때 그
주위로 그물을 치고 배를 타고 지나가면서 뱃전을 두드려 소리를 내거나 여러 사람이 고함
을 치면 망성이 놀라서 달아나다가 그물에 걸린다.

참조기

찬바람 솔솔 부니 목화꽃 활짝 폈네.
가을 하늘 쓸쓸하니 기러기 떼 외로워라.
머리 센 저 늙은이 기분도 좋을시고
한밤중 밀물에서 참조기를 낚았구나.

鱂穌

木棉花發木棉湖　秋色蕭森鴈背孤
白髮漁翁眞絶趣　潮頭夜獵石鱗穌

매가리

고성 포구 젊은 여인 펄쩍 날듯 배 부려
노를 잡고 배 저으면 제비가 나는 듯.
매가리젓 담그면 서른 동인 실하리라
이천 푼에 값을 쳐서 도거리로 팔겠다네.

鮇鰨

固城漁婦慣撑船　椳柁開頭燕子翩
梅渴酸葅三十甑　親當呼價二千錢

▪ 매가리는 전갱이라고 부르기도 하는 바다 물고기다. 몸뚱이가 두 뼘쯤 되는 길쭉한 물고기로 맛이 좋은데 특히 식해를 담그면 별맛이라고 한다.

가리비

실음개 포구 가에 물살이 감도는데
해 질 녘 가리비 떼 비단 돛 펼친 듯 나네.
어쩌면 저렇게도 작은 돛배 있다던가
마치도 바다 위에 난쟁이 나타난 듯.

䱍魚

窸音浦上水瀠洄　日落䱍魚錦帆開
何許扁舟如許小　渾然疑是竫人來

▪ 가리비는 조개 종류다. 껍질이 부채 모양으로 둥글넓적한데 왼쪽 껍데기로 배처럼 물에 뜨고 오른쪽 껍데기를 돛처럼 세우고 다닌다고 한다.

바다도마뱀

바다 위에 해 퍼지자 오색 무늬 영롱한데
천길 만길 붉은 물결 자색 유리 펴놓은 듯
저 멀리 바라뵈는 한 줄기 푸른빛은
바다도마뱀 나다니며 뿜어 올린 물이겠지.

鼊鰆

海日瞳曨弄彩曦　紅波萬丈紫琉璃
忽見箇中靑一線　遙知龍蜃吐烟時

■ 바다도마뱀은 드렁허리 비슷하게 생겼는데 입으로 물을 뿜어 안개처럼 물보라를 일으킨
다. 매일 맑은 날이면 해 뜰 녘에 바다 위에 한 줄기 푸른빛 연기 비슷한 것이 피어오르는
데 이것은 바다도마뱀이 물을 뿜어 올리는 것이다. 어부들이 바다로 고기잡이를 나갈 때
에 바다도마뱀이 뿜어 올리는 물을 보게 되면 그날은 운수가 좋은 날이라고 한다.

미꾸라지

하얀 배꽃 다 떨어져 물가를 덮었는데
땅 가득 창포 순 야들야들 돋아나네.
모래터에 해 비치어 푸른 기운 사라지자
아이들 모닥불에 미꾸라지 구워 먹네.

魟鮛

梨花雪落覆汀洲　滿地蒲芽白正柔
日照沙場靑烟散　兒童敲火燒甘鰌

도다리

단풍잎 붉게 타고 국화꽃 한창인데
다래 열매 함뿍 익고 귤나무 향기 뿜네.
동쪽 마을 사는 어부 새벽부터 떠드는 말
"이제 잡은 도다리는 두어 자가 실하다네."

鮡達魚

楓褪殘紅菊已黃　獼桃軟熟海柑香
東濱漁子淸晨噪　新捉霜鮡數尺長

■ 도다리는 크기가 한 뼘 남짓한 둥글넓적한 바다 물고기인데 맛이 몹시 좋다. 특히 구워서
먹으면 더욱 별맛이라고 한다.

게

큰 바다 한 기슭에 달빛은 교교한데
갈매기도 잠이 든 듯 모랫벌은 조용하네.
참대 숲 우거지고 주위는 으슥한데
게껍질 더미 옆에 술집이 뿔뚝 보이네.

*

진 남문 큰 대문 밖 엇갈라진 길거리에
거리 입구 초가집엔 술집 패쪽 걸렸네.
머리 쪽진 예쁜 아씨 손목도 고울시고
옻소반에 여문 게살 받쳐 들고 나오누나.

蟹

大海東頭月色瞈　白鷗飛盡瀞晴沙
短笭叢淡幽寒處　蟹卡遙窺賣酒家
　　*

鎭南門外兩丫街　街口茅簷挿酒牌
新髻紅娥纖手白　鬆盤托出巨螯膎

조개

엉치는 넓적 허리는 둥실 섬마을의 젊은 각시
사내처럼 건장하나 재주만은 신통찮네.
무명 실끈 얼룩얼룩 쪽빛 물감 들이고서
주먹 같은 조개껍질 자개 삼아 꿰어 찼네.

蛤

島村閣氏健如男　膀潤腰豐妙理暗
蛤蚧附鈿拳樣大　棉條縖得染田藍

■ 옛날 서울 풍습에, 단옷날에 조개와 다시마로 국을 끓여서 먹는데 그것을 '와각탕瓦殼湯'
이라고 하였다. '와각' 이란 조개껍질이라는 뜻인데 조개껍질이 '와각와각' 소리를 낸다
고 하여 그렇게 이름 지었다고 한다. 처녀 애들은 오색 비단 조각을 조개껍질에 붙이고 그
것을 채색 실에 꿰어 다섯 개나 서너 개씩 한 줄에 매달아 노리개처럼 차고서 그것을 '조
개부전雕介附鈿'이라고 하였다.

소라

앞개울에 썰물 지자 웅덩이에 물이 차니
검더러운 감탕물이 이끼돌에 자국 찍네.
애 녀석들 떼를 지어 물길 따라 나가더니
가래로 바닥 헤치고 붉은 소라 잡아오네.

螺

南洲潮退水生潤　鼊沫黔泥印蘚磯
無數浦童成隊去　鍬頭掘取紫螺歸

다복다복 자라난 저 시금치

― '만선와잉고萬蟬窩膡藁' 에서―

홍매

우리 집 뜰에 자란 두어 그루 매화나무
그 품종 좋고 좋아 매화 중 으뜸이나
오랜 세월 지나오며 갖은 풍파 겪다나니
병들고 시들어서 앙상하게 되었어라.

모진 설한풍 힘겹게 이겨 내고
겨우 몇몇 가지만이 봄 맞아 생기 돌았네.
새빨간 봉오리는 고운 빛깔 새롭고
파아란 꼭지에는 맑은 정기 어렸지.

봄바람 산들 불자 꽃향기 풍겨 나고
쟁글쟁글 햇볕 아래 꽃망울 여물더니
곧이어 주렁주렁 작은 열매 열렸구나
어딜 보나 동글동글 그 모습 귀여워라.

밀납같이 노란 빛깔 함뿍 익은 매화 열매

▪ 홍매는 꽃이 분홍빛인데 5월에 열매를 따서 불에 그슬리면 까맣게 된다. 흰 매화는 열매가
노랗게 익는데 맛이 달고 향기롭다.

향긋하고 달콤한 맛 꿀 같아 군침 돌았네.
유령의 꽃동산을 앞뜰에 옮겨 왔나
단봉성 매화 숲이 여기에도 우거졌네.[1)]

벽촌에 피어 있는 쇠잔한 매화꽃이
궁궐에서 곱게 기른 모란꽃에 비길쏘냐.
하거늘 내사 늙은 몸 다른 재미 별로 없어
매화나무 벗 삼아 여생을 보내리라.

紅梅

我家紅梅樹　名品迥絶倫
婆娑歲月久　病體如枯鱗
扶持風雪中　數枝獨保春
頳花艶妙彩　縹蔕凝淸神
惠飈盪芳囿　亭亭照玉人
結子小於杏　團圓滿眼勻
醲熟似蠟黃　香甛潤蜜津
靖寢庾嶺秀　洪園鳳城珍
較此紫府丹　纔堪充下陳
頹齡滋味薄　賴爾長相親

1) 유령과 단봉성은 매화가 많기로 이름난 고장들.

살구

이 공과 배를 띄워 강호에 노닐 적엔
고향 집 살구나무 언제나 생각했네.
무성한 살구나무 그윽히 맑고 밝아
저 홀로 청렴한 절개 굳게 간직하기에.

방랑하던 이 몸이 북산 밑에 집을 잡고
어지러운 세상을 멀리도 벗어났네.
정원에 약초 심어 병든 몸 치료하고
무궁화 관상하며 한적하게 지내노라.

앞뜰에는 가지각색 과일나무 무성하고
뒷산의 우거진 숲 풍치를 시새우거니
병풍처럼 둘러 펴 그늘을 드리우는
햇발 든 쪽 살구를 나는 가장 사랑했네.

▪ 살구에는 박달 살구〔檀杏〕, 버들 살구〔柳杏〕, 배 살구〔梨杏〕 등 여러 가지 종류가 있다. 이 죽장(李竹莊, 이우신李友信)은 여주로 돌아가서 살구를 사랑한다는 뜻에서 호를 '사행思 杏'이라고 하였다.

한여름 닥쳐오면 가지마다 열매 열어
쨍쨍한 뙤약볕에 알알이 무르익어
불그스름 껍질에는 맑은 이슬 아롱지고
노르스름 속살에는 단물이 가득해라.

조금만 맛보아도 마른 목 축여 주니
신선들 먹는다는 감로만 못지않네.
구차한 살림에도 신선의 맛을 보니
부끄러운 생각이 마음속에 절로 나네.

檀杏

李公尋湖棹　時思故園杏
嘉本憺幽淸　所以槪孤秉
塌來北巖下　傲廬遠塵境
藝藥理我痾　觀槿習我靜
庭果名頗衆　岑蔚媚芳景
最愛日邊柯　倚雲蔭蕭屛
朱夏結其實　穠熟粲光影
頳腮玉液潤　緗瓤瓊漿冷
小嚥沃喉渴　勝吸甘露井
艱難媿仙味　不覺發深省

감

아름다운 감나무 오랜 옛적 붉은 열매
열리기 시작하여 숱한 세월 거쳐 왔네.
여덟 모난 감을 두고 시인이 노래하고
일곱 가지 특색 있다 문사들 글 지었네.

해묵은 줄기들은 높이높이 뻗었고
부드러운 가지들은 이리저리 드리우니
그윽한 그림자 햇볕을 가리고
서늘바람 집채를 온통 휩싸 도네.

탐스러운 열매들 호박보다 소담한데
따스한 가을볕에 마냥 무르익었어라.
붉은 꼭지 자위는 사슴 심장처럼 연하고
새빨간 볼따구니 용알보다 둥글다네.

▪ 홍시는 빛깔이 붉은 과일인데 '오시烏柹' '백시白柹' 두 종류가 있으며 또 '비시椑柹' 라
는 종류가 있는데 '녹시綠柹' 라고 부르기도 한다.

주렁주렁 드리운 구슬알이 분명터니
주사 담은 단지를 엎어 놓은 듯싶구나.
늦가을 찬 서리에 나뭇잎 떨어지니
붉은 일산 펼친 듯 온 나무에 감뿐일세.

향기로운 냄새는 코에 담뿍 풍겨 오고
입에 닿기만 해도 단물 넘쳐 슬슬 녹네.
홍시는 이름 그대로 실지 붉은 감이라고
옛사람들 남긴 글에 적혀 전해 오네.

鴻柿

朱果産炎紀　嘉木享遐算
八稜潘賦著　七絶姜經纂
老斡跱盤礡　柔條敷蕭散
邃蔭奪赫曦　高擁涼風館
結實大於瓜　濃熟賴秋暖
頹觜輭鹿心　彤臉圓蚪卵
垂垂林邑珠　悅覆丹砂盌
箱嚴葉盡脫　全樹紅錦傘
掠鼻芳馥遠　啑脣甛液滿
鴻柿名攎實　且讀李尤款

포도

용처럼 서린 덩굴 구슬 같은 포도송이
패립곡[1]에 있다는 말 예부터 전해 오네.
박망후 장건[2]이 떼 타고 날라 올 제
날씨 흐린 하늘 아래 지팡이로 찍어 왔네.

빼곡한 잎새들은 넓은 그늘 펼쳐 주고
기다란 덩굴들은 얼기설기 서렸구나.
장대로 덕을 매니 얽어 놓은 시렁 위로
줄기가 뻗어 올라 난간까지 가렸네.

쌀뜨물 받아 내어 뿌리에 부어 주고
성글게 손질하여 맑은 이슬 축여 주니
꽃망울 돋아나서 실올이 뒤엉킨 듯
구슬 같은 열매 열어 다닥다닥 주렁졌네.

■ 포도에는 누런 것, 흰 것, 검은 것, 붉은 것, 푸른 것 다섯 가지가 있는데 본래 서역의 대완 大宛이라는 나라에서 나던 것을 장건張騫이 가져왔다.
1) 패립곡貝立谷은 포도가 많기로 이름난 고장 이름.
2) 박망후博望侯는 장건의 봉호. 서역에 사신으로 갔다가 과일과 남새 종자들을 가져왔다고 한다.

새뽀얀 단물에 무서리 내려앉고
빳빳한 줄기들에 가을볕 비쳐 들면
아가씨 들창 앞에 주렁주렁 드리워서
주옥 같은 빛 뿌리며 자줏빛 알른알른

신맛 없이 달기만 한 볼품 좋은 이 열매를
책상 가득 담아 두면 향기가 풍겨 오네.
일만 섬 포도주를 어찌하면 장만하여
이름난 포도 고장 이 세상에 알려 볼까.

蒲桃

草龍驪珠帳　聞在貝立谷
博望星槎運　曇霄錫杖劇
密葉蔭曼衍　脩藤盤屈曲
構木聳長架　布濩覆軒綠
米瀰漑其根　疎理淸露沃
繁英組綬糾　懸實瓔璣續
馬乳涵輕霜　虯鬚映寒旭
錦房垂磊落　紫縈如璃玉
甘脆不餉酸　滿案香風屬
安得萬石釀　往博涼州牧

석류

용처럼 서려 올라 줄기 뻗은 석류나무
활짝 핀 붉은 꽃들 비단같이 어여뻐라.
바람 따라 날다가 떨어지는 꽃잎들은
점점이 흩어지며 담장 위에 수를 놓네.

한여름 궂은비에 가지와 잎 젖어 들면
꽃 석류 여원 가지 상긋이 향기 뿜네.
상비[1]는 그 꽃샘에 옥노리개 던졌고
교인[2]은 꽃 부러워 비단옷에 눈물졌네.

생각나네 그 언젠가 나의 벗 정경심은
그윽한 꽃 피어나는 석류나무 좋아라고
좋은 나무 네 그루를 나에게로 보냈기에

■ 석류에는 약류若榴, 안석류安石榴가 있다. 병마사 정경심鄭景深이 전에 석류나무 화분 네
  개를 보냈다.
1) 상비湘妃는 전설에 나오는 아황娥皇과 여영女英을 가리키는 말.
2) 교인蛟人은 전설에서 물속에 산다는 사람 모양의 물고기인데, 입고 있는 비단옷은 물속에
  들어가도 젖지 않는다고 한다.

뒷동산 바위 옆에 주런이 심었네.

붉은 배 불룩 내밀어 동이인 양 드리웠고
새빨간 아가리는 주름 잡힌 주머닌 듯
속은 하 많아도 천 개가 하나 같고
알알마다 동그래 붉은 팥알 같구나.

대모각[3] 같은 껍질에는 노을빛 어렸고
생긋한 살결에는 단물이 차 넘치네.
답답한 갈증을 멈추려 생각거든
석류가 무르익는 가을철 기다리세.

石榴

天蟜楞杖榴　陶紅花似繡
隨風忽飄落　亂點彤紋鼇
仲夏微雨濕　通體輭香瘦
湘妃捐瓊佩　蛟人泣綃袖
緬思鄭兵馬　愛玆庭幽秀
贈之四阿措　列植當巖峀
頹腹石甕垂　丹鬖錦囊皺

---

3) 대모각玳瑁殼은 대모의 껍질. 대모는 거북과에 속하는 바다거북의 하나.

千房子如一　一一圓紅荳
流霞玳瑁殼　甘液滿寒漱
欲解文園渴　會待霜氣候

대추

바닷가 벗님이 보내 준 대추
빛깔이 하도 고와 붉은 햇빛 같네.
옛날에 안기생은 대추를 먹고서
어느덧 신선 되어 하늘로 올랐다네.

고향 집 우물가에 서 있는 대추나무
해묵은 줄기는 우불구불 굽었는데
새싹은 뾰족뾰족 쥐귀처럼 돋아나고
줄기에 덮인 껍질 거북등처럼 터졌어라.

오뉴월 삼복중에 열매가 맺히면
주렁주렁 달린 모양 보기에도 탐스럽네.
산들바람 불어와 붉은 알 떨어지고
햇볕에 시들면 구슬에 주름 간 듯.

충청도라 속리산 보은 고을 찾아가면

■ 대추에는 대조大棗, 건조乾棗가 있다. 우리 나라에서는 청산과 보은에서 나는 것이 좋다.

토질이 좋아선지 대추가 잘된다네.
새빨간 볼따귀는 닭의 염통 닮았는가
노르무레 주둥이는 개 이빨 같다 할까.

대추로 이름 높은 저 먼 곳 생각하니
천리를 가도 가도 대추나무 설렐 듯
연회와 혼례 때에 없어서는 안 될 과실
대추는 길이길이 우리 살림에 도움 주리.

壺棗

海客贈火棗　光彩艶丹旭
聞道安期生　啖食昇天籙
潭園井畔樹　壽幹連蜷曲
芽尖如鼠耳　皮瘃似黿足
結實三伏中　纂纂繁且縟
風苟墮朱殼　日顆緗粫玉
報恩俗離間　土宜産膏沃
赤腮鷄心蠡　紲嘴狗牙屬
緬懷靑齊野　千里修林矚
贄饗嘉禮別　永爲君子勗

복숭아

강물의 쏘가리 떼 살 오를 무렵
복숭아꽃 가지마다 만발한다네.
동문 밖 곧추 뻗은 장장 십 리 길가
한낮에 붉은 꽃물결 흘러넘쳐라.

신흥골 동구 옆 서쪽 기슭에
과일나무 펼쳐 있어 대략 셀 수 있는데
안암동 과수밭엔 금성위 댁 자리 잡고
죽탄의 과수밭엔 장씨가 살고 있네.

복숭아 진품은 많고 많으나
그 가운데 울릉도가 으뜸이어라.
소담스런 그 열매 알알이 맺혀
한 가지에 네다섯씩 주렁졌구나.

햇볕에 쪼일수록 붉은 배꼽 말랑말랑

▪ 울도鬱桃란 울릉도鬱陵桃인데 복숭아 가운데서 제일 좋은 것이다.

바람결에 살이 트면 신선한 속살 드러나네.
천태산 시냇가에 향기 어리고
도색산 좋은 땅에 뿌리내렸나.

복숭아 따는 사람[1] 무엇 하러 막고
앵무새를 무엇 하러 지키려 들랴.
복숭아를 먹으면 헌데 아무니
그 과일 참말로 신기하구나.

鬱桃

八江鱖魚肥　桃花開滿樹
靑門十里道　白日漲紅雨
神興洞口西　菓林略可數
安巖錦城第　竹灘張家塢
珍品名頗衆　鬱陵最爲主
有蕡垂嘉實　精英孕木五
日烘紅頓嘴　風圻碧鮮肚
香鎖天台溪　根蟠度索土
不必防曼倩　何煩護鸚鵡
妙哉急性者　猶足療癥蠱

---

1) 전설에, 한나라 때 사람인 동방삭이 하늘 위로 올라가 신선들이 먹는다는 복숭아를 땄다
고 한다.

오얏

우리 집 담장 안에 한 그루 오얏나무
나무의 높이는 여섯 자 되나 마나
춘삼월 청명 시절 보슬비 내릴 때면
백설같이 흰 꽃이 한가득 피어나네.

매실보다 큰 열매 알알이 맺히면
파아란 구슬마냥 반들반들 빛난다네.
찬물에 담가 두면 푸른빛 가시고
따다가 방에 두면 달콤한 맛 으뜸일세.

좋기로 으뜸가는 가경¹⁾의 오얏을
곤륜산 정한 물에 깨끗이 씻어 내어²⁾
여름철 목마를 때 한두 알씩 먹으면

■ 오얏은 살구와 비슷하다. 한 무제의 상원에 붉은 것, 노란 것, 자줏빛, 풀빛, 하늘빛, 연청색, 군청색, 일곱 가지의 오얏이 있었다고 한다.
1) 가경嘉慶은 오얏나무가 많기로 이름난 중국 하남성의 고장 이름.
2) 전설에 어떤 사람이 곤륜산에 올라갔다가 빛깔 좋은 오얏을 얻었는데 딱딱해서 먹을 수가 없으므로 옥정수玉井水에 씻었더니 물렁물렁해져서 먹을 수 있었다고 한다.

답답하던 가슴속이 시원히 풀린다네.

사람들 오얏 익으면 지름길 내고 모여드니
가지를 꺾은들 저 혼자 어이하랴.
오릉[3]의 오얏들은 벌레가 먹지 않고
준충[4]의 오얏들은 씨가 단단하다네.

제아무리 널리 알아 모르는 일 없다 한들
오얏의 쓰고 단맛 무슨 수로 알아보랴.
그 누가 옛날 책 다시 뒤지려거든
우리 집 찾아와 오얏나무 구경하오.

甘李

我家甘李樹　其高纔六尺
淸明三月雨　花開如雪白
結實大於梅　瑩徹綠靑碧
色奪寒水沈　味賽房陵摘

絶勝嘉慶子　崑崙滌玉液
文園病夏渴　賴渠沃煩膈
釀熟下成蹊　攀折肯自惜
於陵不食螬　濬沖不鑽核
雖有博古者　甛苦那辨覈
誰復箋埤雅　來尋潭翁宅

능금

북방에서 자라나는 능금나무 좋을시고
가지마다 꽃이 피면 아름답기 그지없네.
따뜻한 초여름철 꽃 한창 만발하면
서늘한 아침 햇볕에 그윽한 향기 퍼지네.

함흥에서 살아온 세돗집 뒷동산엔
울창한 능금 숲이 자리 잡고 있다오.
울타리를 에두른 듯 촘촘한 나무들에
탐스러운 열매들 주렁주렁 열리면

동그름한 그 모양은 파아란 구슬 같고
반짝이는 그 빛깔은 색 고운 유리 같아
무른 살 쪼개면 단물이 차 넘치고
그 씨를 깨물면 더위도 안 먹는다네.

▪ 능금은 '임금林禽'이라고도 하는데 그 나무는 벚나무와 비슷하다. 육칠월에 열매가 익으
면 새들이 날아와 모여들어 이름을 '내금來禽'이라고 한다.

능금이 하도 좋아 옛사람 글 지었고
그 모양 하도 고와 그림도 그리었지.
지금 서울 일대에선 제주도의 귤같이
달고도 향기로운 능금 종자 심나니

좋은 능금 포전으로 널리 알려지기는
홍씨 댁 포전이 으뜸으로 꼽힌다네.
드넓고 높은 집 정원은 고요한데
능금 그늘 덮인 덕에 생신하고 안온하네.

來禽

北方有嘉樹　榮艶故無匹
開花四月中　香颷散旭日
咸興世冑家　林園苑聊密
羅生成藩落　婀娜垂華實
團圓碧玉顆　璀璨靑璅質
嚼瓤暑氣銷　劈肥甘津溢
品高逸小帖　名傳彦沖筆
至今京洛間　種如乇羅橘
白門來禽圃　洪莊擅第一
玄觀庭宇靜　賴汝蔭淸謐

앵두

아리따운 꽃이 피는 떨기떨기 앵두나무
가지가 번성하여 여느 것과 유다른데
따스한 봄볕 받아 묵은 눈 녹을 때면
꽃과 잎이 한꺼번에 무성하게 피고 자라네.

온갖 과일 많지마는 제일 먼저 익는 과실
햇볕의 맑은 정기 가장 많이 받았으리.
사당에 제사 지낼 때면 옛 풍속 본을 떠서
제사 그릇 채우기는 앵두가 제일일세.

불 앞에 비쳐 보면 꿰어 놓은 구슬 같고
소반에 담아 두면 빛깔 더욱 영롱하네.
동글동글 굴리어 환약을 빚었는가
반짝이는 그 빛깔 별 무리 방불쿠나.

■ 앵두는 '형도荊桃', '앵도櫻桃'라고도 하는데 꾀꼬리가 먹는 것이라고 하여 '함도含桃'
라고도 한다.

일만 섬 빨간 구슬 진주와 다름없네
그 구슬 다듬느라 조물주 품 들었으리.
앵두 물색 곱고 고와 얼굴에 웃음 피고
앵두즙 달고 달아 스스로 군침 도네.

새가 먹다 남긴 줄 잘못 알고 '함도' 라
이름을 달리 불러 제 맛을 잃게 했구나.
고루한 소영사[1]가 옛말을 끌어다가
비유한 그 말이 다 옳은 것 아니리라.

含桃

天夭櫻桃叢　鬱鬱超凡彙
春雪初融時　花葉葉並蔚
常先百果熟　稟得正陽氣
薦寢昉周禮　邃實此最貴
火齊寶瓔珞　瑛盤光彩熠
勻圓注丸卵　積耀繁星緯
萬斛赤蠙珠　造物功力費
瑤液悅容顏　甘露潤脾胃

---

1) 소영사蕭穎士는 당나라 때 사람으로 당시의 권력자였던 간신 이림보李林甫를 앵두에 비
　기는 글을 지었다고 한다.

誤因鳥含殘　異號瑕珍味
固哉蕭校理　引喩恐全未

배

인왕산 필운대에 봄빛이 늦어 간다
춘삼월 들놀이 그 어디서 하여 볼까.
복숭아꽃 만발한 서쪽 산 좋거니와
앵두꽃 아름다운 맹원 동쪽 더 좋을시고.

꽃잎이 하늘하늘 바람에 흩날리는
천만 송이 배꽃 동산은 그보다 더더욱 좋으리.
답답하던 가슴을 후련히 푸는 데도
동산에 주렁진 참배가 진품일세.

무성한 가지들은 얼기설기 얽히었고
빼곡하게 돋은 잎은 온 나무를 뒤덮었네.
숲 속에 서리 내려 알이 익을 때면
산골에 사는 사람 그곳을 찾는다네.

광주리에 가득 담은 탐스러운 참배를

▪ 배는 종류가 몹시 많은데 황해도 황주와 봉산에서 나는 것이 가장 좋다.

소반 위에 쏟고 보면 옥돌같이 아름답네.
천호[1]의 귀한 벼슬 내 어찌 바랄쏜가
오늘 아침 다행히도 참배 맛 보았노라.

하얀 살점 저며 내니 입 안에 단맛 돌고
얼음같이 시원한 물 한가득 넘쳐 나네.
옛 책을 펼쳐 보며 다시 한 번 배웠노라
이 세상 과일 중에 참배가 으뜸임을.

快果

弱雲韶光晚	春遊何處可
桃源華岳西	櫻莊孟園左
梨花飄瑞霙	樹樹千萬朶
解煩眞定品	含消上苑顆
叢柯逈點綴	密葉深包裹
霜林珍實落	幽人日來坐
堅筐驚團圓	瀉盤訝磊砢
那期千戶貴	一朝便饗我
雪肌甜黃嬾	氷液冷白墮
更檢桐君錄	佳名信快果

---

1) 주민 천 호戶가 사는 지역을 맡아 다스리는 벼슬 이름. 옛날에 어떤 사람이 천 그루의 배 나무를 잘 가꾼 공로로 천호 벼슬을 받았다고 한다.

밤

제사 그릇 채우는 데 가장 좋은 것
밤보다 좋은 과실 더는 없다네.
세 알이 합치어서 한 송이를 이루고
가운데 놓인 것은 사이톨이라 부른다네.

사람에게 이롭기로 예부터 소문나서
옛사람들 밤을 두고 비방책도 많이 냈네.
늦가을 찬바람 우수수 불어오면
서리 맞은 밤송이 벌어지기 시작하네.

고슴도치 잔등 같은 한 모퉁이 터지면
핏빛 밤알들이 뻘겋게 드러나고
붉은 우박 내리듯이 알밤이 쏟아질 땐
손으로 따느라고 수고로울 게 없네.

▪ 밤은 성질이 온화하다. 밤은 털 안에 껍질이 있고 껍질 안에 깍대기가 있으며 깍대기 안에
속껍질이 있고 속껍질 안에 살이 있는데 작은 것을 '선률旋栗'이라고 한다.

분홍색 속껍질은 터진 살갗 아물리고
붉은빛 깍대기는 갈증을 제거하네.
만만한 속살은 위장에 유익하며
흉년 든 세월이면 그 도움 더욱 크네.

옛날에 어떤 사람 돈벌이를 하겠다고
한 고장 자리 잡고 천 그루를 심었다나.
점잖은 사람은 제 분수를 지키거니
옛사람들 본받아서 부끄러움 없게 하리.

溫栗

邊實之佳者　而栗㝡其傑
三顆共一毬　中子自號楄
於人最有益　軒歧纂祕訣
九月嚴風厲　霜殼始坼裂
楞角蝟毛磔　頮卵鮮似血
亂落飄朱雹　不勞親手擷
紅扶縮氈皺　赤甲破瘠熱
仁肉厚腸胃　荒歲利更別
龍門張貨殖　燕秦千樹結
君子樂天命　不受愧先哲

모과

내 고향 여릉 땅 고향 집 정원에
갖가지 가을 과일 주런이 심었는데
유달리 우뚝 솟은 해묵은 모과나무
오래된 줄기에 가지가 뒤엉켰네.

따뜻한 초여름에 꽃 활짝 피어나고
꽃 지면 그 자리에 큰 열매 맺히는데
누렇게 익고 보면 주먹처럼 둥글어서
가지마다 달린 모양 황금덩이 비슷해라.

겹으로 된 꼭지에는 신물이 가득하고
주렁진 열매에선 향기가 풍겨 나네.
서리 맞은 그 열매 다람쥐들 좋아하고
바람에 떨어질까 새 떼들 저어하네.

■ 모과나무는 가지 모양이 벗나무와 비슷하다. 꽃이 집을 짓고 열매를 맺는데 '철각리鐵脚
梨'라고도 한다.

산골 집 사람들 모과가 별미라고
꿀에 담가 불에 놓고 천천히 달인다네.
연밥이며 생강도 좋기는 하지만
다만 묵은 속병에 쓰일 뿐이노라.

더더구나 모과는 좀벌레를 없애어
다른 과일나무를 하찮게 여기는 과일.
시름시름 앓고 있는 병약한 나도
모과에 의지해서 여생 보내네.

木瓜

我屋廬陵園　雜植羅秋菓
天蟜鐵脚梨　壽幹交蟠蝉
開花四月中　作房結鼻疵
黃熟圓於拳　枝枝壓金顆
酸液凝重蔕　芳氣遠疊朶
魎貓喜霜酣　鳥雀畏風墮
山家認別味　蜜煎藉文火
蓮藕及輭薑　但充下陳可
槇楸辟蟫蛦　異族稍細瑣
老夫淹痾久　頹齡依藥裹

아가위

산 깊은 옥병 마을 봄은 이미 늦었건만
아가위 꽃 바야흐로 활짝 만발했구나.
새하얀 꽃송이들 아리따운 빛 뿌리고
향기로운 꽃 냄새 비 뿌리듯 흩날리네.

천만 가지 꽃들 중에 아가위꽃 으뜸이라
마을의 화단마다 아름답게 단장했네.
시인들은 이 꽃에 옷차림을 비기었고
수자리 사는 군사들도 이 꽃을 노래했네.

더구나 그 열매는 제사상에 오르나니
어찌 볼품과 맛을 우유에 비할쏜가.
단 것과 시큼한 것 성질이 각각이고
붉은 것과 흰 것으로 빛깔이 구별되네.

■ 당리棠梨는 아가위이다. 암나무는 '두杜'라고 하는데 꽃이 붉고 맛이 떫으며 수나무는 '당
棠'이라고 하는데 꽃이 희고 맛이 달다. 불교 말로 이름을 '아가위〔阿迦梨〕'라고 한다.

소공 석[1]은 이 나무 밑에 자리 잡고 쉬어 가며
거룩한 나라 덕화 남방에 펼쳤나니
꺾지 마라 경계하며 풍속을 바로잡고
순박한 습성 길러 옛날처럼 만들었다네.

아가위로 물들이면 물색이 곱게 들고
또한 활을 메우니 쓸모가 많기도 하지.
불가 말로 전해 온 아가위란 그 이름
석가모니 부처와도 무슨 인연 있었으리.

棠梨

玉屛春已晚　花滿棠梨樹

韡韡映艷彩　濛濛釀香雨

嘉木冠群卉　不獨媚村塢

詩人諷常棣　征夫歌林杜

況復薦其實　品味蕤馬乳

甘酸性各殊　赤白色可數

公奭所芘憩　聖化傳南土

毗俗戒氄敗　淳風溢邃古
染綵姿質姸　揉弓功施普
阿迦梵語傳　清妙契佛祖

은행

뒷동산 은행나무 배필을 중히 여겨
쌍으로 심어야만 열매를 맺는다네.
짝이 없이 저 혼자 물가에 자라나면
제 그림자 굽어보며 짝으로 삼는다네.
외로운 채란 새와 짝 잃은 거북처럼
물에 비낀 제 모습에 마음을 위로하듯.

세상 만물 살펴보면 이치는 매한가지
암수가 짝 지어야 모든 조화 온전하네.
하늘 높이 우뚝 솟은 저기 저 은행나무
거기에도 짝 있는 줄 그 누가 알았으리.

공자는 은행나무 단 위에 심었고
당나라 왕마힐[1]은 집 안에 심었다네.

■ 은행은 열매가 흰데 '압각자鴨脚子'라고도 한다. 은행나무는 암나무와 수나무가 있어 쌍을 이루는데, 마주 심어야 열매를 맺는다.
1) 당나라 때 시인이며 화가인 왕유王維. 마힐摩詰은 그의 자다.

옛사람의 그 취미를 돌이켜 생각하면
아마도 은행나무 사랑해서였으리.

진실할손 윤 진사[2] 한 쌍의 은행나무
자신이 몸소 심어 자래운 그곳에서
바람 부는 새벽에는 활쏘기 익히었고
달 뜨는 저녁이면 거문고를 튕기었네.

지금도 성균관 앞마당에는
녹음이 무르녹아 맑은 바람 차 넘치네.

銀杏

鴨脚重优儷　羅生始結實
不然臨水立　照影成儔匹
孤鸞及寡龜　對鏡興翩逸
恭惟物之理　陰陽化醇一
巍然彼喬木　孰謂齊性質
魯壇懷宣尼　唐館緬摩詰
回想古人意　或取情專壹

---

2) 연산군 때 사람인 윤탁尹倬을 말한다. 호를 평와平窩라고 하였는데 성균관 뜰에 은행나무
　를 심었다고 한다.

恂恂尹平窩　手種雙杏密
風晨肄彄射　月夕撫點瑟
至今黌宮庭　濃綠清蔭溢

호두

순씨네 가문에서 예식을 차릴 때면
접시에 담은 호두 앞자리에 놓았다네.
딴딴한 호두 껍질 빛깔은 누르스름
속에 든 흰 살은 연하면서 달콤해라.

그러기에 옛날 유도[1]의 어머니는
현철한 사람에다 호두를 비기었네.
더구나 그 열매 성질이 온화하여
허파며 핏줄들을 부드럽게 하기에

심약[2]은 이 나무에서 좋은 영험 얻었고
홍매[3]는 호두 물에 양치를 하였어라.

■ 호두를 '갱도羌桃' 또는 '핵도核桃'라고도 하는데 범어로는 '파사라播師羅'라고 부른다.
  파란 겉껍질이 마치 복숭아 같다고 하여 '호도胡桃'라고 이름 지었다.
1) 진나라 사람인 유도鈕滔의 어머니가 오나라에 보낸 글에 "껍질은 굳고 거칠어서 볼품이
   없지만 속은 부드럽고 달아서 마치도 어진 사람과 같다."는 구절이 있었다고 한다.
2) 양나라 사람. 싸움에 나갈 때 이길 수 있으면 호두나무가 흔들려 미리 그 조짐을 보이곤
   했다고 한다.
3) 홍매洪邁는 호두를 많이 먹어서, 고질로 된 천식증을 고쳤다는 사람.

호두 알은 생김새가 빈랑 열매 비슷하여
밑바닥은 납작하고 켜를 둔 살집은 실해라.

영남에선 호두 갈아 도장을 새기는데
오불꼬불 실금 가서 과두문자⁴⁾ 흡사하네.
파사라가 좋은 줄 내 이제야 알았노라
다른 산의 돌보다 못하지 않은 줄을.

어찌하면 진창⁵⁾의 좋은 품종 얻어다
뒷동산 버들 숲을 호두 동산 만들어서
무더운 여름철에 그늘 밑에 앉으면
솔솔솔 산들바람 겨드랑 스미게 하리.

胡桃

荀家常設禮　胡桃邊實伯
剛樸外質黃　柔甘內瓤白
所以鈕洺母　譬諸賢哲客
況復性味溫　斂肺潤血脈

---

4) 한문 글자 모양의 한 가지. 글자 모양이 우불구불하고 첫 획의 머리가 굵어 마치도 올챙이
   같다고 하여 '과두문蝌蚪文'이라고 한다.
5) 진창陳倉은 호두가 많기로 소문난 고장 이름. 이곳에서 나는 호두를 '진창종'이라고 한다.

沈約慶靈應　洪邁淸嗽液
且聞檳榔顆　底平多肉隔
嶺俗磨作印　屈曲蝌蚪劃
始知播師羅　不讓他山石
安得陳倉種　接我欅柳陌
夏蔭濃處坐　飄飄風生腋

도토리

갑술년 여름철은 가물이 심하여서
온 나라 팔도강산 논밭이 다 타들었네.
겨가 섞인 묵은 쌀 쭉정이가 많건만은
한 말을 사려 하면 무명이 두 필이니
그 누군들 굶주림을 면할 생각 하였으랴
온 식구 너나없이 입에 풀칠 어려웠네.

텃밭의 남새들도 모두 다 떨어졌는데
뒷동산에 도토리가 다행히도 남아 있어
남정네 아낙네들 서로서로 이끌면서
두 손을 마주 모아 도토리 주웠다네.
게으르면 근근이 한 줌을 채우지만
부지런한 사람이면 항아리를 채운다네.

날 저물어 모두들 웅기중기 돌아와서

■ 도토리는 떡갈이다. 잎은 닥나무와 같은데 열매를 도토리라고 하며, '조각皁殼', '두斗'
라고도 한다. 흉년 구제에 좋다.

온 동리 어디서나 절구질 바빴어라.
밥이며 죽은야 분수대로 나눠 먹고
먹다 남은 찌꺼기는 개 닭의 차지였네.

도토리의 맛이야 말해서 무엇 하랴.
떫고도 씁쓸하여 먹기가 어렵지만
우리네 살림살이 의탁할 데 없다나니
제명대로 못 산대도 더 무엇을 한하겠나.

橡皁

甲戌夏不雨	八域焦壟畡
陳糟雜秕糠	木匹纔半斗
誰能計饑飽	盡室斷糊口
畦蔬亦已耗	園橡幸稍有
男婦相扶携	抩擷並兩手
慢者僅匊握	勤者恰罌甌
日暮園園歸	四隣動杵臼
飯粥隨分喫	餘啄及鷄狗
橡皁味尤劣	辣澁苦難厚
吾生無依着	寧復恨中壽

오디

동해 해 돋는 곳에 생겨났다는 뽕나무
정채 도는 그 빛깔 기성¹⁾을 살지우네.
무성한 가지들은 사방으로 드리우고
주렁진 열매들은 유자만큼 크구나.

옛날 신선이라는 청화자 그 사람은
오디를 먹은 덕에 불로장수하였다네.
혼탁하던 온몸에 금빛이 황홀하더니
하늘 위로 날아올라 옥황상제 만났다네.

아침이면 양곡²⁾에서 우물물을 마시고
저녁이면 원교³⁾에서 약초를 씹으면서
너울너울 치솟아 봉래산에 다다르니

■ 뽕나무 꽃술에 오디가 열리는 꽃술이 있다. 오디가 없는 것은 이삭이다. 산뽕은 '염자厭
柘'라고 한다.
1) 기성箕星은 여름 하지에 해 뜰 무렵 하늘 정남쪽에 보인다는 별로 우리 나라를 상징한다.
2) 양곡暘谷은 해가 솟아오른다는 골짜기.
3) 원교圓嶠는 약초가 많기로 이름난 고장.

머리털은 푸르고 얼굴 모습 끼끗했다네.

우계에서 백복까지 산천이 수려하여
흐르는 물 깨끗하고 돌들은 기묘한데
무성한 뽕나무에 열매가 주렁져서
빼곡한 나무숲이 오디밭 되었다네.

푸르다가 붉어지고 다시 변해 거메지면
구슬 같은 알들에서 단물이 솟구치니
동방삭[4]의 《십주기》 지금 다시 읽어 보면
오디 맛 좋고 좋아 세상에 으뜸이라네.

桑葚

東海出扶桑　精彩育箕宿
其枝則四衢　其葚大如柚
仙人青華子　服食延年壽
渾體紫金光　飛騰天帝囿
朝吸暘谷井　夕粲圓嶠岫
翩翩到蓬萊　綠髮丰容秀

---

4) 한나라 때 사람. 당시에 알려진 각 지방의 기이한 이야깃거리들을 모아 《십주기十州記》를
　지었다고 한다.

羽溪百福間　水淸石盆瘦
離離榑實繁　鬱鬱楪林茂
三變翠朱玄　靈液湧瑤寶
至今十州記　嘉味擅窮宙

봄 아욱

파릇파릇 돋아나는 텃밭의 햇남새
종류가 하도 많아 헤아리기 어렵지만
여러 가지 남새들 중 아욱이 으뜸이라
비옥한 땅에 씨 뿌리면 연한 싹이 돋아나네.

지난해 이른 봄에 묵은 밭 일구느라
길든 황소의 힘 몹시도 뽑았지.
굳은 땅 뒤집고서 아욱 씨 뿌려 놓고
밭이랑 모양 잡아 곱게 곱게 손질했네.

열흘이 지나가자 움트기 시작하여
애어린 줄기들이 자라기 시작터니
신선한 새순들은 밝은 낮에 빛 뿌리고
이슬 받은 꽃망울은 찬 새벽에도 고와라.

■ 《본초강목》에 아욱은 모든 남새들 중에 기본이라고 하였다. 봄 아욱은 뿌리를 약에 쓰고
겨울철 아욱은 씨를 털어 약에 쓴다.

조금씩 잎 따 주면 싱싱하게 자라나고
자주자주 젖혀 주면 점점 더 연해지네.
만물의 성질이란 참말로 이상한 것
하늘의 이치는 정말 현묘하구나.

살지고 부드럽기 아욱이 으뜸이라
저녁상에 놓고 보니 진수성찬 부럽잖네.
궁벽한 시골이라 길손들 드물거니
말발굽에 밟힐 걱정 해서 무엇 하리.

春葵

青青畦中蔬　名數頗不少
葵爲衆茶主　土膏孕乳標
先春理荒穢　牛力甚馴擾
破塊蓺其子　區畎劃夭蟜
經旬甲始坼　童指幹勘了
霜芽絢淸晝　露蕤媚寒曉
小摘益函活　頻剔漸蹇矯
物性固奇詭　天理儘冥杳
肥滑亮無敵　晚食方丈藐
境僻過枉稀　寧憂晉馬勦

무

우리 조선 사람들 무를 중히 여겨
남새들의 조상으로 높이 내세우며
사시장철 그 언제나 실컷 먹기 위해
포전마다 심어 놓고 떨구지 않는다네.

새하얀 뿌리에는 맑은 물이 배어 있고
파아란 줄기에는 종다리가 돋아나서
무김치 담그면 시그럽고 향기로워
겨울철의 김장으론 이만한 것 더 없네.

음식물 내리는 데 무가 제일이고
온하고 부드러워 오장을 좋게 하누나.
떡에다 섞어 찌면 그 맛이 별맛이고
국수 꾸미에도 널리 쓰인다네.

우리 나라 풍속에 설 음식상 차릴 때면

▪ 무를 '나복蘿葍', '토소로복土酥蘆葍'이라고도 한다. 제갈량이 무를 좋아하여 이름을 '제
갈채諸葛菜'라고 하였고 우리 나라 말로는 '무후武侯'라고 하였다.

실오리 같은 생채가 상 위에 오른다네.
수레에 가득 실은 진주의 좋은 무
깨끗하고 매끈하기 종유석 비슷해라.

무 농사에 겸하여 씨 가림 중요하나니
누른 것 붉은 것이 무씨 중 꼽힌다나.
제갈량은 비방 있어 잘게 잘게 썰어 먹으며
태산의 양보음[1]을 읊기 좋아했다네.

萊菔

鮮人重萊菔　尊爲菜族祖
四時恣啗齕　受受養園圃
素根涵雪液　綠莖秀瓊股
土酥酸且馥　冬菜冠蔔菇
是物最下氣　溫潤理肺腑
拌餠滋味厚　制麪功力普
風俗需辛盤　細菜飛玉縷
晉陽能專車　淸爽賽鐘乳
農經兼撷子　黃赤粲可數
臥龍方法有　細嚼詠梁甫

---

1) 양보음梁甫吟은 중국의 옛날 가사 이름이다.

시금치

다복다복 자라난 생신한 저 시금치
머나먼 서쪽에서 들어온 것이라네.
가사를 입은 중 씨앗을 가져다가
심어서 가꾼 것이 온 세상에 퍼져 갔고
그것이 마침내는 이 땅에도 전해져서
남새밭에 심어 가꿔 번성하게 되었다네.

부드러운 어린 싹은 활촉처럼 뾰족하고
신선한 잎사귀는 짜인 천인가 빼곡도 해라.

설설 끓는 가마 안에 얼른 잠깐 데쳐 내면
윤기 도는 파란 빛깔 유리인 양 깨끗한데
부드럽고 만문하여 쪽잎만 못지않고
향긋한 그 냄새는 비위를 돋운다네.

■ 니파라국(尼婆羅國, 네팔)은 한편 '파릉頗陵'이라고도 부른다. 당나라 태종 때 와서 조공
하면서 남새를 바쳤으므로 이름을 '파릉菠薐'이라고 한다.

잘사는 양반집들 먹기에 알맞으나
시골의 농사꾼은 먹기가 면구하네.
씨앗은 딴딴하여 갑옷으로 둘렀으니
얼음 얼고 눈이 온들 무엇이 두려우랴.

네 이름 '니파라' 라 지어 불러 오니
생김새와 그 이름 틀림이 없는가 보다.
늘그막에 시금치와 친교 맺었으니
알뜰한 정 그지없이 길이 주고받으리.

菠薐

芃芃菠薐蔬　遠系西戎國
雲衲抱子至　中葉炳九域
遂令左海俗　圃藝滋蕃殖
柔芽尖似鏃　鮮莢密如織
瓦罐薄言湘　靑潤玻瓅色
輭滑紅藍苗　芳氣觸鼻息
端宜貴家饌　深愧野農食
渾質圍鐵鎧　肯畏氷雪偪
命爾尼婆羅　名實庶不忒
屛翁托晩契　永歎情無極

부루

부루 종자 묻은 지 한 달이 지났건만
날씨는 야속히도 가무는구나.
밭이랑은 거뭇거뭇 풀들만 짙어 나고
씨앗은 촉이 트다 누렇게 타드는데

때마침 단비 내려 땅 함뿍 적셔 주고
훈훈한 동남풍이 살랑살랑 불어오니
엄마 젖을 먹은 듯 온 뙈기 텃밭에서
새싹들이 돋아나 햇볕 아래 반짝이네.

붉은 주름 굵게 잡힌 소담한 잎사귀가
널따랗게 펼쳐 놓은 비단 치마 흡사한데
병석에 있던 안해 제 손으로 뜯어다가
아침상에 받쳐 놓고 나더러 맛보라네.

▪ 부루는 지방 말로 '불로不老'라고 한다. 하얀 털이 돋는 종류를 '흰 부루'라고 하는데 맛은 조금 떨어진다.

겨자로 양념 쳐서 물고기 탕 쳐 놓고
새빨간 고추장에 생강까지 곁들였네.
성글성글 보리밥이 보기는 어설프나
감미 돌고 구수한 맛 비길 데가 없구나.

겹겹으로 포개어서 밥 한 술 싸서 들고
두 볼이 불룩하게 우적우적 먹었네.
뒤창 밑에 배 내놓고 벌렁 나가 누웠으니
나야말로 저 옛날 태평세월 백성일세.

萵苣

種苣三十日　天氣苦亢暘
幽畦黯萎蔫　稈甲競焦黃
好雨忽霡霂　凱風紛飄揚
乳膏周原圃　芳蕤爛輝光
巨葉紫綠皺　褎然展錦裳
病妻親手摘　朝飱爲我嘗
芥汁糝鮮軒　椒醬夾糟姜
麥飯雖麤糲　甛滑美無方
搖疊以裹之　大嚼吻弦張
飽頹北窓下　是民眞羲皇

파

물 맑은 시냇가에 집 하나 잡고
물굽이 언덕 위에 남새 심었네.
메마른 땅인 데다 가물이 드니
갖가지 씨앗들이 모두 병드네.

파밭은 가뜩이나 바싹 말라서
땅 밖에 나온 줄기 한 치나 될는지.
생각나네 전날에 무릉 할멈은
겨우내 떨구지 않고 대 먹으려
만문한 밑뿌리는 짜게 절이고
신선한 잎들은 썰어 먹었지.

큼직하게 자란 파는 동이만 하여
텃밭에 들어서면 광주리 필요 없네.

■ 파는 '백규白芤'인데 이름을 '녹총綠葱', '동총凍葱'이라고 한다. 또 다른 한 종류가 있는
데 '호총胡葱' 또는 '자총紫葱'이라고 한다.

들리는 말에는 긴긴 여름철
어찌나 잎이 소담하든지
푸른 옥을 세운 듯 빼곡히 차고
향기롭고 매워서 먹음직했다네.

달콤한 잎은 안 데쳐도 좋으니
어찌 살찐 양고기가 대비될쏘냐.
좋구나 푸른 파는 남새 중 으뜸
네가 아니었던들 내 누굴 믿을꼬.

綠葱

儌屋淸溪內　種茱淸溪渚
土癯天又乾　衆甲並痒瘟
葱畦盆萎損　離地纔寸許
憶昔茂陵婆　遠饋經冬禦
酼菹軟香本　鮮白覆我俎
其大如盎瓴　團圜不容筥
聞道長夏時　條葉極軒擧
簇攢靑玉杖　芳辣柔可茹
甘漢不屑胊　寧復數肥秤
懿哉茱之伯　微爾吾誰與

호박

시골 사는 농사꾼 호박 심으니
무성한 넝쿨 뻗어 가득 엉켰네.
푸르싱싱 줄기에는 순이 내돋고
노르스름 꽃망울엔 진이 맺히네.

주렁진 큼직한 열매 탐스럽구나
데룽데룽 도랑둑에 가득하여라.
큰 것은 겉모양이 큰 물병 같고
작은 것은 생김새 항아리 같네.

잘 여문 둥근 호박 국거리 좋고
크지 않은 애호박은 전 부쳐 먹네.
더군다나 호박은 위장에 좋아
체하는 법 전혀 없고 몸도 보하네.

■ 호박은 '왜과倭瓜'라고도 하고 '호호(胡瓠, 호바가지)'라고도 한다. 우리 나라 말로는 '호
박好璞'이라고 하는데 그것은 우리 나라 사람들이 바가지를 '박璞'이라고 하기 때문이다.

이세종 떡호박은 산후에 좋고
노랗게 익는 호박 맛이 진귀해
솥에다 삶아 내어 된장 찍으면
맛이 달고 살이 많아 꿀떡 같다네.

가난한 농가에서 저장하기는
남새 중에 호박이 으뜸이리라.
뻗어 가던 호박 넝쿨 울타리 올라
서릿바람 앞두고 순 다시 돋네.

南瓜

田人種南瓜　蒻薆覆一區
翠莖香絲輭　絪跗玉液柔
結子繁且碩　磊磊滿壟溝
大者如銅罌　小者如磁甌
圓熟利羹糝　稱嫩貴燴油
況復益腸胃　榮衛㪍滯留
伊勢養胎嫺　黃顆乃珍羞
滾烹汩荳醬　恬厚劇蜜飴
貧家冬蓄旨　胡瓠儘其尤
餘蔓及藩籬　更賴霜萌抽

고추

마당 가에 심어 놓은 애어린 남새
초가집을 둘러싸고 듬성듬성
사시장철 먹는 데는 고추가 좋아
뭇 남새 중 그 보탬이 으뜸이어라.

한여름철 접어들면 열매가 한창
끼니마다 한 줌 따서 반찬을 삼고
겨울철 김장 양념엔 절반 차지
그 맛이 맵고 짜며 향기롭네.

녹각채[1] 좋다 한들 고추만 하랴
무와 배추라야 맞먹으리라.

보드라운 가루로는 메주에 버무려

■ 단초丹椒를 '만초蠻椒', '초초草椒'라고도 하는데 흔히 고추라고 부른다. 우리 나라에서 많이 심는다.
1) 녹각채는 바다 나물 종류.

단사 빛깔 죽 쒀 부어 고추장 담고
고기 탕 쳐 생강 계피 한데 섞고서
씨 뽑은 고추 속에 소를 넣은 뒤
송편처럼 나란히 착착 깔아서
질가마에 들여놓고 푹 쪄 낸 다음
푸른 것 붉은 것을 따로 담으니
꽃무늬를 놓은 듯 빛깔도 고와.

옛사람들 고추를 잘못 봤지만
오늘에는 그것이 가장 귀하네.

丹椒

庭畔植柔蔬	扶疎遠茆屋
蠻椒供四時	功利冠群薿
當夏齊結實	采之盈我匊
冬葅爾居半	辛醲芳氣馥
鹿角斯下風	隱然敵菘菔
細屑拌鹽豉	璀璨丹砂粥
肉泥蘸薑桂	剔子塡其腹
安排似松餠	瓷甒爛蒸熟
靑紅各異盤	美彩絢爐煜
姜皇漏菜譜	於今最淸族

마늘

만문한 배추김치 조기젓 넣고
살팍진 죽순으로 고기 찜 할 때
마늘을 짓다지어 넣지 않으면
싱거운 수제비 국과 무엇 다르랴.

외지고 메마른 산골 살림에
살아가는 재미를 어떻게 알랴.
마늘만 먹는다면 매워 싫지만
양념으로 치면은 입맛이 붙네.

더구나 한여름철 더위 막으니
불볕이 나는 때도 걱정 없어라.
굵직한 통마늘은 독기 더 많아
종처에 뜸 놓을 때 임의로 저며 쓰네.

■ 큰 마늘은 '호葫'이고 작은 마늘은 '역蒚'인데 뿌리를 '난자亂子'라고 한다. 들에 자라는
마늘을 우리 말로 '달래蓬來'라고 한다.

텃밭의 마늘과 들판의 달래
맛이며 생김새 비슷하구나.
오래도록 고생하는 냉병 때문에
위장이 날을 따라 허약해지니

늘그막에 다행히도 네 덕을 보려
입맛대로 무작정 씹어 먹노라.
마늘 종자 가져온 박망후 장건
그의 공덕 이 땅에도 미쳤구나.

葫蒜

嫩菘鰻鹽葅　肥笋狗蒸朧
苟不藩蒜泥　何殊素餺飥
迂疎巖澤癉　焉識滋味樂
單喫厭臊辣　調饌喜清約
況爾能滌暑　勇破朱燄虐
獨頭尤桀驁　癉囊任灸灼
慈葫及蒜子　性體頗相若
我病嬖痼冷　胃氣日衰弱
殘年幸賴汝　信口恣咀嚼
緬懷張博望　仙槎漢水泊

쑥갓

아침에는 다북다북 비름을 뜯어 먹고
저녁이면 나풀나풀 창포 뿌리 먹으니
구차한 살림살이 몇십 명 많은 식구에
날 밝으면 먹을 걱정 앞서나니 애달프구나.

새로 일군 둔덕 밭에 파릿파릿 반 뙈기
되나 마나 하게 쑥갓이 돋아났네.
생으로 먹을 때는 부루와 함께 먹고
살짝 데쳐 먹으니 깻잎보다 낫구나.

쑥갓을 심어 먹기 쉬운 일이 아니로되
물 주고 김매 가꾸기에 정성을 다했다가
친한 벗 길손들이 이따금 찾아오면
그것을 뜯어다가 안주로 대신하네.

■ 쑥갓을 항간에서는 '향계香芥'라고 하는데, 더러 '애대艾薹'라고 부르기도 한다. 노란 꽃
이 마치도 국화 같은데 씨가 맺히면 둥그런 송이를 이룬다.

가을에 심는 쑥갓 냄새가 더욱 좋아
무 배추 김장감에 함께 섞는다네.
나쁜 땅에 자란 것은 질기고 뻣뻣하나
좋은 땅에 심은 것은 부드럽고 연하여라.

사람이 들인 공력 다 같지는 않거니
속일 수 없는 것은 세상 이친가 보구나.
묻노니 육붙이로 기름진 사람들아
나물 뿌리 씹는 맛을 아는다 모르는다.

茼蒿

朝摘宗生莧　暮掇頭牙蒲
負家數十口　日出憂其餬
茼蒿抽新臺　菁菁纔牛區
鮮咯兼綠萵　小淪勝紫蘇
未敢便下手　霡灌竭我劬
賓朋或過從　采擷慰觴壺
秋種味尤馥　葅材菹蒩俱
瘦土剛且硬　肥地輭復腴
人力雖不齊　物理亮難誣
爲問肉食者　能食茱根無

모란

아름답고 으늑하게 곱게 핀 모란꽃
아침노을 담뿍 안고 아가씨 방 지켜 주나
최상의 으뜸 꽃으로 신선 세계 표방하며
떠도는 구름 위로 향기를 날리누나.

이른 새벽 무협[1]에서 깊은 잠에 들었더냐
밤 늦어 경양궁[2]에서 몸단장을 하였더냐.
춘명문 밖 넓은 뜰에 활짝 핀 모란꽃을
보는 사람 저마다 꽃왕이라 불러 주네.

牧丹

窈窕壽安艷　朝霞護玉房

■ 우리 집 뜰에 연분홍빛 모란꽃을 두어 그루 심었다. 윤해원尹海原의 옛집에서 다시 수정
구水晶毬 한 그루를 가져왔는데 그것이 더욱 좋았다.
1) 무협巫峽은 모란꽃이 많기로 소문난 고장 이름.
2) 경양궁景陽宮은 남북조 때 진나라의 궁궐 이름. 궁녀들이 거처하는 곳으로 소문이 났다.

仙班標國色　雲塔泛天香
巫峽晨凝夢　景陽晩整粧
春明門外住　叫做百花王

붉은 장미

노르스름 꽃받침에 붉은 술 드리우고
백 날이 지나도록 제 홀로 연속 피어나네.
난간 앞에 활짝 피니 붉은 노을 어리었고
연분홍 꽃잎들은 뜰 안에 흩날리누나.

고을 원 사는 방엔 꽃향기 풍겨 주고
임금의 집 주변엔 영롱한 금빛 비춰 주네.
허백당[1]의 집 뜰 안에 높이 뜬 밝은 저 달도
가던 걸음 멈추고 장미꽃 구경하누나.

紫薇

蠟跗垂紫綬　百日擅繁華

■ 진해 길청 문 안 좌우에 붉은 장미 두 그루가 있는데 서로 둘러싸여 있지만 한데 어우러지
　지는 않아 참말로 장관이다.
1) 허백당虛白堂은 방창한方昌翰이라는 사람이 거처하던 집 이름. 뜰에 장미꽃이 많기로 유
　명하였다고 한다.

擁檻楨霞合　飄庭絳雪斜
香薿荀令屋　金縷孝王家
虛白堂前月　留看合抱花

월계

아름다운 꽃나무 하 많이 있으되
사시장철 꽃 피기는 월계가 으뜸이리.
분홍색 꽃송이에 맑은 이슬 반짝이고
늘어진 파란 줄기 바람 맞아 흔들리네.

봄 겨울 철 바뀔 걱정해서 무엇 하랴
초승이건 그믐이건 꽃 필 때를 안 놓치니.
가난한 초가집에 눈 내려 쌓이건만
월계꽃 핀 덕분에 화기가 풍겨 나네.

月季

嘉木名殊衆　孤芳冠四時
露瀼紅蕚艶　風擢翠莖垂

■ 잎은 장미와 비슷하나 작으며 줄기와 잎에 가시가 있다. 일 년에 네 번 피는 것을 '사계四
季'라고 부른다.

不易冬春慮　寧違晦朔期
寒茆濛雪齊　和氣賴扶持

진달래

곱게 곱게 핀 진달래 천 송인가 만 송인가
이른 봄 맞이하여 활짝도 피었구나.
이 세상 사람들은 아조[1]라고 부르지만
예부터 그 전신은 두견화라 일러 왔네.

바람에 하늘하늘 빨간 피를 뿌리는 듯
햇빛이 비쳐 들면 붉은 노을 피어난 듯
이른 저녁 풍겨 오는 꽃향기 맡고 서서
빚어 넣은 진달래술 어서 익기 바라네.

杜鵑

妖花千萬朶　齊綻早春時
今世稱阿措　前身喚子規

■ 진달래는 철쭉꽃과 비슷한데 꽃을 뜯어 술을 빚는다. 술에 꽃잎이 뜨면 빛깔이 훌륭하다.
1) 아조阿措는 안석류安石榴를 이르는 말.

風捎紅血灑　日漾赭霞披
薄晚麱香立　遙思酒熟期

봉선화

아홉 첩으로 둘러싼 아리따운 봉선화
아름다운 그 모양 붉은 옥과 같다 하리.
촉나라의 공주는 꽃 앞에서 비파 타고
진나라 여인들은 옥피리 불었다지.

새빨간 꽃잎에는 이슬이 내려앉고
분통 같은 꽃망울엔 밝은 햇빛 비쳐 드네.
어느 누가 손톱에 새 꽃 따서 물들였나
거울에 비쳐 보니 별빛이 반짝이는 듯.

鳳仙

妖艶九苞質　濃粧紫玉翹
蜀姬挑錦瑟　秦女弄瓊簫

▪ 봉선화는 2월에 씨를 심는데 꽃이 피면 머리, 날개, 깃, 다리가 우뚝 해서 마치도 봉황새 같
  다. 색은 예닐곱 가지가 있다.

露壓丹翎重　日斜粉觜嬌
阿誰新染爪　拂鏡星火漂

패랭이꽃

정결한 땅 자리 잡고 나서 자란 패랭이꽃
수북수북 꽃들이 송이송이 피었네.
잠자던 사향노루 어데론지 가 버리고
향기 찾는 나비들만 어지러이 맴도누나.

동산에 이슬 내려 붉은 꽃망울 적시고
숲 속에 바람 일어 흰 꽃 뺨을 간질이네.
먼 옛날을 생각노라 옥같이 흰 손으로
비단옷 말라서 수놓아 입었으리.

石竹

石竹生淸潔　叢花朶朶開
麝香眠已去　蛺蝶舞縈廻

■ 패랭이꽃은 가느다랗고 푸른데 꽃은 다섯 가지 빛깔이고 잎은 홑잎과 겹잎이 있으며 또 털
이 부르르 돋은 것도 있다.

園露垂楨觜　林颺漾素題

繡出羅衣着　遙知玉手裁

맨드라미

진창 땅에 나는 종류 '금벽' 이라 부르는데
하나같이 키 크고 꽃송이는 닭 벗 같네.
햇빛이 비쳐 들면 매미 날개 비슷하고
바람에 흔들리면 봉새 비녀와 비슷한데

소반 위에 엎어 두니 검붉은 옥빛 돌고
차관에 달여 내니 단사인 양 윤기 도네.
서산 너머 달이 지고 새벽이 가까울 때
꿈속에서 그려 보며 닭 울기를 기다리리.

鷄冠

陳倉金碧種　箇箇丈高鷄
日淨凝蟬鈿　風高颯鳳笄

■ 맨드라미는 '청상자靑箱子' 인데 꽃은 네 가지 색깔이 있으며 한 종류는 다섯 가지 색깔이
다. 벗의 길이가 가장 짧은 것을 '수성계관壽星鷄冠' 이라고 부른다.

茶盤行紫玉　茶竈潤丹泥

殘月西樓曉　留聽夢裏唬

벼루

지난해 가을철에 병마사 정경심이
나에게 보내왔네 단계[1]의 좋은 벼루.
그 가운데선 스르르 안개가 피어나니
검붉은 그 광채에 두 눈이 어리치네.

燕硯

前秋鄭景深　贈我端州硯
雲霧出其中　紫瀾光彩炫

■ 병마사 정학경(鄭學耕, 정경심)이 벼루 한 개를 보내왔는데 품질이 몹시 좋았다.
1) 단계端溪는 중국의 벼루 명산지.

무쇠 촛대

세 층으로 이루어진 무쇠 촛대는
품질도 좋거니와 솜씨 기묘해라.
밀 촛대와 기름등잔 함께 밝히니
위아래가 동시에 환하게 밝네.

水鐵燭臺

三層鐵燭臺　製品頗工妙
蠟筒泊油卮　一時上下照

■ 석견石覠이 삼 층 무쇠 촛대를 나에게 주었다. 위에는 밀 촛대를 앉히고 가운데는 기름등
잔을 놓게 되어 있는데 아래층이 제일 넓다.

흰 사기 연적

사용원에서 구워 낸 흰 사기 연적
모두들 칭찬하네 순색이라 좋다고.
모양은 두꺼비 같고 깨끗하기 은빛인데
권씨가 만든 것이 가장 좋다네.

白瓷硯滴

饔院甲燔瓷　齊言純色好
蟾蜍瀞似銀　上品權家造

▪ 사용원 직장 권중임權中任이 가장 좋은 사기 연적을 보내왔는데 바탕은 순백색이었다.

무명 단령

서울에서 짜 내는 새 고운 무명
윤기 있고 부드럽기 비단 같아라.
한 필 값 헤아리면 엽전이 천 닢
둘째 며느리가 단령 지었네.

木綿團領

漢布木棉紋　膩柔阿縞細
一匹直千錢　綠袍中婦製

■ 한강의 무명은 나라 안에서 으뜸으로 여긴다. 한 필을 구해다가 둘째 며느리가 푸른색 단
령을 지었다.

검은 털 천 신

아청색 털 천으로 기운 목 긴 신
어느 모로 보아도 솜씨 알뜰해
한 켤레 장만하여 아홉 해 신으니
사람들 그것 보고 동곽[1]이라나.

毳布黑靴

鴉靑毳布靴　製造儘精美
一着九年餘　人呼東郭履

■ 처음 벼슬길에 들어설 때 윤관(閏觀, 김조순)이 상의원尙衣院에서 만든 털신 한 켤레를 보내
　주었다.
1) 옛날에 동곽東郭 선생이라는 사람이 있었는데 집이 몹시 가난해서 신발 한 켤레를 가지고
　한평생을 신었다는 이야기가 있다.

띠

은붙이로 장식한 오동나무 띠
침향으로 만든 띠만은 못하건만
검박하고 사치하기 알맞춤하니
그걸 띠고 나서니 볼품도 좋아.

桐瘤品帶

爛銀桐瘦帶　不數雕沈香
奢儉得中制　束腰時世裝

▪ 황산에 있을 때 김기남金箕南의 집에서 오동나무로 만든 품대品帶를 샀다.

오동나무 벼룻집

석남의 오동나무 찍고 다듬어
자그마한 벼룻집 만들었더니
글방 한 모서리가 한결 빛이 나
종려나무 벼룻집 부럽지 않네.

梧桐硯家

斲得石南梧　烙成小硯屋
文房顔色生　不羨棕櫚木

■ 내가 황성黃城에 있을 때 오동나무 쪽으로 벼룻집을 만들었는데 바탕이 검고 무게가 가벼
워서 마음에 들었다.

양털 붓

요즈음 세상 사람 글씨 배우며
양털 붓 쓰기를 몹시 좋아해.
담계[1]가 물려준 새로운 솜씨
질기고도 단단하여 참말 기묘해.

羊毫筆

今世工書人　酷嗜羊毫筆
新法覃溪傳　勁靭妙無匹

■ 요즈음 글씨를 쓰는 사람들이 옹방강翁方綱의 글씨체를 본뜨면서 양털 붓을 쓰기 좋아한
다. 김상즙金相楫이 붓 한 묶음을 보내 주었다.
1) 담계覃溪는 옹방강의 호. 옹방강은 청나라 때 학자인데 글씨를 잘 쓰기로 이름났다.

구리 환도

생각나네 지난날에 내 벗 이백고
구리 환도 한 자루 보내 주었지.
도금한 칼집 장식 번쩍거리는데
남청색 실을 꼬아 칼끈 달았네.

銅鐶刀

憶曾李伯古　贈我銅鐶刀
飾以鍍金鐾　藍青分合條

■ 양주 원인 이백고李伯古가 군복과 함께 작은 구리 환도를 주었다.

등채찍

꽃송이 새겨 넣고 옻칠한 등채찍[1]
가볍고 정교로워 정말 희귀해.
물계 아는 사람 보였더니
저저마다 등채찍 휘둘러 봤네.

髹漆藤鞭

雕花髹漆鞭　輕妙定稀匹
試諸博物人　口口飛騨出

■ 채찍과 환도는 다 이백고가 준 것인데, 동래에서 장사꾼들에게 샀다고 하였다.
1) 무관들이 제복을 입을 때 사용하던 치장거리 채찍.

소라껍질 술잔

소라껍질 다듬어서 술잔 만드니
아른아른 자개 무늬 신기하구나.
한 잔들이 술잔이라 크지 않지만
값비싼 술잔보다 못하지 않네.

鸚螺殼杯

磨出鸚螺殼　明瑩紫貝奇
中容一蠡釃　賽過鸕鷀巵

■ 소라껍질 술잔은 모양이 앵무 잔과 비슷한데 제주에서 난다. 정경심이 나에게 보내 주었다.

수숫대 노전

시원한 수숫대 노전 참말 좋구나
황금빛 털방석인가 잘못 안다네.
서리처럼 반질반질 매끄러우니
찌는 듯한 무더위 걱정 없구나.

唐皮涼簟

唐皮涼簟子　錯道黃金氈
霜潤桃笙滑　渾忘夏暑癲

▪ 평안도에서 나는 수숫대 노전은 수숫대 껍질로 만드는데 정경심이 한 장 보냈다.

정주 탕건

정주에서 만들어 낸 말총 탕건은
촘촘하고 정교로워 세상에 으뜸
난리가 있은 뒤로 값이 올라서
성글건 촘촘하건 관계없다네.

定遠宕巾

定州騣宕巾　精緻國中一
亂後價刁騰　勿論疎與密

■ 한근지韓謹之가 정주 탕건 하나를 선사하였다. 홍경래 난 때 공인들이 다 죽어서 아주 귀
해졌다.

인찰판

네 귀가 방정한 작은 인찰판[1]
전날에 서어한테 얻은 거라네.
일만 장 종이들을 찍어서 내니
여러 가지 문방구 중 공적 높구나.

印札板

端方小印板　乞得日紅台
搨出萬番紙　文房功最巍

■ 배나무로 만든 작은 인찰판은 본래 서어(西漁, 권상신權常愼)에게 얻은 것이다.
1) 인찰판은 일정한 규격으로 줄을 친 인찰지를 찍어 내는 판.

'만선와잉고' 뒤에 쓴다
題萬蟬窩賸藁卷後

　신미년(1811) 봄에 여릉 별장에서 굶주림을 면하기 위해 서울 삼청동으로 이사하였다. 삼청동 집이란 마치도 달팽이껍질 같은데 주변에 빈 땅이 있었다. 그러나 모두 메말라 낟알을 심을 수 없었다. 집안 살림은 구차하여 한 달에 아홉 끼를 이으나 마나 한 형편인데 매양 병세에 차도가 있을 때면 눈에 보이는 대로 시로 읊고 종이에 적어서 상자 속에 넣어 두었다. 지금 비로소 찾아보니 나무들에 대해 읊은 칠언 율시와 풀들에 대해 읊은 칠언 절구는 모두 잃어버리고 꽃들에 대하여 읊은 오언 율시는 절반나마 없어졌으며 그 나머지가 있었다. 그래서 버리기가 아까워 조카 학연鶴淵을 시켜 깨끗한 종이에 옮겨 쓰도록 하였다.

　신사년(1821) 4월 5일 을유일 입하에 담옹은 위성渭城의 영각鈴閣에서 쓴다.

모진 바람 휩쓸더니

— '귀현관시초歸玄觀詩草' 에서 —

비 온 뒤에 종자 심는 것을 구경하고

뒷산 숲 가까이 초가를 짓고
여기저기 조금씩 채마 일궜네.
푸르싱싱 나무들 우거졌는데
새벽 밝을 녘마다 돌들을 쳐냈네.

만물이 성장하는 봄철이 오니
소생의 기쁨이 차고 넘치누나.
하인들 철 놓칠까 걱정하며
비바람 무릅쓰고 일들 하네.

사시절 먹기에는 무가 좋아
그것이 으뜸이라 심어 가꾸네.
시골 살림 음식이란 별것 있으랴
저를 들어 집자 해도 집을 것 없네.

곳곳마다 토질은 같지 않지만
여기는 왜 이다지 척박하던고.
가난한 사람 배 채우면 그만이지

쓰다 달다 무슨 타발을 할쏘냐.

고추로는 습증을 막을 만하고
생강은 허파를 부드럽히는 것
호박은 성질이 따뜻한 물건이라
겨울철 두고 먹기가 제격이라네.

물쑥이며 쇠비름도 뜯어 들여
가난한 살림에 보태 먹자꾸나.
푸른 저 하늘은 사심 없어서
이 세상 사람들 다 돌봐 주나 봐.

쟁글쟁글 봄볕이 빛을 뿌리니
온갖 풀 뜰에 가득 무성하여라.

내 이제 여기서 무얼 바라랴
살아가는 형편이 구차하거니.
은근한 생각은 끝이 없는데
사립문에 해 벌써 한낮 되었네.

雨後觀園丁種蔬作詩 示兒曹誦

結茆近北林　趾趾啓園圃

青冥嘉木挺　泱㳽密石聚

春物日生長　和澤被九宇

僕夫念時務　晨興騁風雨

蔓菁食四時　茱族爲宗祖

土俗粲盤飱　下筋光可數

剛柔理不齊　地氣限饒鹵

艱難貴充腸　豈暇道甘苦

丹椒可禦濕　黃薑潤肺腑

胡瓟性最溫　冬蓄爾實主

蘩蔞與馬齒　采擷濟此襄

上天無私力　一氣同鼓舞

盈盈動光輝　菀菀當庭戶

我來何所求　衛生計亦粗

微感良未已　荊扉向亭午

아우와 함께 고기잡이를 구경하며

바람 잦은 언덕에 기러기 앉고
이슬 내린 늪가에 개구리 울 때
동쪽 땅을 찾아와 마음 붙이며
북쪽 포구 못 잊어 그려 보노라.

갈숲은 아득히 끝이 없고
부들은 수북수북 자라는데
허튼 걸음 옮기며 먼눈팔다가
옷깃 헤치고 깊은 생각에 잠겼노라.

바위섬 한쪽 가에 배 매어 놓고
맑은 못 한복판에 노를 내리니
햇볕은 물결 위에 빛을 뿌리고
구름은 언덕 위를 날아 지나네.

낚시 끝엔 고기비늘 번쩍이고
그물에는 붉은 아가미 비쳐 드네.
어부들 노랫소리 들려오니

선창의 아낙네들 화답하누나.

우리 형제 이 광경 함께 즐기며
기약한 듯 좋은 구경 같이 했노라.
지난날 생각에 잠깐 바장이다가
옛 역사 더듬으며 강개해하노라.

언제면 지팡이 세우고 한가로이
한생을 낚시질로 보내 볼꼬.

九月二十一日兄弟陂觀漁 示季良

風皐陽雁下　露池陰虯響
擎玆東陂緬　睠彼北渚敞
淼淼兼葭積　洄洄菰蒲長
理策延遲眄　披襟興遠想
石嶼留松舲　璇潭儼桂槳
日華波中亂　雲英水際瀁
文鱗耀彩竿　頳鬐映錦網
榜謳迎出沒　漁謠送來往
會心同幽覿　存期幷妙賞
念昔暫裵廻　懷古且慨慷
詎垂任公釣　聊植荷蓧杖

이우신을 보내며

보내면서 이르는 말 구슬프고
따라가며 짓는 한숨 쓸쓸하구나.
길고 긴 석별의 이 회포는
그대 마음 더욱 산란케 하리.

섬돌에는 찬 서리 내려 덮이고
땅 가까이 흰 구름 날아도는데
차가운 책상에 새벽 달빛 흐르고
으슥한 난간엔 은하수 비치네.

평구 물가에 바람 세차고
영릉의 언덕 위엔 숲 무성한데
떠나가는 그대를 어이 붙들랴
나귀도 나룻배도 멀어지거니.

발돋움하고 멀리 바라보노라니
이 마음 산란해
산란한 마음에 정신만 아물아물

날아예는 기러기 짝을 부르고
멀리 가는 두루미 나래 쳐졌네.
운수가 궁하니 완적의 행색이런가
시절이 뒤숭숭하니 왕찬이 서러워라.

어릴 적 함께 놀던 송아지 동무
늘그막에 이별이 웬 말인가.
훌륭한 그대 부디 자중하게나
부질없는 허영에 눈팔지 말고.

冬日別李徵君友信

戚戚臨岐言　凄凄遵路歎
以玆離懷長　增爾別緒亂
素霜緣階積　皓雲委地散
寒幌鑑晨月　幽軒耿霄漢
風落平邱渚　樹連寧陵岸
征驂遠莫攀　歸楫杳已斷
跂佇心愈紛　瞻望魂屢換
翔鴻叫旅侶　遼鶴斂鶼翰
途窮慟阮步　時危傷王粲
玄髮同流湯　白首空悲愞
令德宜自持　浮榮安足翫

적문협

나는야 정처 없이 떠나는 유람객 되어
이른 새벽 행장 차려 집을 나섰네.
적문협 골짜기는 길이 험한데
그늘진 산기슭엔 진펄뿐일세.

울창한 숲 속은 단풍에 가리고
굽이진 비탈에 마 덩굴 늘어졌네.
중로에 돌빛이 달라져서인지
나의 말 멈춰 서서 머뭇거리네.

때때로 들리는 건 범의 울부짖음
머리를 돌리면 아찔한 절벽
산과 내는 열렸다 막혔다 서로 다르니
신변 위해 온갖 생각 자아내네.

내 가는 길 어이 이리 시름뿐인가
지친 몸 무릅쓰고 앞길을 찾네.

赤門硤

游子期行邁　束裝向天曙
赤門谿磵峻　陰黑下沮洳
深林隱楓栝　磐磴垂薯蕷
中路石色改　我馬立猶豫
時聞猛虎吼　回首窺割據
山川異通塞　安危動百慮
吾道憂患始　疲苶且前去

또다시 적문협을 지나며

험준한 골짜기 가을이 깊었나
날씨는 차고 이른 서리 내렸네.
우불구불 돌길은 산을 에돌고
답답스레 시내는 돌을 싸고 흐르는데
산문 어귀엔 절벽이 엇물려 섰고
햇볕은 가는 데마다 언뜻 지누나.

그늘진 벼랑은 금방 무너질 듯
아마도 지난여름 장마 탓이리.
강대나무 우지끈 정신 아찔하니
거친 풀숲에서 눈이 휘둥그레라.

한동안 고생한 것 보람 있구나
내 마음에 정겨운 것 구경하거니.
이내 앞길 멀기도 해라
들메끈 고쳐 매고 또 길을 떠나네.

復過赤門

巖谷秋氣變　天寒霜雪早
漫漫磴路劃　鬱鬱谿石抱
山門犬牙錯　日色時復造
陰厓或善崩　先夏經水潦
神危集古木　目動梗荒草
久役易悟機　未厭情所好
遙哉我行李　改轍登前道

가을밤 권 공조와 성 문루에 올라

나그네 병이 들어 오랜 시일 지체하다
누각 위에 올라 보니 이 저녁이 아쉽구나.
널찍이 펼친 바다는 천 리런 듯 만 리런 듯
올망졸망 뭇 섬들은 천태만상 변하는데
차가운 달빛 아래 맑은 이슬 반짝반짝
은하수 쌓인 별이 밝은 빛 뿌리누나.

저 멀리 마을에는 귤과 유자 누렇고
해묵은 옛 성터엔 솔숲이 푸른데
오늘 밤은 수정처럼 하늘도 맑아라.
구름이며 안개는 말끔히 가셨네.
이별이란 정말로 견디기 어렵거니
산천은 부질없이 제 품에 막혔구나.

먼 데로 달리는 회포 알아줄 이 없으니
외로운 이 심사 누구와 나눠 볼까.
평생에 지켜 온 것 우직함이었거니
뜻한 게 어긋나니 창졸간 놀랍구나.

지난날 걸어온 길 하염없이 생각하며
물욕에 끌릴세라 삼가 조심하였네.
세월은 흘러 흘러 귀밑머리 서리 치고
시골로 떠돌면서 정력마저 쇠했구나.
아무리 탄식한들 무슨 소용 있을쏜가
슬프다 이내 몸도 목석은 아니었거늘.

秋夜同權功曹登縣城東門樓

旅痾淹時久　登樓聊永夕
滄溟千里闊　島嶼萬狀易
湛湛寒月瀉　璨璨淸漢積
遠村橘柚黃　古郭楓樅碧
是夜天宇晶　雲霞淨埽迹
別離亮難堪　山川空自隔
遠懷不我與　孤抱當誰適
平生守貞拙　倉卒驚違劃
悠悠坐世故　仳仳牽物役
霜露變容鬢　江湖盪精魄
感歎殊未已　嗟余心匪石

늦여름 주 일인과 폭포수를 보고

푸른 멧부리 몇 길이나 솟았나
그 위에 올라서면 하늘도 매만지리.
아득한 절벽에 걸린 저 폭포수
시원히 가슴 씻어 주며 나무숲 스쳐 가네.

검붉은 벼랑들은 양옆에 곧추서고
푸른 산마루엔 외가닥 길 뻗어 있네.
하 많은 그 세월 어찌 다 기억하랴
다만 깨닫는 건 아침저녁일 뿐이리.

새하얀 물방울들 빨간 입술 씻어 주고
내리쏟는 물갈기는 파란 새부리 들씌우네.
넘뛰는 물줄기는 은구슬 홀뿌리고
내뿜는 물보라는 옥가루 바서지는 듯.

거꾸로 날릴 때는 천 필의 비단이러니
아래로 드리우면 만 길의 밀물 같네.
지느러미 부딪치니 상어 잉어 시샘하고

등줄기 씻어 주니 자라들 으스대네.

세상 만물 이치는 언제나 신비롭고
시속에 떠드는 말 한결같이 부질없네.
물이야 본디부터 아래로 흐르는 것
땅 생김새 보고도 짐작할 수 있으리.

장하여라 이 풍경 어이 그리 기묘한가
하늘을 우러르며 긴 한숨 내뿜노라.

夏末訪周逸人幽居 館舍南飛瀑

青龍竦幾仞　上可捫雲霄
絶頂懸泉瀑　盪胸越灌喬
兩邊頹壁直　一路翠磝遙
那能記歲月　但覺來昏朝
晶晶灑丹嶂　泖泖鋪碧嶕
跳波散銀汞　噴沫碎瑤瑤
倒飛千匹練　頹垂萬丈潮
濺鬐鱨鯉猜　滌背黿鼉驕
物理多詭闊　時俗漫喧囂
水性元非激　地勢猶可料
偉哉造化妙　浩歎望沈寥

늦은 봄날 동생을 여릉으로 보내며

뜰 가에 서 있는 박태기나무
건듯 부는 바람에 꽃 다 졌네.
자식들 낳아 키운 부모 사랑
다정하게 자라 온 형제 우애

어릴 때는 한 상에 밥 먹고
자라서는 이웃에 함께 살았네.
즐거운 마음으로 책을 읽었고
우스갯소리 섞어 술도 마셨지.

떠가는 구름은 변하기 쉬운 것
거센 파도에 이 마음 얼마나 놀랐나.
십여 년 귀양살이 시름의 나날
천 리 밖 오가던 꿈길 험악했어라.

한 이불에 잠자던 일 어제 같건만
만나 보니 몸은 벌써 늙었구나.
젊은 시절 떨어졌던 한 많아서

늙어서나 단란히 살자 했더니

어이하여 그대 약속 저버리고
야속스레 갑자기 이별하는가.
너는 남쪽 고을 길 떠나고
나는 북방 산골 남게 되었네.

이별이야 지지리 맛보았건만
그리운 회포 부질없이 아쉬워라.
기러기 떼 푸른 물가 날아예고
할미새는 붉은 지붕에서 우짖네.

지극한 세상 이치 변함이 없어
미물들도 저렇듯 의지하누나.
높은 산발 우죽삐죽 울창도 한데
흐르는 시냇물은 목메어 우네.
깊은 밤 달빛은 밝기도 한데
텅 빈 집이 왜 이리 적막한고.

春晚送舍弟鎤歸廬陵別業

庭畔紫荊樹　風吹花盡落
劬勞父母惠　婉孌兄弟樂

少小齊盤殟　長大聯幨箔
詩書任欣賞　罇酒恣歡謔
浮雲悗變改　洪波驚錯愕
十年嶺海愁　千里魂夢惡
及歸嗟已衰　同寢宛如昨
玄髮暌違恨　皓首團欒約
如何更乖張　忽爾相促薄
爾向南州路　我留北山壑
別離曾飽厭　懷抱空索寞
鴻雁飛綠渚　鶺鴒響彤閣
至理亮難誣　微物亦有托
高山鬱巃嵸　流水咽澎汋
夜久月光晶　堂宇何寥廓

초여름 병석에서 유한식에게

아침 해 동녘 하늘 물들이니
붉은빛 내 침상에 비쳐 드네.
창문 아래 비스듬히 누워 있자니
병든 몸도 제법 편안하구나.

휘장 걷고 번뜻 내다보니
파란 풀 뜰 앞에 무성하여라.
탐스러운 함박꽃은 스러졌어도
소담한 오동잎이 한창 크누나.

가지 위에 지저귀는 새들의 울음
피리 소린들 이보다 아름다우랴.
조잘대는 그 소리 벗을 부르는가
움직일수록 고운 빛이 펼쳐지누나.

계절 따라 만물은 잘도 자라건만
내 심화 갑자기 쓸쓸하여라.
함께 자란 친구들 네댓 사람이

동서남북 제각기 흩어졌구나.

새로 만난 벗들도 다정하지만
옛날에 사귄 친구 어이 잊으랴.
바람 타고 높이 나는 학이 되어
날짐승과 허공 중천 날아 볼거나.
아서라 안 될 일을 어이 바라랴.
탄식 끝에 눈물이 옷깃 적시네.

初夏病臥寄蔚州兪使君漢寔

朝旭赫天衢　朱曦照我床
頹然臥南牖　病體頗舒康
搴帷暫窺臨　綠草滿庭傍
芍藥花已落　梧桐葉初長
好鳥鳴其上　淸響溢笙簧
嚶嚶若有求　動搖生輝光
時物旣華滋　心懷忽悽傷
同袍四五人　各在天一方
新知雖爲樂　舊要安可忘
願爲凌風翰　奮飛齊馳翔
棄置勿復道　歎息涕霑裳

이른 아침 문의현을 떠나며

새벽녘 찬 서리 비처럼 내리더니
두루미 울음 울자 가을 하늘 밝아오네.

밤기운은 기름인 양 만물을 축여 주고
도랑물은 젖줄기 되어 자래우누나.
갓 돋는 아침 해 그 위에 비쳐 드니
개울가 조약돌들 알알이 셀 수 있네.

기장이며 피들은 이랑마다 설레고
소담한 남새들은 포전을 덮었어라.

웅기중기 모난 바위 모두가 깎아 세운 듯
언덕진 벼랑에는 흙빛조차 보이지 않네.
초가집 여남은 채 마을은 어설퍼도
부지런한 덕분으로 가난을 견뎌 가네.

이른 봄 굶주릴 때는 멀건 죽도 모자라나
가을 되어 낟알 털면 단지들 가득 찬다네.

울타리에 주렁진 호박들도 따 들여
누른 것 푸른 것들 시렁 위에 쌓아 두고

굶주림만 면하여도 그 아니 다행인가
궁한 살림 어느 결에 쓰다 달다 말을 하리.
서로서로 반겨 주는 풍속이 무던하여
순박하고 후덕하기 태곳적과 다름없네.

하늘이 누구에게나 사심이 없듯이
우리가 살아감도 나라의 혜택이리.
바라노니 농부네들 부지런히 일들 하소
그러면 명년에는 곳간들 차 넘치리.

早發文義縣

鶴鳴秋山曙　飛霜散如雨
夜氣滋膏潤　溝水育淸乳
初旭照其上　素礫粲可數
黍稷翼平疇　蔓菁覆寒圃
稜石盡削立　崖壁尟傳土
閭閻八九屋　勤農濟貧窶
春歉匱饘粥　秋熟盈甖瓿
籬瓠纍纍摘　靑黃積我廡

糊口幸有餘　奚暇道甘苦
款款栢皇俗　淳麗似太古
上天匪私力　涵育由聖主
願爾勿怠慢　明歲溢倉庚

개태골을 지나며

깎아지른 층암절벽 험해 봬도 편안하고
개울물은 맑아도 갈래가 많아라.
바위 위의 오솔길 속판은 민틋하건만
말발굽 헛디딜까 마부 연방 돌아보네.

개태사 옛 절간은 빈 터만 남았는데
지금은 그 자리에 쓸쓸히 초가 몇 채뿐
웅기중기 보이는 것 어설픈 생울타리
쓸쓸한 산골바람 나무숲을 흔드누나.

하늘의 혜택을 고이고이 받은 덕에
들 나락이며 기장들 제법 잘도 익었네.
그 옛날 영웅들이 한 지방을 타고앉아
명복 빌어 무엇 하려고 이 고장 찾았을까.

화려한 큰 절간은 하늘 높이 솟아 있고
울긋불긋 단청집들 골짜기를 메웠다네.
수놓은 장정에다 부처 화상 걸어 놓고

이름 높은 유적들은 비석에다 새겼지.

임진년 난리 통에 온갖 재난 겪었거니
이 전날 모든 자취 불탄 재에 물어볼까.
세찬 불길 타래쳐 온 절간이 날아가고
붉은 화염 뭉게뭉게 산 중턱을 뒤덮었네.

삼십삼천 하느님이 영험을 안 부렸나
석가모니 화상도 땅바닥에 떨어졌네.
고려 태조 옛날 업적 휘황도 하더니만
만고의 역사 기록 남은 것이 부끄럽네.

過開泰谷

層岑峻而安　谿水淸更複
石路隱盤陁　馬滑屢顧僕
開泰古寺墟　茆茨若干屋
蟜蟜接籬樊　颭颭翳林木
恭承上穹惠　稻黍頗自熟
英雄昔割據　何故徼冥福
琳宮聳天起　丹翠塡巖谷
繡幝留眞像　珉碑鐫遺馥
龍蛇閱浩劫　徃蹟問回祿

烈火盪梵宇　朱焰漲山腹
諸天閟靈異　世尊亦傾覆
煌煌麗祖業　萬世愧靑竹

변방으로 떠나는 노래

새깃 꽂은 격문 한 장 지난밤에 날아와
오랑캐들 침범했다 급한 소식 알렸네.
건장한 군마들은 변방으로 내달리고
용감한 군사들은 요새를 지켜 섰네.

차가운 별 무리는 비수 끝에 번뜩이고
교교한 달그림자 활등을 비춰 주네.
오랑캐 무찌르고 변방이 안정되면
개선가 부르면서 서울로 돌아가리.

出塞曲

羽書昨夜至　胡虜寇長城
冀馬雲中帥　燕犀代北兵
星翻龍劍落　月滿鵲弓明
會待戎衣定　鐃歌入帝京

군사의 노래

변방의 봉홧불 온밤을 밝히더니
장수는 서둘러서 군사를 점검하네.
둥실한 허리춤엔 쇠갑옷이 묵직하고
날쌔게 노는 팔뚝 삼지창도 가벼우리.

살기 띤 기운은 바닷가에 차 넘치고
음산한 바람 따라 푸른 성도 캄캄해라.
대장부 나라 위해 변방에서 숨 거두면
그 이름 길이길이 청사에 빛나리라.

從軍行

狼火通宵警　元戎急點兵
熊腰霜鎧重　猿臂繡戡輕
殺氣橫蒲海　陰颷暗柳城
男兒死邊野　竹帛永垂名

님이 그리워

또다시 세월 흘러 봄철이 다 지나니
깁 적삼 오지랖에 보이느니 눈물 자욱
지다 남은 꽃떨기는 골목길에 널려 있고
길게 자란 풀들은 덧문을 가렸네.

새사람 귀염받아도 한 될 일 있으랴만
마음속에 그리운 건 그 옛날 님의 은혜
드높은 궁궐 안에 노랫소리 들리는데
저 달을 바라보며 남몰래 애끊노라.

妾薄命

又見芳春晏　羅衫耿淚痕
殘花埋永巷　幽草掩重門
不恨新人貴　猶希舊主恩
昭陽笙吹動　候月暗銷魂

연밥 따는 노래

연못가 나루터에 처녀 하나 오락가락
나서 자란 어린 시절 연꽃 꺾고 놀았다네.
섬 안의 계수나무 첫 향기 풍기는데
물가의 꽃 그림자들 어느덧 멀어지네.

아름다운 마음씬 양 연뿌리 어여뻐라
한 꼭지에 태어났다 붉은 꽃송이 대견코야.
배 늦게 떠난대도 겁날 것이 없다오
물 너머 저쪽에는 언니네 집 있다나요.

採蓮曲

橫塘渡口娃　生小弄荷花
桂嶼香初滿　蘅洲影暫睐
同心憐綠藕　並蔕愛紅葩
不畏歸舟晚　隔溪阿姊家

의금부에서 아우 선에게

의금부에 홀로 앉아 새벽을 맞이하며
머리 들어 저 멀리 목멱산 바라보네.
담담한 아침 안개 나무 끝에 서려 있고
기우는 달빛은 다락 아래 깔렸는데

지나온 일 생각하니 한생이 어이없네
글 읽고 재주 키운 그 보람 무엇인고.
온갖 풍파 겪어 오며 백발만 남았구나
티끌 많은 세상길에 이 마음 뉘 알아주리.

鎖直金吾曉坐口號寄弟鐥

獨坐金吾曉　遙瞻木覓岑
澹霞冠樹杪　殘月珮樓陰
趙館淸萍劍　莉門白雪琴
蹉跎成皓首　塵路孰知音

수성동에서 꽃을 구경하며

골짜기 푸르고 뭇 봉우린 잇닿았는데
마을에서 피운 연기 사방에 풍겨 가네.
이끼 어린 절벽 위에 멀리 햇볕 비쳐 들고
은빛 같은 폭포수는 바람 받아 일렁이네.
이 마음 상쾌하니 청명 세계 들어간 듯
생각이 현묘하니 색상이 개운도 해라.
묻노라 복숭아꽃 어디서 떠 오는가
내 이제 시내 따라 끝 간 데를 찾으리라.

陪金吾與侍郎尋花壽星洞

谷翠群峰合　人烟萬井通
蒼崖廻映日　銀瀑漾含風
神爽淸明入　思玄色相空
桃花何處種　吾欲溯源窮

성안에 들어간 어린 노순흠을 기다리며

성안에 가지 말라 몇 번을 말했던고
사람 기다리기 참말로 힘들구나.
인경 시간 가까우니 순라군 무서운데
날마저 어두워서 여울 어찌 건너려누.

온 고을 아침 내 불어치던 바람도 세차더니
밤들어 길거리엔 눈보라 기승부리네.
천성이 본디 유약한 너를 생각하며
불안한 맘 진정 못 해 온밤을 밝히노라.

送童子盧舜欽入城 日暮不還

不教城市去　端爲待人難
鍾近愁衝邏　林昏怯度灘
終朝風力壯　入夜雪威寒
爾性元柔懦　星星夢未安

서재에서

서재가 한적하여 지내기가 좋구나
어지러운 세상에 마음이 안 흔들리니.
차가운 바람 일면 산 다람쥐 슬피 울고
밝은 달 빛 뿌릴 제 갈매긴 잠드네.

한가한 벗들 위해 바둑판 벌여 놓고
고요한 밤이 오면 시구도 읊는다네.
옛말의 무릉도원 별세계가 아니리라
조용한 이곳도 그에 못지않으리니.

                    *

옹졸하고 얼빠진 자 누구냐고 꼽으라면
사람들은 나부터 셀 수 있으리라.
동산이 있는 덕에 도토리는 열렸지만
땅 한 뙈기 없다 보니 호박마저 못 심었네.

보름 지나도록 세 끼밖에 못 끓이고

벼슬살이 네 해 동안 남은 것은 거문고뿐
이웃집에 술 익기를 때 따라 기다리다
저녁 늦게 아이더러 술 사오라 당부하네.

    *

희미한 조각달은 서산 위에 기울었는데
허전한 생각 속에 이 새벽을 맞았노라.
생각하는 것 무엇이기에 앉아 있지 못하는가
좋은 이 밤 어이 이리 심사가 산란할꼬.

고삭은 울타리로 산짐승 드나들고
골 깊은 고장이라 범의 울음 심상한데
벽 위의 등잔불만 시름겨워 가물가물
아무리 뒤척여도 잠 못 드는 밤이어라.

齋居雜述

寂歷齋居好　緇塵不染心
風寒林鼺叫　月亮渚鷗深
碁爲幽朋着　詩因靜夜吟
仙源非別界　閒處可相尋

    *

拙劣猖狂者　人間可數吾
有園殘橡栗　無地養菰蒲
半月都三釁　四年只一梧
時謀村酒熟　晚契付童奴

　　　　　*

微月含西嶺　悄然到五更
所思不在坐　良夜若爲情
籬坼交麏跡　山深慣虎聲
懸燈愁的的　幽夢苦難成

종성 부사로 가는 한상묵을 보내며

깃발은 펄펄펄 그대 보내기 아쉬워라
북방에는 눈 쌓이고 강물이 얼었으리.
병조 참판 때는 자주 빛깔 잘모자[1]요
부주의 도호부사 흰 양 갖옷 차림이라.

북방의 무술 훈련 황석공[2]을 스승 삼고
산속에서 사냥할 땐 푸른 팔찌[3] 낄 테지.
고려 때 윤관 장군 불현듯 생각나나
선춘령 밖에서는 오랑캐가 잠잠하리.

送韓侍郎象默出宰鍾城

征旛拂拂送君愁　朔雪河漸滿磧流
武部侍郎紫貂帽　涪州都護白羊裘

---

1) 담비 털로 만든 모자.
2) 황석공黃石公은 한나라 때 장량張良에게 병법서인《삼략三略》을 전해 주었다는 도사.
3) 활을 쏠 때에 힘을 주는 쪽의 팔소매를 걷어 매는 띠.

講戎塞上師黃石　校獵山中擁綠幬
政憶前朝尹文肅　先春嶺外虜塵休

주막집 할멈 이씨를 애도하여

옥같이 고운 얼굴 백설 같은 그 마음씨
백발은 스산해도 웃음소리 다정했지.
풍류스러운 옛 모습 사라졌다 말을 마오
사람들은 오늘도 이씨 할멈 추억하리.

*

광희문 안 들어서서 둘째 다리 앞쪽에
푸른 연못 곁에 두고 비단 창문 붉은 난간
한때 즐겨 놀던 곳 이야기하자니
하염없이 지는 눈물 옷자락을 적시누나.

*

흰 빛깔 깁 저고리 옥색 치마 받쳐 입고
구름 같은 트레머리 석황까지 물리고서
연하게 그려 놓은 여덟 팔 자 고운 눈썹
이씨의 차림새를 모두들 부러워했지.

*

봄 석 달 좋은 시절 생각하니 꿈만 같아
덧없는 건 세월이라 어이 그리 쉬이 가나.
금꽂개 금비녀 지금은 어데 갔나
낙엽만 무두룩이 사립문에 쌓였구나.

*

신무문 앞뜰에는 꽃들이 만발하고
광통교 다리 아래 달빛마저 싸늘한데
아리따운 그의 모습 어데로 가 버렸나
해묵은 버드나무에 까마귀만 까욱까욱.

*

덧없는 세월이라 잠깐 사이 인연 맺고
서러운 눈물 부질없이 옷깃을 다 적셨네.
지난날 주막 앞을 오고 가던 젊은이들
지금은 이 세상 백발노인 되었으리.

哀李酒嫗

玉爲容貌雪爲腸　蒜髮蕭然笑語香
莫道風流渾斷盡　令人猶憶杜秋娘

*

光熙門內二橋南　繡戶珠欄倚碧潭
欲說阿娘行樂地　不堪凄淚滿輕衫

*

白羅衫子縹羅裳　六鎭雲鬟壓石黃
淡掃蛾眉成八字　衆人都羨李家粧

*

九十東皇夢一番　韶光容易任摧翻
鈿蟬金雁今安在　黃葉堆中掩岩門

*

神武門前花似霧　廣通橋下月如霜
香魂玉骨歸何處　只有飛鴉滿老楊

*

世事風燈只暫因　那堪涕淚漫霑巾
當時壚上靑衫客　今日天涯白髮人

늦은 봄 들놀이

이 한봄 좋은 꽃철에 문 닫고 지내려니
떠서 사는 이 인생 업장 많아 부끄럽네.
이웃집 젊은이들 권유에 못 이기어
밀치고 당겨서 산언덕에 올랐노라.■

　　　　　*

진달래꽃 져 버리고 살구꽃도 스러졌네
못 믿을손 봄바람이 너무도 덧없어라.
다행히도 북저동에 천만 그루 울긋불긋■
철 늦게 피어 있어 봄 경치 단장했어라.

　　　　　*

■ 복경福慶과 순흠舜欽 두 하인이 찾아와서 봄놀이를 가자고 간절히 청하기에 나귀를 타고
　잠깐 나갔다.
■ 북저동의 복숭아꽃도 이미 철이 늦었다.

어젯밤 모진 바람 한바탕 휩쓸더니
봄 동산 온갖 꽃이 가뭇없이 사라졌네.
북저동 골짜기에 꽃향기 그윽하더니
동소문 안 십 리 길에 붉은 꽃잎 깔렸구나.▪

*

시냇가에 솟아 있는 귀록정 좋은 쉼터
호기 있던 정자 임자 구름처럼 가 버렸나.▪
비단 빨던 빨랫돌 지금은 주인 없어
촌 할머니 베치마 그 위에 말리누나.

晩春游覽

一春花事閉門過　慙愧浮生業障多
强被南隣少年輩　並來牽挽陟山坡
　　　*
鵑花淨盡杏花消　無懶東風太寂寥
北渚緋紅千萬樹　晚春猶保淡粧嬌

▪ 북저동에서 동소문 안에 이르기까지, 동소문에서 신흥사 동구까지 온통 복숭아꽃이었다.
▪ 정자는 옛날 손씨 집안의 별장이었는데, 뒤에 정승 조현명趙顯命이 소유했다가 지금은 팔려, 감사 김계온金啓溫이 소유하게 되었으나 온통 황폐해졌다.

*

昨夜封姨一陣風　芳園春色片時空
青門盡日香如海　紅雨濛濛十里中

*

歸鹿亭荒澗水濱　相公豪貴似浮雲
浣紗古石無人管　只敎村婆曬布裙

'귀현관시초' 뒤에 쓴다
題歸玄觀卷後

　나는 건묘(健廟, 정조) 정사년(1797) 십일월에 경원(慶源, 지금의
세별군)으로 귀양 갔다가 이어 부령으로 옮겼고 신유년(1801) 늦은
봄에 의금부에 끌려가 매를 맞고 거의 죽게 되었다. 그해 사월에 영
남 진해현으로 정배되었다가 병인년(1806) 시월에 비로소 풀려나
돌아왔다.

　고향에 돌아와 보니 밭과 집은 모두 남의 소유로 되고 오직 비바
람도 막을 수 없는 초가집 두어 칸만이 남아 있어 서글픈 생각에 넋
을 잃을 지경이었다.

　그 가운데서도 가장 아쉬운 것은 내가 한평생 지었던 글들과 이죽
장(李竹莊, 이우신) 선생의 시고, 그리고 여러 벗들에게서 받았던 편
지들을 궤 하나에 간수해 두었는데 금부에 잡혀 다니는 사이에 그것
을 다 잃어버린 것이다. 문장의 재난도 통탄할 일이다.

　지금 이 시초는 신유년 이후에 지은 것 몇 수를 모아 한 권으로 만
든 것이며 신유년 이전에 지은 것은 일고여덟 수에 불과하다.

　기묘년(1819) 초가을 처서에 담사潭士는 삼청동 셋방에서 쓴다.

여름 고향 집이 그리워

— '의당별고擬唐別藁' 에서 —

정홍신과 이별하며

북방의 호걸스러운 사나이들 중
길주 명천 대장부들 으뜸이어라.

글공부는 예외라 한눈팔지만
활쏘기 말 달리기 업으로 삼아
술 석 잔 마시면 속을 터놓고
한마디 이야기에 마음을 주네.

붉은빛 소매 좁은 덧저고리에
검푸른 비단 띠 접어서 띠고
아침에는 북쪽으로 장보러 가고
저녁이면 종성에서 기생집 찾네.

술 마시고 거나한 때 마음 상하면
하치않은 일에서도 칼부림하여
몇 걸음 앞에서도 사람 죽이니
선지피 회깟처럼 비린내 풍기네.

그네들의 천성은 굳세거니
자진하여 외적을 쳐 없애리라.
선춘령의 눈물로 밥 지어 먹고
두만강 여울물에 마른 목 축이네.

사내대장부 싸움터에 목숨 바쳐야
아름다운 이름을 길이 남기리.

曉發蚌頭岸留別鄭端公興臣

朔方遊俠子　明吉居其最
託身弓馬中　賣眼文字外
三盃忽輸肝　一言輒傾蓋
猩紅狹袖襖　鴉黑摺錦帶
朝往淸差市　暮赴鐘妓會
中酒不稱意　揚劍決浮蟎
殺人跬步內　腥血若鮮膾
爾性强哉矯　甘心除國害
飢饢先春雪　渴飮豆滿瀨
男兒死戰場　芬芳應未沫

서울에서 여릉에 사는 이웃 사람을 만나

객지살이 서울 살림 싫증 나건만
세월은 그럭저럭 삼 년이 지났어라.
부질없이 시절을 잘못 만난 탓에
얼굴이며 머리털만 달라졌나 봐.

길가에서 뜻밖에 고향 사람 만나 보니
부끄러운 뉘우침 불현듯 떠오르네.
옷소매 부여잡고 집안 안부 물어보며
술잔도 나누면서 지난 고생 터놓았네.

친척들은 변함없이 잘들 지내며
마을은 그동안에 별고 없었소.
우물가에는 푸른 이끼 성했을 게고
연못에는 잡초들이 우거졌겠지.

후원의 붉은 감은 절로 익어 떨어지나
섬돌 밑 국화꽃은 누가 뜯어 들이랴.
변변찮던 울타리는 지금 어이 되었을꼬

외로운 오동나무 옛 주인을 기다리리.

나그네의 심정이란 걸핏 하면 서글퍼져
서울 사는 이내 마음 편안한 날 없구나.
어이하면 바람 타고 하늘 높이 날아올라
안타까운 이 가슴 시원히 헤쳐 볼꼬.

京邸遇廬陵隣曲有贈

薄游厭京洛　栖栖儵三載
空爲時節誤　漸覺容髮改
路逢鄉里人　瞿然生愧悔
擎袂勤問訊　傳盃瀉磈磊
親戚尙如故　巷曲果幾在
鴈井苔當闠　儵塘草應迨
園枑秋自落　階菊晚誰採
籬弱今何向　桐孤舊相待
羈情多鬱陶　湫市少爽塏
安得凌風翼　一使心胸闓

한산도 수유협

좁다란 골짜기에 쌍돛을 세웠는가
칼벼랑 사이로는 배 겨우 드나드네.
이쪽저쪽 절벽에는 돌부리 널려 있고
깎아지른 바위 위엔 나무등걸 드러났네.

양지쪽 언덕에선 새매가 울어예고
그늘진 웅덩이엔 자라 떼 모이는데
세찬 바람 불어와 나무뿌리 파헤치고
아득한 바다에는 높은 파도 출렁이네.

그 옛날 임진년 나라 운명 불길하여
온 나라 강토를 왜놈들이 짓밟을 때
원수들의 칼끝에 백성들 쓰러지고
조정은 자리 내고 의주로 옮겼지.

하늘이 내놓은 통제사 이순신은
용맹이 뛰어나고 여력도 남달랐네.
신기한 용이 나와 거북선 지켜 주고

놀란 새 떼들은 창끝 피해 도망치고

수만 명 왜놈 군사 고깃배에 장사 지내
물속에 쌓인 잔해 산처럼 솟았거니
이 돌문은 그 옛날 왜놈들을 족친 곳
달빛 흐린 깊은 밤 기러기만 울어예누나.

閑山海口兩巖如門 名茱萸硤

急硤呀雙帆　中裂容舟過
糾蟠延幅袤　戌削露榦柯
陽罅噪寒鵲　陰匯集靈鼉
潬風盪盤根　巨溟激洪波
穆陵際屯蹇　八域猖島倭
生民百無一　九廟遜岐阿
天挺李統制　矯矯膂力番
神龍護龜艦　驚鳥避雕戈
日本數十萬　水骸高嵯峨
石門鏖戰處　月黑啼天鵝

남편을 기다리는 안해

우물가에 흰 이슬 맺힐 때면
바람결에 오동잎 떨어진다오.
구슬픈 기러기 소리 들려오면은
규방의 여인 놀라 일어나지요.

아침에는 명주 끊어 저고리 말고
저녁에는 무명 말라 홑옷 짓고요
홑옷에는 원앙새 수를 놓았고
겹옷에는 꽃 찾는 나비 그려 넣었죠.

한 땀 한 땀 정성 담아 바느질하고
솔기솔기 가늠하오 품이 맞는가를.
사천 리 부주 땅 멀기도 해라
정든 님은 장사하러 떠나가셨네.

한 번 간 뒤 지금껏 소식 없건만
풍파가 사나워 꿈도 못 이루니
부질없이 홀로 앉아 몸단장하나

얼굴에 분은 발라 무엇 하랴.

찬 서리 들이쳐 문발이 무거운데
달빛이 가득 차니 빈방 안이 겁나네.
밤 깊도록 시름겨워 잠 못 이루고
홀로 앉아 붉은 볼에 눈물 적시네.

儆屋西隣有商婦幽潔自守者

白露結金井　風落梧桐葉
哀雁數聲來　驚起紅樓妾
朝成土紬襦　暮成木棉襟
單衫繡鴛鴦　夾衫畵蛺蝶
心心念裁縫　脉脉忖寬狹
浮州四千里　郎作商人業
一往斷音信　風波夢難涉
只自斂靑眉　何曾開素靨
霜冷幽簾重　月滿空房怯
夜久耿不眠　獨坐啼紅頰

봄날 금강에서 묵으며

낭군님 머문 곳은 금강 기슭인데
이내 몸 사는 곳은 금강 낚시터
금강의 봄물이 푸르러지면
원앙새 쌍을 지어 날아든다오.

강가에는 봄꽃들 곱게 피었고
강 언덕엔 봄풀이 우거졌는데
아리따운 저 꽃은 나의 얼굴인가
빛깔 고운 풀잎은 님의 옷인가.

이 봄의 기상을 님은 좋아하나
봄철의 햇빛이 나는 아쉬워
선들바람 하루저녁 불어오면은
아름다운 이 봄은 사라지리니

그 옛날 양평 공주[1] 한창 시절엔

---

1) 양평陽平 공주는 옛날에 얼굴이 아름답기로 소문났던 여자.

아름다운 그 얼굴 당세에 드물었지.
금당의 서시런 듯 아름다웠고
궁궐의 남위[2]인 양 어여뻤다네.

세월은 끊임없이 변해가거니
아름답던 그 모습 찾을 길 없어
양평 공주 무덤을 사방 둘러싸고
무성한 잣나무만 보일 뿐일세.

春宿錦江代題情人藥欄

郎住錦江岸	儂住錦江磯
錦江春水綠	雙雙鴛鴦飛
江口春花艶	江頭春草肥
花艶似儂貌	草肥似郎衣
郎悅靑春氣	儂惜靑春輝
涼飇一夕吹	榮耀暫時違
陽平全盛日	美色當世稀
金堂置西施	璧殿貯南威
桑田變滄海	零落今安歸
但見陽平墓	松柏碧四圍

---

2) 남위南威는 전국시대 진나라의 미인. 남지위南之威라고도 한다.

남충현에서 묵으며

하얗게 머리 센 남충현 늙은이
들녘 태생이라 들녘이 좋다며
나룻가 자갈밭 손수 일구고
성안의 저잣거리 얼씬도 않네.

키 높은 나무 끝에 닭의 홰 매고
우거진 숲 속에는 개 놔 기르네.
흩어진 머리털은 양 어깨 덮고
서느러운 바람은 이마를 식혀.

왼쪽에선 마누라 밥상 드리고
오른편엔 어린 자식 술잔 올리네.
된서리 내리는 마가을에도
울 밑에는 국화꽃 탐스러운데

친한 벗 두세 명이 고락을 같이하며
일 년 내내 흥겹게 살아오거니
팔괘에 금을 긋고 문자를 제정할 때

모두가 복희씨의 손을 빌렸건만

복희씨 태곳적 일 생각지 않거니
주나라 하나라야 말해서 무엇 하랴.
마음이 내키는 대로 농사터 지키면서
거나하게 술 취하여 노래 부르리.

寄宿南充縣

幡幡南充翁　野性本在野
自耕渡口田　不向城裏社
養鷄高樹顚　放犬深林下
散髮被兩肩　露頂涼風灑
左顧孺人飯　右迎稚子𣏗
嚴霜九月時　籬菊正盈把
同袍二三人　卒歲優游者
劃卦制文字　都是羲皇假
羲皇尙不慕　焉論周與夏
且當放情志　醋歌守里舍

세밑에 여릉의 두 아들에게

여릉 고향 집이 그립구나.
시냇가 언덕 밑에 자리 잡은 집
고개 위엔 소나무 키 높이 솟고
울 옆에는 밤나무 둘러섰는데

집안사람 힘 합쳐 묵은 밭 일구고
이웃들 달려들어 샘도 팠지.
대청에서 바둑 두고 거문고 타고
때맞추어 글 짓고 시도 읊었네.

병든 안핸 비 오는 날 길쌈하고
어린 자식 달 밝은 밤 글을 읽으면
온갖 시름 잊으니 마음이 상쾌해
생각이 가는 대로 실컷 즐겼네.

나라를 운영할 재주 없거니
세상에 나선들 무슨 큰일 하리.
변변찮은 외넝쿨은 엉켜들고

떡갈나문 옹이 많으니 어데다 쓰랴.

슬프구나 나그네 몸 해는 저물고
하치않은 벼슬길에 마음 편찮아
내 언제면 고향 집에 선뜻 돌아가
너희들과 농사하며 살게 되려나.

歲晚懷廬陵舊居示夔處二子

我思廬陵曲　結屋山水縫
秀松對嶺直　喬栗傍籬壅
劚畬臧獲並　鑿泉隣里共
開軒整琴奕　散袟理雅頌
瘦妻雨中織　稚子月下誦
恢心忘罥蔽　馳情樂放縱
亮乏經濟術　難爲時世重
匏瓜宜自繫　樗櫟詎能用
淹羈悲歲暮　隨行愧月俸
安得浩然歸　與爾勤耕種

가을날 조기복에게

먹장같이 검은 구름 못 위에서 일더니
아침까지 우렛소리 은은하여라.
스산한 돌개바람 스쳐 지나자
삼각산 너머에서 비 몰아오니

붉게 물든 단풍나무 축축히 젖고
푸른 멧부리들 으슴푸레해
비 그치고 갠 날씨 더욱 좋구나
햇볕 비낀 뜰 한쪽에 이끼 깔렸네.

굽이돈 행랑에는 시원한 그늘
으슥한 집 안에는 맑은 그림자
다정한 사람들 여기 없으니
마음은 하염없이 그립구나.

어제저녁 날아든 서울 안 소식
그대는 산수 구경 길 떠났다지.
아마도 수리봉에 제를 지내고

용바위도 찾아가 기도 드리리.

산수에서 즐거운 흥취 봤으니
주머니에 시구들 불룩하리라.
부끄럽네 녹에 팔려 묶인 이 몸
산속에 홀로 앉아 든 술잔 멈추노라.

秋雨齋直寄趙員外基復

片雲潭上黑　終朝殷寒雷
回風忽蕭瑟　微雨三角來
淰淰紅樹濕　黯黯靑嶂開
旣雨晴更好　斜日半庭苔
廻廊翳淸樾　深殿影疎槐
佳人不在茲　懷思正悠哉
昨聞京口信　高駕向天台
鷲峀禪星石　龍巖施鳥臺
已悗宗公興　應掞謝客才
自媿徇微祿　山齋獨停盃

비 갠은 가을날 시랑 권경호에게

가을바람 우수수 비를 몰아와
뜰 앞 나무들 잎 떨어지네.
방문 닫고 앉았자니 사위 조용해
그윽한 심회만이 쓸쓸하여라.

가마에 몸 실려 험한 산 오르니
넋마저 산세 따라 높이 나누나.
널따란 들판은 첫눈에 오고
서늘한 기운은 벌판에 가득

동산 마루 저 너머로 구름 걷히고
물 건너 언덕에는 햇볕 희미해
한평생 사귀어 온 벗 생각하니
우리 서로 이별한 것 어제런 듯

남쪽 고을 길가에서 만난 그대
언제면 서울로 돌아오려나.
정갈한 술동이에선 술 맑게 익고

글 읽는 서재에는 비파가 있네.

현호¹⁾ 저 먼 곳이 아득히 뵈니
이내 심사 하염없이 산란하여라.
저녁노을 붉게 물든 그 속에 앉아
늦가을 만학천봉 바라보노라.

秋霽登東佛巖寄權侍郞綱好

秋風吹飛雨　庭樹微銷落
寂寥掩齋扃　幽懷空索漠
肩輿上層巘　高體最旁魄
平原一以眺　寒氣澹遼廓
雲陰駱峰盡　日華渼陂薄
緬思平生友　離別儵如昨
南州鞍馬路　幾時能抵洛
芳樽湛淸樹　錦瑟淹彤閣
玄湖邈在眼　心事紛糾錯
夕陽紅翠裏　獨坐看萬壑

---

1) 현호玄湖는 권경호(權綱好, 권상신)가 가 있던 곳이다.

장니천의 농가에서 묵으며

시골 사람 하는 일 농사뿐이라
힘들여 묵은 밭 일구어 가꾸네.
새벽에 일어나 소 몰아 갈 때
졸졸졸 도랑물 맑게 흐르네.

한길 가 뽕나무엔 연한 잎 나고
냇가의 버드나무 녹음 짙은데
피밭이며 기장밭 내 손때 먹어
기름진 밭들에는 나락이 실해.

알리로다 이것은 하늘의 혜택
어데나 하나같이 고루 미쳤네.
서산 너머 해 떨어져 날이 저무니
마을 안 여기저기 연기 이누나.

백마를 탄 저자는 뉘 자손인가.
두 어깨를 흔들면서
나와 마주쳐서도 인사도 없고

띠를 맨 그대로 지나가누나.

푸른빛 술병에는 달빛 어리고
붉은색 활고자에 띠실 늘였네.
저 사람도 술잔 들고 축원했으리
나리님 부디부디 오래 살기를.

宿障泥川田家

野人寡世務　竭力耕菑田
晨興驅牛去　溝水淸且漣
柔桑冒廣術　疎柳蔭長川
黍稷翼我藝　良苗潤秀堅
深知雨露惠　一氣荷周全
西日轉皐陸　墟落澹孤烟
白馬誰家子　儦儦從兩肩
相逢無禮數　束帶但依然
翠瓶延初月　白絲引幽弦
三爵介景祐　君子壽萬年

우해에서 봄날 여릉의 벗들에게

우해 바닷가로 귀양 온 이 몸
세 번째로 섬에서 꽃맞이하노라.
바닷물 아득히 끝이 없는데
고향 땅 어디더냐 하늘 한 가녘

남쪽 고을 나무숲 무성도 한데
바닷가의 안개는 뿌예 흐르네.
가난한 이 늙은이 몸 붙인 이곳
늦은 봄철 푸른 산이 아름다워라.

맑은 물 흘러 흘러 포구에 차고
푸른 멧부리엔 수풀이 아득해
봉황새 날아가고 오지 않는들
거룩한 그 자취야 없어질쏜가.

내 어찌 이 고장에 이르렀던고
이 고장은 바람 세고 흙먼지 이는 곳.
정다운 친지들 점차 멀어져 가고

오가자니 강산은 아득히 막혀.

옛날에 벗들 살던 서울의 집들
구름에 덮이고 쑥밭에 묻혀
발돋움을 하여도 볼 수 없으니
하늘만 우러르며 한숨짓노라.

牛海春仲寄盧陵一二相識

一墮牛海陲　三開鹿嶼花
江湖杳無極　故國隔天涯
萋萋晉陽樹　漲漲巴陵霞
寒老栖隱所　春深蒼翠佳
白水龜汀滿　靑岑燕藪賒
威鳳翛已擧　高躅尙脩姱
我行何到此　此地長風沙
朋知漸乖違　川陸益綿邅
雲沈惠遠廬　蓬合仲蔚家
跂予不可見　翹首空嘆嗟

봄날 아우 선에게

어젯밤 불어온 봄바람 맞아
만물은 모두 다 생기 얻었네.
동백꽃 벌거우리 봉오리 지고
봄 비둘기 물가 집에 울고 있는데

내 지금 홀로 앉아 덧문을 닫고
지나온 나날들을 그려 보노라.
객지에 떠도느라 친척들 멀어지고
집 떠난 나그네라 형제들과도 헤어졌네.

이 세상 살아 한생 그 얼마더냐
세월은 덧없이 빨리 흐르누나.
아침에 오른 곳은 험준한 산판
저녁에 이른 데는 거친 골짜기

차곡차곡 덧쌓인 지하 넋인 양
마주치는 나무마다 아름 벌었네.
내 몸에 부귀영화 상관없거니

천벌을 면한 것만도 다행이어라.

우리 형제 제가끔 딴 고을 살아
그리운 그 모습만 눈에 삼삼해
갈림길 휘적휘적 걸어가려니
애간장 수레바퀴로 짓뭉개는 듯.

春日嶺外寄弟鐥

東風昨夜至　萬物盡暢穆
辛夷綻紅蕚　春鳩鬧礆屋
而余秉微尙　重門掩幽獨
飄蕩寡親款　羈旅違骨肉
人生此世間　年命一何速
朝登大荒山　夕臨嘉浰谷
纍纍地底魄　所遇成拱木
榮達匪我有　僥倖免天戮
同氣各異縣　倉兄如在目
戚戚遵岐路　腸中車錯轂

황자파를 지나면서 옛일을 회상하여

일장검 높이 들고 천 리 길에 소리치며
군사들 걷고 걸어 바닷가에 이르렀네.
변방의 날씨는 날로 스산해지는데
날리는 흙먼지 창공에 가득해라.

간사한 오랑캐 여진의 십만 군사
일찍이 이 땅에서 된벼락 맞았노라.
나뒹구는 푸른 돌은 니탕개의 활촉이고
녹이 슨 쇠붙이는 우만의 창이어라.[1]

지금은 이 고장 높고 낮은 언덕길을
이 나라 백성들이 밭으로 일구었네.
재주 많던 옛사람도 한 번은 실수하고
꾀 밝은 책략가도 빈틈이 있었건만

장하고도 장하여라 정승 김종서는

---

1) 니탕개와 우만은 15세기경 우리 나라 북쪽에 있던 여진의 종족 이름.

위엄스런 명성이 어이 그리 혁혁한가.
군마들 승승장구 여진 소굴 무찌를 때
간 곳마다 세운 방략 빈틈이 없었어라.

더러운 오랑캐들 모조리 소탕하고
험준한 북쪽 지대 널리도 개척했네.
지금도 하늘 위에 둥근 달 높이 솟아
두만강 푸른 물에 밝은 빛 뿌려 주네.

過黃柘坡懷古悵然

一劍鳴千里　行行戾海磧
邊氣日蕭條　飛沙漫空赤
女眞數十萬　此地曾狼藉
石靑尼湯碦　鋼黑牛郢戟
至今丘壟道　盡耕句麗髂
賈傅昧五餌　莊尉拙三策
克壯金丞相　威聲何翕赫
長驅擣其穴　所向無遺劃
腥羶淨掃盪　險阻曠開拓
豆滿江上月　留照澄波碧

새벽에 진주 옥녀봉에 올라 해돋이를 구경하며

하늘 위로 바라뵈는 천만 길 옥녀봉
남쪽으로 뻗어 내려 바닷가에 솟았구나.
이른 새벽 길을 떠나 산마루에 올라서니
설레는 넓은 바다 아득히 펼쳤는데

물이런가 구름인가 가려보기 어렵구나
붉은 하늘 검은 파도 한데서 일렁거려.
바다에 잠겨 있는 쟁반 같은 붉은 해
오르는 듯 내리는 듯 물결 위에 굼닐더니

눈부신 황금빛 순식간에 퍼져 올라
저 멀리 수평선이 한눈에 안겨 오네.
넘실넘실 넘노는 것 붉은빛 유리런가
삼만 길 넓은 땅에 골고루 펴 놓았네.

산꼭대기 올라선 나 왜 이리도 작다던가.
해돋이 바라보니 터럭까지 시원해.
황홀한 이 광경에 넋 이미 잃었거니

어느 겨를에 꿈을 얻어 신선 세상 그려 볼꼬.

예부터 전하는 말 봉래산 신선 굴엔
높은 물결 일렁이며 소리가 요란하다네.
어이하면 저 바다에 쪽배를 띄워 놓고
내 홀로 찾아가서 그 구경을 계속할꼬.

曉登晉州玉女峰觀日

玉女萬仞峰　南臨大海上
凌晨陟其巓　極目彌光瀁
雲水混爲一　紫黑相摩盪
汨沒赤銅盤　欲出低復仰
金光忽破開　黃道平如掌
漫漫紫琉璃　布地三萬丈
余身何眇小　一見毛髮爽
但覺失形骸　焉敢存夢想
曾聞蓬萊窟　洪濤湧逸響
何當放扁舟　獨往繼奇賞

세밑에 북산 초당으로 돌아가며 아우 선에게

외로운 기러기 남쪽으로 나는데
쌀쌀한 가을바람 어느 결에 불어오네.
내 다시 가는 곳 그 어데더냐
깊숙한 북산 땅 골짜기여라.

거친 울바자엔 구기자 뒤엉키고
무너진 바람벽엔 겨우살이 뻗어 있네.
본디부터 이내 마음 조용한 곳 즐기거니
어이타 부질없이 부귀공명 바랄쏜가.

세월은 흘러 흘러 이 해도 저물어 가니
세상 만물 속절없이 옛 모습 바꾸누나.
스산한 북풍은 눈서리 재촉하고
떨어지는 단풍잎 하늘땅을 뒤덮었네.

이 밤이 깊을수록 어둡고 고요한데
은하수 맑은 물은 빨리도 흐르누나.
이지러진 새벽달 서산 위에 걸렸구나

깜빡이던 계명성도 이제는 스러질 듯.

시름 많은 나그네 즐거운 날 없거니
편안하게 산다는 것 참말로 어렵구나.
시름의 실마리를 그 누가 풀어 주랴
하치않은 벼슬살이 나의 근심 보태거니.

歲晚歸北山草堂示弟鐒

一鴈南飛急　秋氣颯然至
我行亦何向　北山巖壑邃
荒籬遠杞檻　壞壁垂薜荔
素性愛閒曠　孤抱昧榮利
時節況晩暮　物色漸殊異
凄風摧雪霜　落葉滿天地
夜深玄于肅　河漢淸且駛
殘月出不高　明星爛欲墜
處患亮獨難　居安誠未易
憂端誰能掇　微祿恐余累

가을날 청송에서 주인집 아낙네의 푸념을 적노라

산골짝 나무꾼한테 시집을 갈망정
바닷가 어부에게 시집가지는 마오.
어부는 부유하나 고생이 끝이 없고
나무꾼은 가난해도 사는 낙이 있다지요.

올봄 칠산 바다로 낭군님 떠나면서
준치 팔고 얼른 오마 굳은 언약 다졌건만
님 떠날 때 꽃이 피던 마당 가 석류나무
어느새 꽃이 지고 열매가 맺혔다오.

속절없이 애 말리며 님의 소식 기다리나
한 장의 편지조차 부쳐 오지 않았다오.
그리운 님 생각에 애간장 다 타거니
무슨 성수가 나서 몸단장하오리까.

다행히 만나게 된 법성포 뱃사공이
그 고장에 살림 차린 님 소식 전했다오.
남의 사랑 홀려 내는 법성포의 계집들

말끝마다 아양 떨며 달콤한 맛 섬기리니

대낮에도 바람의 넋 앗아 내는 그 재주에
낭군님 그 마음도 이미 다 변했으리.
돈주머니 거덜 나면 정도 또한 마르리니
망령된 님의 마음 고쳐질까 바란다오.

秋宿靑松舡述主家漁婦怨

寧嫁西巖樵　莫嫁南瀼漁
漁富苦無涯　樵貧樂有餘
今春七山洋　郞去販鰳魚
別時榴花盛　別後榴房疎
公然斷消息　不寄一行書
但覺肝腸痛　那忍鬢髮梳
却逢法聖船　始知法聖居
法聖養漢兒　口口湧佞譽
白晝迷人魄　郞心窈窕如
錢盡情應盡　庶改望狂且

가을날 영주[1]에서 남쪽으로 떠나는 벗에게

우불구불 뻗어 간 오솔길 위에
쟁글쟁글 가을볕 내리쬐는데
만나자 또다시 이별하는 우리
가슴속에 서린 회포 어이 다 말하랴.

서리를 재촉하는 쓸쓸한 바람
하늘은 씻은 듯이 맑고 맑아라.
가을 풀 하나같이 시들었으나
뒷산 기슭 단풍이 더욱 좋아라.

먼 포구 한끝에는 갈대 황들고
황량한 숲 속에선 새들 우짖는데
길 떠난 나그네 북방 하직하고
기러기를 따라 남으로 가네.

멀리 뚝 떨어진 북쪽 땅에는

---

1) 영주는 부령의 딴 이름.

어이하여 해와 달 비칠 줄 모르나
객지 생활 고달픈 몸 의복은 얇고
허구한 날 시름 속에 머리 세었네.

고향 땅 바라보니 아득한 천 리
꿈결에도 가 닿기 어려운 그곳
들녘에서 그대를 떠나보내며
말 못 하는 이내 신세 구슬프구나.

秋日寧州送朱功曹南歸

糾糾長路迫　濯濯寒陽燥
相見又相別　玆懷那可道
凄風摧雨霜　天宇肅如掃
秋草一以凋　秋岑碧更好
極浦葭葵變　荒林鳥雀噪
游人辭北土　旅鴈向南澳
如何絶塞外　日月漏覆燾
久客衣裳薄　恒愁客鬢耗
鄕園渺千里　歸夢苦難到
執手野跼蹐　靜言躬自悼

봄날에 여릉으로 돌아와

서울의 객지살이 싫증이 나서
늘그막에 남산 밑에 집 잡았노라.
옛날 사람들의 말을 따라서
마음이 편할 대로 운명에 맡겼네.

세상 인연 가까스로 벗어던지고
농사꾼 늙은이와 함께 즐기니
농사지을 억센 힘 내겐 없구나
공밥을 안 먹을 길 어데 있을꼬.

다행히도 이웃들 도움을 받아
농사일도 그럭저럭 해 나가노라.
단지 같은 창문에 봄볕 비치면
나른하던 내 몸 힘이 솟아라.

마당 가엔 파릇파릇 새 풀이 돋고
처마 끝엔 고운 새 노래하는데
저축한 쌀독은 없다 하지만

갓 담근 막걸리로 마음 달래네.

아이들은 무릎에서 재롱부리고
형제들 한데 모여 즐겁게 사니
살림이 구차한들 무얼 더 바라랴
여기서 자리 잡고 기꺼이 살리라.

春日還廬陵別業

客游倦京洛　晚家南山干
恭承往哲意　窮達隨所安
遂爲物累暎　頗與老農歡
亮無竭力作　寧得免素飱
幸蒙隣里惠　耕務漸成完
春旭照甕牖　四體覺舒胖
綠草生庭際　好鳥鳴簷端
雖乏甔石儲　罇酌稍自寬
童穉繞膝嬉　昆弟滿眼看
貧蹇更何求　玆焉庶考槃

늦가을날 여릉의 이웃 사람들을 위로하여

동산에 두둥실 달빛 밝은데
닭은 꼬끼오 새벽을 알리네.
여뀌꽃 빨갛게 언덕을 덮었고
차가운 도랑물은 한결 맑아라.

방울방울 이슬은 서리로 되고
만물은 모조리 시들어 간다.
머리 흰 할아버지 도롱 삿갓 둘러메고
채찍을 휘두르며 소를 몰고 들로 가네.

언덕진 밭둑에서 사람 만나니
눈물이 글썽해서 말 못 하다 이르는 말

"금년에 기장 농사 보잘것없어
죽물조차 끓여 먹기 어렵다오.
고치실을 닥닥 긁어 세로 바치고
짤막한 토스레에 솜 한 쪽도 못 놓오.
고을 원이 모진 데는 관계없지만

아전들의 용서는 받기 힘들다오.
게다가 매질까지 들이대는 판이니
살아갈 길 생각하면 걱정이 산 같다오.
숲은 깊고 진펄 길 어둑컴컴한데
앞으로 가는 길에 부디 조심하시우."

秋晚慰廬陵隣曲

東嶺月色白　鷄鳴村巷曙
蓼花滿岸紅　溝水寒更濾
零露變爲霜　萬物盡凋謝
皤皤簑笠翁　荷策驅牛去
相逢丘壟間　泫然不能語
今年黍地惡　饘粥猶未飮
繭絲罄輸稅　短褐空寸絮
非關官長峻　難得吏胥恕
況復鞭朴甚　生死動百慮
林深沮洳黑　前路愼護馭

가을날 곽재우 장군이 싸우던 성 위에 올라

장군은 남쪽에서 의병 일으켜
산악 같은 그 기상 떨치었어라.
팔도 모든 사람 홍의장군 우러르고
삼남 곳곳에서 창칼이 번뜩였네.

지금도 솥나루 맑은 물 위에
외로운 성 우뚝이 솟아 있구나.
내 마침 가을날 이곳 다다라
그 옛날 오랜 자취 더듬어 보노라.

버려둔 우물가엔 칡넝쿨 엉키고
밋밋한 참호에는 나무들 자랐네.
흩어진 바위틈엔 다람쥐 드나들고
키 높은 나무에선 까마귀 떼 우짖는데

소 먹이는 아이들 묻힌 활촉 파헤치고
수자리군 낡은 나팔 장난삼아 불고 있네.
태평한 세월이라 옛 사적을 없애지만

시운이 불리하면 선각자를 생각하리.

장군을 그리는 이 나라 사람들
뛰어난 그의 공적 누가 다야 알리.
쓸쓸하게 남아 있는 옛 성터 위에
세월만 부질없이 흘러가누나.

秋日登鼎津郭忠翼古城抒感

將軍起南服　英氣撼嶠岳
八城聞紅衣　三路震黑絹
至今淸江上　孤城天一握
我來適蕭辰　芳躅曠綿邈
井廢緣幽藤　壕平盛旅樵
亂石寒鼯鼠　喬木晚鴉樂
牧童尋埋鏃　戍人弄殘角
時安泯往迹　運乖懷先覺
喁喁左海人　誰識功業卓
蕭條遺基在　日月空淹數

'의당별고' 뒤에 쓴다

題擬唐別藁卷後

병진년(1796)에 나는 임금의 명을 받고 이백과 두보의 오언 십운 고시[1]를 본떠 한 수씩 지어 바쳤는데 분에 넘치게도 임금의 칭찬을 받았다. 이듬해 겨울에 북쪽 변방으로 귀양을 가면서도 시를 지었는 데 이따금 당나라 사람들의 시 형식을 따랐다. 그것이 모두 사오십 수 되었으나 신유년(1801) 옥에 갇힐 때 잃어버렸다. 다시 진해로 귀양 가면서 남은 것들을 거두어 두었고 무진년(1808)에 이르러서 야 이런 시 쓰기를 그만두었다.

'의당'이라고 한 것은 글의 형식이 옛날 것을 본받았다는 뜻이며, 십운으로 한정한 것은 임금의 명을 받고 지은 시의 형식을 보존하 여, 세상 떠난 임금을 그리는 슬픔의 뜻을 부쳤을 따름이다.

우연히 상자들을 뒤적이다가 이 시편들을 얻었기에 학연鶴淵을 시켜 깨끗한 종이에 베껴 한 권을 만들게 하였다.

무인년(1818) 사월 상순에 담수潭叟가 쓰노라.

---

1) 시 한 구가 다섯 글자로 이루어지고 시 한 편이 열 개의 연으로 이루어진 고시. 고시는 한 시의 한 형식이다.

황성에서 부른 노래

― '간성춘예집艮城春囈集' 에서 ―

[황성리곡黃城俚曲]

— 황성리곡은 원래 205수인데, 이 책에는 110수를 옮겨 실었다.

번을 든 군교

번을 든 행수 군교 고래고래 소리치네
아마도 관가 명령 해 질 녘에 내렸나 봐.
지난밤 공문 내려 조세 내라 성화더니
해창으로 떠나자고 심부름꾼 독촉하네.

入番首校上廳呼　軍令分明點日晡
甘結前宵催稅穀　海倉行次飭衙奴

▪ 고을의 군교로는 행수가 한 명, 병방이 한 명 있는데 차례로 돌아가며 수직을 선다. 이날
　논산의 해창海倉으로 가서 배에 실어 보낼 조세를 받으려 하였다.

청어 장사

"청어 사요, 청어요" 외치는 청어 장사
땀 뻘뻘 흘리면서 장거리를 돌아치네.
바닷가에 고깃배들 빼곡히 모이더니
동전 팔백 닢에 한 바리씩 팔린다네.

鯖魚過賣吼如雷　汗雨淋漓亥市廻
八百銅文當一馱　漁船蝟集海門隈

■ 청어는 스무 마리가 한 두름이고 백 두름이 한 바리다. 고깃배를 삯 내 가지고 바다로 나갈
때는 물고기 값이 몹시 비쌌으나 고깃배가 밀려들어 물고기 시세가 다시 떨어졌다.

흉년

밤 깊어 아낙네들 은근히 시름하며
굶어 죽던 을해년 일 저저마다 말을 하네.
밀은 다 말라죽고 보리마저 얼었으니
올해의 굶주림은 어이 또 견딜거나.

夜久廚人暗噫嘻　齊言乙亥死亡時
麥苗焦盡牟苗凍　叵耐今年又苦飢

■ 갑술년(1814)과 을해년(1815)에 동쪽 지방에 흉년이 들었고 지난해(1817)에는 호서 지방
에 흉년이 들었는데 올겨울에는 또 넉 달이나 가물이 들고 추워서 마을 아낙네들이 서로
근심하고 한탄하였다.

연주에 부임하며

일찍이 부친 따라 이 고장을 지났건만
어느덧 세월 흘러 옛일로 되었구나.
남방 북방 귀양살이 갖은 고생 다 겪고서
고을살이 임명 받아 연주[1]에 이르렀네.

曾從綵服過玆游　一彈指頃歲月流
南竄北圍經萬劫　自將墨綬到連州

■ 정사년(1797)에 부친이 용담 고을 원으로 부임할 때 나는 부친을 따라 관자골에 들러 근와
芹窩 김희金熹 정승을 찾아뵈었는데 지금 벌써 스물두 해 전의 옛일로 되었다.
1) 충청도 고을 이름으로 연산, 또는 황산이라고도 한다.

불량배들을 벌하다

두마장 저잣거리 불량배들 소굴이라
골패 놀음 도박으로 젊은이들 버린다네.
우두머리 잡아들여 서른 대 볼기 치고
돈 오백 냥 속금 물려 양민에게 갚아 줬네.

荳磨場市萃逋淵　馬弔油牌陷少年
嚴棍另加三十度　更良收贖半千錢

■ 두마면荳磨面의 장마당은 이름난 장거리로 이 고을의 도회지다. 토호와 불량배들이 밤낮으
로 모여드는데 이날 우두머리 대여섯 명을 잡아들여 엄하게 곤장을 치고 속금을 물렸다.

창고지기

소낙비에 된바람 스산하기 짝 없건만
강창의 고지기는 두 눈을 밝히누나.
여윈 소 파리한 말 짝을 지어 이르면
서로들 좋아라고 기쁜 소식 전한다네.

驟雨飄風苦颯然　江倉庫子眼珠穿
瘠牛尫馬雙雙到　忽漫相驚喜事傳

■ 조세를 바치는 날이면 창고지기들은 나머지 쌀을 나누어 가지고 그것으로 살아간다. 날이
저물도록 이르지 않으면 온 집안 식구들이 실망한다.

선물

관북 땅의 값진 물건 상자에 가득해라.
진잠¹⁾의 고을 원이 맛보라 보내왔네.
스무 알 언 황술레²⁾는 보기에도 먹음직하고
백 묶음 다시마는 발이 넘게 실하구나.

關北奇珍滿篋筐　鎭岑監務送來嘗
凍梨廿个宜漫喫　甘布百條詫許丈

■ 진잠의 원 이목영李牧榮은 함흥 사람인데 나와 친밀하다. 어제 북관의 이름난 물건인 누
른 배와 다시마를 보내왔다. 그의 마음을 짐작할 만하다.
1) 충청도의 고을 이름.
2) 겉이 누렇고 살이 많은 배의 종류다.

세금

가난한 집 세금이란 창자를 에이는 것
아낙네들 무명낳이 집집마다 바쁘다네.
반 필도 되기 전에 한 끝을 잘라 내어
새벽이면 논산 장에 무명 팔러 떠난다네.

貧家王稅劇心腸　村女紅梭到處忙
斷出木綿纔半疋　未明齊趁論山場

■ 논산은 고장 이름이다. 강창江倉이 거기에 있다. 해마다 목화 흉년이 들어 동전 백 문에 거
친 무명도 겨우 여섯 자를 바꾼다.

등짐장사

날마다 바람 일고 해미까지 들씌우니
고기 장사 주제란 지지리도 가련해라.
생선 대신 소금 사러 나루터에 모인 사람
ᄀ들은 모두기 호시의 등짐장사들.

鎭日獰風覆土霾　漁商行李苦難諧
津頭蟻聚沽鹽者　摠是湖西軟路牌

■ 요즈음 여러 날째 해미가 끼어 고깃배들이 들어오지 못하니 생선 장사들은 모두 소금을 사
가지고 돌아갔다. 방언으로 행상들 가운데서 쪽지게를 진 사람들을 '연로패軟路牌'라고
한다.

풀뿌리를 캐는 계전 아가씨

푸른 무명 치마 베 속곳 바람으로
계전의 아가씨들 눈물을 삼키누나.
아침마다 떼를 지어 바구니 들고 나가
밭머리를 헤매며 풀뿌리를 캔다네.

青木棉裙短布褌　癸田閨氏淚潛呑
朝朝約伴携筐去　採得畦頭苴蓿根

- 지난해 장마 피해는 을해년(1815)보다 더 심하였다. 봄이 되어 언 땅이 녹자 마을 안의 아낙네들은 늙은이, 젊은이 할 것 없이 모두 들에 나와 밭이랑을 톺아 가며 풀뿌리를 캐었다. 계전癸田은 고장 이름이다.

잉어

금빛 잉어 크고 살져 자가웃은 실하구나.
누런 비늘 붉은 아가미 아침 볕과 시샘하네.
갈숲에 어깨 보여 누구인가 하였더니
선창에서 돌아오는 칭고지기 분명해라.

金鯉鮮鮮尺半肥　錦鱗紅鬣鬪朝暉
滋蘆葉裏雙肩聳　料得厥奴海口歸

■ 내가 강창에 머물러 살 때 병이 심하고 위가 나빠졌다. 창고지기 차시손車時孫이 강경 장에
　가서 잉어를 사 가지고 왔는데 한 자 실한 것이 두 마리고 자가웃쯤 되는 것이 한 마리였다.

군사 점검

천아성[1] 울리더니 둥둥둥 북 울린다.
한낮이 다 되도록 군사 점검 못 끝냈네.
끌끌한 아병들 서른 대[2]나 되건마는
검푸른 쾌자[3] 차림 복장들이 일매져라.

天鵝聲動鼓鼕鼕　聚點官門日正中
束伍牙兵三十隊　鴉靑快子服裝同

* 황산현의 여러 병정들 가운데서 아병이 제일 많다. 나는 초열흘날마다 군사들을 점검하여
  병기들을 정비하고 복장도 갖추게 하였으며 모자라는 인원도 보충하였다.
1) 천아성天鵝聲은 군사들을 모을 때 신호로 부는 긴 나팔 소리를 말한다.
2) 아병牙兵은 지방 관청에 소속된 군사의 한 종류고, 대隊는 조선 시대 군사 제도에서 열두
   명을 하나로 하는 단위.
3) 일반 군사들이 입던 검푸른 천으로 만든 겉옷.

도솔산의 눈

병든 몸 베개 눈물 젖고 촛불마저 희미한데
세찬 바람 눈을 몰아 빈 뜨락을 두드리네.
날이 밝자 몸 일으켜 창 밀치고 내다보니
밤사이에 도솔산은 푸른빛을 잃었구나.

病枕涔涔蠟燭熒　颷風驅雪打空庭
平明强起推窓坐　兜率山光頓失靑

▪ 도솔兜率은 산 이름인데 고을 남쪽 15리 되는 곳에 있다. 이날 눈이 한 자 깊이로 왔다.

꿈에 조학춘을 보고

눈 멎고 구름 걷어 찬 하늘 고요한데
은하수 비친 속에 북두칠성 꽂혔구나.
베개 위에 깊었던 꿈 깨어나니 아쉽구나
분명히 조유옹을 생시처럼 대했건만.

雪晴雲斂靜寒空　河漢闌干斗揷中
枕上忽驚幽夢罷　分明相對趙羑翁

■ 유옹羑翁 조학춘趙學春은 자가 원장元丈인데, 나와 매우 친한 사이다. 정축년(1817) 겨울
에 죽었는데 어젯밤 꿈에 그가 재직하던 부평 고을 관아에서 그를 만나 보았다.

환자 쌀을 내주고

늦은 저녁 가마 타고 동헌으로 나갔다가
환자 쌀 몇 섬을 네 번째로 나눠 줬네.
내 일찍이 사정 몰라 매질한 게 한이로다
헐벗은 백성들 창고 뜰에 가득 찼네.

肩輿日晚赴東廳　分給還包第四令
却悔從前鞭撻誤　忍看鶉鵠滿倉庭

■ 우리 말에 열다섯 말을 '휘[斛]'라고 하고 휘를 섬이라고 하며 섬을 포라고도 하는데 이름
은 다르지만 실은 한가지다. 환자 쌀을 나누어 주는 기간을 '순巡'이라고 하며 순을 '영
슈'이라고도 한다.

토색질

잡비요 인정¹⁾이요 갖은 명색 토색질은
선혜청²⁾의 소행으로 조정 탓도 적지 않네.
백성들의 살점을 어이 그리 긁어내나
하인 놈들 제 배만 기름지게 만드누나.

雜費人情細鍊磨　惠廳關子廟謨多
如何剜劫黔蒼肉　敎喫輿儓肚腹膰

■ 올봄에 선혜청의 당상관 이존수李存秀가 잡비 종목을 정하여 공문으로 내려 보내고 거두
　어들이게 하였다.

1) 관청 심부름을 나온 사람에게 주기 위하여 백성들에게 강요하는 돈이나 물건을 이르는 말.

2) 나라에서 거두어들이는 조세를 쌀과 무명으로 바치도록 한 이른바 '대동법' 이 실시된 다
　음에 농민들에게 빼앗아 들인 쌀과 무명을 관리하는 일을 맡아보던 관청이다.

석왕사의 중

석왕사의 중놈들 모두가 돌중이라
불공은 맘에 없고 돈벌이만 궁리하네.
삼백 냥 시줏돈을 무슨 일로 모았던가
극락세계 보낸다는 거짓말 퍼뜨렸겠지.

釋王寺衆總頑禪　不論淨業只論錢
底事酉台三百貫　西天極樂募虛緣

▪ 석왕사는 안변에 있는데 임금이 쓴 글씨들을 보관하는 집이 있다.

김우순의 편지를 받고

전날에 보낸 편지 잘못 갔나 걱정했더니
봄 기러기 날아들어 회답 편지 전해 주네.
다정한 말 가득하여 병든 내 맘 찌르는가
주르르 눈물 흘러 두 볼을 훔치노라.

向來書角訝虛傳　春雁朝飛帶素牋
滿幅情言撩病緒　忽押雙眼淚潸然

■ 전날에 시랑 소석小石 김우순金愚淳에게 편지를 부쳤으나 회답을 받지 못하였더니 지금
에야 비로소 영주인(營邸吏) 편에 회답 편지를 보내 주어 받았다.

홍원의 부고를 받고

기축년 그 어느 날 기도관에 달 밝을 때
술상을 앞에 놓고 거문고를 뜯었다네.
넋이야 틀림없이 하늘 위로 갔으련만
내 몰라라 소선은 어느 곳에 묻혔는고.

耆闍觀裏月娟娟　把酒鳴琴己丑年
精爽祗應天上去　不知何處葬簫仙

■ 홍원洪蓮은 자가 장원長遠이고 스스로 호를 '기도굴 산인耆闍崛山人'이라고 하였다. 청주
의 장산萇山 별장에 살았는데 오늘 아침 그의 부고를 받았다. 소선簫仙은 그의 별호다.

서낭당

고삭은 단풍 곁에 돌무지 모아 놓고
울긋불긋 색 헝겊 가지마다 걸어 놨네.
해사한 시골 무당 적이 멋쩍은 듯
대낮에 한길에서 방울만 흔드누나.

纍石叢隍遠禿楓　枝頭掛綵散靑紅
村巫玉面含羞澀　白晝揚鈴大道中

■ 경천역으로 가는 도중에 이가 새하얗고 붉은 입술을 한 무당 하나를 만났는데 오른손으로
방울을 흔들며 왼손에는 수건을 들었다. 목청을 뽑아 느릿느릿 노래를 부르는데 몹시 처
량하고 되알졌다.

군사 조련 1

호포 소리 울리고 북을 세 번 치더니
단 위에 오른 고을 원 군사들을 점고하네.
차일의 고줏대엔 무명 휘장 둘렀는데
연하게 붉은 교의 한가운데 놓였구나.

一聲砲響鼓三通　太守登壇禮數雄
白木帳圍遮日柱　淡紅交椅最當中

■ 올봄에는 각 도에서 해마다 벌이던 큰 규모의 수군과 육군의 조련은 흉년 때문에 그만두고 다만 고을 소재지에서 원들이 조련을 시키게 하였다.

군사 조련 2

북 울리고 바라 치며 한바탕 맞붙는데
여기저기 말 달리고 우불구불 진도 치네.
전립에 융복 차림 채찍 들고 투구 쓴
좌초의 초관¹⁾ 나리 기세 좋게 돌아오네.

伐鼓鳴鑼較一圍　常山蛇勢鐵驄飛
鞭兜氈笠紅羢子　左哨哨官意氣歸

■ 고을에서 조련할 때의 절차는 모두 척계광戚繼光의 《기효신서紀效新書》의 법을 따르므로
서울 안 군문들에서 벌이는 것과 비슷하다.
1) 조선 시대 군사 편제의 하나인 초哨의 지휘관.

봄밤

맑게 갠 봄밤은 고요하기 그지없어
천천히 걸음 옮겨 동헌에 나왔노라.
상쾌한 기분으로 천호산 중턱 바라보니
새벽안개 꿈속 같고 나무숲은 잠들었네.

春宵澄霽靜淵淵　嬾步臨軒意爽然
天護山南腰一牛　曉霞如夢樹如眠

▪ 고을 소재지는 황령黃嶺 아래에 있는데, 황령을 천호산天護山이라고도 한다.

봄

가벼운 꽃바람에 실버들 늘어졌네
덧없는 봄철은 이미 절반 지났구나.
시냇가의 마을은 서른 집이 될까 말까
집집마다 울타리엔 진달래꽃 한창일세.

輕風陣陣柳絲斜　荏苒春光已半賒
近水閭閻三十戶　繞籬開遍杜鵑花

■ 내가 병으로 바깥출입을 못한 지가 벌써 한 달이 넘었다. 하루는 가마를 타고 창천蒼川으
　로 벗 지경止卿을 찾아 떠났다. 그래서 푸른 버들과 붉은 꽃들이 한창인 줄 알았다.

한식날

푸른색 무명 치마에 초록빛 장옷 입고
머리에는 광주리 걸음새도 빠르구나.
모두들 이르는 말 오늘은 한식이라
집집마다 산소 찾아 찰떡 드리고 온다누니.

春棉裙子綠長衣　頭戴鬏盤步似飛
道是今朝寒食節　家家墳上薦糕歸

▪ 삼월 초이튿날은 한식이다. 진달래꽃이 활짝 피어 산소에 올라갔던 사람들이 모두 화전을
지졌다.

촌 늙은이

검은 얼굴 흰 수염 나이 많은 촌 늙은이
번들번들 대머리 삿갓이 붙지 않네.
어깨에 지게 진 채 길에 앉아 쉬며
종종포 갯가에서 나무 팔고 온다고 하네.

野翁黧黑雪盈頤　禿鬢光光不滿籓
肩著支機膇眅憩　終終浦上賣柴廻

■ 강창江倉으로 가던 길에 지게를 진 채 길가에서 쉬는 한 늙은이를 만났다. 나이를 물었더
니 여든한 살이라고 하는데 약간 굶주린 기색이 보였다. 종종포終浦는 고장 이름이다.

병천 역마을 늙은 아낙네

병천 역말 늙은 여인 귀밑머리 세었는데
꽁꽁 묶은 쌀자루 끼고 꿇어앉아 애걸하네.
"성환에서 환자 줄 때 너 말이나 못 탔다우
이번에 그 난알을 마저 다게 하어 주소."

屛川驛婦鬢如霜　米裹重重縛布囊
跪乞成歡分餉日　未收四斗趁期當

■ 병천屛川은 역마을 이름인데 성환成歡에 속해 있다. 내가 강창에 앉아 있노라니 나이가 쉰이 좀 넘어 보이는 한 늙은 아낙네가 남루한 옷을 입고 와서 하소연하는 것이 보였다. 보기에 측은하였다.

원재명을 생각하며

육관각 넓은 뜰에 소슬비 내리던 날
이가정 동쪽에는 눈썹 같은 달 떴지.
풍채 좋던 그대 모습 다시는 볼 수 없네
상자 속에 남은 것은 그대 위한 추도시뿐.

六觀閣裏雨如絲　二可亭東月似眉
文彩風流今不見　篋中唯有哭君詩

■ 시랑 원재명元在明은 호는 지정芝汀이고 자는 유량孺良인데 병자년(1816) 겨울에 세상을 떠
났다. 육관각六觀閣은 맹원孟園에 있는 나의 옛집이고 이가정二可亭은 지정의 별장이다.

동둑 쌓기

지난여름 장맛비에 언덕이 무너져서
물길이 메워지고 골 바닥은 높아졌네.
남자 여자 떼를 지어 바지게에 삽을 들고
종일토록 농가에서 동둑 쌓기 바쁘구나.

前夏霔霖岸善崩　湋流斷盡谷爲陵
男畚女鍤成群去　鎭日農家築畠塍

■ 두 해 연거푸 큰물이 졌는데 예전에는 보지 못한 큰 장마였다. 동둑과 방천의 보와 도랑이
높은 데 낮은 데 할 것 없이 모두 개울로 되어 버렸다.

신행 가는 새색시

궁궁이[1] 향기 그윽한데 푸른 장옷은 너울너울
언덕길로 걷는 말은 날듯이 잘도 가네.
겉대로 결은 상자 붉은 보에 싸 가지고
갓 시집간 새색시 시어머니 뵈러 가나.

营藭香動綠長衣　快馬平原健似飛
皮竹箱子紅袱裏　新婚閣氏現姑歸

■ 수유 역참 한길에서 말을 타고 지나가는 한 아리따운 아낙네를 만났다. 좌바리 속에는 해
무늬를 수놓은 붉은 비단 보자기에 싼 오색 겉대로 결은 상자가 보였다.
1) 미나리과에 속하는 다년초로 향기가 있다.

밥 광주리 이고 나온 처녀

청 삽사리 앞세우고 흰 삽사리 뒤딸리며
애젊은 처녀 아이 나이는 열대여섯
땋아 올린 갈래 머리에 대광주리 이고서
아버지 시장할세라 점심밥 나른다오.

蒼獵前行白獵隨　少娘年紀破瓜時
丫頭戴着圓簞去　忙趁阿爹午饁飢

■ 길가에서 나이 열대여섯 되어 보이는 베치마를 입고 발을 벗은 처녀 애가 머리에 밥 광주
리를 이고서 개울 건너 아버지를 부르는 것을 보았다.

사립문 안 복숭아꽃

초가집 올망졸망 비늘처럼 잇대었고
둘러 막은 울타리는 구멍이 숭숭해라.
정겨워라 삐뚤사하게 사립문 지친 곳에
한 그루 복숭아나무 고운 꽃 활짝 폈네.

茅茨參差鱧鱗橫　藩落周遭麋眼成
可愛紫荊斜壓處　桃花一朶最分明

■ 이포李浦 길가에 농사꾼의 집 수십 호가 보이는데 언덕에 의지하여 매우 조용하고 말쑥하
  였다. 그중 시냇가에 자리 잡은 한 집은 사립문이 허물어졌는데 그 안에 한 그루 복숭아꽃
  이 한창 곱게 피어 있었다.

조리돌림

부유하고 자식 많아 그만하면 쉼 직도 하다.
일찍이 이방 살아 머리털도 다 셌는데
무엇이 부족해서 못된 계교 꾸미다가
전라도 쉰 고을에 조리돌림 당하였나.

家富男多訖可休　曾經首吏雪盈頭
如何却做無良計　自取輪刑五十州

■ 노성魯城의 아전 이덕승李德昇은 나이가 일흔이 넘었는데, 이방 자리를 앗으려고 이름을
밝히지 않은 투서로 남을 무함하다가 사실이 발각되어 감영의 지시로 조리돌리는 형벌을
당하였다.

어부의 집

포구 가의 어부 집 가시나무 울타리에
다 해진 고기 그물 아침 볕에 말리누나.
절인 청어 구워서 어린아이 먹이려고
여윈 노파 땅에 앉아 화롯불 후후 부네.

浦口漁家棘揷籬　破魚網子曬朝曦
羸婆地坐吹爐火　煨着鹽鯖哺乳兒

▪ 논산 창고 마당가에 있는 낡은 초가집에서 한 노파가 땅에 놓인 화롯불을 불며 청어를 구워 아이에게 먹이는 것이 보였다. 아이는 겨우 서너 살쯤 되어 보였다.

봄비

먹장구름 뭉게뭉게 하늘을 뒤덮더니
가는 비 보슬보슬 새벽까지 내리었네.
한 보지락 채 안 되어도 풀뿌리는 적셨으니
보리 싹들 좋아라고 사람 향해 반기는 듯.

頑雲潑墨黝冥冥　靈雨廉纖曉旣零
未滿一犁荄遍濕　麰芽歡喜向人靑

■ 지난겨울에 눈이 내리지 않았고 올봄에도 비가 오지 않아 사람들이 걱정스러워했는데 초
나흗날 밤에 비로소 비가 내렸다. 애벌김을 겨우 끝낸 온 들판이 대번에 푸르러 갔다.

밤에 내린 눈

습한 바람 우수수 비라도 오려는가
등불은 고요하고 파루 종도 지났는데
새벽에 아이들 왁자지껄 떠드는 말
만 그루 배나무 꽃 피고 흰 구슬 편 듯하다고.

風意瀟瀟雨意濃　懸燈闃寂度寒鍾
兒童曉起渾驚叫　萬樹梨花碾瑞淞

■ 어젯밤 날이 새도록 잠을 못 이루고 앉아 있는데 사방 바람벽에 냉기가 스며들어 기분이
  퍽 좋지 않았다. 새벽에 일어나 문을 열고 보니 앞산에 눈이 한벌 덮였다.

병계집

병계 문집 출판한 게 그 어느 해였던고
문집 뜯어 술막 집에 가로세로 도배했네.
그의 높은 도덕 문장 이렇듯 버림받으니
대추나무 판목마저 그 아니 가여우냐.

尹屛溪集繡何年　店壁橫黏又倒聯
道德文章休話了　舊災棗木也堪憐

■ 병계屛溪는 윤봉구尹鳳九의 호인데, 자는 서응瑞膺이다. 수암遂菴 권상하權尙夏의 문인
　으로 벼슬은 공조 판서, 시호는 문헌공文獻公이다. 주막집에 도배한 종이가 《병계집屛溪
　集》이었기 때문에 이르는 말이다.

고을 장날

은하수 기울고 북두칠성 나지막한데
'꼬끼오 꼬끼오' 새벽닭 홰를 치네.
알레라 내일 아침은 다름 아닌 고을 장날
담 너머 감나무 밑에서 떡메 소리 들려오네.

銀河斜流斗柄低　膠膠角角亥鷄嘶
料知縣市明朝是　礌餠聲來柿樹西

■ 고을 동헌 서쪽 담장 밖에는 큰 감나무가 서 있는데 그 주변에 널려 사는 집들은 모두 가난
한 집들이어서 고을 장날이 오면 떡을 쳐 팔아서 살아간다.

봄철 모진 눈바람

날씨가 고르고 봄철이 돌아와
온갖 생물 모두가 새 삶을 즐기더니
간밤 모진 바람에 온통 얼어 버렸으니
봄눈조차 왜 이리도 재앙을 빚어내노.

玉燭調元泰運回　群生涵育樂熙哉
嚴風一夜凝成凍　春雪何如反釀災

■ 청명이 지난 지도 대엿새 되었는데 뜻밖에 온종일 눈이 내리더니 게다가 닭알 같은 우박이
떨어지고 북풍마저 불어와 나무를 부러뜨리고 동산의 꽃을 모두 얼궈 놓았다.

십리 동둑

십 리 긴 동둑으로 물이 감돌아 내리는데
뚝 위의 실버들은 천 그룬가 만 그룬가.
왕유가 그린 망천[1] 그 무슨 별 곳이랴
에루와 예야말로 한 폭의 그림이어라.

官堤十里水縈紆　楊柳千株復萬株
自是輞川非別界　分明一幅右丞圖

■ 아문 밖은 모두 마을 집들이고 마을 밖은 시내를 따라 위아래로 늙고 모지라진 버드나무들
이 벌여 서 있는데 그것이 십 리나 된다.
1) 망천輞川은 당나라 때 시인 왕유가 살던 곳으로 경치가 좋아 그가 일찍이 그림을 그린 일
이 있었다.

동헌

처마는 깊숙하나 새 지저귀기 알맞고
울타린 엉성해도 미친개는 막는다네.
아전들 물러가고 찾아오는 사람 없어
뜰 안의 꽃다운 풀 이때라고 돋는구나.

簷深秪敎乳禽鳴　藩缺猶防瘦犬行
吏退官閒人不到　滿庭芳草一時生

■ 동헌은 북향인데 처마가 밭아서 바람이 몹시 불어 들기에 솔가지로 처마를 덧덮었으며 또 낮은 담장이 온통 무너졌기에 하인들을 시켜서 잡목을 베어다가 울타리를 만들었다.

꿈

지난밤에 꿈을 꾸니 옛일이 생생해라
수장루 아래 들꽃 피어 봄빛이 한창이더라.
오늘은 사천 리 밖 호남 땅의 나그네
삼십 년 전 그 옛날엔 영북[1] 사람이었다네.

一夢今宵悟夙因　水長樓下野花春
四千里外湖南客　三十年前嶺北人

■ 부령의 북장대北將臺에는 '산고수장루山高水長樓'라는 현판이 붙어 있다. 내가 귀양 가
　서 있을 적에 그 다락에 오르기를 좋아하였는데 어젯밤 꿈에 문득 그곳에 이르렀다.
1) 여기서는 마천령 북쪽을 말한다.

전배 비장

청도기[1] 한 쌍 날리더니 진문이 열리누나
북 치고 징 울리며 조런 채비 재촉하네.
온 부대가 무장하고 준마 위에 앉았으니
전배 비장[2] 그 모습 웅장하기 그지없네.

一雙淸道陣門開　打鼓撾鉦次第催
全副戎裝跨駿馬　前陪裨將也雄哉

■ 순행 비장巡行裨將은 전배前陪가 되는 것을 자랑으로 여긴다. 선달 손인택孫仁澤이 이번에 전배 비장으로 되었다.

1) 통치배들이 나다닐 때 길거리에 다니는 사람이 없도록 단속하는 데 쓰는 깃발. 남색 바탕에 붉은빛 변두리를 붙였는데 깃발에는 '청도淸道'라는 두 글자를 새겼다.

2) 감사나 병사, 부사에게 딸린 관원인데, 전배 비장은 앞에서 길을 잡으며 가는 비장을 말한다.

배 구경

다락배 높다란데 들려오는 나팔 소리
둑[1]이며 붉은 일산 물 위에 비치었네.
십여 리 모랫벌에 사람들 빙 둘러섰구나
배 위의 순찰 사또 이 고장을 떠난다네.

樓船船上角聲悲　繡纛紅幡照水湄
十里平沙人似月　兼巡察使渡江時

■ 순찰사가 떠날 때면 남녀노소 할 것 없이 모두 떨쳐 나와 무리를 이루고 구경하는데 이제
는 그것이 관습으로 되었다. 해마다 봄가을이면 그렇게 한다고 한다.
1) 둑纛은 왕의 거동 때 대가의 앞에 세우거나 군대에서 대장의 행차 앞에 세우는 기. 큰 삼
지창에 붉은색 술을 달았다.

이초려의 집

우불구불 모랫길 강을 따라 뻗었는데
여윈 나귀 꽃 밟으며 언덕 위를 지나가네.
넓은 띠 높은 갓에 글 소리 들리던 곳
아이들도 다 안다네 이초려의 집인 줄을.

迤邐沙路逐江斜　嬾踏癯驢夾岸花
博帶峨冠絃誦處　樵童猶識草廬家

■ 초려草廬 이유태李惟泰의 손자 이재원李在元이 금강의 중호中湖에 살았는데 그곳에 초려
의 무덤이 있다. 나도 그와 친척의 연분이 있어 지나가던 길에 들러 보았다.

명학제

명학제 방천 가에 나무 그늘 좋을시고
복사 꽃잎 흐르는 물에 쏘가리 떼 살졌구나.
푸른 이끼 흰 자갈밭은 어부들의 길이로세
낚대 메고 돌아올 제 달빛이 옷에 가득.

鳴鶴堤深樹影圍　桃花浪漲鱖魚肥
蒼苔白石漁樵路　罷釣歸時月滿衣

▪ 명학제鳴鶴堤는 노성魯城 고을 동쪽 십 리에 있는데 물고기가 매우 많다.

성삼문의 집터

차마 어이 말하리 을해년[1]의 옛일을.
노릉[2]에는 가을비 흩날리고 해 질 녘엔 두견 소리
아직도 지나는 길손들 그의 옛집 여기라고
말 세우고 허리 굽혀 성삼문의 비석을 찾아보네.

忍說孤忠乙亥時　魯陵秋雨暮鵑悲
行人尙識遺墟在　下馬來尋謹甫碑

■ 매죽헌梅竹軒 성삼문成三問은 연산 사람이다. 계전에 그가 살던 집터가 있는데 후세 사람
들이 거기에 비석을 세웠다.
1) 을해년은 1455년이다. 이해에 세조가 조카인 단종을 내쫓고 왕이 되었다.
2) 노릉魯陵은 단종의 무덤이다.

아우 순정을 만나고

우리 삼 형제 정다워 한 이불서 자라더니
늘그막에 생각하니 순정이 가장 애처롭구나.
어제 와서 만나 보고 내일 당장 가게 되니
하염없는 두 줄 눈물 걷잡기 어렵구나.

三兄弟共一衾眠　暮境純亭最可憐
昨忽來看明忽去　不堪雙涕暗澘然

▪ 순정純亭은 내가 앓는다는 기별을 듣고 찾아와 보고는 곧 떠나려 하였다. 떠나보내려니
　서글퍼지는 마음을 어찌할 수 없었다.

나를 찾아온 청풍 부사

급창 관노 달려와서 다급히 알리누나
청풍 부사 찾아와 삼문 안에 듭신다고.
나누는 인사말은 모두가 꿈같구나
내 얼굴 검누르고 그대 귀밑 서리 쳤네.

及唱官奴走報知　淸風府使入門時
別來人事渾如夢　我貌黧黃子鬢絲

■ 청풍 부사는 내가 앓는다는 기별을 듣고 홀로 말을 타고 달려왔다.

단옷날

단옷날이 하도 심심해 하루가 일 년 같으니
서울의 옛 풍속이 새삼스레 생각나라.
제기차기 경기는 몇 곳에서 벌어졌나
비단 밧줄 치렁치렁 뉘 집에서 그네 뛰나.

端陽日氣靜如年　却憶京師舊俗傳
幾處毬場爭蹴踘　誰家絨索送鞦韆

▪ 이 고을은 가난하고 궁벽한 고장이어서 정월 초하루, 대보름, 단오 등 명절날에도 음식 차
림, 명절놀이 같은 삼한의 옛 풍속을 전혀 누려 볼 수 없다.

딸을 생각하며

시집간 딸 만나본 지 어느덧 일곱 해
정처 없이 떠다니다 홍천 땅에 짐 풀었네.
정 깊은 편지 몇 장 생각 더욱 간절쿠나
동쪽을 바라보며 가슴만 태우노라.

有女睽離已七年　卽今流落古洪川
多情數紙情還怯　回首東雲但憫然

■ 사위 송일준宋一準은 은진의 이름난 양반집 태생인데 집이 가난해서 떠돌아다니다가 강
  원도 홍천현에서 짐을 풀고 덕옹德翁과 한마을에서 산다고 한다.

닭 한 쌍을 사오다

사람을 장에 보내 닭 한 쌍 사다 놓고
우리 겯고 홰를 매어 퇴 서쪽에 살게 했네.
병석에 누운 이 몸 잠들기 어렵거니
이른 새벽 창 곁에서 네 울음 들으리라.

送奴向市買雙鷄　織柵編塒立砌西
病枕邇來眠不穩　令渠趁曉近窓啼

- 긴 밤 잠을 못 이루어 새벽닭 울음소리가 그리웠다. 사령을 시켜 암탉, 수탉 두 마리를 사
다가 영창문 동쪽에 우리를 만들어 주게 하였다.

서원을 보내고

말 머리 못 돌리며 서원[1]은 주저했지
이제 다시 이별하면 그 언제 다시 볼꼬.
처마 끝에 까치 와서 반가이도 지저귀더니
서울에 닿았다는 반가운 기별 왔네.

犀園回馬苦遲遲　眼穿腸消待幾時
簷角丁寧靈鵲語　始知行李抵京師

■ 서원犀園은 내가 병중이라는 소식을 듣고 4월 10일 급히 달려와서 만나 보고는 이내 떠나
갔는데 5월 7일에 말과 사람이 돌아와서 비로소 그가 무사히 돌아갔음을 알았다.
1) 김려의 동생인 김선의 호.

계백 장군이 싸우던 곳

그 옛날 계백 장군 진을 치고 싸우던 곳
무너진 성 돌들만 강가에 널려 있네.
몸은 비록 죽었으나 이름이야 묻힐쏜가
청사에 빛나는 공적 길이길이 전하리.

階伯將軍舊戰基　壞城頹壘壓江湄
公身可死名難死　芳躅流傳竹史奇

■ 백제의 장군 계백은 신라와 황산에서 싸우다가 힘이 다하여 죽었다.

논산

논산창 나룻가에 물길은 아득해라
산언덕 끊긴 곳에 바닷물 들어오네.
마을에 사는 놈들 모두가 불량배니
목로 집만 찾아들어 온종일 취해 있네.

論倉浦口水連雲　岡勢初斷海勢分
倉底居生游宕子　壚頭盡日醉紅裙

▪ 고을의 바다 창고는 논산 포구에 있는데 논산은 은진현에 속해 있는 바닷가의 한 도회지다.

봄날

서재에 있노라니 고요하기 절간 같은데
꽃 그림잔 얼씬거리고 버들 그늘 어설퍼라.
봄 깊어 해는 길어도 할 일이 바이 없으니
빛 밝은 창 곁에서 옛 책을 뒤적이네.

齋居幽寂似禪居　花影參差柳影疎
日永春深無一事　晴窓點檢故人書

■ 이 고을에서는 여름과 가을 사이에 일거리가 별로 없어 매우 한가롭다. 그래서 옛 책을 뒤
적이면서 긴 해를 보냈다.

도솔산

도솔산 높은 봉에 성은 쌓아 무엇 하리
어진 사람 태어나면 세월 또한 태평하리.
그대 심은 오동나무 언제이면 무성할꼬
아침 해 비쳐들 제 봉황새 깃들어 울리.

兜率高峰不復城　聖人首出際時淸
使君手種梧桐樹　爲待朝陽瑞鳳鳴

▪ 도솔산은 고을 남쪽 15리에 있는데 옛 성터가 있다. 견훤甄萱의 아들 신검神劍이 금산金
山의 절간에 견훤을 가두었다고 하는 곳이 곧 이 산이다.

오월 중순에 들에 나와

오월 중순 다다르니 보리 익어 누렇구나.
여기저기 무논에선 소 모는 소리로다.
겨를 보아 나다님은 소일거리 아닐러라
날마다 들에 나와 봇물 소리 엿듣거니.

五月中旬麥氣秋　秧疇處處叱犁牛
肩輿未必儌閒計　每日來聽溫水流

■ 나는 날마다 일이 한가한 틈을 타서 가마에 몸을 싣고 언덕길을 두루 돌아다니며 농군들에게 농사일에 힘쓸 것을 권하였다.

양지의 연꽃

연산의 산세는 우불구불 잇닿았는데
평탄한 들판은 저 멀리 하늘에 닿았네.
둔암 바위 밑에 오솔길 서글퍼라
아한정은 간 데 없고 연꽃만 피었구나.

連山山勢鬱蜷連　野色平鋪極遠天
惆悵遯巖巖下路　雅閒亭廢兩池蓮

■ 아한정雅閒亭은 최청강崔淸江이 살던 곳이다. 사계沙溪 김장생金長生이 그 옛터에다가 집을 짓고 양성헌養性軒이라는 편액을 붙였다. 그가 즐기던 팔경에 '양지의 연꽃'이 있다.

수양버들

만 그루 수양버들 동둑을 덮었는데
실실이 바람 타고 느릿느릿 춤을 추네.
치렁치렁 홍청거려 누굴 위해 멋 부리나
호탕한 시인들의 홍취만을 끄는구나.

萬株垂柳繞堤奇　漾日含風動影遲
裊那娉婷何許者　詩中恰似義山詩

■ 읍에서 두어 마장 나가면 큰 시내가 있는데, 창천蒼川이라고 한다. 시내를 따라 버들을 심
어 서너 리쯤 잇달렸는데, 유정柳亭이라고 부른다. 내가 그곳에 있는 주막을 만류점萬柳
店이라고 이름 지었다.

고려 때 가마

강산을 울려 절 짓고 초상을 앉혔더니
그 절의 빈 터마저 옛 모습 간 데 없네.
다만 그때 쓰던 쇠가마만 남아 있어
오고 가는 길손들 열백 번 다시 보네.

英雄功烈震湖山　聖刹遺墟泯舊顔
祗有當時鋼鐵鑊　行人指點百回看

■ 개태사開泰寺는 천호산天護山에 있는데 옛날에는 고려 태조 왕건의 화상을 보관한 집이
있었다. 지금은 폐허로 되고 다만 큰 무쇠 가마 하나가 남아 있는데 둘레는 여덟 발, 높이
는 한 길이나 되는 것이 들판의 밭 가운데 놓여 있다.

가물 끝에 단비

가물 끝에 단비 오니 농부네들 노래한다.
개울물 불어 불어 반 자가웃 넘쳐 나네.
애벌김 끝난 밭에 밤비 마침 내렸으니
필향제 서쪽에는 쪽배 능히 띄우리.

旱餘甘澍聽農謠　溝水㲺㲺尺半高
剛得一犁添夜潤　筆香堤西可容舠

■ 필향제筆香堤 둑은 고을 동북쪽 식한면食汗面에 있는데 둘레가 760자다.

달리성과 고운사

달리성 앞머리엔 저녁볕 뉘엿뉘엿
고운사 언저리엔 짙은 숲 둘렸어라.
앞마을 젊은이들 허리에 동개¹⁾ 차고
해종일 뒷산에서 꿩 사냥에 여념 없네.

達理城南夕照微　孤雲寺畔茂林圍
東家年少腰弓去　鎭日山田射雉歸

■ 달리達理는 고려 때의 큰 도적 이름이다. 성은 대둔산大芚山에 있는데 사방은 절벽으로
되어 있고 성안에는 수만 명의 군사를 주둔시킬 수 있다. 고운사孤雲寺는 천호산에 있다.
1) 활과 화살을 넣어 등에 지거나 허리에 차도록 만든 가죽으로 된 주머니.

전원에서 살고 싶어

내 평생 꿈결에도 산수가 그리워서
학과 사슴 벗 삼기를 아직도 바라노라.
만 번 죽다 남은 넋이 벼슬살이 생각하랴
나라 은혜 못 잊어서 잠시 여기 와 있노라.

平生幽夢夢江湖　誓鶴盟猿尙未渝
萬死餘魂榮墨綬　只緣鴻渥滯斯須

■ 나는 정사년(1797) 겨울에 경원(慶源, 지금의 새별군)으로 귀양 가다가 다시 부령으로 옮
겼다. 신유년(1801)에 의금부에 잡혀가 모진 고문을 받고 거의 죽게 되었다가 진해로 귀양
을 갔고 병인년(1806)에 풀려서 돌아왔다. 임신년(1812)에야 고을살이로 나오게 되었다.

삼청동 나의 집

푸른 산 깊은 물 몇만 굽이 막혔는고
백로원 그 서쪽이 바로 내 집이건마는.
생각노라 문밖의 높다란 버드나무
주인도 없는 곳에 까치만 우짖으리.

青山綠水萬重遮　白鷺園西是我家
遙想門前喬柳樹　主人不到但鳴鴉

▪ 나의 집은 삼청동 골목에 있어 감사 맹만택孟萬澤의 집과 마주 서 있었다. 여기를 항간에
서는 백로원白鷺園이라고도 하고 맹공원孟公園이라고도 하며, 또는 승경헌勝景峴이라고
도 한다.

소낙비

앵두는 붉게 익고 보리는 누른데
감나무 잎 그늘지고 대추 잎은 성글성글
산비가 문득 내려 모진 더위 헤쳐 내니
병석에 누운 이 몸 글 보기 한결 좋네.

鸚桃紅熟麥黃初　柿葉成陰棗葉疎
山雨忽來衝暑散　病衾正好臥看書

▪ 몹시 가물고 불 같은 볕이 내리쪼여 높은 누각에 앉아 있어도 감옥 안에 있는 것처럼 답답
하더니 문득 소낙비가 퍼부어 더위를 쫓아 버렸다.

내 마음 알아줄 이 없어

내 마음 알아줄 이 이 세상에 드문데
하찮은 녹봉에 팔려 집에도 못 돌아가누나.
가엾어라 백발 머리 성공한 일 무엇인고
알았노라 이 관복이 사람을 얽어맴을.

世少知音和者稀　低回五斗未能歸
憐渠白髮成何事　始識朝衣是濕衣

■ 세상은 갈수록 인심이 어지러워져서 아전들은 완악하고 백성들도 사나워졌다. 곳곳이 다
그러하지만 연산과 노성 지방이 더욱 심하다.

경천역

경천역 나무들이 자르르 깔렸는데
길녘엔 파란 볏모 깨끗하고 고와라.
한 줄기 밥 짓는 연기 물가에 서렸는데
남쪽으로 가던 길손 이 마을에 들렀네.

鏡川驛樹碧毿毿　來路秧苗淨似藍
一抹炊煙浮水裔　家人多住馬行南

■ 경천鏡川은 곧 '경천擎天'이다. 좁다란 길 양옆은 모두 논판이고 시내 저편에 산을 의지
하고 인가들이 있다.

대동미

대동미 독촉 탓에 머리칼 다 셀 지경이다.
익은 곡식 모자라서 청대째 베어 내네.
백성들의 생활 곤란 지금 형편 이러하니
묻노니 옛날에도 이런 때가 있었던가.

車糴開倉髮欲旛　打黃全少殺青多
生靈困苦今如許　召父當年似我麼

■ 지난해 우리 고을에서는 냉해를 혹심하게 입었다. 민간에서 대동미를 채 물지 못한 것이
오백여 섬인데 감영에서는 또 올해 환자곡을 바치라는 독촉장이 내려왔다.

마당 안 채마밭

마당 가 채마밭 한 이랑이 되나 마나
장다리꽃 스러지자 겨자꽃 향기롭네.
봄 이미 지났거니 꽃향기 찾겠다고
빨간 나비 노랑 벌 바삐 바삐 돌아치네.

庭畔蔬區半畝强　菁花已落芥花香
三春已了探芳債　紫蝶黃蜂更底忙

■ 동헌 뜰 안 빈 땅에 관노, 급창, 방자 들을 시켜 저마끔 한 구석씩 맡아 채마밭을 일구게 하
고 여러 가지 남새를 심었다.

홰나무 그늘

홰나무 짙은 그늘 선들바람 보내는데
매미 또 맴맴 울어 갠 하늘에 울려 퍼지네.
낮 기울자 시원한 기운 온 뜰에 움직이니
누각 위엔 마치도 팔월 중순 때여라.

槐樹濃陰送惠風　　鳴蟬唧唧響晴空
午來忽遍淸涼氣　　高閣渾疑八月中

■ 뜰 동쪽에 큰 홰나무 한 그루가 있는데 해마다 늦은 여름, 이른 가을철이면 많은 매미들이
한꺼번에 울곤 한다.

반가운 제비

만 그루 나무숲 우거져 사방은 검푸른데
장마가 개려나 가랑비 보슬보슬
마당 가 진흙 풀려 이끼 빛 피었구나
어데선지 쌍제비 짝 지어 날아오네.

萬木陰濃碧四圍　夏霖欲霽正霏微
庭泥融壞蒼苔色　句引雙雙鷰子飛

■ 기묘년과 경신년에 제비가 서로 싸우는 괴이한 일이 벌어지더니 그 다음부터는 제비가 없
어졌다. 읍에서도 삼월 이후로 제비를 한 마리도 볼 수 없었는데 이때에 강남 제비 몇 쌍이
진흙을 물어 가려고 날아왔다.

선주 나리

조운선의 배 주인이 간사하고 약삭빨라
낟알은 받지 않고 돈으로만 내라누나.
서울에선 낟알 값이 여기보다 곱 눅다니
이번 걸음 끝이 나면 왕십리 밭 살 작정인가.

漕船船主極奸儈　不捧長腰只捧錢
米價京倉低四百　今行擬買枉尋田

▪ 이 고을에서는 흉년이 들어 쌀 한 섬에 열한 냥 하는데 서울에서는 엿 냥이라고 한다. 왕십
리는 서울 동문 밖 십 리 되는 곳에 있는데 무밭, 미나리밭이 아주 훌륭하다.

물난리

보리에는 뿔이 나고 밀에는 귀 생겼네
개도랑 물 넘쳐 나서 쑥대 여뀌 다 잠겼네.
고을마다 연방 오는 급보를 받아 보니
메마른 땅 마고평도 물이 줄줄 흐른다네.

麰頭生角麥生耳　浦潡漫空墊蓼蘢
雪片飛來該里牒　馬皐坪上水潺潺

■ 마고평馬皐坪은 읍에서 서쪽으로 19리 되는 곳에 있는데 땅이 가장 메마르고 수원도 없다.

큰비

구름 안개 사뭇 달려 여울물을 터놓은 듯
우레와 번개는 자꾸자꾸 달아나다간 벼락으로 떨어지네.
오늘 밤까지도 그냥 비가 멎잖으니
온 세상 어데나 바다로 만들려나.

翻雲潑霧似犇瀧　電母靈靈走且降
剛到今宵仍不絶　大千世界也成江

■ 이날 비는, 처음에는 보슬비로 시작되더니 이튿날에는 우레 울고 번개 치며 바람까지 겹쳐
서 온종일 밤새껏 멎지 않았다.

반가운 비

단비는 때를 알아 그치기도 잘 하누나
푸른 산은 먹 감은 듯 깨끗도 하여라.
논벌에선 온종일 모내기가 바쁜데
뻐꾹새는 뻐꾹뻐꾹 녹음은 짙어만 가네.

佳雨知時霽亦佳　青山一洗滿如揩
秧疇趁日催農急　布穀聲來滿綠槐

■ 가물면 비가 오기를 바라고 비가 오면 개기를 바라는 것이 사람들의 심정이다. 올해는 비가
　많지도 적지도 않고 또 빠르지도 늦지도 않게 높은 곳이나 낮은 곳이나 다 흡족하게 왔다.

물 긷는 할머니

목화밭이 아니라면 콩밭이 분명하다
이랑 덮은 푸른 잎들 동글동글 돈짝 같네.
밭에 든 송아지를 몰아내는 저 할머니
머리에 인 동이에는 샘물이 담겼구나.

不是棉田是菽田　覆區靑葉似銅錢
村婆叱犢田中出　頭戴磁甀汲碧泉

▪ 노성과 연산 사이에는 목화밭과 콩밭뿐인데 다 잘되어 퍼진 잎이 이랑을 덮었다.

텅 빈 마을

도랑도 목이 말라 바닥 드러내고 우니
저 농가들도 텅 비어 개도 닭도 뵈지 않네.
몇 이랑 메마른 밭 누가 갈아 먹었던가
빈 저 밭엔 한가득 메밀꽃만 피어 있네.

溝水漣漣露淺沙　幷無鷄犬野農家
荒田數畝誰耕食　遍地空開蕎子花

■ 노성으로 가던 길에 네댓 집 되는 한 마을을 보았는데, 조세에 시달려 모두들 사방으로 떠
나가 마을은 텅 비었고 다만 낡은 집들만 서 있을 뿐이었다.

닭의 무리

울긋불긋 희끗희끗 비단 같은 털 치레로
꾸꾹꾸꾹 날아오니 무리무리 호화롭다.
암놈 볏은 비단인 양 수놈 볏은 꽃인 양
소 두엄 위로 가서 굼벵이를 쪼고 있네.

朱朱白白似錦毛　亂叫飛來隊隊豪
雌冠如綿雄冠奭　牛屎堆上啄蟯蠩

■ 경천 역마을 사람의 집에서 닭 수백 마리를 기르는데 가지각색으로 떼를 이루어 그 광경이
　볼만하였다.

참새

울타리의 참새란 놈 벌을 차서 삼키고는
도로 날아 앉더니만 죽은 듯이 기척 없네.
분수대로 쪼아 먹기 원래 이런 것이어늘
사람 보고 낟알 팔라 구태여 구걸하랴.

籬雀捎蜂瞥地吞　還飛端坐靜無言
隨分飮啄元如此　肯向人間學乞墦

- 주인집에서 점심을 먹고 누웠노라니 울타리에 앉았던 참새가 벌을 차서 먹고는 도로 앉았
  다. 거기에는 씨무룩이 만족을 알면 그만두는 뜻이 보였다.

젊은 아낙네

포구 마을 젊은 여인 남색깔 무명 치마에
눈썹 살짝 그리고 연하게 단장했네.
자라 새끼 몇 마리를 노끈에 꿰어 들고
저자 향해 가는 걸음 맨 종아리 바쁘구나.

浦村少婦木藍裳　淡掃蛾眉淡淡粧
箝得馬蹄油鱉子　走向橋墟赤脚忙

▪《선원보璿源譜》를 가져오는 행차를 맞이하러 갔다가 돌아오는 길에 한 젊은 아가씨가 한
　손에는 가래를 들고 다른 한 손에는 자라를 몇 마리 꿰어 들고 바삐 장마당으로 가는 것을
　보았다.

계전 처녀

계전 마을 고운 처녀 얼굴 모습 꽃 같은데
두레우물 남쪽 집이 나서 자란 집이라네.
구름 같은 숱진 머리 단장조차 못하고서
달빛 이고 물 길어다 새벽에 삼 헤우네.

癸田處女貌如花　石井南邊是爸家
綠鬢雲鬟渾不整　月中汲水曉漚麻

▪ 우리 고을에서 나는 베가 몹시 고운데 계전癸田에서 나는 것이 더욱 좋다. 그래서 온 마을
이 농사는 하지 않고 오로지 베낳이를 해서 살아간다.

마가목 술

마가목¹⁾으로 술을 빚는 묘방을 얻었나니
창출이며 당귀도 넣어야 더 좋다네.
고을 안에 술 빚는 집 삼십 호나 되지마는
조씨 할멈 빚은 술을 으뜸으로 여긴다네.

丁公藤酒得神方　蒼朮當歸等分良
縣裏青帘三十戶　先頭美釀趙孃孃

- 정공등丁公藤은 일명 오가피라고 한다. 나는 오갈피술을 빚어 먹으려고 하다가 읍내 조씨 할머니가 잘 빚는다기에 돈을 주어 그에게 부탁하였다.
1) 정공등丁公藤은 원래 이름이 마가목인데, 원주에서 '일명 오가피'라고 한 것은 잘못 쓴 듯하다.

수리개

열 마리던 병아리가 단 한 마리 남았으니
때 없이 움켜다가 먹는 놈은 그 어떤 놈
밤들어 포수 시켜 여럿이 에워싸고
잣나무 위에 앉은 수리개를 쏴 잡았네.

十箇雞雛九箇爲　攫槃梢肉也無時
夜令官砲齊圍住　病柏前頭獲點鵄

■ 동헌 뒤 잣나무 위에 늙은 수리개가 있어 오래 묵은지라 눈치가 매우 빨랐다. 그래서 능한
포수를 시켜서 무릇 한 달을 노리고서야 비로소 잡았다.

가을

배나무 잎 단풍 들고 밤 껍질 얇아지자
계절 따라 재촉하는 오곡도 살찌누나.
아이들 한밤 되자 관솔불 밝혀 들고
초포 포구 다리 밑에서 게 잡고 돌아오네.

梨葉殷紅栗殼稀　露華濃蘸稻粱肥
村童夜簇松明火　草浦橋頭捉蟹歸

■ 8월에야 게가 내리기 시작한다. 초포草浦는 고장 이름인데 바닷물이 들어와 그곳의 게 맛
이 제일 좋고 또 많이 잡힌다.

탐승 길

처마 끝에 해 비치어 새벽 기운 가실 무렵
여윈 나귀 끌어내어 동쪽으로 떠나노라.
나는 듯이 달리는 길 단구현¹⁾ 채 안 밟고도
네 고을 산천 풍경 한눈에 안겨 오네.

日照簷簷曉色空　瘦驢牽出馬行東
飄然未踏丹丘路　四郡山川已眼中

■ 늦가을에 나는 순찰사와 약속한 단구 길을 떠나 사열(沙熱, 청풍)로 향하였다. 이다음 시
들은 사열로 가는 도중에 지은 것들이다.
1) 충청북도 단양에 있는 고장 이름.

황량한 산골 고을

황량한 산골 고을 한적하기 절 같은데
담장 둘레 논판에는 벼 향기 그윽해라.
봄이 오면 집집마다 쟁기 갖춰 들일하니
권농관은 낮잠 자도 잘못될 일 없겠네.

山縣荒衙像佛廊　土垣周匝稻秔香
春來耒耜家家出　臥領田官也不妨

- 진잠현의 고을 아문 사방은 모두 논인데 벼가 바야흐로 익어, 가없이 무연하게 바라보였다.

하수원 냇물

가운데는 큰 바위 둘레에는 조약돌들
흐르는 물 하도 빨라 여울이나 다름없네.
윗물은 깊지 않아 젖가슴에 달락말락
아랫물은 차츰 깊어 말 머리가 잠기누나.

鉅石中央礫石周　川流迅疾似灘流
上洲雖淺當人乳　下灘稍深沒馬頭

▪ 늦어서 하수원의 냇물을 건넜다. 냇물은 진잠에서 십 리쯤 되는 곳에 있었다. 물 밑은 다 돌인데 돌들은 미끄럽고 물은 차서 사람과 말이 건너기 힘들었다.

굴고개와 쌍제비 여울

굴고개 서쪽에는 소낙비 내리더니
제비 여울 윗녘에선 갈바람이 휘갈기네.
종다래끼 둘러메고 냇가로 가는 사람
물 건너 돌채에서 통발 보고 돌아오네.

牡蠣峴西急雨霏　雙燕瀨上迅風飛
織莎笒簹荷肩去　隔水漁梁視筍歸

■ '굴고개〔牡蠣峴〕'는 진잠현의 고장 이름이며, '쌍제비 여울〔雙燕〕'은 회덕현에 있는데 위아래 두 개의 여울로 되어 있다.

선강 낚시터

잔잔한 가을 물 굽이쳐 감도는 곳
맑은 물에 곱게 이는 잔주름 비단 무늬 펼쳤어라.
늙은 선비 이 강변에 낚시질 아니 오니
아쉬워라 푸른 이끼 낚시터에 덮였구나.

秋水安流句曲回　澄波百道穀紋開
高人不釣江遠　空遺蒼苔銷釣臺

■ 회덕에서 30리 떨어진 곳에 선강宣江이 있다. 한편 선강船江이라고도 한다. 이곳은 문의
땅으로 강가에 낚시터가 있는데 터가 아주 좋아 두미포豆彌浦와 비슷하다.

병풍정 주막집

널따란 바위 위에 사립문 열렸는데
사방의 푸른 절벽 비단 병풍 둘러친 듯
껄껄 웃고 목로에 들러 대포 한잔 청하였네.
이름난 주막집을 내 차마 거저 지나리.

般陁石上啓門庭　蒼壁周圍似錦屛
笑就墟頭呼大碗　未堪虛度此名亭

■ 병풍정屛風亭 주막집은 두 채가 너럭바위 위에 마주 앉았는데, 너럭바위는 사람 만 명이 앉
을 만하였다. 왼쪽에는 벼랑이 병풍처럼 솟아 있고 사람과 말 들이 바위 위로 다닌다.

사나의 잣나무 숲

사나 술막 십 리 사이 울창해라 잣나무 숲
잣송이는 주렁주렁 주머니를 달아맨 듯
호서의 단 한 고을 이름이 그럴듯하다.
잣나무 숲 장하기가 회양만 못지않네.

沙那十里海松香　松子離離似掛囊
可是湖西單縣令　柏田判不讓淮陽

▪ 달나達那와 사나沙那, 두 주막 십 리 사이 산 위에는 모두 잣나무다. 세상에서 문의를 호
서에 하나밖에 없는 고을로 친다.

청천 장마당을 지나며

가랑머리 나풀나풀 두 뺨 덮은 촌아이
들국화 노랑꽃을 손에 꺾어 들었는데
서른여섯 푼 주고 닭 한 쌍 샀노라고
청천 장거리에서 어깨에 메고 오네.

村爰丫髮覆雙腮　野菊黃花手裏開
三十六文雞一對　淸川市上買肩廻

■ 청천 장마당은 쌀원〔米院〕에서 십 리 떨어져 있다. 달나達那는 항간에서 '달원〔月院〕' 이
라 하고 사나는 '쌀원' 이라고 한다.

지경 고개 주막집

지경 고개 사이 두고 두 고을의 두 술집
술잔을 붓느라고 북길마냥 분주하네.
해사한 주인댁네 흰 손가락 날쌘한데
손님한테 돈을 긁어 제 주머니 채운다네.

地境場邊兩酒坊　傳杯漢子竄梭忙
壚姬玉貌纖蔥指　對客攤錢納錦囊

■ 괴산읍에 채 못 미처서 십 리쯤 되는 곳에 지경 고개가 있다. 고개 밑 좌우쪽 마을은 곧 청
주와 괴산 땅인데 주막 사이는 백 발자국쯤 된다.

괴산 풍경

늙은 버들에 매미 소리 산들바람에 실려 오네.
가을 기운 산뜻하고 갠 하늘 새파란데
한 줄기 맑은 시내 고붓이 감도는 곳
괴산 고을 익혀 보니 한 폭의 그림이어라.

晚蟬枯柳響涼風　秋色蕭然瀞碧空
一道淸溪灣轉處　槐山郡當畵圖中

■ 이웃 고을들 가운데서 괴산이 가장 부유하고 읍 자리도 시원스러워 마음에 들었다.

벼마당질

황독판 언덕 밑에 시냇물 흐르는데
느티나무 참나무 짙은 그늘 이뤘어라.
질동이에 담은 탁주 냄새도 은은쿠나
흥겨운 마당질 소리여 해도 채 안 기울었네.

黃犢坂頭也字溪　古槐疎櫟綠陰齊
瓦罇濁酒香微漲　打稻聲高日未西

■ 황독黃犢골에 이르니 큰 느티나무에 벼 타작마당을 차려 놓았다. 이날 골짜기 다섯을 지
났는데 소니蘇尼, 상만爽晩, 황독, 손유巽楡, 반타盤陀였다.

두부 파는 늙은이

병방 여울 흐르는 물 이끼보다 더 푸른데
날 맑아도 바람 세차 우레처럼 요란하구나.
맨발 벗은 저 늙은이 어느 마을 사시는가
죽허점 주막에서 두부 팔고 돌아오네.

丙防灘水綠於苔　日瀞風嚴吼似雷
何許村翁紅脚健　竹墟店裏賣泡廻

■ 병방丙防은 여울 이름이고 죽허竹墟는 주막 이름인데 모두 충주 땅에 있다. 이날 여울 넷
을 지났으니, 소니, 병방, 천석淺石, 수회水回다.

경심령을 바라보며

경심령 고갯길은 새들도 못 넘는 곳
길손은 가슴 문대며 몇 번이고 우물 찾네.
험한 산 높은 고개 그 얼마나 넘었던고
이 세상 어디에도 이런 고개 더는 없으리.

驚心嶺上鳥休臨　行者捫膺摘井參
我飽鬼門關路險　世間無處更驚心

■ 황강黃江에서 청풍으로 들어가는 중간에 한 고개가 앞을 막았는데, 몹시 험준하고 높아서
마음을 놀라게 하는 고개라는 뜻으로 이름을 경심령驚心嶺이라고 한다. 함경도의 삼가령
三家嶺과 비슷하다.

시골집

장마 치른 저 농가 살아갈 길 난감해라
늦은 무씨 안 붙고 올 배추는 황들었네.
가련하다 그네들 어이 그리 박복한가
문밖에 실개천만 한 줄기로 뻗었구나.

霖後村家歲計荒　晩菁嘈咂早菘黃
憐渠博得無多福　門外淸溪一道長

▪ 이날 황강黃江 주막에서 묵으면서 눈에 보이는 대로 글을 적었다.

한수재 권상하의 옛집

새로 담근 찹쌀 술 찰찰 넘게 부어 넣으니
산골에는 다래 익고 송이버섯 갓 돋누나.
주인이 풍치 좋아 밤새껏 잔치 차려
강가에서 두 자가웃 연어까지 사 왔다네.

霜秫新醪潋灩濃　猴桃軟熟髡松茸
主人風味終宵讌　另買江頭二尺鰱

■ 이날 밤 권용즙權用楫이 세마洗馬와 함께 술을 가지고 와서 한수재寒水齋 옛집에서 마셨다.

한벽루의 달밤

새로 빚은 머루술 파르스름 빛 고운데
살짝 데친 송이 채엔 고기 비늘 시뻘겋네.
가으내 오늘밤이 제일로 즐겁거니
한벽루¹⁾에 드는 달빛 유난히도 밝아라.

新釀蒲桃醱鴨靑　嫩燖松蕈錦鱗騂
秋來最勝今宵樂　寒碧樓中月爽明

■ 밤이 깊어서 석견石見과 함께 한벽루에서 놀게 되었는데 주인집에서 빚은 산포도 술이 참
　좋았다.
1) 한벽루는 충청북도 청풍에 있는 다락 이름.

의림지

네 고을 산수를 저마끔 좋다 자랑하다
그중에도 의림지를 제일 먼저 꼽는다고
이 소리에 마음 쏠린 황성의 감무는
비 내림도 무릅쓰고 홀로 가서 시를 쓰네.

四郡江山叫絶奇　先頭人說義林池
黃城監務渾閒事　冒雨來登獨寫詩

■ 초아흐렛날 비를 무릅쓰고 제천에 갔다가 의림지義林池로 향하니 군수 김치규(金穉奎, 김
기서金箕書)가 술을 보냈다.

황성현 감무 벼슬을 그만두며

황성현 고을살이도 이제는 꿈같구나
뜨고 지는 동헌의 달 열여덟 번 맞이했네.
옥살이나 다름없이 간고한 시련 겪었으니
나는 듯이 돌아가서 북악 밑에 쉬자꾸나.

黃城一局夢碁翻　簾月虧盈十八番
眞住獄中經劫盡　浩然歸臥北山樊

■ 정축년(1817) 10월에 부임해서 기묘년(1819) 3월에 벼슬을 그만두고 돌아왔다. 벼슬을 그
만둔 뒤에 지은 것이 열 수다.

부끄러움

민생인가 국방인가 옛사람 말이 있나니
고을 맡고 근심 나누는 그 뜻이 깊어라.
세 해 동안 벼슬살이 작은 힘도 못 바쳤네.
나라 은혜 저버린 이내 얼굴 뜨거워라.

繭絲保障古人言　字牧分憂意有存
三年未效涓埃力　慚愧微臣負聖恩

■ 새로 온 감사 박종경朴宗京은 우리 집과 대대로 사이가 나쁜 사람이다. 그래서 전 감사에
게서 말미를 받아 가지고 결연히 돌아가기로 마음먹었다.

봉림동에 이르러

아름다운 이곳 풍경 뜻 두고 못 온 것은
고을살이에 몸이 매여 겨를이 없음이라.
봉림동 삼십 리에 내 지금 이르렀노라
벼른 지 오래여도 구경 한번 못 하였네.

烟霞泉石莫相謀　見在因緣缺陷留
身到鳳林三十里　經營未得一番游

■ 봉림동鳳林洞은 읍에서 30리인데 지난해 봄부터 한번 구경 오자 하였으나 뜻을 이루지 못
하였다.

늙은이들과 작별하며

늙은이들 수레 잡고 눈물지며 이르는 말
백성들 복이 없어 좋은 원님 보낸다고.
이제부터 두마장 장마당 한길에는
옛날처럼 대낮에도 이리 떼 싸다니리.

父老攀車涕泗流   生靈無福送賢侯
從今荳市場邊路   依舊豺狼白晝游

■ 두마장荳磨場은 토호들이 제 마음대로 행패질을 하며 재물을 빼앗아 내는 곳으로 이 고을
에서는 첫째가는 우환거리였다.

풍뢰헌

토호들을 추려 내고 드센 놈 억누르기
어렵다고들 하지만 남의 낯만 쳐다보는 탓
나라 은혜 보답하자 한 가지 생각 끝에
'풍뢰헌' 큰 액자를 동헌에 붙였네.

鋤豪抑强或云難　只好傍人外面看
報答天恩惟一事　風雷額宇大於盤

■ 동헌에 옛날에는 현판이 없었는데 내가 "위에서 덜어 내어 아래에 보태다."는 옛글의 뜻
을 따서 '풍뢰헌風雷軒'이라는 편액을 써 붙였다.

감나무

가을 오니 뒷동산에 감 열매 주렁주렁
주황, 홍, 청색 고운 감 알 한꺼번에 무르익네.
개태골 위쪽에 삼천 그루 감나무
어찌하면 가지고 가 한양에 심어 볼꼬.

秋後名園柹實光　朱黃紅碧一時香
上開泰谷三千樹　安得携歸種漢陽

■ 고을에서 나는 감에 이름난 품종이 몹시 많다. 개태사開泰寺 옛 절터에 인가들이 많은데
감을 심어 살아간다. 그 감 맛이 아주 좋다.

포도나무

동짓달에 옮겨 심은 푸른 빛깔 포도나무
도 별감의 요구대로 높은 값 준 것일세.
청명 때에 덕을 매고 올리리라 하였더니
그윽한 그 취미를 이젠 남에게 주었구나.

仲冬移植碧蒲桃　都別監家索價高
準擬淸明初上架　公然幽趣付凡曹

■ 별감 도중환都重煥의 집에는 자색, 검은색, 청색 세 가지 포도나무가 있었는데, 한 가지씩
을 사다가 뜰 앞에 꽂았더니 다 살았다.

월은암 풍경 소리

처자들 짐을 꾸려 서울로 보냈더니
할 일 없는 내 한 몸 중이 된 듯 한가하네.
깊은 밤 홀로 앉으니 내 집 풍경 잠잠컨만
월은암 절간에선 경쇠 소리 울려오네.

除却妻兒送洛京　老禪無事一身淸
夜深獨坐簷鈴靜　月隱庵西泛磬聲

■ 관가 문서를 다 정리한 뒤 처자들을 먼저 서울로 보냈다. 월은암月隱庵은 읍 뒤에 있는 절
간 이름이다.

[상원리곡上元俚曲]

— 상원리곡은 대보름의 풍속을 읊은 시로 원래는 모두 25수인데, 이 책에는 17수를 옮겨 실었다.

약밥

찹쌀 쓿어 밥 지을 제 곶감 대추 한데 넣고
하얀 잣 달콤한 꿀 골고루 섞는다네.
집집마다 약밥 짓기 이제는 풍속 되니
까마귀의 제사 대신 조상 제사에 드린다네.

柹餠棗膏稬鑿宜　海松子白蜜如脂
家家藥飯成風俗　不祭烏神祭祖祠

▪ 신라 소지왕炤智王이 정월 보름날에 찰밥을 지어 이른바 신령스러운 까마귀에게 제를 지내 까마귀의 은혜를 갚았다. 후세에 와서 우리 나라에서는 이것이 명절 음식이 되어 조상의 제사상에 오른다.

부럼 깨물기

호두와 밤을 깨물면 이빨이 든든하고
부스럼이 말랑말랑 터져 낫는다네.
정말로 이 때문에 온갖 종처 없어지면
침쟁이 의원 없어도 한생을 잘 살련만.

胡桃鬻栗養牢牙　嚼破瘡臍頓似瓜
假使天神依此呪　瘴鍼醫絶好生涯

- 우리 나라 풍습에 보름날 아침 마른 호두와 생밤을 씹으면서 '부럼 깨물기' 라 하기도 하고 '이 굳히기' 라고도 한다.

귀밝이술

촌 할머니 빚은 술 빛깔도 먹음직해
간밤에 향기 풍겨 처음으로 봉지 뗐다네.
이 술 한 잔 사 마시면 귀가 밝아진다기에
첫새벽에 마셨더니 가슴만 얼어 드네.

村婆甕釀鴨頭濃　昨夜香泥肇坼封
沽得一盃聰耳釅　五更三點冷澆胸

▪ 우리 나라 풍속에 정월 보름날 새벽에 찬술을 한 잔 마시면서 '귀밝이술' 이라고 한다.

널뛰기

널다리 저편에서 처녀들 널뛰는데
언닌 높이 오르건만 동생은 낮기만 해
제힘이 모자라서 그런 건 생각 못 하고
언니만 못하다고 옹알옹알 말질일세.

隣丫跳板板橋西　阿姊全高阿妹低
不念兒家身忒健　喃呢罵姊苦難齊

■ 정월 대보름날 처녀애들은 긴 널판자를 볏짚 베개 위에 올려 놓고 두 끝을 밟으며 서로 뛰면서 놀이를 하는데 높이 오르면 이기는 것이다.

처용과 액막이 돈

사금파리 모아다가 동글동글 다듬어서
구멍 뚫고 끈을 꿰니 돈 꾸러미 비슷해라.
처용 귀신 실컷 먹고 이 밤으로 떠나가소.
마을 애들 처용에게 액막이 돈 던져 주네.

拾破陶甀鑿得圓　貫條恰像孔方穿
處容飽喫今宵去　嬴補村兒度厄錢

■ 짚을 묶어 처용 신의 모양을 만들고 배에다가 떡이나 밥, 돈, 패물을 넣고 버리면서 '액막
이'라고 한다. 가난한 집에서는 사금파리로 돈 모양을 만들어서 돈 대신에 넣는다. 처용
은 신라 사람이다.

더위팔기

뙤약볕 내리쬐면 세상 만물 다 탈까 봐
더위 귀신 보낸다고 더위 주머니 만들어 던져 주네.
그 주머니 주운 애들 앞 동네로 달려가며
유 상주 집 찾아가서 더위 팔고 돌아오네.

火傘張紅潑湯灰　祝融行處暑囊堆
樵靑拾取村東去　兪尙州家賣得廻

■ 대보름날에 더위를 파는 풍습이 있다. 나는 장난삼아 운루雲樓 유자범兪子範에게 더위를
팔았다. 그리고 글을 지어 문단의 한 웃음거리로 삼으려 한다.

묵은 나물

호박고지 말린 가지나물 쪼갠 오이 절임 들
후춧가루는 매운데 나문재는 향기롭구나.
소반 위에 벌여 놓은 갖가지 나물 음식
마마 앓이 안 한 아이 못 먹도록 말린다네.

胡瓠蠻茄劈片瓢　火椒酷烈海紅香
村盤亂擺陳澆茱　最忌兒孫不教嘗

■ 지방 풍속에 정월 대보름날에는 말려 두었던 묵은 나물들을 먹는데 '남새밭 나물' 이라 하
여 온갖 나물들을 다 갖추어 놓는다. 그런데 마마를 앓지 않은 아이들은 먹지 못하게 한다.

다리밟기

지네발인 양 긴 다리 장안에 몇 곳인가
갓 갠 하늘에는 한 점 티끌도 없네.
구름처럼 떼를 지어 모여 오는 저 남녀들
다리 한번 밟고 나면 온갖 병을 쫓는다네.

蚰蝮長橋幾處嵬　新晴天氣瀞無埃
如雲士女成郡隊　百病消磨走一回

■ 이날 밤, 곧 정월 보름날 밤 장안의 남녀들이 무리를 지어 광통교에서 시작하여 성안의 돌
다리들을 두루 밟아 건너는데 이것을 '온갖 병 쫓기'라고도 하고 '답교놀이, 다리밟기'라
고도 한다.

연띄우기

영성위 죽은 뒤로 옛 풍속 드물어져
흰 비단실 감은 얼레를 못 볼레라.
마을 애들 용케도 옛 모양 흉내 내어
무명실로 연줄 삼아 종이 연을 띄운다네.

永城尉後古風稀　不見繰車白索圍
祇敎村童依樣好　棉絲齊放紙鳶飛

▪ 이날 풍속으로 종이 연을 띄운다. 영성위永城尉 신광수申光綏는 영조 왕의 사위로 흰 비
단실을 얼레에 감아 연줄을 하였는데 한때 그런 연줄이 제일 좋다고 하였다.

쥐불

밤새도록 놓은 쥐불 붉은 화염 춤을 추며
남새밭 콩밭 두둑 골고루 다 태우네.
더벅머리 촌아이들 좋아라고 손뼉 치며
올해에도 들쥐새끼 모두 죽여 치운다네.

野火通宵紫燄飄　菜畦荳壟一齊燒
街髫拍手歡何事　殺盡今年鼠喙鰲

■ 시골 풍속에 이날 밭두둑에 불을 놓으며 '쥐 주둥이를 불사른다'고 한다. 더러 정월 첫 번째 자일子日에 하기도 한다.

밧줄 당기기

말총이랑 소꼬리 털 섞어 돌려 꼬아 놓고
기와 조각 매달고서 엇걸어 겨룬다네.
네가 세나 내가 세나 따져서 무엇 하랴
먼저 끊어 놓는 쪽이 상대방 이긴 거지.

馬鬣牛氂匝錯聯　縛來瓦片鬪交絃
吾强爾弱何須較　先斷方稱勝一偏

■ 시골 아이들이 말총이나 소꼬리 털끝에 기와 조각을 매고 서로 겨루기를 하는데 이것을
'밧줄 당기기' 라고 한다. 먼저 끊는 쪽이 이긴다.

달맞이

촌 늙은이 저녁녘에 술 잔뜩 마시고서
서로서로 부축하며 산에 올라 달구경하네.
지난 경험 있거니 후박과 높낮이도 가늠하소
올해의 산골 농사 벌방 농사 못지않겠는지.

村翁斗酒夕陽天　扶醉登高看月圓
厚薄高低前驗在　峽農爭似野農便

■ 나이 든 농사꾼들은 달을 보고 그해 농사 형편을 짐작한다. 달이 두터워 보이면 풍년이 들
고 얇아 보이면 흉년이 든다고 하며 달이 높은 곳에서 솟아오르면 산골 농사가 잘 되고 낮
은 데서 떠오르면 벌방 농사가 잘 된다고 하는데 가끔 맞는 때가 있다.

과일나무 시집보내기

알맞춤한 돌멩이를 전날 밤에 모았다가
첫닭 울자 과일나무 시집을 보낸다네.
해마다 늙은 살구나무 새서방을 맞지마는
태지 않은 아이를 난들 어찌하리오.

瓦礫前宵拾得多　雞鳴嫁樹占交柯
年年老杏迎新壻　四柱無兒奈爾何

■ 지방 풍속에 닭울녘에 돌멩이를 과일나무의 밑동 위의 갈라진 두 가지 사이에 끼워 놓고
서 '과일나무 시집보낸다'고 하는데 이렇게 하면 열매가 많이 열린다고 한다.

첫 달 보기

정월 대보름날 밤 유난히 달 밝은데
저 달을 먼저 보면 아들을 낳는다네.
이것이 웬일인가 앞마을 늙은 처녀
남몰래 돌아서서 말없이 눈물짓네.

元宵月色劇淸圓　先見生男古老傳
底事南隣老處子　背人無語淚泫然

■ 항간에서 전하기를 정월 대보름날 저녁 남 먼저 달이 뜨는 것을 보면 아들을 낳는다고 한
다. 나이 젊은 아낙네들은 떼를 지어 다투어 가며 달을 먼저 보려 한다.

용알 건지기

여염집 아가씨들 초록색 깁저고리 입고
사립 밖에 모여 서서 소곤소곤 이르는 말
"우리 함께 동이 이고 시냇가에 달려가서
용알을 한가득 떠 가지고 돌아오세나."

閭閻閣氏綠紬衣　細語噥噥集竹扉
約伴携甄溪上去　手撈龍卵滿擎歸

- 대보름날 저녁 여인들은 무리를 지어 동이를 들고 시냇가에 나가 물에 어린 달을 건지듯
물을 길어 가지고 돌아오는데 이것을 '용알 건지기'라고 한다.

풍년 빌기

시래기에 쌈을 싸니 김쌈 맛에 진배없어
온 식솔 어른 아이 둘러앉아 쌈을 먹네.
쌈 한 입에 열 섬씩 세 쌈이면 서른 섬
올가을엔 돌밭에도 풍년이 들게 되리.

熊蔬裹飯海衣如　渾室冠童匝坐茹
三嚙齊呼三十斛　來秋甌裏滿田車

■ 촌집에서는 묵은 배추 잎이나 김 또는 김장 배추 잎에 밥을 싸서 한 입 먹고는 '열 섬' 이라
부르고 두 입 먹고는 '스무 섬' , 세 입 먹고는 '서른 섬' 이라고 불렀는데 이것을 '풍년 빌
기' 라고 한다.

돌팔매 싸움

깃 빠진 화살 먹여 허공 향해 쏴 올리면
돌팔매질 시작되어 밤새도록 승부 겨루나니
여기에도 적을 치는 신통한 묘리 있어
솜씨 있는 장정들은 장원[1] 동쪽에 숨겨 두네.

沒羽箭來打箇空　終宵飛石鬪孱雄
此中亦寓孫吳意　精銳先埋掌苑東

■ 마을 장정들이 모여 편을 나누어 가지고 돌팔매질 싸움을 하는데 이것을 '편싸움' 또는
　'돌싸움'이라고 한다. 의금부와 포도청의 순라군들이 돌면서 이것을 못하게 한다.
1) 장원서掌苑署를 말한다. 장원서는 궁중의 정원을 관리하는 일을 맡은 관청.

'간성춘예집' 뒤에 쓴다
題艮城春囈集卷後

  옛날에 아버지의 친구인 신해원辛解元이란 분이 매번 하루의 일을 한 연의 시로 기록하곤 하였다. "세 그루 회화나무가 있는 곳은 왕승상의 집이요, 다섯 그루 버드나무가 있는 데는 도연명의 집이로다.", "만 그루 나무들은 한여름을 맞이했고, 수많은 산봉우리 큰 늪을 에둘렀네.", "한평생 바른 일만을 찾아했거니, 만 번 죽더라도 횡성에 가 닿으리.", "허리 굽혀 푸른 기와 바라보노니, 저곳은 아마도 부잣집이리."와 같은 시들을 지었는데, 모두 정교로워 볼만하였다.

  그가 세상을 떠나니 집안은 가난하고 자식들은 변변치를 못해서 지어 놓은 글들이 모두 전해지지 않는다.

  황산에 있을 때 날마다 절구 한 수씩을 지어 그날 일들을 기록하곤 하였는데 시어가 속되어 볼만한 것은 못 되었다. 벼슬을 그만두고 돌아오면서 정리해 보니 잃어버린 것이 절반을 넘었고 남은 것은 얼마 없었다. 그러나 버리자니 아까워서 대충 차례를 정하여 총서 안에 넣고 훗날에 심심풀이 삼아 읽을 글로 삼으려고 한다.

  경진년(1820) 9월 9일 임술일에 담옹은 쓰노라.

일곱 사람 이야기

─ '단량패사丹良稗史' 에서 ─

천문 기계의 달인, 이민철
李安民傳

이민철李敏哲은 문정공文貞公 이경여李敬輿의 아들인데, 자를 안민安民이라고도 하고 영중英中이라고도 하였다. 그는 어머니가 미천하였다.

민철은 어려서부터 기묘한 생각을 잘하였다.

처음에 동래 사람이 문정공에게 자명종을 선물하였는데 문정공은 그것을 늘 책상 위에 놓아 두었다. 민철이 아홉 살 때였다. 그는 사람들이 없을 때 자명종의 못을 뽑고 기계가 움직이는 것을 살펴보고 나서 도로 맞추어 놓고는 참대못을 깎아 가지고 기름 먹인 종이로 그대로 만들어 놓았는데 조금도 차이가 없었다. 이민철은 이때부터 음양학을 연구하였다. 그는 천문기상 기구들과 음악에도 조예가 깊었고 천문, 역서, 수학, 복술 등 그 어디에도 정통하지 않은 것이 없었다.

민철은 성질이 온순하고 속된 사람들과 사귀기를 좋아하지 않았다.

문정공이 옥주沃州에서 고을살이를 할 때 이민철이 따라가 있었다. 거기서 그는 기구를 만들었다.

상 위에 물길을 내고 물길들마다 그릇을 달아매었다. 그릇에는 분, 촌의 눈금이 있었는데 물이 길을 에돌아 그릇 안에 떨어지게 했다. 그리고 시각을 열둘로 나누어 놓았다. 참대와 구리로 누기(漏器, 물시계)를 만들었는데 기계를 설치하여 그것을 물로 움직이도록 하였다. 나무로 인형 열두 개를 만들고 사람마다 구리 패쪽을 달아 놓아 매번 시간이 되면 시간 수만큼 종을 치다가 시간이 다 되면 들어가게 만들었다.

의주 부윤 정약鄭鑰이 소문을 듣고 만들어 달라고 청하여 새로 만들었는데 옥주에서 만든 것보다 더 정교로웠다.

처음 흠경각欽敬閣은 경복궁 안에 있었는데 궁궐이 불에 탔다. 광해군은 찬성 이충李沖에게 다시 흠경각 공사를 맡아보도록 하여 창경궁 서쪽에 흠경각이 새로 섰다. 그것은 대체로 다음과 같다.

흠경각 안에 산을 만들어 산 위에는 해와 달을 배치하고 산 중간에는 천녀와 신녀들을 설치하였으며 산 아래에는 밭 갈고 씨 뿌리고 김매고 가을걷이하는 농장기들을 벌여 놓았다. 해는 아침에 동쪽에서 솟아올라 저녁이면 서쪽으로 들어갔으며 봄이면 씨 뿌리고 가을이면 거두어들이게 되어 있다. 기계는 밑에 있는데 물로 움직이게 하였다.

오랜 세월이 지나 흠경각은 폐허로 되고 그 땅은 만수전萬壽殿 터로 되었으나 보루각報漏閣은 여전히 동쪽에 있다. 그런데 기계들이 모두 못 쓰게 되어 다시는 알아볼 수 없게 되었다.

현종 기유년(1669)에 문정공文正公 송준길宋浚吉이 옛 제도를 회복하자고 조정에 말해서 관상감에 담당 부서를 설치하여 이민철에게 그 일을 맡아보도록 하였다. 그때 만든 기구는 다음과 같다.

큰 궤짝을 만들고 물통과 영도¹⁾와 기관機關은 그 안에 넣었다. 궤짝 남쪽에는 혼의[2]와 육합,[3] 삼신[4]을 옛날에 만들었던 것처럼 만들었는데 다만 사유[5]에 관한 관측기구와 흰 단선으로 된 둘레는 없애 버렸다.

해와 달은 저마끔 다니는 길이 있고 종이에 산과 바다를 그려서 지평선으로 삼아 중간에 매 놓았다. 물통을 따라서 기계를 설치하고 그것을 남극 북극 두 축 가운데 매 놓아 그 힘으로 둥그런 하늘을 움직였으며 해와 달은 각각 느리고 빠르게 움직여서 자기의 속도가 있었다.

궤짝 서쪽에는 하나의 감실을 만들고 감실 안에는 나무로 인형을 만들어 놓았으며 인형 곁에는 종이 있고 종 위에는 패쪽이 있는데 매번 시간이 되면 인형이 패쪽을 들고 종을 치는데 앞의 인형이 들어가면 뒤의 인형이 나왔다. 궤짝 위에는 물그릇이 있고 물이 조금씩 통으로 흘러 들어가는데 무릇 안팎의 기계들은 모두 다 물의 힘으로 움직였다.

공사가 끝나자 현종은 몹시 기뻐하며 이민철에게 벼슬을 주었다.

숙종 무진년(1688)에 영원 군수로 있던 이민철이 다시 소환되어 기계를 만들어 희정당熙政堂 남쪽에 있는 제정각齊政閣에 설치하였다. 이때 민철은 더 늙었다.

---

1) 영도鈴道는 어떤 물건이 한자리를 따라 움직이도록 하기 위하여 만들어 놓은 궤도.

2) 혼의渾儀는 천체를 관찰하고 연구하는 데 쓰는 기구.

3) 육합六合은 하늘과 땅과 동서남북 사방을 통틀어 이르는 말이다.

4) 삼신三辰은 해와 달과 별.

5) 사유四游는 하늘에서 육안으로 볼 수 있는 별자리들인 28수 외에 동, 서, 상, 하로 1만 5천 리의 공간을 이르는 말이다.

그는 매양 이렇게 탄식을 하였다.

"나라에서 천문 기상에 관한 일을 완비하려면 옛날의 보루각報漏閣에다 집은 그대로 이용하고 기계들을 설치하면 된다. 그러면 나는 있는 재주를 다해 볼 수 있겠는데……."

이민철은 남달리 총명하여 한 번 눈으로 본 것은 잊어버리지 않았다. 일찍이 고을살이를 할 때 고을 안의 군사 문서와 토지대장에서 숫자들을 한 번 보고는 다 외워 버려 아전들이 속임수를 쓸 수 없어서 모두 그를 귀신처럼 여겼다.

이민철은 늙은 뒤에 십여 편의 글을 지어서 자기가 생각하고 있는 것을 후세에 전하였다.

그가 원과 회가 소멸하고 장성하는 수〔元會消長之數〕를 말하는 것을 보면, 날이 원으로 되는데 원의 수가 한 달이면 회가 되고 회의 수가 12성星이면 운運이 되고 운의 수가 360신辰이면 세世로 되며 세의 수가 4,321원으로 도합 12만 9,600년 4,320세 360운 12회다. 이것은 다 소옹의 《경세서》[6]를 인용하여 말한 것이다.

사상[7]에 대한 설명에서는 본체와 활용이 대부분 같지 않다. 또 그가 음률에 대하여 말하는 것을 보면 한나라 선비들의 견해를 주로 내세우면서 채씨蔡氏와는 맞지 않는다. 지리풍수설, 복술, 의약 같은 것에 대하여서도 자기 나름의 논술이 있었으나 그가 죽자 자손들이 거두지 않아 지금은 다 없어지고 말았다. 이안민은 참말 기이한

---

6) 《황극경세서皇極經世書》의 준말. 《황극경세서》는 송나라 사람 소옹邵雍이 만든 천문에 관한 책이다.
7) 사상四象은 동양 철학에서 만물의 시초라고 하는 음과 양이 변화된 형태, 곧 태양, 태음과 소음, 소양을 합쳐서 이르는 말이다.

인재였다.

대체로 사람들이 재주를 가졌을 때는 쓰이기를 생각하게 마련이다. 그렇지만 이안민과 같은 사람이야 어찌 그 재주를 다 써 먹었다고 할 수 있으랴.

세상에는 애당초 재주를 지닌 채 부질없이 우울하게 지내다가 죽는 사람들도 있다. 이렇게 놓고 본다면 이안민은 재주를 세상에 써 보았다고 말해도 괜찮을 것이다.

옛날 태곳적에 고양씨高陽氏는 중려重黎를 명령하여 천문, 역상을 살피게 하였고 당요唐堯는 희화羲和에게 물어서 천문을 돌보았으며 우순虞舜은 천문에 관한 계기들을 만들었으니, 이것은 임금 된 자가 우선 힘써야 할 일이다.

요즈음에 이르러 왕도가 없어지면서 천문에 관한 정사도 폐지되었다. 다행히 이안민과 같이 뛰어난 재주를 지닌 사람이 나타났다. 그러나 세상 양반들은 그를 장인바치나 수레 만드는 사람에게 비하면서 재주를 천시하였으니, 슬픈 일이다.

그러나 이안민은 위로는 거룩한 임금의 지우知遇가 있었고 아래로는 어진 신하의 추천이 있어서 조금 재주를 펴 볼 수 있었다. 그러니 어찌 세상에 쓰이지 못하였다고야 말할 수 있으랴.

전에 나의 벗인 이유산(李桞山, 이우신) 선생이 나에게 편지를 보냈다.

"우리 가문에 진사로 이름을 이재李材라고 하는 사람이 있소. 그의 조상은 문정공文靖公의 서동생인데 성품이 소탈한 데다가 특이한 기질을 가지고 있소. 그는 일찍이, '나는 젊어서 부질없이 옛날 사람들 가운데서 일찍 높은 벼슬에 오른 사람들을 부러워하며 나도 그렇게 되기를 바랐소이다. 그러나 매양 한번 실패를 겪고는 그런 생각을 문득 고쳐먹곤 하였는데 저 감라,[8] 등우[9] 이하 사람들에게서 몇 번 생각을 고쳤는지 모르외다. 이제는 강태공[10]이나 바라보았지 그밖에는 더 바랄 것이 없게 되었소이다.' 하였소. 이 말이 우스갯소리 같지만 여기에는 크게 되새겨 볼 것이 있소."

이재 같은 사람도 기특한 사나이라고 말할 수 있다. 그러나 우리나라 사람들은 문벌을 중히 여겨서 이안민과 같은 사람도 다 등용될 수 없었거든 하물며 이재와 같은 사람이랴.

내가 일찍이 이안민이 만든 '수차도水車圖'를 보았는데 왜倭에서 만든 윤차輪車와 다르면서도 더욱 정교로웠다. 이것은 이안민이 고안해서 만든 것이다. 물살이 느린 데서는 사람의 힘으로 돌리고 물살이 빠른 데서는 저절로 돌아가는데 언제나 가물 때면 쓸 수 있게 만들었다. 그런데 세상 사람들은 쓰지 않았고 지금은 그 법도 전해지지 않는다.

---

8) 감라甘羅는 전국시대 진秦나라 사람. 열두 살 때부터 진나라 승상 여불위呂不韋를 섬겼는데 진나라의 영역을 넓히는 데 큰 역할을 했다고 한다.
9) 등우鄧禹는 후한 때 사람. 어려서부터 광무제光武帝 유수劉秀를 따라 출정하여 기이한 책략으로 공을 많이 세우고 당대의 으뜸가는 벼슬아치로 되었다고 한다.
10) 강태공姜太公은 주나라 때 사람. 이름은 여상呂尙. 처음 위수渭水라는 강가에서 낚시질을 하다가 주 문왕을 만났는데 그 뒤로 문왕을 받들어 주나라를 세우는 데 큰 역할을 하였다고 한다.

의원 안찬

安黃中傳

안찬安瓚은 강정왕(康靖王, 성종) 때 의원으로 자를 황중이라고 하였다.

안찬은 의술에 정통하여 의원으로 이름을 떨쳤지만 하도낙서[1]와 기문성위,[2] 음양, 복술 등에도 조예가 깊었으며 성리학도 무척 좋아하였다. 성품이 몹시 효성스러워 당시 이름난 선비들인 정응鄭譍과 기준奇遵이 그를 스승으로 대하였다.

어떤 남자가 저물어서 밖에 나갔더니 두 눈이 갑자기 캄캄해지면서 아무것도 보이지 않았고 자꾸만 두려움증이 나는 것이었다. 안찬이 맥을 보았다.

"눈이란 간의 기관이외다. 간의 기운이 눈에 통하는데 간이 허하면 눈이 멀어지외다. 오래지 않아 꼭 죽을 것이니 급히 간을 보해야겠소이다."

---

1) 하도낙서河圖洛書는 옛날 중국의 전설적인 존재인 복희씨伏羲氏가 임금 노릇 할 때 만들었다는 참서들이다.

2) 기문성위奇門星緯는 옛날에 천문, 기상을 보고 세상 형편을 판단하고 이른바 둔갑술을 써서 몸을 숨긴다는 내용을 적은 글들을 말한다.

그는 이렇게 말하더니 '보간환補肝丸'을 쓰도록 했는데 날마다 2백 알씩을 써서 몇 달이 지나자 병이 나았다.

또 어떤 아낙네가 갑자기 아래가 아프더니 조금 있다가 검고 누런 털이 섞인 방석같이 생긴 것이 그리로 솟아나오는데 밤낮 그칠 새가 없었다. 이런 소문을 들은 안찬은,

"털이란 피의 나머지인데 피에 병이 생기면 털이 나는 법이오. 그리고 기란 것은 피를 거느리고 있는 장수라고 할 수 있소. 피는 기에 의하여 유통되는 만큼 마땅히 피를 보하고 기를 눌러야 할까 보오."

하더니, 당귀 떡을 먹으라고 하였다. 그것을 먹자 곧 효험이 있었다.

또 한번은 어떤 여인이 아침에 이를 닦으려니 혀끝에서 피가 나는데 온종일 그치지를 않았다. 안찬은,

"빨리 '용뇌소합환龍腦蘇合丸'을 써야 하리다."

하였다. 과연 그 약 네 알을 먹었더니 피가 멎었다.

사람들이 그 까닭을 물었다.

"피란 심장에 속하는데 열이 나면 끓소이다. 저 아낙네는 너무 지나치게 마음을 썼소이다. 생각이 극도에 달하면 기가 열을 내고 열이 피를 끓게 하여 혀뿌리로 솟아오르는 것이외다. 피가 없어지면 심장이 허해지고 심장이 허해지면 객기客氣와 사기邪氣가 살아나니 그렇게 되면 죽지 않을 수 없으리다. 심장을 치료해서 열을 없애면 그 피도 스스로 멎으리다."

안찬은 서슴없이 이렇게 대답하였다. 그의 의술이란 대체로 이러루한 것들이었다. 이러한 의술로 하여 그는 이름을 떨쳤고 병을 보이러 오는 사람들이 골목을 메우고 떠드는데, 날마다 몇 백을 헤아렸다.

안찬은 그들을 다 하나처럼 정성껏 돌봐 줄 수가 없었다. 그러자 비방하는 목소리가 칭찬 못지않게 많아지고 같이 의술로 살아가는 사람들이 모두 질투하기 시작하였다.

중종 기묘년(1519)에 사화가 일어나자 안찬도 잡혀서 고문을 당하였다. 굴복하지 않아 매 백 대를 맞고 말에 실려 가다가 연서역에 이르러 죽었다.

아, 기묘년의 재난은 참혹하였다. 그때 사대부로서 온 집안 식구가 목을 늘인 채 죽임을 당한 자가 몇 십, 몇 백이었으며, 비록 의원이나 장인바치처럼 제 재주로 밥을 벌어먹으면서 조금이라도 선하다는 말을 들은 사람이라면 누구나 죽음을 면하지 못하였다.

슬프다. 그때 어떤 어진 사람 하나가 피쟁이[3] 노릇을 하면서 자신의 명예를 더럽히며 살아가고 있었다. 문정공文正公 조광조趙光祖가 그와 친하게 지냈는데 그가 어질다는 것을 알아 때때로 찾아가서 함께 밤을 지내기도 하였다.

조광조가 그에게 당시 일을 물었더니 그는 이렇게 말하였다.

"그대의 재주는 한 나라를 다스릴 만하오이다마는 너무 굳으면 쉽게 부러지는 법이외다. 지금 임금이 그대를 등용한 것은 한갓 그대의 이름을 빌렸을 따름이옵고 그대의 재주를 알아본 때문이 아니오이다. 혹시 소인배들이 기회를 보다가 무함한다면 그대가 죽음을 면할 수 있으리까."

조광조는 잠자코 있었다. 그에게 벼슬을 권하기도 하였건만 그는 응하지 않았다. 사화가 일어나자 피쟁이는 어데로 갔는지 알 수 없

---

3) 가죽을 이기거나 이긴 가죽으로 물건을 만드는 일을 업으로 하는 사람.

었다.

아, 장인바치도 세상 물정에 통달한 사람이었다. 안찬은 어질다고 칭찬할 수는 있어도 세상을 보는 안목은 피쟁이에게 미치지 못하는 사람이었다.

나는 이런 사실이 잊혀지고 전해지지 않을까 두렵기 때문에 전기를 쓴다.

고 수재 이야기
賈秀才傳

'고 수재賈秀才'라는 사람은 어디 사람인지 알지 못한다. 늘 적성
현의 청원사淸源寺에서 살면서 오가며 말린 물고기를 팔아 살아간다.

키는 여덟 자를 넘고 머리는 땋아 드리웠는데 얼굴은 몹시 검다.

사람들이 간혹 이름을 물으면,

"내 성은 '하늘 천' 자이고 이름은 '따 지' 자이며, 자는 '검을 현,
누를 황' 현황이오."

하고 대답하여, 물어본 사람이 허리를 꺾고 웃음을 터뜨리게 한다.
이름을 그냥 대라고 조르면,

"나는 장사꾼이니 내 성은 '장사 고', 고라고 할까."

한다.

그래서 절간 안에서는 다들 그를 '고 수재'라고 불렀다.

매일 아침 일찍이 일어나 마른 물고기를 걸머지고 멀고 가까운 마
을로 팔러 나가는데 날마다 동전 쉰 닢을 얻어 들이면 그것으로 술
을 사서 마시고 평생 밥이라고는 먹는 일이 없다.

청원사는 고을 남쪽 외딸고 조용한 곳에 있는데 고을 안의 여러
선비들이 그곳에 방을 빌려 가지고 글을 읽었다.

평평 쏟아지던 눈이 갓 멎은 어느 날이었다.

고 수재는 진흙탕에 빠져서 지저분하게 더러워진 발을 가지고 그대로 방에 들어와 선비들 사이에 끼어 앉았다. 선비들이 그것을 보고 화를 내어 꾸짖으니, 고 수재는 눈을 흘기면서 입을 열었다.

"너희들 위엄은 진 시황보다 더 높건만 장사꾼인 나는 여불위만 못하니 두렵구나, 두려워."

말을 마친 그는 그 자리에 꼬꾸라져서 코를 골았다.

선비들은 더욱 화가 나서 중들더러 그를 끌어내라고 하였다. 그런데 어쩌나 무거운지 중들은 들 수가 없었다.

이튿날이었다.

부처를 모신 전각 위에서 어떤 사람이 '이별하고 멀리 떠나노라〔遠別離〕'라는 이태백의 시를 읊는데 목소리가 몹시 맑았다. 여러 선비들이 가 보았더니, 고 수재였다.

이상한 생각이 든 선비들은 고 수재를 붙들고 물었다.

"시를 지을 줄 아는가?"

"아오."

"글씨도 쓸 줄 알고?"

"알고 말고."

선비들은 그에게 붓과 종이를 주면서 글을 지어 보라고 하였다.

고 수재는 벼루 위에다 미친 듯이 먹을 갈더니 왼손으로 모지라진 붓에 먹을 찍어 가지고 종이 위에 초서를 나는 듯이 갈겨쓰는 것이었다.

　　푸른 산 좋구나
　　푸른 물도 좋구나

푸른 물 푸른 산

십 리라 먼 길

고기 팔아 술 사 들고 돌아오거니

백 년 세월 이 산속에 길이 살리라.

靑山好綠水好 綠水靑山十里道

賣魚沽酒歸去來 百年長在山中老

다 쓰고 난 그는 붓을 던지더니 껄껄 웃기를 마지않았다.

글자의 획이 고산孤山 황기로黃耆老[1]의 필체와 흡사한지라 선비들은 그제야 정중히 대하고 공경하면서 다시 쓰기를 간청하였다. 그러나 그는 노여워하며 짜증을 낼 뿐 더는 쓰려고 하지 않았다.

한번은 몹시 취한 고 수재가 복어를 가져다가 석가여래 부처의 상 위에 놓고 두 손을 마주 대고 절을 하였다.

그것을 본 중들이 깜짝 놀라서 쫓아내려고 하였다. 그러자 고 수재는 중들에게 말을 걸었다.

"너희들은 불경을 읽지 않는가 보구나. 불경에 여래부처가 복어를 씹어 먹었다고 하였더라."

그 말을 들은 중 하나가 물었다.

"어느 불경에 그런 글이 있소?"

"《보리경菩提經》에 있더라. 내 외울 테니 들어 보아라."

고 수재는 부처의 앞 상 밑으로 가서 두 무릎을 마주 틀고 앉더니 이야기를 시작하였다.

---

1) 16세기 이름난 명필이며 학자. 호는 고산 또는 매학정梅鶴亭이라고 하였다.

"여시아문[2]이라. 어느 한때 부처님이 서쪽 바다 한가운데 계셨더니라. 그때 부처님은 여러 중생을 마주하고 파사국婆娑國에서 보내온 큰 복어를 썹었더니라. 그러자 부처님의 머리 위에서는 천만 길 찬란한 빛발이 퍼져 났더니라. 비구들과 중생들은 부처님을 향해 절을 하고 나서 부처님의 설법을 들었더니라. 부처님은 중생들에게 이르시기를, '이 복어는 큰 바다 속에 있나니 맑은 물을 마시고 깨끗한 흙을 먹고 사느니라.' 하였더니라. 그래서 부처님도 복어를 더없이 맛좋은 것으로 여기시었더니라."

고 수재의 말을 듣는 사람들은 모두 한바탕 크게 웃었다.

고 수재는 절에서 한 해 남짓하게 살다가 떠나갔다.

고 수재의 사람됨은 참말 이상도 하다. 그처럼 기특한 재주와 남다른 뜻을 지니고서 어찌하여 스스로 미친 듯한 행실을 하여 사람들로 하여금 얼떨떨하여 그 까닭을 알지 못하게 하였던고. 그는 옛날 이른바 '은군자隱君子'와 같은 부류의 사람이었던가.

구성駒城에 사는 정鄭씨 아재비가 여릉으로 나를 찾아왔다가 그 일을 자세히 이야기하기에 내가 찾아가서 만나 보려고 절에 가 보니, 그는 떠나간 지 이미 사흘이 되었다.

---

2) 여시아문如是我聞은 불경에서 이야기의 첫머리에 쓰는 글투이다.

유구국 왕세자
琉球王世子外傳

　인조 때 왜인들이 유구국에 침입하여 그 나라의 임금을 잡아 가지고 돌아갔다. 왕세자는 진귀한 보물들을 가지고 왜를 찾아가서 그것을 바치고 아버지를 빼내 오려 하였는데 그만 배가 표류하여 제주 바다 굽이에 와서 닿았다.

　제주 목사 이란李灤이 사람을 보내 배 안을 뒤져 보게 하였다. 보물이란 만산漫山 장막 두 개, 주천석酒泉石 한 개, 흰 앵무새 한 쌍, 수정알 두 개였다. 만산 장막은 거미줄에 옻칠을 발라 만든 것이었고 주천석은 너비가 한 자, 길이가 한 자 두 치, 높이가 넉 자 남짓한 것인데 거기에 맑은 물을 담아 두면 술이 되었다. 앵무새는 왼 발가락으로 비파를 탈 줄 알았고, 수정알은 거위알 비슷한데 밤에 방 안에 놓아 두면 해처럼 밝은 빛을 뿌렸다. 그 밖에도 여러 가지 보물들이 있었는데 모두 신비스러운 것들이어서 알 수가 없었다.

　이란은 그런 것을 알게 되자 탐이 나서 사람을 보내 알렸다.

　"나에게 주천석을 주면 너희를 왜나라로 가도록 보내 줄 테다."

　그 말을 들은 세자는,

　"제가 보물을 아끼는 것이 아니오이다. 지금 부왕이 홀로 잡혀가

하염없이 갇혀 계시는데 보물이 없으면 부왕을 모셔 올 수가 없소
이다. 우리 나라의 치욕은 이웃 나라의 치욕으로도 될 것이오니,
바라건대 이 사정을 애처롭게 여겨 주시오이다."
하였다.

심부름꾼이 세 번을 다녀갔으나 세자는 눈물을 흘리면서 이란의
말을 들으려 하지 않았다. 그러다가 나중에는 자기 나라로 돌아가
다시 보물을 가지고 와서 바치겠노라고 애걸하기까지 하였다.

그러자 이란은 수군을 풀어서 그 배를 에워쌌다. 세자가 붙잡히자
어떤 시중꾼 한 사람이 주천석을 안고 물에 뛰어들어 죽었다.

이란은 배 안의 모든 물건들을 다 빼앗고는 세자를 죽여 버렸다.
세자를 따라 죽은 사람이 십여 명이나 된다.

세자는 죽기에 앞서 입으로 손가락을 물어 피를 내더니 시를 썼다.

　　외진 바다 사람과 말조차 통하지 않으니
　　죽음을 앞둔 이 시각 하늘 불러 무엇 하리.
　　어진 사람 생매장에 어느 누가 대신하랴
　　두 형제 배 탔을 때 도적이 해쳤네.

　　모랫벌에 널린 뼈는 풀에라도 묻히련만
　　고향에 돌아간 넋 조문할 사람도 없네.
　　죽서루 저 아래 출렁이는 바닷물은
　　원한에 목이 메어 만 년토록 흐느끼리.

　　堯語難孚桀服身　臨刑何暇訴蒼旻
　　三良入穴人誰贖　二子乘舟賊不仁

骨暴沙場纏有草　魂歸故國弔無親

竹西樓下滔滔水　遺恨分明咽萬春

앵무새도 세자 곁에서 죽었다.

이란은 유구국 세자를 죽이고 나서 조정에는 변경을 침범한 도적이라고 속여서 보고하였다. 그러나 뒤에 사실이 드러나 이란은 죄를 받고 거의 죽게 되었다.

이에 대하여 논한다.

슬프고 애처롭다, 유구 세자의 일이여. 정녕 애처롭고 슬프구나.

세상에서 이야기하는 사람들은 세자가 자그마한 보물을 아끼다가 위로는 부왕을 맞아 갈 수 없게 되고 아래로는 제 몸마저 보전하지 못하였으니 말할 것이 없다고 하나 이것은 지나친 말이다. 또 이란의 기세로 보아 보물을 주어도 죽을 것이고 주지 않아도 죽을 터인데 죽을 바에야 무엇 때문에 보물을 준단 말인가. 그렇지 않다면야 효성스럽고 어질고 사리에 밝은 세자로서 어찌 차마 보물을 중히 여기면서 자기의 몸은 중히 여기지 않았겠는가. 하물며 그가 살아나기만 하면 부왕을 데려갈 수 있고 나라도 보전할 수 있지 않았겠는가. 세자는 필시 이런 생각을 하지는 않았던 것이다.

이란의 죄악은 대체로 세 가지라고 할 수 있다. 재물을 탐내 사람을 죽인 것이 첫째 죄이고 이웃 나라와 관계를 나쁘게 만든 것이 둘째 죄이며 임금을 속이고 나라를 속인 것이 셋째 죄다.

신하로서 이 세 가지 중 하나만 범하여도 마땅히 죽임을 당해야 할 것이나 그때 사람들은 그를 단죄하는 말 한마디 하지 않아 난폭한 신하가 가만히 앉아서 나라의 녹을 받아먹고 자식들도 부귀영화를 누리게 하였으니, 어찌 슬프지 않으랴.

　가령 유구 사람들이 군사를 일으켜 가지고 바다를 건너 서쪽으로 달려와 두 임금의 원수를 갚으려 하였다면 우리가 무슨 말로 대답하였겠는가. 다행히 유구는 나라가 작고 힘이 약한 데다가 때마침 왜들과 싸우고 있었던 터라, 여기에 생각을 돌릴 겨를이 없었던 것이다.

　이때부터 유구의 사신이 오지 않았다. 아, 이웃 나라에 소문내서는 안 될 일이다.

　지금 임금이 즉위한 뒤 을묘년(1795) 겨울에 유구 사람들이 제주에 이르렀다. 임금은 특명으로 그들을 서울에 불러들였으며 길에서는 역마를 내주게 하였고 경기 감영에서 접대하게 하였다. 그러다가 동지사冬至使인 김희金熹가 중국에 가는 걸음에 예부에 공문을 띄워 그들이 육로로 자기 나라에 돌아갈 수 있도록 하였다.

　아, 성인의 덕이란 이처럼 지극하고 원대한 것이다.

　그때 우리 나라에 왔던 사람은 단 세 명뿐인데 배가 깨져서 아무것도 가진 것이 없었다. 그중 한 사람은 관리인데 성이 미정米政이라고 하였고 두 사람은 사공 같았다. 그들더러 임금의 성씨를 물었더니 정正이라고 하였다. 지난 유구국 세자 때에 벌써 바뀌었다고 하였다.

자루에서 자는 삭낭자
索囊子傳

    삭낭자는 성이 홍씨인데 견성甄城[1]의 거러지다. 새끼를 가지고 자루를 엮어, 다닐 때는 메고 다니고 밤이면 반드시 그 속에 들어가 자면서 스스로 이름을 '삭낭자'[2]라고 하였다. 그래서 사람들도 그를 '삭낭자'라고 불렀다.

    삭낭자는 키가 일곱 자였고 보기 좋은 수염에 얼굴은 백옥같이 희었다.

    누가 그의 나이를 물으면 "스무 살이오."라고 했는데, 다음 해에 물어도 그렇게 대답하였고 십 년이 지난 다음에 물어도 역시 그렇게 대답하였다. 그런데 삭낭자의 얼굴 모습은 조금도 늙지를 않았다.

    늘 해진 적삼을 입고 큰 나막신을 끌며 서울 바닥을 오가면서 쌀을 빌었는데 더러 많이 얻을라치면 다른 거러지들에게 나누어 주었다.

    그는 평생 남들과 이야기하기를 좋아하지 않았고 남의 집에서 자

---

[1] 경기도 포천의 딴 이름.
[2] '삭낭'이란 새끼줄을 엮어서 만든 자루라는 뜻이다. 따라서 '삭낭자'란 그러한 자루를 가진 사람이라는 말이다.

는 일도 없었다.

삭낭자는 밥을 몹시 많이 먹었는데 여덟 말 쌀로 밥을 지어 먹어도 배불러하지 않았고 두 단지의 술을 마셔도 취하지 않았다. 그리고 달포가 지나도록 먹지 않아도 배고픈 줄을 몰랐다.

삭낭자는 바둑을 잘 두었는데 그때에 그를 이기는 사람이 없었다. 그러나 그는 남들과 승부 겨루기를 좋아하지 않았다. 서울 안의 사대부들이 그를 불러서 바둑을 두게 되면 제일 잘 두는 사람과 마주 앉아도 다만 바둑알 한 집을 남기고 이겼으며 제일 못 두는 사람과 마주 앉아도 역시 바둑알 한 집만을 남기고 이겼다. 그래서 그때 바둑을 두는 사람들은 바둑 한 집을 남기고 이기는 것을 '삭낭자의 바둑 솜씨'라고 하였다.

삭낭자는 추위를 타지 않았다. 엄동설한에 바람이 불고 눈보라가 일어 새들이 모두 얼어 죽어도 삭낭자만은 알몸으로 한데에 서 있거나 더러 개울가 자갈밭에 누워서 네댓새씩 잠을 잤다. 깨어나서 일어나면 땀이 흘러 발뒤꿈치까지 질펀하였다.

남이 옷을 주면 받지 않았고, 굳이 주면 그 옷을 받아 입고 저잣거리로 가서 다른 비렁뱅이에게 주어 버렸다.

충익공忠翼公 원두표元斗杓가 포천 원님으로 있을 때 그를 불러들여 후하게 대접하였다. 그에게 음식을 주면 받아먹었지만 말을 걸면 사양하면서 말을 하려고 하지 않았다. 그러다가 얼마 뒤 어데로 갔는지 종적을 감추고 말았다. 어떤 사람이 수십 년이 지난 다음에 관서의 길거리에서 그를 만났는데 옛날과 다름없더라고 하였다.

내가 야사를 보다가 삭낭자의 이야기를 읽고서는 놀라지 않을 수 없었다. 그는 과연 야사 속에 있는 그런 사람이었으나 누구도 그를 아는 사람은 없었다.

그러나 사람에게는 살아가는 도리가 있다. 어찌 꼭 그렇게만 해야 할 것이었으랴.

어떤 사람은 말하기를 삭낭자는 이름난 집안의 자손인데 글도 잘 하였지만 집안이 재난을 만나서 세상 사람들을 피해 다닌다고 하였다. 그 말이 그럴듯하다.

장생 이야기

蔣生傳

    장생이란 사람은 아버지가 밀양 고을의 아전이었다. 장생이 세 살 때 어머니가 죽었다. 그러자 아버지는 첩에게 빠져서 말채찍으로 자식을 때려 죽게 만들어 가지고서는 길바닥에 내나 버렸는데 이웃에 사는 사람이 거두어 주어 다시 살아나게 되었다. 그 뒤 그는 그 집에서 밥을 얻어먹으며 자랐다.

    집주인은 장생의 생김새가 끼끗한 것을 보고 사랑스럽게 여겨서 딸을 주어 안해를 삼게 하였는데 두 해가 지나서 그 딸이 죽었다. 살아갈 길이 더욱 궁색하게 된 장생은 호서와 호남 땅을 두루 떠돌아다녔다.

    소경왕(昭敬王, 선조) 기축년(1589)에 그는 서울에 이르러서 청파의 약방에 머물러 있었는데 약을 파는 사람과 사이가 가까웠다.

    장생은 피둥피둥 살결이 눈처럼 희고 눈동자는 옻처럼 검은데 말 잘하고 웃기도 잘하였다. 늘 붉은 비단으로 만든 겹옷을 입었는데 추우나 더우나 다른 옷을 바꾸어 입지 않았다.

    그는 더욱이 노래를 잘 불렀다. 목소리를 낼 때면 처량하면서도 맑은 소리가 그칠 줄을 몰랐다. 그래서 기생방들에는 그의 발길이

안 가는 데가 없고 낯이 익어 가까이 지냈다. 술을 보면 제 먼저 잔을 당겨서 마시곤 하였는데 술이 얼근해지면 목청을 뽑아 천천히 노래를 불렀다. 그럴 때면 그 노랫소리는 하늘에 사무치는 듯하였다. 그러다가 문득 난간에 기대 서서 자지러지게 슬퍼하면 옆에 있는 사람들까지도 모두 구슬퍼져서 눈물을 비 오듯이 흘렸다.

때때로 소경, 점쟁이, 취바리, 무당, 게으른 선비, 버림받은 아낙네, 비렁뱅이 아이, 늙은 노파를 흉내 내기도 하고 또는 얼굴을 찌푸려서 열여덟 나한[1]의 모양을 지어 보이기도 하였으며 입을 오므리고 피리 소리를 내거나 퉁소 소리, 비파 소리를 내기도 하였고 베 짜는 소리, 물레질 소리와 온갖 새들의 울음소리를 내기도 하였는데 그 소리가 종종 기묘한 고비를 넘길 때면 여러 아가씨들의 웃음을 자아내곤 하였다.

그는 아침마다 길거리에 나가 비렁질을 하였다. 매일 쌀을 서너 말가량 얻어서는 두어 되쯤은 자기가 밥을 지어 먹고 나머지는 모두 다른 비렁뱅이들에게 나누어 주었다. 그러므로 장생이 길거리에 나가면 언제나 거러지들이 떼를 지어 따라다녔는데 사람들은 그가 왜 그렇게 하는지 알지 못했다.

장생은 늘 악공인 이교년李喬年의 집에 가서 놀곤 하였다. 그 집의 여종 하나가 몹시 슬기로워 장생에게서 호금胡琴을 배웠다. 날마다 아침저녁으로 사귀는 사이에 어느덧 두 사람은 친해졌다.

---

1) 불교에서 불법에 정통하여 부처가 되기를 바라는 자를 이르는 말. 아라한이라고도 하는데 보살보다는 낮은 급의 사람들로 부처의 제자들 가운데 있는 5백 명의 나한들 중 18명이 제일 뛰어났다고 한다.

어느 날 여종은 술을 받으려고 거리에 나갔다. 그런데 어떤 애어린 사내 녀석이 곁에서 시시덕거리면서 지근덕거리는 것이었다. 부끄러운 생각이 든 여종은 집으로 뛰어 돌아왔다. 그 바람에 머리에 꽂았던 구슬을 박아 만든 것을 잃어버렸다.

날이 저물어 밖에 나갔던 장생이 돌아왔다. 여종은 울면서 낮에 있었던 일을 이야기하였다.

"쳇, 쥐새끼 같은 놈들. 네놈들이 감히 그런 짓을 해."

이렇게 부르짖고 난 장생은 나는 듯이 어디론가 나가더니 조금 있다가 돌아왔다.

"아가씨, 찾았수다. 나를 따라오시오."

장생은 여종을 데리고 서쪽 거리로 나갔다. 신호문神虎門을 지나서 조금 동쪽으로 가니 빈집이 하나 있었다. 몹시 우람한 큰 집인데 대문은 굳게 닫혀 있었다.

장생은 왼팔에 여종을 끼고 오른손으로 문짝을 밀더니 눈 깜빡할 사이에 뜰 안에 들어섰다. 뜰 한가운데는 단청을 올린 높다란 마루가 있었다. 마루 위에는 촛불이 휘황하게 밝았다.

장생은 여종의 손을 붙들고 마루 위로 올라갔다. 마루 위에는 곱살하게 생긴 두 사나이가 있다가 장생을 맞이하며 절을 하였다.

"장형이 오셨소이까."

"그놈들을 잡았느냐?"

"잡았소이다."

"도적놈들이 어디 있느냐?"

"이미 죽었소이다."

그 말을 들은 장생은 버럭 큰소리를 쳤다.

"너희들은 어째서 내 칼을 더럽히느냐."

장생은 다시,

"이미 죽었다니 어찌할 수 없군."

하고 내뱉더니, 여종의 손을 붙들고 나왔다.

"두 동생은 함부로 나다니지 말게, 경솔하게 처신하지 않는 게 좋아."

장생은 이런 말을 남기고는 나는 듯이 사라졌다. 그러고는 다시 이교년의 집으로 더는 가지 않았다.

그때부터 장생은 차츰 종적을 감추어 산속의 절간에서 묵기도 하고 주막집에 들어가 자기도 하였다.

달포가 지나서 장생은 문득 술 두 말을 사서 그것을 다 들이켜고 한길을 막고 서서 춤을 추며 노래를 불렀다. 그러다가 밤이 깊어지자 수표교 아래에 드러누워 코를 골면서 잤다.

이튿날 날이 밝은 다음에 사람들이 가 보니 그는 이미 죽었다. 시체는 썩어서 구더기가 생겼고 구더기는 날개가 돋쳐 날아가는데 날이 저물어서야 멎었다. 오직 붉은 비단옷으로 만든 겹옷만이 그대로 남아 있을 뿐이었다. 여러 기생집들에서 돈을 내서 그의 시체를 북망산 아래에 묻어 주었는데, 바로 임진년(1592) 사월 초하룻날이었다.

애초에 연화방蓮花坊에 사는 무인 홍세희洪世熹가 장생과 매우 친하게 지냈다.

그달 홍세희는 이일李鎰을 따라 출전하여 왜놈들을 막게 되었는데 군사를 거느리고 영남의 변경으로 가다가 짚신감발에 지팡이를 끌고 오는 장생을 만났다. 홍세희가 말에서 내려 인사를 하니 장생은 전날처럼 손을 붙들고 몹시 기뻐하였다.

"그대는 내가 참말 죽은 줄로 알았소? 난 지금 금강산으로 가는 길이오."

이렇게 말하고 난 장생은 다시 말을 이었다.

"그대가 올해에는 죽지 않을까 보우. 싸움판에 나가면 꼭 산으로 오르고 물에 내려서지 마우. '닭 유酉' 자가 들어가는 해²⁾에는 남쪽으로 가지 마오. 비록 나랏일을 맡은 것이 있더라도 성엘랑은 오르지 마오."

말을 마친 장생은 어데로인지 가 버려 다시는 보이지 않았다. 홍세희는 내심 이상하게 여겼다.

그 뒤 달천 싸움 때 홍세희는 과연 산으로 올랐던 때문에 죽음을 면할 수 있었다.

정유년(1597)에 홍세희는 어명을 받고 문충공文忠公 이원익李元翼에게로 갔다가 돌아오는 길에 성주에 들르게 되었는데 거기서 왜적의 추격을 받았다. 그는 황석성이 든든하다는 말을 듣고 거기에 들어갔다가 성이 함락되어 목숨을 잃었다. 참말 이상한 일이다.

나는 일찍이 패설을 읽다가 장생에 대한 자세한 이야기를 알게 되었다. 그러나 마음속으로는 의심할 뿐이었다.

그러다가 홍만종洪萬宗이 지은 《해동이적海東異蹟》을 보면서 거기에서 말하는 이른바 '장 도령'이라는 사람이 장생이 아닌가 생각하게 되었다. 그때 서울에서는 장생을 모두 '장 도령'이라고 불렀다고 한다.

---

2) 옛날 간지를 가지고 연도를 표기할 때 지지地支의 '유酉' 자가 들어가는 해를 말한다. 실례로 정유년, 을유년 따위.

아, 장생이란 옛날에 말하던 검객과 같은 사람이 아닌가.

장생이 처음은 입 재주를 부려 이웃의 기생방에 다니면서 구걸을 하였으니 얼마나 비루하였던가. 그러나 여종을 데리고 나그네들을 찾아가 도적놈을 죽여 버리기를 주머니 속에 든 탄알을 쥐어 내듯이 하였으니 어찌 그리도 장하였던가. 그러다가 나중에는 몸을 숨기고 자취를 감추어 영동의 산속으로 떠돌아다녔으니 그것은 또 어찌 그리 거룩하고 신기한가.

장생은 기특한 재주를 지녔으나 윤리상 변고를 당한 까닭에 그처럼 스스로 방탕한 듯, 괴로운 듯하면서 가슴속에 품은 슬픔과 울화를 풀었을 뿐이었다.

그러나 아버지 앞에 효성을 다하지 못하고 사람으로서 가정도 이루지 못한 채 날짐승, 길짐승 들과 무리를 이루고 지냈으니 칭찬할 것은 못 된다.

그 이야기는 들었으나 그 사람은 보지 못하였는데 서원犀園이 지은 '평량자전平涼子傳'을 읽은 뒤에는 더욱 놀랐다. 세상에는 정녕 장생과 같은 사람이 있는 것이다.

의로운 여인 한 숙원
韓淑媛傳

한 숙원[1]은 이름이 보향保香인데 서울 양인집 딸이다.

쫓겨난 임금인 광해군 때 대궐에 들어가 시중을 들게 되었다. 광해군은 대궐 안의 여러 궁녀들과 가까이하면서 매번 돌아가며 상을 주곤 하였는데 그때 주는 비단이 수없이 많아 내수사內需司[2]에서는 도무지 감당할 수가 없었다.

이런 사정을 알게 된 숙원은,

"아낙네가 길쌈을 하는 집에서는 열흘이 걸려야 베 한 필을 끊어 낼 수 있사온데 손발이 얼어 터지면서 고생을 해도 제 몸에 걸칠 옷 한 가지 마련하지 못하오이다. 지금 제가 이 물건을 가져서 무엇에 쓰오리까."

하면서 사양하고 받지 않았다.

계해년(1623)에 정사병靖社兵[3]이 대궐에 들어와 함춘원 뜰 안에

---

1) '한'은 성이며 '숙원'은 궁녀들에게 주는 벼슬 이름. 내명부로 종4품에 해당한다.
2) 왕궁 안의 재산을 관리하는 관청.
3) 1623년에 당시의 폭군이었던 광해군을 내쫓는 정변에 참가한 군사들을 이르던 말.

쌓아 둔 나뭇더미에 불을 질렀다. 대궐 안의 불빛은 하늘을 환히 비추고 부르짖는 아우성 소리는 물 끓듯 하였다. 그때 광해군은 통명전通明殿에 있다가 김 상궁, 임 상궁과 함께 소북문小北門을 열고 도망쳐 달아났다. 왕비인 유씨柳氏는 도망쳐 달아나다가 후원의 어수당魚水堂에 들어가 숨었는데 한 숙원과 궁녀 여남은 명이 그를 따랐다.

정사병은 대궐을 겹겹이 에워쌌다. 대궐이 포위된 지 사흘이 지났다. 유씨는 그대로 더 견딜 수가 없었다.

"내 어찌 종시 몸을 숨기고서 살아나기만을 바라고 있을까 보냐."

이렇게 말하고 난 유씨는 궁녀들더러 나가서 사실대로 이르라고 하였다. 그러나 궁녀들은 모두 두려워서 나가려 하지 않았다. 이때 한 숙원이 제가 나가겠노라고 하였다. 그는 섬돌 위에 나가 서더니 다들 들으라는 듯이 말을 내었다.

"중전 마마가 여기 계시오니 무례하게 굴지 마시오."

숙원의 말에 정사병들은 조금 물러섰다. 군사를 거느리고 들어와 있던 신경진申景禛이 호상胡床에서 내려서서 두 손을 마주 잡고 허리를 굽혔다.

한 숙원이 다시 입을 열었다.

"임금님은 나라를 이미 잃으셨나 본데, 새로 즉위하신 분은 대관절 뉘시오니까?"

"소경왕의 손자 분 되시는 능양군[4]이시오."

대답을 듣고 난 한 숙원이 다시 말을 이었다.

"오늘 이 거사가 나라를 위한 것이오니까, 한 몸의 부귀를 위한 것

---

4) 능양군綾陽君은 조선 시대 제16대 왕인 인조가 왕위에 오르기 전에 받았던 봉호이다.

이오니까?"

"전 임금이 윤리를 어지럽혀 나라가 거의 망하게 되었기에 우리들이 의로운 군사를 일으켜 어지러운 정사를 바로잡으려 할 뿐이요, 어찌 부귀에 뜻을 두었으리까."

"그편 군사가 의로운 군사라고 이를진대 무엇 때문에 전 임금의 왕비 마마를 구박하시오니까."

신경진은 할 말이 없었다. 그 달음으로 돌아가 사실대로 임금에게 보고하고 군사를 거두었다.

거사가 끝났다. 그런데 대궐 안에는 부릴 만한 사람이 몹시 적었다. 그렇다고 갑자기 사람들을 모아들이기도 어려워서 전날 대궐 안에 있던 궁녀들 가운데서 죄가 없는 사람들을 불러들여 일을 시켰다. 그리하여 한 숙원도 다시 대궐에 들어왔다.

대궐에 들어온 한 숙원은 종전대로 여관女官으로 되었는데 전보다 더 마음을 다해 일을 돌보았다. 얼굴이 어여쁘고 몸매가 단정한 데다가 성질이 온순하고 겸손한지라 숙원은 인열仁烈 왕후의 각별한 사랑을 받았다.

대궐 안에 새로 들어온 궁녀들 중에는 한 숙원을 질투하는 사람이 많았다. 어느 날 궁녀들은 몰래 인열 왕후에게 한 숙원을 무함하였다.

"보향이 옛 임금을 생각하면서 가끔 남몰래 눈물을 흘리곤 하오니 혹시 무슨 변이라도 생길까 봐 두렵나이다."

그 말을 들은 왕후는,

"참말 의로운 사람이로구나."

하며 감탄하더니, 곧 그를 불러들이고는 곡진하게 위로해 주었다.

"나라가 흥하고 망하는데 모두 속절없구나. 우리 임금이 하늘의 도움을 힘입어 비록 오늘 같은 날을 맞이하였으나 훗날에 어찌 전날에 일어난 일과 같은 일이 없으리라고 생각할 수 있겠느냐. 너는 전날에 너의 주인을 섬긴 것처럼 오늘은 나를 섬겨 다오. 이게 내 소망이로다."

그러고 나서 후추 세 근을 주면서 왕후는 이렇게 덧붙였다.

"후추란 매운 것이 특징인 물건이로다."

인열 왕후는 숙원을 보모로 임명하면서 말하였다.

"너는 정직한 마음과 순결한 행실을 가지고 우리 아들을 돌보도록 하여라."

한 숙원은 여든 살이 넘어서 죽었다.

나는 동평위東平尉 정재륜鄭載崙이 쓴 《공사견문록公私見聞錄》을 읽고서 한숨을 쉬며 감탄하기를 마지않았다.

"숙원은 옛날에 말하던 그런 의로운 여인이로구나. 난리를 만나 단정한 얼굴로 한마디 말을 내어 의롭고 올바른 이치로 삼군三軍을 머리 숙이게 하였으니 비록 걸출한 사나이라도 어찌 이보다 더 할 수 있겠는가. 아 거룩하다."

'단량패사' 뒤에 쓴다
題丹良稗史卷後

나는 임자년(1792)에 풍옹(楓翁, 김조순金祖淳)과 함께 지은 글들
을 모아 《우초속지虞初續志》를 만들었는데 얼마 지나지 않아 내가
북쪽 남쪽으로 귀양을 가게 되어 반나마 잃어버렸다. 귀양 가서 지
은 글 수십 편은 목여穆如 김희천金希天이 가지고 갔는데 계유년
(1813)에 김희천이 죽어 그의 아들에게 물었더니 이미 잃어버렸다
고 하였다. 참말 아까운 일이다.

이제 두 집에 남아 있는 글들을 모아 두 권을 만들고 하나는 '고향
옥소사古香屋小史'라 하고 하나는 '단량패사'라고 한다.

무인년(1818) 5월 하순 담수는 쓰노라.

부령으로 귀양 가며 쓴 일기

〔坎窞日記〕

정사년(1797) 11월 12일(정축)

나는 강이천姜彛天이 거짓말을 퍼뜨린 사건에 연루자로 체포되어 형조에 갇혔다.

이날 나는 서원과 화로를 끼고 마주 앉아 책을 보고 있었다. 그런데 붉은 옷깃의 단령을 입은 어떤 나졸이 와서 자기 이름은 서봉명徐鳳鳴이라고 말하고, 병조좌랑 여준명呂駿命의 구두 신문을 전하면서 임금의 명령이 내렸으니 나더러 외병조外兵曹에 들어와 지시를 받으란다고 하였다.

그때 나는 김신국金蓋國이 고변한 사실의 전 과정과 강이천이 잡혀간 소식을 이미 자세히 들었던 터라 마음속으로는 무슨 곡절이 있다고 여겼으나 내 한 몸을 돌이켜 본다면 당초에 털끝만큼도 간여한 일이 없었으므로 조금도 두려운 생각은 나지 않았다.

나귀는 마침 딴 곳에 나가서 돌아오지 않았으므로 바로 걸어서 나졸을 따라갔다.

수진동 거리를 우불구불 거쳐 곧바로 육조 앞거리에 이르니 나졸은 나를 이끌고 형조 아문 안의 여염으로 들어갔다.

때는 벌써 저녁 무렵이라 위韋 서방이 밥을 가지고 들어왔다. 먼저 술만 몇 잔 마시고 앉아 있다가 밥 먹을 생각이 없어 숟가락을 들지 않았다. 형조 하인들이 나타나서 위 서방을 욕지거리로 마구 쫓아내고는 방 안에 들어와 누웠다. 형조 하인 둘은 이내 코를 골기 시작하는데, 보매 나를 감시하는 사람들이었다.

그날 형조에 들어와 번을 서는 낭청은 정면수鄭冕綏였다.

11월 13일(무인)

형조에 있었다.

새벽에 위 서방이 술을 가지고 들어와서 먹으라고 하였다.

날이 밝은 다음에 서원이 들어왔다. 그래서 비로소 지난밤에 계악癸岳이 태어났다는 것을 알았다.

서원과 잠시 이야기를 하는데 하인들이 나타나 나가라고 하며 자못 단속하는 기미를 보였다. 내가 대체로는 전날에 그와 의논한 것이 있었고 처신은 그때그때 저마끔 알아서 해야 할 일이므로 구태여 말리는 자리에 오래 앉아 있을 필요가 없었으므로 서원더러 일어나 나가라고 하였다. 서원은 내 손을 잡고 서서 눈물을 흘리는데 떨어지는 눈물이 옷깃을 적셨다.

이때부터는 위 서방도 들어오지 못하고 문밖에서 음식만 들여보낼 뿐이었다.

밤이 깊어 신류申瑠가 찾아와 나를 만나 보고 울며 작별하고 돌아갔다.

새벽녘에 잠깐 눈을 붙였는데 아버님을 모시고 용담龍潭의 태고

정太古亭에서 놀던 꿈을 꾸었다.

그런데 문득 판자 위에서 벼락 치는 듯한 소리가 들려왔다. 깜짝 놀라 깨어나 보니 식은땀이 온몸에 질벅하였다. 묵고 있는 집은 두 층으로 되어 있는데 주인은 판자 위의 다락집에서 살고 있었다. 그 때 바로 주인 노파가 돼지 먹따는 소리로 사람 죽는다고 고함을 쳤다. 그래서 형조 하인들이 창황히 사다리를 타고 다락 위로 올라가 노파를 구해 주었다.

날이 밝자 조금 잠잠해졌으므로 그 곡절을 물었더니, 그 노파는 본래 형조 도사령의 처였는데 남편이 죽자 집에서 심부름하던 녀석과 몰래 붙어서 그대로 살고 있다는 것이었다. 전 남편의 아들 백구百矩는 이제 나이 겨우 열여덟 살인데 그 녀석이 백구를 미워해서 집에서 내쫓곤 하였다. 백구는 온종일 거리로 헤매다가 아침저녁 들어와 입에 풀칠이나 하는 형편이었다.

어젯밤에는 그 녀석이 술에 잔뜩 취해 가지고서는 질그릇들을 들부수고 칼로 노파의 허벅다리를 찔러 피가 땅에 질벅하게 흘렀다고 한다. 듣고 보니 가소로운 일이었다.

낮에 심문장에 잡혀 들어가 강이천과 무릎맞춤을 하고 신시(오후 4
시쯤)에 경원慶源으로 정배 가도록 결정이 났다.

날이 밝자 위 서방이 술을 가지고 들어왔다가 형조 하인들에게 내
쫓겨 이내 물러갔다.

조금 있다가 심문장으로 불려 들어갔다. 심문장에는 판서 조심태
趙心泰, 참판 윤필병尹弼秉, 참의 이태영李泰永이 방금 자리를 잡고
앉는 참이었다.

이태영이 물었다.

"너희 집안이 어떠한 집안이기에 이런 요사스러운 사람과 함께 사
귀었느냐?"

나는 대답하였다.

"만일 그가 요사한 사람이라는 것을 알았더라면 어찌 함께 사귈
리가 있었겠습니까."

그는 다시 물었다.

"너는 무슨 까닭으로 강이천을 시켜서 거짓 고변을 하게 하였느

냐?"

나는 강이천을 돌아보며 따지고 들었다.

"이천이 여기에 있습니다만, 내가 언제 당신에게 고변을 하게 하였단 말이오?"

그러자 강이천이 미처 대답하기도 전에 윤필병이 말하는 것이었다.

"이천이 한 말 가운데 고변할 때 너하고 서로 의논했다고 하였다."

내가 다시 강이천을 돌아보며,

"내가 언제 당신하고 의논했단 말이오?"

하였더니, 이천이 말하였다.

"나는 다만 그날 당신하고 만났다고만 하였지, '서로 의논했다'는 말은 하지 않았소."

그 말에 이태영이 다시 입을 열었다.

"상감께서 너를 정배 보내라고 이르셨다."

이어 서리가 조그마한 흰 종이에 '백白' 자를 쓴 다음 그 글자 아래에 수결手決을 받아 가지고 나갔다. 그러더니 나더러 물러가 지금까지 묵고 있던 곳에 가 있으라고 하였다.

농사꾼처럼 우직하게 생긴 어떤 사람이 나타났다. 키는 작고 얼굴에는 누렇게 부은 기운이 어렸으며 수염은 적고 검은데 눈썹과 눈에는 서글픈 빛을 띠고 있었다. 그는 마루방에 앉아서 강이천을 몹시 욕했다. 하인들에게 누구냐고 물었더니, 바로 김신국이라고 하였다.

이미 어제 이 사건에 대한 문건이 다 꾸며져서 임금에게로 올라갔는데 오늘 아침에 그것이 비준되어 내려왔다. 그런데도 나를 불러들인 것은 귀양을 보내기 때문에 자복서를 받으려 해서였다.

조금 있다가 형조의 하인들이 대청에 올라와 내가 차고 있는 패도佩刀를 풀어 내리려고 하였다. 내가 패도를 꼭 붙잡고 풀어 주려고 하지 않자 하인들은 나를 비웃으며 지껄였다.

"죄인은 조그마한 쇠붙이도 가질 수 없는 법이외다. 제가 어찌 감히 그것을 빼앗기야 하겠소. 돌아갈 때 돌려드릴 터이니 걱정 마시우."

나는 하는 수 없이 패도를 풀어 주었다.

그러자 그들은 나를 데리고 낭관이 번을 서는 집으로 들어가 뜰 아래에 세워 놓고 내 얼굴의 특징을 적어서 귀양 보내는 문건에 붙이더니 빨리 대문을 나서서 경기 감영으로 가라고 몰아댔다.

서원과 유산(杻山, 이우신)이 길가에 서서 빤히 마주 보며 눈물만 흘리는 것이 보였다. 고마청雇馬廳에 이르니 위 서방이 말을 끌고 와서 기다리고 있었다.

여기서 비로소 유산이 오늘 아침에 여주에서 누이를 찾아보려고 서울로 왔다는 것을 알았다.

형조 하인들이 내가 찼던 패도를 돌려주며 서운해하면서 물러갔다. 이틀 밤을 함께 묵으면서 그 정의가 그래도 남들과는 달랐던가 싶었다. 악독하기가 야차 같은 자들도 예절을 차리는 때가 있는지.

초저녁에 경기 감영에서 길을 떠나 밤에 양주에 가 닿았다가 다시 포천을 향하였다.

경기 감영의 이가 성을 가진 비장 한 사람이 평구역리平丘驛吏 한 명과 함께 양주까지 나를 압송하였다. 경기 감사는 이익운李益運이 었다.

다시 돈의문을 거쳐서 성안에 들어갔다가 홍인문으로 나왔다. 사나운 바람은 맵짜게 불고 지는 달은 희미하였다. 기일이 촉박하여 어서 떠나기를 재촉하는데 차림새는 너무도 초라하였다. 길채비는 이불 한 채, 반팔 덧저고리 하나, 두루마기 하나, 칠서(七書, 사서삼경), 운고책韻考冊 한 권, 엽전 6백 닢, 요강 하나와 비웃이 전부였다.

돌이켜 생각해 보면 평생 도리에 어긋나는 일이란 해 본 적이 없는데 갑자기 이런 변을 당하고 나니 정신이 얼떨떨해서 어찌 해야 할지 알 수가 없었다. 위로는 임종에 가까운 늙은 부모님이 계시고 아래로는 금방 혼사를 치러야 할 여러 동생들이 있는데 이제 하늘땅 한끝에 홀로 떨어져서 헤매게 되었다. 또 자식을 낳았으나 얼굴조차 보지 못하고 병든 안해를 눕혀 놓은 채 소식조차 전할 수 없게 되었다. 용담에서 경원까지 거리가 삼천여 리라는 것을 생각하니 가슴은 터질 것만 같고 눈물은 하염없이 흘러내렸다.

아득한 저 푸른 하늘이여 어찌하여 내게 이다지도 모질단 말이냐.

밤이 깊어 다락원 아래 주막집에 들러 술을 사서 마셨다. 경기 감영의 비장은 마루 위에 앉고 나는 마루 밑에 서 있었다.

이때 나이가 스무 살쯤 되어 보이는 해사하게 생긴 사람이 나를 따라 들어왔다. 그는 흰 양가죽 배자를 입고 발에는 미투리를 신었는데 등에는 자그마한 푸른 보자기를 지고 있었다.

그는 나를 보자 말을 걸었다.

"당신은 병이 드셨는가 봅니다. 경원은 수토가 아주 좋으니 아마 병에도 좋을 것입니다. 걱정하지 마십시오."

그는 말을 끊었다가 다시 이렇게 씨부렁거렸다.

"오래지 않아 풀려서 돌아오게 될 것이니 잘 가시우, 잘 가시구려. 근심할 게 없습니다."

내가 자세히 살펴보니 그는 남몰래 뒤따라오는 염탐꾼이었다. 말이란 꼭 받아 묻는 것이 있어야 하기 때문에 위 서방을 시켜서 물어보았으나 그는 대답하지 않았다. 선 자리에서 술만 한 잔 들이켜고 나서 대문을 나서더니 달아나 버렸다.

한밤중에 양주에 이르렀다. 동헌에서 조금 쉬려는데 목사 오정원 吳鼎源이 아전들을 시켜서 발도 붙이지 못하게 하는 것이었다. 하는 수 없이 군뢰 사령들이 번을 서는 방으로 옮겨 앉았더니 오정원은 또다시 급히 사령 수십 명을 뽑아 들여 우리를 몰아내었다. 경기 감영의 비장이 조금 쉬다가 날이 밝은 다음에 떠나겠노라고 간청하였으나 오정원은 허락하지 않고 곧 떠나라고 하였다. 그때는 아직 닭이 울기 전인데 날씨가 몹시 추웠다. 아전과 군교 들은 위 서방의 주머니에서 엽전 백 닢을 빼앗아 내기까지 하였다.

오정원은 한 이웃에 살면서 가까이 지내는 사이였는데 이처럼 어려운 때에 곤욕을 보이며 우물에 빠뜨리고 돌까지 내려뜨리기를 다른 사람보다 곱절이나 더하였다. 아, 가슴 아픈 일이다.

다락원 길가에서 시를 지어 서원에게 부치노라

북풍은 어이하여 이다지도 모진가
차가운 달빛은 온 하늘에 가득해라.
어버이 이별하니 자식 마음 애달픈데
서울을 떠나자니 신하의 정 괴롭구나.

옛날에도 어진 사람 억울한 죄명 썼나니
이내 몸도 덧없이 귀양 길을 떠나누나.
목 놓아 통곡하니 애간장 터지는 듯
무심하다 저 하늘도 이 심정을 몰라주네.

樓院道中 馬上口號 遙寄犀園

北風何太急　寒月滿天明
賤子離親恨　孤臣去國情
那知公冶絏　遂作季通行
痛哭肝腸裂　皇穹不照誠

11월 15일(경진). 바람이 세차게 불고 몹시 추웠다.

낮에 포천에 들렀다가 다시 영평永平으로 향하였다.

포천 원인 김동선金東善은 김종수金鍾秀의 손자다. 마침 고을 창고에 나와 환자 곡식을 거두어들이는 일을 감독하다가 제 형 김용선金用善과 함께 겸상을 하고 점심을 먹는 중이었다.

뜰 안으로 우리를 불러들였는데 김용선이 문득 동선의 귀에다 대고 무어라고 지껄였다. 그러더니 조금 있다가 오른손을 넌지시 들고 손가락을 다독거리며 큰소리로 웃고 나서, "그렇군, 그렇군." 하며 기뻐하였다. 그러나 무엇을 두고 그러는지 알 수 없었다.

김동선은 곧 떠나라고 명령하고는 급히 아전과 군교를 지정해서 나를 압송하도록 하였다.

그때 나는 낟알을 먹지 못한 지 이미 사흘째였다. 간신히 떡국 한 그릇을 사서 국물만 몇 모금 마시고 나서는 위 서방에게 밀어 주었다. 말도 굶은 채로 그냥 채찍을 받으며 길을 걸었다.

저녁 무렵에 양문역을 지나 밤에 영평에 이르렀다.

영평 원인 박제가는 예방 아전을 보내 문안을 하고 또 위의 영이 너무 엄해서 나가 보지 못한다는 말을 전하여 왔다.

객줏집을 잡고 행장을 정돈하였다. 고을 주방에서 저녁을 차려 내왔는데 고사리 국과 꿩고기 볶음이 풍성하고 정갈하였으며 냄새가 향기로웠다. 술도 가져왔는데 집에서 담근 것이어서 마시고 나니 속이 개운해지는 듯하였다. 객줏집 주인에게 일러 말도 잘 먹이도록 하였다. 고을의 아전들은 모두 공손하여 예절이 있었다. 우리는 여기에 이르러서야 비로소 안심할 수가 있었다.

양문역을 지나며

양문역 길거리는 우불구불 휘어 돌고
십여 리 길가엔 가래나무 줄지었네.
나무숲 지나가자 마을이 나타나고
산천이 수려하여 아담하고 아름답네.

저녁이라 해그늘 들판에 내리고
깨끗한 여염집들 조용하기 그지없네.
높다란 나뭇가지 닭들이 홰를 치고
엉성한 울 밑에는 소들이 누워 있네.

맑은 시내 한 줄기 마을을 가로질러
콸콸콸 물소리 애처롭게 들려오네.
쓸쓸한 바람결 북녘에서 불어오니
차가운 밤기운 사방에서 엄습하네.

나의 말 굶주려 창자가 비었으리
하인은 입 있어도 할 말을 못 하누나.
앞길은 아직도 아득히 멀고 먼데
푸른 동해 바다 손에라도 잡힐 듯.

시절이 수상하니 처신하기 힘들구나
앞길도 막혔으리니 알아주는 사람 있으랴.
이 세상 벗들에게 내 말을 건네노니
귀양 가는 이 행색 누구와 비길쏜가.

過楊門驛

詰屈楊門道　十里夾楸櫃
櫃盡村始顯　山色秀而雅
斜日下平陸　閭落淨瀟灑
鷄鳴高樹顚　牛臥疎籬下
淸川貫其中　瀲瀲哀湍瀉
悲風自北來　寒氣遍四野
我馬腹已枵　我僕口欲啞

前路旣修復　滄海沙盈把
時危處身難　道窮知心寡
寄語世間人　誰似行遺者

11월 16일 (신사)

새벽에 영평을 떠나 아침 녘에 철원에 들어섰다.

닭이 울 무렵에 영평 아전과 함께 길을 떠나 철원으로 향하였다. 직탄直灘에 이르니 여울목이 몹시 험하여 물속에 큰 돌들이 우뚝우뚝 드러나 있었다. 어떤 것은 집채 같고 또 어떤 것은 독이나 옹배기만 한 것들이 여기저기 널려 있어 마치도 개의 이빨 같았다. 개울물은 물살이 센 여울을 이루어 폭포 소리를 냈다. 물은 아래로 내려가면서 차츰 평탄하게 흐르고 물빛도 맑아 마치 거울 같았다. 그러나 깊은 데는 허리가 묻혔다.

나는 말에 채찍질을 해 가며 여울목으로 개울을 건넜는데 옷과 신발이 모두 물에 젖었다. 말에서 내려서 잔디밭에 앉아 잠시 쉬노라니 억울한 생각만 가슴에 치밀었다. 북쪽을 향하여 통곡하며 물속에 몸을 던져 차라리 죽으려 하였으나 위 서방이 굳이 말리며 끌어당기는 바람에 그럴 수도 없었다.

아침 무렵에 철원에 들어섰다. 철원 부사는 이하보李夏保였는데 무척 너그럽게 맞아주었다.

직탄 길가에서

여울물 주절주절 어지러이 흐르는데
나룻가는 평평하여 거울을 놓아 둔 듯
예부터 귀양 간 사람 원한이 많았건만
그 누구도 오늘날 나 같지는 않았으리.

直灘道中

灘流晶扇勢縈紆　渡口平然瀉鏡湖
從古離人多少恨　湘潭亦似此間無

사시(아침 10시쯤)에 떠나 김화로 향하였다. 충무공 김응하金應河의 사
당을 지나서 저녁에 송류점松溜店에 들어가 묵었다.

　조반을 마치자 철원 관가 사람들과 함께 김화를 향하여 떠났다.
요동백 김응하 장군의 사당을 지나면서 잠깐 들러 참배를 하고 곧
떠났다. 송류점에 들러 묵었다. 송류점은 항간에서는 송우촌松隅村
이라고 하였다.

철원부를 지나며 김 충무공의 사당에 참배하고

신비로운 이 사당 기이하고 그윽하여
신선들이 살던 곳 그 자취 역력해라.
산줄기는 우불구불 사방으로 뻗어 가고
시냇물은 넘실넘실 한 곬으로 모여드네.

한겨울 깊었건만 솔숲은 푸른데
저녁노을 비껴드니 바위는 붉어지네.
아득한 산봉우리 하늘에 솟았으니
하늘과 땅 사이는 한 자가 될까 말까.

울긋불긋 기와집들 골짜기를 메웠고
골문은 열렸는데 옛 사당 숙연해라.
위엄스런 봉황새 서쪽에서 문득 날아
하늘 높이 솟으면서 억센 날개 퍼덕이네.

오늘에 이르도록 이 나라 사람들은
심하[1] 그 싸움을 눈물지며 이야기하네.
아 통분해라 저기 저 오랑캐들

---

1) 압록강 북쪽 요동 지방에 있는 고장 이름. 1619년에 명나라의 요청으로 압록강을 건너간 우리 나라 군사들이 후금과 싸운 곳. 이 싸움에서 김응하를 비롯한 우리 군사들은 용감하게 싸웠고 김응하는 장렬히 전사하였다.

어찌하여 그때에 쓸어버리지 못했던가.

장군만은 아낌없이 한 몸을 바쳤나니
영용한 그 기상 장하게 떨쳤어라.
충의로운 그 마음 샛별처럼 빛나고
의로운 그의 절개 무쇠라도 뚫으리.

씩씩하다 버드나무 밑에 고이 묻힌 그 넋이여
천만 길 산악처럼 꿋꿋이 살아 있구나.
하늘땅 온 누리에 차 넘치는 그 기상
천만 년 지난다고 변할 수 있을쏘냐.

외로이 온 나그네 귀양 가는 이 길에
사당에 찾아와서 옛날 자취 더듬노라.
바람결에 얼굴 묻고 세 번 탄식하노니
차가운 달빛만이 온 하늘에 가득하네.

過鐵原府 謁金忠武公廟

靈區毓奇奧　仙境蘊幽賾
蜿蜿眞脉布　灝灝元氣積
仲冬樹木蒼　夕陽巖嵌赤
層巒聳淸秀　寶蓋天一尺
朱甍塡山谷　古廟蕭洞闢

威鳳起西服　高擧振勁翮
至今左海人　泣說深河役
咄彼陵與律　恨不雙手礫
將軍獨死綏　英彩照翕赫
精誠貫日星　信義徹金石
毅哉柳下魂　化爲千丈碧
撑亘宇宙內　萬世長不易
踽踽遷客子　適來撫遺跡
臨風忽三歎　寒月滿天白

11월 17일(임오)

묘시(卯時, 아침 6시경쯤)에 김화에 다다랐다.

　김화에 들러 먼저 향청鄕廳에 나갔더니 그곳 아전인 염인서廉麟瑞
라는 자가 떡 버티고 막아서서 앉지도 못하게 하고는 형방 아전에게
떠맡겼다. 그의 생김새를 보니 나이는 서른네댓 되어 보이는데 키는
작고 검붉은 낯가죽에 눈망울은 도적놈의 눈같이 불량스러웠다. 그
놈은 철원 관가 사람들을 제집 종처럼 꾸짖어 대더니 고을 원인 민
치겸閔致謙을 꼬드겨서 숱한 아전과 군교 들을 풀어 우리를 그 자리
에서 몰아내면서 나중에는 채찍질까지 하였다. 이것이야말로 화살
에 놀랐던 새가 다시 위험한 지경에 걸려든 셈이었다. 가슴이 찢어
지는 듯하여 정신을 잃었다가 가까스로 깨어났다.
　민치겸으로 말하면 나와 대를 두고 친분이 남다른 터인데 이런 때
를 당하고 보니 원수나 다름이 없었다. 이것이 무슨 까닭인가.

김화를 떠나 저녁 무렵에 직목역直木驛에서 쉬고 저물녘에 금성金城
에 들어섰다.

　이날은 조반도 못 치르고 길을 떠나 직목역 주막에 이르러 잠깐
쉬면서 술을 사서 반 잔쯤 마셨다.
　저물어서 금성에 당도하였다. 금성 원인 김목중金穆仲은 고을 백
성들을 동원해서 산골의 봇둑을 수리하다가 어스름 녘에야 돌아왔다.
집을 잡아 주며 쉬게 하더니 술을 보내 주며 너그럽게 대해 주었다.
그러나 전날 서로 친근하게 지내던 기색은 보이지 않았다.
　대개 형조의 문서와 경기 감영에서 보내온 공문이 모두 비밀에 속
한 것이라 혹시 도적질을 하였는가 의심하기도 하고 또한 거짓 돈이
라도 만들었는가 의심하기도 하였다. 그러므로 길가 고을들에서는
더욱이 두려워하였다.

　직목역에서 쉬며

　　돌길은 우불구불 험하기도 한데
　　양 기슭 나무숲 촘촘하여라.
　　좌우 쪽엔 떨기떨기 숲도 무성한데
　　발길이나 옮겨 놓을 길이 트였네.

　　작은 숲은 부스럼처럼 불거져 있고
　　큰 숲은 벌레같이 엉켜 있는데

마을은 점점 더 멀어만 지고
깎아지른 봉우리만 잇달렸구나.

나무꾼 여기까지 못 들어오니
도끼질 걱정이야 어찌 있으랴.
나무가 오래되어 아름 벌지만
제명대로 못 살고 명 재촉하네.

내 몰라라 푸른 저 하늘의 뜻
너에게 왜 그리도 후하다더냐.
더군다나 정직하다 칭찬 들으며
공공연히 세속 인심 속여 가누나.

참과 거짓 뒤섞여 못 가려내니
나의 허물 벗을 길 조련찮구나.
외로이 행동하는 선비이거니
어찌하여 욕된 누명 몸에 지녔냐.

말 잘하던 소진[1]은 귀한 벼슬 지냈고
옥돌 바친 변화[2]는 모진 형벌 당했어라.

---

1) 전국시대 사람. 말을 잘하기로 유명하였다. 처음은 진나라를 위하려고 하였으나 무능한
   진나라 왕이 그의 부탁을 들어주지 않자 제, 초, 연, 조, 한, 위 등 여러 나라들을 돌아다니
   며 힘을 합쳐 진나라를 반대하도록 유세하였다고 한다.

하늘 높고 땅이 넓다 말들을 하나
너에게는 이 세상이 좁기만 해라.

몸 묶여 깊은 산속 들어왔거니
죽은들 누가 이 뜻 알아줄쏜가.
슬프도다 말세에 사는 사람들
정직하게 살아가라 권하기 힘드네.

憩直木驛

磈道貫魚膓　兩峽森似束
左右集叢灌　中間劣容躅
小者皆癃尪　大者猶蜷曲
閭井忽回絕　岹嶤自聯屬
幸免劋牧侵　寧念斧斤勵
楠樟或拱抱　年命並夭促
不識天公意　於爾胡太篤
況復冒直名　公然欺薄俗
虛實竟混殽　厥罪固莫贖
悍彼特立士　何故蒙蟣辱
蘇秦九弊貂　卞和三刖足

天地雖高厚　而渠獨踖踧

束縛歸山岡　一死誰復續

哀哀叔世人　直道誠難勗

새벽에 길을 떠나 회양淮陽을 향하였다. 창도역昌道驛의 모잔牟棧을 지나 신안역新安驛에서 쉬는데 눈이 마치 비 오듯이 내렸다. 자오포 慈烏浦에서 점심을 먹고 소요령逍遙嶺을 넘어 밤에 회양에 들어섰다.

　새벽에 금성 관가 사람들과 함께 회양을 향하여 길을 떠났는데 하늘이 음산하고 짙은 구름이 자욱하여 눈이 내릴 것 같았다.
　창도역의 모잔을 지났다. 세상에서는 모잔을 '보리 비탈'이라고 하였다. 비탈길에는 두 줄의 줄사다리가 있었다.
　아침 진시(아침 8시쯤)부터 사시(아침 10시쯤) 사이에 눈이 내렸는데 눈송이가 손바닥만큼씩 하였다. 눈은 펄펄 내려 차츰 쌓이기 시작하였다.
　신안역 주막에서 잠깐 쉬고 점심은 자오포에서 먹었다. 눈은 더욱 세차게 내려 마치 비가 내리듯 하였다.
　소요령을 넘어 밤에 회양부에 들어섰다. 부사는 이우진李羽晉이었다. 관가에서 음식을 풍성하게 보내 주었고 뜨뜻한 구들을 마련해 주어 추위를 막고 편안히 쉬면서 몸을 돌보도록 해 주었다. 그러나 일거일동을 자세히 살피는데, 그것은 실로 나도 모르게 포도청에 갇힌 격이었다.

보리 비탈을 지나며

산길을 걷고 걸어 백 리는 지났으리.
길고 긴 오솔길은 갈수록 에도는데
푸른 바닷가에 다다른 용이
억센 힘 뽐내면서 몸을 서린 듯.

크고 작은 발톱들은 울퉁불퉁 바위 되고
붉고 푸른 지느러미 전나무 단풍 됐나.
왼쪽을 바라보며 범의 울음 겁을 먹고
오른쪽 굽어보며 벌레인가 의심하네.

슬며시 양쪽에서 머리를 쳐들고
큰 입을 쩍 벌려 누구를 노리는고.
아득히 솟은 것은 숲을 나온 용이런가
느직이 뻗은 모양 물로 가는 뱀장언가.

동해 위에 솟아오른 찬란한 아침 해는
바위를 뚫고 나와 쟁반같이 둥그렇네.
소나무 무성한 곳 햇볕이 퍼져 드니

삼라만상 모든 것이 환하고 찬란하네.

한평생 본 것이란 너무도 호좁더니
아름다운 이 광경에 눈을 비비네.
죽음의 길 걷는다 두려워하랴
속마음은 전에 없이 대범하여라.

過菩提遷

硤行纔百里　修磴漸回盤
譬如赴海龍　奮身先屈蟠
嵌礨露指爪　楓栝鬱鰭鬟
左顧驚唬吼　右睞訝蟺蜿
隱然兩遷首　張口相齗殘
矯若出藪螭　緩若行水鰻
初日出東海　巖角湧銅槃
散鋪松樹杪　萬睛俱煥爛
平生小眼孔　及此始壯觀
不恐死道路　頓覺心懷寬

11월 19일(갑신). 날이 갰다. 세찬 바람이 불고 몹시 추웠다.

회양을 떠나 은계역銀溪驛을 지나고 황어못〔黃魚淵〕에서 쉬고 아슬령 재〔阿瑟峙〕를 넘어 철문鐵門에 다다랐다.

새벽에 일어나 회양 고을 아전들과 함께 길을 떠났다. 은계역을 지나서 황어못에서 잠깐 쉬고 아슬령 재를 넘어 철문에 다다랐다.

철문은 철령이라고도 부르는데 재가 몹시 험하고 가팔랐다.

옛날 광해군이 정사년(1617)에 어머니를 폐위시키던 때에 문충공 백사白沙 이항복李恒福이 임금 앞에서 자식으로서 어머니를 원수로 삼는 법이 없다고 말하였다가 그만 북청으로 귀양을 가게 되었다.

그때 철령을 지나면서 시를 지었다.

외로이 떠나는 신하 높은 고개 못 넘으리.
해와 달 빛 뿌리고 하늘땅 아득해라.
푸른 바다 노한 물결 세찬 바람 울부짖고
백산 위에 외로운 몸 얼굴에 눈 내리네.

먼 변방에 끼친 은혜 찬 얼음도 녹여낼 듯
산 넘으며 마음 다져 천 리 길도 어렵지 않네.
이 마음은 오직 하나 천 리 밖 꿈결에도
새벽 달빛 이고 아침 조회 나간다네.

孤臣不度濟人關　日月昭昭宇宙寬
靑海怒聲風氣勢　白山孤影雪屛顔
恩加沙塞氷先泮　心健關河路不難
唯有憶君千里夢　曉隨殘月趁朝班

　또한 우리 말로 시조 한 수를 지었는데 우암 송시열 선생이 한문으로 옮겨서 시를 지었다. 그 시는 다음과 같다.

철령 높은 재에 쉬어 넘는 저 구름아
날고 날아서 가는 곳 그 어디냐.
바라거니 이내 눈물 비 삼아 실어다가
님 계신 구중궁궐 옥 난간에 뿌려 다오.

鐵嶺高處宿雲飛　飛飛何處歸
願帶孤臣數行淚作雨　去向終南北岳間
霑灑瓊樓玉欄干

　충무공忠武公 정충신鄭忠信[1]의 《북천일록北遷日錄》에는 다음과 같

---

1) 호는 만운晩雲. 이항복의 제자로 이항복이 북청으로 귀양 갈 때 따라갔다. 이항복이 죽은 다음 그가 귀양 가던 당시 일들을 일기 형식으로 기록하였는데, 곧 《북천일록》이다.

이 썼다.

"공(이항복)이 무오년(1618) 정월 초여드렛날 귀양 가라는 영을 받았다. 열여드렛날 아침에 일찍이 회양을 떠나 은계를 거쳐 황어못에 이르러 말을 세우고 낮에 철령에 올랐는데 고개는 하늘을 매만지기라도 할 듯이 높았다. 아슬한 고개 위에는 구름이 드리우고 백산이 아득히 바라보이는데 고갯길은 우불구불 끝이 없었다. 북녘을 향해 떠나가는 나그네의 차림새는 너무도 스산하였다. 철령에서 고산으로 내려가기는 마치도 하늘에서 떨어지기라도 하는 듯이 한 걸음 걷고는 머리를 돌려 뒤를 바라보곤 하였는데 다만 나무 우듬지들만이 우렷이 보일 뿐이었다."

그때 광경을 머릿속에 그려 보니 나도 모르게 눈물이 흘러내렸다.

황어못에서 쉬면서

산골짝 흐르는 물 평평한 데 적고
평평하면 이내 늪을 이루네.
사방을 둘러보면 앙상한 갈대
시냇물 가운데는 바위들 우죽삐죽

여울목 찾아가니 자갈 깔렸고
깊은 곳을 바라보면 안개 이는데
응달진 작은 늪엔 얼음이 덮여
겨울 지나도록 흰 채로 있네.

아침 해 솟아올라 내리쬐니
보배로운 구슬꿰미 풀어헤친 듯
붉고도 푸르고 검고 누른 빛
흰눈과 어울려서 오색 이루네.

조그마한 물고기들 햇빛 그리워
주둥이를 모으고 물 위에 뜨네.
때때로 얼음 밑에 구멍 생기면
뿜어내는 물방울은 꽃망울 같네.

좁디좁은 늪 속에서 살아가면서
넓고 넓은 바다 생각 어이할쏘냐.
조물주의 그 힘은 크기도 하여라
세상 만물 저저마다 살고 있나니.
물고기 구경하던 못가 노인[1]께
내 장차 하늘의 뜻 들어보리라.

---

1) 《장자》에 의하면 어느 날 장자가 혜자와 함께 징검다리 위에서 헤엄치는 물고기를 구경하
    였다. 장자가 먼저, "물고기가 저렇듯이 조용히 헤엄치는 것이 즐거워하는 것일세."라고
    말하였더니, 혜자가 묻는 것이었다. "자네는 물고기가 아닌데 어떻게 물고기의 즐거움을
    아는가?" "자네는 내가 아닌데 어떻게 내가 물고기의 즐거움을 모른다는 것을 아는가."
    "나는 자네가 아니니 애당초 자네의 마음을 알 수 없네. 자네는 물고기가 아니니 물고기
    의 즐거움을 알 수 없을 것이야 뻔하지 않은가." 혜자는 이렇게 말하였다고 한다. 결국 세
    상 만물에 대하여 신비롭게 생각하면서 사람들은 그것을 이해할 수 없다는 이른바 '불가
    지론不可知論'을 주장하는 것이다.

憩黃魚淵

硤水尠平曠　平曠則成滙
四面枯葦匝　中體衆石磊
就淺礫突兀　臨深雲靉靆
一泓陰氷合　經冬白皠皠
初日射其上　龜坼如貫琲
紺綠紅黃黑　與雪備五彩
鰷魚喜向陽　簇腮凝相待
時於氷罅底　吹沫浮蓓蕾
有限雖池沼　相忘亦江海
博哉造化力　物物各自在
寄語濠上翁　吾將聽眞宰

아슬령 마루에서 금강산을 바라보면서

금강산을 구경하고자 꿈결에도 그리던 몸
십 년 세월 벼른 생각 부질없이 되었어라.
길가의 나그네들 나는 구름 가리키며
만 이천 봉우리가 저 속에 다 있다네.

至阿瑟峙 望金剛

幾度蓬萊夢相通　十年心計轉成空
行人指點雲飛際　萬二千峰在此中

철문산을 지나며

철문 높은 고개 만 길이더냐
해를 따라 영마루에 올라왔어라.
오솔길은 우불구불 양의 밸인가
골짜기는 움푹움푹 악어 굴인 듯.

아슬한 바위들은 기둥 버틴 듯
굽이진 너덜길은 이리저리 뻗었네.
고개 숙여 함흥 길주 내려다보노니
온몸은 하늘 위에 달려 있는 듯해라.

너울너울 나는 구름 끝 간 데 없고
햇볕이 눈부시네 앞뒤를 몰라라.
하늘이며 바다는 모두가 한 빛
구름과 안개만이 아득하여라.

모를러라 그 어느 때 이 고장 사람들

험준한 곳 여기에 길을 내었나.
예부터 요해처는 중요하게 여겼거니
나라 위한 방략들 전할 만하네.

힘이 센 사나이들 산에 굴 뚫고
사다리 건너 놓아 산길 틔웠네.
길 따라 곳곳마다 마을 생기고
바다 굽이 먼 곳까지 밥 짓는 연기일세.
고기 낚고 조개 굽는 비천한 백성들
옷갓 갖춘 사람으로 훌륭히 변했네.

선대 임금 강토 욕심 없다 하는데
어찌하여 변방은 개척했을까.
해와 달 밝은 빛 비치는 곳에
으레 백성들 모여 사는 법
그 옛날 성인들도 생각했거니
어이타 변방 일에 힘 안 썼으랴.

지혜로운 사람은 나라 위해 바쳤건만
어리석은 사람들 소란하다 질색했네.
옛사람들 이룬 업적 찬란하구나
천만 년이 지나도록 덕 입으리라.

過鐵門山

鐵門萬仞山　與日登其巓
詰屈羊腸疊　谽谺鼉鰐穿
危石儼撐柱　盤磴錯犎牽
俯視咸吉間　四體疑空懸
澒濛失端倪　晃朗昧後前
天海但一氣　雲霧渺如年
不知何代人　開拓甚茫然
古來重關險　方略猶可傳
五丁鑿山穴　蜀棧相鉤連
沿道接閭井　盡海通人烟
遂令鱗介賤　變爲衣冠賢
先王不務地　何必事開邊
日月所照臨　涵育宜自全
聖人有憂之　敢不用力焉
智者勉經營　愚者苦喧闐
煌煌往哲業　萬世賴永緜

고산역 주막에서 점심을 먹고 저녁 무렵에 부평천富平川에서 쉬고 나서 늦은 저녁에 남산역 주막에 들렀다가 밤에 안변부에 당도하였다. 이날 밤에 눈이 많이 내렸다.

낮에 고산역에 들러 심부름꾼과 말을 배불리 먹이고 신시(오후 4시쯤)에 부평천에 이르렀다. 이곳은 옛날 백사 이항복이 말을 매어 놓고 쉬던 곳이다. 옛일을 생각하며 서글퍼하였다.

저녁에 남산역 주막에 들러 쉬면서 소주 한 잔을 사서 마셨다. 밤에 안변부에 들어갔다. 부사는 이태형李太亨이었다.

이날 밤에 눈이 내렸는데 마치 물을 붓듯 하여 평지에는 석 자나 쌓였다.

밤이 깊어서 관가와 마을은 모두 잠들었는데 우리 일행만이 향청 마루 위에 모여 앉아 있었다. 지독한 추위에 팔다리가 얼어들어 사람들의 몰골은 도무지 말이 아니었다. 문 중턱에 매어 놓은 말도 다리를 후들거리면서 서 있기 힘들어하였다.

안변부에서

하늘 이치도 분별할 수 있다 하고
땅의 이치도 한계가 있다지만
세상 만물 제가끔 분수 있어서
그 범위 헤아리기 정녕 어렵네.

회양과 안변 사이 백 리 안팎에
풍습은 남과 북이 판이하구나.
말소리는 재갈재갈 새의 지저귐
성질은 으렁으렁 범이 용쓰듯
들었다 놓을 듯이 찬바람 일고
오똘오똘 얼굴빛 달라지누나.

개가죽 도려내어 등걸이 지어 입고
얼룩진 가죽 털로 앞가슴 가리니
몸에서 풍겨 나는 누린 냄새 코를 찔러
가까이 마주 서면 구역질 왈칵 나네.

나라님의 교화가 미치는 곳이면
어데라 없이 한껏 닿으리니
나라 은혜 베푸는 것에
여러 가지 차별함이 있을 수 있나.
오랑캐처럼 살아가는 사람들께
예의와 도덕을 알게 하였으라.

뒷날에 이곳에서 고을 사는 자
마땅히 마음 써서 살펴야 하리.
나라의 방비에는 요해지가 중요하고
백성들 다스림엔 어진 정사 제일이니

아침이건 저녁이건 마음 다잡아
맡은 직책 다하기에 조심해야 하리.
편안히 지낼 때 위태할 일 생각하라
옛날 사람 이렇게 가르쳤어라.

安邊府

天道亦有分　地理亦有域
造化自相劃　範圍固莫測
淮安百里間　風俗異南北
儺儺翻鴂舌　嚻嚻矜虓力
颯颯輕趨抖　償償變氣色
狗皮短後衣　斑毛掩骨肋
近人忽欲嘔　腥臭觸鼻息
明王曁聲敎　靡遠皆可極
雨露所亭育　寧復限通塞
遂令左袵人　冠裳饗中國
後來守邊者　秉心宜正直
關防貴設險　撫恤尙柔克
夙夜戒匪懈　兢業述所職
居安而思危　聖哲垂遺則

11월 20일(을유).
눈이 멎더니 바람이 세차게 불어 날씨가 몹시 추웠다.

새벽에 안변을 떠나 남강南江을 건너 원산竈山 주막에 이르렀다.

이날은 눈이 멎고 바람이 일었다. 안변 관가 사람들과 함께 길을 떠났는데 사람도 말도 모두 빈속이었다. 다만 소주 한 잔을 사서 마셨을 뿐이다.

날씨가 몹시 추웠다. 말에서 내려서 걷노라니 손과 발이 온통 얼어 터졌다. 위 서방과 서로 붙들고 통곡하기를 마지않았다.

얼음을 타고 남강을 건너다가 얼음이 깨진 곳을 만났다. 너비가 두 자쯤 되고 길이는 수백 보나 되었는데 함께 가던 사람들이 가까스로 빠지는 것을 면할 수가 있었다. 강을 건너서자 언덕을 따라 걸었는데 길가에서 앉아서 얼어 죽은 시체 하나를 발견하였다. 거기서 다시 여남은 발자국 지나가서 또 한 젊은이가 등에 자그마한 자루를 지고 두 그루의 나무에 기대선 채 죽은 것을 발견하였다.

낮에 백원산白竈山에 이르렀다. 원산은 원산점圓山店 또는 원산竈山이라고도 하는데 땅의 생김새가 마치 큰 자라 같다고 하여 그렇게 부른다고 한다.

원산은 부유한 큰 장사치들이 모여드는 곳이며 철령 북쪽의 큰 도회지였다.

남천교 돌비석 앞거리에 자리 잡고 있는 남이곤南履坤의 집에 들어갔다. 그는 북방의 큰 부호였는데 홍주 한 병을 데우더니 구운 소염통 한 접시와 따끈하게 데운 온면 한 그릇을 함께 내놓으며 먹으라고 하였다. 그러고는 나를 붙들며 떠나지 못하게 하였다. 내가 가다가 길거리에서 얼어 죽을까 봐 걱정이 되어서였다. 그러나 관가 사람들이 투덜거리며 어서 떠나자고 재촉하는 바람에 나는 다만 집에 보낼 편지 한 장을 써서 남이곤에게 부탁하고는 그대로 떠났다.

남강 얼음 위를 건너며

한겨울 얼음이 두터워지니
어딜 보나 모두 다 얼음 천질세.
콸콸콸 흐르던 남강의 물은
흘러 흘러 그 얼마 바다로 내렸던가.

이제는 얼어붙어 푸른 유리 펴놓은 듯
눈부신 햇발 받아 눈앞이 간지럽네.
사람이며 집짐승들 이 강을 넘나들어
그 어느 한때도 그칠 사이 없구나.

알지 못할 그 무엇 멀리서 달려오니

우레인 양 소리는 들리는데
갑문이 열리는가 놀라기도 하고
수레바퀴 잘못됐나 의심도 했네.

그 소리 점점 더 가까이 들리더니
콰당쾅 그 누가 큰 종을 울리는 듯
갑자기 발밑에서 땅이 꺼졌나
아니라면 지축이 부러졌는가.

몹쓸 바람 된벼락 휘몰아다가
천 칸짜리 큰 집을 들부수는가.
물결이 출렁이며 얼음을 터쳐
날리는 폭포수인 양 물갈기 일으키네.

하인들 갑자기 귀가 메었고
내 말은 벌써 넘어졌구나.
걸어가던 나그네 여남은 사람
모두 다 덜덜 떨며 두려워하네.

얼마 지나 조금 정신 차리니
강 얼음 저쪽으로 바위 기슭 나타났네.
얼떨떨 당황하여 사방을 둘러보고
서로들 마주 보며 한바탕 웃네.

氷渡南江

仲冬氷腹堅　八表成玄陸
滾滾南江水　滮流瀉萬斛
凝爲碧玻瓈　晶晃奪人目
人馬之渡者　接踵行踖踖
有物自遠來　譬若股雷蓄
或驚陂放閘　或訝輻錯轂
其聲漸近止　嚕呟巨鍾築
瞥然兩脚底　頃刻裂坤軸
颶飀驅霹靂　攧破千間屋
衝波湧圿礡　霽沸散飛瀑
我僕耳忽塞　我馬蹄已覆
徒旅十數子　遍體戰觳觫
少焉魂稍安　氷盡顯巖麓
憮悅而四顧　相對且捧腹

추위를 무릅쓰고 원산에 들렀다가 남이곤과 작별하며

사람들 모두 다 원산이 좋다지만
나에게는 원산이 정말 나빠라.
원산 가는 십 리 길에 눈보라 몰려와서
순식간에 한길 위에 눈산을 쌓아 놓네.

그 기세 드세차서 바다를 뒤흔들듯
그 형세 거창하여 천지를 뒤엎을 듯.
구름이 해를 덮어 햇빛 어둡고
돌 모래 어지러이 날아오는데
바닷물 거꾸로 치솟아 올라
집채 같은 은물결 하늘 떠받네.
마을에는 수많은 집 즐비하건만
대문을 굳게 닫아 보기에 쓸쓸하네.

길가에 나뒹구는 얼어 죽은 저 시체들
흘간산[1]에 얼어 죽은 참새런가.
말에서 내린 나도 멍청히 설 뿐
한 걸음을 내디디기도 어렵구나.

손가락들 얼어서 떨어져 가고
온몸은 굳어져서 묶어 놓은 듯
내 한 몸 보존할 길 전혀 없으니
저 멀리 하늘 향해 목 놓아 우네.

남씨 성 가진 사람 고맙구나.
나그네 내 모습에 몹시 놀라며

---

1) 몹시 춥기로 소문난 산 이름. 흘진산紇眞山이라고도 하는데, 산 위에는 여름철에도 늘 눈
   이 쌓여 있다고 한다.

퇴 아래에 내려와 인사 차리고
손목을 이끌면서 온돌로 권하네.

살찌고 맛 좋은 소 염통구이
아름다운 술잔에는 맑은 술 가득
무늬 고운 화로에 숯불 지피고
더울세라 찰세라 술을 권하네.

새하얀 국수발은 은실오린가
잘 익은 과일들은 구슬 같구나.
나에게 이르는 말 더욱 고맙네.

"모진 추위 요즈음 더욱 심한데
남쪽에서 들어오는 외로운 손님
보아 하니 기질이 연약한 선비
두툼한 갖옷이야 없다 하지만
어이하여 무명옷도 이리 얇은가.
사나이 몸 천금같이 귀중하거니
잠시라도 귀한 몸 조심하시우.
사람의 목숨이란 경각에 달려
아차 한번 실수하면 죽기 쉬우리.
세월은 흉년이요 살림 가난해
잡곡밥일망정 정히 지었으니
바라건대 그대는 편안히 앉아

이 한밤 마음 놓고 쉬어 가시우.
뜻밖에 당하는 일 흔히 있나니
무엇이든 부탁할 것 내게 맡기우."

주인의 그 마음씨 하도 고마워
간절한 그 당부를 못 어겼네.

기한을 정해 놓고 떠나는 이 길
자꾸만 떠나자고 재촉들 하네.
주인에게 진정으로 사례를 하며
뒷날에 다시 보자 약속하였네.

이 세상을 사람들은 넓다 하지만
어디에다 이 한 몸을 의지할거나.
눈물을 휘뿌리며 대문 나서니
날 저문 하늘은 적막도 하네.

冒寒入甑山 留別南生仲厚

人道甑山好 我道甑山惡

甑山十里間 颶風産鉅塹

其氣撼瀯渤 其勢蕩遼廓

雲日晶無光 沙石亂走作

海水盡倒立 銀闕從空落

閭閻數萬戶　掩門慘蕭索
路左僵屍者　哀哀紇干雀
我亦下馬立　寸步難着脚
兩指凍欲墮　四體硬似縛
一身不自保　痛哭叫冥漠
南生古之人　見客色嗟愕
下階親肅揖　携手坐煖閣
肥饌牛心弗　香醺鸚觜爵
獸炭銅爐口　溫冷隨斟酌
素麪銀絲縷　朱果亦瓔珞
爲言此雪寒　近來創饕虐
筇筇南遷子　貌淸氣脆弱
旣無狐狢厚　奈玆絺袍薄
丈夫千金軀　造次宜敬恪
人命在須臾　萬死由一錯
歉荒業貧窶　粟飯猶精鑿
願君且安坐　良夜樂相樂
緩急世所有　窮途幸依託
深感主人意　賤子敢不諾
嚴程有期限　以此相驅迫
款款恭致謝　脉脉留後約
宇宙雖廣闊　何處可棲泊
揮涕出門去　暮天空寂寞

원산을 떠나 밤에 덕원부德源府에 들어섰다.

저녁이 가까워 오자 추위는 더욱 심해졌다. 덕원부에 이르러 먼저 향청에 들어가니 일행이 모두 얼어서 말도 못하는데 사람 몰골은 말이 아니었다. 덕원의 아전들이 보고 다들 깜짝 놀랐다. 나는 정신을 잃고 쓰러졌다가 밤이 깊어서야 깨어났다. 문을 나서서 바라보니 달빛이 대낮처럼 밝았다.

덕원 부사 원의진元毅鎭은 배들을 돌아보려고 바다에 나갔다고 하였다.

덕원에서 송 문정공이 귀양살이하였다는 말을 듣고

이 땅은 그 옛날 송우암이 귀양 산 곳
늙은이들 지금까지 그때의 옛말하네.
옛일을 회상하는 길손 마음 서글퍼라
깊은 밤 잠 못 들고 달빛 아래 거니노라.

宿德源 聞宋文正公曾謫是府

曾聞此地謫尤翁　古老猶傳赤鳥東
怊悵離人懷舊意　夜深起步月明中

11월 21일(병술). 바람이 세차게 불고 몹시 추웠다.

낮이 되어 길을 떠나 철관鐵關 고개를 넘었고 저물어서 문천부文川府
에 들어섰다.

　이날은 바람이 세차게 불고 날씨가 지독히 추웠다.
　덕원 관가 사람들과 함께 길을 떠나 철관 고개 위에 올라 말을 쉬
게 하며 바다를 구경하였다.
　저물어서 문천에 들어섰다. 고을 원은 이상준李尙雋이었다.
　향청에 들어서자 정신을 잃고 쓰러지다 보니 인사를 못 차렸다.
관가 사람인 신희욱申希頊은 나이가 열여덟 살인데 생김새가 준수
하고 마음이 몹시 어질었다. 내 병이 심한 것을 보더니 딱하게 여겨
집으로 데리고 가서 밥을 지어 놓고 먹으라고 권하였다. 내가 숟가
락을 들지 못하자 희욱은 한숨을 쉬면서 꿀물을 풀어 주고 미음을
쑤어다가 밤을 새워 가며 권하였다.

철문 고개 위에 올라 말을 세우고 바다를 바라보며

동쪽의 한끝이라 여기는 바다
바다는 하늘과 한동아릴세.
구름은 바다에서 생겨나는가
그 속에서 뭉게뭉게 피어오르네.

자그마한 틈 사이로 피어난 구름
마침내는 온 바다를 덮어 버리네.
저 푸른 하늘은 그 구름 안아
하나도 남김없이 삼켜 버리네.

미련한 사람들은 억지로 갈라 내어
하늘 바다 구름 각각 구별하지만
내 여기 와 멀리서 바라보며
그 진실 밝혀 보려 애를 쓰노라.

육신으로 이루어진 사람에 비긴다면
육체와 정신은 하나이거니
피는 낟알 물에서 이루어져서
몸 안을 끊임없이 돌고 도는 것

들이쉬고 내쉬는 숨결을 따라
한 기운은 그대로 살을 이루네.

어리석은 시속 사람 구별하기 즐겨
당연한 이치도 못 가려 보네.

넓고 넓은 우주가 주머니라면
꿈틀대며 숨 쉬는 건 작은 벌레들
식견 있는 사람만이 밝게 보나니
일렁이는 파도 위에 해 솟아나네.

鐵門峴駐馬望海

盡東秪瀴溟　與天體爲一
雲乃海之子　瀜浹其腹出
瀇瀇小間隔　混混長充溢
彼蒼獨包容　囊括備纖悉
昧者彊分析　三物各異匹
我來窮遐矚　窃欲覈名實
譬如肉身人　軀殼裏周密
血液化榮衛　流行競汹湁
呼吸所呑吐　一氣成形質
蚩俗嗜區別　至理固難詰
六合大皮袋　蠛蠓喙蟻蝨
但看雙眼明　湧波彤輪日

11월 22일(정해)

새벽에 문천을 떠나 낮에 송포진松浦鎭에서 쉬고 저녁에 고원군高原郡에 들렀다가 곧 떠나서 한밤에 영흥부(永興府, 지금의 금야)에 이르렀다.

　이날 새벽에 신희욱과 함께 길을 떠났다. 낮에 송포진에서 쉬었는데, 송포진을 전탄箭灘이라고도 하고 소리포疎籬浦라고도 하였다.
　희욱은 엿과 더운 수제비 국을 얻어 가지고 와서 먹으라고 하였다. 대체로 다른 관가 사람들은 귀양 가는 사람들에게 붙어서 입고 먹으면서 가는 데마다 빼앗아 내는 통에 길가 여염집들이 소란스러웠다. 오직 신희욱만은 제힘으로 살아가면서 마을 집에서 술 한 잔 거저 받아먹는 일이 없었다.
　주인집 설씨 늙은이도 마음씨가 너그럽고 무던하여 나를 몹시 곡진하게 대해 주었다.
　이른 저녁에 고원군에 들어갔다.
　고을 원은 장현택張鉉宅인데 관가에서 음식을 내주어 먹도록 하고는 곧 떠나보냈다.

작별을 앞두고 신희욱은 내 옷깃을 잡고 눈물을 흘리면서,

"가시는 길에 부디 몸조심하시우."

하고 겨우 말하더니, 제가 가지고 있던 돈 백 닢을 위 서방의 주머니
에 넣어 주었다. 그러면서,

"길가의 주막에 들러 술이나 사 자시우."

하였다. 신희욱은 먼 길에 부디 편안하라고 천 번 만 번 당부하고 나
서 눈물을 흘리며 떠났다.

밤이 깊어 영흥부에 들어갔다. 영흥 부사는 김희조金熙朝였다.

낮에 송포진에서 쉬며 주인 설씨 노인에게

나그네 심사 날 따라 쓸쓸한데
멀고 먼 길은 북으로 뻗어 있네.
텅 빈 들판에는 낮은 산들 널려 있고
맵짠 바람은 야속히도 불어 대네.

아득한 나무숲에 외로운 학 울어예고
한적한 나루터에 까마귀 떼 난탕 치네.
열 채도 못 되는 마을 백성들
되는대로 이리저리 널려 사는데

무너진 담장으론 새 날아들고
고삭은 울 밑에선 개 짖어 대네.

지금은 엄혹한 겨울철이라
햇빛도 희미하게 빛을 잃었네.
음산한 하늘에선 눈이 오려는 듯
땅이며 바다에는 구름 어렸네.

주인집 늙은이 마음 고마워
날 이끌어 더운 방에 앉혀 놓더니
흉년 세월 몇 번이고 흠잡으면서
맛없는 술일망정 권하는구나.

곤란한 이 길에서 구원 받으니
내 어찌 그 마음 마다할쏘냐.
어려운 때 한 그릇 밥 고맙건만
그 은혜 보답할 길 없을 것 같아
한탄하고 오열하며 문을 나서니
내 장차 갈 길은 그 어데더냐.

午憩松浦鎭 贈主人偰翁

客心日淒爽　長路盡北嚮
野曠山易低　烈風紛飛颺
遠樹獨鶴杲　古渡寒鴉盪
村黎八九屋　羅列不成行
鳥窺頹垣側　犬吠疎籬傍

況復玄冬嚴　日色幽且亮
稜稜欲下雪　海天彤雲漲
主翁多厚意　勸我坐深炕
苦辭歉歲黍　薄酒存家釀
窮途得救濟　賤子安敢讓
艱難一飯德　此生恐莫償
噫嗚出門去　吾道將安放

고원군에서 신희욱과 작별하며

옛 선배들 남겨 놓은 말이 있어라
여남은 집 마을에도 인물 난다고.
거룩하다 호송군 신희욱이여
그대의 뜻 그 기상 뛰어났어라.

짙은 눈썹에 해맑은 얼굴
붉은 두 볼은 무궁화꽃 빛
남을 대할 때 용단을 내니
그 마음 너그럽고 온순하구나.

나이는 이제 겨우 열여덟 살
앞길은 아직도 창창하여라.
갈 길을 정해 놓고 재촉받는 나

지나친 골풀이도 자주 당했네.

들르는 곳곳마다 길을 재촉해
바람에 쫓기듯 빨리도 왔네.
하지만 신희욱은 의협심 많아
불쌍한 나 극진히 돌봐 주었네.

따뜻한 온돌방에 쉬도록 하고
맛좋은 술 부어 목 축여 주며
왼손으로 죽 그릇 꺼당겨 놓고
오른손엔 고깃국 받쳐 들고서

변변치는 못하다고 걱정도 하며
정성껏 어서 들라 간청하였고
온밤을 뜬눈으로 앉아 밝히며
나의 병도 정성 다해 구완하였지.

아침에 문천 고을 떠나올 때도
한낮에 송포진서 잠깐 쉴 때도
시냇길이 험하면 부축해 주고
벼랑길이 어려우면 잡아 주었네.

궁색한 길손들 걱정을 하며
인색한 빛 조금도 내질 않더니

이별할 때 강개한 눈물 흘리니
애절한 소리 쇠와 돌도 울리네.

태평한 세월이라 어진 인재 모으거니
덕스럽고 문명한 이 남김없이 뽑는다네.
진실하고 훌륭한 나라의 들보감엔
신희욱 그야말로 걸출한 인재로다.

어찌하면 그에게 앞길을 틔워 주어
나라의 충신으로 내세워 볼까.

入高原郡 別申端公希頊歸文川

先師垂遺訓　十室有忠信
偉哉申端公　志氣神且駿
秀眉潔白皙　紅頰明如蕣
遇物輒勇敢　小心兼謹愼
其齡纔十八　前路利發靭
我來嚴程促　天怒方赫震
沿道事驅迫　疾若飄風迅
端公獨意氣　憐我恭承順
煮堨招魄安　勺醴啓喉潤
左手持饘粥　右手擎朧腆
逌然敬尊執　懇懇來勸進

終宵不成寢　款曲勤問訊
朝發文川郡　午憩松浦鎭
提携溪澗險　扶持巖壑峻
窮道急人難　特立無悔吝
臨別忼慨泣　哀響金石振
聖世蒐遺才　至德文明濬
信美棟樑具　端公乃豪俊
安得致名塗　爾實邦之藎

영흥부에 들어가서

사나운 바람 일어 큰 파도 밀려드는데
떠나가는 수레 위에 저녁노을 비꼈구나.
험난한 바닷길엔 어룡이 숨었으리
스산한 포구에선 해오라기 시름 짓네.

흩날리는 쑥대인가 떠도는 이내 신세
정처 없이 다니다가 영흥 고을 이르렀네.
변방의 겨울이라 추위가 심하거니
높이 뜬 저 구름도 얼었는가 멈춰 섰네.

험준한 골짜기엔 성벽이 들어앉고
단청한 높은 누각 반공에 솟았어라.

시냇가 두 기슭엔 흰 돌이 널려 있고
산비탈엔 길 따라 푸른 솔 우거졌네.

활줄같이 곧은 길 끝 간 데 내 몰라라
관북 땅의 생김새 웅장하고 험준해라.
산줄기 우불구불 나는 학 안아 주고
울창한 숲 듬성듬성 누운 소 지켜 주네.

이 나라의 오랜 덕화 뚜렷이 보이누나
상서로운 기상이 사방에 어렸어라.
천지의 조물주가 정력을 기울여
만 년토록 좋은 고장 여기에 이뤄 났네.

우리의 선대 여기에 터를 잡고
나라 세울 장한 뜻 오랜 세월 키웠나니
한양의 번화함을 생각하는 양
용흥강 푸른 물 깊고 깊구나.

入永興府

烈風捲大海　落日照征輈
古窟魚龍窟　荒渚鶴鷺愁
我行如飄蓬　翩翩到永州
南關仲冬日　薄雲凍不流

層城塡巖谷　半空聳朱樓
素石絢溪干　蒼檜蔭路周
大道直如弦　地勢雄且幽
輪囷擁留鶴　蓊蔚護臥牛
儼然聖歷尊　瑞氣長盤虯
大匀費精力　萬世鍾靈區
聖祖此輿宅　銷鑰壯洪猷
龍興江水深　猶憶翠華遊

11월 23일(무자)

새벽에 영흥을 떠나 용흥강龍興江을 건넜고 흑석령黑石嶺을 넘어 낮
에 금파원金波院에서 쉬었다. 덕진강德津江을 건너 초원역을 거쳐 저
녁에 정평부定平府에 이르러 거기서 잤다. 밤에 눈이 조금 내렸다.

  새벽에 영흥을 떠났다. 영흥 아전 김세풍金世豐은 자못 영리하여
사랑스러웠다.
  용흥강을 건너 흑석령을 넘고 낮에 금파원에서 쉬고 덕진강을 건
너니 곧 초원 땅이었다. 저녁 무렵에 초원역을 거쳐 늦어서 정평부
에 들어가 묵었다. 정평 부사는 최명건崔命健이었다. 밤에 눈이 조
금 내리다가 이내 멎었다.

  흑석령을 지나며

  새벽에 진흙 땅인 골짜길 건넜더니
  한낮에 돌 깔린 고개 위에 올라섰네.

앞을 바라보니 바위만 우뚝 솟고
뒤를 돌아보니 바다가 아득해라.

음산한 벼랑 밑엔 고드름이 드리우고
양지쪽엔 낭떠러지 시루처럼 놓였는데
바람은 그 속에서 소리 내어 울부짖고
구름은 그 밑에서 뭉게뭉게 일어나네.

중로에서 앞길은 지세가 바뀌었나
좁다란 너덜길 수레 겨우 빠져 갈 듯
깎아지른 쌍벼랑 양옆에 다가서
두 각이 서로 맞댈 듯하더니

구불구불 한길이 평지로 바뀌어
이리 굼틀 저리 굼틀 용이 달린 자취인가.
이러한 요해지는 하늘이 만든 곳
끝없는 그 조화를 헤아리기 어렵구나.

슬프다 귀양 가는 나그네 행색
게다가 이 한 해가 저물었거니
한 몸도 부지하기 어려운 터에
어이하여 갈 길은 이리 험한가.

변방 땅은 갈수록 황량해지고

서울은 날을 따라 멀어만 가네.
어지러운 세상이라 좋은 시절 그립구나
시절이 수상하니 은둔 생활 좋았을걸.

속세의 글공부에 정력만 소비하고
올바른 유도에는 근본도 못 찾았네.
걸핏하면 낭패 보는 험악한 세상
어떻게 갖은 시름 모면할쏘냐.

정령위¹⁾ 고향 찾아 슬퍼한들 무엇 하리.
굴원²⁾이 난초 보며 탄식한 일 부질없네.
집에는 늙은 부모 앉아 계시니
애써 밥 한술이라도 더 떠야 하리.

過黑石嶺

晨涉頹泥壑　午躋黑石坂
前瞻碧嵒嵒　後睇海滾滾

---

1) 정령위는 한나라 때 이른바 도술이 능하였다는 사람이다. 전설에 의하면 정령위는 영허산
이라는 곳에서 도술을 배워 가지고 신선으로 되었는데 뒷날에 학으로 변하여 고향인 요동
에 돌아왔더니 산천은 옛날 모습 그대로였으나 사람들은 그 누구도 알아볼 수 없어서 슬
퍼하였다고 한다.
2) 전국시대 초나라 사람. 초나라 벼슬아치들 내부의 알력과 시비로 하여 벼슬길에서 몰려나
우울하게 지내다가 멱라수라는 강에 몸을 던져 죽었다고 한다. 벼슬길에서 몰려났을 때
자기 제자들의 앞날이 근심되어 난초를 보면서 한탄을 하였다고도 한다.

陰壁學懸靁　陽嶒像覆甂
風從其中擾　雲從其下渾
半路忽異色　窄磴纔容轊
雙崖束左右　頭角兩向狠
屈曲轉平地　龍蛇走蟺蜿
恭惟天設險　造化難測忖
嗟我行遣者　況復當歲晚
一身不自保　胡爲此屯蹇
關塞日以荒　京國日以遠
世肴思甘節　時危利嘉遯
俗學漫費力　於道不務本
造次顚沛間　焉得免憂懣
莫悲令威柱　莫歎靈均畹
高堂有老親　努力加餐飯

금파원을 지나면서

나그네 가는 길 날 따라 멀어 가네.
눈앞에 보이는 것 모두 다 시름겹네.
자그마한 산줄기들 높지 않은데
흐르는 시냇물도 잔잔하여라.

네댓 집 모여 사는 자그마한 마을에서

사람들은 제가끔 먹고살 일 꾀하는데
한낮이라 사립문은 열려 있으나
어설픈 울타리는 눈에 묻혔네.

뜰 앞에는 개와 닭 마구 싸다니고
처마 밑엔 까막까치 내려앉누나.
겨울날도 따스하기 봄철 같으니
땅기운은 남쪽 땅과 다름없나 봐.

길옆에는 돌을 쌓아 무더기 만들고
그 위에 서낭당 꾸려 놓았네.
누구인가 음식 차려 가져다 놓고
큰절하며 중얼중얼 정성 드리네.

사람은 날 때부터 제명이 있거니
제 한 몸 돌아보며 허물을 살펴야지.
어이하여 부당한 제사 지내며
길거리에 허리 굽혀 엎드려 있나.

부질없이 복 구하면 도리어 화 되나니
잡귀에게 하는 아첨 도리어 부끄럽네.
안타까운 이 마음 큰소리로 외치노라
한길에 말 세우고 헛되이 바장이네.

過金波院作

客行日以遠　觸目多新愁
殘山旣不高　溪水亦安流
村居四五家　衣食各自謀
柴扉啓午亮　槲籬埋雪幽
庭前鷄犬行　簷下烏鵲留
冬日暖如春　地氣似南州
道傍城隍廟　築石成小邱
持飯者誰子　拜禱誠區區
人生不有命　反躬省譽尤
何必祭非鬼　傴僂伏道周
求福空自回　媚奧還足羞
浩歌聲激烈　立馬漫夷猶

눈을 맞으면서 정평부에 들러

정자 위의 구름 빛 검어지는데
불어오는 바람소린 우레 이는 듯
여섯 뿔 난 고운 꽃 공중에서 날리더니
흰 것이 내려와 코끝에 부딪치네.

온 들판 그 어데나 옥으로 뒤덮었고

하 많은 나무들엔 구슬 꽃 활짝 폈네.
길가의 벼랑에도 부슬부슬 떨어지고
시냇가 풀섶에도 희끗희끗 쌓이누나.

정갈하고 눈부신 은빛 이 세계
하늘땅 온 강산은 모두 한 덩어리.
한길은 얼음 덮여 미끄러운데
말조차 병들어 걸음 못 걷네.

깊은 숲 어이 그리 희미하더가
짧은 다리 건너기도 아슬하구나.
하인들 힘겨워 주저앉은 채
탄식하며 하는 말 가슴 허비네.

밤이 깊어 눈 멎고 날이 개니
온 누리 티끌 없이 깨끗하여라.
지는 달은 서산 너머 기울어지고
은하수 고요히 빛 뿌리는데

머리 들어 별 무리 바라다보니
하늘은 넓고도 숭엄하여라.
까막까치 제 둥지 찾아드는데
길손 홀로 길가에서 서성대누나.

고향 땅은 저 산 너머 아득히 먼 곳
말 몰아 떠나려니 생각 간절해
갈림길에 다다라 큰소리치니
애절한 여운은 하늘가로 울려 가네.

冒雪入定平府

城上雲氣黑　颰風似殷雷
六花漫寒空　雪從鼻白來
四野瓊瓗合　千樹擂蓁開
緣崖落灟灟　傍溪積皚皚
嚮然璀璨內　宇宙同一堆
客路兼氷滑　我馬況虺隤
修林何熹微　斷橋亦崔嵬
僕夫踢蹋顧　歎息肝腸摧
夜久漸登霽　八表淨無埃
殘月出未高　河漢光昭回
仰瞻衆星爛　玄霄肅且恢
烏鵲各歸棲　遊子獨徘徊
故國渺茫茫　擥轡思悠哉
臨岐發浩唱　餘響徹天哀

11월 24일(기축)

새벽에 정평을 떠나 학선정鶴仙亭에서 쉬고 만세교萬歲橋를 건너 함흥부에 들렀다가 곧 떠나서 저녁에 구돌포九突浦에서 잤다.

　이날 새벽에 정평을 떠나 학선정 아래 냇가에서 쉬고 만세교를 건넜다. 만세교는 길이가 십 리인데 그 모양이 거창하여 참말로 구경할 만하였다. 다리 남쪽에는 인가들이 즐비하였는데 이달 스무날 불이 나서 천여 채의 집들이 모두 불탔다고 한다. 불탄 자리를 바라보니 처참하기 그지없었다.

　함경도 순찰사는 이정운李鼎運이고 함흥부 통판은 박시영朴始榮이었다.

　이날 점심도 못 먹고 그 자리에서 곧 길을 떠나 홍원洪原으로 향하였다. 저녁에 구돌포 민가에서 잤다.

학선정

함경도 이 고장의 이름난 정자
예부터 학선정 일러 왔었네.
신선들 푸른 학에 몸을 싣고서
달 밝은 밤 여기 와 춤추었다.

이제는 신선도 학도 떠나가고
날듯한 정자만 남아 있는데
처마 끝엔 날다람쥐 구멍을 찾고
섬돌 밑엔 애기 사슴 풋잠 들었네.

외로이 떠다니는 서글픈 길손
불안한 생각 속에 어깨 힘 푸네.
시냇가 반석 위에 걸터앉으니
돌들은 어이 그리 넓적넓적한가.

양지바른 언덕엔 파란 풀잎 나부끼고
그늘진 벼랑 밑엔 붉은 이끼 돋아 있네.
아침 해 높이 솟아 얼음 위에 빛 뿌리면
아름다운 오색구름 눈부시게 퍼져 가네.

예부터 이 고장은 신선 살던 곳
속된 세상과는 인연 끊었네.

외로운 학 소리 내어 한번 울면
두 죽지 저절로 퍼덕인다네.

신선들은 이 자리에 있지 않으니
내 어이 그들을 그리워하랴.
정자 위에 높이 솟은 둥근달만이
옛날처럼 밝은 빛 뿌려 주누나.

鶴仙亭

北路名亭子　自古稱鶴仙
仙人騎靑鶴　月中來蹁躚
鶴去仙亦去　亭子空翼然
斷雷靑䑕竄　荒砌素麞眠
蹁躚游宕子　棲棲息兩肩
臨水跂溪石　溪石何田田
陽坡碧莎瀾　陰崖槇苔鮮
初日照寒氷　光彩淨娟娟
由來靈奧宅　靜僻隔俗烟
獨鶴叫一響　雙腋忽翾翾
仙人不在座　而我奚慕焉
祗教亭畔月　淸光依舊圓

함흥부에서 묵으며

눈이 멎자 하늘도 정갈하구나
사향 냄새 향긋이 풍기어 와라.
지는 해 뉘엿뉘엿 서산을 넘고
찬바람은 윙윙 눈 몰아오네.

함흥부는 예부터 큰 도회지
지형은 어이 그리 웅장도 한가.
산들은 뻗어 내려 고을을 에워싸고
벌들은 공손히 머리 숙여 인사하네.

곳곳마다 마을들 즐비하게 널려 있고
하늘을 떠이고서 누각들 솟았어라.
소소리 높은 성벽 사방에 잇달리고
붉은빛 대문들은 남쪽 향해 열렸는데

옛날에 우리 조상 말 타고 달리던 곳
상서로운 그 기상 아직도 완연해라.
지금은 늦은 겨울 날씨도 매서운데
구름마저 얼어붙은 듯 한자리에 머물러라.

만세교 긴 다리는 가로 솟아 뻗어
십 리도 넘는 것이 우람하기도 하여라.

새하얀 무지개 한끝을 드리운 듯
푸른빛 이무기가 지느러미 펼쳐 든 듯

얼어붙은 기둥들 몇만 길 된다던가
마치도 천태산이 거꾸로 드리운 듯
듣건대 한여름철 장마가 시작되면
강물은 흘러 흘러 천만 굽이 에돈다네.

그때면 돛단배들 떼를 지어 오가는데
그 배들 한결같이 다리 밑을 통한다네.
만세교 남쪽 마을 모두 다 잘사는 집
강줄기 따라가며 즐비하게 늘어섰네.

지난번 스무날에 불이 일어나
백만 재부 한꺼번에 재로 되었다네.
주춧돌만 여기저기 흔적을 드러내고
기둥이며 문설주는 티끌로 변했구나.

기왓장만 나뒹구는 텅 빈 땅 위에
머리 들어 바라보니 그을음만 가득해라.
날씨는 차가운데 집이 없으니
해 지고 날 저물자 통곡 소리 애처롭네.

그 광경 바라보니 마음 측은해

생각이 미치는 곳 애를 끊누나.
나라님의 거룩한 덕 너그러워서
하치않은 짐승들도 은혜 입거니

백성을 사랑하는 법을 내었으니
봄날이 돌아오면 구휼도 있으리.
하늘의 도리는 돌고 도는 것
이 일이 어이하여 재앙으로 되겠나.

이 고장 원님이 어진 데다가
백성을 사랑하니 안착시켜 주리.
모든 일에 저마끔 노력하면서
부질없는 탄식일랑 말아야 하리.

宿咸興府

雲霧天宇淨　麝香佳氣回
苒苒西日落　颸颸北風積
咸興大都會　地勢何雄哉
天佛長擁衛　羅紇儼趨陪
撲地羃閭井　聳空起樓臺
層城鬱相望　朱門向南開
聖祖馳馬處　蒼然瑞色堆
季冬時候嚴　凍雲凝不頹

長橋宛橫亘　十里照崔嵬
素蜺顯頭角　蒼龍奮鰭腮
氷柱幾萬丈　怳若倒天台
聞道炎霖時　河流千曲回
帆檣森似束　盡從橋底來
橋南鼎食家　櫛比隨沿洄
向者乙酉火　百萬皆成灰
砌礎無略存　店楔俱飛埃
茫茫瓦礫墟　回首盡烟煤
歲寒無家子　日暮哭聲哀
惻隱本諸心　念之肝腸摧
聖德體仁恕　惠澤及卵胎
字恤垂關石　賑貸趁春雷
天道易回斡　此事寧爲災
況復地主賢　子民勤勞徠
凡百各努力　愼勿空歎欸

11월 25일(경인)

길을 떠나 덕산역德山驛에서 쉬고 낮에 임동역林東驛에 들렀다가 함관령咸關嶺을 넘어 함원역咸原驛에서 쉬었으며 밤에 홍원현洪原縣에 들어섰다.

이날 길을 떠나서 덕산역을 지나 낮에 임동역에 들러서 쉬었다. 임동역은 한편 임도원任道院이라고도 하였다. 함관령을 넘어 함원역 마을 주막에 들러 말을 쉬어 가지고 밤에 홍원현에 들어섰다.

옛날에 지천芝川 김 선생이 매양 나를 타이르기를,

"선비들의 풍기가 날을 따라 어지러워지니 장차 화가 미칠 걸세. 자네는 성품이 너무 대바르고 무엇이든지 참고 견디는 것이 부족하네. 만일 남의 잘못을 엿보다가 남몰래 일러바쳐서 욕을 보이려는 놈이 있어 일을 꾸미게 되는 날에는 자네는 면할 길이 없을 걸세."

하였다.

지금 생각해 보니 그 말이 딱 맞았다. 생각할수록 눈앞이 캄캄하였다.

홍원 고을 원은 이명연李明淵이었다. 그는 아전을 보내 문안을 하면서 병이 심해서 나와 보지 못하노라고 하였는데 그 마음이 조금 너그러웠다. 그리고 보내 준 음식도 제법 풍성하고 정결하였다.

함관령을 넘으며

길 떠난 나그네 생각이 끝이 없어
허전한 마음 안고 높은 영에 올랐어라.
고개는 험준하고 거무스름한데
돌이 깔린 오솔길도 음산하여라.

깎아지른 벼랑엔 햇빛조차 안 비치고
산 깊은 골짜기엔 찬 기운만 음산해라.
손 들면 곰의 둥지 만질 수 있으리라
발끝에는 여우 굴이 드문히 밟히네.

기한을 정해 놓고 길 떠난 이 나그네
이른 아침, 늦은 저녁 마음은 조급하네.
거룩한 나라님 은혜도 깊거니
귀양 가는 신하에게 이만한 것 다행이지.

스스로 잘못을 뉘우칠 뿐
어찌하여 마음속에 시름 지니랴.

지천 선생 그 식견 명철하여라
일찍부터 나의 단점 헤아렸거니.

소인들은 언제나 벼슬길에 날치지만
군자들은 항상 조용하기 힘쓴다네.
집안 어른 가르침을 내가 받들새
하루에도 두세 번씩 반성해 보네.

편안하게 살려면 탄탄한 길 걷거니와
옛것을 탐구하려면 물 긷듯 힘써야 하리.
액운과 재난이 갈마든다 한들
그 어찌 지닌 뜻 저버리랴.

어이 알랴 순식간에 부닥친 불행
빠질 길 없어 한탄할 줄을.
근심 속에 부질없이 서성대거니
아마도 저 하늘은 이 마음을 알아주리.

踰咸關嶺

客行無意緖　悄悄走高嶺
高嶺峻而黝　石路皆險境
懸崖陽景仄　斷壑陰飈冷
手捫熊羆巢　足躡狐狸窄

嚴程旣有限　夙夕心耿耿
聖主恩太深　遷謫亦臣幸
祗自訟愆尤　安敢懷憂悀
壞哉芝川翁　先覺嗟已炳
小人競紛躁　君子務寧靜
而我承庭誨　反躬日三省
居易尋坦轍　汲古延修綆
厄窮與患難　焉得失所秉
那知瞬息間　顚沛歎靡聘
觀悶空佗傺　皇天或余警

11월 26일(신묘)

새벽에 길을 떠나 낮에 우가진牛家鎭에서 쉬고 밤에는 평포萍浦 역
마을에서 잤다.

이날 새벽에 홍원 군교 김진현金振鉉과 함께 길을 떠났다. 김진현
의 자는 이첨爾瞻인데 꽤 부지런하고 사무에 밝았다.

낮에 우가진에서 쉬었다. 우가진은 우과진雨過津이라고도 하였
다. 저녁에는 평포 수자리 터에서 묵었는데, 여기가 곧 평포역이다.

평포 주막집 여인은 나이가 스무 살 남짓해 보이는데 눈은 빛나고
이가 흰 것이 아리따워 제법 교태기가 있었다. 그는 김진현과 본디
부터 남다른 인연이 있었던 것 같았다. 밤이 깊어지자 꿩고기 곰국
을 끓여 가지고 들어왔다. 그러고는 밤새도록 즐겁게 놀았다. 제가
말하는데 성은 소蘇이고 이름은 벽혜碧蕙이며 양인 집 자식이라고
하였다.

우가진을 지나며

내 가는 길 날마다 멀어만 지고
나의 병 날을 따라 깊어지누나.
말 위에서 때때로 정신을 잃고
입에서는 신음 소리 끊이지 않네.

관청 아전 마음씨도 너그럽구나
진정으로 나를 측은해하네.
부축하며 부지런히 돌보아 주고
알뜰한 보살핌 아끼지 않네.

한낮의 밝은 해에 찬 눈빛 비치니
눈부신 그 빛발 숲에 어렸네.
정갈한 개울물 굽이쳐 흐르고
새하얀 돌들은 여기저기 깔렸는데

쓸쓸한 북풍이 불어올 때면
눈 덮인 골짜기는 소리 내어 우네.
들판엔 까마귀 떼 우쭐거리고
울 밑에선 청삽사리 뛰어나오누나.

저녁노을 구름 끝에 피어오르고
지는 해 서산 너머 기울어질 때

말 몰아 내 가는 곳 그 어디더냐
하염없이 또 한 고개를 넘었네.

過牛家鎭

我行日以遠　我病日以深
昏昏駄馬背　口不絶呻吟
公人性亦仁　惻隱本之心
扶持勤護愛　款款情不任
白日照寒雪　光彩耀中林
淸溪宛回轉　素石相淩臨
悲風自北來　雪谷易生音
飛雅滿平陸　鳴犬出籬陰
斜光亘雲端　落景已西沈
驅馬將安之　且復陟嶔岑

평포에서 묵으며

아득한 너덜길에 인적 끊기고
무성한 숲 속에는 나는 새 없네.
지는 해 서산 너머 자취 감추니
앞길은 점점 더 멀어만 뵈네.

그 어딘가 들판에선 개 소리 들려오고
희미한 연기 흔적 나무 끝에 어렸는데
집들은 모두 다 돌기와로 덮어서
절로 자란 삼나무 울타리를 이루었네.

말에서 내린 나 사립문에 들어서서
한동안 멈춰 선 채 늦가를 굽어보는데
집주인 늙은이는 고기잡이 떠나가고
아이들만 집에 남아 문 안에서 대꾸하네.

나를 보자 아이들 놀라서 달아나며
엉엉 소리 내어 울음을 터뜨리누나.
"애야 우지 마라 밥 빌러 온 내 아니로다.
갈 길을 정해 놓고 바삐 가는 나그넨데
앞의 주막 지나온 지 이미 오래고
다음 주막 어데인지 알 수 없구나.
방 한 칸 빌리는 게 우리의 바람
말 먹이고 앉았다가 날 새거든 떠나가마."

宿萍浦戍

萬磧人蹤斷　千林鳥飛少
落日已西匿　前路漸茫渺
野中聞犬吠　暝烟颺樹杪

居民石覆屋　杉籬自相繞
下馬入柴扃　佇立俯寒沼
主翁捕魚去　應門但穉小
見我背面走　咕咕啼未了
我來非求食　奈此嚴程擾
前站旣已過　後站亦復杳
但願借房屋　秣馬待天曉

11월 27일(임진). 날이 흐리고 흙비가 내렸다.

용안촌龍岸村을 지나 삼가령三家嶺을 넘었고 한낮에 북청부에 들어
섰는데 눈이 몹시 내려 다시 길을 떠나지 못하였다.

이날은 날씨가 흐렸고 흙비마저 내려 날이 캄캄하였다. 용안촌을
지나 삼가령을 넘었다. 삼가령을 상가령霜加嶺이라고도 하고 쌍령雙
嶺이라고도 하였다.

낮에 북청에 들어섰는데 눈이 몹시 내려 마치 비가 쏟아지는 듯하
였다.

북청 부사는 신대윤申大尹이었다. 그는 바야흐로 사헌부 규탄을
받아, 파직하고 잡아들이라는 명령까지 받은 중이었다. 관가에서 음
식을 내다 주었는데 술까지 받쳐 주면서 너그럽게 대해 주었으며 아
전들을 시켜 잘 다녀가라는 인사도 전해 주었다.

이날 저녁에 눈이 몹시 내려 길을 떠나지 못하였다.

옛날 광해군 정사년(1617)에 김용金墉의 변란[1]이 일어났을 때 백

---

1) 광해군이 선조의 계비인 김씨를 폐위시키던 일을 말한다.

사 이항복은 북청에서 귀양살이를 하였는데 다음과 같은 시를 지었다.

> 해묵은 장승에는 북청이라 쓰였는데
> 널다리 서쪽에선 맞아 주는 사람 없네.
> 뭇 산들은 정녕코 호걸을 가두려나
> 돌아보니 만학천봉 갈 길을 막아섰네.
> 古堠松牌記北靑　板橋西畔少人迎
> 群山定欲囚豪傑　回望千峰鎖去程

그는 다음해인 무오년(1618) 오월 열사흗날에 귀양지에서 죽었다. 그때 처음부터 마지막까지 곁에서 시중을 들고 죽은 뒤에 장사 지내고 삼년상까지 치른 사람은 금남군錦南君 정충신鄭忠信이었다.

그 뒤에 북청 사람들이 그의 고마운 의리를 생각하여 성 밖 노덕사老德祠에 서원을 세웠으며 사당을 지어 놓고 그를 제사 지냈는데 그 서원 이름을 노덕서원이라고 하였다.

이날 나는 눈 때문에 길을 떠나지 못하였으므로 사당을 찾아가서 참배하려고 하였으나 북청 아전들이 길이 에돌게 된다고 하면서 못 가게 하였다. 허전한 생각을 금할 수 없었다.

금남군의 자는 가행可行이고 호는 만운晩雲인데 집안이 가난하고 미천하였다. 본래 나주 정병正兵으로 있었는데 임진년 난리 때에 그의 나이는 열일곱 살이었다. 도원수인 충장공忠莊公 권율權慄이 상금을 걸고 임금이 임시로 피난 가 있는 곳에 보낼 만한 사람을 구하였다. 이때 정충신이 자진해서 가겠노라고 하고는 장계문을 가지고 왜놈들의 진영을 꿰뚫고 의주에 가 닿았다.

그때 백사 이항복이 병조 판서로 있었는데 정충신을 한번 만나보고 곧 그를 뛰어난 인재로 여겨서 가까이 있으면서 글을 읽도록 하였다. 그리하여 선진先秦 고문古文들도 읽었고 두루 이름난 선비들과 사귀기도 하였으니 연양延陽 부원군 이시백李時白, 신풍新豊 부원군 장유張維, 완성完城 부원군 최명길崔鳴吉이 모두 그와 문벌에 매이지 않고 사귀어 온 친구들이었다.

뒷날에 사신으로 건주建州에 들어가 오랑캐들의 동정을 살피게 되었는데 오랑캐 우두머리가 그를 시험하려고 빈방에다 가두어 놓고 굶겼다. 그는 밤새도록 그 안에서 글을 읽고 있었는데 목소리는 여전히 쟁쟁하였다. 그가 읽는 글은 《춘추좌전》이었다.

그는 무과에 급제하여 벼슬이 부원수, 한성 판윤에 이르렀고 진무원훈²⁾으로 금남군의 봉호를 받았으며 시호를 충무공忠武公이라고 하였다.

그가 볼하 첨사³⁾로 있을 때 시를 지었는데 그 시는 이러하다.

천 년을 지난 자취 새들만 오락가락
윤관 장군 비석 위에 푸른 이끼 아롱졌네.
가소롭다 반초가 변방을 개척하던 일
몇 년 동안 고생 끝에 돌아올 수 있었던고.

---

2) '진무振武'란 1624년 이괄의 반란을 진압하는 데 참가한 신하들에게 준 공신 칭호이며 '원훈元勳'이란 1등이라는 뜻이다. 정충신은 그때 진무공신 1등으로 뽑혀 '금남군錦南君'이라는 봉호를 받았다.
3) '볼하乶下'는 오늘의 함경북도 유선 지방의 고장 이름. 첨사僉使는 무관 벼슬 자리인데 본디 이름은 첨절제사이고 종3품 벼슬이다.

千年往迹鳥飛間　文肅公碑碧蘚斑

可笑玉門班定遠　幾年辛苦乞生還

이것만으로도 그의 기개를 상상할 수 있다.

야사에 이르기를, 정충신은 키가 작았으나 두 눈에서는 영채가 돌았다고 한다.

이날 밤에 등불을 밝히고 혼자 앉아 있었다. 주막집 주인은 이름이 갈보한葛輔漢이라고 하는데 이 고을의 기패관旗牌官이었다고 한다. 그는 성질이 서글서글하고 함경도 지방의 옛날 사적을 많이 알고 있었다. 이야기를 하다가 근래 북청 지방의 정사 이야기에 이르러서는 마땅히 판서 임시철林蓍喆을 첫째로 꼽아야 할 것이라고 하면서 그때 일들을 낱낱이 말하였다. 그러고는 북청 땅의 백성들에게는 그 은혜가 뼛속까지 배었으니 죽을 때까지 잊지 못할 것이라고 하면서 하염없는 눈물을 흘렸다.

(시 세 수는 생략했다.)

11월 28일(계사). 새벽에 눈이 멎었다.

북청을 떠나서 가다가 안전鴈田에서 아침밥을 먹었다.

이날 새벽에 눈이 멎고 바람이 몹시 세차게 불었다. 안전은 바닷가의 큰 마을이었다. 한편 양가촌良家村이라고도 하는데 마을이 몹시 부유하였다.

안전에서

안전 땅 널려 있는 수백 호 집들
모두 다 평범한 백성들의 집
사내로 태어나면 밭일 글 읽기 다 안 하고
오로지 활쏘기만 일삼는다네.

준마는 번개처럼 빨리 달리고
수레는 물 흐르듯 굴러가는데

건장한 몸집에 훤칠한 키꼴
모두 다 나라 지킬 용사들일세.

눈썹 아래 눈정기 번뜩거리고
수염발은 하얀 이 가렸는데
진분홍 덧저고리 성성이 핏빛인가
누르끼레한 소가죽 신이 그들의 차림새라.

알 수 없구나 이 고장 사람들
무엇으로 생계를 이어가는지.
아롱진 활짱에 흰 깃 화살 메고
수놓은 칼집에는 금빛 칼 들어 있어

화살 한 번 날리면 쌍 고라니 넘어지고
칼 한 번 던지면 두 멧돼지 쓰러지니
울부짖던 산짐승들 숲 속에 사라지고
사나운 호랑이도 언덕 너머 달아나네.

발톱 센 보라매를 팔에 앉히고
흰 주둥이 사냥개 앞세우고서
언제든지 사냥 가면 허탕 안 치고
토끼나 꿩 같은 건 셈도 안 치네.

해 솟으면 산속으로 들어갔다가

날 저물어 성안에 돌아온다네.
사람들 살아가는 방법 있나니
하필이면 그런 일을 해야 하는가.

사람이 죽고 삶은 순식간인데
잇속만 보고서는 목숨 안 아끼네.
의기양양 노래하며 술 사 마시고
날듯이 마을로 지나가누나.

鴈田

鴈田數百戶　摠是良家子
生男不耕讀　祗自嗜斥弛
駿馬如飛電　高車如流水
八尺健身手　箇箇干城士
豹眼映鬒眉　虬鬚掩皓齒
眞紅猩血襖　淺黃牛膀履
不知此中人　何以爲生理
雕弓白羽箭　繡鞱金錯匕
一彄貫雙麕　再擲殪兩兕
號猿藐楚養　開虎哂隴李
渤鷹蒼玉爪　潘獒白雪嘴
所施無虛巧　肯數兔與雉
日出入山谷　日暮來城市

人生亦有道　何必事乃爾
賭命在須臾　見利不畏死
長歌博斗酒　飛揚過閭里

이른 저녁에 거산역居山驛 객줏집에 들어섰다. 저녁에 거산역 주막에 들렀다가 눌러앉아 잤다.

　명천明川에서 서울로 말을 바치러 가는 현玄가 성을 가진 사람과 양楊가 성을 가진 사람이 주막에서 함께 묵었다. 밤이 새도록 이야기를 나누다가 서원犀園에게 보내는 편지 한 장을 써서 그들에게 부탁하였다. 그 편지는 지금까지 오는 도중의 소식을 알리는 것이었다.

11월 29일(갑오)

새벽에 길을 떠나 여운대麗雲臺를 지나면서 해돋이를 구경하였다.

이날 새벽에 떠나 길을 가다가 여운대에 올랐다. 여운대는 한편 여운애如雲崖라고도 하였다. 여운대는 넓은 바닷가에 우뚝하니 높이 솟아 있다. 맨 꼭대기에 올라서서 동남쪽으로 바다를 바라보면 구름과 물이 한 빛으로 펼쳐져서 한눈에 조금도 거치는 것 없이 하늘과 잇닿아 무연하게 안겨 왔다. 오직 컴컴한 바다뿐이었다. 조금 있으려니 검은 빛발 위에 붉은 자줏빛이 돌더니 이윽고 붉은빛이 자줏빛을 몰아내고 자줏빛이 검은빛을 몰아내며 둥근 해를 떠받들어 올렸다.

둥근 해가 처음 솟아오를 때는 솟을 듯 말 듯, 낮아질 듯 높아질 듯 마치도 서로 사양하는 자태를 보이는 것 같았다.

금빛 햇발이 비쳐 오니 눈이 부셔 바로 볼 수가 없었다. 그야말로 장관이었다.

여운대 맨 꼭대기에 올라 해돋이를 바라보며

멧부리는 어이 그리 드높다던고
울창한 수림은 넓기도 해라.
이른 새벽 길채비 서두르는데
모진 바람 어지러이 불어 대누나.

고갯길 우불구불 멀기도 해라
부들부들 떨면서 등성이에 올랐네.
말 세우고 먼 바다 바라보니
바닷물은 부질없이 출렁이는데

큰 가마에 차 넘치는 물의 기세인 양
넓디넓은 우주도 좁은 듯한데
하늘, 바다 먹물을 끼얹었는가
자줏빛과 검은빛 시샘을 하네.

거무스름한 기운 테두리 속에서
거창한 밝은 빛 끝 간 데 없네.
어느덧 비단 보자기 붉게 펼치니
하늘에는 빛과 형상 갈라지누나.

금빛 알을 품에 안고 누워 있었나
한가운데 밝은 것이 더욱 뚜렷하여라.

삼킬 듯 뱉을 듯 늘실거리며
이 세상에 나타나기 저어하는 듯

외로 보면 구슬을 펼쳐 놓은 듯
오른편을 돌아보면 유리를 깐 듯
황홀한 온갖 채색 아롱진 곳에
잔물결 남실남실 춤을 추누나.

기이한 그 광경 알 길 없구나
온갖 신령 예절 차려 사양하는 듯.
어느덧 불덩어리 껍질 터치고
싯누런 비단 장막 들어 올리네.

하늘 위에 밝은 해 높이 솟으니
삼라만상 모두들 제 모습 드러내네.
찬란한 금빛 햇살 번개로 변한 듯
만경창파 바다 위에 빛을 뿌리니

별안간 은빛 가시 뾰족한 끝으로
잠깐 사이 눈의 점막 긁어내누나.
가없이 아득한 저기 저 바다
전부가 드러나서 숨길 길 없네.

평생을 산골에서 살아온 이 몸

바다 광경 정녕코 장엄하구나.
이것도 나라 은혜 미친 덕이라
감격해 눈물이 줄줄 흐르네.

麗雲臺最高頂觀日出作

高山何岩嶢　茂林赫弘曠
凌晨束行李　烈風紛飛颺
羊腸坂詰屈　戰慄登其上
歇鞍望遠海　遠海空滉瀁
鉅鑊亘滿瀯　宇宙隘而妨
天水如潑墨　紫黑競潰盪
黝然一氣內　鴻朗無指嚮
須臾紅錦袱　漫空分色相
抱臥金卵子　中處最明亮
吞吐不敢顯　其勢欲拒抗
左眄曼胡布　右顧琉璃漲
五彩斑陸離　鱗鱗鬪演漾
秘怪固莫測　百靈似禮讓
火輪忽破殼　捧出黃羅帳
大明麗重霄　衆像皆通暢
金光化飛電　迸射萬頃浪
瞥眼銀篦尖　頃刻刮瞖障
溟茫大瀛海　畢露無盡藏

嗟我山居者　夫觀眞爲壯
莫非聖恩曁　感歎淚汪汪

시중대侍中臺를 거쳐 다보골〔多寶谷〕에 이르렀고 남송정南松亭에서 쉬었다.

시중대를 지났다. 시중대는 바닷가에 솟은 깎아지른 듯이 높은 벼랑 위에 서 있다. 고려의 문하시중이었던 문숙공文肅公 윤관尹瓘이 육진을 개척할 때 여기에다 군사를 주둔시켰다고 한다. 그의 후손인 상서 익헌공翼獻公 윤헌주尹憲柱가 이곳에 비석을 세우고 이름을 시중대라고 하였다.

다보골에 당도하니 골은 깊이가 십 리나 되는데 이곳 사람들이 말하기를 이 골짜기에는 해마다 눈이 많이 내린다고 하였다. 이 고장은 땅의 생김새가 움푹 꺼져 들어가고 양쪽 기슭으로 높고 험한 고개들과 벼랑들이 있어 눈이 녹을 때에는 맨 나중에 녹기 때문에 그렇게 말하는 것이었다.

남송정에서 쉬었다. 남송정은 이성利城 고을에서 오 리 떨어져 있다. 삼십 리나 되는 넓은 땅에 소나무를 심어 검푸른 소나무 숲이 하늘을 찌르는 듯하였다.

그 가운데로 외가닥 길이 틔어 있어 남쪽을 남송정이라 하고 북쪽을 북송정이라 한다. 길거리 양옆에는 술집과 밥집이 즐비하여 또한 장관이었다.

시중대에 올라 탄식하며

높은 누대 아득히 절벽 위에 서 있는데
날듯한 합각 지붕 하늘 위에 들쑹날쑹
선명하고 소담스런 '시중대' 세 글자
그 언제 여기에다 큰 비석 세웠던가.

머리에는 새하얀 짐승을 이고
밑바탕엔 푸른 용이 서려 있네.
생각건대 지난날 윤관 장군은
씩씩한 군사들을 거느렸겠지.

저 멀리 훈춘 땅에 진세 펼치고
아득한 설한령에서 용맹 떨쳤네.
여진족은 머리 숙여 항복해 오고
말갈 사람 낯 붉히며 귀순하였네.

천여 리 넓은 땅을 되찾아 내고
바다를 에둘러 변방 넓히니
나라 안의 보루마다 북소리 멎고
변방 싸움터엔 깃발 내렸네.

백악의 봉화대엔 불빛 꺼지고
남녘의 바닷가에 물결 잔잔해

기이한 그의 책략 역사에 남기려
거룩한 그의 공적 비석에 새겼네.

개선가 부르면서 돌아오던 날
이곳에 다다라서 진영 꾸렸건만
이제는 성 자리에 숲이 우거지고
해자와 참호는 폐허 되었네.

그의 후손 이 땅에 안찰사로 와서
조상의 공적 찾아 옛터를 잡았네.
아슬한 바위는 머리 위에 있고
거창한 바다 물결 눈썹에 둘렸네.

으슥한 두 골짜기 험준도 한데
에돌고 감돌아 산등을 호위하네.
바다가 마르도록 비석은 남으리라.
하늘이 다할 때까지 길이 남으리라.

모를레라 뒷날의 세상 사람들
어이 차마 이 비석 볼 수 있으랴.
삼전 나루 풀숲이 우거진 속에
여덟 자 비석 바탕 우뚝 솟았네.

우불구불 전자 글씨 빛을 뿌리니

요란스런 글들은 정승이 지었다네.
품계 높은 사신 행차 요동으로 가고
훌륭한 인재들 오랑캐에 뒤섞이네.

아 지난날 임진란 그 당시
명나라 도움 부질없이 받았네.
정직한 신하의 후손 내 여기에 와
두세 번 탄식하며 눈물로 볼 적시노라.

登侍中臺歎之

層臺鬱巃嵸　高閣翼參差
夭蟜三大字　何代樹豐碑
其首戴素贙　其跗蟠蒼螭
緬昔尹侍中　桓桓董六師
薰春振鵝鶴　薛罕颻熊羆
女眞縮首稽　靺鞨抱面勞
攘地千里餘　環海罄藩埤
連壘靜鼙鼙　盡磧偃旌旗
白嶽狼燧熄　玄瀚鼉波漪
妙略垂絹竹　偉功鐫鼎彝
當其唱凱日　於此來鎭之
砦柵化叢灌　濠塹廢頹隳
雲孫按玆土　紀跡表故基

危嵒踞其顚　鉅瀯繞其眉
雙壑峻而窈　回複擁厜㕒
海竭石始泐　天荒庶可期
不知叔世人　何心忍見茲
菀菀三田藪　峨峨八尺龜
詰屈輝世篆　灝灑尙輔詞
星輅蹤燕薊　珠玉混昆夷
於戲萬曆朝　鴻渥空浹肥
我來謇容裔　三歎淚盈髭

다보골에서

다보골 골짜기 어이 그리 깊다던가
불어오는 찬바람 몹시도 드세차라.
깎아지른 절벽 위에 얼음이 얼어붙어
차디찬 빛살은 희고도 정갈하네.

솟아오른 첫 햇볕이 그 위에 비쳐 드니
걸어 놓은 거울인 양 영채가 빛나라.
나의 말발굽 편자 벗어지려 하고
종의 눈엔 눈물이 글썽하여라.

갈 길은 몹시도 험준하여라.

지나온 길 멀고도 힘겨웠는데
삼천 리 남쪽 고을에서는
아버님 지금도 정사를 돌보시리.

아침저녁 잠자리 보살피지 못하니
눈앞이 아물아물 함정에 빠진 듯
옛사람들 남겨 놓은 가르침에는
사람이 죽고 삶은 운명에 있다거니.

내 처음 재난에 걸려들 적에
벗어나지 못한 것 무슨 탓일고.
어진 이는 언제나 자기를 반성하며
한마음 드팀없이 성실하게 사는 법.

근심이 크다 한들 즐겁다 한들
어찌 나의 본심이야 달라질쏘냐.
하늘땅 그 속마음 알 수 없으니
세상일 지켜보며 탄식하노라.

多寶谷

長谷何其深　回風亦太勁
層崖結氷澌　寒光白而淨
初旭射其上　英彩似懸鏡

我馬蹄欲脱　我僕淚空迸
前路既險峻　後路且修夐
南衙三千里　大人方爲政
定省嗟久曠　眼闇如墜窆
聖哲垂遺訓　死生固有命
爾初適遘癙　不容竟何病
君子反諸躬　一心存誠敬
憂患與佚樂　寧可失素性
畸哉天地情　歎息造化柄

남송정에서 쉬며

푸른 소나무 우거진 남송정
울울창창 그 모습 장관이어라.
드넓게 펼쳐진 삼십 리 솔숲
외가닥 오솔길은 북으로 뻗어 있네.

산들바람 불어와 숲을 흔들면
넘실넘실 큰 물결 출렁이는 듯
처음에는 한낮에 여울물 쏟뜨리듯
다시 보니 한밤중 밀물이 오르는 듯

잠깐 사이 밀물은 큰 바다로 밀려갔나

아득한 바다에선 파도 소리 요란하네.
내리던 함박눈 방금 그치고
찬바람 어지러이 눈보라 날리니

정갈한 해님은 빛을 잃었고
거무칙칙 구름은 산을 둘렀네.
나의 걸음 날 따라 느려지고
나의 시름 갈수록 커만 가누나.

고향 땅은 어데더냐 저 먼 천 리 밖
눈길이 아득하여 보이질 않네.
남이 몰라준다 소인은 성내고
생각잖은 재난에도 군자는 안심하네.

일식과 월식에 비유해 말하건대
밝은 빛 회복될 때 만민이 우러르거니
군색한 내 앞길도 펴일 때 있으리니
제 스스로 낙심 말고 마음을 다잡으리.

憩南松亭

靑靑南松亭　鬱鬱何太壯
延袤三十里　夾路開北向
微風或搖之　層瀾正蕩瀁

初如午瀨瀉　更似亥潮漲

斯須大㵝浡　萬頃吼濤浪

況復雪新霽　栗風紛飄颺

天日晶無光　黑雲擁巖嶂

我行日以疲　我懷日以曠

故國隔千里　渺渺不可望

小人慍不知　君子信無妄

譬諸日月蝕　及更人皆仰

窮塗亦有伸　無爲自頹放

낮에 이성현利城縣에 들렀다가 곧 길을 떠나 군선群仙의 홍씨 집에 가서 묵었다.

　낮에 이성에 이르니 이성 고을 원인 심상지沈尙之가 갑자기 욕설을 하면서 아전과 군교를 시켜서 빨리 떠나라고 몰아냈다. 이날은 고개를 몇 개 넘은 터라 사람과 말이 모두 지쳤다. 그만 점심도 못 먹고 곧 길을 떠나서 가다가 군선의 홍씨 촌집에 들어가 잤다.

　여기서부터는 고을 원들이 모두 무인들인지라 다시는 우리를 너그럽게 대해 주는 자가 없었다.

군선의 홍씨 집에서 묵으며

군선의 홍씨 촌 여러 채 집들
바닷물은 대문 가에 출렁거리네.
바람은 언제나 파도 몰아다
기둥에 흰 물갈기 뿌려 주니

찬 기운 뼛속까지 파고드는 듯
머리털 쭈뼛하여 곤두서는 듯
슬프다 이 고장의 숱한 사람들
살림살이 몹시도 구차하구나.

딸 낳으면 길쌈 일 시키지 않고
사내라도 장사는 시키지 않아
삼나무는 길러서 통발을 엮고
삼씨를 심었다가 그물을 뜨네.

날마다 달마다 문을 나서면
언제나 물속에서 노질을 하는데
가벼운 배들은 준마보다 든든해
물결을 헤가르며 살같이 내닫는다네.

잠시라도 틈 있으면 잇속 노리고
목숨은 새털처럼 가벼이 보네.

지난달에 갑자기 큰 바람 불어
바닷물 노호하며 뒤번지는 북새통에

마을에서 청어잡이 나갔던 사람들
반나마 바다에서 목숨 잃었네.
뱃길이 험하기는 원산 앞바다이고
아득히 멀고 멀긴 인전포 포구라네.

한 번만 떠나가면 못 돌아오니
모름지기 바다에서 잘못됐으리.
늙은이들 범상하게 이야기하며
얼굴빛 조금도 변치 않으니

이런 일을 이제는 심상히 보며
잘못된 건 운명으로 여기는가 봐.
아침 되자 노를 저어 바다로 가며
키 잡고 서로들 북돋아 주네.

宿群仙洪

群仙衆牙子　海水當門戶
長風卷海至　白浪嚌梁柱
寒氣劖人骨　毛髮森倒竪
哀哀此土人　產業儳岵窟

生女不用織　生男不用賈
養杉以編筒　種麻以結罟
日月出門去　入水撑篙櫓
輕舟健於馬　焱疾如勁弩
得利頃刻間　性命付鴻羽
仲冬乙酉風　海水鱻號怒
村中捕鯖漢　死者十六五
險絶黿山洋　遼闊麟田浦
一往幷不回　分明埋魚肚
父老抵掌談　顏色無慘憮
視之如尋常　覆轍任天數
朝來盪槳出　捩柁相鼓舞

11월 30일(을미)

성곡城谷 주막에서 조반을 먹고 낮에 곡구역谷口驛을 지나다가 유배지를 부령富寧으로 옮기라는 영을 받았다.

이날 새벽에 길을 떠나 성곡 주막에 이르러서 조반을 먹었다. 낮에 곡구역을 지나는데 문득 감영의 파발이 나는 듯이 달려왔다. 나를 보더니 몹시 기뻐하며 관자關子[1]를 펼쳐 보이는데 그것은 이달 열여드렛날 형조판서 조심태趙心泰가 홀로 대궐 안에 들어가 임금을 모셨을 때 직접 받은 영이었다. 거기에는 '경원부에 정배 보낸 죄인 김려를 부령으로 옮기되 급히 시행하라.'고 쓰여 있었다. 나라의 은혜가 하늘같이 큰지라 감격의 눈물을 금할 수가 없었다. 저잣거리의 모든 사람들이 말 머리를 막고 서서 나를 치하하였다. 나도 말에서 내려 저잣거리에 앉아 술을 사 가지고 위 서방, 감영 파발, 관가 사람들과 함께 마셨다. 나도 많이 마셨다.

---

1) 위에서 아래 관청에 내려 보내는 지시문이다.

곡구역에서 부령으로 유배지를 옮기라는 영을 받고

나그네 일행들 길채비하고
비슬비슬 곡구역에 이르렀는데
마을 사람들 왁자지껄 떠들어 대며
다투어 구경코자 키돋움하네.

녹다 남은 눈 들판 위에 널려 있고
맵짠 바람 버드나무를 뒤흔드는데
아침 해 도랑 위에 비쳐 드니
고기 떼는 얼음 밑에서 뛰어노누나.

몰라라 저 사람이 누구이기에
길 위에 말을 몰아 달려오는가.
내 앞에 이르자 인사 차리고
채찍 던지고 하는 말 심상치 않네.

"나라님 은혜가 하늘 같쇠다
관가의 공문이니 고이 받으소.
유배지 정해 준 지 이레 만인데
다른 데로 옮기는 건 흔치 않은 일
경원과 부령을 비교하건대
좋은가 나쁜가가 판이할지니
예부터 귀양살이 지내 온 사람

경원 땅에 한번 가면 제명을 못 살았지.
부령은 경치 좋고 살기 좋은 곳
우선 물이 맑거니와 토품도 좋다네.
살파진 송이버섯 호박개 같고
맛 좋은 붕어들이 크게 자라니
그대의 이번 걸음 행운이 텄으니
늙은이들 만나거든 들어 보시우."

저잣거리 사람들 모여들더니
저저마다 입을 모아 축하를 하네.
내 행색 딱하다며 방에 앉히고
따뜻한 술 부어 주며 위로하는 말

"끼끗해라 점잖으신 서울 선비님
무슨 죄 지었기에 귀양을 가노.
나라님 보살피심 어련하리니
앞날에는 아마도 허물 없겠지.
뒷날에는 부질없는 근심을 말고
은혜로운 나라 명령 기다리오소."

至谷口驛 承量移富寧之命 志喜口號

客子理行裝　棲棲赴谷口
咕嘔村黎喧　朝虛競先後

殘雪映衰蕪　嚴風動喬柳
初旭照溝澮　群儦鬧凍霤
不識何漢子　躍馬衝道右
及至向我揖　揚鞭道不偶
聖恩天同大　關牒宜祗受
發配纔七日　酌量世罕有
且言源富間　喜惡判已久
從古流竄輩　到源多夭壽
寧城佳麗州　水淸地氣厚
松茸肥似疏　香鯽大如斗
君行儘好緣　此事聞耆叟
市人爭來集　嘖舌恭攢手
憐我坐深炕　慰我屢溫酒
婉彼京華秀　遷謫何罪負
聖鑑旣孔昭　前路庶無咎
毋爲增鬱悒　且待恩命又

소동巢洞 역참을 지나 마운령摩雲嶺을 넘고 저물어서 단천부端川府
에 들어갔다.

　마운령에 오르니 고개가 우뚝하니 솟았는데 그 높이가 철문령의
곱절은 되어 보였다. 그리고 고개가 바닷가 벼랑에 바싹 붙어 있고
너덜길이 좁고도 험준하여 좌우로 발을 잘못 옮기면 살고 죽는 것이

그 자리에서 결정날 수 있는 참말로 험한 고개였다.

　세상에 전하기를 옛날에 시중 윤관 장군이 이곳에서 군사를 지휘하였다고 하여, 산의 이름을 통군산統軍山이라고 하며 동구령銅口嶺이라고도 한다고 하였다.

　어슬녘에 단천부에 들어갔다. 부사는 이익李榏이었다.

마운령

철문령 높다고 겁을 내었더니
오늘은 마운령에 다시 놀랐네.
마운령은 그 얼마나 높다 하던고
하늘과 거리는 한 주먹 사이.

구불구불 너덜길은 아득히 보이고
깎아지른 낭떠러지 울뚝불뚝해라.
검푸른 바닷물 굽어보면
들려오는 파도 소린 우레 같구나.

갖은 고생 다하며 고개에 오르니
줄줄이 흐르는 땀 살갗에 번들번들
발 들면 노을이 발목을 감고
팔 뻗치면 멧부리도 잡아 안을 듯

바람이 드세차니 새들도 쉬어 날고
별 무리 가까우니 곰들도 희롱하네.
지난날 윤관 장군 오랑캐 무찌르고
개선가 부르면서 이곳을 지났어라.

물 마른 도랑 곁에 허물어진 참호
울퉁불퉁 돌각 담은 어설픈 벽인가.
임자 만난 고장 이름 빛이 나는 법
세월이 흐른다고 지워질쏜가.

내 지금 그 자취 더듬어 보며
간 데마다 나라 은혜 생각하노라.
지팡이 옆에 끼고 앉아서 쉬노라니
골 깊은 숲 속에는 바람 소리 잦아라.

摩雲嶺

已怕鐵門截　忽驚摩雲卓
摩雲問何如　去天纔一握
之玄垂磴曲　屈聿懸厓邈
俯瞰溟渤黑　瀄汨殷雷雹
九顚陟其上　汗溝浹皮殼
擧趾踢逗霓　伸肱撇山嶽
搏颻鳥休度　捫參熊相學

將軍昔破胡　奏凱鳴金鐲
斷塹依澗背　荒壘想畫角
地名得人貴　萬古長不刓
我行得冥搜　觸物懷聖涯
負杖坐脇息　大壑悲風數

언산顧山 주막에서 조반을 먹고 사자목〔獅子項〕을 지나 낮에는 마곡
역摩谷驛에서 점심을 먹었다.

이날은 새벽에 길을 떠났는데 날이 흐려서 눈이 내릴 것 같았다.
언산 주막에 이르렀다. 언산은 한편 시루봉 마을이라고도 하였다.
사자목을 지나 낮에 마곡역에서 점심을 먹었다. 단천에서 마곡역
까지는 사십 리인데 모두 긴 골짜기였다. 골은 깊고 산은 험한데 무
성한 수풀이 우거지고 크고 작은 돌들이 어지러이 널려 있었다. 다
니는 사람이 적어서 마치도 사람 못 살 고장에라도 온 것 같아 마음
이 께름하였다.

시루봉 길 위에서

시루봉을 지나는 이십 리 길은
우불구불 골짜기 길기도 해라.

양쪽으로 솟아오른 돌부리들은
짐승의 이빨처럼 날카롭구나.

백성들 사는 집은 모두 다 움집
우멍구멍 지붕들은 벌의 둥진가.
봇나무 동기와는 굴껍질 흡사하고
개버들 울타리엔 개구멍이 뚫렸는데

인심은 무던하여 태곳적 같고
따뜻이 대하는 정 순박하기 그지없네.
차디찬 나뭇가지에 닭 기르고
해 저문 냇가에선 고기를 잡네.

사내들은 쩡쩡 나무를 찍고
아낙네들 잘칵잘칵 길쌈하누나.
흙 떨어진 바람벽엔 시래기 달려 있고
모지라진 처마에는 삼겨릅 펴 놓았네.

올해에는 이 고장에 풍년이 들었으니
가난한 집 단지에도 낟알이 차 있으리.
한해살이 타산하니 겨울나기 걱정 없어
세상 사는 그 재미 즐길 수 있네.

슬프다 귀양살이 길 떠나온 이내 몸

북녘의 변방에서 떠돌게 되었구나.
하늘땅 아무리 넓고 크다 하여도
까마귀야 물어보자 뉘 집에 몸 담으려나.

甗山道中

甗山二十里	長谷走盤蛇
石角左右攢	齦齶似犬牙
居民屋爲广	巖嵌疊蜂衙
樺瓦蠣殼凸	樻籬麃眼斜
蹲蹲赫胥俗	煦濡孔醇嘉
養鷄寒樹顚	捕魚晩溪窪
坎坎伐檀郞	札札弄杼娃
敗壁懸乾蕨	荒簷鋪曬麻
今秋地稍豐	甌窶猶滿車
歲計及冬禦	熙熙樂生涯
嗟我游宕子	飄颻轉胡沙
天地雖廣闊	瞻烏止誰家

마천령에 이르러 큰 눈을 만났다. 밤에 어산골 촌집에 들어가 잤다.

마천령을 향해 가는데 하늘이 음산해지며 눈이 올 것 같은 기미가
더욱 짙어졌다. 고갯마루에 이르니 눈이 내리는데 마치 비를 퍼붓는

듯하였다. 고개 위에서 걸어 내려오는데 손발이 다 얼어 터졌다. 위 서방과 함께 남쪽을 바라보며 목 놓아 울었다.

대개 마곡에서 고개 밑까지가 오 리이고 고개 밑에서 고갯마루까지가 십 리인데 어디서나 다 말을 탈 수가 없었다. 고개 위에 올라서야 길이 십 리쯤 뻗었는데 아주 평탄하여 앞이 한눈에 바라보였고 말도 탈 수 있었다.

어두워서 어산골 주막집에 이르렀다. 주막집은 몹시 좁고 누추한데 눈 때문에 길이 막힌 나그네들이 가득 차 있었다. 나그네들은 모두 처마 밑 한데에 나앉아 있었다. 지대가 높은 데다가 맵짠 바람까지 세차게 불기 시작하는데 그 어데이건 조금도 몸 붙일 만한 곳이 없었다. 온몸에 눈을 뒤집어썼는지라 몸은 차츰 젖어 드는데 사립문 밖에 서 있으려니 당장에 얼어 죽을 것만 같아 도무지 서 있을 수가 없었다.

단천 관가 사람들이 말하기를 여기서 한 오 리쯤 가면 마을이 있는데 대단히 좋다고 하였다. 그래서 눈을 무릅쓰고 밤길을 걸었다. 근근이 얼마쯤을 가니 하늘이 칠흑 같아 전혀 길을 알아볼 수 없었다. 그만 다리 밑으로 떨어졌는데 미끄러운 얼음에 굴러 하마터면 죽을 뻔하였다. 위 서방은 눈구덩이에 빠졌는데 구덩이는 두어 길이나 되었다. 천만다행으로 말꼬리를 붙들고 겨우 솟아올라 눈구덩이를 벗어날 수 있었다.

한밤중이 되어서야 어산골 마을의 한 늙은이 집에 들어섰다. 늙은이는 성질이 모질어 우리를 거절하며 집에 들여놓지 않았다. 여러 번을 애걸해서야 겨우 방을 빌려서 잠깐 쉴 수 있었다.

이날 밤 눈은 더욱 기승을 부리며 내렸다. 일행 모두가 다 굶었고 옷가지들도 모두 꽛꽛해졌으나 빈속으로 잠깐 눈을 붙였다.

마천령 위에 올라

고개가 높다 보니 하늘도 잡힐 듯하고
떠가는 구름마저 산 밑에서 감도누나.
고개의 남쪽에선 아침 해 솟아나고
고개의 뒷녘에선 맵짠 바람 일어나네.

왼쪽을 바라보면 지축이 부러진 듯
오른쪽 바라보면 하늘이 뚫린 듯
한낮도 가림 없이 짙은 안개 잠겨 있고
사시장철 그 언제나 눈서리 내리는 곳

고갯길은 가고 가도 끝 간 데 없거니
오르기 힘들어선가 정신이 가물가물
우불구불 비탈길은 양의 밸인가
아흔아홉 굽이를 꺾어 도는데.

높고 낮은 그 길 지세는 들쑹날쑹
한복판이 끊어져 수레가 못 빠지네.
산짐승도 이 길로는 다니기 저어하고
나는 새도 이 길 따라 날기를 꺼리누나.

늦은 겨울 추위 속에 이 길을 걸으려니
손톱 발톱 모두 다 얼어 터졌네.
첫새벽에 길 떠나 신들메 한 발을
저녁이 다 되도록 풀지 못하는데

게다가 눈마저 내릴 채비인가
구만 리 장공에는 옥가루 차 있어라.
봉마다 아름다워 옥꽃술 돋아나고
골마다 신기해라 구슬 알이 맺혔구나.

구름 덮인 저 바다 눈 아래로 굽어보니
하늘과 붙었는가 가늠할 길 없네.
아득한 이 세상 망망한 대기 속에
오로지 느끼는 것 정결한 흰 빛깔뿐.

갈 길 잃고 바장이는 외로운 이 나그네
마음이 무겁거니 쇳덩이를 품었는가.
한밤은 깊어가고 하늘마저 흐려지니
어디라 갈 곳 몰라 길가에서 방황하네.

摩天嶺上作

嶺高可摩天　下與浮雲絶
其陽湧東旭　其陰産北颺

左疑坤軸窄　右訝乾樞缺

六時銷霮霧　四序殲霜雪

往復不可窮　登臨神欲滅

羊腸坂詰屈　九十九回折

高低勢相斜　中斷不容轍

未有群獸蹄　不見飛鳥鱉

我行適季冬　爪甲凍皸裂

凌晨戾其趾　竟夕不能徹

況復雪初釀　漫空漲玉屑

千岑瓊蘂攢　萬壑瑤華結

俯視雲海際　混淪無鑑別

茫茫積氣內　但覺一色潔

涼涼失路子　胸襟塡斗鐵

夜深天漸黑　彷徨空矒矒

어산골

지난해 다보골에 눈이 내릴 때
어산골 여기보다 더 많았는데
올해에는 어산에 내리는 눈이
다보골 전해보다 곱절 더 많네.

평지에 쌓인 눈은 스무 길 넘어

하늘에 맞닿은 듯 아득하구나.
하 많은 봉우리는 옥룡이런가
여기저기 골짜기는 은빛 용이런가.

숲 속에는 나는 새 보이지 않고
길가에 사람 자취 끊어졌는데
내 가는 길 정해 놓은 기한 있으니
어찌 감히 늦고 이름 헤아려 보랴.

밝기 전 이른 아침 단천을 떠나
날 저문 저녁에야 성진에 왔네.
밤 깊어 하늘 더욱 어두워지니
초조한 이내 마음 시름 많아라.

나의 말 다리에서 떨어졌을 때
검은 털에 성에 덮여 부루말 되고
나의 하인 다리에서 넘어졌을 때
다리 기둥 부여잡고 엉엉 울었네.

예부터 집을 떠나 길 걷는 나그네
모두들 이곳에서 겉늙었으리.
어려운 때 만나니 《주역》 돈괘 생각나고
억울한 말 들어도 빌지 않은 공자 부럽네.

옛 스승은 좋은 교훈 남겨 주었네
제 한 몸 깨끗하게 잘 보전하라고.
앞날은 그래도 오고 말리니
부질없는 조급한 맘 버려야 하리.

漁山谷

去年多寶雪　劇於漁山道
今年漁山雪　一倍過多寶
平地二十丈　渺漭連蒼昊
千岫玉龍矗　萬壑銀虯倒
林鎖鳥飛斷　逕埋人蹤掃
我行有期程　豈敢限暮蚤
黽發端川驛　夕指城津堡
夜久天益勳　慌惑增懊懆
我馬落橋西　玄馣變氷縞
我僕跌橋東　嗄嚶橋柱抱
古來行路者　皆從此中老
遭難思義逯　觀閔羨孔禱
聖師垂遺訓　所貴明哲保
來日庶可追　毋爲空懆懆

12월 2일(정유). 개었다. 바람이 몹시 불고 추웠다.

새벽에 길을 떠나 영평탕濘平蕩을 지났고 저녁에 마가보麻家步에서 묵었다.

　새벽에 일어나니 눈은 그쳤으나 매운바람이 우렛소리를 내며 불어오고 불그레한 구름이 자욱하게 피어올랐다. 고갯마루를 돌아다 보니 거리가 두어 마장 될까 말까 해 보였다. 그런데 어젯밤은 어디로 길을 에돌면서 그런 고생을 하였는지 알 수가 없었다.

　이날은 날씨가 몹시 추운데 길 위에 눈이 깊어 걸음을 걸을 수 없었다. 온종일 겨우 십여 리를 걸어서 영평탕 주막에 들러 잠깐 쉬고 저녁에는 마가보에서 묵었다.

　마가보는 마포라고도 하였다. 집들은 모두 바닷가에 치우쳐 있는데 바위 벼랑 가에 다닥다닥 붙어서 마치도 벌집 같았다. 사람들은 거의 다 텁석부리들이고 몸집은 크며 눈자위가 사나워서 어데인가 음험하고 드세차 보였다.

　바다 가운데 큰 바위가 대문짝처럼 쌍으로 서 있어 그것을 문암이라고 하는데 높이가 수십 길이 될 듯하였고 두 바위 사이는 거룻배나 드나들 만하여 매우 신기하게 보였다.

 밤이 되자 바람은 더욱 세차게 불었다. 영북에서는 해마다 겨울이 오면 눈이 하루쯤 내리고 바람은 이틀 불며 눈이 사흘쯤 내리면 바람은 엿새씩 분다. 이렇게 바람 부는 날이 눈 내리는 날의 곱절이 되어 높은 곳의 눈을 날려다가 우므러진 곳을 메워 밋밋하게 만든 다음에라야 바람이 멎는다고 한다.

낮에 영평탕 촌집에서 쉬면서 들 가운데 있는 눈산을 보고

눈산은 들 가운데 무둑히 솟아
희디흰 은빛이 겉을 감쌌네.
한복판은 휑하니 비어 있으나
겉면은 무섭게 딴딴하여라.

아침에 햇빛이 내리비치면
빛발은 깨끗하고 선명하여라.
골에는 붉은 구름 피어오르고
산에는 고운 안개 흘러내리네.

주먹만 한 조약돌도 아예 없으니
비석 같은 물건이야 생각할쏜가.
순식간에 바람 들이닥쳐
훌륭한 밭들이 그렇게 되곤 한다네.

어물어물하는 사이 움푹 패이고
잠깐 사이 봉우리가 둥싯해져서
햇살을 마주치면 사라지지만
때때로 없어졌다 되살아나네.

지자는 그 이치를 알고 있지만
그것이 천지조화 다는 아니리
그 모양을 비유하면 무지개마냥
잠시 하늘을 가로질러 덮는 것이랄까.

음기 양기 갑자기 한데 부딪쳐
음산한 기운이 독판치는 것이리.
큰 이치란 본디부터 변함없거니
어찌 꼭 이렇게만 될 수 있으랴.

午憩澧 平蕩人家 見野中雪山作

野中雪山尊　皚皚白其顚
中心敞虛明　外體儼秀堅
初旭來照之　光彩潔且鮮
瀲瀲張頹溜　濛濛歃紫烟
初無一拳石　寧可事雕鐫
良由瞬息間　而風使之然
逡巡嵌壑窈　頃刻峰巒圓

見睍則日消　隨時復減遷
至人悟此理　諒非造化全
譬若虹蜺類　橫亘暫蔽天
陰陽忽相駮　沴氣敢自專
大道本凝固　何必如是焉

문암

진시황이 동문에다 세운 돌기둥
수천 년 지난 뒤라 이끼 어렸네.
한밤중 세찬 바람 돌을 뽑아다
바닷가 마을 앞에 세워 놓았네.

門巖

秦皇立石界東門　萬刦難磨碧蘚痕
一夜嚴風風拔石　飛來忽鎭海中村

12월 3일(무술). 돌개바람이 계속 불었다.

새벽에 길을 떠나 노자하盧子河를 지나 임명역臨溟驛에 이르렀다.

이날은 바람이 더욱 세차게 불고 날씨도 몹시 추웠다. 겨우 이십 리를 걸어서 노자하를 지났다. 노자하는 노하촌盧下村이라고도 한다.

임명역에 이르러 문열공文烈公 조중봉(趙重峰, 조헌) 선생의 사당을 찾아 참배하고 저녁에 밀계촌蓝溪村 인가에서 잤다. 집주인의 성은 섭葉이고 이름은 난수蘭秀인데 나이가 스무 살 남짓해 보였다. 생김새가 끼끗하고 의젓하여 사랑스러웠다. 그는 글공부를 업으로 하였고 지금은 시골 서당에서 훈장 노릇을 하고 있는데 이 집이 곧 서당 방이었다. 방도 깨끗하였다.

임명역에 이르러 조중봉의 사당을 찾아보고

말고삐 건듯 잡고 시내 건너고
지팡이 의지해서 고개 넘는데

아침 해 솟아올라 빛을 뿌리니
눈서리 찬란하여 눈이 부시네.

구름은 뒷산에서 피어오르고
요동 땅 저 멀리서 바람 부는데
울퉁불퉁 바위 깔린 골짜기 안에
옛 사당 날아갈 듯 자리 잡았네.

황량한 들 앞에는 소나무 전나무요
무너진 담장에는 겨우살이라
탁 트인 대청의 깊숙한 속에
엄숙하고 화기 어린 화상 걸렸네.

청수한 풍모에선 바람 이는 듯
호매한 기상에는 심원한 친근감
내 와서 공손히 찾아뵙고서
한 꼬치 향 정성 담아 불사르노라.

次臨溟驛謁趙文烈公祠

擥轡涉長河　曳策度寒嶠
旭日忽翻搖　氷雪紛晃耀
雲起燕峀顛　風發遼海竅
崎嶇巖谷間　翼然顯古廟

荒庭覆松檜　壞壁垂蘿蔦
靈宇敞而邃　蕭穆眞象肖
淸標動蕭颯　爽氣承窈妙
我來敬叩謁　一瓣心香燒

중봉서원 벽 위에 쓰노라

오랜 사당에 단청빛 여전한데
빈산은 어이 그리 호젓하기만 한가.
내 일찍부터 사모해 왔거늘
선생의 그 모습 오늘에야 뵈었네.
문지방엔 파란 이끼 아롱져 있고
뜰 앞에는 푸른 솔 가렸구나.
선생을 추모하여 노래라도 드리려니
마음이 구슬퍼서 눈물 먼저 솟아나네.

題重峰書院壁上

空山何寂寞　遺廟儼丹靑
小子曾瞻慕　先生此典刑
苔斑粧古甴　松翠覆荒庭
欲贈湘江賦　凄凄淚灑欞

12월 4일(기해). 바람은 멎고 날씨는 흐렸다.

새벽에 길을 떠나 길주에 들렀다가 이내 떠나서 백상보白桑堡에 이르러 갔다.

이날 바람은 조금 잠잠해졌으나 하늘은 음산하게 흐렸다. 이른 새벽에 길을 떠나 낮에 길주에 이르렀다. 길주 목사는 이현택李顯宅이었다.

성 밖에서 술을 사서 마시는데 나이가 열대여섯 되어 보이는 아련한 처녀 하나가 목로 방에 앉아 머리를 빗고 있었다. 입술에는 빨간 연지를 바르고 얼굴에는 향내 나는 분을 발랐으며 머리가 새까맣고 눈정기가 맑았다. 하얀 이에 얼굴이 둥실하여 몹시 어여뻤다. 이름을 물었더니 함월咸月이라고 하였다. 그는 길주 관가에 딸린 기생인데 어머니도 본래 기생이었으나 이제는 늙어서 기생 노릇을 그만두고 술장사를 한다고 하였다. 이야기를 하는 동안에 한 늙은 군교가 철릭을 입고 구슬 갓끈을 단 전립을 쓰고 안방에서 나오는데 깍듯이 대답하며 이야기를 나누었다. 그는 제 이름이 윤은택尹殷澤인데 길주부 안에서는 흔히 '윤 파총'이라 부른다고 했다.

대개 함월은 목사 이현택의 사랑을 독차지하고 있기 때문에 윤가
는 그것을 등대고 세도를 부린다는 것이었다.

길주 군교 마일진馬日進과 함께 길을 떠나 백상보에 이르러 촌집
에서 묵었다. 마일진은 마음이 순진하고 조심성이 많은 사람이었다.

밤에 어떤 사람이 찾아왔다. 키가 크고 수염이 꼿꼿한데 나이는
일흔 살쯤 되어 보였다. 스스로 말하기를 이름은 자상태慈尙泰인데
명나라 광록훈光祿熏의 봉작을 받은 자의慈誼의 후손이라고 하였다.
명나라가 망하자 강세작康世爵 등과 함께 우리 나라에 왔는데 자손
들이 함경도 지방에 흩어져 살며 여기 백상보에 사는 사람만도 여남
은 집이나 된다고 하였다.

백상보에서 묵으며 자상태 노인에게

일흔 살 자씨 노인 기력도 정정해라
두 눈엔 번쩍번쩍 영채가 어렸구나.
지금도 나라 망한 원한을 말할 때면
통분한 그 마음에 머리털이 곤두서네.

宿白桑堡 贈慈翁尙泰

慈翁七十氣尙完　兩眼酋酋射日寒
欲說崇禎亡國恨　至今猶自髮衝冠

새벽에 길을 떠났다. 낮에 고참역古站驛에서 쉬고 피도섬〔皮道嶋〕을 지나서 저녁에는 갈밭목〔蘆田項〕에서 잤다.

이날은 날씨가 조금 따스하였다. 새벽에 길을 떠나 낮에 고참역에 들러 쉬었다. 고참역은 '고참책高驂磧'이라고도 하는데 마을이 제법 부유하였다.

피도섬을 지났다. 피도섬을 '피두 언덕〔皮斗岸〕'이라고도 하고 '피덕皮德'이라고도 하였다. '덕'이란 우리 나라 말로 '언덕'이라는 뜻이다.

저녁에 갈밭목의 촌집에 들어가 잤다. 마천령 북쪽에는 술집, 음식점이 없어서 다만 촌집에서만 사 먹을 수 있었다.

각 고을 아전과 군교들이 관가 일로 나다닐 때에는 그들을 '공인公人'이라고 한다. 모두 맨손으로 다니면서 공밥을 얻어먹는데 그것은 마천령 북쪽에서는 돈이 통용되지 않기 때문이다.

고참역에서 늙은이들과 작별하며

마천령 고개 넘어 며칠을 걸었던고
고참 마을 풍속이 제일로 무던하네.
늙은이들 내 왔다는 소문을 듣고
눈길을 헤치며 죽 찾아왔네.
지팡이에 의지하여 뒷마을 거쳐도 왔고
신발을 질질 끌며 이웃집도 불렀다네.

소매 넓은 도포에 큰 띠를 두른 그들
허물없이 마주 앉아 속마음 터놓으며
내 사정 물어보고 진정으로 위로하며
뒤주 낟알 쏟아 내어 친절히 대접하네.

"머나먼 길 오시느라 차림새 말 아니오
세상 풍파 모진 속에 고생인들 오죽하리.
생김새 준수하고 머리털 검으니
남쪽서 오신 손님 나인 한창 젊었으리.
서울은 소문 높은 도회지거니
문물이 더없이 번화하리다.
더군다나 옛글을 읽은 선비로
무슨 일 잘못하여 몸을 망쳤노.
모르긴 하지만 어떤 죄 지었길래
거친 북관 길 접어들었나."

그 말을 듣고 나니 내 얼굴 조여들어
이야기도 하기 전에 눈물이 앞서네.

"평생에 지은 죄가 많고 많대도
저 푸른 하늘이 굽어보리다.
깊숙한 대궐 안에 명철하신 상감님
그 마음 인자하여 하늘과 같아
사람들의 생사고락 틀어쥐고서
언제나 형편 따라 보살피거니
비천한 이내 몸도 그 혜택 입었거늘
이제서 어찌 감히 쓰다 달다 하리오.
마음속에 서려 있는 애달픈 원한은
집안의 늙은 부모 못 돌봄이니
이 세상 그 아무리 넓다 하지만
이 원한 풀 길은 전혀 없수다.
핏줄 나눈 형제들 다 이별하고
내 홀로 무슨 죄에 여기 왔는지.
늙으신네 기왕지사 이런 일 물으시는데
내 다시 그 무엇을 한탄하리오."
늙은이들 이 말을 다 듣고 나서
하염없이 눈물만 흘리고 있네.

高駝驛舍留別父老

過嶺行幾日　高駝俗最醇
父老聞我至　披雪雜然臻
携杖度北巷　曳屨招西隣
褒衣博帶者　坦率露天眞
款款恭問訊　切切傾廩囷
遠路風塵中　行色甚苦辛
婉孌南來子　綠髮當靑春
漢京大都會　文物正賨賨
況復讀聖書　儒冠寧誤身
不知何罪過　淪落關塞垠
我聞面似鏽　不語淚沾巾
平生積累釁　高覆鑑蒼旻
明明九重后　穆穆體天仁
生死榮悴之　四時各隨倫
賤子蒙恩偏　豈可論笑嚬
哀哀方寸恨　高堂存老親
宇宙雖宏闊　此冤無涯津
骨肉竟相離　予獨何辜人
長者旣有問　賤子敢重陳
父老聞此言　淸淚空潾潾

피도섬을 지나며

지나온 산길이 지루하더니
눈길은 왜 또 이리 험난도 한가.
싸늘한 저녁 해 서산을 넘으니.
까막까치 들판에 뒤덮치누나.

비탈길은 갑자기 완만해지고
언덕이며 골짜기 굽어 도는데
초가집 두서너 채 모여 선 마을
연기는 몰몰 이나 마을 형체 못 이뤘네.

주인은 문을 나서 손 들어 인사하고
감탄한 나머지 긴 한숨 쉬네.

"세월이 흉년이니 입을 것 먹을 것 없어
온 집안이 눈물 속에 세월을 보내지요.
어른들은 그런대로 견딜 수 있다 하나
나이 어린 자식들 무슨 수로 기르리까.
먼 길을 걸어오신 귀한 손님 맞아서도
죽조차 대접 못 한다 나무람 마시오."

어려운 세상살이 본디부터 그러하니
지금의 살림 형편 모르는 바 아니어라.

슬프다 만물을 낸 조물주의 그 재주여
어이하여 이다지도 공평하지 못하던가.

부자라고 어찌하여 모두 어질며
가난한 사람이라 어찌 모두 우둔할까.
사리 밝은 어른에게 말을 붙이노니
"운명에 고이 따라 딴생각 하지 마오."

過皮道峴

山行旣支離　雪路復崎嶇
凍日團西陸　烏鵲覆平蕪
長坂忽漫漫　陵谷相縈紆
烟火不成村　茅屋纔數區
主人出門揖　感歎一長吁
歲弊乏衣食　渾室恒啼呼
丈夫猶自可　安得養衆雛
貴客幸遠臨　饘粥亮所無
艱難勢固然　賤子焉敢誣
哀哉造化跡　賦物何偏乎
富者豈皆賢　貧者豈皆愚
寄語達觀人　順受莫憂虞

12월 6일 (신축)

새벽에 길을 떠나서 명천부에 들렀다가 곧 출발하여 저녁에 강가장
江家莊에 이르러 거기서 잤다.

이날은 날씨가 조금 따뜻하였다. 새벽에 길을 떠나서 한낮이 채
되기 전에 명천부에 이르렀다. 명천 부사는 장택기張宅基였다.
조밥 한 그릇을 사서 두어 숟가락 떠먹고 곧 길을 떠났다.
저녁에 강가장에 이르렀다. 강가장은 항간에서 강개골〔羌開谷〕이
라고 하였다. 여기서 어떤 집에 들러 잤는데 집주인은 성이 강씨라
고 하였다. 그는 자기가 중국 사람의 자손이라고 하였다.

명천부를 떠나며

명천 땅 관가의 구실아치들
정배꾼 압송으로 살아가는데
길 안내 죄인 압송 이골이 나서

욕지거리 채찍질이 일쑤로구나.

나 또한 귀양살이 떠나온 신세
그네들의 행패질 어이 피하랴.
코 쳐들고 제멋대로 지껄여 대며
좋아라 떠드는 꼴 밉살스럽네.

"어젯밤 꿈자리 괜찮더니
옷가지며 밥그릇이 제법 많은걸."

아침결에 갈 수 있는 십여 리 길을
일부러 길채비 늦잡는구나.
황폐한 마을 모습 쓸쓸하노니
부질없는 탄식 속에 눈물짓노라.

올해엔 밭곡식 흉년이 들어
죽물로도 이어 가기 어려움거니
아이들이야 차마 말해 무엇 하겠나
늙은 부모 언제나 굶주리는 데야.

정배꾼이 너희한테 무슨 원수냐
죄에 걸려 또다시 여기 왔거니.
앞으로 살아갈 길 막막하구나
나중엔 거지 신세 면치 못하리.

나는 지금 먼 길 떠난 나그네지만
말 세우고 바라보며 애를 태우네.

發明川府

明川衆公人　送徒爲生涯
驅去鄕導間　喧呼鞭朴之
我行亦遷客　寧得不受欺
高鼻紛吽嘵　喜色浮鱉眉
齊言夢兆佳　衣飯果然宜
終朝十里程　行李故遲遲
閭井色慘憺　歎息涕漣洏
今年黍地惡　饘粥亦難爲
幼稺尙忍說　父母恒苦飢
配軍爾何儺　纍纍復來茲
生活頓沒策　逝當長流離
我今羈旅者　駐馬腸內悲

강가장에서 자며

수레 하나 겨우 빠질 산골짝 좁은 길을
말 못 타고 내려서 시냇가로 걸어가니
눈 밑으로 졸졸졸 흐르는 시냇물은

눈빛이 희다 보니 더욱더 맑구나.

깊은 산골이라 사람 자취 드물더니
마을이 가까우니 벌목 소리 들리누나.
길은 걸을수록 산 더욱 깊어지고
숲 깊은 골 안에선 연기가 피어나네.

여남은 집 모여 사는 산골의 작은 마을
높고 낮은 언덕 끼고 지형 따라 꾸려졌네.
숲 사이로 초가지붕 보일락 말락
울타리는 제멋대로 가로세로 둘려 있네.

아이들 달려 나와 내 모습 바라보고
소리 내어 엉엉 울며 달아나 버리누나.
말소리 얼굴 모습 모두 다 생소하고
옷갓한 차림새도 처음 보는가 봐.

노끈으로 엮은 모자 눌러쓴 마을 어른
문을 열고 나오더니 정중히 맞아 주며
돌상 위에 앉으라 인사 차리고
콩국을 내어 놓고 내 마음 위로하네.

갈 길 잃은 나그네를 친절히 대해 주며
앞길을 차근차근 똑똑히도 일러 주네.

"동쪽으로 육칠 리쯤 산길을 벗어나면
관가 행차 나다니는 한길이 있으리다."

세상 풍파 모진 속에 먼 길을 걷는 손님
몸조심 잘하라고 두세 번 당부하네.
앞길을 내다보며 손 젓고 떠나면서
주인어른 살뜰한 정 진심으로 사례했네.

宿江家莊

峽路纔容轍　下馬沿澗行

澗水雪中流　雪潔水益淸

始遠寂人響　稍近聞樵聲

路竟山愈深　樹間煙氣生

民居十餘戶　高下隨所營

茅茨遞隱現　籬落任縱橫

群童見客至　飛走啼嚶嚶

音貌不曾慣　衣冠亦可驚

繩帽村長者　開戶始相迎

肅我坐石床　慰我進豆羹

恭念失路子　指導甚分明

東行六七里　始有官家程

辛苦風塵色　遠道宜自誠

揮手向前去　深謝主翁情

12월 7일(임인)

새벽에 길을 떠나 귀문관鬼門關을 지났다. '누에머리〔蠶頭〕', '게머리〔蟹頭〕'라고 부르는 두 언덕을 거쳐 낮에 주촌역에 들러 쉬고 저녁에 원곡촌圓谷村에 들러서 잤다.

이날은 날씨가 흐리고 추웠다. 새벽에 길을 떠나자니 조심스러운 마음이 앞섰다. 앞길이 더욱 험하다는 말을 들었기 때문이다.

귀문관에 이르니 길 양옆으로는 벼랑이 깎아 세운 듯이 서 있는데 돌빛은 온통 검붉은 핏빛이어서 마치도 개를 잡아 각을 떠다가 여기 저기 거꾸로 매달아 놓은 것 같았다. 그 가운데로 한 가닥 길이 나 있는데 길은 몹시 좁았고 밑바닥은 진펄이어서 열 걸음에 아홉 번은 넘어졌다.

십여 리를 가서 '누에머리' 언덕을 지나고 다시 '게머리' 언덕을 넘어섰다. 이 고장 사람들은 그것을 '중덕中德', '모덕牟德'이라고 하였다.

강가장에서 두 언덕까지는 오십 리인데 왼쪽으로는 높은 고개를 끼고 오른편으로는 큰 바다를 끼었으며 누런 띠풀이 더부룩하고 자

같이 울퉁불퉁하여 황량한 땅만 바라보일 뿐 사방에 인가라고는 하나도 없었다.

이 고장 사람들이 말하기를 해마다 겨울이 오면 눈바람 때문에 두 언덕 사이에서 길 가던 사람들이 많이 얼어 죽는다고 하였다.

낮에 주촌역 마을 창고에 머물렀다. 주촌은 배마을〔舟村〕이라고도 하였다. 주촌역을 지나서부터는 역마다 창고가 있는데 거기에 방을 두고 오가는 길손들을 치르곤 하였다.

저녁에 원곡촌에 들어갔다. 원곡촌은 원골〔院谷〕이라고도 하였다. 한 여염집에 들어가 잤다.

귀문관에서

말을 몰아 험준한 골 안에 들어서니
우불구불 오솔길 어이 그리 험난한가.
깎아지른 낭떠러지 천 길인가 만 길인가
양옆의 바위 빛깔 우악스럽구나.

드리운 돌부리는 할퀴려는 범의 발톱
밋밋한 봉우리는 뭉구리 된 중의 머리
그 어디를 바라봐도 붉은빛 한 가지뿐
아무리 찾아봐야 검푸른빛 전혀 없네.

껍질 벗긴 강아지를 사방에 매달았나

정갱이 사등뼈에 핏자욱 어지럽네.
시뻘건 감탕길에 발걸음 미끄럽다
자줏빛 도랑물은 웅덩이로 넘쳐 나네.

관가 사람 머리 들고 고아대는 말
"예부터 이 고장은 죽음의 관문이라
귀양 가는 사람들 이 산에 이르면
본디부터 누구나 목 놓아 울부짖고
산 사람은 반드시 여기서 시체 되고
요행수로 간 사람은 돌아오지 못했다오."

그 말을 듣고 나니 참고 있기 어려워
당돌하다 말 들어도 내 한마디 하였노라.

"이 세상 생겨나서 음양이 서로 바뀌고
네 계절이 저마끔 돌고 도는데
사람이 죽게 되면 산속에 묻히고
산 사람은 이 세상에 붙어 있을 뿐이라.

살거니 죽거니 두 이치 없고
처음과 마지막이 본디 한가지라
구차하게 모면함은 소인들의 요행수요
덕이 있는 사람이야 한계를 넘을쏜가.

살아서는 마땅히 떨떨히 살지 말며
죽어도 당당하게 뼈젓이 죽어야지
어찌하여 다리 저는 불구자 되어
생사의 갈림길에서 우왕좌왕하겠나."

鬼門關

驅車陟峻谷　詰屈何險艱
逍壁萬仞直　左右石色頑
俯驚虎攫爪　仰訝僧禿髥
璊然一色赤　了無黔蒼斑
剝犬纍纍縋　骬𦙶霍血殷
頳泥滑回磴　紫溜漲轉灣
公人擺頭呌　鬼門昔爲關
由來遷客子　慟哭於此山
生者必得死　去者不復還
我聞請有言　唐突媿尊顔
兩儀迭相謝　四序各循環
死者歸山邱　生者寄塵寰
寧順豈二致　始終本一般
小人幸苟避　君子不踰閑
生當毋規規　死當自閒閒
何如䐉𪓔者　遑遑岐路間

누에머리 언덕을 지나며

지난날 서울에서 나는 들었네
북쪽에서 들려오는 흔한 소문을.
마천령 저쪽 가장 험한 곳은
바닷가에 닿아 있는 '누에머리'라고.

맵짠 바람 우레런 듯 울부짖을 땐
바윗돌도 사정없이 날아간다네.
큰 돌은 황소의 대가리 같고
작은 것도 쇠로 만든 동이만 하다고.
열 걸음에 한 번은 사람이 맞아서
지나가면 남는 이가 거의나 없다네.

지세마저 거칠고 인적 드물어
수풀만 어두침침 무성한 곳에
호랑이 떼 달려들어 사람을 물고
여우 삵 징글맞게 울어 댄다네.
내 걸음 느닷없이 주저하다가
예 와 보니 겁에 질려 넋을 잃을 듯.

천지의 조홧속은 알 수 없구나
이 아침 어이 이리 날씨 좋은가.
골 깊은 산기슭에 바람은 멎고

넓은 바다 물결도 잔잔하여라.

소문이란 사실보다 보태기 마련이니
야박스런 사람들의 공연한 소동인가.
색깔과 모양을 구별 못 하는 주제에
평탄하다 험악하다 어찌 논하리.
이를 놓고 세상 이치 깨달았거니
소리 없이 속으로 탄식하노라.

過蠑頭岸

昔我在京時　慣聽北來言

嶺徼最險處　蠑頭當海門

烈風吼轟雷　巖石皆飛奔

大者如鼇首　小者如銅盆

十步一中人　所過不略存

地勢復荒寂　林木翳空昏

虎豹恣唅嗢　狐狸苦豗喧

我行忽戾止　來覩先懾魂

造化固莫測　終朝天晏溫

嵌壑恬風響　瀁海靜波痕

名者實之賓　薄俗漫紛煩

色相不自辨　夷險孰正論

對此悟物理　歎息聲暗吞

12월 8일(계묘). 싸락눈이 퍼부었다.

새벽에 길을 떠나 낮에 영강역永康驛에서 쉬고 저물어서 경성부鏡城府에 들어섰다.

이날은 날씨가 음산하더니 싸락눈이 내렸다. 닭이 울자 일어나서 길채비를 서둘러 가지고 떠났다. 낮에 영강역 창고집에서 쉬었다. 사람들은 이곳을 영강창寧羌倉이라고 불렀다.

저물어서 경성부에 들어섰다. 판관은 홍광일洪光一이고 절도사는 정관채鄭觀采였다.

경성부는 성곽이 잘 수리되고 온전하며 해자가 깊고 견고하였다. 그리고 관청이며 창고들이 그쯘하고 여염집들도 즐비하여 도 안에서는 으뜸이었다.

나는 마천령을 지나서부터 눈바람을 맞아 온 까닭에 병세가 갑자기 심해졌다. 비록 날마다 말 잔등에 실려서 오기는 하였으나 밤이 되면 앓는 소리를 내곤 하였는데 여기에 이르러 더욱 심해졌다.

부 안으로 들어가려고 하다가 그 곁의 여염집에 들러 말안장을 풀어 놓고는 정신을 잃고 쓰러져 인사를 차리지 못하였다. 밤이 깊어

서야 눈을 떠 보니 그곳은 개성 장사꾼들이 쌀을 무역하는 곳인 듯
하였다.

영강역에서 묵으며

나그네의 걸음걸이 생각과 달라
길 떠난 뒤 숱한 세월 지나 보냈네.
몰리고 쫓기며 걸어온 그 길
묻노니 빨랐더냐 더디었더냐.

이 아침 내 다시 어데로 갈거나
칼바람 눈보라가 드세차거니.
외로운 행색으로 역마을 찾아
진정 어린 마음으로 문 두드리네.

거친 마당은 얼어 터지고
허물어진 바람벽은 처량하구나.
땔나무는 헛간에 되는대로 쌓여 있고
타고 남은 재 가루는 어지러이 널려 있네.

집주인 마주 나와 손 들어 인사하며
예절을 깍듯이 차리고 나서
"올해엔 다행히도 풍년을 만난 덕에

곳간마다 햇곡식 차 넘치건만
금년 환자 가까스로 물어 넣고 나니
묵은 환자 연거푸 내라는구려.
오히려 흉년의 절반 양식도 채 못 되니
가난한 집 겨울 양식 무엇으로 이으리까.

고을 원 무던하여 좋다고들 말하지만
우리 백성 사정이야 그가 어찌 돌보리까.
세상일 잘 살피는 건 예부터 어려운 일
아전 놈들 못된 짓은 캐묻지도 못한다오.”

고삐 잡고 일어나 두세 번 탄식하며
머리 돌려 바라보니 주인은 눈물짓네.

宿永康倉

客行不自由　出門淹時日
驅來復驅去　敢問遲與疾
今暮將安之　風雪浩已密
踽踽向倉里　懇懇叩房室
荒庭盡凍坼　敗壁正懷慄
柴草亂堆庤　灰土紛散逸
主人向我揖　禮數頗周悉
自言賴年豐　厥廩幸充實

新還纔了當　舊還忽繼出
貧家禦冬資　歎歲半分一
縣官柔善人　豈不勤字邮
明察古所難　吏奸固莫詰
攀轡起三歎　回首淚更溢

12월 9일(갑진). 날씨가 개었다.

경성부를 떠나서 수성역輸城驛에 이르러 점심을 먹고 최달골〔崔達洞〕을 지나 저녁에 석막창石幕倉에 이르러 잤다.

이날은 눈이 멎었다. 날이 밝은 다음에 길을 떠나 낮에 수성역에 이르러 점심을 먹었고 최달골을 지났다.

마천령 북쪽은 모두 옛날 여진의 누루하치, 홀랄忽剌 등 여러 북방족들의 소굴이었다. 그들은 산골짜기에 널려 살았는데 제가끔 추장이 있었다. 양영골〔梁瑛洞〕, 황만호골〔黃曼胡谷〕, 구정仇鼎 벼랑, 오영수보吳永秀堡가 다 그런 소굴로 반 마장 혹은 한 마장쯤 사이를 두고 산에 의지해서 촌락을 이루었는데 네댓 집 또는 일여덟 집이 고작이다. 사람의 이름을 골짜기 이름으로 삼은 것은 모두 이런 것들이다.

저녁에 석막창에 이르러 잤다. 이 창고는 옛날의 부府 터라고 한다.

최달골

오랑캐 습성은 추위를 잘 견디어
널려 살면서도 집 없이 지낸다네.
산속의 바윗골을 굴처럼 여기면서
시냇가 물길 따라 마을로 나다녔네.
부령 땅은 그 옛날 오랑캐 땅으로
백여 리가 온통 골짜기일세.
오월이 다 되어도 눈무지 남아 있고
유월달 바람결에 나뭇잎 떨어지네,

최달골 최달이는 으뜸가는 강자로
난폭하고 역빠르며 재물도 넉넉한 놈
지금도 마을에 살고 있는 사람들을
해치고 갉아 내며 장사질이 일쑤라네.
아비와 자식 간에 애정이 전혀 없고
형제끼리 제멋대로 송사하고 원망하네.
용맹하고 지략 많던 충익공 김종서는
군사를 거느리고 이곳을 평정했네.

어디서나 오랑캐들 막아설 자 있을쏜가.
사면팔방 모든 곳을 항복받고 개선하니
북쪽 땅 모든 곳에 봉홧불이 전해 오고
나라의 교화가 먼 변방에 미쳤어라.

공성의 넓은 들에 봄보리 심어 놓고
가을이면 두만강의 살조개 잡게 되니
한적하던 육진 땅 어리석은 백성들도
남과 같이 나라 혜택 누리게 되었네.
거룩할손 김종서 그대의 불후 위훈
만 년토록 청사에 길이 빛을 뿌리리.

崔達洞

夷狄性能寒　散處無室屋
巖洞以爲穴　出入溪澗腹
富春古胡地　百里皆長谷
五月雪封橋　六月風脫木
崔達最强者　桀黠饒田畜
至今洞中人　剽猾相藉鬻
父子尟慈愛　昆弟恣訟讟
番番金忠翼　六師親自牧
所嚮旣無前　環海幷讐服
盡北通烽堠　聲敎暨遐陬
孔城種春麥　豆滿采秋蛨
遂使六鎭氓　與物得咸囿
偉哉眞不朽　萬歲汗靑竹

12월 10일(을사). 눈이 몹시 내렸다.

눈을 무릅쓰고 길을 떠나 이른 저녁에 부령부에 이르러서 김명세金明世의 집에 들어가 머물렀다.

    내가 귀양 길을 떠나 무릇 스무이레 만에 부령에 이르렀다. 그 노정이 험난했던 것이나 눈바람이 사나웠던 일, 고을 관장들이 구박하던 일이며 관가 하인들이 행패질하던 사실은 차마 붓으로나 말로 이루 다 옮길 수가 없다. 거기에다 본디부터 앓고 있던 토혈증이 이때에 더욱 심해져서 날마다 간 조각 같은 선지피 덩어리를 서너너덧 덩이 혹은 한두 덩이씩 토하곤 하였다. 억울한 생각이 북받치면 울화증이 부쩍 동하여 눈에는 아무것도 보이지 않고 귀에는 아무것도 들리지 않았다. 그런데 피가 끓어오를 때면 마치도 가슴속에서 무슨 벌레가 날아오르거나 날짐승이 날아다니는 것 같아 후닥후닥 가슴이 뛰고 부글부글 피가 끓어올라 병에서 물을 쏟는 소리가 나곤 하였다. 그것이 밀물처럼 치밀어 올라 목구멍까지 와서 멎으면 문득 비린내가 코를 찌르고 한 사발이나 되는 피를 토해 놓고는 그 자리에 쓰러져 정신을 못 차렸다.

또 원산에서 얼었던 네 손가락이 모두 헐어서 거의 떨어져 나갈 지경에 이르러 열흘이 지나도록 쑤시고 아프더니 아직도 새살이 돋아나지 않았다. 온몸이 군데군데 얼어 터져서 가끔 쓰라릴 때면 절로 신음 소리가 나왔다.

길을 걸어오는 도중에는 혹 아름다운 산이나 시내도 있었고 기이한 바위나 돌들도 있었지만 관가 사람들에게 매인 몸이 되어 마음대로 구경할 수도 없었다. 비록 몸은 말 잔등에 올라앉았지만 꼭 옥 안에 갇혀 있는 것과 마찬가지였다.

임명에 이르러 문열공 조헌 선생의 서원이 길가에서 오 리쯤 떨어져 있다는 말을 듣고 관가 사람들에게 간청을 해서야 잠깐 들러 인사를 차리고 지나올 수 있었다.

내가 선생에 대하여서는 일찍부터 사모하여 오는 터이었다. 용담 고을로 다닐 때에도 금산군을 지나면서 이른바 '조중봉이 진을 쳤던 곳'과 '칠백 의사의 무덤'을 보고서는 개연히 한 몸 바쳐 싸움터로 나가고 싶은 생각을 가지곤 하였다. 그런데 두어 달도 채 지나기 전에 이처럼 참혹한 재난에 걸려들어 거친 북방으로 귀양 가는 몸이 되었고 또 선생의 사당에 참배하게 되었으니, 우연한 일 같지 않았다.

길주는 선생이 귀양살이하던 곳이므로 뒷날 사람들이 사당을 세우고 제사 지낼 곳을 마련해 놓았다.

옛날과 오늘을 돌이켜 볼 때 눈물이 줄줄 흘러내려 옷깃을 적셨다. 지금까지 빛을 뿌리고 있는 선생의 강직하고 영특한 넋에 조문하기 위하여 강물에 글이라도 지어 던져 넣고 싶었으나 그것도 할 수 없었다.

또한 이곳에는 충의공忠毅公 농포農圃 정문부鄭文孚의 '임명대첩

비臨溟大捷碑'가 있다는 소문을 들었으나 관가 사람들이 투덜거리며 길을 재촉하는 바람에 찾아보지 못하였다.

부령부에 이르니 부사는 유상량이었다. 그는 청나라에서 벌이는 시장의 차사원으로 임시 병영에 들어가고 좌수인 김이화金利和가 고을 일을 대신 맡아보고 있었다.

이날은 눈이 몹시 내려 몇 길이나 쌓여 시내와 평지를 가려볼 수 없었다.

내가 위 서방과 함께 길가에 말을 세워 놓고 머뭇거리면서 사방을 둘러보고 있는데 문득 어떤 사람이 나타나 말 머리를 막아서며 인사를 하였다. 머리에는 털벙거지를 쓰고 몸에는 검푸른 빛깔의 소매 좁은 솜저고리를 입고 있었다.

내가 누구냐고 물었더니, 이름은 장득상張得象인데 본 고을의 급창及唱이라고 하였다. 나를 이끌고 서문으로 가더니 부의 아문 서쪽 첫 골목에 있는 어떤 집으로 들어갔다. 나는 말에서 내려 옷에 묻은 눈을 털고 나서 바깥방에 들어가 앉았다. 집주인을 보니 늙은 사람인데 자그마한 대통을 비껴 물고 정주간에 앉아 있었다. 얼굴빛은 까무잡잡하고 노랑 수염이 더부룩한데 입과 눈매가 몹시 사나워 보였으며 키는 기름한데 구부정하게 등이 굽었고 말소리는 앙알거려 마치도 어린아이의 울음소리 같아 흡사 염라부의 심부름꾼인가 싶었다. 그 모습을 보니 나는 저도 모르게 더럭 겁부터 났다. 그는 미닫이를 열고 서서 나를 바라보면서 자기는 본부의 군뢰 사령인 김명세金明世라고 하였다.

조금 있다가 김이화가 김명세를 불러다 짐을 받더니 공문을 만들어 유상량에게 빨리 알리라고 하고 경성에 보낼 회답 공문은 공형公

묀을 시켜 만들어 보내라고 하였다. 이리하여 나는 행장을 수습하고 편안히 쉬게 되었다. 김이화는 하인들에게 일러서 다만 하루에 세 번이고 댓 번이고 돌아보도록 할 뿐이었다.

며칠이 지나서 나는 위 서방을 길채비를 시켜 서울 집으로 돌려보내려고 하였다. 늙으신 아버님이 아직 남쪽 용담 고을에 계시면서 내가 살았는지 죽었는지조차 모르는 터에 속을 태우는 정상은 말하지 않아도 알 만하다. 게다가 떠나올 때 형제들이며 처자들과도 작별을 못 하고 헤어져서 동서남북으로 헤어진 채 향방도 없이 종적을 모르고 소식마저 끊겼으니 아마도 내가 길가에서 얼어 죽었던가 구렁텅이에 굴러 죽었을 것이라고 생각하고 있을 것이므로 그들에게 소식을 전하기 위해서였다. 또한 내가 뜻밖에 이런 봉변을 당하여서 갑자기 길을 떠나오느라고 채비를 제대로 못한 탓에 이제 객지에 이르고 보니 살아갈 길이 아득하여 두 손을 묶어 놓은 듯 딱하기만 하였기 때문이었다.

새 옷 한 벌을 팔아서 좁쌀 너 말과 완두콩 두 말을 바꾸어다가 위 서방의 길양식을 마련하여 놓고 보니 그것도 겨우 대엿새분 양식에 불과하였다. 그래서 마천령을 넘어서면 가는 도중에서 두루 밥을 빌어먹으면서라도 서울에 대가도록 하라고 말해 주고 나서 위 서방더러 김이화에게 간청하게 하였더니 김이화는 딱 잘라 거절하며 허락하지 않았다.

스무사흗날 이른 저녁에 가서야 유상량이 청나라 성채에서 돌아왔다. 그러더니 나에 대한 단속을 하기 시작하는 것이었다. 장교들이 양옆에 밀려 서고 나졸들이 앞뒤로 배치된 방에 단단히 가두고는 창문 틈으로 밖을 내다보는 것까지도 못 하게 하였다. 심지어는 밥 한끼 먹고 변소 출입 한 번 하는 것까지도 샅샅이 살피고 뒤를 따르며 엿보면서 마치도 강도나 역적이 눈앞에 있는 듯이 다루었다.

다음날 새벽에 유상량이 동헌에 나와 앉아 나를 불러들였다. 나를 뜰 아래 세워 놓고 대사간 이상황李相璜 등의 보고와 좌의정 채제공의 보고에 대한 임금의 비답 내용과 감영과 병영의 공문을 알려 주었다. 공문을 펴 보이지는 않고 대충대충 읽어 주는데 나를 무함한 말들은 사간원의 보고보다 백 배나 더 혹독하였다. 거기에는 "지극히 요망하고 몹시 흉악하여 백번 죽여도 오히려 가볍다."는 말까지 있었다. 나는 그것을 들으며 너무도 어이없어 한바탕 웃고 말았다.

유상량은 날마다 감시를 더욱 엄하게 하였고 김명세를 신칙하여 나의 동정을 일일이 엿보게 하였다. 김명세는 이때부터 관가의 세력을 등대고 나를 깔보고 구박하며 손질을 해 가면서 욕지거리를 하는가 하면 눈알을 굴리면서 호통을 치는 등 못 하는 짓이 없었다. 절도사 정관채가 비밀리에 유상량을 부추겼던 까닭에 유상량의 감시가 이처럼 더욱 심해졌던 것이다.

스무나흗날 나는 위 서방을 시켜 관가에 가서 다시 서울로 갈 것을 요청하게 하였더니 처음엔 유상량이 승낙했다. 나는, "나라의 명령이 몹시 엄격하고 관가의 감시가 심한 만큼 잡스러운 잡인들과 통하거나 편지가 오가는 것은 비록 단속한다 하더라도 부모 형제들 사이에 수천 리를 떨어져 지내면서 '편안한가' 하는 몇 글자 문안 편지조차 몰라준다면 이것은 사람의 정리나 하늘의 이치로 보아 하지 못할 일이고 또 내가 붙잡히게 된 사정과 귀양 오게 된 내막을 집안 친척들도 자세히 모르고 있는데 하물며 친구들이야 까마득히 알 도리가 없다."고 여겼다. 그러므로 그런 사정을 대충 적어서 한 통의 편지를 만들어 아버지에게 올리고 또 서원犀園과 윤관(閏觀, 김조순)에게도 전하리라 마음먹고 편지를 한 장씩 써서 베개 밑에 넣어 두고 위 서방이 떠날 날을 기다렸다.

그런데 유상량은 방수 장교防守將校인 채천득蔡天得을 시켜 김명세를 꾀기를,

"네가 만일 죄인의 편지를 훔쳐 내기만 하면 많은 상이 차례질 것이다."

하였다.

김명세는 그 말을 듣고 몹시 기뻐하며 한밤중에 나를 엿보고 있다가 내가 변소에 나간 틈에 편지를 훔쳐 가지고 날이 밝기를 기다려 관가에 바치려고 하였다. 나는 그런 줄을 모르고 있었다. 그런데 마침 어떤 사람이 몰래 김명세의 집에 들어가 벽장을 뒤져서 그 편지를 도로 훔쳐 낸 덕분으로 무사하였다.

스무여드렛날, 위 서방이 짐을 꾸려 가지고 길을 떠나려고 하는데 유상량은 문득 지난번에 허락했던 것이 후회되어 다시 김이화를 시켜 막으면서 떠나지 못하게 하였다.

그 뒤에 뜬소문이 사방에서 돌아 이쪽저쪽으로 퍼져 가고 이 집 저 집에서 수군덕거렸다. 그것은 내가 천문을 잘 알고 요술을 부리는데 그 조화를 이루 헤아릴 수 없다는 것이었다. 그런 소문이 서울에서 부령으로 전해 오고 부령부 안에서 다시 마을로, 마을에서 또 이웃으로, 이렇게 길거리로 번져 가서 길 가는 사람들까지도 나를 지목하게 되었다. 이렇게 되자 유상량은 더욱 감시를 엄하게 하였고 몹시 구박하였다. 그것은 결국 내 입에 재갈을 물리고 굴레를 씌워서 몰아대어 스스로 죽게 하자는 것이었다.

김명세란 놈은 더욱 종작없고 거리낌 없이 흉측한 수작과 몹쓸 악담을 늘어놓았다. 더러 내 옷소매를 끄당기며 눈을 부릅뜨고는, "네가 역적이냐, 강도냐." 하고 씨불이는가 하면, 또 어떤 때는 문짝을 밀치고 문턱에 걸터앉아, "네가 빈손으로 와서 공밥만 먹고 있으니 그래 그것이 나라의 영이더냐, 관가의 영이더냐." 하며 고함을 지르기도 하였다.

이러기를 하루에도 수십 번 하니, 이럴 때마다 나는 살이 떨리고 가슴이 뛰며 오장이 찢어지는 듯하였다. 차라리 칼을 당겨서 제 가슴을 찌르고 죽어 버려 이 모든 것을 아예 잊어버렸으면 하고 마음먹곤 하였으나 그럴 수도 없었다. 다만 위 서방과 함께 밤에 낮을 이어 목을 놓아 통곡할 뿐이니 두 눈은 퉁퉁 부어올라 짓물렀다.

예부터 귀양살이를 한 사람이 얼마나 많으랴마는 나처럼 감시가 심하고 구박이 지독하기는 일찍이 보지 못하였을 것이다. 그러기에 김명세가 공공연히 행패질을 하는 것이 이 지경에 이른 것이다. 김명세도 실은 제 스스로 마음 내켜서 그러는 것이 아니고 뒤에서 유상량의 지휘가 너무도 엄하기 때문이었다.

김명세는 본디 무산 사람으로 어떤 집에서 종노릇을 하던 놈이었다. 어미인 금애琴愛가 명세를 배고서는 제 남편을 버리고 종성의 나루지기인 서만필徐萬弼이란 자와 눈이 맞아서 여기 부령으로 도망쳐 왔다. 여기로 와서 명세와 명원明元, 운대雲大를 낳자 서만필이 죽었다. 그렇게 되자 금애는 다시 서만필의 조카뻘 되는 이구령李龜齡과 마음이 맞아 딸 둘을 더 낳았다. 그 뒤에 이구령도 죽자 금애는 다시 명세의 아비에게로 되돌아갔다.

명세의 형제들은 모두 성질이 모질고 사나운 무리들인데 부령 고을의 군뢰 사령 노릇들을 하였다. 그 가운데서 명세가 제일 음흉하고 거셌다.

이여절李汝節이 부사로 있을 때 백성들 속에서 숨겨 오는 일들을 찾아내어 시비질하기를 좋아하였는데, 그때 명세와 운대가 그런 짓을 하는 데서 '공'을 세웠다. 그래서 선발이 되어 병방 군관까지 올라갔다.

명세는 지금도 군뢰로 있었다. 명세의 아비는 나이가 많고 눈까지 멀어서 늘 명세네 집에서 밥을 먹고 지냈는데 명세가 자주 구박을 하며 때리기까지 하였다. 명세의 안해는 그것이 하도 민망스러워 따로 밥을 지어서 주곤 하였는데 그것을 보면 명세란 놈은 발길로 밥그릇을 차 던지며 "열 손가락 까딱 안 하는 주제에 밥은 웬 밥이야." 하는 것이었다. 그러면 그의 아비는 밥그릇을 마주하고 앉아 통곡을 하곤 하였다.

운대는 몸이 더 날래고 힘도 세었다. 명세와 늘 다툼질을 하였는데 그때마다 운대는 명세를 개 패듯이 두들겨 대었으며 입에 담을 수 없는 욕설을 조금도 거리낌 없이 퍼붓곤 하였다.

유상량은 지금에 와서는 몰래 명세네 형제를 부추겨 그들더러 나의 거동을 엿보면서 무엇이든지 흠을 잡으라고 하였다. 명세네 형제는 너무도 기뻐서 마치 진귀한 보물이라도 얻은 것처럼 날뛰며 밤낮없이 곁을 엿보며 치근덕거렸던 것이다. 음모와 계책이 흉측하고 악독하기로는 명원이 더하였다.

이런 것들을 생각하노라면 가슴에 불이 이는 듯하다.

아, 내가 서울에서 나서 자라나 부령 사람들과 전날에 원수진 일이 없고 혐의받을 일도 없는데 이것이야말로 이른바 '풍마우 불상

급風馬牛不相及'이라고 전혀 얼토당토않은 사이였다. 그런데 내가 터무니없는 재앙에 걸려들어 거친 변방으로 떠돌아다니게 되니, 이런 칼날이 시퍼런 산천에서 내 몸이 불에 타고 맷돌에 갈리는 고통을 당하는 것이다. 차라리 처음 형조에 잡혀가 있을 때가 도리어 마음 편했던가 싶다. 생각이 이에 미치니 어찌 슬프지 않으랴.

《시경》에 이르기를, "내가 이럴 줄을 알았더라면, 태어나지 않는 것이 좋았을걸.〔知我如此 不如無生〕"이라고 한 것이 이런 경우를 두고 말한 것인가.

또 저 세 녀석은 행실이 짐승 같아 도덕에 어긋나고 윤리를 어지럽히니 하늘로 머리를 두고 땅을 밟고 다니는 사람이라면 이를 보고서 누구나 다 피가 끓고 머리털이 곤두설 일이지만 유상량은 이런 놈들을 좋아하여 그들과 소매를 잡고 귀를 당기며 저희들끼리 마음을 통하고 힘을 합쳐 아무런 죄도 없는 사람을 함정에 몰아넣고 어진 사람을 박해하니 그것은 또한 무슨 심보인가.

이듬해 정월 스무엿새날에야 유상량은 비로소 사람을 서울로 보내는 것을 허락하였다.

위 서방이 떠나려고 하는데 명세가 또 그의 노자와 말까지 빼앗으려 하는 것이었다. 다행히 김이화가 막아 주어서 쌀만 빼앗기고 말은 도로 찾아내었다.

눈 내리는 이 겨울날 만 리 먼 길을 떠나면서 빈손으로 갈 것을 생각하니 참으로 걱정스러웠다. 다만 움막 같은 으슥한 방 안에 우두커니 들어앉아 하늘을 우러러 바라보며 잘 되기만을 속으로 빌 뿐이었다.

고향 집에 간 꿈을 꾸고서 ▪

어젯밤도 가까스로 보내었거든
오늘 밤은 왜 이리도 지루하다더냐.
밝은 달은 창에 가득 빛을 뿌리며
내 잠자리 유난히도 비쳐 주는데.

자리 위엔 두어 권 책이 놓였고
그 곁에는 하인이 앓아누웠네.
눈 뜨면 슬픈 눈물 샘처럼 솟고
눈 감으면 꿈속에서 고향을 보네.

고향 땅은 이천 리 길 먼 곳이언만
순식간에 훨훨 날아 쉬이 닿았네.
서태악은 분명히 나를 맞았고
김계량도 여전하게 찾아 주었지.

손잡고 우리 함께 강가에 나가

▪ 섣달 25일 고향 집에 간 꿈을 꾸고 깨어나 적는다.

건너자고 하여도 배가 없는데
뜻밖에 보이는 건 외나무다리
다리 밑을 굽어보니 출렁이는 파도

날듯이 재빠르게 나는 건넜건만
두 벗은 왜 그리 머뭇거리나.
잠시 뒤에 두 벗들도 모두 건너니
우리 함께 기쁜 마음 그지없었네.

가벼운 걸음으로 집에 이르니
말소리 웃음소리 옛날 같은데
널찍한 안채의 대청 위에는
아버님이 한가운데 앉아 계셨네.

나를 보신 아버님 웃음도 없이
얼굴빛이 말 아니라고 위로하셨네.
동생은 때마침 책을 읽는데
막냇동생 성큼성큼 걸어 나왔네.

두 동생 나를 보자 너무 기뻐서
둘러서서 절을 하며 기뻐하였고
늙은 안해 나를 보자 너무 반가워
두 손을 쓸어 주며 눈물지을 뿐.

목이 메어 제대로 말도 못 하고
옷을 적시는 눈물만을 보고 있는데
제수는 내가 왔다 기뻐하면서
부엌으로 달려가 술상 차리는데

창문 앞에 새로 담근 술항아리엔
익은 술 가득 담겨 향기 뿜었네.
막내 제수도 날 보고 반가워하며
아이 안고 골방에서 달려 나오고

영녀는 내가 왔다 좋아하면서
무릎 베고 누어서 재롱 부리며
악이는 내가 왔다 좋아하면서
키득키득 웃으며 행랑채로 달아나고

종이도 내가 왔다 반기면서
기쁨을 거두더니 엉엉 울었네.
준이는 내가 왔다 좋아하면서
저 혼자 기쁘다고 발을 구르고

계아는 내가 왔다 좋아하면서
울음 절반 웃음 절반 뒤범벅인데
얼굴은 마마를 겪은 듯하나
옥 같은 그 모습 변함없구나.

계득이는 내가 왔다 반가워하며
뜰 아래서 말안장 떼어 내리고
하인들 내가 왔다 반가워하며
분주히 오고 가며 바빠하는데

이웃에서도 내 왔다 기뻐들 하며
담장 밖에 모여 서서 탄식을 했네.
닭들도 내가 왔다 반가워하며
길게 울고 푸득푸득 날기도 했네.

큰 개는 내가 왔다 반가워하며
두 새끼 데리고서 뛰어올랐네.
발길 돌려 대문 밖을 나서고 보니
향한 곳은 다름 아닌 윤관¹⁾의 정원

유 공²⁾은 때마침 자리에 있고
높이 단 등불도 휘황했어라.
무엇인가 말하다가 끝을 못 내고
훌쩍 깨나 보니 마음은 허전해라.

서글픈 생각 속에 화닥닥 일어나니

---

1) 윤관閏觀은 김려의 벗인 김조순을 가리킨다.
2) 유 공兪公은 김려의 선배인 조학춘趙學春이다.

아침 해 높이 솟아 빛을 뿌렸네.

이곳에서 서울은 하늘 끝인데
산과 바다 부질없이 아득하구나.
지금에 와서 내 어릴 적 돌이켜 보니
부모님들 내 몸을 염려하시어
다섯 살이 지나도록 문 밖을 못 나가고
열 살이 될 때까지 대청을 못 내려갔네.

지금 내 무슨 죄를 저질렀기에
거친 이 북방에 오게 되었는고.
늙으신 부모님들 생각키누나
이 자식 그려 지금도 애태우시리.

생각하면 가슴은 미어지는 듯
잊으려고 애를 쓰나 잊을 수 없네.
하늘땅의 고마움 크기도 해라
눈서리 가뭇없이 봄볕으로 바뀌었네.
서러운 고생 속에 지내는 나는
언제면 고향 땅에 돌아가려나.

臘月二十五日曉夢歸家 覺而記之

纔送前宵去　今宵又何長
明月滿窓入　皎皎照我床
床上數卷書　病僕臥其傍
開眼淚如泉　閉眼到家鄕
家鄕二千里　瞬息以翺翔
宛宛徐太嶽　依依金季良
携手至河側　欲濟川無梁
忽見獨木橋　下瞰波湯湯
我渡疾如飛　二子皆彷徨
已而并過來　喜色不可量
翩翩入我門　談笑若平常
內堂極軒敞　大人坐中央
見我無言笑　慰我色凄涼
仲弟方讀書　季弟步悠揚
二弟歡我至　羅拜自成行
老妻歡我至　拱手涕滿眶
嗚咽不能語　反覺霑衣裳
仲嫂歡我至　入廚洗盃觴
牕前新釀酒　酒熟正芳香
季嫂歡我至　抱恒出洞房
英女歡我至　臥膝啼嬌吭
維嶽歡我至　癡笑走回廊

阿宗歡我至　回喜泣喤喤

阿駿歡我至　欣欣自馳驪

癸兒歡我至　啼笑兩相當

顏色似經痘　美彩如玉芳

繼得歡我至　下堂收馬韁

奴僕歡我至　奔走步怱忙

隣里歡我至　歎息滿東墻

群鷄歡我至　長鳴且頡頏

大狗歡我至　二雛亦相將

翻身出門外　且向閨翁莊

英公時在座　高燈正輝光

一言未及終　忽覺神愴悢

惕然怳驚起　初日出煌煌

天涯與地角　山海空渺茫

憶我幼少時　父母恐我傷

五歲不窺門　十歲不下堂

我今何罪辜　來此胡貉方

却念我老親　戀我焦心腸

思之中情塞　欲忘不能忘

大哉天地德　霜雪爲春暘

戚戚此勞人　何時還故岡

꿈에 남공신을 만나고서 ▪

한 돌이 지나도록 죽은 사람 위문 못 해
연거푸 아뜩아뜩 꿈속에 보이누나.
그대 영혼 이토록 선명하여
어리벙벙한 나를 일깨워 주누나.

얼굴에서 객지 고생 일일이 읽어 보고
손잡으며 나의 잘못 정답게 말해 주네.
귀양 길에 잠깐 만나 즐기었던 그
저승길 어이 그리 빨리 갔는가.

옷자락 걷어 안고 먼 하늘 우러르며
옷소매 잡고 서서 허공만 바라보니
달빛은 조약돌에 반들거리고
별 무리 단지 곁에 어른거리네.

▪ 무오년(1798) 정월 11일 밤 부령의 귀양살이하는 집에서 꿈에 남공신을 만나 보고 슬퍼서
쓴다.

지난날엔 같은 세상 사람인가 의심했더니
지금에야 그대 정녕 비범함을 알았노라.
정직한 벗 아니면 친하지 않으니
그대 식견 어쩌면 그다지도 명찰한가.

어깨를 나란히 하고 높은 덕 우러렀건만
그대를 보내고 나니 좋은 스승 잃었네.
궁하고 통하는 이치 모르는 탓에
생사의 비통만이 남아 있어라.
슬프다 내 지금 귀양살이 설워할 때
그대는 저승에서 이승을 저주하리.

戊午正月十一日夜 富春累舍 夢南拱辰 悵然而作

未慰周歲靈　纔驚連夜夢
以子精皎皎　開我魂霜霜
睎顔憖久旅　執手寵深諷
畏途歡暫晤　冥路懼倏送
摳衣睌遲霄　擎袂瞻澄空
月華瀲密石　星彩逗斜甕
夙昔疑同塵　斯今覺殊衆
匪直朋親愛　其如藻鑑洞
隨肩歆尙絅　啓足悼摧棟

莫測窮通故　惟餘存沒痛

哀哉余賦鵩　已矣爾歌鳳

이익지에게 보내는 답신[1]

答李益之書

유월 초여드렛날 서울에서 사람이 와서 노형이 몸소 보내 주신 편지 한 장을 받았습니다.

한여름철이라 더위가 몹시 심합니다. 집안의 노인들 몸이라도 건강하신지요. 아드님도 이제는 나이가 차서 좋은 가문에 배필을 무어 혼사를 치렀으니 신부도 아주 훌륭할 줄로 믿습니다.

생각해 보면 노형은 효성이 지극하시니 집안의 부친께서 그지없는 복을 누리시는가 봅니다. 《시경》에 이르기를, "효자는 대를 이어 다함없나니, 길이길이 그 덕을 물려줄지어다.〔孝子不匱 永錫爾類〕"라고 하였습니다. 정말 부럽고 또 부럽습니다. 아, 나 같은 것이야 무엇을 말할 것이 있으며, 무엇을 말할 수가 있겠습니까.

아버님이 세상을 떠나셨어도 장사조차 참여하지 못하였으니 이것은 효도가 아닙니다. 망령되게 재난에 걸려 나라를 욕되게 하였으니 이것은 충성이 아닙니다. 무던한 동생에게 죄를 끼쳐 멀리 거친 변

---

1) 이 글을 비롯해서 뒤에 오는 편지들과 시집에 써 준 글은 《담정유고》 가운데 '보유집'에 들어 있다. 이익지는 이우신이다.

방으로 귀양을 가게 만들었으니 이것은 우애가 아니며, 아들딸이 가득한데 모두 다 장가들고 시집갈 시기를 놓치게 하여 장차 사람의 도리마저 지키지 못할 지경에 이르게 만들었으니 이것은 자애롭지 못한 것이며, 많은 벗들과 친지들을 모두 저버렸으니 이것은 신의가 아닙니다.

대체로 사람들은 이 가운데서 한 가지만 부족하여도 점잖은 선비 축에 낄 수 없겠거늘 나는 이 다섯 가지를 다 겸하고 있습니다. 그러니 노형은 나를 어떤 사람으로 여기시겠습니까.

저희 집안으로 말하면 옛날 신라, 고려 때부터 어진 재상들이 대대로 나와 나랏일에 충성을 다한 결과 훌륭한 가문으로, 높은 문벌로 나라에서 자못 빛을 뿌려 왔습니다. 우리 왕조에 들어와서도 문정공(文靖公, 김자지金自知)의 아홉 아들 모두가 과거에서 급제하고 높은 직위에 올랐으며 그 뒤에도 호간공(胡簡公, 김우신金友臣)과 충정공(忠貞公, 김전金詮)이 조정에서 한 날개를 담당하여 나라의 충신으로 되었으며 공적이 나라의 역사에 아로새겨져 있습니다.

의민공(懿愍公, 김제남)[2]에 이르러 마침내 어리석은 임금을 만나 전혀 근거 없는 사건에 걸려들어 온 집안이 한꺼번에 사형을 당하였습니다. 저희 오대조 할아버지가 그때 나이 겨우 일곱 살이었는데 집안에서 심부름하던 고가 성을 가진 사람과 이가 성을 가진 사람이 몰래 숨겨 가지고 도망한 덕택에 목숨을 건져 강릉 땅의 어느 절간에 밥을 부쳐 먹고 있으면서 겨우 집안의 한 가닥 핏줄을 가까스로 이은 결과 조상들의 제사가 끊이지 않았습니다. 우리 집안 내력은

---

2) 선조의 장인인 김제남金悌男은 왕실의 집권 싸움에 끼어들어 광해군에게 죽임을 당하였다.

나라의 역사책에도 자세히 쓰여 있습니다.

고조할아버지와 증조할아버지 두 분 대에 이르러서도 집안 형편은 피지 못하여, 노숙한 덕망을 지니고 있었지마는 또다시 재난을 당할까 봐 걱정되어 나라에서 불러도 나가지 않았으며, 문장으로나 경서 학문으로 한때 높은 벼슬길에 올랐으나 한창 나이에 세상을 떠났습니다.

할아버지 대에 이르러 아직 어린 나이에 또다시 외가에서 당하는 신축년과 임인년 재앙[3]에 본가와 처가, 외가 등 삼족이 모두 그 앙화를 입어 어린아이 하나 남지 않게 되었습니다. 그때 우리 증조할머니가 어린 할아버지를 데리고 누구도 돌봐 주는 사람 없는 외로운 신세로 시골에 떨어져 떠돌아다니게 되었으니, 이 당시에 우리 집안이 몰살당하지 않기란 마치 떨어져 가는 갓끈과 같았습니다.

아버지는 외로운 홀몸으로 힘써 배우고 부지런히 실천에 옮겨 비로소 자기 명성을 떨치고 지난날의 지위를 회복하였습니다. 여러 고을을 맡아 나갔을 때에도 세상에서 청렴하고 능력이 있다고 일컬었습니다.

이러한 사정으로 우리 집안에는 가까운 친척 하나 없는 것입니다.

우리 삼 형제는 외롭고 쓸쓸한 처지에 서로 의지하고 살아가면서 오로지 옛사람들의 교훈을 가슴에 새기고 조상들이 이룩해 놓은 일이나 이어가려 하는 것이 구구한 소원이었습니다.

그러나 불행하게도 운명이 기구하고 집안의 운수가 막혀서인지

---

3) 1721에서 1722년에 있은 당파 싸움. 경종의 다음 번 왕에 대한 문제를 정면에 내세우고 당파 싸움이 벌어져 이른바 '소론'이 '노론'을 몰아내고 처형한 권력 싸움이었다.

어이없는 재앙을 입고 불측스러운 죄에 걸려들어 제 한 몸이 낭패를 본 것은 말할 것도 없고 온 집안까지 욕되게 하였습니다.

다섯 해 동안 관북 땅에서 지낼 때는 차디찬 움막에 갇혀 있었으며 두 달 동안은 남쪽의 절간에서 고문을 받아 거의나 죽게 되었습니다. 그리고 다시 남쪽 바닷가에 쫓겨 와 이미 네 해를 살았습니다. 독기 어린 바닷바람을 맞아 핏덩어리를 토하는가 하면 머리털이 희끗희끗 세고 이도 새가 벌어졌으며 두 눈이 모두 어두워졌습니다. 사람의 몸이 나무토막이나 돌덩이가 아닌 이상 어떻게 견뎌 낼 수가 있겠습니까.

또한 가운데 동생은 아무 죄 없이 혹독한 고문을 당하고 갖은 고초 끝에 서쪽으로 귀양 갔으며 막내아우가 스무 살 어린 나이에 홀로 집을 맡아 가지고 가슴을 태우며 지내고 있습니다.

지금 이런 이야기를 하자니 눈물이 앞을 가리고 억장이 막힙니다.

내가 평소에 처신해 온 일들에 대해서는 노형도 잘 알고 있겠지만 노형은 나에게 참말로 죄가 있다고 봅니까, 죄가 없다고 여깁니까.

설사 나에게 죄가 없다고 한들 이제 무슨 낯으로 사람들을 대하며 도리에 대하여 말할 수 있겠습니까. 슬프고 슬픈 일입니다.

내가 이미 제구실하기는 다 글렀으니 비록 천만 번 죽는다 하더라도 탓할 것이 없겠지만 다만 조상들의 무덤이 여러 곳에 널려 있는데도 설날이며 명절 때에 누구 하나 돌볼 사람이 없습니다. 집안은 본디 가난하고 살림이 보잘것없어서 덕은德殷에 있는 농막에 오직 척박한 밭 몇 날 갈이가 있을 뿐입니다. 그런데 그것마저 이번 재난을 당한 뒤로 살아갈 형편이 더욱 말이 아니어서 반나마 팔아 버렸으며 그 나머지에 대해서도 질서를 세우지 못하여 하인들이 주관하고 단속하다 보니 토지는 온통 묵어서 제대로 다루지 못하는 형편입니다. 사곡斜谷의 별장은 봉우리들이 수려하고 골짜기가 깊으며 근 백여 년간 꼴 베고 짐승 먹이를 금지한 까닭에 소나무와 전나무는 아름이 넘어 자못 울창하게 높이 자랐습니다. 골 안에는 대추, 밤, 개암, 감 등 과일나무가 수백 그루나 있어 가을, 이른 겨울이면 온갖 과일이 무르익어 붉고 푸른 빛깔이 한데 어울려 참말 기이한 경치를 이룹니다. 그러나 오륙 년도 채 못 되는 동안에 도끼와 낫을 든 사람들이 날마다 찾아들어 온 골 안은 벌거숭이가 되고 동네 사람들 땔나무를 대 주는 밑천으로 되었습니다. 서울 가회방에는 예부터 물려 내려오는 집 한 채가 있고 집에는 백로원白鷺園이라는 동산과 함취정涵翠亭이라는 정자가 있었습니다. 이것은 다 우리 아버님이 쉬며 거닐던 곳입니다. 뜰 앞에는 벽도화 두어 그루와 박태기나무 한 그루가 서 있는데 이것들은 우리 아버님이 손수 심어 가꾸어 온 것들입니다. 그런데 지금은 남의 것으로 되어 버렸습니다. 이것은 소소한 일이 아닙니다.

그런데 가장 유감스러운 것은 아버님이 몹시 아끼시던 선진先秦 양한兩漢의 금석고문金石古文으로 과두문[4]의 전자篆字와 정종문[5]의 글씨체, 그리고 역대로 이름 있던 사람들의 글씨와 그림은 평소에 애써 수집해 놓은 것이 수십 함에 이르렀고 또 우리 나라의 이름난 사람들의 필적과 조상들의 글씨 몇 축, 그리고 아버님이 손수 베껴 놓

---

4) 과두문蝌蚪文은 한자의 글자 모양. 글자 모양이 마치도 올챙이 같아 획의 첫머리가 굵고 끝이 가는 것이 특징이다.

5) 정종문鼎鐘文은 쇠붙이로 만든 그릇에 써 놓은 글씨.

은 자사와 비서⁶⁾ 수십 권, 그리고 내가 지어 바치고 임금님이 비준한 공령문功令文 백여 장은 먹빛이 영롱하여 세상에서는 귀중한 보물로 여기던 것인데 모두 다 의금부 나졸들에게 빼앗겨서 하나도 남은 것이 없게 된 것입니다. 지금도 늘 밤마다 그것을 생각하면 통분한 생각이 뼛속까지 사무쳐 혼자 일어나 방 안을 서성거리며 잠을 들수가 없습니다.

지난해에 들으니 또 막냇자식 상아湘兒가 죽었다고 합니다. 내가 지난 정사년(1797) 동짓달 열이튿날 경원으로 귀양을 가던 다음 날에 그 애가 태어났습니다. 그 애를 낳았을 때에 내가 그를 본 적이 없으니 내가 죽어서 저승에 갈 때인들 그 애가 어떻게 나를 알아보겠습니까. 슬픈 일입니다. 예부터 오늘에 이르기까지 과연 나 같은 사람이 어디에 또 있겠습니까.

나로 말하면 아이 적에도 남의 이목에 두드러지게 명예와 지조를 나타낸 것이 없었고 또한 옛날 사람들이 창작한 뜻을 이은 저술로 뒷날에 전할 만한 것도 없습니다. 그저 헛되이 살다가 부질없이 죽어 가는 사람일 뿐입니다. 속담에 이르기를, "사람은 한 대를 살고 풀은 한 철을 산다." 하였습니다. 슬픕니다, 정말 슬픕니다.

편지를 받고 회답을 하려고 하였으나 병으로 눈이 보이지 않아 붓을 들지 못하고 있었습니다. 만약 하루아침에 쓰러지게 되면 노형의 간절한 뜻을 저버릴 것 같아 이처럼 생각나는 대로 대충 적습니다.

두서가 없이 갈겨쓴 것을 용서하여 주시기 바랍니다.

---

6) 자사子史와 비서秘書는 옛날 이름난 사람들이 내놓은 학설과 역사책들, 그리고 남들이 흔히 볼 수 없는 희귀한 책들을 말한다.

부령에 있는 벗 김희익에게
答金義益書

삼월 열사흗날에 손수 써 보내 주신 편지를 섣달 초닷샛날에야 받았습니다. 기쁜 마음 한량이 없습니다.

진해는 부령과 거리가 이수로 헤아린다면 삼천 리나 됩니다. 편지가 만일 하루에 십 리씩 간다고 할 것 같으면 삼백 일이 걸려야 와닿을 수 있는 곳입니다.

지금 편지가 온 날짜를 따져 보면 꼭 삼백 날이 걸렸습니다. 그러니 그 편지가 도중에 지체되었다고 나무랄 것도 없는 일입니다.

우리가 헤어진 지는 어느덧 다섯 해가 되었습니다. 머리를 돌려 지난 일을 생각하니 산천이 아득하기만 합니다.

《시경》에 이르기를, "해와 달 바라보니 아득할손 이내 생각, 길이 멀다 하니 오실 수가 있으랴.〔瞻彼日月 悠悠我思 道之云遠 曷云能來〕"하였습니다. 매양 바람결에 손으로 이 시를 되뇌다가 문득 얼빠진 듯 앉아 있곤 합니다.

내가 남쪽으로 귀양을 온 뒤에 세상 형편은 점점 더 그릇되어 가고 사람들의 마음도 차츰 더 흐려지는가 봅니다. 친척과 사돈집들, 친구들이 서로 멀리하고 함께 어울리려 하지 않으며 심한 경우에는 서로 헐뜯고 나무라고 배척하면서 마치도 있는 힘을 다하여 우물에 빠뜨리고 돌을 던져 넣는 것과 같습니다. 그러니 문생이나 따라다니는 사람들은 권세와 잇속을 보아 가며 붙좇는 자들로, 혼비백산하여 달아나지 않는 자가 없습니다.

평상시에는 제 속마음을 털어놓으며 칭찬하고 지지하면서 서로 깊이 알아준다던 사람까지도 대뜸 더러운 물건이라도 보는 것처럼 피하고 미치광이나 만난 듯이 달아나 버립니다.

내가 처음 잡혀 들어갈 때에는 평소에 나를 원수처럼 대하며 미워하던 자들이 요리조리 틈을 보다가 갖은 꾀를 다 부리어 남이 모르는 것까지 끄집어내어 감정을 품고 마주 공격하다 보니, 온갖 비방이 쌓이고 모든 의심이 깊어져서 화근은 굳어 가고 죄악의 연루가 증가된 때문입니다. 그리고 지방의 관리들은 본디 나와 서로 못마땅해 하는 사이로, 기회가 있으면 물어먹을 내기를 하고 나라의 지시를 꾸며 가지고 패거리로 몰아 체포하는 바람에 관북 사람으로서 잘못 걸려들어 화를 입은 사람은 몇십 몇백입니다. 감영의 옥에서 부령에 이르기까지 큰길가에 있는 여덟, 아홉 고을의 옥들이 모두 이런 사람들로 꽉 차 있습니다.

빗발치듯 매질을 가하여 가죽이 터지고 살점이 떨어져서 피가 흘러내려 뜰에 넘치니 억울하고 통분한 소문은 사방에 자자합니다.

이런 때를 당하여 진실로 충성이 해와 별같이 빛나고 신의가 쇳돌같이 굳은 사람이 아니고서는 누구나 당황하여 숨을 죽이고 자취를 감추지 않는 사람이 없을 것입니다. 비유해 말하면 화살에 놀란 새가 빈 시위 소리만 듣고도 멀리 달아나 버리며 통발에서 놓여난 고기가 떠다니는 짚검불을 보고도 깊이 숨어 버리는 것과 같습니다.

이것은 물론 이치로 보나 형편으로 보나 안 그럴 수 없는 것인데 내 무엇을 더 바랄 것이 있겠습니까.

아, 슬픕니다. 이는 서로 알아주는 사람에게만 말할 수 있는 것이고 그렇지 못한 사람에게는 말할 수도 없는 것입니다.

그런데 그대는 나의 일로 해서 그 애어린 나이에 차마 헤아릴 수조차 없는 구렁텅이에 빠져 들어가 참혹한 곤욕을 당하고 천금같이 귀중한 몸을 더럽혔습니다. 하기는 목숨을 잃지 않은 것만도 다행이라 해야 할 것입니다.

어떻게든 꺼리며 피하기에 여념이 없어야 할 터인데 오직 그대만은 개결하게 달리 생각하지 않아 한 장의 글월을 아끼지 않고 죽음만이 기다리는 먼 바닷가까지 안부를 물어 왔습니다. 나는 죄를 지은 사람입니다. 어떻게 그대에게서 이런 것을 받아 안게 되었겠습니까. 옛날에는 남의 편지를 불태워 버린 사람이 있고 거짓말을 전한 사람도 있다더니 지금 시속 사람들은 누구라 할 것 없이 다 그러합니다. 이런 것을 어찌 입에 담을 나위가 있겠습니까.

여기 남쪽 지방은 기후가 조금 따뜻하여 북쪽보다는 낫습니다. 집 주인도 무던하여 살아가는 형편은 대체로 안정되었습니다. 그러나 전날에 당한 지독한 고문으로 하여 넓적다리가 뻣뻣해져 제대로 걷지를 못합니다. 뿐만 아니라 바다 기슭이어서 매캐한 감탕 냄새가 밤낮으로 풍겨 드는 통에 이와 머리털이 흔들리고 빠지고 두 눈은 완전히 장님입니다. 가끔 기분이 갑자기 좋지 않을 때면 더러 술을 들여다가 기껏 취하도록 마시고 세상만사를 잊어버리곤 하다가 문득 왈칵 피를 토하곤 합니다. 이것이 어찌 오래 두고 볼 일이겠습니까.

위 서방을 좀 전에 여릉으로 보내 농사일을 맡아보도록 하였습니다. 지금쯤은 무사히 지내겠으니 염려하지 않아도 좋을 것입니다.

요즈음에는 서울이건 시골이건 일체 문안 편지에 회답을 하지 않았습니다. 그것은 내가 게을러서가 아니라 마음속으로 무시무시한 생각이 들어서 그렇습니다. 그러나 그대의 편지에 대하여서는 본체만체할 수가 없었습니다. 삼천 리 밖에서 사람을 막아 버린다면 이것이 어찌 친구의 도리이겠습니까. 그래서 지금 대략 마음속을 드러내 보입니다.

이제부터 또다시 삼백여 일을 계산하면 모르긴 하지만 내년 섣달에나 이 편지가 그곳에 가 닿겠는지요. 한번 웃어 주기 바랍니다.

진해 귀양지에서 김계량[1)]에게
答金季良書

계절이 봄철이라 날씨가 화창합니다. 그간 별일 없었습니까.

제가 북방에서 귀양살이를 할 때 재앙의 불길이 세차기가 마치도 들판이 타 번지는 기세보다도 더 급하였습니다. 평소에 서로 친하게 지내던 사람들이 소문만 듣고도 달아나는 판입니다. 오직 그대만이 몸소 편지를 보내 제 안부를 물어 주었으니, 저는 속으로 감사한 생각이 가슴과 뼛속에 아로새겨져서 일생을 두고 잊지 않을 것입니다.

그런데 지금 또다시 이달 열하룻날에 보내 준 한 장의 편지를 받고 보니 정성스럽고 간절한 내용이 글발 밖에 우런히 넘쳐납니다. 흠집투성이인 저로서 어찌하여 그대에게서 이처럼 두터운 사랑을 거듭 받게 됩니까.

여기서 서울까지는 구백 리 길입니다. 역말을 이용하는 역졸들도 엿새 반이 걸려야 이를 수 있는 곳입니다. 그러나 저 북방에서 지낼 때보다는 훨씬 가까우니 기꺼운 생각도 자못 큽니다.

제가 처음 이곳 영남의 변방에 왔을 때에는 밤고개〔栗峴〕 마을 여

---

1) 김선신金善臣으로, 김려는 그를 이제로李濟魯, 이우신, 김선과 함께 '사가四家'로 꼽았다.

염집을 빌려 가지고 있었습니다. 그런데 소금 굽는 집이라 바닷가에 바싹 가까이 있다 보니 지대가 낮아서 습한 데다가 샘물이 흐려 반년도 채 되기 전에 사지를 잘 놀리지 못하고 다리가 무거운 병에 걸려 밤낮으로 신음소리를 냅니다. 본디부터 피를 토하는 병을 앓던 것이 날이 갈수록 더쳐 언제나 목구멍에서는 비린내가 치밀어 오르고 나는 새가 날개를 치는 것처럼 꼬르륵 소리를 내곤 하다가 걸핏하면 간 덩어리인지 허파 덩어리인지 모를 선지피를 여남은 덩어리씩 뱉곤 하였습니다. 이대로는 몇 날 더 살 것 같지 않아 성안으로 자리를 옮겼습니다. 성안은 비록 바닷바람에서 오는 독기는 좀 적었지만 저잣거리가 가까워서 분주스럽고 비좁았습니다.

들자니 고을 북쪽 십여 리 되는 곳에 의림사義林寺라는 절간이 있는데 골이 깊고 조용하며 남쪽에 암자가 있다고 합니다. 거기는 우물물도 달고 정가로워 지리책들에서 말하는 '여항길상艅航吉祥', 곧 복되고 아름답다는 곳입니다. 그래서 그곳 주지에게 말해서 방 한 칸을 빌려 가지고 죽순을 볶고 고사리도 데쳐서 소박하게 끼니를 에우며 날을 보내다 보니 몸이 좀 편안하고 병세도 전보다 덜합니다.

이 절은 본디 큰 절간이었는데 지금은 몹시 낡고 허물어져서 겨우 몇 개의 방이 남아 있습니다. 그렇지만 샘물이며 대숲의 경치가 이 고을에서는 으뜸으로 꼽히는 곳입니다.

아침저녁 짬이 있으면 한두 명의 중들이나 네댓 명의 아이들을 데리고 짚신에 대지팡이를 끌면서 시내 굽이를 거닐며 나라를 생각하는 시를 읊조리거나 세상일을 한탄하는 글이나 외우면서 긴 휘파람을 불기도 하고 강개한 눈물을 흘리기도 합니다. 그러다가 국사봉國師峯에 올라 보조普照 국사[2]의 거울을 생각하기도 하고 철마동鐵馬

洞을 찾아가서는 앞에 있는 귀정龜汀 물가를 바라보며 정구鄭逑 선생[3]의 고결한 자취를 더듬기도 하고 뒤에 있는 파릉산巴陵山을 바라보며 조려趙旅[4]의 높은 지조를 사모하기도 합니다. 그러다가 남쪽으로 망망한 바다를 바라보면 출렁이는 물결은 하늘 끝에 잇닿았고 외로운 한산섬만이 구름 속에 보일락 말락 한데 그 옛날 이순신 장군이 기묘한 전략을 써서 왜적을 물리치고 나라를 건져 낸, 하늘땅을 떠받들 만한 충정을 연상하기도 합니다.

서쪽으로 진주성을 향하여 하연河淵[5]의 큰 도랑과 이명식李命植[6]의 아름다운 자취를 사모할 때 그들이 남겨 놓은 공적이 지금토록 빛을 내고 있는가를 살피기도 하며 촉석루 앞을 유유히 흘러가는 강물에도 이미 떠나간 세 장사[7]의 거룩한 넋이 아직까지 그 사이에서 오가고 있는가를 찾아보기도 합니다.

머리를 돌려 저쪽 산언덕을 바라보면 우불구불한 산줄기는 동쪽으로 뻗어 옛날 공 어사[8]가 일찍이 유람하던 곳입니다. 높은 산 험한 고개가 거연히 북쪽에 솟아 있는데 이 고장을 지나는 길손들이 발걸음을 멈추고 옛날의 자취를 더듬으며 차마 떠나지 못하는 곳이 주세붕[9]이 옛날 살았던 집입니다.

---

2) 고려 때의 중. 경상남도 웅진 지방의 사람이라고 한다.
3) 16세기의 유학자로 호는 한강寒岡이다.
4) 15세기의 유학자로 호는 어계漁溪다. 경상남도 함안 사람이라고 한다.
5) 15세기의 유학자이며 관료로 호는 경재敬齋다. 경상남도 진주 사람이다.
6) 18세기의 관료로 벼슬은 병조판서까지 지냈다.
7) 임진왜란 때 왜적의 침입에서 진주성을 지켜 내기 위하여 싸우다가 희생된 김천일金千鎰, 최경회崔慶會, 황진黃進을 말한다.
8) 16세기의 유학자이며 관료인 공서린孔瑞麟이다. 경상남도 창원 사람으로, 벼슬은 대사헌. 뒷날에 사화에 관련되어 벼슬에서 쫓겨났다.

이리하여 기쁨에 겨워 해가 저무는 것도 가늠하지 못한 채 돌아갈 것도 잊습니다. 이런 것들이 모두 귀양 온 나그네의 시름을 덜고 답답증에서 오는 병을 물리치게 합니다.

그런데 이러한 사실들을 그대에게 이야기하지 않을 수 없어 이처럼 허투루 적어서 소식을 알립니다. 그대가 무어라고 할지 모르겠습니다.

---

9) 16세기의 유학자이며 호는 신재愼齋다. 경상남도 칠원 사람이다.

정농오의 시집에 부쳐
鄭農塢詩集序

　구양수歐陽脩는 매요신梅堯臣의 시를 논하면서 궁해질수록 시는 더욱 정교로워진다고 하였고 황정견黃庭堅은 두보의 시를 논하면서 늙을수록 시는 더욱 정교로워진다고 하였다.

　시를 이야기하는 사람들은 모두 이 말들을 지극히 정당한 말이라고 하면서 맹교孟郊를 매요신에 비기고 육유陸游를 두보에 비기고 있다.

　그러나 나는 사람이 곤궁해지거나 늙어서 지은 시가 정교로워지는 것이 아니라 정교로운 사람만이 정교로운 시를 쓸 수 있다고 생각한다.

　왜 그런가. 내가 당나라 이래 송나라, 원나라, 명나라, 청나라와 우리 나라 사람들의 시집에 이르기까지 몇 십 몇 백 종의 시집을 보았는데 곤궁한 사람일수록 시는 더 을씨년스럽고 늙을수록 시가 졸렬해져서 정교로운 맛이라고는 거의나 없었다. 이로써 본다면 오직 정교로운 사람만이 시를 정교롭게 지을 수 있는 것이며 곤궁한 사람이 꼭 정교롭게 쓰고 늙은 사람이 꼭 정교로워지는 것은 아님이 명백하다.

나의 벗인 농오農塢 정군박(鄭君博, 정언학鄭彦學)은 시에 정교로 웠다. 일찍이 나와 지금 안찰사로 있는 권서어(權西漁, 권상신)와 함께 서울 호현방好賢坊에 있는 심씨 집에서 과거 시험을 위한 글공부를 하였는데 군박은 때때로 시를 읊을 때면 그 시정이 아주 뛰어나고 격조가 절절하였다. 당시에 나는 아직 젊은 나이였는데 속으로 무척 부러워하면서 그를 우러러보곤 하였다.

　얼마 안 있어 나는 뜬소문을 퍼뜨린 죄로 북쪽으로, 남쪽으로 귀양살이를 하느라고 변방 땅을 두루 떠돌아다니다가 십수 년이 지나서야 돌아오게 되었다.

　서울로 돌아온 뒤에 권서어가 일을 보던 경기 감영에서 군박을 만나 손을 마주 잡고 옛날의 정을 나누면서 평소와 같이 몹시 즐겼다.

　그러나 돌이켜 생각해 보면 지난날 푸른 도포를 입고 검은 머리로 서로 오르내리며 찾아다니던 일이 어제 같은데 어느덧 세 사람은 모두 늙어서 백발이 되었다. 잘되고 잘못되고 벼슬에 오르고 못 오른 것이 서로 다르고 모이고 흩어지고 떨어지고 합쳐지는 것이 또한 덧없어서 이처럼 되었으니 어찌 슬프지 않으랴.

　밤이 깊어 등불을 밝히자 군박은 상자 속에서 시집 한 권을 내어 보이면서 나더러 그 시집의 첫머리에 서문을 써 달라고 하였다.

　나는 그 시집을 소중히 여겨 건사해 둔 지도 어느덧 네댓 해 세월이 흘러갔다. 일이 바쁘고 병이 도진 때문에 생각은 늘 있으면서도 겨를을 얻지 못하여 벗의 부탁을 저버리게 되는가 싶어 몹시 걱정하고 있었다.

　정축년(1817)에 권서어가 충청 감사로 나가게 되었는데 군박은 다시 감영의 나그네로 되어 충청도로 갔고 나도 감무로 되어 연산에 가게 되어 충청도 감영 안의 연초당燕超堂에서 만났다.

군박이 근래에 지은 시 수십 수를 내어 보이는데 뛰어난 시정은 더욱 두드러져 보이었고 맑은 격조는 몹시 아름다워 조금도 거칠거나 을씨년스러운 맛이 없었다. 그래서 나는 시가 정교롭게 되는 것은 시인이 스스로 그렇게 만드는 것이며 생활이 곤궁해지거나 나이가 많아져서 그 사람을 정교롭게 만드는 것이 아니라는 것을 더욱 믿게 되었다.

군박의 나이는 이제 일흔에 이르렀다. 그는 갈포 건에 삼베옷 차림으로 지내면서 집이 너무도 가난하여 제힘으로 밭을 갈아야 끼니를 이어갈 수 있는 처지이지만 시만은 이처럼 정교로우니 그렇다면 곤궁해지고 늙어져서 사람을 정교롭게 만든다고 하여도 잘못은 없을 것이다.

옛날에 모곤茅坤[1]이 한유韓愈의 '복수장復讎狀'이라는 글을 읽으면서 "유종원의 반 조각 의논을 얻어 냈다." 하였다. 나도 지금 구양수의 시평에서 내 반 조각 의견을 얻어 내었다고 할 수 있을 것이다.

군박이 마침 찾아왔다가 돌아가겠노라고 하기에 나는 이 이야기를 적어 주어 돌려보낸다.

무인년(1818) 팔월 추분날 해고海皐 김려가 쓴다.

---

1) 명나라 때 문인. 자는 순보이고 호는 녹문鹿門.

부록

김려 연보

1766년
연안 김씨 김재칠金載七의 맏아들로 태어났다. 자는 사정士精, 호는 담정潭庭이다.

1780년(15세)
성균관에 들어갔다.

1781년(16세)
글은 도를 담는 그릇(載道之器)이라는 성리학의 문장관에서 벗어나 자유로운 문학을 추구했다. 사람들이 살아가는 모습과 저잣거리의 형편을 백성들의 상말 그대로 써서 표현하는 패사 소품체의 문장을 익혔다.

1787년(22세)
강이천姜彝天, 이옥李鈺과 함께 성균관에서 공부했다.

1791년(26세)
생원이 되었다. 인재로 촉망받았다.

1792년(27세)
김조순金祖淳과 《우초속지虞初續志》라는 패사 소품집을 냈다. 이옥과 함께 소품체 문장의 대표 인물로 주목받았다.

이 무렵, 야사에 관심이 많아 《창가루외사倉可樓外史》라는 야사집을 편찬했다.

10월 이옥이 '응제순어應製旬語'에 소품체로 글을 써서 문체 파동의 빌미가 되었다.

1793년(28세)

3월 이옥, 강이천과 함께 도화동에 나가 시를 지었다.

11월 정조 임금이, 강이천과 김려의 문체가 순정하지 않다 하여 성균관 대사성 이병정에게 교육 받도록 명했다.

1796년(31세)

임금의 명으로 이백과 두보의 시를 본떠서 오언 십운 고시 한 수씩을 지어 상을 받았다.

1797년(32세)

강이천의 유언비어 사건에 연좌되어 부령으로 유배되었다. 부령에서 김려는 춥고 험한 자연 속에서 씩씩하게 살아가는 삭방 남아와 강인한 여인들을 만났다. 한없이 고단한 생활을 하면서도 건강하게 살아가는 이들에게 연민과 애정을 느꼈으며, 이러한 연민과 애정이 이때부터 김려 문학의 중요한 요소가 되었다.

1799년(34세)

1월 19일에 아버지가 세상을 떠났는데, 2월 29일에나 그 소식을 들었다.

김려는 지방 유생들을 가르치면서 화려하지만 속 빈 벌열보다, 이들이 더 우수한 인재임을 깨닫고 벌열에 대한 비판 의식을 키웠다. 이 때 쓴 글 때문에 유배지에서 필화를 당했으며, 그가 쓴 글들도 대부분 이때 불탔다.

1801년(36세)

순조가 즉위하여 강이천 사건을 다시 조사하였다. 김려는 또다시 진해로 유배되었다. 진해에서 우리 나라 최초의 어보인 '우해이어보牛海異魚譜'를 쓰기 시작했다.

이즈음, 백정 딸인 방주의 삶을 노래한 장편 서사시 '방주의 노래'를 쓴 듯하다.

'방주의 노래'는 비천한 계급인 백정의 삶을 보여 주면서 하늘 아래 사는 사람들은 모두가 한 형제라는 주제 의식을 담고 있다.

1803년(38세)
'우해이어보'를 완성했다. '우해이어보'는 물고기들의 생태를 기록한 소중한 자료이면서 당시 어촌 사람들의 일상을 담은 뛰어난 문학이다.

1805년(40세)
진해 바닷가에서 병이 들어 여항산으로 들어가 몸과 마음을 쉬었다.

1806년(41세)
8월, 아들의 상소로 십 년 동안의 유배 생활이 끝났다. 유배지 진해에서 고향 여릉으로 돌아왔다.
아버지의 묘가 있는 공주로 가서 세 해 동안 시묘살이를 했다.

1811년(46세)
봄에 여릉에서 서울 삼청동으로 이사했다. 집안 살림이 몹시 어려워 몸소 밭을 일구고 채소며 과일나무를 가꾸었다. 농사지으며 체험한 것을 눈에 보이는 대로 시로 읊고 종이에 적었다. 1821년에 이때 쓴 시들을 모아 '만선와잉고萬蟬窩賸藁'로 묶었다.

1812년(47세)
의금부 말단 관리로 벼슬길에 올라 정릉 참봉靖陵參奉, 경기전 영경基展令을 지냈다.

1817년(52세)
10월에 연산 현감連山縣監으로 부임했다.
연산 현감으로 있으면서 날마다 절구 한 수씩을 지어 그날 있었던 일들을 기록하였다. 1820년에 '황성리곡黃城俚曲'으로 엮었다.

1818년(53세)

삼십대에 당시를 본받아 쓴 시들을 귀양살이하면서 꽤 많이 잃어버렸는데, 남은 것을 모아 '의당별고擬唐別藁'를 엮었다.

이 무렵에 자신과 주위 문인들의 글을 모아 《담정총서》 17권을 편집하였다. 여기에 이옥李鈺의 작품이 전한다.

1819년(54세)

3월에 연산을 떠났다. 이 무렵부터 몸이 약해졌다.

가을에 서울 삼청동에서 1801년부터 쓴 시 96편을 모아 '귀현관시초歸玄觀詩草'를 엮었다.

1820년(55세)

정월 대보름 풍속을 쓴 '상원리곡上元俚曲' 25수를 썼다.

1822년(57세)

함양 군수로 있다가 일생을 마쳤다.

1882년

손자 김겸수金謙秀가 김려의 글을 모아 12권 6책으로 《담정유고潭庭遺稿》를 펴냈다. 종손 김기수金綺秀가 '보유집補遺集'을 넣어 함께 간행하였다.

* 김려는 유배에서 풀려난 뒤에 야사와 잡록을 널리 모아 《한고관외사寒皐觀外史》와 《광사廣史》를 펴냈다. 《광사》는 모두 200책 472권에 143종의 야사를 실어 조선 시대 야사 총서 가운데 가장 방대한 것이었다고 한다. 일본 사람들이 가져갔는데, 안타깝게도 관동대지진 때 거의가 불타고 지금은 20책이 남아 있다.

김려 작품에 대하여

김하명 [■]

김려(金鑢, ?~1821)는 18세기 말에서 19세기 초에 걸쳐 당대 현실을 진실하게 반영한 특색 있는 시형상의 탐구로 이 시기 우리 나라 사실주의 문학의 발전에 크게 이바지하였다. 1950년대까지만 하여도 김려의 문학은 세상에 잘 알려지지 않았으나, 그가 남긴 작품들은 제재의 다양성과 현실성에 있어서나 시대의 선진적 지향을 반영한 시적 형상의 혁신성에 있어서나 그가 붕괴기 봉건 조선의 시문학을 대표하는 거장이라는 것을 말해 주고 있다.

1

김려는 벼슬하는 양반 가정의 장남으로 태어났다. 담정澹庭은 호이다. 아직 정확한 출생 연대는 알려져 있지 않으나[1] 김려가 1797년에 함경도 부령으로 유

[■] 김하명은 1922년 평안 남도에서 태어났다. 북의 대표적인 국문학자로, 서울 대학교 사범 대학을 다니던 중 월북하여 1948년에 김일성 종합 대학을 졸업했다. 북의 초창기 국문학 연구에 주요한 역할을 했으며, 1982년 3월부터는 사회과학원 주체문학연구소장을 지냈다.

논문으로 '연암 박지원의 풍자 작품들과 그 예술적 특성' (《박연암 연구》, 1955), '연암 박지원', '풍자 문학과 사회주의적 사실주의' (1958) 들이 있다. 고전 문학을 연구하여 《조선 문학사 15~19세기》(1962)를 펴냈다. 이것말고도 1990년대까지 근현대 문학 연구에 많은 저술을 남겼다.

배갈 때에는 적어도 서른은 넘었던 것으로 짐작한다. 그의 가문은 당쟁으로 밀려나 오래 벼슬하지 못하다가 부친 대에 와서 충청도 덕산현, 전라도 장수현 등의 현감 벼슬을 지냈다.

김려는 어려서부터 아버지의 교양을 받으면서 글공부를 착실히 하였다. 그의 아버지는 생활에서 '근검 독실' 하였고 자제들의 교육에 깊은 관심을 돌렸다. 김려는 자기 부친의 행장에서 부친이 "자제들을 항상 박실한 기풍으로 가르쳤으며 시가, 문장과 글씨 쓰기 등 일체에서 부화한 것을 금하였다."고 썼다.

그의 아버지는 서울 가회방에 집을 하나 가지고 있었는데 원예를 즐겨 몸소 과수와 화초를 가꾸었으며 또 서화를 사랑하여 '국내외 역대 명가의 서화를 항상 수집하기에 힘써 십여 함에 이르렀으며 우리 나라 명현들의 필적과 선조들의 글씨 약간 축과 아버지가 손수 베낀 자사(노자, 순자, 장자 등의 글과 사기, 한서 등의 역사책), 비서(희귀한 도서) 수십 권과 또 자신이 지은 공령문 백여 매' 나 가지고 있었다.('이익지에게 보내는 답신')

아버지의 이러한 교육 교양과 취미는 김려의 세계관 형성과 미학적 취미의 배양에 긍정적인 영향을 주었다. 아버지의 영향 밑에서 그는 부지런하고 탐구하는 성품을 자래워 갔으며 그 탐구적인 성품으로 하여 당시 진보적 사상의 주류를 이루었던 실학에 접근하게 되었다. 그의 종손 김기수가《담정유고》의 발문에 쓴 바에 따르면 김려는 열다섯 살에 학문으로 명성이 자자하였고 또 글씨가 명필이었으며 정조도 그의 재능을 사랑하여 장차 크게 등용하려고 하였다고 한다.

김려는 젊어서부터 시를 사랑하였다. 그는 뒤에 쓴 시집《사유악부》의 한 수에서 자기가 소년 시절에 시경을 천 번 읽었고 흔히 밤새워 시를 읽었다는 것을 회상하였다. 그만큼 그는 시인으로서 창작 수업을 본격적으로 하였다고 말할 수 있다.

김려는 젊어서 당시 세상에 알려져 있던 문인 홍기석, 화가 김석치 등과 가까이 사귀었다.

---

1) 남에서는 1766년에 태어났다고 본다.

그런데 김려는 1797년에 '서학'의 신도였던 강이천 사건의 연루자로 지목되어 함경도 부령으로 유배되었다. 그 뒤 1801년 '신유사옥'이 일어나면서 다시 심문을 받고 경상도 진해로 이배移配되었다. 그는 유배지에서 시 작품들을 많이 창작하였고 부지런히 저술하였다. 그 자신의 기록에 따르면 유배지에서 '귀현거사고歸玄居士稿', '연음수필烟窨隨筆', '연희언행록蓮姬言行錄', '찰나비사刹那秘史', '침전록鍼氈錄', '영성신사寧城神詞', '부춘풍속계富春風俗禊', '이하기문梨下記聞', '정채활요기檉砦滑耀記', '영성충렬전寧城忠烈傳', '감담속기坎窞續記', '설고영언雪窖零言' 등 저서를 수십 종 썼는데 대부분이 없어지고 말았다고 한다.

김려는 1806년에 유배살이에서 풀려나와 우선 그동안에 세상을 떠난 부모를 위해 세 해 동안 시묘살이를 했다. 늦게 벼슬길에 나서 충청도 연산현의 현감, 경상도 함양군 군수 등을 지냈고 1821년에 생애를 마쳤다.

김려가 평생에 창작 저술한 시와 산문을 묶어 문집《담정유고潭庭遺藁》가 간행되었다. 이 문집에는 그가 기록에 이름을 남긴 많은 저작들이 자취를 감추고 '귀현관시초歸玄觀詩草', '간성춘예집艮城春囈集', '의당별고擬唐別藁', '만선와잉고萬蟬窩賸藁', '사유악부思牖樂府', '감담일기坎窞日記', '우해이어보牛海異魚譜', '단량패사丹良稗史', '총서제후叢書題後', '창가루외사제후倉可樓外史題後', '한고관외사제후寒皐觀外史題後', 서사시 '방주의 노래〔古詩爲張遠卿妻沈氏作〕' 등이 수록되어 있다. 이로써 보면 김려가 유배지에서 창작한 시문을 많이 간수할 수 없었다는 것을 알 수 있다.

김려는 시와 산문에 모두 능하였을 뿐 아니라 그 모든 작품들이 주제 사상적 내용과 형상적 형식에서 부단히 독창적인 경지를 개척한 것이 특징이다.

2

김려는 생활의 시인이었다. 그의 시작품들은 한 편 한 편이 모두 심각한 생활 체험의 토로 아닌 것이 없다. 생애가 기구하였고 생활 체험이 풍부하였으며 특히 남달리 탐구적이었던 만큼 시의 제재는 아주 다양하였다.

김려는 일상생활에서 아직 누구도 느끼지 못하고 따라서 시에서 반영할 수 없었던 새로운 제재와 형식을 탐구하였으며 생활 속에서 누구나 일상적으로 볼 수 있는 평범한 모든 것을 곧잘 시화할 줄 알았다. 그는 시에서 천편일률적인 도식성을 배격하였다.

'사유악부'는 그가 진해에 있을 때 부령 유배지에서 겪은 여러 가지 일들을 회상하여 악부시 형식으로 읊은 것이다. 김려는 '사유악부' 서문에서 창작 동기와 경위에 대하여 이야기하였다. 여기에는 1801년의 날짜가 밝혀 있다.

'사유악부'는 상하 두 편으로 나뉘어 있고 도합 272수의 작품이 수록되어 있는데 그 시편마다 '묻노니 너 무엇을 생각하느냐, 북쪽 바닷가를 생각하노라.〔問汝何所思 所思北海湄〕로 시작한다. 그러나 그것은 일관된 사건 체계를 가진 서사시는 아니고 매 편의 작품은 각각 독자적인 시적 계기를 가진 다른 주제의 서정시다. 그러나 시집을 통독하면 작품 배열에서의 일정한 순차성과 질서를 느끼게 된다.

시들은 부령에서 만나고 사귄 서로 다른 처지의 서로 다른 성격의 사람들과 그들의 따뜻한 인정, 그곳의 고유한 풍속, 인상 깊은 사건들을 향수처럼 그리는 시인의 서정 세계를 펼쳐 보여 주고 있다. 그것은 진해에서 부령 시절을 회고하면서 쓴 것이지만 약간 수의 작품을 제외하고는 '너 무엇을 생각하느냐'의 허두가 없다면 부령에서 쓴 것으로밖에 이해할 수 없게 시적 계기를 명확히 하지 않은 것이 많다. 다시 말하면 그 작품들을 부령에서 썼다고 해도 무방할 정도로 현재 진행 형태에서 이야기된 것이 적지 않다. 작품에는 그곳의 각계각층 인민들의 군상이 그려져 있다. 시인은 남쪽 사람으로서 북방의 색다른 풍속을 인상 깊게 그리고 있으며 춥고 험한 자연 환경에서 사는 씩씩하고 호방한 '삭방 건아'들의 성격에 특별한 매혹을 느끼면서 노래하고 있다.

부령이 있는 육진 지방은 자연 지리 조건과 역사 과정으로 보아 우리 나라에서 특수한 지대였다. 오랜 기간을 두고 북방에서 오는 외적의 침입으로 전쟁이 계속되었으며 특히 여진족들과의 관계가 복잡하였다. 그리고 사화 당쟁이 혹심하게 창궐하던 봉건 시기에 중앙에서 멀리 떨어진 궁벽한 이 지대는 흔히 유배지로도 되었다. 그런 만큼 이곳에는 토착민과 함께 유배객의 후손들, 남방에서 흘러들어 온 유민들이 함께 살고 있었고, 산이 깊고 또 국경 지대인 것으로 하여 사냥과 국방을 위하여 무예를 장려하였다. 보통 농사를 짓는 농민으로서도 말 잘 타고 활 잘 쏘는 장사가 많았던 모양으로, 시에는 경성과 부령 간의 무예 겨룸에서 첫자리를 차지한 황대석 외에도 나이 일흔에 넉 자 각궁으로 번번이 과녁을 맞히고 나는 새처럼 말을 달리는 이 제할, 젊은 나이에 말 잘 타고 활 잘 쏘고 병서를 통달하고 부지런히 독서하는 지덕해, 십팔무예에 모두 관통할 뿐 아니라 백 가지 일을 다 잘하는 정부장의 삼 형제, 청국 사람들의 저자 상인들 백여 명을 혼자서 당해 냈다는 양기위 등 씩씩한 장사들을 찬양한 작품들이 적지 않다. 시인은 이 장사들을 조국 수호의 위훈을 세운 선열들이 남긴 애국 전통과의 관계에서 형상하고 있다. 시인은 여진족의 침입을 격퇴하고 조국을 튼튼히 수호하기 위하여 공을 세운 김종서, 남이 장군의 유적들을 감회 깊게 노래하고 있으며 임진왜란에서 불멸의 위훈을 세운 의병장 정문부와 그 의병 부대에 종군하여 용감히 싸운 무명의 전사들에 대하여 애국의 뜨거운 정을 담아 노래하고 있다.

시인은 김종서, 남이, 정문부 등 진정으로 조국과 인민을 사랑한 애국자들이 받은 수난과 비극적인 운명을 회고하면서 반인민적인 당대 봉건사회 제도에 대하여 비판을 가하였다.

이 시들은 '사유악부'의 창작 동기가 단순히 개인의 신변잡사를 기록하여 남기려는 것이 아니라는 것을 말해 주고 있다. 그의 시는 일반적으로 시인 자신의 주정과 평가를 드러내지 않고 생활과 사건을 더욱 보여 주는 특성을 가지고 있다. 그것은 격노한 감정의 분출을 절제하면서 확확 솟구치는 불길처럼 내뿜지 않고 생활 형상 밑에 감추며 흔히 마지막 결구에서 두드러지지 않게 당대 봉건 통치배들에 대한 비난을 가하고 있다. 이것은 아마도 시인 자신의 의식적인 창작 태도를 반영하는 것이라고 생각한다. 그는 가슴에 사무친 감정을 다 그대로 토로할 수는 없었다.

연희가 타이르던 말, 글짓기 조심하소
세상이 어지러워 화 당하기 쉬우리다.
긴긴밤 잠 안 자고 찬 이불 끼고 앉아
고금의 일 이야기하며 함께 눈물 흘렸지.
蓮姬戒我作文字　人世紛紜易觸忌
長宵不眠擁寒衾　評古談今共霑襟

'사유악부' 한 수의 시에서 김려는 이렇게 글 쓰는 것을 삼가라는 연희의 충고를 듣고 눈 오고 바람 세차게 부는 북방의 밤, 달빛 훤히 비친 창을 마주하고 잠을 이루지 못하면서 '마음속 애달픈 일 그 누구와 의논할꼬.' 라고 끝을 맺었다. 그는 다른 시에서 연희의 충고를 듣지 않고 글을 썼다가 화를 만난 일을 이야기하면서 '어찌 알았으리 문자가 화를 주리라는 것을, 미친개들 왕왕 실없이 짖어대누나' 하고 옳은 말이 죄로 되는 세상을 저주하였다. 그가 유배지에서 초기에 쓴 글들은 부령 도호 유상량의 노여움을 사서 다 불살라 버리고 말았던 것이다. 이렇게 거듭되는 불행한 사건은 아마도 그의 시나 글에서 마음속의 생각을 되도록 노출시키지 않고 생활의 옷을 입혀 '감추려는 데' 로 마음을 쓰게 한 점이 없지 않았다고 생각한다.

그러나 이렇게 말하는 것은 그의 시의 강한 경향성을 부인하는 것이 결코 아니다. 그의 시는 주제 선택에 있어서나 시적 형상에 있어서나 증오와 사랑의 감정이 충분히 전달되고 있다. 그곳 보통 인민들의 생활을 그렸으며 그들의 아름다운 정신세계를 드러내기 위하여 시적 탐구를 경주하였다.

'사유악부' 에는 이곳 인민들의 자녀 교육에 대한 높은 열의를 보여 주는 작품들이 적지 않다. 이곳에는 마을마다 서당이 있고 평범한 인민들로서 글을 읽고 시를 지을 줄 아는 사람들이 적지 않았다. 청암의 차 노인은 돌밭의 오막살이에서 지내고 벌써 나이가 쉰이나 되지만 글 읽기를 즐겨 등잔불 밑에서 책을 놓지 않으며 수남의 홍생은 밭에 나갈 때에도 소뿔에다 책을 달고 가면서까지 읽고 있는 독서가다. 그가 그곳에서 사귄 연희, 심홍, 산옥 같은 여성들이 글을 읽고 시를 곧잘 짓는 것도 이곳 사람들의 높은 교육열을 반영하는 것이라고 보아야 할 것이다.

'사유악부'에서 우리는 당시 봉건사회의 최하층에서 멸시와 천대를 받던 '미천한 계층'의 부녀자들의 초상을 적지 않게 보게 되는데 시인은 그들의 아름답고 고상한 정신세계를 특별히 강조하고 있다. 시인은 이들의 형상을 당대 관료들과의 첨예한 갈등에 토대하여 창조하고 있다. 따라서 이 주제의 시들에서는 주인공들의 의로운 행동을 찬양만 하고 있는 것이 아니라 그들에게 불행을 강요한 자들과 그 공모자들에 대한 날카로운 비판의 목소리가 높이 울리고 있다.

그의 시에는 이러한 주제의 작품들이 적지 않다. 남씨의 며느리 정씨가 누명을 쓰고 비참하게 죽었으나 역시 도호 유상량은 뇌물을 받아먹고 감추어 주었으며, 무산 땅의 만호 강사헌이란 자는 할애비 때부터 풍산진 군졸로서 못된 짓을 함부로 하건만 순찰사가 뇌물을 받아먹고 돌보아 주어서 더욱 날뛰고 있다.

선비 원문회의 안해 윤씨는 산에서 나무하던 남편에게 달려드는 범을 쳐 거꾸러뜨리고 자신도 힘이 다하여 쓰러졌다. 남편을 위기에서 구한 열부 윤씨의 의로운 행동을 찬양하면서 시인은 '윤 열부네 문 앞에선 말에서 내리는 것이 옳다.' 하였다. 그는 이곳 인민들의 의로운 행동을 찬양한 시 작품들뿐 아니라 전기 작품인 '영성충렬전'과 행장, 묘지명 들을 적지 않게 썼다.

이들은 양반 가정에서 부녀자들이 수절했다는 정도가 아니라 횡포한 계급 원수들에게서 몸을 깨끗이 지켜 열렬한 의기를 떨친 여성들로서 양반 사대부들이 거들떠보지도 않는 짓밟힌 사람들이다. 그들은 마치 들에 핀 청초한 붉은 꽃과도 같다.

김려는 자기 시들에서 돌보지 않던 버림받은 사람들의 아름답고 고상한 정신세계를 밝혀 냄으로써 우리 시문학의 화랑을 더욱 풍부히 하였다. 시인은 이렇게 인민의 처지에 섰다. '사유악부'에는 당대 봉건사회의 모든 악덕의 원흉인 봉건 관료들의 비인간적인 행위, 야수보다 사나운 놈들의 수탈과 행패를 적발하고 규탄한 작품이 적지 않다. 시인은 새로 온 순찰사 이가란 놈이 각박스럽고 시샘이 많은 자로 백성들의 것을 빼앗아 철령 북쪽 땅을 어육으로 만들고 있는 것을 분노로써 규탄하면서 사회의 불공평을 개탄하였다.

　　모진 놈은 내세우고 어진 사람 쫓아내니
　　백성들은 봇짐 싸고 기가 죽어 앉아 있네.
　　악한 관리 그냥 두어 비도 오지 않는다고
　　백성들은 밭머리에 모여 앉아 통곡하네.
　　饞吏登褒廉吏逐　閭里荷擔總瑟縮
　　弘羊不烹天不雨　農夫田婦溝頭哭

　'사유악부'에는 이들의 흉악하고 교활한 행위를 보여 주는 구체적인 사건을
제재로 한 작품들이 적지 않다.

　　묻노니 너 무엇을 생각하느냐
　　북쪽 바닷가를 생각하노라.

　　부령 땅 젊은 여인 그의 성은 육씨러니
　　밤마다 강가에서 하늘 향해 통곡하누나.
　　남편은 지난가을 황장목을 나르다가
　　홍원 앞바다에서 배가 깨져 죽었다네.

　　그렇지만 고을 사또 도망쳤다 꾸며 대어
　　늙으신 시부모를 열 달 동안 고문했네.
　　듣자니 그 물건은 대궐에서 쓰지 않고
　　고을 사또 위조하여 제 배를 채운 거라네.

　　하늘이여 하늘이여 아느냐 모르느냐
　　어찌하여 유상량을 벼락도 안 치느냐.

問汝何所思　所思北海湄

富春兒女身姓陸　夜夜叫天臨江哭

夫壻前秋運黃腸　船破渰死洪原洋

本官猶言在逃禍　十朔拷掠爺與孃

傳聞內需無公務　本官矯旨私營度

天乎天乎知道否　那不震殺柳都護

　　김려는 또 다른 시에서 순찰사가 소금 굽는 사람들을 너무 약탈해서 염민들이
다 도망쳐 버렸기 때문에 소금을 구할 수 없게 된 정황을 개탄하기도 하였다.
　　'사유악부' 에는 참으로 다양한 주제의 작품들이 들어 있다. 시인은 생활이야
말로 시의 원천이며 바로 아름다움 그것이라는 옳은 미학적 견해를 가지고 북
방의 특유한 자연과 생활을 노래하였다. 그의 생활에서 일어난 이러저러한 사
건들이 시의 직접적 동기로 되었다. 그중에도 시인이 허난설헌과 비긴 총명하
고 아름답고 글 잘하는 연희와 담화하고 산과 들에 산책한 이야기, 비 내려 물
이 불은 개울에서 한 물고기잡이, 친척과 바꾼 안경, 친구가 그린 그림을 두고
도 시를 지었으며 그곳에 있으면서 이러저러한 방도로 관계를 가진 친척, 친우
들과의 사이에 있은 일들을 회고하였다. 그곳에서 제일 큰 부자, 거기서 사는
세력 있는 성씨들, 옛날 여진족이 살았다는 뒷자리에서 나온 유물, 그곳에서 생
애를 마친 이름 있는 명사들, 붓 잘 매는 필공 두 사람, 겨울의 깊은 눈과 세찬
바람, 온 나라에 알려진 배계포, 삼베와 벼루 등 생활의 나날에 보고 들은 모든
것이 시의 소재로 되었다. 뺏기고 억눌린 인민의 생활은 곤궁하였으나 그들은
간고한 생활 속에서 내일의 행복을 바라보며 오히려 낙천적이었다. 시인은 안
해와 누이동생에게서 온 편지를 받고 또 한식날에 부모처자를 생각하고 고향을
그려 글을 썼으며 아침에 지저귀는 까치를 두고 행여나 풀리려나 하는 희망을 토
로하기도 하였으나 그곳에서 생활을 배우고 인생의 진리를 깊이 알게 되었다.

　　묻노니 너 무엇을 생각하느냐

북쪽 바닷가를 생각하노라.

부령이란 말 들을 땐 속으로 언짢더니
부령 땅에 가서 보니 도리어 정들었네.
좁쌀은 기름 돌고 기장쌀은 구수한데
밭벼쌀 풍족하고 물고기도 맛 좋았네.

탕골의 고사리는 손뼉같이 살이 찌고
남포의 붕어들은 상어만큼 큼직한데
맑은 샘 솟는 우물 달고도 시원하고
날씨며 산천경개 아름답고 상쾌했네.

問汝何所思　所思北海湄

昔聞富寧情懷惡　及得富寧心還樂

粟米流脂黍米香　陸米豊足海族良

湯谷綠薇肥如拳　南浦金鯽大於鱨

井洌泉甘淸且漼　更兼風土頗墈塏

이것은 부령에 대한 시인의 표상이 바뀌었으며 생활 속에서 기쁨과 즐거움도
보게 되었다는 것을 말한다. 그리하여 시 전반에 흐르는 정서는 생활적이며 긍
정적이고 낙천적이다.

시집 '의당별고'는 부령과 진해에 있을 때의 시적 체험을 당시체로 읊은 작품
들만을 한 권으로 엮은 것이다. 그는 '의당별고 발문'에서 이에 수록된 작품들
이 부령과 진해에서 유배 생활을 하던 때부터 풀려나온 뒤 무진년(1808)까지 걸
쳐 쓴 것이라고 하였다. 시집에는 모두 83수의 작품이 수록되어 있다.

이 시집에 수록된 시의 제재와 경향도 '사유악부'와 비슷하다. 용맹스런 북방
의 사내를 찬양도 하고 어려운 나그넷길에 체험한 비애와 환희를 토로도 하였
으며 혹은 농촌의 생활 세태를 풍속화처럼 노래한 것이 있는가 하면 또한 한산

도를 찾아서 이순신 장군의 애국 업적을 추모하여 읊은 작품도 있다.

시 '한산도 수유협[閑山海口兩巖如門 名茱萸硤]'은 시인이 진해에 있을 때에 한산도를 찾아서 느낀 감회를 읊은 작품이다. 시는 먼저 한산도 해구 수유협의 기이하고도 아름다운 자연풍경을 노래하였다. 마치도 한 쌍의 돛대인 양 강파로운 바위가 바다에 솟아 있는데 배가 지나갈 수 있게 한가운데가 벌어져 있다. 시는 산발이 길게 뻗어 깎아지른 돌들이 웅긋쭝긋 물 위에 솟았고 그 바위틈에 새들이 지저귀며 거북이 물속을 헤엄치는 남해의 아름다운 풍경을 생동하게 그려 내고 임진왜란 때의 어렵던 나날을 회고하였다.

섬 오랑캐들이 불의에 침습하여 백성들은 흩어지고 국토가 황폐해졌을 때 이순신 장군이 거북선을 몰아 원수를 짓부쉈다. 시에는 이순신 장군의 충성심과 청사에 길이 빛나는 그 애국 업적에 대한 다함없는 흠모의 정과 민족적 자부심이 흘러넘치고 있다.

> 수만 명 왜놈 군사 고깃배에 장사 지내
> 물속에 쌓인 잔해 산처럼 솟았거니
> 이 돌문은 그 옛날 왜놈들을 족친 곳
> 달빛 흐린 깊은 밤 기러기만 울어예누나.
>
> 日本數十萬　水骸高嵯峨
> 石門鏖戰處　月黑啼天鵝

시인은 이밖에도 애국 충신에 대한 흠모의 정을 읊은 시들을 적지 않게 남겼다. 몸은 비록 유배지에 있으나 조국에 대한 생각을 버릴 수 없었던 것이고 실상 유배살이를 하고 있음으로 하여 오히려 당시의 봉건 위정자들의 반인민적 처사를 미워하였으며 더욱 선열들의 뜻을 흠모하게 된 것이라고 말할 수 있다.

시 '임명역에 이르러 조중봉의 사당을 찾아보고[次臨溟驛趙文烈公祠]', '낙동 길 주서 비석 밑에서 옛날을 생각하며[洛東吉注書碑下懷古]' 등이 모두 그러한 작품이다. 전자는 임진왜란 때 의병장의 한 사람인 중봉 조헌을 기념하여 세운 사당을 찾아 그의 뜻을 회고하면서 읊은 것이고 후자는 고려 유신의 한 사람인 길재의 비석 밑에서 생전의 그의 굳은 절개를 흠모하는 심정을 토로한 것이다. 시 '가을날 곽재우 장군이 싸우던 성 위에 올라〔秋日登鼎津郭忠翼古城抒感〕'도 역시 이러한 주제의 작품으로서 임진왜란 당시 홍의 장군으로 불리고 적장병이 그 이름만 들어도 벌벌 떨었다고 하는 곽재우 장군을 추모하여 읊은 것이다. 이 시는 나라에 침입한 원수들을 무찔러 그 이름 온 강산에 떨쳤건만 그가 싸워 지킨 성은 돌보지 않아 스산하게 황폐해진 것을 보면서 느끼는 가슴 아픈 심정을 깊은 서정으로 노래하였다. 우물은 무너진 채 칡넝쿨들이 뻗어오르고 도랑은 메워져 평지가 되고 흩어진 돌 사이로 다람쥐가 오락가락하는데 높은 산에서 저녁 까마귀가 우짖고 목동이 묻힌 총알을 찾고 있는 정황 묘사는 시의 서정을 한층 두드러지게 부각시키고 있다.

시에는 현실에서 느끼는 시인의 슬픔에 젖은 감정이 스며 있는데 이는 당시 정치 현실의 혼란상을 반영하는 것이다. 작품의 정서가 지나치게 어두운 것은 시인의 불우한 신세와도 관련되는 것으로 역시 결함이 아닐 수 없으나, 이 작품들은 시인 김려의 애국적 풍모를 보여 준다.

일반적으로 이 시집에 수록된 작품들의 주제 세계는 그리 넓다고 말할 수 없으나 그런데도 시의 전반에서 느껴지는 것은 생활이 풍부하게 담겨 있다는 점이다.

그는 유배지에서 외부와의 접촉이 넓지 못하고 많지 못하였으나 이러저러한 사람들과 만나 이야기를 들었으며 농촌에서 농민들의 생활을 직접 보고 체험하였다. '늦가을날 여릉의 이웃 사람들을 위로하여〔秋晚慰廬陵隣曲〕'는 당시 관리들의 가렴주구에 시달리는 농민들의 참담한 생활과 기분을 진실하게 반영한 작품이다.

동산에 두둥실 달빛 밝은데
닭은 꼬끼오 새벽을 알리네.
여뀌꽃 빨갛게 언덕을 덮었고

차가운 도랑물은 한결 맑아라.

방울방울 이슬은 서리로 되고
만물은 모조리 시들어 간다.
머리 흰 할아버지 도롱 삿갓 둘러메고
채찍을 휘두르며 소를 몰고 들로 가네.

언덕진 밭둑에서 사람 만나니
눈물이 글썽해서 말 못 하다 이르는 말

"금년에 기장 농사 보잘것없어
죽물조차 끓여 먹기 어렵다오.
고치실은 닥닥 긁어 세로 바치고
짤막한 토스레에 솜 한 쪽도 못 놓오.
고을 원이 모진 데는 관계없지만
아전들의 용서는 받기 힘들다오.
게다가 매질까지 들이대는 판이니
살아갈 길 생각하면 걱정이 산 같다오.
숲은 깊고 진펄 길 어둑컴컴한데
앞으로 가는 길에 부디 조심하시우."

東嶺月色白　鷄鳴村巷曙
蓼花滿岸紅　溝水寒更濾
零露變爲霜　萬物盡凋謝
皤皤簑笠翁　荷策驅牛去
相逢丘壠間　泫然不能語
今年黍地惡　饘粥猶未飮
繭絲磬輸稅　短褐空寸絮

非關官長峻　難得吏胥恕
況復鞭朴甚　生死動百慮
林深沮洳黑　前路愼護馭

　작품은 마치 구도가 잘된 한 폭의 풍경화와도 같이 차가운 늦가을 새벽아침의 아름다운 농촌을 배경으로 대지의 주인인 농민들의 어려운 생활, 그들의 정신세계를 선명하게 전달하였다.

　시인은 수탈자들을 직접 규탄하지 않았으나 그들에 대한 미움을 전달하였고 농민에 대한 동정의 말 한마디 하지 않았으나 시에는 뜨거운 동정이 서려 있다.

　시 '가을날 청송에서 주인집 아낙네의 푸념을 적노라〔秋宿靑松舘述主家漁婦怨〕', '장니천의 농가에서 묵으며〔宿障泥川田家〕', '남충현에서 묵으며〔寄宿南充縣〕', '남편을 기다리는 안해〔傲屋西隣有商婦幽潔自守者〕', 기타 수많은 작품들이 시인의 생활 체험을 시적 계기로 하여 당대의 인정세태를 그려 낸 작품들이다. 당시 봉건 사회에서의 장사꾼의 안해나 어부의 안해의 생활과 정신 세계를 시에다 옮긴 것은 그의 공적이라고 말할 수 있다. 시인은 미천한 계층의 여성들이 겪고 있는 정신적 고민과 함께 그들의 고상한 도덕적 품성을 강조하고 있다.

　당시 상인들이나 어부들은 한곳에 정착할 수 없었고 사방으로 떠돌아다녀야 하였으므로 가족들과 많이 떨어져 지냈다. 시는 오래도록 소식 없는 남편을 기다리는 여인들의 간곡한 심정을 구체적인 생활 화폭으로 잘 전달하고 있다.

　시 '남편을 기다리는 안해'에서는 우수수 뜨락의 오동잎이 떨어지고 끼룩끼룩 기러기도 슬피 울며 날아가는 가을날에 아침으로 명주 저고리 하나 짓고 저녁으로 무명 홑옷 하나 지으며 홑적삼에는 원앙을 수놓고 겹저고리에는 범나비를 수놓아 가는 여인의 정신세계를 선명한 화폭으로 개방하고 있다.

　바늘 한 땀 한 땀에 정성을 담고 그것이 행여 맞기나 하려는지 재고 또 재어 보며 4천 리 떨어진 먼 부주로 장사하러 간 남편을 그리는 여인인 서정적 주인공의 형상에는 민족 정서가 흘러넘치고 있다.

　'사유악부'나 '의당별고'에도 시인의 사상적 제한성이 반영되어 있다. 우리는 '사유악부'에서 시인이 정조의 부음을 듣고 슬픔을 토로한 작품 두 수를 본다. 이것은 당대 봉건사회 제도에 대한 그의 비판적 입장의 약점과 제한성을 말해 준다. 즉 그는 당대 사회의 부정적 현상들을 비판적으로 대하였으나 왕을 마치 모든 계급을 초월한 존재로 이해하고 그것을 부정하지 않았다.

다른 시에서도 그러하지만 김려는 한시 형식을 쓰면서도 인민들의 언어와 그 음영까지도 살리려는 의도에서 그들의 말을 그 소리대로 쓰기도 하였으나 때로는 어려운 한자들을 지나치게 썼다는 느낌을 주는 작품들도 있다.

'간성춘예집'은 '황성리곡'과 '상원리곡' 상하 편으로 구성되어 있다. '황성리곡'은 김려가 1817년 10월부터 1819년 3월까지 약 일 년 반 동안 충청도 황산에서 현감으로 있을 때 나날이 있은 일, 듣고 본 일 들을 제재로 하여 쓴 195수의 칠언절구와 벼슬을 그만두고 돌아온 직후에 쓴 10수를 합한 205수의 작품을 수록하고 있다. 시인 자신의 발문에 따르면 매일 일기처럼 한 수씩 썼는데 잃어버린 것이 과반수나 되고 남은 것이 많지 않다고 하였다.

'상원리곡'은 표제 그대로 상원, 곧 보름날의 이러저러한 민속놀이를 두고 노래한 25수의 칠언절구를 묶은 시초다.

작자는 230수의 매개 작품 뒤에다 작품의 창작 동기와 그 내용을 설명하는 주해를 붙였다.

작품들은 대부분이 생활 세태를 제재로 하고 있으므로 시집 전편을 두고 보면 마치 한 첩의 풍속화첩과도 같이 당시 인민 생활의 이모저모를 서로 다른 측면에서 보여 주고 있으며 민요적 정서와 율조가 강하게 풍기고 있다.

매 편의 시는 다만 있는 사실을 기록 서술한 것이 아니라 생활 현상과 세태 풍속을 두고 시인이 놀라고 기뻐하고 분노를 느낀 체험 세계를 노래하였으며 인민을 동정하고 실사구시하는 사상적 지향을 반영하고 있다.

시인은 이 시기 진보적 문학의 주요한 주제로 되었던 농민들의 가난과 불행을 두고 가슴 아픈 심정을 토로한 작품들을 많이 썼다.

밤 깊어 부엌에서 소곤소곤하는 소리

을해년에 굶어 죽던 이야기 하네.
밀싹은 말라죽고 보리싹은 얼었으니
이해 또한 배고파서 어이 지내노.
夜久廚人暗噫嘻　齊言乙亥死亡時
麥苗焦盡牟苗凍　叵耐今年又苦飢

시인은 남몰래 소곤소곤 부엌에서 이야기하는 부인들의 한숨 어린 이야기를
묘사하면서 그 주인공들의 슬픔을 자아내고 있는 사회상을 보여 주고 있다.

푸른 무명 치마에 짧은 속바지
계전 땅 각시들은 눈물 삼키네.
날마다 짝 지어 광주리 끼고 나가
밭두렁 풀뿌리 캐어 모으네.
靑木棉裙短布褌　癸田閣氏淚潛呑
朝朝約伴携筐去　採得畦頭苜蓿根

이 시는 앞의 시의 자매편과도 같다. 부엌에서 한탄하던 아낙네들이 들에 나선
것이다. 입을 것 못 입고 먹을 것 못 먹고 생활의 무거운 짐을 짊어진 봉건사회
농촌 부녀자들이 눈물을 삼키며 풀뿌리를 찾아 밭두렁을 헤매고 있는 것이다.
임금은 어버이 같다고 선비들은 입에 침이 마르도록 말하고 있으나 누구 하
나 이들의 참상을 구제하려 하지 않으며 걱정하지 않는다. 벼슬아치들과 인민
들과의 관계에 대해서 시인은 다음과 같이 대답한다.

가난한 살림살이 세금 내란 성화에
아낙네들 허둥지둥 베를 짜더니
반 필도 못 되는 걸 끊어서 들고
꼭두새벽 논산 장에 서둘러 가네.

貧家王稅劌心腸　村女紅梭到處忙
斷出木綿纔半疋　未明齊趁論山場

목소리를 높여 꾸짖고 호령 치고 있지는 않으나 시는 벼슬아치들이야말로 인민들을 수탈하고 괴롭히는 장본인이며 바로 인민의 원수라는 것을 은근히 적발 폭로하고 있다.

시인은 다만 이렇게 인민의 원수인 봉건 관료들을 간접적으로 비난하는 데 그치지 않았다. 그는 직접 사기와 협잡으로 인민들의 재물을 수탈하는 양반들을 단죄하였으며 진짜 도적인 양반들은 두고서 좀도둑이나 잡는다고 날뛰는 자들을 풍자적으로 조소하였다.

정승이 청렴하단 새빨간 거짓말
백성들의 산판을 제 것 만들자네.
순순히 말하노니 여보 최계백
그따위 못된 짓을 함부로 말게.
相公廉白更堪疑　無主空山立案時
寄語丁寧崔繼伯　窮人濫計儘非宜

시인은 주해에서 최승헌崔承憲 계백繼伯이란 자가 간재艮齋 최규서崔奎瑞의 현손으로서 정승으로 있을 때에 문서를 꾸미면서 백성과 밭을 가지고 송사를 하였으므로 자기가 글을 보내 그러지 못하게 했다고 썼다. 시에는 당시 벼슬아치들이 흔히 인민들의 재산을 빼앗던 간악한 수법을 적발하고 있으며 당시의 부패 타락한 양반 도덕의 위선성을 조소 풍자하였다.

진영의 포교놈들 날마다 싸다니며
연산 땅에 도적 기운 많다 하네.
벼슬자리 승냥이 뗀 그대로 두고

광릉 태수여 그대 생각이 어떠하오.

鎭營邏校日奔波　摠說荒城賊氣多

當路豺狼渾不問　廣陵太守意如何

　시인은 주해에서 그곳 민간 동요에 이르기를 연산 경내에 큰 도적 셋이 있어 한 바리에 실어도 짝이 기울지 않겠다고 하였는데, 큰 도적이란 윤언진尹彦鎭, 김기열金箕烈, 김재연金在淵으로 모두 양반 족속이라고 하였다. 이 작품들은 김려가 만년에 벼슬에 있으면서도 인민을 해치는 자들과 타협할 수 없다는 생각을 굳게 지켰다는 것을 말해 준다. 김려는 다른 한 작품에서 진산 원으로 있는 이율경이란 자가 늙은 주제에 두 첩을 데리고 사는 것을 규탄하였으며 중놈들이 절간 고친다고 돈을 3백 관이나 거둬들이는 것을 두고 저렇게 하고서야 극락 세계란 게 다 헛소리라고 조소하였다.

　또 벼슬아치들이 나라의 부강은 신하들에게 달렸다고 입버릇처럼 말은 하면서도 멀쩡한 세납쌀을 나쁘다고 물리치며 나라의 세미를 나르는 선주 놈들이 곡식으로 받지 않고 돈으로만 내라고 하는 교활한 행위를 비난하였다. 선주 놈들은 그 지방의 비싼 쌀값으로 돈을 받아다가 쌀값이 싼 지방에서 쌀을 사다 바치고 이득을 보았던 것이다.

　김려는 인민들의 생활과 정신세계를 서로 다른 측면에서 다양한 구도를 가지고 그려 내었다. 그는 백석의 한 늙은 할머니가 애매하게 죄를 걸머진 아들을 변호하여 몸소 한글로 쓴 긴 소장을 원에게 바친 사실을 두고 간사한 양반 놈들하는 일 괘씸하다고 꾸짖었으며 남루한 옷을 걸친 늙은이가 지게를 진 채 두렁길에서 쉬는 모습을 바라보면서 아픈 심정을 토로하였다.

　　거무스레 탄 얼굴에 수염은 하얗고
　　벗어진 머리엔 부들삿갓도 못 썼구나.
　　지게 진 채 두렁길에 쉬는 그 모습
　　종종포 나루에서 장작 팔고 오나 보다.

野翁鬒黑雪盈顚　禿髻光光不蒲簺
肩著支機膝販憩　終終浦土賣柴廻

　　주해에서 시인은 '강창에 가면서 보니 한 노인이 지게를 진 채 길가에서 쉬고
있었다. 나이를 물었더니 여든한 살이라고 하는데 얼굴에 굶주린 빛이 있었다.'
고 썼다. 이러한 현상은 당시 봉건사회에서 어데 가나 보게 되는 현상이었다.
시인은 병천 역마을의 한 늙은 할머니가 더덕더덕 기운 빈 자루를 들고 찾아와
서 제발 양곡을 나누어 달라고 애걸하는 정상을 보면서 눈물을 머금었다.

　　시들은 마치 화가가 화구를 둘러메고 시골길을 거닐면서 이러저러한 농촌 정
경을 속사한 사생화와도 같이 간결한 선을 가지고 농촌 생활을 선명하게 재현
하고 있으며 시인의 따뜻한 정을 풍겨 준다.

　　청삽사리 앞서고 흰둥이 뒤에 졸졸
　　처녀는 나이가 아마도 열대여섯
　　쌍태머리 위엔 점심 광주리 이고
　　아버지 시장하랴 재우두 가는구나.
　　蒼獵前行白獵隨　少娘年紀破瓜時
　　丫頭戴着圓簞去　忙趁阿爹午饍飢

　　나룻가 어부의 집 가시나무 울타리
　　헌 그물에 아침 볕 쟁글쟁글하여라.
　　얼간 비웃 구워서 젖먹이 먹이려고
　　할머니 땅에 앉아 화롯불 부네.
　　浦口漁家棘插籬　破魚網子曬朝曦
　　嬴婆地坐吹爐火　煨着鹽鯖哺乳兒

　　푸른 무명 치마에 초록 장옷 쓰고서

검붉은 소반 이고 바삐들 가네.

오늘 아침은 바로 한식 명절이라

집집마다 산소에 꽃전 부쳐 올린다네.

春棉裙子綠長衣　頭戴髹盤步似飛

道是今朝寒食節　家家墳上薦糕歸

　이 시들은 모두 농민들의 전통적인 생활 풍습과 그 속에 담긴 아름다운 인정 세계를 잘 보여 주고 있다. 아버지가 시장할세라 걸음을 다우치는 딸의 갸륵한 심정도, 일 나가며 집에 둔 어린것을 거두는 할머니의 따뜻한 사랑도, 가난하고 살기에 어려워도 절기를 잊지 않고 선조의 산소를 찾는 아름다운 풍속도 가벼운 풍경화와도 같이 간결한 필치로 얼마나 인상 깊게 전달하고 있는가. 우리는 다른 시들에서도 첫닭울이에 벌써 철썩철썩 떡을 치는 감나무집 떡장사, 분단 장 수수히 하고 대롱대롱 자라 새끼를 매어 들고 장으로 가는 젊은 각시 등 장날을 맞이하여 부산한 농촌의 하루도 볼 수 있으며, 집은 텅 비고 닭 개도 없이 누가 갈지 조그마한 땅뙈기엔 메꽃들만 가득히 피어 있는 폐가의 가슴 아픈 정경도 본다. 시에서는 또 지방 군읍의 행정 책임자인 시인 자신의 활동과 일상생활, 또 그와의 관계에서 각계각층의 움직임을 볼 수 있다. 이 시집은 시의 예술적 가치로서뿐만 아니라 특히 그 주해로 하여 이 지방의 민속, 지리, 역사 연구의 자료로서도 귀중하다.

　그 옛날 계백장군 진을 치고 싸우던 곳

무너진 성 돌들만 강가에 널려 있네.

몸은 비록 죽었으나 이름이야 묻힐쏜가

청사에 빛나는 공적 길이길이 전하리.

階伯將軍舊戰基　壞城頹壘壓江湄

公身可死名難死　芳躅流傳竹史奇

이 시의 뒤에 붙인 주해에서 시인은, "백제 장군 계백은 신라와 황산에서 싸우다가 힘이 다하여 죽었다."라고 썼으며, 그곳의 명승고적과 지명에 대하여 혹은 전설을 인용하여 혹은 역사 서적을 상고하여 그 유래를 밝히고 있다.

가령 "계룡산 밑에 두 골짜기가 있는데 골짜기에는 큰 폭포가 있다. 오른편 것을 웅룡雄龍이라고 하고 왼편 것을 자룡雌龍이라고 하며, 통틀어 잠연潛淵이라고 한다." 또 "공주와 연산 접경에 고려 태조 왕건의 전적지가 있는데 이름을 동정桐亭이라고 한다. 《고려사》에 말하기를 왕(고려 태조)이 군대를 이끌고 공산公山 동수桐藪에서 견훤을 맞아 싸웠다고 하였다." 등은 그러한 실례다. 시인은 그 사상 주제적 과업에 의하여 '지게', '아비' 기타 인민들이 쓰고 있는 고유 조선어를 적지 않게 그 발음대로 쓰고 있는 것도 특징이다.

시는 김려의 사상의 진보적인 면도 보여 주고 있으나 그가 봉건사회의 현령으로서 생활 양식이나 사고 방식이 양반의 한계를 멀리 벗어나지 못하였다는 것도 보여 주고 있다. 시인은 때로 지방의 넉넉하고 안온한 생활에 자기 만족을 느끼는 심정을 은근히 토로하였다. 그가 현령 직을 사임하고 쓴 열 수의 시에서는 주로 사직하고 돌아가는 소감을 읊었는데, 그 한 수에서 그곳 늙은이들이 눈물을 흘리면서 백성들이 복이 없어 좋은 원을 보내게 되니 이제부터 두표 시장가에 옛날과 같이 백주에 토호들이 못된 짓을 하게 될 것이라고 걱정한다고 읊은 것은 자신의 선정을 자부한 것이다.

'상원리곡'의 작품들은 마치 세시기의 한 절과도 같이 매 편의 작품이 정월달의 아름다운 민속놀이를 읊고 있다. 보름날에 감, 잣, 대추 넣고 꿀로 버무려 약밥 지어 먹는 것이며 마른 호두를 까고 귀밝이술을 마시며 널뛰기, 더위팔기, 다리밟기, 연띄우기, 쥐불 놓기 등 마치 겨울의 농한기를 지나 바야흐로 농사철을 맞이하기 위한 준비와도 같이 정월달 명절들의 행사는 아주 다채롭고 동적이다. 이 행사에는 농사의 풍작을 바라는 농민들의 염원을 반영한 놀이가 많은 것도 특징이다. 밭두렁에 불을 놓는 것을 쥐불이라고 하여 이해에 쥐를 태워 그 피해를 예방한다고 하였으며, 호박, 가지 등을 썰어 말렸던 것을 무쳐 먹으면 남새가 다 잘된다고 하였고, 닭이 울 때에 나뭇가지 틈에 기와 조각을 끼워 놓고는 그 해 과수의 풍작을 바라기도 하였다.

밤새도록 놓은 쥐불 붉은 화염 춤을 추며
남새밭 콩밭 두둑 골고루 다 태우네.
더벅머리 촌아이들 좋아라고 손뼉 치며
올해에도 들쥐새끼 모두 죽여 치운다네.

　野火通宵紫燄飄　菜畦豆壟一齊燒
　街竪拍手歡何事　殺盡今年鼠喙鼴

이것은 밤새 쥐불을 놓고 마을의 어린이들이 좋아하는 떠들썩한 정경을 그린
것이다.

여염집 아가씨들 초록색 깁저고리 입고
사립 밖에 모여 서서 소곤소곤 이르는 말
"우리 함께 동이 이고 시냇가에 달려가서
용알을 한가득 떠 가지고 돌아오세나."

　閭閻閣氏綠紬衣　細語噥噥集竹扉
　約伴携甄溪上去　手撈龍卵滿擎歸

주해에 의하면 이날 밤에 여자들이 떼 지어 동이를 들고 나가 달을 길어 오는
것을 '용알 건지기'라고 하였다고 한다.

김려의 이 '간성춘예집'도 18, 19세기의 진보적 계층의 미학적 요구를 반영하
는 것이며 현실과 인민 생활에 접근한 사실주의 문학 발전의 징표다. 이 시들은
인민들의 생활을, 그들의 슬픔과 기쁨, 그들의 노동, 그들의 살림, 그들의 놀음
놀이를 다방면으로, 그것을 아주 소중하고 아름다운 것으로 보여 주었다는 점
에서 귀중하다.

시집 '만선와잉고'는 김려의 실학 사상을 반영하는 또 다른 시의 세계를 보여
준다. 시인 자신이 그 발문에서 밝힌 바에 따르면 이 시집에 수록된 작품들은

모두 1811년 그가 서울 삼청동에서 지낼 때에 '눈에 띄는 대로 읊은 것'이다. 그 때 집은 달팽이껍질같이 작았으나 꽤 넓은 후원이 있어서 과수와 화초를 가꾸었던 듯하다. 시는 여러 가지 나무, 풀, 과실과 채소, 꽃, 기명 들을 두고 여러 가지 시 형식으로 읊은 것이다. 그중에서 여러 가지 나무를 칠언율시 형식으로 읊은 '중목 칠율衆木七律', 각종 풀을 칠언절구 형식으로 읊은 '중초칠절衆草七絶'은 모두 없어졌으며 여러 가지 꽃을 오언율시 형식으로 읊은 '중화 오율衆花五律'은 그 태반이 없어졌다. 현재 '만선와잉고'에는 여러 가지 과실을 오언고시 형식으로 읊은 '중과 오고 십운衆果五古十韻' 30수, 역시 같은 형식으로 여러 가지 남새를 노래한 '중소 오고 십운衆蔬五古十韻' 19수, 여러 가지 꽃을 오언율시 형식으로 노래한 '중화 오율' 10수, 여러 가지 문방구와 기타 일용 기구들을 오언절구 형식으로 노래한 '중기 오절衆器五絶' 42수가 남아 있다. 이 시들도 시의 소재를 널리 탐구하고 자연과 사회의 모든 생활 현상에서 시를 발견하여 그것을 다른 형식으로 노래하려고 한 시인의 지향을 보여 주고 있다. 이 시들의 제재는 자연 현상이지만 단순히 그 상태를 그린 것이 아니라 구체적인 생활의 계기에서 자연 현상에 대한 시인의 체험 세계를 노래하였다.

우리 집 뜰에 자란 두어 그루 매화나무
그 품종 좋고 좋아 매화 중 으뜸이나
오랜 세월 지나오며 갖은 풍파 겪다나니
병들고 시들어서 앙상하게 되었어라.

모진 설한풍 힘겹게 이겨 내고
겨우 몇몇 가지만이 봄 맞아 생기 돌았네
새빨간 봉오리는 고운 빛깔 새롭고
파아란 꼭지에는 맑은 정기 어렸지.

봄바람 산들 불자 꽃향기 풍겨 나고

쟁글쟁글 햇볕 아래 꽃망울 여물더니
곧이어 주렁주렁 작은 열매 열렸구나
어딜 보나 동글동글 그 모습 귀여워라.

我家紅梅樹　名品逈絶倫
婆娑歲月久　病體如枯鱗
扶持風雪中　數枝獨保春
頹花艶妙彩　縹蘂凝清神
惠颸盡芳臣　亭亭照玉人
結子小於杏　團圓滿眼勻

이것은 홍매를 노래한 오언고시 십운의 전반부다.

보는 바와 같이 시는 자기 집에서 오래 자래운 홍매나무를 두고 구체적인 특징들을 노래하면서 매화나무가 가지는 지조 있고 열정적인 품성을 강조하고 있다. '과실' 편에서는 이렇게 홍매를 비롯하여 살구, 홍시, 포도, 석류, 대추, 복숭아, 오얏, 능금, 앵두, 배, 밤, 모과, 아가위, 은행, 호도 등 30종에 달하는 우리 나라 각지의 유명하고 진귀한 과실들을 노래하고 있다.

북방에 좋은 나무 있어
번성하고 아름답기 비길 데 없다네.
사월에 꽃이 피고 아침 햇살에
향기로운 산들바람 뿌리네.

함흥의 대가집
과원은 조용하고 빽빽한데
가지 뻗어 울타리 이루고
휘늘어져 좋은 열매 달렸네.

北方有嘉樹　榮艷故無匹

開花四月中　香颸散旭日
咸興世冑家　林園苑勘密
羅生成藩落　婀娜垂華實

　능금은 육칠월에 익고 새들이 와 모인다고 '내금來禽' 이라고도 한다. 시인은 북방의 명산인 능금의 동그랗고 파란 열매는 구슬처럼 빛나고 먹으면 시원하고 달다고 하면서 능금은 경향 간에도 많이 심고 능금밭 중에도 홍씨 댁 밭이 첫째를 차지하고 있다고 썼다. 시인은 이렇게 각종 과실의 상태, 그것이 우리 나라에 보급된 정형, 그것의 용도, 그와 관련된 민속 등에 대하여 노래하고 있다. 이 시들을 읽으면 우리 나라엔 옛날부터 과실도 많고 그것을 알뜰히 가꾸어 왔다는 것을 알 수 있다. 시인은 작은 감의 한 품종인 군천君遷에 대하여 말하면서 이렇게 쓰고 있다.

　군천은 홍시에서 나와
　본래 그 조상이 같으니라.
　씨족은 변하여 유파를 낳고
　성품과 기질 풍토를 따라 다르네.
　君遷出鴻柹　本來同父祖
　氏族變流派　性氣殊風土

　시에는 자고慈姑, 토란, 고구마, 옥연玉延 등의 뿌리, 지하경 등 현대 식물학에서는 남새류에 넣고 있는 작물들도 '과실' 의 항목에서 노래하고 있다.

　남쪽 사람들 고구마를 심어
　오곡보다 더 중히 여기네.
　그것만으로 배를 불릴 수 있으니
　어찌 날것, 찐 것을 가리리요

밥으로도 떡으로도 다 할 수 있고
국거리론 토란과 무를 맞잡네.

嶠人業甘藷　重之甚五穀

自足厚腸胃　豈復揀生熟

飯餈竝有利　芋羹眡芋蘾

시인은 이렇게 고구마의 유리한 점을 이야기하고 전에 자기가 진해에서 유배살이 할 때에 중들이 매년 일본 나가사키의 이문종伊文種을 심는 것을 본 경험을 회상하면서 흉년 양식으로 좋다는 것을 강조하였다. '종소 오고 십운' 의 작품들도 그 경향성과 시적 구조와 수법에 있어서 이와 같다.

우리 조선 사람들 무를 중히 여겨
남새의 조상으로 높이 내세우며
사시장철 그 언제나 실컷 먹기 위해
포전마다 심어 놓고 떨구지 않는다네.

鮮人重萊蔔　尊爲菜族祖

四時恣啗齕　受受養園圃

무는 밑뿌리도 줄기도 먹고 소화를 잘 시키며 떡 맛을 돋우고 국수를 만들 때에도 없지 못할 물건이다. 시인은 이 밖에 아욱, 쌈, 호박, 고추, 달래, 배추, 참외, 박, 오이, 수세미오이 등 여러 남새들에 대하여 노래하였다.

'중화 오율' 에서는 모란, 백일홍, 무궁화, 월계화, 봉선화, 석죽, 맨드라미, 진달래 등 우리 인민이 전통적으로 좋아하고 사랑하는 꽃들을 오언율시 형식으로 노래하고 있다.

곱게 곱게 편 진달래 천 송인가 만 송인가
이른 봄 맞이하여 활짝도 피었구나.

이 세상 사람들은 아조라고 부르지만
예부터 그 전신은 두견화라 일러 왔네.

바람에 하늘하늘 빨간 피를 뿌리는 듯
햇빛이 비쳐 들면 붉은 노을 피어난 듯
이른 저녁 풍겨 오는 꽃향기 맡고 서서
빚어 넣은 진달래술 어서 익기 바라네.

妖花千萬朵　齊綻早春時
今世稱阿措　前身喚子規
風捎紅血灑　日漾赭霞披
薄晚馡香立　遙思酒熟期

　이것은 우리 인민이 사랑하는 진달래꽃을 두고 노래한 것이다. 시인은 오언 율시의 짧은 서정시에서 이른 봄부터 활짝 피어 온 산을 뒤덮은 정경을 그윽한 정서를 담아 시각적 형상이 뚜렷하게 노래하였다. 진달래에 깃든 접동새의 전설을 결부시킨 것도 시의 서정성을 강화하는 데 복무하고 있다. 시인은 이 밖에 일 년 사철 언제나 붉은 꽃을 피우는 월계화며 처녀들의 각별한 사랑을 받는 봉선화며 모두 전통적인 민간 풍속과 결부하여 그윽한 정서를 자아내도록 시적 형상을 부각하였다.
　'중기 오절'은 벼루, 해주 먹, 백자 연적, 남평 부채, 목면 단령, 양털 붓, 구리 환도, 정지 유삼瀞紙油衫, 흑각 패, 서피 귀싸개, 인주 합, 당판 사기唐板史記, 풍로구風爐口, 청주 연갑 등 문방구와 기타 일용품들을 제재로 한 이른바 영물 시 42수를 묶은 시초다. 영물 시의 제재로 된 물건들은 모두 사연이 깃든 시인 자신의 소유물이다.

지난해 가을철에 병마사 정경심이
나에게 보내왔네 단계의 좋은 벼루.

그 가운데선 스르르 안개가 피어나니
검붉은 그 광채에 두 눈이 어리치네.

前秋鄭景深　贈我端州硯

雲霧出其中　紫瀾光彩炫

이 시는 병마사 정경심이 보내 준 벼루를 두고 읊은 것이다.

적동 차관은
일본 땅 미농에서 왔다네.
새벽녘에 샘물 길어다 끓이면
왈랑왈랑 소리를 내네.

赤銅茶罐子　人道美濃來

晨汲福泉水　活烹響殷雷

이것은 일본 미농 땅에서 만든 차관을 두고 읊은 작품이다.

이와 같이 '만선와잉고'는 시인 김려의 창작 세계가 아주 넓고 부단히 시의
주제를 확대하였다는 것을 보여 주고 있다. 이 영물 시들을 통해서도 당시 우리
인민들의 생활 세태, 특히 정서 생활의 한 면을 볼 수 있다.

3

서사시 '방주의 노래'는 시인 김려의 선진적 입장과 높은 시적 재능을 보여
주는 작품이다. 이 시의 원제목은 '장원경의 안해 심씨를 위하여 지은 고시'다.

제목으로 보아 당시 실제로 있었던 일을 두고 서사시를 창작한 것으로 짐작
한다.

시인은 부단한 생활 체험과 탐구를 거쳐 사회에서 진실로 아름다운 것이 무
엇인가를 밝혀 내었으며 우리 문학사에서 전혀 새로운 형상을 서사시의 넓은

화폭에다 그려 낼 수 있었다. 김려는 이 시에서 사회의 최하층 인민들에게야말로 양반 통치배들, 인민의 고혈을 빨아 살찐 착취자들에게서는 볼 수 없는 진실로 아름답고 고귀한 인간적 품성과 자질이 있다는 것을 강조하고 있다. 이것은 당대 봉건 지배 계급의 윤리적 규범에 대한 전면적 부정이며 항의다. 시의 사건은 서사시의 정연한 구성을 가지고 생활의 향기가 풍만한 폭넓은 사회적 배경 위에서 전개되고 있다. 시인은 우선 머리시에서 시의 사상적 구상을 아주 감동적인 시어로 이야기하고 있다.

골 깊은 산속의 한 그루 계수나무
험한 바위틈에 뿌리 내렸네.
쓸쓸한 가을바람 불어올 때면
가지와 잎 설레며 속삭이네.
山中有桂樹　托根崇巖路
悲風倏漂搖　柯葉自相顧

시인은 이 계수나무 가지 위에 짝을 잃고 슬픔에 싸여 앉아 있는 이상한 새 한 마리의 처량한 신세를 홀아비로서 어린 딸을 고이 키워 온 방주의 아버지의 처지에 비기고 있다.

다음으로 시는 주인공 방주의 출생과 성장에 대해 이야기하였다. 방주의 아버지는 대대로 호남 지방에서 버들가지로 고리를 겯으며 살아온 백정 신분이다.

버들이 잘 자라면 살림 펴이고
버들이 못 자라면 사람도 지실들었지.

아버지의 일솜씨 원래 명수라
정교롭고 섬세함을 따를 이 없네.
남쪽 저자에서 고라짝 팔고

북쪽 거리에서 키를 팔 때면
잇속 다투는 사람들 한낮에 몰려와
맵시 있게 만들었다 칭찬하였네.

柳豐令人肥　柳歡令人瘦
阿父妙手工　精緻世無比
南市賣矮籠　北市鬻箕子
錐刀日中集　皆言製造美

　사람들은 모두 그가 고리 그릇을 잘 결었다고 칭찬하였다. 형제들도 또한 버들고리를 결어 팔거나 푸주 일을 보았다. 몰인정한 사람들은 평시에 거들떠보지도 않다가 급한 때면 은근히 불러냈다. 아버지는 부드럽고 착한 사람으로 늦게 딸 하나를 보았는데 이름을 방주라고 하였다. 방주는 젖 떨어질 무렵에 어머니를 잃어 아버지의 손에서 자란다.

　시는 마치 심 봉사와 심청의 사이와도 같은 그들 부녀간의 두터운 육친의 정을 감명 깊게 이야기하고 있다. 암죽을 쑤어 먹이고 해진 포대기로 몸을 덮어 키우며 몸에 걸칠 것 하나 변변한 게 없으나 방주는 이목이 그림처럼 빛난다.

　아버지의 극진한 사랑 밑에 방주는 무럭무럭 자란다. 방주는 세 살에 말을 하고 네 살에 셈을 세고 다섯 살에 이웃집 아이들과 소꿉놀이를 하고 여섯 살에 물레질을 배우고 일곱 살에 한글을 깨치고 여덟 살에 제 손으로 머리 빗고 때로 등잔불에 마주 앉아 《사씨남정기》를 소리 내어 읽으니 그 소리 마치 구슬을 깨뜨리는 듯 또렷하였다. 그는 아홉 살에 한자를 알아보고 열 살에 가사를 외웠으며 '산유화'를 부르면 길 가던 사람들도 멈춰 서서 엿들었다. 이럭저럭 세월이 흘러 열서너 살 잡히니 방주는 아리따운 처녀로 되었다. 시인은 진흙 속에서 아름다운 꽃이 자라 피듯이 방주는 비천한 가문에 태어났으나 한 떨기 싱싱하고 향기로운 꽃처럼 아름답고 청초한 용모와 현숙한 성품과 뛰어난 일솜씨로 사람들을 놀라게 하였다는 것을 강조하고 있다.

　시는 이렇게 첫 부분에서 방주의 출생에 대하여 소개하고 어느 무더운 여름날 이 산중에서 벌어진 사건을 줄거리로 하여 주제를 심화시켜 간다.

삼복더위도 한창인 어느 날이었다. 하도 무더워서 방주는 빨랫감을 들고 개울로 나갔다. 이때에 마침 북쪽에서 파총(봉건시대 군관 직위의 하나)이 말을 몰아 달려왔다. 파총은 이윽고 개울가에 이르러 말에서 내린다.

파총은 구척장신에 눈이 빛나고 사람됨이 의젓하며 수염이 약간 희슥희슥한 것이 중늙은이 티가 난다. 따라온 부하들은 모두 길가에 늘어섰다. 파총은 방주를 발견하자 부드러운 목소리로 인사하고 마실 물 한 그릇을 청한다. 처녀는 이 말 듣고 공손히 허리 굽혀 인사한다. 왼손으로 빨랫감 거두어 잔디 위에 차근히 얹어 놓고 오른손으로 쪽박 들어 깨끗이 물에 씻는다. 맑은 물을 담뿍 퍼 가지고 돌아와 꿇어앉아 공손히 두 손으로 드린다. 파총은 그 어엿한 모습을 보고 차마 스스로 받지 못한다. 머뭇거리다 그 또한 꿇어앉아 두 손 모두고 하는 바를 기다린다. 처녀는 그 뜻을 알아차리고 정색하여 말한다.

> "어르신은 길 가시는 손님으로
> 어디선들 예절을 잊으리까만
> 갑자기 들판에서 차리는 인사
> 어떻게 법대로만 따르오리까.
> 까다로운 그 예법 생각 마시고
> 어르신 편한 대로 하시옵소서."

> 파총은 그제야 물그릇 받고
> 마음속에 기쁨을 참지 못했네.
> 大人上道客　造次寧失儀
> 倉卒野中禮　安得如度焉
> 脫略細節文　大人且尊便
> 把摋捧水瓢　心下大歡喜

시는 놀라움과 기쁨이 어린 파총의 눈에 비친 방주의 아름답고 의젓한 용모를 생동하게 그려 내고 있다.

시의 다음 장면은 방주의 집에서 전개된다. 개울에 외나무다리 하나, 다리가 끝나는 곳에 삽짝 문이 있다. 문밖에 까마귀 울고 늙은 홰나무 밑에 집 한 채 앉아 있는데 앞으로 개울이 에둘러 흐르고 집 뒤에는 큰 돌들이 듬성듬성 널려 있다. 문 안에는 한 자 높이의 돌절구가 하나 놓여 있다. 파총은 이 집을 알아보고 말을 몰아 찾아간다.

파총은 문 안에 들어서자 놀라운 눈으로 둘레를 살펴본다.

소가죽들이 여기저기 걸려 있고 뜨락에는 짐승의 털이 쌓여 있고 자리를 깔지 않은 넓은 방 봉당에는 사람들이 그득히 둘러앉아 일들을 하고 있다. 흐트러진 머리에 쇠코잠방이를 입고 혹은 이긴 가죽을 다루고 있고 혹은 버들가지로 고리를 결고 있고 혹은 서고 혹은 앉아서 일하기에 여념이 없다. 그러나 난데없이 낯선 나그네가 나타나자 그들은 소리치고 울부짖으며 서로 다투어 창문을 넘고 담 구멍을 빠져나가 뿔뿔이 달아난다. 시는 이들 백정 신분 인민들의 생산과 생활을 매우 구체적으로 묘사하고 있다.

주인이 황겁히 뛰쳐나와 손님 앞에 꿇어 엎드려 인사한다.

지난밤 꿈자리가 아주 좋았고
오늘 아침 까치가 지저귀더니
귀한 손님 이렇듯 오셨으니
조상들이 내려 주는 복이오리다.
前宵夢兆佳　今晨乾鵲噪
貴客儼然臨　祖先介景祉

파총은 이 말을 듣고 몇 걸음 나서서 주인을 붙잡아 일으키며 말한다.

이 늙은이도 세파를 헤쳐 온 사람

모든 것 소상히 잘 아외다.

온 세상은 모두 다 동포

겸손도 지나치면 허물이 되오.

늙은이 이미 이곳에 왔으니

이제 다시 혐의를 두지 마오.

老夫涉世人　凡幹熟消詳

四海皆同胞　謙讓太過當

老夫旣來此　那復置嫌疑

시는 파총을 예절도 은근하고 봉건적 윤리에 구애되지 않고 인민을 동정하는 진보적인 인물로 형상화하고 있다. 그는 봉건 신분제를 부정하는 입장에 서 있다. 그는 인사가 끝나자 먼 길에 사람과 말이 다 지쳤으니 저녁 겸 밥을 좀 지어 달라고 부탁한다. 주인은 양식도 있고 기르는 짐승들도 살렸는데 다만 한 가지 자기들 쓰는 것밖에 딴 그릇 장만한 게 없다는 것을 걱정한다.(당시 봉건사회에서 양반은 천민과 그릇을 같이 쓰지 않았다.) 그 말을 듣자 파총은 가가대소의 너털웃음으로 일소에 붙이면서 시골의 소박한 풍속을 어찌 탓할 수 있겠는가, 하물며 산중에서 바리와 대접을 가릴 게 무엇이며 밥과 찬을 한데 담은들 꺼릴 게 무엇이냐고 대답한다.

그제야 주인은 안심하고 기쁨에 넘쳐 기를 펴고 일어난다. 그는 방에 가서 방주를 불러 귓속말로 분부한다. 귀한 손님이 시장한 모양이니 점심을 바삐 잘 차리라고.

방주도 기쁜 얼굴 감추지 못한다. 삽시간에 기름진 옥백미로 밥을 짓고 닭 잡고 잉어회에 나물 메워 산해진미를 갖추어 놓는다. 상을 들여다 놓고 주인은 어린것이 만든 것 어찌 입에 맞겠는가만 부디 많이 드시라고 권한다.

상을 받은 파총은 감격해 마지않는다. 부인 백행에 부엌일이 첫째인데 찬품이 이만하니 다른 것을 물어 무엇 하랴. 파총은 하룻밤을 이 집에서 머물기로 한다. 맑은 하늘엔 별이 총총하고 초승달이 밝게 비친다. 모두 잠들고 사위는 고요하다. 파총은 주인더러 이 좋은 밤에 이야기나 하자고 방으로 부른다. 주인은 이 말 듣고 더욱 송구스러워한다. 그는 꿇어 엎드려 머리를 조아리고 한 솥의 밥 먹은 건 하는 수 없었으나 한자리에 앉다니 될 말인가, 신의 눈이 펄펄 살아 있는데 어찌 하늘이 두렵지 않겠느냐고 대답한다.

파총은 한숨 쉬어 탄식하며 의리에 맞는다면 모두 다 친구, 정이 깊으면 곧 형제라면서 주인을 방으로 맞아들인다. 주인이 자리에 올라가 한 옆에 쭈그리고 앉으니 파총은 입을 열어 천만 뜻밖에도 자기 아들과 이 집 딸 방주와 혼인을 맺자고 청한다. 이 말 듣고 주인은 숨이 막힐 것 같다.

> 천인은 비록 미련하오나
> 씨와 날을 가릴 줄은 알고 있사외다.
> 짚신도 날이 같아야 맞고
> 삼베도 같은 씨라야 어울립지요.
> 본래 천인 중에도
> 백정을 첫째로 꼽지요.
> 노비라고 다 같지는 않사외다.
> 광대는 오히려 호사로워서
> 천지의 차이와도 같은뎁쇼.
> 하시는 말씀을 어찌 기약하리까.
> 저에게 허물이 있사오면
> 차라리 매를 맞습지요.
> 小屠雖迷劣　亦能辨涇渭
> 芒鞵愛同經　麤布愛同緯
> 由來下賤者　先頭數白丁
> 人奴尙不如　倡優反爲榮
> 霄壤未足比　議論豈敢期
> 小屠若有過　棍箠任所爲

파총은 이 말을 듣고 오히려 하하 웃더니 세상의 귀천이란 조상을 만나기 탓인데 그대는 불행히 백정 신분 되었고 자기는 다행히 그것을 면했으나 속세의 흐름을 따르는 것을 부끄러이 여긴다고 하면서, 혼인에서 빈부나 가문은 따질 게 없고 제 몸 하나 마땅하면 그만이라고 한다.

주인은 잠자코 대답이 없다가 그대는 어떤 사람이냐고 물어 본다.

이리하여 시의 다음 부분에서는 파총의 대답을 따라 그가 걸어온 험난한 생애가 펼쳐진다. 시는 가시덤불을 헤치고 고난의 험로를 걸어온 파총의 운명을 그리면서 봉건사회 말기의 사회 관계와 특히 어민들의 처참한 생활상을 폭넓게 재현하는 데 성공하였다.

그는 본래 양가 자손이었으나 어려서 우환을 만나 고향을 떠난다. 추운 겨울에 남산에서 나무를 베다 팔기도 하고 구리개에서 밥을 빌어먹고 수표교 밑에서 자기도 했다. 한동안은 마포 용산개에서 지냈다. 그때 뱃사람들이 물고기 장사가 좋다고 하는 말을 듣고 어물 장사를 떠났다. 이로부터 시는 이 어물 장사의 행로를 따라 어민들의 비참한 생활을 깊은 동정으로 그려 보여 주고 있다. 시인은 이 장면에서 파총의 이야기 형식으로가 아니라 시인의 주정 토로와 정경 묘사를 배합하면서 당시 착취 제도의 부패상과 관료들의 야수적인 횡포성을 구체적으로 보여 주며 그것을 날카롭게 비난하고 있다.

시인이 말하다시피 어물을 파는 데도 시절이 있고 도리가 있다. 어떤 해에는 동해에서 잘 잡히나 또 다른 해에는 서해에서 풍어가 든다. 남쪽에 흔한 것이 북쪽에선 귀하고, 귀할 때엔 구슬같이 얻기 힘들고 흔할 때엔 마치 흙과도 같이 천해진다. 그런데 먼 길에 고기를 날라 와도 백성들은 맛도 볼 수 없고 모두 양반들의 밥주머니를 채울 뿐이다.

시는 유월에 어물 장사가 양양에 가서 본 이야기를 통하여 어민들의 고생과 불행에 대하여 이야기하고 있다.

양양은 어민들이 많이 사는 동해 가의 큰 도회이다. 동대에는 바위도 없고 아름다운 꽃이 무수히 피어 경치 또한 볼만한데 해녀들이 전복을 따러 간다.

시인은 전복을 따는 것이 얼마나 어려우며 실수하면 경각에 목숨을 버리는 위험한 일인가를 강조하면서 벌써 열흘이 지나서도 돌아오지 않는 딸의 운명을 슬퍼하는 한 할머니의 불행에 대하여 이야기하였다. 그 할머니는 벌써 남편을 잃었고 지난해엔 맏아들마저 잃었다.

시인은 어민들의 불행과 비극이 바로 양반 관료들에 의하여 강요되고 있다는 것을 특별히 강조하고 있다.

시인은 계절을 따라 서로 다른 동서남북 어장들의 경기를 찾아다니는 어물 장사의 고달픈 생애를 넓은 사회적 배경에서 보여 주고 있다. 그러나 시는 이에서 그치고 그 뒷부분이 전해지지 않고 있다.

《담정유고》의 원문에서는 '하결下缺'이라고 지적하고 다른 설명이 전혀 없다. 또 다른 시집들에 대하여 그렇게 자세히 주해와 해제를 붙인 시인이 이에 대해서 일언반구도 하고 있지 않은 것은 무엇 때문일까? 가능한 몇 가지 추정을 할 수 있다.

첫째로, 시인 자신이 미완성인 채로 남겼을 경우. 그러나 '하결'이라고 한 것 이라든가, 또 '장원경의 안해 심씨를 위하여 지은 고시'라는 제목에 비추어 그렇게 볼 수는 없다.

둘째로, 그 어떠한 이유로 하여 후반부를 잃어버렸거나 시인 자신이나 편자에 의하여 후반부를 삭제한 경우를 추정할 수 있다.

필자는 당시 봉건사회에서 파총-무관 신분과 백정 신분을 결혼시키는 것이 기성 도덕에 저촉되었기 때문에 정작 문제를 제기한 장면만을 남기고 그 후반부를 없애 버린 것이 아닌가고 생각한다. 만일 공개하기 곤란한 이유가 아니라면 주해를 달거나 해제를 붙여 그 경위를 밝히지 않았을 까닭이 없기 때문이다. 이것을 원작자 자신이 하였는지 또는 문집의 편자들이 하였는지는 알 길이 없다. 제목으로 보아 장원경의 안해 심씨는 바로 방주일 것이고 결국 그날 밤에 약혼이 성립된 것으로 보인다. 아무튼 서사시의 후반부가 전해지지 못한 것은 아주 유감스러운 일이다.

다 아는 바와 같이 우리 문학에서 서사시는 오랜 역사를 가지고 있다. 이규보의 '동명왕'은 문헌에 남아 있는 첫 서사시다. 그러나 자기 시대의 현실적 사건을 취급한 서사시 작품으로서는 별로 알려진 것이 없었다. 더구나 최하층의 천민을 중심 주인공으로 하여 그들의 참다운 인간적 가치를 생동한 시적 화폭 속에서 노래한 것은 '방주의 노래'가 처음이며 김려의 새로운 시적 발견이다. 이것은 시인이 활동한 18세기 말에서 19세기 초의 새로운 시대 정신을 정당하게 반영한 것이며 선진적인 실학 사상의 승리다.

'방주의 노래'는 다만 그것이 천민 출신의 여성을 중심 주인공으로 한 서사시라는 데서만이 아니라 높은 예술적 성과로 하여 평가되어야 할 작품이다.

시인은 진지한 사실주의 필치로 주인공들의 초상을 묘사하고 내면세계를 깊이 있게 천명하였으며 주인공의 운명을 사회 환경과의 호상관계에서 보여 줌으로써 당대 사회의 생활 현상을 폭넓게 재현하고 있다. 시는 있는 사실을 기록하거나 서술하지 않고 심각한 사회적 갈등 위에서 전개되는 사건과 주인공들의 생활 속에 깃든 서정을 펴냈으며 시적인 세계로 승화시켰다. 시인의 공적은 당시 봉건사회에서 가장 천대받던 천민들의 진실로 인간적인 미의 세계를 밝혀 냈고 그들의 신분 해방의 지향을 옳게 반영한 데 있다.

방주의 형상도, 그의 아버지나 파총의 형상도 종래 어느 시에 비해서도 초상 묘사나 감정 세계의 전달이 생활적이고 구체적이며 그만큼 진실감을 준다.

사건 자체로 보면 당시 봉건사회에서 찾아보기 어려운 하나의 '비상 사건'이라고 말할 수 있다.

그러나 주인공들의 행동의 계기가 뚜렷하게 제시되어 있기 때문에 장면 하나하나가 타당한 진실임을 준다. 특히 주인공들의 초상, 그 심리의 움직임에 대한 진실한 묘사는 이 시가 도달한 성과의 가장 중요한 측면의 하나다. 시는 선량한 방주 아버지가 느끼는 불안한 심정, 비록 백정의 자식이지만 산중에서 세파를 겪지 않고 고이 자란 방주의 어엿한 태도, 손님을 맞아 오히려 기쁘기까지 한 처녀다운 호기심과 순결성과 성실성, 인생 험로를 걸어 고난에 찬 생활 체험으로 사람을 알아본 파총의 정신세계의 높이를 얼마나 진실하게 재현하고 있는가.

시인은 작품에서 주인공들의 대화를 성격의 천명에서 아주 효과적으로 살리고 있다. 시는 길지 않은 주인공 자신의 말을 통하여 그의 신분과 처지, 그의 심정과 지향도 진실하게 전달하였다. 방주 아버지의 말만이라도 상기해 보라.

비록 전편이 남아 있지는 못하나 서사시 '방주의 노래'는 김려 자신에게 있어서만이 아니라 우리 시문학사의 전 과정에 걸쳐서도 중요한 의의를 가지는 유산의 하나다.

4

김려는 산문 작품도 적지 않게 창작하였다. 그중에서 '감담일기'와 '우해이어보'는 각각 특이한 소재를 가지고 산문과 시를 배합한 독자적인 형식을 가진 작품이다.

'감담일기'는 김려가 1797년 강이천 사건의 연루자(본인은 부인하고 있다.)로 취조를 받고 부령으로 유배되어 가는 과정을 쓴 일기체 기행문이다. '감담일기'는 정사년(1797) 음력 11월 12일 형조에 체포 구금되어 하루 묵어서 11월 14일 판서 조심태, 참판 윤필병, 참의 이태영의 심문을 간단히 받고 본인이 또 직접 대면한 강이천도 그날 만났을 뿐이고 사건과는 아무런 관계가 없다는 것을 말하였는데도 그들은 왕의 명령이라 하여 유배형을 기정 사실로 일방적으로 선언하고 말았다. 이리하여 이날 저녁으로 함경도 경원을 향하여 길을 떠났다. '감담일기'에는 11월 12일부터 시작하여, 가는 도중에 새로 변경된 유배지인 부령에 도착하여 본부 뇌자 김명세 집에 든 12월 10일에 걸친 나날의 기행 행정을 일기체로 썼고 매일 그날의 심각한 체험을 읊은 시 약간 수씩을 첨부하였다. 그리고 유배지에 도착한 뒤 그곳 도호 유상량의 사주 아래 김명세 형제가 갖가지로 박해를 가하므로 데리고 간 종을 돌려보내지 못하고 있다가 이듬해(1798) 음력 1월 26일에야 말과 옷과 먹을 양식까지 다 뺏기고 맨손으로 떠나보낸 경위를 간단히 기술하였으며 '기몽시記夢詩' 두 수를 첨부하였다.

시인은 이 일기에서 그날그날의 일들을 되도록 예술적으로 형상화하려고 하였다. 기행은 먼저 산문으로 그날의 노정을 간단하게 서술하고 나서 가장 깊은 인상을 받은 사건, 견문들을 읊은 시들을 한 수에서 서너 수까지 첨부하였다.

그러므로 '감담일기'는 '기행 시'라고 해도 과언이 아닐 정도로 시가 압도적 우세를 차지하고 있다.

시인은 가는 도중에 있는 동해 가의 아름다운 자연 풍경과 명승고적들, 북쪽 사람들의 풍속, 인정 세태 등 보고 듣고 체험한 것을 이모저모로 노래하였다.

시인은 유배객의 부자유한 몸으로서도 자연 풍경을 살피고 일찍부터 들어온 명승고적에 대해서도 깊은 관심을 돌리는 마음의 여유를 가지려고 노력하였다. 시의 주제는 아주 다양하고 시인은 시적 대상에 깊이 침투하고 있다.

일행이 북을 향하여 발을 재우침을 따라 시는 날에 날마다 새로운 자연 풍경, 새로운 거리와 마을을 보여 주며 시인의 새로운 감흥을 전달한다.

동해 가는 우리 나라에서도 가장 아름다운 자연 풍경을 자랑하는 지역이고 명승고적이 적지 않다.

시인은 이 모든 것에 마음이 끌렸다.

철원을 지나 금화로 가는 도중에 김응하 장군 묘당을 찾아본 것을 비롯하여 이항복, 정충신, 조헌, 정문부 등의 사적들에 대하여 대서특필하고 있는 것도 그의 애국적 지향을 말해 준다. 그는 도중에 많은 사람을 대하였으며 그에 대한 태도는 다 달랐다. 어려서 앞뒤 집에서 자란 한 친구는 그 고을 원으로서 한밤중에 당장 떠나라고 멸시가 그지없었으나 일면부지의 처지로 오히려 따뜻이 대해 주는 사람들도 있었다.

시에는 지방 인민들의 생활, 그들의 인정을 감회 깊게 노래하기도 하였다. 인민들의 살림은 어데 가나 곤란하였으나 비록 소찬이라도 손님들을 예절과 정성으로 대해 주었다.

스산한 뜨락엔 모든 게 얼어 터지고
무너진 담벽으로 바람이 스며드네.
땔나무 어지러이 쌓이고
재거름 마구 흩어져 있네.
주인은 나에게 읍하고 서서

몇 번이고 공손히 절하네.

금년에 풍년이 들어

다행히 넉넉히 벌었다네.

荒庭盡凍坏　敗壁正懷慓

柴草亂堆庤　灰土紛散逸

主人向我揖　禮數頗周悉

自言賴年豐　廐廩幸充實

그러나 농민은 이리저리 벼슬아치들에게 뜯기고 나면 더구나 흉년이나 드는 날엔 겨울의 반절도 식량이 자라지 못한다는 것을 이야기하였다. 시는 이 이야기를 듣고 몇 번이고 탄식하며 눈물을 흘린 서정적 주인공, 시인의 아픈 심정을 전달하면서 끝나고 있다.

'감담일기'는 실로 18세기 말, 동해 지대의 자연과 생활 실태를 진실하게 재현한 귀중한 문학 유산이다.

'우해이어보'는 그가 진해에서 지낼 때에 그곳 바다의 이상한 어류들의 생태를 서술한 것이다.

1803년에 그 저술이 끝났다. 우해는 곧 진해의 딴 이름이다. 그러나 '우해이어보'는 단순히 생물학적 저술에 그치지 않고 각종 어류를 두고 읊은 시들을 배합하고 있다. 다시 말하면 김려는 실학자의 입장에서 과학적 탐구의 결과를 서술하는 동시에 시인의 미학적 요구도 충족시킬 것을 시도하였다.

김려가 진해에서 기숙한 집에는 자그마한 고깃배 한 척이 있어 그는 곧잘 그 집 아이와 함께 배를 타고 바다로 나가서 고기를 낚았다. 바다에서 이상스럽고 놀라운 물고기를 수없이 보았고 비로소 바다가 육지보다 훨씬 넓고 바다에 사는 동물이 육지에 사는 동물보다 훨씬 많다는 것도 알았다. 천산갑이, 자가사리, 상어, 방어 등은 사람들이 다 잘 아는 것이요. 해마海馬, 해우海牛, 해구海狗 등 듣도 보도 못한 것이 얼마든지 있었다. 이 진기한 세계를 찾아 견문을 넓히는 기쁨으로 그는 거의 날마다 바다로 나갔다. 이렇게 얻은 자료에 근거하여 어류들의 형태와 빛깔을 그리고 그 생태를 기록하여 엮은 것이 곧 '우해이어보'다. 그는 발문에서 "앞으로 살아서 집에 돌아가게 되어 농부들과 나무꾼 할아버지들과 함께 밭일을 하는 참에 먼 곳의 풍물을 이야기하게 된다면 그 또한 이로움이 있을 것"이라고 썼다. 이 책도 역시 실사구시하는 그의 탐구 정신의 결실이라고 할 수 있다.

'우해이어보'에서는 바다망둥이, 감송, 볼락, 꽁치, 쥐노래미, 보가지, 상어, 멸치, 가방어, 오징어, 조기사돈, 드렁허리, 삼치, 원앙고기, 청가오리, 도골, 윤랑어尹娘魚, 문어, 기러기밥, 청어, 비오기, 겸장, 매가리, 가리비 등 53종의 기이한 물고기들에 대하여 형태, 습성, 용도, 이름의 유래 그와 관련된 전설 등에 걸쳐 재미있게 서술하였다. 그리고 부록으로 여러 가지의 게와 조개류에 대한 서술을 첨부하였다.

작자는 매개 대상을 흥미진진하게 서술하기 위하여 특별한 관심을 돌린 것으로 보인다. 윤랑어의 경우를 예로 들 수 있다.

"윤랑어는 장님 고기다. 모양은 은어와 비슷하나 눈이 없다. 독이 있어서 사람이 먹으면 목이 말라 미쳐 난다. 은어는 도루묵이다. 지방 사람들은 이것을 윤랑어라고도 한다."

그리고 작자는 이 고기의 이름과 관련된 전설을 소개하였다. 옛날 윤랑이란 여성이 남편이 죽어서 수절하려고 하였는데 부모가 그 뜻을 뺏으려고 하였기 때문에 윤랑은 수은을 태워서 눈에다 쏘여 두 눈을 다 멀게 하였다. 그래도 부모는 딸더러 시집갈 것을 권했기 때문에 딸은 슬픔을 이기지 못하여 바다에 나가 빠져 죽었다. 물고기로 되어 눈이 없는 윤랑어로 되었다고 한다. 작자는 이 전설은 황당하다고 하면서 그 물고기에 대한 자기 자신의 세밀한 관찰을 서술하고 있다.

"내가 그 물고기를 보니 얼른 보기엔 눈이 없는 듯하나 자세히 살펴본즉 콧등 양옆에 엿보는 구멍이 있는데 참새 똥 비슷하다. 하체는 가늘고 검으며 머리 위는 둥글고 희며 자주 뛰어오른다. 이것은 반드시 몸은 어류이고 눈은 게와 같은 것이다.

또한 어부들 말에 의하면 이 고기는 윤달이 있는 해에 몹시 비대해진다고 한다. 그렇고 보면 그 이름은 윤년에 좋다는 뜻으로 윤랑어라는 것이 의심할 바 없다."

이렇게 쓴 뒤에 "나는 우산잡곡에서 이르기를" 하고 시 한 수를 첨부하였다.

복숭아꽃 다 지니 동백꽃 피네.
바다 장사 배를 차려 고기잡이 떠나네.
어린 처녀 옷을 잡고 은근히 부탁하네.
이제 가선 윤랑어란 잡지 마세요.
桃花淨盡棟花初　海賈裝船發夏漁
稺女牽衣勤囑付　今行莫打尹娘魚

이와 같이 '우해이어보'는 어류, 해산물에 대한 생물학적 저서일 뿐 아니라 조선어의 어원이나 전설 연구의 자료로서, 또 김려의 미학적 견해와 시적 기량을 보여 주는 예술 문학 작품으로서도 가치를 가지고 있다.

김려의 산문에서 '단량패사'는 전기 소설 형식으로 쓴 단편소설집으로서 또 하나의 독자적인 지위를 차지한다. 이 전기 소설집에는 '천문 기계의 달인, 이민철〔李安民傳〕', '포수 이사룡 전砲手李士龍傳', '의원 안찬〔安黃中傳〕', '고 수재 이야기〔賈秀才傳〕', '유구국 왕세자〔琉球王世子外傳〕', '자루에서 자는 삭낭자〔素囊子傳〕', '장생 이야기〔蔣生傳〕', '의로운 여인 한 숙원〔韓淑媛傳〕' 등 여덟 편의 작품이 수록되어 있다. 김려는 '단량패사 발문'에서 이 여덟 편 외에도 적지 않은 소설 형식의 작품을 창작한 사실에 대하여 언급하고 있다.

"내가 임자년(1792)에 풍옹(김조순)과 이미 창작한 작품들을 수습하여 《우초속지》를 엮었다. 그러나 얼마 있지 않아서 내가 북과 남으로 유배되면서 그 태반이 없어졌다. 유배 중에 지은 수십 수의 작품은 목여 김희천이 가져갔다. 계유년(1813)에 희천이 세상을 떠났으므로 그 자손들에게 물었더니 이미 다 없어졌다고 하였다. 애석한 일이 아닐 수 없다. 이에 나는 다시 두 집에 남아 있는 것을 찾아내어 두 권으로 묶고 하나는 '고향옥소사古香屋小史', 하나는 '단량패사'라고 이름 지었다."

이로써 보면 김려에게는 '단량패사' 외에 《우초속지》와 《고향옥소사》 두 편의 작품집이 더 있었다는 것을 알 수 있다. 《우초속지》가, 그가 유배되기 전에 쓴 작품들을 묶은 것으로 유배 시기에 태반이 없어졌다는 것은 본인 스스로가 밝히고 있거니와 유배지에서 풀려나와 1813년에 이후에 새로 묶었다고 하는 《고향옥소사》가 왜 그의 문집 《담정유고》에 실리지 않았는지는 알 길이 없다.[2]

'단량패사'에 수록된 작품들은 비록 현실적 소재만을 다루고 있지 않으며 또 예술적으로 세련되지는 못하였으나 작자의 애국적이며 실사구시의 선진적 지향을 뚜렷이 반영하고 있다.

'단량패사'에 실린 여덟 편의 작품은 주제 사상적 내용으로 보아 세 가지 부류로 나눌 수 있다.

하나는 당대 봉건사회 제도에서 미천한 신분으로 하여 뛰어난 재능을 지니고도 그것을 꽃피울 수 없었던 불우한 인재들을 주인공으로 하여 과학 기술 발전에 대한 시대의 요구를 저해하는 봉건적 신분 제도를 비판한 작품들이다. '천문 기계의 달인, 이민철', '의원 안찬'이 이에 속한다.

'천문 기계의 달인, 이민철'의 주인공 이민철은 어려서부터 재주가 뛰어나 사람들을 놀라게 하였다. 그는 아홉 살에 중국 사람이 자기 아버지에게 선물한 자

---

2) 《우초속지》를 《담정총서》에 넣을 때 김조순이 쓴 것은 '고향옥소사'로 김려가 쓴 것은 '단량패사'로 나누어 실었다.

명종, 곧 탁상시계를 조용한 곳에 가지고 가서 분해하여 보고 다시 제대로 맞추어 놓았으며 뒤에 이를 본떠서 참대못을 깎고 두꺼운 유지를 써서 시계를 만들었다. 이민철은 그뒤 물리학, 천문학, 음악 등을 부지런히 공부하였으며 여러 가지 물시계를 만들었는데 아주 정교하였다. 그는 광해주 때 창경궁 서쪽에 건립한 흠경각 속에 물의 힘을 이용하여 계절의 변화를 알리는 기계를 만들어 놓았으며 현종 때에는 관상감에 우주 모형을 만들어 설치하였는데 역시 물의 힘을 이용하여 궤도를 따라 해와 달이 움직이게 한 것이었다. 그는 뒤에 영원군 원으로 간 일도 있다.

그러나 그는 미천한 어머니의 몸에서 난 서자라고 하여 변변한 벼슬을 하지 못하였으며, 소원이 자기의 재능과 기술을 가지고 역법과 기상학을 연구 발전시키는 일이었으나 나라에서 필요한 조건을 지어 주지 않았다. 그는 책 십여 편을 저술하여 연구 성과를 후세에 전하려고 하였으나 이 또한 자손들이 잘 거두지 않아 흩어져 없어지고 말았다. 작품의 뒤끝에 작자는 다음과 같이 썼다.

"근래에 좋은 정치가 없어지고 천문학에 대한 국가 시책이 폐지되었다. 그러나 다행히 이안민(민철의 자)과 같은 특출한 천재가 출생하였는데 세상의 양반들이 그를 달구지 만드는 목공에 비하면서 그 기술을 천시하였으니, 아아 참 슬픈 일이다."

작품은 이민철이 제작한 물시계, 수차 등이 아주 독창적이고 정교하며 쓸모가 있다는 것을 강조하면서 끝난다.

'의원 안찬'의 주인공 안찬은 자를 황중이라 하며 의술에 정통하여 못 고치는 병이 없었다. 이름이 널리 알려져 치료를 받으러 오는 사람이 그 마을에 차고 문길이 메일 정도였다. 그러나 그의 명성이 널리 떨침에 따라 동업자들의 시기도 높아지고 끝내는 중종 때 기묘사화로 하여 안찬은 무고하게 체포되어 형장 백 개를 맞고 나오다가 도중에 죽고 말았다.

"아아 기묘년의 화는 참혹하였다. 그때 양반들이 집에 들어앉아 있다가 끌려 가서 살육된 자가 몇 백에 달하였다. 비록 의원이나 수공업자나 기술로 벌어 먹고 사는 사람들로서 자기 양심을 지키려는 자도 역시 이를 면치 못하였으 니, 슬픈 일이다."

작가의 이 말 속에는 이미 지나간 역사적 사실에 의거하여 모든 선진적인 것 이 무참히 짓밟히고 있는 자기 시대의 사회 현실, 반인민적인 봉건 통치를 비판 하려는 강렬한 지향이 비껴 있다.

'단량패사'에 실린 작품들 중에는 또한 18세기에서 19세기의 심각한 사회경 제적 변동을 반영하면서 계급분화가 급속히 진행된 정형을 보여 주는 일련의 작품들이 있다. '고 수재 이야기', '자루에서 자는 삭낭자', '장생 이야기' 등이 그러한 작품들이다. 이 작품들의 주인공들은 모두 뛰어난 재주를 가졌으나 당 대 사회를 등지고 숨어서 사는 '이인'들이다.

'고 수재 이야기'의 주인공은 어떤 출신이며 어려서 어떻게 자랐으며 무엇 하 던 사람인지 알 수 없다. 그는 항상 적성현 청원사에 왕래하였고 마른 물고기를 팔아 살아갔다. 남들이 혹시 그의 성을 물으면 성은 하늘 천이고 이름은 따 지 이며 자는 검을 현, 누르 황이라고 하였다. 그래도 자꾸 물으면 나는 장사하는 사람이니 성이 장사 고라고 대답하였다. 그래서 사람들은 그를 '고 수재'라고 불렀다.

작품은 어느 날 절에 와서 공부하는 젊은 선비들과 벌어진 사건을 통하여 그 는 시도 잘 짓고 글씨도 잘 쓰는 사람이라는 것을 밝혀 보여 주고 있다.

"이상하다. 대체 고 수재는 훌륭한 재주를 가졌고 탁월한 뜻을 품었는데 무엇 때문에 미친 듯이 행동하여 사람들에게 그 까닭을 알지 못하게 하였는가. 아 마 옛날의 이른바 '은군자'와 같은 것이 아닌가."

작품은 이렇게 작자의 말로 끝났다.

'자루에서 자는 삭낭자'의 주인공 삭낭자도 고 수재의 경우와 같이 남다르게 살아간다. 그는 성이 홍이고 견성현에서 거지 노릇을 하였다. 용모가 옥같이 깨끗하였으며 해진 홑옷을 입고 큰 나무신을 끌면서 거리에서 쌀을 빌어 살아가는데 많이 얻으면 다른 거지들에게 나누어 주었다.

삭낭자는 바둑을 잘 두었다. 그는 어떤 바둑의 명수와도 단 한 수로 이겼다. 작품에서는 그의 남다른 기질과 살아가는 본새를 소개하고 나서 "혹자는 말하기를 삭낭자는 이름 있는 가문의 자식으로서 문장도 잘하였으나 집에서 화를 만나 세상을 피해 다닌다고 하였는데 그 말이 아마도 근사할 것 같다."고 작자의 논평을 주었다.

'장생 이야기'의 주인공 장생도 기이한 생애를 마치는데 작자는 이에 대하여 "기이한 재주를 가졌으나 아마 큰 변을 만나서 일부러 스스로 고통을 겪고 스스로 방랑 생활을 하여 그 슬픔과 시름을 풀려고 한 것"이라고 썼다.

이렇게 보면 고 수재나 삭낭자, 장생 모두 다 당대 봉건사회 제도가 빚어 낸 비극적 운명의 체현자들이다.

'단량패사'에 들어 있는 다른 세 편의 소설 '포수 이사룡전', '유구국 왕세자', '의로운 여인 한 숙원' 등은 인간에게 정직성, 신의 등이 필요한 품성이라는 것을 강조하고 있으며 주인공들의 고상한 도덕적 품성을 찬양하면서 양반 사대부들의 '거짓 충성', '거짓 의리'에 대하여 비판을 가하고 있다.

이렇듯 '단량패사'의 여러 작품들은 당대 봉건사회의 경제적 변동과 김려의 선진적 사상을 반영하면서 특히 억압받는 인민들, 불우한 처지에 있는 사람들의 고상한 도덕적 품성을 밝히고 있다.

그러나 '단량패사'의 이 작품들은 모두 다 주인공들의 형상 창조에서 예술적 전형화를 실현하지 못하였다. 대부분의 작품들은 작자가 들은 이야기를 전달하는 식의 설화체로서 구성도 단순하고 주인공의 성격에 대해서는 거의 관심이 돌려지지 않았다는 것을 말해 주고 있다.

위에서 보는 바와 같이 김려는 시에서나 산문에서나 혁신적 성과로써 18, 19세기 조선 문학 발전에 크게 이바지한 작가다. 그는 정다산과 거의 같은 시대에 활동하였고 유배살이의 생활 처지나 사상적 지향에서 거의 비슷하였으나 그들의 시풍은 서로 뚜렷한 대조를 이루었다.

다산이 당대의 첨예한 사회 정치 문제를 정면으로 취급하고 양반 통치배들의 파렴치한 범죄상을 치솟는 분노로써 격조 높이 폭로 단죄하였다면, 김려는 이러한 비판적 지향을 밑바닥에 깔고 주로 당시 인민들의 생활과 그들의 정신세계의 아름다움을 사생화로 간결하게 그려 내면서 시대의 지향을 구현하였다.

김려의 창작에 의하여 우리 문학의 주제 세계가 훨씬 확대되었으며 특히 서사시의 예술적 수준이 새로운 높은 단계에 올라서게 되었다. 김려는 오랫동안 양반 문인들에 의하여 파묻히고 왜곡되었던 인민 생활의 미와 진실을 민족적 정서가 짙은 시적 화폭으로 천명함으로써 이 시기 사실주의 문학 발전에 이바지하였으며 우리 문학의 화랑을 다채롭게 장식하는 데서 커다란 역할을 놀았다.

그러나 김려의 문학에는 당시의 역사적 제한성과 함께 작자 자신의 계급적 제한성이 심각한 흔적을 남기고 있다. 일부 시 작품에는 당시의 왕 조정을 맹목적으로 찬양하는 사상이 나타나 있으며 인민들의 생활을 노래한 시들에서도 자주성을 옹호하여 투쟁하는 그들의 지향과 그 실현 방도를 제시할 수 없었다. 문학 형식을 놓고 보아도 인민들이 알아볼 수 없는 한자로 표기하였을 뿐 아니라 그나마도 불필요하게 어려운 한자어를 남용하고 있는 약점도 드러났다.

우리는 역사주의적 원칙과 현대성의 원칙에서 김려 문학의 성과와 제한성을 옳게 가려내면서 비판적으로 계승 발전시켜 나가야 할 것이다.

원문

題歸玄觀卷後

余以健廟(丁巳)仲冬 竄慶源 旋移富寧 辛酉季春 被逮錦衣 受拷掠幾死 四月
配嶠南之鎭海縣 丙寅十月 始解歸 歸視其家 田園第舍盡爲他人之有 只一邨廬數
椽不蔽風雨 愴念存沒 不覺神賦 最可嗟惜者 余平生著述及李竹莊先生詩文草本
與諸公尺牘 並藏弆一箱 盡爲閪失於緹騎之變 文章之厄運 可勝痛哉 今此詩草
收拾辛酉以後若干首爲一弓 而辛酉以前 不過七八首云爾

己卯孟秋甲子處暑 潭士書于三淸僦屋

題擬唐別藁卷後

丙辰歲 余承命製進擬李杜五言十韻古詩各一首 猥蒙天褒 翌年冬 竄北塞 每有
吟咏 往往擬唐人體 積四五十首 及辛酉被逮時見失 是歲又謫鎭海 收拾餘存 至
戊辰始斷稿 其曰擬唐者 傚文通之擬古也 其限十韻者 存應製之規式也 聊以寓攀
髥抱弓之痛而已 偶閱舊篋 得此篇 令鶴淵謄寫淨紙爲一卷云爾

戊寅孟夏上弦 潭叟書

題思牖樂府後

余自居謫以來 所著述曰歸玄居士稿 曰烟窖隨筆 曰蓮姬言行錄 曰刹那秘史 曰
鍼甈錄 曰寧山神詞 曰富春風俗繁 曰梨下記聞 曰千愁萬恨書 曰樺宕羨語 曰稗
砦滑耀記 曰寧城忠烈傳 曰坎窩續記 曰雪窩零言等書凡十數種 或閪失於緹騎 或
流落於嶺嶠 並無存者 只有思牖樂府二卷及坎窩日記下函 故玆敥寫一通 以入叢
書云

題萬蟬窩賸藁卷後

辛未春 余自廬陵別業 避飢就食于漢師之三淸衕衕 屋如螺螄殼 頗有空址園林
然皆蕪穢不治 家甚窶乏 三旬九食 每病暇 隨目所見 漫咏紙墨逾多 投諸巾衍 今
始搜閱 彙木七律 彙草七絶 全數闕失 彙花五律 逸其太半 其餘苟完 故棄之可惜
倩姪子翯淵 移寫淨紙云爾
辛巳孟夏五日乙酉立夏 藫翁書于渭城之鈴閣.

牛海異魚譜序

牛海者鎭海之別名也 余之竄于鎭 已二週歲矣 薄處島陬 門臨大海 與艄夫漁漢
相爾汝 鱗彙介族相友愛 俙居主人家有小漁艇 童子年纔十一二 頗識幾字 每朝荷
短等箸 持一釣竿 令童子奉炳茶爐具 掉艇而出 常往來於鯨波鰐浪之間 近或三五
七里 遠或數十百里 信宿而返 四時皆然 不以得魚爲念 只喜日聞其所不聞 日見
其所不見 夫魚之詭奇靈怪可驚可愕者 不可彈數 始知海之所包廣於陸之所包 而
海蟲之多 過於陸蟲也 遂於暇日 漫筆布寫 其形色性味之可記者 並加採錄 若夫
鮗鯉鱔鯊魴鯤鮦鯯人所共知者 與海馬海牛海狗猪羊之與魚族不干者 及其細瑣鄙
猥不可名狀 且雖有方名 而無意義可解侏儷難曉者 皆闕而不書 書凡一卷 玆加敲
寫 名曰牛海異魚譜 以爲他日若蒙恩生還 當與農夫樵叟談絶域風物於灌畦蔽田之
暇 聊博晩暮一粲 非敢有裨乎博雅之萬一云
癸亥季秋小晦 寒皐纍子書于俙舍之雨篠軒

題艮城春囈集卷後

昔余父友辛解元道三重斯丈 每以一聯 記一日之事 如三槐王相宅 五柳晉臣門
萬木當三夏 群巒擁一湖 一生行直道 萬死到橫城 俯瞰萬瓦碧 疑是一陶朱 皆精

切可喜 辛公歿而家貧 子孫皆不慧 所著述皆不傳 余在黃山 日以一絶記事 詞皆
鄙俚無可觀 及罷歸 拾諸巾衍 闕失者過半 其餘存無多 然棄之終可惜 遂略加序
次 入之叢書中 以備他日破睡之資云爾

　庚辰季秋壬戌重九 潭翁書

丹良稗史

李安民傳

李敏哲者 丞相文貞公敬輿之子 字安民 一字英中 敏哲母微 敏哲幼有巧思 初
萊人獻自鳴鍾于文貞 文貞常置之几案 敏哲年九歲 就靜處 拔其釘 觀其機運 復
合而成之 削竹釘 用油煠 依其法製之不差 敏哲由是研覈陰陽 精於璣衡律呂之學
一切天文曆數九宮卦候 靡不精通 敏哲性湛靜 不喜交接俗人 文貞在沃州 敏哲往
從之 刻水道於狀 道各有扄 扄各有分寸 水迂回落器中 辨十二時 又求竹銅 作漏
器 設機關 用水激之 作木人十二 人持一銅牌 每時擊鍾有數 時盡則入 義州尹鄭
鑰聞之請造 比沃州尤精巧 始欽敬閣在景福宮中 宮燬 光海主令贊成李沖 董其事
建昌慶宮之西偏 大略閣中設山 山上設日月 山間設天女神女之屬 山下設耕種耘
穫之具 日朝昇于東 暮沒于西 春則耘 秋則穫 機在於下 以水激之 久廢 地入萬
壽殿基 報漏閣尙在東偏 而器物散落 不可復識 顯宗己酉 宋文正公浚吉言于朝
以爲古制可復 乃設局於觀象監 令敏哲主其役 其制作大槪 安水筒及鈴道機關於
其中 槪南安渾儀 六合三辰如古法 但去四游玉衡白單環 日月各有環 而用紙畫山
海爲地 平繫于中 從水筒設機 結南北二極軸中 以其力運環天日月 各遲速有度
槪西作一龕 龕中有木人 人傍有鍾 鍾上有牌 每時至 木人持牌擊鍾 前者入後者
出 槪上有水器 水漸入于筒中 凡內外機關之運 皆水之力也 旣成 顯廟嘉之 除敏
哲職 肅宗戊辰 敏哲以寧遠守被召 復修治其制 置于熙政堂之南齊政閣 於是敏哲
益老矣 每歎曰 國家欲修曆象之政 若於報漏舊閣 仍閣而安其器 吾可以盡其才爾
敏哲聰明絶人 一過目不忘 嘗爲郡 軍簿田結總數 一見輒成誦 吏不能欺 以爲神
敏哲旣病且老 著書十數編 以傳其志 其言元會消長之數則日爲元 元數一 月爲會
會數十二星爲運 運數三百六十 辰爲世 世數四千三百二十一 元統一十二萬九千
六百年 四千三百二十世 三百六十運 十二會 皆全用邵子經世 而言四象體用多不
同 其言律呂則尊信漢儒 與蔡氏不合 及堪輿卜筮醫藥 皆有論述 敏哲卒 子孫不
能收拾 今無存者 李安民可謂奇才矣 夫人之有才也 思有以用於世也 如安民者

又烏足以盡其用哉 然世固有負才乾沒鬱鬱以死者 夫如是則安民雖謂之用於世 亦可也 粵在三古 高陽命重黎 放勳咨羲和 重華在璣衡 此王道之所先務也 邇來王道熄 而欽若之政廢 幸而有天挺之才 如安民者出 則世之君子 又從而比之於梓匠輪輿 而賤其技焉 鳴呼悲夫 然安民上而得聖主之知遇 下而有賢臣之汲引 而能小有所設施 又安可謂不用於世也 昔者吾友李柟山先生有書於余曰 吾宗有進士名材先祖文靖公之庶弟 恢宕有奇氣 嘗曰 吾少小 妄意進取 把古人中早顯達者 先以期待 每一蹉過 逐旋推移 自甘羅鄧禹以下 不知幾番推移 今則姜太公外 無可擬議 其言似謔 寔大有味 若材者 可謂奇男子矣 然東人重閥閱 如安民不得盡其用而況於材乎 余又嘗見安民水車圖 與倭國輪車有異 而甚精巧 安民創意以造 緩流則用人力 急流則自運 常以備旱災 世之人不能用 今其制亦不傳矣

安黃中傳

安瓚康靖王時醫師 字黃中 瓚精通醫術 雖以醫名 尤致思於河洛圖書奇門星緯及陰陽卜筮之學 且篤好性理 性至孝 當時名士鄭鷹奇遵皆待以師表 有一男子暮出 兩眼忽閉 眺眺無所見 數恐悸 瓚診脈候曰 目者肝之官也 肝氣通于目 肝虛則目盲 月在庚辛當死 宜急補肝 遂下補肝丸 曰二百 數月差 又有一婦人 陰門忽痛俄頃有黑黃毛相雜如毨 湧陰門中 晝夜不止 瓚曰 毛者血之餘也 血病則毛生 且氣者血之帥也 血因氣而行 法宜補血抑氣 令服當歸餠 即效 又有一女子 朝漱口血從舌端出 終日不止 瓚曰 宜急下龍腦蘇合丸 果服四枚而止 人問其故 瓚曰血者屬心 得熱則沸 因彼婦人過用心慮 慮極氣熱 熱血周作 沸湧舌根 血盡心虛 客邪乘之 能無死乎 治心去熱 其血自止 瓚之醫術多此類 瓚由是知名 問病診脈者閭咽門巷 日以百計 瓚不能周偏 毀譽交起 同業者皆娼疾之 及中廟己卯 北門禍作 瓚亦被逮 拷掠不服 受杖一百 馱馬馳至延曙驛而死 鳴乎己卯之禍慘矣 當時士大夫闔門骿首就戮者幾數十百家 雖醫工技食之類 稍欲自善者 亦不得免 悲夫當是時 有一君子爲皮匠 而自汚 趙文正公與之善 知其賢 時就而共宿 公問當世事 匠曰 君才足以經濟一國 然碎碎者易折 今主上進用君者 徒以君之名耳 非知君之才也 或有小人間之 君其免乎 公黙然 勸之仕不應 及禍起 匠不知其所之 鳴

乎匠其至人者乎 若璺之賢 有足稱者 而其視匠不及遠矣 余懼其湮沒不傳 故撰次
爲傳

賈秀才傳

　賈秀才者 不知何許人 常來往赤城縣淸源寺中 賣乾魚爲業 長八尺餘 辮髮 貌
甚黑 人或問其姓 曰我姓天名地 字玄黃 問者絶倒 强之 曰我賈也 姓賈也 故一
寺中 皆呼賈秀才云 每晨起 擔乾魚 赴遠近虛 日得銅錢五十 沽酒飲 平生未嘗喫
飯也 寺在縣南僻淨 縣中諸生倣山房讀書 一日 天大雪新霽 賈足淋漓 陷泥濘中
直上坐諸生間 諸生怒叱之 賈睨曰 爾威過秦始皇 我豈不及呂不韋 怕也怕也 遂
倒臥鼩 諸生益怒 使僧牽出之 堅不可扛 翌日 聞佛殿上有人讀李白遠別離詩 音
甚瀏亮 諸生往視之 乃賈也 諸生始怪之 問賈能詩乎 曰能 能筆乎 曰能 諸生給
筆札 使賦 賈就硯池上 狂磨墨 左手蘸禿毫 向紙背亂草如飛 題曰靑山好綠水好
綠水靑山十里道 賣魚沽酒歸去來 百年長在山中老 擲筆笑吃吃不止 字劃似孤山
黃耆老 諸生始敬重之 復請 輒怒詬 終不肯 嘗大醉 持鰒魚 供如來佛卓上 合掌
禮拜 諸僧驚逐之 賈曰 爾不讀佛經 經道 如來喫鰒魚 僧曰 在甚經 曰 在菩提經
我能誦 輒向佛卓下 跏趺坐 說道 如是我聞 一時佛在西洋海中 爾時如來向大衆
中 喫婆娑國獻大鰒魚 佛於頂上 放千萬丈無畏光明 惟時比丘及諸大衆 拜佛頂禮
欽聽慈旨 佛告大衆 惟是鰒魚居大海中 飲淸淨水 喫淸淨土 是爲如來無上妙味
聞者皆大笑 賈住寺 凡一年餘去 異矣夫 夫賈秀才之爲人也 抱奇偉之才 負卓犖
之志 何爲是猖狂自恣 使人惝然莫知其端倪也 殆古所謂隱君子流耶 駒城鄭叔 訪
余廬陵 道其事甚詳 余欲往見之 及至寺 去已三日矣

琉球王世子外傳

　仁祖時倭人侵琉球 執其王以歸 王世子齎珍寶入倭 將贖父王 舟漂來泊于濟州

洋曲中 濟州牧使李澡 送人偵舟中 寶有漫山帳二浮 酒泉石一座 白鸚鵡一雙 水晶卵二枚 帳以蜘蛛絲 塗柒藥造成 石廣一尺 長一尺有二寸 高四尺餘 貯淸水則爲酒 鸚鵡能以左指彈琵琶 卵似鵝卵 夜置室中 光明如日 其餘甚秘 不得識也 澡意欲之 遣使報曰 與我酒泉石 當送爾入倭也 世子辭曰 吾非愛寶也 今父王頮然在拘幽中 無寶 無以贖父王 吾國之恥 猶隣國之恥也 願大夫哀之 使三往 世子涕泣不許 且乞歸國 以重寶浮海來餽 澡發舟師圍之 世子被禽 有一從者 抱石投水死 澡因盡掠舟中諸物 遂殺世子 從死者十餘人 世子臨死 咋血書詩曰 堯語難孚桀服身 臨刑何暇訴蒼旻 三良入穴人誰贖 二子乘舟賊不仁 骨暴沙場纏有草 魂歸故國弔無親 竹西樓下滔滔水 遺恨分明咽萬春 鸚鵡亦死于世子之傍 澡旣殺世子 誣以犯境賊 啓于朝 後事露 澡坐幾死

論曰 哀哉悲夫 琉球世子之事 悲夫哀哉 世之談者 以爲世子愛尺寸之寶 上不能迎其君 下不能全其身 無足稱者 亦過矣 觀澡之勢 與寶亦死 不與寶亦死 等死何必以寶與之也 不然 以世子之孝之仁之明 豈忍重其寶 而不重其身者也 而況乎身生則君可以迎 國可以保焉者乎 而世子必不出於此也 夫澡之罪 有三焉 貪財殺人一也 壞隣國交二也 欺君誣上三也 人臣有一於此 宜伏祥刑 而當時君子 不能出一言 以討其罪 使暴亂之臣 坐享爵祿 子孫榮貴 寧不悲乎 使琉球之人 興兵出師 浮海西指 以報二君之讐 則我將何辭以對 而澡之肉 又足食乎 只幸琉球國小力弱 又方有倭奴之亂 而不暇於此爾 自是琉球之信使遂絶 嗚乎不足聞於隣國也今上乙卯冬 琉球人來到濟州 上特命召至京師 沿路給馬 自畿營餽廩 冬至使相國金公熹之行 具咨禮部 以陸路送至其國 嗚乎 聖人之德 其至矣大哉 凡漂來者 只有三人 而舟楫盡碎 無所持物 其中一公人姓米政 二人似篙工 問其國王姓 姓正蓋去琉球世子時 已革世云.

索囊子傳

索囊子姓洪 甄城之丐者也 結索爲囊 行則荷之 夜必寢其中 自名曰索囊子 人亦呼之以索囊子也 索囊子身長七尺 美鬚髥 貌如氷玉 問其年 曰二十 翌年問之亦如是 後十年問之 無不如是 然索囊子容彩不衰也 常衣弊布單 曳一大木屐 往

來都下乞米 多得則分諸丐者 平生不喜與人言 未嘗宿人館舍 索囊子甚大食量 炊
八斗米 喫不飽 飲酒數甕 亦不亂 然常不食月餘矣 亦未嘗飢也 索囊子碁品甚妙
當世 然不肯與人賭勝 京中士大夫 召之使圍 與第一手對着 只贏一子 與最下者
對着 亦只贏一子 故當是時 碁局贏一子者 名爲索囊碁法 索囊子性最能寒 大冬
風雪凝沍 鳥雀皆凍死 索囊子輒裸體立 或僵臥谿石間 睡三五日 起則汗流盈踵
人與之衣 不受 強之則衣而如市 與他乞子 元忠翼斗杓 爲甄城尹 招延之 禮甚厚
與之食則食 與之言則辭不言 已而失其所之 有人數十年後 遇之關西途中 如故云
余見野史 至索囊子事 未嘗不灑然駭也 彼固有其中者耳 顧人未之知也 然人之有
道也 何必如是而已也 或言索囊子名家子 善文章 遭家禍避世云 其言近之

蔣生傳

蔣生者 父密陽府曹 生生三歳 母死 父溺於小妾 擧馬捶笞之 生死 棄于道 隣
某氏 救而復甦生 因寄口食某氏 某氏愛生姣好 妻以女 數歳女亦死 生益窮 流落
湖南西云 昭敬王己丑間 生往來都下 住靑坡藥舖中 與賣藥者善 生肥膚玉雪 目
點如柒 善談笑捷給 常衣紫錦袂衣 寒暑不易 生尤工歌 每發聲 淒淸不斷 故娼樓
妓院 無不周徧 慣與之狎 遇酒輒引滿自飮 酒酣 輒延嚨徐謳 響徹雲霄 已輒忽凭
欄慟絶 傍人者皆悲泣雨下 時或效盲卜醉巫 懶儒棄婦 丐兒老奶 能聯面變十八羅
漢像 又囓口 作笙聲簫聲琵琶杵柚繅車諸聲及百禽言 種種入妙 爲諸娘笑劇 朝則
行乞于街 日獲米三斗 自炊飯數升 餘散之他乞子 故生出 群乞隨之 以爲常人
莫測其意也 生常游樂工李喬年家 李有鬟甚慧 從生學胡琴 朝夕與之熟 一日鬟出
沽酒 一年少從傍調笑猥倚 鬟羞而走歸 視之 失頭上綴珠紫梢鳳尾 及暮 生自外
至 鬟泣告之故 生啍曰欸 鼠子輩 敢乃爾 飄然而去 已而還曰 姐子 已得之矣 姐
子隨我 遄從西街 行過神虎門小東 一空院甚鉅麗 重門深鎖 生左挾鬟 右拓扉 瞥
然而入 中有畫閣宏敞 朱燭熒熒 生携鬟手上堂 見二後生甚美俏 迎而揖曰 蔣兄
至矣 生曰 獲之乎 曰已獲之矣 曰偸兒安在 曰已死矣 生咋曰 微與安用汚我刀爲
然已死矣 奈何爲 因携鬟手 出曰 二弟愼行止 無輕自用也 遂飄然而去 不復至李
家矣 自是生稍斂跡 或在山寺 或宿旅店 月餘 生忽賒酒數斗 痛飮攔街而舞 唱歌

不徹 殆夜倒臥水標橋下 齁齁然睡矣 遲明 人視之 已死矣 屍爛爲蟲 生翼飛去
日夕而盡 惟紫錦裌衣在 諸娼家爲出錢埋之北邙下 時壬辰四月一日也 初武人洪
世熹 居蓮花坊 與生最昵 是月也世熹從李鎰防倭 引兵出嶺徼 見生芒屩曳杖而來
世熹遽下馬揖生因前握手甚喜曰 君果謂吾死乎 吾今向海東蓬丘山中矣 且曰 君
今年不合死 願君臨陣須上山 勿下水 歲在酉 毋向南行 雖有公幹 毋登城 言訖而
去 倏忽不見 世熹心異之 猘川之役 世熹果馳上山 得免 丁酉世熹奉上命 往傳于
丞相李文忠公元翼 回至星州 爲賊所窘逼 聞黃石城有備 疾馳入城 城陷 世熹死
之 異哉 余嘗誦稗史 得蔣生事甚悉 然心固疑之 及見洪萬宗所撰海東異蹟 所謂
蔣都令者其人歟 當是時京師皆呼生爲蔣都令云 嗚乎 生其古劍仙者流耶 方生之
始也 爲口技 乞憐諸娼妓間 何其鄙也 及其挾蠻結客 殺偷兒如探囊中丸 何其壯
也 其終也 藏身幻化 浮游於嶺海之表 又何其靈且奇也 蓋生抱奇才 遭人倫之變
故爲自苦自放 以解其悲愁鬱結而已也 然生不能誠格于父 不能成家道 頹然與禽
獸同群 無足稱也 然聞其事 未及見其人也 及讀犀園平涼子傳 益瞿然矣 夫世固
有若蔣生者

韓淑媛傳

韓淑媛者名保香 京師良家女子 光海廢主時 入內供奉 廢主徧狎諸宮姬 每進環
賞賜緞紬無數 內司不能支 淑媛輒辭曰 女工之家 十日斷一匹布 手足凍皴 猶不
得自衣 今妾得此 將奚爲 癸亥靖社 兵入大內 燒咸春苑中積柴 宮中火光燭天 呼
聲鼎沸 廢主方在通明殿 與金任二尙宮開小北門逃去 廢主妃柳氏亾走 匿後苑魚
水堂中 淑媛及宮女十餘人從之 靖社兵圍之數匝 旣三日矣 柳氏曰 我豈終隱匿圖
生者乎 令宮女出告 皆怖 淑媛自請 往立階上 宣曰 中殿在此 不得無禮 靖社兵
少退 將申公景禛下胡床拱手 淑媛宣曰 主上旣已失社稷 新立者誰歟 曰 昭敬王
孫綾陽君矣 淑媛曰 今日之擧 爲宗社乎 爲富貴乎 曰 前王斁滅彝倫 宗社幾亡
吾等興義兵 撥亂反正 豈意富貴 淑媛曰 兵以義名 何爲逼前王之妃也 申卽馳白
于上 徹其圍 事定 宮中役使稀小 倉卒無以備員 召舊宮人無罪者 充灑掃 淑媛亦
與焉 淑媛旣入內 復爲女官 益盡心所事 淑媛容貌端麗 性淳謹 仁烈王后甚愛之

新進者多嫉之　密言於后曰　保香念舊主　竊時時悲泣　恐有變　后聞之　歎曰　義人也　立召之　慰藉甚至　曰　國家興廢無常　吾王賴天之靈　雖得今日　然安知後日不如前日之失之也　汝今日之事我　能如前日之事汝主　吾之望也　賜胡椒三斤　曰　椒者旋其烈也　命爲保母　曰　汝秉心貞純　可以保吾子也　淑媛年八十餘卒

余讀東平鄭公所錄及稗史　未嘗不喟然歎曰　淑媛古之遺烈也　當其臨亂　雍容出一言　引正義　使三軍肅然　雖毅然丈夫　何以加諸　於乎偉哉

題丹良稗史卷後

余於壬子年間　與楓翁收拾所著文字　爲虞初續志　未幾　余北竄南謫　遺亡太半其謫中所著數十首　金穆如希天持去　癸酉希天沒　問諸其孤　已失之矣　可勝惜哉玆又搜取兩家文字爲二卷　一曰古香屋小史　一曰丹良稗史云爾　戊寅仲夏下澣　蒏叟書

坎窞日記

丁巳十一月十二日丁丑 余坐姜彝天飛語獄 辭連被逮 拘留刑曹

是日余與犀園 擁爐相對看書 有一吏着紅團領 自言姓名徐鳳鳴 來傳兵曹呂佐郎駿命口訊 以爲上旨命余詣外兵曹 受傳敎 時金藎國告變顚末 姜彝天就捕消息 已爲詳聞 故心知其必有委折 而回顧一身 初無一毫干涉 故了無怖心 長耳適出他未還 卽徒步隨該吏 迤從壽進衕衕 直到六曹前街 引余入刑曹衙門內一閣家 時已向昏 韋奴持飯入來 飮酒少許 飯則無思食之念 不爲下箸 曹隷亂啄 韋奴出去 因一臥房中 曹隷二人 入房軒駒 蓋是防守者也 入直郞廳鄭晃綏

十三日戊寅 在刑曹

曉韋奴持酒來饋 平明犀園入來 始知夜半癸岳生 與之霎語 曹隷迫令出去 頗有操束呵禁之意 余以大體則前日有所商確 小節則臨時各自處變 不必久坐於防禁之地 故使之起出 因握手斯須立 淚忽謖謖霑襟 自是韋奴亦不得入來 只自門外送酒飯而已 夜深申瘤來見 哭別而去 五更時候暫瞌眼 夢陪家大人 遊龍潭之太古亭 忽然板子上霹靂一聲 喫了一驚 覺得冷汗遍身 蓋其屋是兩層 主人家留住板子上樓閣 主人婆殺豬也似叫了殺人 曹隷輩蒼黃從胡梯上去救解 天明時稍定 始問其曲折 則老婆本是都使令之妻 其夫死後 與雇奴潛通 仍爲居住 前夫之子名百矩者 年纔十八歲 厥漢憎百矩 使之出去 而徘徊隣里間 朝夕輒來糊口 是夜厥漢乘醉打破甕盎 以劍刺婆之股 血淋滿地 聞來還覺一笑

十四日己卯 向午 被拿入鞫庭 與姜彝天面質 申時量 始發配慶源

平明韋奴持酒入來 爲曹隷所驅逐 旋爲出去 未幾招入鞫庭 判書趙心泰參判尹弼秉 參議李泰永 方開坐 泰永問曰 汝家是何如家 而與此妖人相交乎 余曰 若知其妖人 則豈有相知之理 又問曰 汝何故敎姜彝天告變乎 余顧彝天曰 彝天在此吾何嘗敎汝告變耶 彝天未及對 弼秉曰 彝天言內 告變時與汝相議 余又顧彝天曰 吾何嘗與汝相議耶 彝天曰 吾只言其日與汝相逢 未嘗言相議二字 泰永曰 自上命

汝定配 書吏仍以小片白紙書白字 字下受押而去 卽令退出 復至所宿之家 有一人
椎魯如農夫樣 身材短小 面黃有浮氣 髥少許而黑 眉眼陰慘 坐廳上 憤罵彝天 問
諸曹隷 乃金藎國也 蓋昨日其獄案入啓 今朝已爲判下 而招余入庭者 以發配之故
欲受栲音也 少頃曹隷上廳 解余佩刀 余堅執不肯解 隷嘻曰 罪人不得持寸鐵 法
也 小人焉敢奪之乎 待歸時當奉進 勿慮也 余始解給 仍拉余 往郞官直廬 立之庭
下 記容疤 埴之配文 卽催督出門 直向畿營 見犀園枏山立於路左 但脉脉相看 而
垂淚也 至雇馬廳 韋奴牽馬來待 始知枏山今曉自黃驪來 省其妹也 曹隷還余佩刀
悵然而去 二夜伴宿 情意與他有異 猙獰鬼差 亦有秉彝之天否

　薄晚自畿營發行 直夜馳到楊州 旋向抱川
　營裨李姓者 與平丘驛吏一人 押赴楊洲 監司卽李益運也 復從敦義門入城 出興
仁門 猛風栗烈 殘月熹微 嚴程促迫 行色凄涼 行李則一衾一半臂一周衣 七書正
文七卷 韻冊一卷 銅葉六百虎子一及雨具而已 回念平生 行已無悖 忽遭此變 心
神賁廓 罔知收措 且上有臨年之老親 下有方亨之諸弟 天涯地角 流離散落 兒生
而不見面目 妻病而莫憑音耗 龍衙之距源府 爲三千餘里 思之臆塞 有淚如霑 悠
悠蒼天 胡寧忍余 夜深至樓院下店沽酒 營裨坐軒上 余立軒下 見一人年可二十許
白淨姣好 穿白羊皮褙子 足着麻鞋 背負小靑袱 隨余而入 謂余曰君病矣 慶源水
土甚好 將有益於病 勿懼 且日不久當放還 好去好去 無爲憂歎也 余諦視之 乃潛
行廉探者也 言必有所受 故使韋奴問之 不答也 立飮一杯 出門而走 夜半至楊州
少憩縣司 牧使吳鼎源飭吏使不得接跡 移坐牢子番房 鼎源又急調發吏校數十人
驅送之 營裨請小歇姑待天明 鼎源不許 卽令發行 時雞未鳴 天劇寒 吏校輩刮韋
囊奪錢一百 鼎源是隣居親串者 臨厄困辱落井投石 倍於他人 吁亦慘矣

　北風何太急 寒月滿天明 賤子離親恨 孤臣去國情
　那知公冶絏 遂作季通行 痛哭肝腸裂 皇穹不照誠
　(樓院道中 馬上口號 遙寄犀園)

　十五日庚辰 大風極寒 忠中入抱川 旋向永平
　抱川宰金東善 鍾秀之孫也 方坐邑倉監糶 與其生兄用善 對盤喫午飯 招入庭中

用善忽附東善耳語 良久 搖着右手以指點 嚇而笑曰 然矣然矣 蓋喜之也 然未知其何謂也 卽令退出 急定吏校押行 時余絶穀已三日矣 艱買餠湯一碗 飲汁數匙與韋 馬則空腹 遂催鞭而行

晡時過楊門驛 夜到永平
永平倅朴齊家在善 遣禮吏問訊 且言關飭至嚴 不得出見之意 定店舍 安頓行李自官廚備送夕飯 薇蕨雉脯 豐潔香潤 酒亦是家釀 淸冽心肺 飭店漢 善喂馬匹 下吏皆恭謹 有法度 一行至此 始定喘息

詰屈楊門道 十里夾楸檟 檟盡村始顯 山色秀而雅
斜日下平陸 閭落淨瀟灑 鷄鳴高樹顚 牛臥疎籬下
淸川貫其中 瀁瀁哀瑞鴐 悲風自北來 寒氣遍四野
我馬腹已枵 我僕口欲瘂 前路旣修夐 滄海渺盈把
時危處身難 道窮知心寡 寄語世間人 誰似行遣者
(過楊門驛)

十六日辛巳 曉發永平 朝時入鐵原
鷄鳴 與永平吏偕行 向鐵原 抵直灘 灘甚瀨險 水中巨石 杈枒磊落 或如屋 或如甕瓺 散立如犬牙 水皆作飛湍急瀑聲 下流平坦 水色澄瀅如鏡 然深處沒腰 余遂策馬亂流而渡 衣履盡沾濕 下馬坐莎石間 冤氣塡膺 北向痛哭 欲赴水死 爲韋所挽不得 朝時入鐵原 府使李夏保甚欵接

灘流晶矗勢縈紆 渡口平然瀉鏡湖 從古離人多少恨 湘潭亦似此間無
(直灘道中)

巳時發向金化 過金忠武應河廟 夕宿松溜店
朝飯了 與鐵原公人 發向金化 過遼東伯金公應河廟 暫入拜謁 旋卽發行 宿松溜店 俗名松隅村

靈區毓奇奧　仙境蘊幽䔥　蜿蜿眞脉布　灝灝元氣積
仲冬樹木蒼　夕陽巖嵌赤　層巒聳淸秀　寶蓋天一尺
朱甍塡山谷　古廟肅洞闢　威鳳起西服　高擧振勁翮
至今左海人　泣說深河役　咄彼陵與律　恨不雙手磔
將軍獨死綏　英彩照翁赫　精誠貫日星　信義徹金石
毅哉柳下魂　化爲千丈碧　撑亘宇宙內　萬世長不易
踽踽遷客子　適來撫遺跡　臨風忽三歎　寒月滿天白
(過鐵原府 謁金忠武公廟)

十七日壬午 卯時量到金化

入金化　先詣土司　由吏廉麟瑞者　防塞使不得坐　出付刑所　見其貌　可三十四五
年紀　身材短小　紫棠色面皮　眸子恰像賊眼不良　呵叱鐵原公人如奴隷　喉其倅閔致
謙　多發吏校　趂時驅逐　鞭朴俱下　傷弓之鳥復當厄會　心膽俱裂　昏絶僅甦　致謙是
世交　親誼不凡　而當是時　無異讐家　此曷故焉

發金化　晡憩直木驛　暮入金城

是日不得朝匙　旋卽發行　至直木驛店少憩　沽酒　飮半盃　暮至金城　金城令金相
穆仲賓　董邑民修溲山谷間　迫曛而歸　定店舍安置　送酒款待　然殊無前日相親之意
蓋司寇關子及畿營移文　皆祕密公事　故或疑爲盜賊　或疑爲僞鑄　以是沿路諸邑尤
畏縮焉

磴道貫魚腸　兩峽森似束　左右集叢灌　中間劣容躅
小者皆癰腫　大者猶蜷曲　閭井忽回絶　峭䇏自聯屬
幸免芻牧侵　寧念斧斤斸　楠樟或拱抱　年命並夭促
不識天公意　於爾胡太篤　況復冒直名　公然欺薄俗
虛實竟混殽　厥罪固莫贖　悍彼特立士　何故蒙䵝辱
蘇秦九弊貂　卞和三刖足　天地雖高厚　而渠獨踏跼
束縛歸山岡　一死誰復續　哀哀叔世人　直道誠難局
(憩直木驛)

十八日癸未 曉發向淮陽 過昌道驛牟棧 憩新安驛 雪下如雨 午飯慈烏浦 踰逍
遙嶺 夜入淮陽

曉頭與金城公人發向淮陽 天色黲黷 形雲密布 已有雪意 過昌道驛牟棧 俗名菩
提坂 阪凡兩棧陡起 日在辰巳間 雪花如掌 翩翩飛下 漸漫空霏灑 暫憩新安驛店
午飯慈烏浦 雪益如雨 踰逍遙嶺 夜到淮陽府 府使李羽瞥 自官供饋甚勤 令擇暖
突禦寒 使之安意調護 然察其動靜 其實陰拘之捕盜廳也

峽行纔百里 修磴漸回盤 譬如赴海龍 奮身先屈蟠
嵌嵒露指爪 楓栝鬱鬚鬛 左顧驚唬吼 右睞訝蝤蜿
隱然兩遁首 張口相齗殘 矯若出藪螭 緩若行水鰻
初日出東海 巖角湧銅檠 散鋪松樹竅 萬晴俱煥爛
平生小眼孔 及此始壯觀 不恐死道路 頓覺心懷寬
(過菩提遷)

十九日甲申 晴 颺風斗寒 發淮陽 過銀溪驛 憩黃魚淵 踰阿瑟峙 至鐵門

曉起 與淮陽吏校發行 過銀溪驛 暫憩黃魚淵 踰阿瑟峙 至鐵門 俗名鐵嶺 嶺甚
險峻 昔光海丁巳廢母之變 白沙李文忠公恒福 陳子無讐母之義 謫北青 過鐵嶺
有詩曰 孤臣不度濟人關 日月昭昭宇宙寬 靑海怒聲風氣勢 白山孤影雪屛顏 恩加
沙塞氷先泮 心健關河路不難 唯有憶君千里夢 曉隨殘月趁朝班 又以俚語作一歌
宋尤庵先生翻而爲辭曰 鐵嶺高處宿雲飛 飛飛何處歸 願帶孤臣數行淚作雨 去向
終南北岳間 霑灑瓊樓玉欄干 忠武鄭公忠信北遷日錄曰 公以戊午正月初八日發配
十八日早發淮陽 過銀溪 至黃魚淵邊歇馬 午上鐵嶺 嶺幾抣參 鳥道懸雲 白山茫
茫 關路悠悠 北向行色已酸然 自嶺下高山如從天降 一步回首 後從尙木末云 想
像伊時光景 不覺淚下

峽水尠平曠 平曠則成灘 四面枯葦臣 中體衆石磊
就淺礫突兀 臨深雲靉靆 一泓陰氷合 經冬白皠皠
初日射其上 龜坼如貫珇 紺綠紅黃黑 與雪備五彩
儵魚喜向陽 簇腮凝相待 時於氷罅底 吹沫浮蓓蕾

有限雖池沼 相忘亦江海 博哉造化力 物物各自在
寄語濠上翁 吾將聽眞宰
(憩黃魚淵)

幾度蓬萊夢相通 十年心計轉成空 行人指點雲飛際 萬二千峰在此中
(至阿瑟峙 望金剛)

鐵門萬仞山 與日登其巓 詰屈羊腸疊 谽谺鼃鰐穿
危石儼撐柱 盤磴錯掣牽 俯視咸吉間 四體疑空懸
溟濛失端倪 晃朗昧後前 天海但一氣 雲霧渺如年
不知何代人 開拓甚茫然 古來重關險 方略猶可傳
五丁鑿山穴 蜀棧相鈎連 沿道接閭井 盡海通人烟
遂令鱗介賤 變爲衣冠賢 先王不務地 何必事開邊
日月所照臨 涵育宜自全 聖人有憂之 敢不用力焉
智者勉經營 愚者苦喧闐 煌煌往哲業 萬世賴永緜
(過鐵門山)

午飯高山驛店 晡時憩富坪川 向晚入南山驛店 夜抵安邊府 是夜大雪
　午投高山驛 秣馬喂僕 申時至富坪川 李白沙歇馬處 撫古愴恨 夕時憩南山驛店
沽燒酒一盃 夜入安邊府 府使李太享 是夜雪下如澍 平地積三尺 夜已闌 官村皆
宿 一行聚坐土司軒楹 四體凍僵 面無人色 繫馬門柱 馬亦股慄 殆不能立

天道亦有分 地理亦有域 造化自相劃 範圍固莫測
淮安百里間 風俗異南北 雛雛翻鴃舌 闒闒矜虓力
颯颯輕趫抖 儃儃變氣色 狗皮短後衣 斑毛掩骨肋
近人忽欲嘔 腥臭觸鼻息 明王曁聲教 靡遠皆可極
雨露所亭育 寧復限通塞 遂令左袵人 冠裳嚮中國
後來守邊者 秉心宜正直 關防貴設險 撫恤尙柔克
夙夜戒匪懈 兢業述所職 居安而思危 聖哲垂遺則

(安邊府)

二十日乙酉 雪始止 大風甚颮劇寒 曉發安邊 渡南江 至臿山店

是日雪止風起 與安邊公人發程 人馬皆空腹 只沾飲火酒一盃 天劇寒 下馬徒步
手足皆皸裂 與韋奴抱持痛哭 乘氷渡南江 遇氷坼 廣可二尺許 長可數百步 同行
者數十人僅免墊溺 江盡由崖岸而行 路見一僵屍蹲坐 又過十餘步 見一人年甚少
背負小布袋 凭立兩樹間而死 至白臿山 俗名圓山店 或曰臿山 地形如臿故名 富
商巨賈之所輻輳 鐵嶺以北之大都會也 入南川橋石碑前衕衕南生仲厚履坤家 迺北
方大戶 煖紅酒一壺灸牛心一部及熱糰一碗 以饋余 挽余使不得行 蓋慮其道中凍
死也 公人喃喃相促 遂裁家書 付南生 發行

仲冬氷腹堅	八表成玄陸	滾滾南江水	澎流瀉萬斛
凝爲碧玻瓈	晶晃奪人目	人馬之渡者	接踵行踏跼
有物自遠來	譬若殷雷蓄	或驚陂放閘	或訝輵錯轂
其聲漸近止	嚅吰巨鍾築	瞥然兩脚底	頃刻裂坤軸
颷颷驅霹靂	攧破千間屋	衝波湧坼磚	噚沸散飛瀑
我僕耳忽塞	我馬蹄已覆	徒旅十數子	遍體戰觳觫
少焉魂稍安	氷盡顯巖麓	懽悦而四顧	相對且捧腹

(氷渡南江)

人道臿山好	我道臿山惡	臿山十里間	颮風産鉅壑
其氣撼溟渤	其勢蕩遼廓	雲日晶無光	沙石亂走作
海水盡倒立	銀闕從空落	閭閻數萬戶	掩門慘蕭索
路左僵屍者	哀哀紇干雀	我亦下馬立	寸步難着脚
兩指凍欲墮	四體硬似縛	一身不自保	慟哭叫冥漠
南生古之人	見客色嗟愕	下階親蕭揖	携手坐煖閣
肥輭牛心弗	香釃鸚鵡爵	獸炭銅爐口	溫冷隨斟酌
素麪銀絲縷	朱果亦瓔珞	爲言此雪寒	近來創饕虐
㷀㷀南遷子	貌清氣脆弱	旣無狐狢厚	奈玆縣袍薄

丈夫千金軀 造次宜敬恪 人命在須臾 萬死由一錯
歉荒業貧窶 粟飯猶精鑿 願君且安坐 良夜樂相樂
緩急世所有 窮途幸依託 深感主人意 賤子敢不諾
嚴程有期限 以此相驅迫 款款恭致謝 脉脉留後約
宇宙雖廣闊 何處可棲泊 揮涕出門去 暮天空寂寞
(冒寒入黿山 留別南生仲厚)

發黿山 夜詣德源府

向夕寒愈甚 入德源府 先詣土司 皆凍啞無人色 府中吏隷皆大驚 余昏絶不省 夜深乃甦 出門見之 月色如晝 府使元毅鎭以點船出視海上云

曾聞此地謫尤翁 古老猶傳赤舃東 怊悵離人懷舊意 夜深起步月明中
(宿德源 聞宋文正公曾謫是府)

二十一日丙戌 大風斗寒 向午發行 踰鐵關峴 暮入文川府

是日大風 天又酷寒 與德源公人發行 登鐵關峴 歇馬觀海 暮入文川 郡倅李尙寯 詣土司昏仆 不省人事 公人申希迺年十八 形貌俊秀 性甚仁厚 悶余病甚 邀往其家 具飯以進 余不能下筯 希迺爲之嗟憐 湯燒紅蜜果米飮 達夜來勸

盡東秖瀴溟 與天體爲一 雲乃海之子 滃泱其腹出
漭漭小間隔 混混長充溢 彼蒼獨包容 囊括備纖悉
昧者彊分析 三物各異匹 我來窮遐矚 窃欲覈名實
譬如肉身人 軀殼裹周密 血液化榮衛 流行競沕潏
呼吸所呑吐 一氣成形質 蚩俗嗜區別 至理固難詰
六合大皮袋 蝡蝡喙蟣蝨 但看雙眼明 湧波彤輪日
(鐵關峴駐馬望海)

二十二日丁亥 曉發文川 午憩松浦鎭 夕入高原郡 旋卽發行 夜抵永興府

是日曉 與希迺同行 午憩松浦鎭 一名箭灘 一名疎籬浦 希迺覓來餳熱飥以進

蓋他公人以謫客爲衣飯 所過藉買侵漁 閭里騷擾 獨希遘自爲措辦不喫村家一盃酒
也 主人俔翁性又醇謹 待余甚歆曲 薄暮入高原郡 郡守張鉉宅 自官饋飯 旋卽發
送 臨別希遘挽衣灑淚 但言行路千萬保重 持楡葉一百 貯韋囊曰 路店沽酒而飮
行李平安 千叮萬囑 揮淚而去 夜深入永興府 府使金熙朝

客心日凄爽　長路盡北嚮　野曠山易低　烈風紛飛颺
遠樹獨鶴杲　古渡寒鴉盪　村黎八九屋　羅列不成行
鳥窺頹垣側　犬吠疎籬傍　況復玄冬嚴　日色幽且亮
稜稜欲下雪　海天彤雲漲　主翁多厚意　勸我坐深炕
苦辭歆歲黍　薄酒存家釀　窮途得救濟　賤子安敢讓
艱難一飯德　此生恐莫償　噫嗚出門去　吾道將安放
(午憩松浦鎭　贈主人俔翁)

先師垂遺訓　十室有忠信　偉哉申端公　志氣神且駿
秀眉潔白晳　紅睞明如舜　遇物輒勇敢　小心兼謹愼
其齡纔十八　前路利發軔　我來嚴程促　天怒方赫震
沿道事驅迫　疾若飄風迅　端公獨意氣　憐我恭承順
煮堁招魄安　勻醴啓喉潤　左手持饘粥　右手擎臁腰
迫然敬尊執　懇懇來勸進　終宵不成寢　款曲勤問訊
朝發文川郡　午憩松浦鎭　提携溪澗險　扶持巖壑峻
窮道急人難　特立無悔吝　臨別忱慨泣　哀響金石振
聖世蒐遺才　至德文明濬　信美棟樑具　端公乃豪俊
安得致名塗　爾實邦之藎
(入高原郡　別申端公希遘歸文川)

烈風捲大海　落日照征輪　古窟魚龍竄　荒渚鶴鷺愁
我行如飄蓬　翩翩到永州　南關仲冬日　薄雲凍不流
層城塡巖谷　半空聳朱樓　素石絢溪干　蒼檜蔭路周
大道直如弦　地勢雄且幽　輪困擁留鶴　翁蔚護臥牛

儼然聖歷尊 瑞氣長盤虯 大勻費精力 萬世鍾靈區
聖祖此與宅 銷鑰壯洪猷 龍興江水深 猶憶翠華遊
(入永興府)

二十三日戊子 曉發永興 渡龍興江 踰黑石嶺 午站金波院 渡德津江 過草原驛
夕宿定平府 夜微雪
　晨發永興 永興吏金世豐頗伶俐可愛 渡龍興江 踰黑石嶺 午站金波院 渡德津江
卽草原地也 晚過草原驛 夕宿定平府 府使崔命健 夜下雪 卽止

晨涉槇泥堅 午躋黑石坂 前瞻峇岊岊 後睇海滾滾
陰壁學懸雷 陽崿像覆甑 風從其中擾 雲從其下渾
半路忽異色 窄磴縈容輪 雙崖束左右 頭角兩向狠
屈曲轉平地 龍蛇走蟺蜿 恭惟天設險 造化難測村
嗟我行遣者 況復當歲晚 一身不自保 胡爲此屯蹇
關塞日以荒 京國日以遠 世淆思甘節 時危利嘉遯
俗學漫費力 於道不務本 造次顚沛間 焉得免憂懣
莫悲令威柱 莫歎靈均晼 高堂有老親 努力加餐飯
(過黑石嶺)

客行日以遠 觸目多新愁 殘山旣不高 溪水亦安流
村居四五家 衣食各自謀 柴扉啓午亮 桷籬埋雪幽
庭前鷄犬行 簷下烏鵲留 冬日暖如春 地氣似南州
道傍城隍廟 築石成小邱 持飯者誰子 拜禱誠區區
人生不有命 反躬省諐尤 何必祭非鬼 傴僂伏道周
求福空自回 媚奧還足羞 浩歌聲激烈 立馬漫夷猶
(過金波院作)

城上雲氣黑 颮風似殷雷 六花漫寒空 雪從鼻白來
四野瓊瓁合 千樹璿蘂開 緣崖落瀌瀌 傍溪積皚皚

嚼然璀璨內 宇宙同一堆 客路兼氷滑 我馬況虺隤
修林何熹微 斷橋亦崔嵬 僕夫蹉跼顧 歎息肝腸摧
夜久漸澄霽 八表淨無埃 殘月出未高 河漢光昭回
仰瞻衆星爛 玄霄肅且恢 烏鵲各歸棲 遊子獨徘徊
故國渺茫茫 攣彎思悠哉 臨岐發浩唱 餘響徹天哀
(冒雪入定平府)

二十四日己丑 晨發定平 憩鶴仙亭 過萬歲橋 入咸興府 旋卽發行 夕宿九突浦
是日曉發定平 憩鶴仙亭下川邊 過萬歲橋 橋長十里 形勢巨麗 眞壯觀也 橋南人家富盛 今月乙酉 火起 盡燒千餘戶 見之慘然 巡察使李鼎運 通判朴始榮 是日不得喫午飯 旋卽發行 向洪原 夕宿九突浦民家

北路名亭子 自古稱鶴仙 仙人騎靑鶴 月中來蹁躚
鶴去仙亦去 亭子空翼然 斷霤靑颱竄 荒砌素麛眠
踽踽游宕子 棲棲息兩肩 臨水跂溪石 溪石何田田
陽坡碧莎瀾 陰崖楨苔鮮 初日照寒氷 光彩淨娟娟
由來靈奧宅 靜僻隔俗烟 獨鶴吅一響 雙腋忽翾翾
仙人不在座 而我奚慕焉 祗敎亭畔月 淸光依舊圓
(鶴仙亭)

雲霽天宇淨 髾香佳氣回 苒苒西日落 颼颼北風積
咸興大都會 地勢何雄哉 天佛長擁衛 羅紇儼趨陪
撲地奠閭井 聳空起樓臺 層城鬱相望 朱門向南開
聖祖馳馬處 蒼然瑞色堆 季冬時候嚴 凍雲凝不頹
長橋宛橫亘 十里照崔嵬 素蜺顯頭角 蒼龍奮鰭腮
氷柱幾萬丈 怳若倒天台 聞道炎霖時 河流千曲回
帆檣森似束 盡從橋底來 橋南鼎食家 櫛比隨沿洄
向者乙酉火 百萬皆成灰 砌礎無略存 店楔俱飛埃
茫茫瓦礫墟 回首盪烟煤 歲寒無家子 日暮哭聲哀

惻隱本諸心　念之肝腸摧　聖德體仁恕　惠澤及卵胎
字恤垂關石　賑貸趁春雷　天道易回斡　此事寧爲災
況復地主賢　子民勤勞倈　凡百各努力　愼勿空歎欸
(宿咸興府)

二十五日庚寅　發行　憩德山驛　午站林東驛　踰咸關嶺　憩咸原驛　夜入洪原縣
　是日發行　過德山驛　午站林東驛　一名任道院　踰咸關嶺　歇馬咸原驛店　夜到洪
原縣　昔金芝川性之丈每戒余曰　士風日渝　禍將至矣　君稟性太剛　容忍不足　若有
告密之獄　君其免乎　今始驗矣　思之黯然　洪原倅李明淵元亮　遣吏問訊　且致病甚
不能出見之意　稍款曲　廚供亦頗豐潔

客行無意緒　悄悄走高嶺　高嶺峻而勦　石路皆險境
懸崖陽景仄　斷壑陰飇冷　手捫熊羆巢　足躡狐狸穽
巖程旣有限　夙夕心耿耿　聖主恩太深　遷謫亦臣幸
祇自訟愆尤　安敢懷憂怲　瓌哉芝川翁　先覺嗟已炳
小人競紛躁　君子務寧靜　而我承庭誨　反躬日三省
居易尋坦轍　汲古延修綆　厄窮與患難　焉得失所秉
那知瞬息間　顚沛歎靡聘　覩悶空侘傺　皇天或余警
(踰咸關嶺)

二十六日辛卯　曉發　午站牛家鎭　夜宿萍浦戍
　是日曉　與洪原校金振鉉發行　振鉉字爾瞻　頗勤幹　午站牛家鎭　一名雨過津　夕
宿萍浦戍　卽平浦驛也　萍浦店家女子年可二十餘　明眸晧齒　嬌嬈窈窕　與振鉉有雅
緣　夜深持燒紅雉臁而入　仍達宵歡喜　自言姓蘇名碧惠　良家子云

我行日以遠　我病日以深　昏昏馱馬背　口不絶呻吟
公人性亦仁　惻隱本之心　扶持勤護愛　款款情不任
白日照寒雪　光彩耀中林　淸溪宛回轉　素石相凌臨
悲風自北來　雪谷易生音　飛雅滿平陸　鳴犬出籬陰

斜光亘雲端 落景已西沈 驅馬將安之 且復陟嶔岑
(過牛家鎭)

萬磧人蹤斷 千林鳥飛少 落日已西匿 前路漸茫渺
野中聞犬吠 暝烟闃樹杪 居民石覆屋 樕籬自相繞
下馬入柴扃 佇立俯寒沼 主翁捕魚去 應門但穉小
見我背面走 咭咭啼未了 我來非求食 奈此嚴程擾
前站旣已過 後站亦復杳 但願借房屋 秣馬待天曉
(宿萍浦戌)

二十七壬辰 陰霾 過龍岸村 踰三家嶺 午入北靑府 遇大雪 不得發行

是日陰曀 且土雨昏黑 過龍岸村 踰三家嶺 一名霜加嶺 或曰雙嶺 午入北靑 雪
霏如雨 府使申學士大尹 方被臺論罷職 有拿命 自官廚供飯 且送酒款待 使吏傳
行李保重之意 是晚大雪 遂不得發行 昔光海丁巳有金塘之變 白沙李公竄北靑 有
詩曰 古堠松牌記北靑 板橋西畔少人迎 群山定欲囚豪傑 回望千峰銷去程 公以翌
年戊午五月十三日庚子卒于謫所 是行也 終始侍側 捐舘之後 運櫬歸囊 心喪三年
者 鄭錦南忠信也 其後北靑土人追懷德義 創書院於城外老德社 立祠以享公 號曰
老德書院云 是日余旣以雪不得行 欲馳往拜謁 本府諸吏 以迂路呵禁不許 不勝悵
黯 錦南字可行 號晚雲 家世寒微 本系羅州正兵 壬辰之亂 年十七 都元帥權忠莊
慄 購人可以奔問行在者 錦南自奮請行 持狀啓 穿倭陣 至義州 時白沙方判兵部
一見知爲英才 召置左右 使之讀書 能讀先秦古文 遍交門下名士 如李延陽時白
張新豐維 崔完城鳴吉 皆折輩行屛人地 後奉使建州 察虜情 其酋欲試之 幽於一
室 而餓之 達夜念書 其聲琅然 乃左傳也 登武科 官至副元帥漢城判尹 以振武元
勳 封錦南君 諡忠武 其爲吏下僉使時 有詩曰 千年往迹鳥飛間 文肅公碑碧蘚斑
可笑玉門班定遠 幾年辛苦乞生還 可以想見其氣槩也 野史言錦南爲人短小 變眸
炯炯 精彩映發云 是夜懸燈獨坐 店主人姓葛名輔漢者 乃本府旗牌 頗爽闓 多識
關北古蹟 語次因言近年以來北靑治績 當以林尙書蓍喆爲第一 歷敍其事 亹亹不
已 且曰 北靑之民恩浹骨髓 沒世不忘 因凄然下淚 (詩三首略)

二十八日癸巳 曉雪晴 發北青 朝飯厲田

是曉雪止 風甚猛 抵厲田朝飯 卽沿海大村 一名良家村 村甚富庶

厲田數百戶 摠是良家子 生男不耕讀 祇自嗜斥弛
駿馬如飛電 高車如流水 八尺健身手 箇箇干城士
豹眼映黧眉 虯鬢掩皓齒 眞紅猩血襖 淺黃牛膀履
不知此中人 何以爲生理 雕弓白羽箭 繡鞘金錯匕
一矱貫雙麑 再擲殪兩兕 號猿貌楚養 開虎哂隴李
渤鷹蒼玉爪 藩獒白雪嘴 所施無虛巧 肯數免與雉
日出入山谷 日暮來城市 人生亦有道 何必事乃爾
賭命在須臾 見利不畏死 長歌博斗酒 飛揚過閭里
(厲田)

薄暮入居山驛

夕投居山驛店止宿 有明川納馬人玄生楊生二人 同寓一店 達夜談話 遂寫寄犀園書一幅 以付其行 蓋報比間行中音耗也

二十九日甲午 曉發 過麗雲臺 觀日出

是曉發行 登麗雲臺 一名如雲崖 臺臨大瀛斗峻 陟最高頂 望東南海上雲水一色 接天無際 少無一物礙眼 只是一箇漆海 已而黑上生紫赤色 已而赤勝紫 紫勝黑 已而捧出日輪 日輪始出之時 欲吐未吐 乍低乍仰 如有揖遜之意 金光所射 不能正眼 眞壯觀也

高山何岧嶢 茂林赫弘曠 凌晨束行李 烈風紛飛颺
羊腸坂詰屈 戰慄登其上 歇鞍望遠海 遠海空滉瀁
鉅鑊亘滿泂 宇宙隘而妨 天水如潑墨 紫黑競瀆盪
黝然一氣內 鴻朗無指嚮 須臾紅錦袱 漫空分色相
抱臥金卵子 中處最明亮 呑吐不敢顯 其勢欲拒抗
左眄曼胡布 右顧琉璃漲 五彩斑陸離 鱗鱗鬪演漾

祕怪固莫測　百靈似禮讓　火輪忽破殼　捧出黃羅帳
大明麗重霄　衆像皆通暢　金光化飛電　迸射萬頃浪
瞥眼銀篦尖　頃刻刮醫障　溟茫大瀛海　畢露無盡藏
嗟我山居者　夫觀眞爲壯　莫非聖恩曁　感歎淚汪汪
(麗雲臺最高頂觀日出作)

歷侍中臺　至多寶谷　憩南松亭
　歷侍中臺　臺臨海上　峭削巉巖　高麗門下侍中尹文肅公瓘開拓六鎭時　駐軍於此
其後孫故尙書翼獻公憲柱　立碑其處　名曰侍中臺　至多寶谷　谷深長十里　土人言是
谷每藏多雪　蓋地勢凹陷　兩岸高嶺峻壁　雪之消融最後故云　憩南松亭　亭拒利城邑
五里　種松延袤三十里　菀然黛色參天　中開一路　南曰南松亭　北曰北松亭　左右酒
肆飯店皆殷盛　亦一壯觀

層臺鬱巃嵸　高閣翼參差　夭蟜三大字　何代樹豐碑
其首戴素贇　其跗蟠蒼螭　緬昔尹侍中　桓桓董六師
薰春振鵾鶴　薛罕颺熊羆　女眞縮首稽　靺鞨抱面𥏫
攘地千里餘　環海罄藩坤　連壘靜鬖髽　盡磧偃旌旗
白嶽狼燧熄　玄瀚鱷波漪　妙略垂絹竹　偉功鎪鼎彝
當其唱凱日　於此來鎭之　砦柵化叢灌　濠塹廢蓁隮
雲孫按玆土　紀跡表故基　危嵒踞其顚　鉅漫繞其眉
雙豎峻而窈　回複擁厓屭　海竭石始漉　天荒庶可期
不知叔世人　何心忍見妓　菀菀三田藪　峨峨八尺龜
詰屈輝世篆　灝灘尙輔詞　星軺踵燕薊　珠玉混昆夷
於戲萬歷朝　鴻渥空浹肥　我來賽容裔　三歎淚盈髭
(登侍中臺歎之)

長谷何其深　回風亦太勁　層崖結氷澌　寒光白而淨
初旭射其上　英彩似懸鏡　我馬蹄欲脫　我僕淚空迸
前路旣險峻　後路且修夐　南商三千里　大人方爲政

定省嗟久曠　眼闇如墜穽　聖哲垂遺訓　死生固有命
爾初適遘釁　不容竟何病　君子反諸躬　一心存誠敬
憂患與佚樂　寧可失素性　畸哉天地情　歎息造化柄
(多寶谷)

靑靑南松亭　鬱鬱何太壯　延袤三十里　夾路開北向
微風或搖之　層瀾正蕩漾　初如午瀨瀉　更似亥潮漲
斯須大瀴渤　萬頃吼濤浪　況復雪新霽　栗風紛飄颺
天日晶無光　黑雲擁巖嶂　我行日以疲　我懷日以曠
故國隔千里　渺渺不可望　小人慍不知　君子信無妄
譬諸日月蝕　及更人皆仰　窮塗亦有伸　無爲自頹放
(憩南松亭)

午入利城縣　旋發往宿群仙洪
午到利城　利城倅沈尙之忽加凌辱　飭吏校　驅迫速行　是日踰越數嶺　人馬俱困
遂不得中火　旋卽發行　投宿群仙洪村家　自此牧守皆武弁　無復款待者

群仙衆牙子　海水當門戶　長風卷海至　白浪噴梁柱
寒氣劋人骨　毛髮森倒竪　哀哀此土人　産業偸苟窳
生女不用織　生男不用賈　養樹以編筒　種麻以結罟
日月出門去　入水撑篙櫓　輕舟健於馬　焱疾如勁弩
得利頃刻間　性命付鴻羽　仲冬乙酉風　海水飜號怒
村中捕鯖漢　死者十六五　險絶黿山洋　遼闊麟田浦
一往幷不回　分明埋魚肚　父老抵掌談　顔色無慘憮
視之如尋常　覆轍任天數　朝來盪槳出　捩柁相鼓舞
(宿群仙洪)

三十日乙未　朝飯城谷店　午過谷口驛　承量移富寧之命
是日曉發　朝飯城谷店　午過谷口驛　忽見營撥飛馬而至　見余大喜　展示關子　乃

今月十八日刑曹判書趙心泰 獨爲入侍時 親承聖敎 慶源府定配罪人金鑢移配富寧
星火行會者也 聖恩天大 不勝感泣 市上諸人 皆遮馬相賀 余亦下馬 坐市沽酒 與
韋奴及營撥暨利城公人 余亦痛飮

客子理行裝　棲棲赴谷口　咕嗶村黎喧　朝虛競先後
殘雪映衰蕪　巖風動喬柳　初旭照溝澮　群儵鬧凍霤
不識何漢子　躍馬衝道右　及至向我揖　揚鞭道不偶
聖恩天同大　關牒宜祗受　發配纔七日　酌量世罕有
且言源富間　喜惡判已久　從古流竄輩　到源多夭壽
寧城佳麗州　水淸地氣厚　松茸肥似衼　香鯽大如斗
君行儘好緣　此事聞耆叟　市人爭來集　嘖舌恭攢手
憐我坐深炕　慰我勘溫酒　婉彼京華秀　遷謫何罪負
聖鑑旣孔昭　前路庶無咎　毋爲增鬱悒　且待恩命又
(至谷口驛　承量移富寧之命　志喜口號)

過巢洞站　踰摩雲嶺　暮入端川府
登摩雲嶺　嶺陟高　高倍鐵門　且薄臨海　遷磴路狹峻　擧足左右　生死立判　眞險嶺
也　世傳尹侍中瓘　統軍於此　故一名統軍山　或曰銅口嶺　薄晩入端川府　府使李楷

已怕鐵門截　忽驚摩雲卓　摩雲問何如　去天纔一握
之玄垂磴曲　屈聿懸厓邈　俯瞰溟渤黑　溜汨股雷電
九顛陟其上　汗溝浹皮殼　擧趾踢退霓　伸肱擎山嶽
搏颺鳥休度　捫參熊相學　將軍昔破胡　奏凱鳴金鐲
斷塹依澗背　荒壘想磊角　地名得人貴　萬古長不斷
我行得冥搜　觸物懷聖渥　負杖坐脇息　大堅悲風數
(摩雲嶺)

十二月初一日丙申　朝飯甔山店　過獅子項　午飯摩谷驛
是日曉發　天陰有雪意　至甔山店　一名甑峰村　過獅子項　午飯摩谷驛　自端川至摩

谷四十里 皆長谷 澗壑險峻 榛莽叢雜 沙礫犖确 行人絶少 如酆都異域 心懷作惡

鼆山二十里 長谷走盤蛇 石角左右攢 齦齶似犬牙
居民屋爲广 巖嵌蟁蜂衙 樺瓦蠣殼凸 椏籬麀眼斜
蹲蹲赫脊俗 煦濡孔醇嘉 養鷄寒樹顚 捕魚晩溪窪
坎坎伐檀郞 札札弄杼娃 敗壁懸乾菽 荒簷鋪曬麻
今秋地稍豐 甌窶猶滿車 歲計及冬禦 熙熙樂生涯
嗟我游宕子 飄飇轉胡沙 天地雖廣闊 瞻烏止誰家
(鼆山道中)

至摩天嶺 遇大雪 夜入漁山谷村家止宿
向摩天嶺 天色黔霮 雪意愈緊 至嶺上雪下如雨 自嶺步下 手足皆破裂 與荸奴
向南痛哭 蓋自摩谷抵嶺底五里 自嶺底至嶺上十里 皆不可騎馬 嶺上延袤十里 一
望平坦 可騎馬 曛黑達漁山谷店舍 舍甚狹陋 且行旅之阻雪者充滿 皆露坐簷霤下
地又高峻 烈風始起 萬無住接之策 渾身霑濕 躑躅扉外 凍僵不能立跟 端川公人
云 此去五里 有村落甚好 因冒雪夜行 纔數息許 天柒黑 迷失道 落橋下 氷滑攦
墜幾死 荸奴陷雪穽中 穽深數仞 賴有天幸 附馬尾 僅得聳出以脱 夜半入漁山谷
之中里一翁家 翁凶悍 拒不納 哀乞借房屋 乍歇 是夜雪愈下 一行皆飢餒 衣又凍
濕 遂空腹假寐

嶺高可摩天 下與浮雲絶 其陽湧東旭 其陰産北颲
左疑坤軸暤 右訝乾樞缺 六時銷震霧 四序殣霜雪
往復不可窮 登臨神欲滅 羊腸坂詰屈 九十九回折
高低勢相䜣 中斷不容轍 未有群獸蹄 不見飛鳥瞥
我行適季冬 爪甲凍皴裂 凌晨戾其趾 竟夕不能徹
況復雪初釀 漫空漲玉屑 千岑瓊藥攢 萬壑瑤華結
俯視雲海際 混淪無鑑別 茫茫積氣內 但覺一色潔
凉凉失路子 胸襟塡觔鐵 夜深天漸黑 彷徨空瞥覽
(摩天嶺上作)

去年多寶雪 劇於漁山道 今年漁山雪 一倍過多寶
平地二十丈 渺溫連蒼昊 千峀玉龍矗 萬壑銀蚪倒
林銷鳥飛斷 逕埋人蹤掃 我行有期程 豈敢限暮蚤
黽發端川驛 夕指城津堡 夜久天益勁 慌惑增懊懊
我馬落橋西 玄氄變氷縞 我僕跌橋東 噯嚶橋柱抱
古來行路者 皆從此中老 遭難思義遜 觀閔羨孔禱
聖師垂遺訓 所貴明哲保 來日庶可追 毋爲空懊懊
(漁山谷)

初二日丁酉 晴 大風劇寒 曉發過灃平蕩 夕宿麻家步
　曉起雪始霽 颶風雷吼 彤雲羃霿 回望嶺上 不過數息 不知昨夜從何迯回也 是
日天劇寒 路上雪深 不能行 終日僅走十餘里 暫憩灃平蕩酒店 夕宿麻家步 俗名
麻浦 人家皆靠海邊 巖壁礨礨如蜂窠 居民盡髯鬈豐幹 眸子猙獰 有陰鷙慄悍之氣
海中有巨巖 雙立如門 名曰門巖 長可數十丈 廣可容舳艫 見之甚奇 夜來風益甚
蓋嶺北每冬雪下一日 風輒二日 雪下三日 風輒六日 風之數較雪加倍 吹高處之雪
塡低凹 使之平均然後乃止云

野中雪山尊 皚皚白其顚 中心敞虛明 外體儼秀堅
初旭來照之 光彩潔且鮮 蠱蠱漲頹溜 濛濛歙紫烟
初無一拳石 寧可事雕鐫 良由瞬息間 而風使之然
逡巡嵌堅窈 頃刻峰巒圓 見晛則曰消 隨時復滅遷
至人悟此理 諒非造化全 譬若虹蜺類 橫亘暫蔽天
陰陽忽相駁 沴氣敢自專 大道本凝固 何必如是焉
(午憩灃平蕩人家 見野中雪山作)

秦皇立石界東門 萬刦難磨碧蘚痕 一夜嚴風風拔石 飛來忽鎭海中村
(門巖)

初三日戊戌 飄風連吹 曉發過盧子河 至臨溟驛 拜趙重峰先生祠夕宿蕊溪

是日風勢益峭 天斗寒 纔行二十里 過盧子河 俗名鹵下村 至臨溟驛 文烈公重峰趙先生祠下祗謁 夕宿蔥溪村民家 主人姓葉名蘭秀 年二十餘 丰茸可愛 以學究爲業 業鄕塾師 此乃塾齋也 房亦淨楚

擊轡涉長河　曳策度寒嶠　旭日忽翻搖　冰雪紛晃耀
雲起燕岫頭　風發遼海徼　崎嶇巖谷間　翼然顯古廟
荒庭覆松檜　壞壁垂蘿蔦　靈宇敞而邃　肅穆眞象肖
淸標動蕭颰　爽氣承窈妙　我來敬叩謁　一瓣心香燒
(次臨溟驛謁趙文烈公祠)

空山何寂寞　遺廟儼丹靑　小子曾瞻慕　先生此典刑
苔斑粧古阤　松翠覆荒庭　欲賡湘江賦　凄凄淚灑欞
(題重峰書院壁上)

初四日巳亥 風止陰暗 曉發至吉州 旋發宿白桑堡

是日風勢稍靜 天又陰霾 凌晨發行 午至吉州 牧使李顯宅 沽酒城外 有一美妹 年可十五六 口含臙脂 面傳香粉 當壚傍而坐 方梳髮 髮顋黑 明眸皓齒 丰瑩可愛 問其名 對曰咸月 本府坊妓 其母年老落籍 以酒賣爲業 談間有一老校 帖裏珠纓 從內戶出來 唱喏打話 自言姓尹名殷澤 府中稱爲尹把摠 蓋咸月方爲顯宅所眄寵之專房 故尹也頗藉賣怙勢云 與吉州 校馬日進發行 徃宿白桑堡村家 日進頗醇謹 夜有一人來見 修軀勒髥 年可七旬 自言姓慈名尙泰 皇明光祿勳誼之裔 明亡與康世爵等出來 子孫散居北道 居白桑者爲十餘戶云

慈翁七十氣尙完　兩眼甾甾射日寒　欲說崇禎亡國恨　至今猶自髮衝冠
(宿白桑堡　贈慈翁尙泰)

初五日庚子 曉發 午憩古站驛 過皮道嶇 夕宿蘆田項

是日日稍溫 曉發 午憩古站驛 一名高驂磧 村頗富饒 過皮道嶇 俗名皮斗岸 或曰彼德 德者方言岸也 夕宿蘆田項村舍 過摩天以北 無酒肆飯店 只從村戶買喫

各邑吏校 因公而行 號曰公人者 皆白買討食 蓋嶺以北不行錢故也

過嶺行幾日 高驆俗最醇 父老聞我至 披雪雜然臻
携杖度北巷 曳屩招西隣 褒衣博帶者 坦率露天眞
款款恭問訊 切切傾廩囷 遠路風塵中 行色甚苦辛
婉戀南來子 綠髮當靑春 漢京大都會 文物正彬彬
況復讀聖書 儒冠寧誤身 不知何罪過 淪落關塞垠
我聞面似鐫 不語淚沾巾 平生積累釁 高覆鑑蒼旻
明明九重后 穆穆體天仁 生死榮悴之 四時各隨倫
賤子蒙恩偏 豈可論笑嚬 哀哀方寸恨 高堂存老親
宇宙雖宏闊 此冤無涯津 骨肉竟相離 予獨何辜人
長者旣有問 賤子敢重嚬 父老聞此言 淸淚空粼粼
(高驆驛舍留別父老)

山行旣支離 雪路復崎嶇 凍日團西陸 烏鵲覆平蕪
長坂忽漫漫 陵谷相縈紆 烟火不成村 茅屋纔數區
主人出門揖 感歎一長吁 歲弊乏衣食 渾家恒啼呼
丈夫猶自可 安得養衆雛 貴客幸遠臨 饘粥亮所無
艱難勢固然 賤子焉敢誣 哀哉造化跡 賦物何偏乎
富者豈皆賢 貧者豈皆愚 寄語達觀人 順受莫憂虞
(過皮道峀)

初六日辛丑 曉發入明川府 旋發夕宿江家莊
是日天氣稍晏溫 曉發 禺中至明川府 府使張宅基 買脫粟一碗 喫數匕 旋卽發
行 夕抵江家莊 俗名羌開谷 止宿 主人姓江 自言華人子孫

明川衆公人 送徒爲生涯 驅去鄕導間 喧呼鞭朴之
我行亦遷客 寧得不受欺 高鼻紛呌嚷 喜色浮鬒眉
齊言夢兆佳 衣飯果然宜 終朝十里程 行李故遲遲

閭井色慘憺 歎息涕漣洏 今年黍地惡 饘粥亦難爲
幼穉尙忍說 父母恒苦飢 配軍爾何讎 纍纍復來玆
生活頓沒策 逝當長流離 我今羈旅者 駐馬腸內悲
(發明川府)

硤路纔容轍 下馬沿澗行 澗水雪中流 雪潔水益淸
始遠寂人響 稍近聞樵聲 路竟山愈深 樹間煙氣生
民居十餘戶 高下隨所營 茅茨遞隱現 籬落任縱橫
群童見客至 飛走啼嚶嚶 音貌不曾慣 衣冠亦可驚
繩帽村長者 開戶始相迎 肅我坐石床 慰我進豆羹
恭念失路子 指導甚分明 東行六七里 始有官家程
辛苦風塵色 遠道宜自誠 揮手向前去 深謝主翁情
(宿江家莊)

初七日壬寅 曉發過鬼門關 歷蠔頭蚱頭二岸 午憩朱村驛 夕宿圓谷村
　是日天陰寒 凌晨戒行 蓋聞前路險峻故也 至鬼門關 兩邊石壁 峭立巉巖 石皆
赤殷如血 纍纍若磔犬倒掛 中開一路 路甚狹隘 下又沮洳 十步九躓 行十餘里 歷
蠔頭岸 踰蚱頭岸 土人謂之中德牟德 自江家莊至二岸 凡五十里 左挾高嶺 右挾
大海 黃茅蓁蓁 砂礫确确 一望荒虛 四無人烟 土人言每歲大冬風雪 行人多凍死
二岸之間云 午站朱村驛倉廠 朱村一名舟村 過驛以後 每驛有倉 每倉有廠 以接
行人 夕投圓谷村 一名院谷 得一民家寄宿

驅車陟峻谷 詰屈何險艱 瀬壁萬仞直 左右石色頑
俯驚虎攫爪 仰訝僧禿鬟 璊然一色赤 了無黔蒼斑
剝犬纍纍絹 肝脅霑血殷 槙泥滑回磴 紫溜漲轉灣
公人擺頭叫 鬼門昔爲關 由來遷客子 慟哭於此山
生者必得死 去者不復還 我聞請有言 唐突媿尊顔
兩儀迭相謝 四序各循環 死者歸山邱 生者寄塵寰
寧順豈二致 始終本一般 小人幸苟避 君子不踰閑

生當毋規規 死當自閒閒 何如甕甖者 遑遑岐路間
(鬼門關)

昔我在京時 慣聽北來言 嶺徵最險處 蠐頭當海門
烈風吼轟雷 巖石皆飛奔 大者如鼇首 小者如銅盆
十步一中人 所過不略存 地勢復荒寂 林木翳空昏
虎豹恣唔噆 狐狸苦懣喧 我行忽戻止 來覩先　　魂
造化固莫測 終朝天晏溫 嵌堅恬風響 澳海靜波痕
名者實之賓 薄俗漫紛煩 色相不自辨 夷險執正論
對此悟物理 歎息聲暗呑
(過蠐頭岸)

初八日癸卯 霰雪飛注 曉發 午憩永康驛 暮入鏡城府
是日天氣陰森 霰雪霏灑 鷄鳴而起 促裝發行 午憩永康驛倉舍 俗名寧羗倉 暮
入鏡城府 判官洪光一 節度使鄭觀采 本府城郭繕完 濠塹深固 廨廳之壯麗 閭井
之稠密 爲一道之甲 余自過嶺以後 觸冒風雪 病勢猝劇 雖每日馱馬而行 夜輒呻
囈叫楚 至此尤添就 馳入府底人家 卸鞍昏倒 不省人事 夜深開眼 似是松商貿米
所也

客行不自由 出門淹時日 驅來復驅去 敢問遲與疾
今黿將安之 風雪浩已密 踽踽向倉里 懇懇叩房室
荒庭盡凍坼 敗壁正懷標 柴草亂堆庤 灰土紛散逸
主人向我揖 禮數頗周悉 自言賴年豐 廐廩幸充實
新還纔了當 舊還忽繼出 貧家禦冬資 歉歲半分一
縣官柔善人 豈不勤字邮 明察古所難 吏奸固莫詰
摶轡起三歎 回首淚更溢
(宿永康倉)

初九日甲辰 晴 發行 抵輸城驛午飯 過崔達洞 夕宿石幕倉

是日雪止 平明發行 午至輪城驛 中火 過崔達洞 蓋摩天以北 皆古女眞老土 忽刺諸胡巢窟 散處巖洞間 各有酋長 如梁英洞黃曼胡谷仇鼎遷吳永秀堡 或半里一里之間 依山爲村落 或四五家 或七八家 洞以人名稱者皆是也 夕宿石幕倉廠 倉故府基云

夷狄性能寒　散處無室屋　巖洞以爲穴　出入溪澗腹
富春古胡地　百里皆長谷　五月雪封崗　六月風脫木
崔達最強者　桀黠饒田畜　至今洞中人　剽猾相藉鬻
父子尠慈愛　昆弟恋訟讟　番番金忠翼　六師親自牧
所嚮旣無前　環海幷讋服　盡北通烽堠　聲敎曁遐陬
孔城種春麥　豆滿采秋蜇　遂使六鎭氓　與物得咸囿
偉哉眞不朽　萬歲汗靑竹
(崔達洞)

初十日乙巳 大雪 冒雪發行 薄晚抵富寧府 入住金明世家
　余自發配以後 凡二十七日到富寧 其行路之險阻 風雪之凌兢 州縣之逼脅 輿儓之侵侮 難以筆舌罄也 且素病嘔血之症 至此益甚 日吐 如肝片者三四葉 或一二葉 冤氣衝搤 心火越盛 目無所見 耳無所聞 而其血來之時 從胸膈上 如飛蟲翔鳥 汩汩瀗瀗 作傾壺瀉水聲 其漲如潮至喉嚨而止 則輒腥臭湧鼻 噴血滿碗 昏倒不省 且䖖山所凍四箇手指成瘡 幾乎墮落 攙痛數十日 尙未生肥 渾體皸瘃 種種痒裂 叫楚 行路之中 或有佳山麗水奇巖秀石 而爲公人縛束 不得顧覽 雖䭾驅馬背 而殆若拘身犴狴矣 至臨溟 聞文烈公趙先生書院 距路傍五里 懇請於公人 得霎時展謁而過 余於先生 凤慕旣篤 而南衙之行 曾過錦山郡 見所謂趙重峰列陣處及七百義士冢者 愾然有捐生赴鬪之意 未及數月 橫罹酷禍 竄身荒塞 而又得瞻拜遺祠 事非偶然 且吉州是先生謫居遺墟 故後人建立俎豆之所 俯仰今古 尤不勝涔涔然 淚下霑襟 切欲投書湘江以弔夫英魂毅魄之至今有耿光者 然亦不可得也 又聞此地有農圃鄭忠毅公文孚臨溟大捷碑 而公人喃喃相促 不得歷見 旣到富州 本府府使柳相亮 以淸市差使員入行營 府丞金利和替察州務 是日雪甚 尋丈之間 不辨涯涘 余與韋奴立馬路傍 彷徨四顧 忽有一人 來謁馬頭 頭戴氈笠 身着鴉靑夾袖襖 余

問之 姓張名得象 本府及唱也 引余從城西門入 至府衙西邊第一港人家 余下馬
撥衣上氷雪 入坐外房 見主人老漢 橫小烟筒 坐兼廚 面貌黲黑 髭鬚黃白 口眼猙
獰 長身而傴 音聲咿嚘如嬰兒啼哭 恰像鬼府駄卒 余已不覺爽然懼也 開戶立視
自言本府牢子金明世 少選利和招明世 保授捧侉音修牒狀 馳報于相亮 鏡城回移
則以公兄文狀修送云 於是收拾包裹 安頓宿歇 利和但申飭下隸 日三五次巡視而
已 居數日 余將治送韋奴于京第 蓋以老親方在南衙 未知余死生 其熏心灼慮 不
言可想 而來時不得與兄弟妻子相別 南北東西 無所指向 蹤跡疑祕 音聞隔閡 必
以余爲凍莩道塗顚踣溝壑也 且余意外逢變 倉卒登程 行橐蕭條 客地糊口 茫然束
手 賣一套新衣 換四斗黃米二豆豌卡 以資送韋奴 而料不過五六日糧耳 過嶺以後
則轉轉次次 沿道乞食 以達京城爲計 使韋奴懇于利和 利和搪塞不許 至二十三日
薄晚 相亮自淸寨歸 始加防禁 將校左右邐列 吏卒前後擺立 牢拘一室 不敢窺視
戶庭 雖一哺飯一遺矢 偵探周圍 廉察緊隨 隱然若強盜劇賊伏在肘腋焉 翌日曉
相亮坐衙 招余入 立之庭 傳示大司諫李相璜等啓及左議政蔡濟恭啓批答 曁巡兵
營關子 關子則不爲展示 略略誦傳 所搆措辭 百倍院啓 至有極妖絶悖萬戮猶輕等
語 余聞之 不覺一笑也 於是相亮加督察 申飭明世 使之伺戢 明世始廁憑藉官
勢 凌轢驅逼 戟手詬罵 怒眠叱咤 靡所不至 蓋節度使鄭觀采 陰嗾相亮 故相亮之
謀害愈甚焉 二十四日余使韋奴告官請上京 相亮初許之 余以爲朝令至嚴 官禁
甚密 雜人相通 書札往復 雖加防戢 而父子兄弟阻隔數千里外 不有平安一字 是
決非人情天理之所可爲者 且余被逮之景象 編配之顚末 雖家人親戚未能詳知 而
知舊則茫然也 故略錄其梗槩 裁書一通 以上家大人 又與犀園及閨觀書各一幅 封
置枕中 以待韋奴之發行 相亮乃使防守將校蔡天得 誘明世曰 若捕得罪人書帖 則
當加重賞 明世大喜 夜半伺余如厠 偸出書緘 將待天明告官 余則不覺也 賴有一
人 潛入明世所莊複閣中 復竊書緘而出 遂得無事 二十八日韋奴治任 將歸 相亮
忽追悔 使利和禁搪 不得發送 已而浮言四起 東響西應 家談戶議 以余爲能天文
幻術變化不測 自京師傳于本府 本府傳于村社 村社傳于隣邑 道路唱播 行旅指點
於是相亮益加伺察 大加凌逼 蓋欲其鉗勒驅駕 使之自裁也 明世則尤無倫脊 全沒
顧籍 凶談悖說 層生疊出 或抿余袖 瞪目而罵曰 爾逆賊乎 爾強盜乎 或拓戶踞坐
咆哮曰 汝亦手來食者 是朝令乎 是官令乎 如是者日輒數十次 當是時 余肉顫膽
掉 五內如裂 卽欲引刀揷胸 溘然無知 而亦不可奈何 只與韋奴晝夜慟哭 目盡瘇

爛 大抵從古遷謫者何限 而其防守之嚴 未有如是之甚者 故明世之公肆凌辱至此
然此亦未必盡是明世之胸臆 相亮之所指揮甚密故也 明世者本茂山人 人家私奴
母琴愛孕明世 而棄其夫 私通鍾城浦戶徐萬弼者 奔于富寧 生明世及明元雲大 已
而萬弼死 又通于萬弼之戚姪李龜齡 生二女 龜齡死 復歸于明世之父 明世兄弟幷
凶險無賴 爲本府牢子 明世尤陰鷙 李汝節爲府使時 喜鉤察民隱 明世雲大以糾緝
有功 擢身至兵房軍官 明世至今 尙在牢子 明世父年老眼瞎 常寄食明世 而數被
其毆 明世妻憫之 嘗炊飯進其父 明世甦之曰 十指不動者 何以飯爲 其父對食痛
哭 雲大益慓捷驍勇 常與明世鬪鬩 毆打明世如狗 詬罵嗤辱 少無顧忌 至是相亮
陰嗾明世兄弟 使之伺察糾捕 明世兄弟歡天喜地 如得珍寶 晝宵窺覘 日夜煽動
其陰謀祕計 至凶極慘者 明元尤甚 思之心魂如焚 嗟乎 余生長京華 與富寧之人
往日無怨舊日無讎 眞所謂風馬牛之不相及 而橫罹禍網 流離荒漠 荐遭此刀山劍
水 剉燒舂磨 無邊波吒之苦 反不若拘被司敗之時 此身猶得安穩 興言及此 寧不
慘然 詩云知我如此 不如無生者 其是之謂乎 且彼三漢者 行同禽獸 悖常亂倫 使
頂天立地者 見之 無不腔血鼎沸 毛骨竦然 而相亮之甘與此輩 把袂提耳 協力同
心 必欲擠陷無辜 虐害良善者 抑獨何心哉 至翌年正月二十六日 相亮始許送人
韋奴將發 明世又刬奪盤纏及馬 幸賴利和呵禁 米則見奪 馬則出送 萬里長程 當
此雪寒 徒手空拳 行色可念 惟塊蟄幽室 瞻天默祝而已

記夢詩 二首

纔送前宵去 今宵又何長 明月滿窓入 皎皎照我床
床上數卷書 病僕臥其傍 開眼淚如泉 閉眼到家鄉
家鄉二千里 瞬息以翶翔 宛宛徐太嶽 依依金季良
携手至河側 欲濟川無梁 忽見獨木橋 下瞰波湯湯
我渡疾如飛 二子皆彷徨 已而幷過來 喜色不可量
翩翩入我門 談笑若平常 內堂極軒敞 大人坐中央
見我無言笑 慰我色淒涼 仲弟方讀書 季弟步悠揚
二弟歡我至 羅拜自成行 老妻歡我至 拱手涕滿眶
嗚咽不能語 反覺霑衣裳 仲嫂歡我至 入廚洗盃觴

慁前新釀酒　酒熟正芳香　季嫂歡我至　抱恒出洞房
英女歡我至　臥膝啼嬌吭　維嶽歡我至　癡笑走回廊
阿宗歡我至　回喜泣喤喤　阿駿歡我至　欣欣自馳驪
癸兒歡我至　啼笑兩相當　顏色似經痘　美彩如玉芳
繼得歡我至　下堂收馬韁　奴僕歡我至　奔走步忽忙
隣里歡我至　歎息滿東墻　群雞歡我至　長鳴且頡頏
大狗歡我至　二雛亦相將　翻身出門外　且向闉翁莊
黄公時在座　高燈正輝光　一言未及終　忽覺神愴悢
愓然怳驚起　初日出煌煌　天涯與地角　山海空渺茫
憶我幼少時　父母恐我傷　五歲不窺門　十歲不下堂
我今何罪辜　來此胡貉方　却念我老親　戀我焦心腸
思之中情塞　欲忘不能忘　大哉天地德　霜雪爲春暘
戚戚此勞人　何時還故岡
(臘月二十五日曉夢歸家　覺而記之)

未慰周歲靈　繾綣連夜夢　以子精皎皎　開我魂靄靄
睎顏慇久旅　執手寵深諷　畏途歡暫晤　冥路憖倏送
摳衣睟遲霄　攣袂瞻澄空　月華瀅密石　星彩逗斜甕
夙昔疑同塵　斯今覺殊衆　匪直朋親愛　其如藻鑑洞
隨肩歆尙絅　啓足悼摧棟　莫測窮通故　惟餘存沒痛
哀哉余賦鵩　已矣爾歌鳳
(戊午正月十一日夜　富春累舍夢南拱辰　悵然而作)

答李益之書

六月八日 京衹子至 得仁兄手書一幅 恭審溽暑比甚 太碩人體內康健 胤哥年長
已配名門 婚禮順成 新婦孔嘉 伏惟仁兄孝思純摯 太碩人洪福無疆 詩云孝子不匱
永錫爾類 歆羨歆羨 嗟乎如僕者 尚何言哉 尚何言哉 父沒而不得奔喪 非孝也 妄
嬰時禍 貽辱於朝廷 非忠也 連累賢弟 使之流竄荒徼 非友也 男女盈室 嫁娶失期
將至廢倫 非慈也 朋知故舊 幷皆擯棄 非信也 夫人或一於此 猶不足以厠乎士君
子之林 而僕兼有其五 仁兄仁兄 視僕爲何如人也 僕家自羅麗以來 賢卿碩輔 世
篤忠亮 華貫淸閥 焜燿海東 爰及我朝 文靖九子 聯翩科第 位躋顯要 胡簡忠貞
羽翼巖廊 爲國藎臣 紀功鼎彝 逮及懿愍 適丁昏主 橫罹淫獄 闔門騈首 酷被屠戮
五代祖父 時纔七零 傔人高李竊夾以跳 避命江陵 寄浪僧寮 一脈僅存 宗祀不湮
事蹟顚末 昭著國史 高曾兩世厥施未普 或以耆儒宿德 創艾患難 徵辟不應 或以
文章經術 冠冕一時 中年早逝 泊于王考 甫及髫齔 又遭外氏辛壬之變 禍延三族
靡有孑遺 曾祖王母提挈幼兒 零丁孤苦 流落鄉土 當是時 吾宗之不至夷滅 澟如
綴旒 僕先人以眇然一身 篤學力行 始有樹立 克復前緒 歷典二千石 世稱廉能吏
故一堂之內 別無碁功強近之親 僕兄弟三人 形行影隨 相依爲命 庶幾誦法聖賢之
訓 繼述祖先之業 是區區夙昔之願也 不幸命道畸窮 家運衰替 受橫逆之厄 陷不
測之科 蕩敗身命 僇辱門戶 五載關北 幽囚雪窖 兩朔南寺 幾死拷掠 又遷南溟
已喫四麥 飽飫蒸瘴 嘔吐血塊 頭星齒齼 兩眼俱瞀 身非木石 其何以堪 且仲弟無
辜 酷施刑訊 楚毒備至 遂竄西漠 阿季弱冠 隻身當室 燋肝灼肺 興言及此 淚闇
塞胸 僕之平日行事 仁兄之所稔知 仁兄以僕爲眞有罪耶 爲眞無罪耶 假使無罪
而僕又何敢揚眉仰首 向人論道耶 悲夫悲夫 僕大質已毁 雖滅死千萬 顧不足卹
但先世墳墓散在各所 歲時伏臘 無人省掃 家素貧寒 產業鮮少 德殷村莊 惟有薄
田數十頃 自逢禍亂 生計彫殘 調度益窘 太牛鬻賣 其餘存者 又無紀綱 臧獲主管
照檢 荒穢不治 斜谷別業 峰巒淸秀 磵壑深邃 呵禁蒭牧 殆近百餘年 松栝連抱
菀然幽峻 洞裏棗栗榛柿果木數百株 秋冬之交萬顆均熟 丹碧相映 儘是奇賞 曾未
半紀 斧斤日尋 一望童濯 幷爲里社樵爨之具 京師嘉會坊有古宅一區 宅有白鷺之
園涵翠之亭 是先人之所遊息 庭前碧桃數本 紫荊一架 是先人之所手植者 今爲他

人所占 此非小事 然其最恨者 先人酷愛先秦兩漢金石古文蝌蚪之篆鍾鼎之體 與夫歷代名家書畫 常極力聚集 多至數十函 暨東國名賢筆跡 祖先遺墨若干軸 先人手抄子史祕書數十卷及僕所製進御批功令文券百許頁 璇墨璀璨爲閭閻家至寶 盡被金吾邏隸剽竊鹵掠 無一略存 每中夜思之 痛入骨髓 獨起彷徨 不能成寐 徃歲又聞湘兒夭去 僕以丁巳至月十二日竄慶源 兒以翌日生 渠生也 吾不見渠 吾死也渠豈識吾 悲夫悲夫 徃古來今 亦有如僕者比耶 僕自兒小時 旣無建立名節 照人耳目 又不能有所著述如古作者之旨 可以傳後 只是一箇虛生浪死而已 諺曰人生一世 草生一秋 悲夫悲夫 書辭宜答 緣病瘁 未得泚筆 若一朝溘然 恐負仁兄勤懇之意 玆略述鄙懷 胡亂全無階次 願仁兄恕之

答金羲益書

臘月初五日 獲拜三月十三日出惠賜手滋 恭審侍歡增迪 甚善甚善 鎮之距寧 爲里三千 若日行十里 恰滿三百日後 廼可得達 今書之來 纔過三百日零 然則猶不足嫌其沈滯也 吾輩相別 已隔五載 回首前塵 邈若山河 詩曰瞻彼日月 悠悠我思道之云遠 曷云能來 每臨風黙誦 茫然自失 僕自南遷以來 世道益訛 人心益淆 親戚姻婭及賓客朋舊 皆排擯而不與 甚者或訛訶侵斥 擠穽投石 靡有餘力 門生儓從之徒 見勢利而趨合者 無不驚魂墜膽風焱電散 及夫平日吐心吐氣 稱詡然諾 自以爲相得之深者 輒亦厭避如糞穢 畏惡如痤癘 蓋僕之初被逮也 常時儺怨娼疾之類伺釁抵隙 巧發奇中 抉摘幽隱 挾憾交攻 衆謗積而群疑深 禍網密而連累增故也且藩臬之臣 與僕素不相得 乘機傾軋 妄希時論 矯發朝旨 經先逮捕鉤黨 關北人土橫罹遭變者 幾十百 自營獄泊于本府沿路之間 郡邑八九 圄圂充滿 榜箠如雨皮肉剝綻 流血盈庭 冤酷毒痛 流鋪四聞 當是時 苟非忠誠貫日星 信義透金石 莫不蒼黃却顧屛息斂跡 譬若傷弓之鳥 聽虛絃而退舉 脫笱之魚 眠浮梗而潛逝 固其理勢不得不然 而僕豈有望耶 嗟乎嗟乎 此可與知者道 不可與不知者道 然羲益因僕之故 以眇少之年 陷不測之境 受徽纆之辱 汚千金之軀 而其不死亦天耳 顧當厭避畏惡之不暇 羲益獨介然不以爲意 不惜咫尺之書 相問於螳海垂死之濱 僕纍

人也 何以得此於義益哉 仲培之焚信 文彥之傳訛 今俗之人 滔滔一轍 何足掛齒牙間 僕南土稍溫 勝似幽朔 居停亦賢 身計粗安 第緣向來酷受刑訊 腿脚拘攣 不能健步 兼以傍海嵐瘴 日夕熏染 齒髮枯落 兩眼全暗 有時忽忽不樂 或引飲大醉 漫不自省覺 輒嘔然唾血 此豈久視者邪 韋奴曾已遣至廬陵 句當農務 今方安過 不必勞念 近日京鄕存問 一切不報答 匪直懶惰成習怖悸在心故耳 然於義益書 不能恝然者 恐拒人於三千里之外 是豈朋友之道也 玆略暴情曲 從今以往 又計了三百餘日 不知明年臘月 可能得達否 還供一噱

答金季良書

仲春和暢 伏惟季良足下無恙 僕之居北 禍慘焜爛 勢急原燎 平生親愛 皆望風奔潰 足下獨以手書委問 鄙懷感戢 銘心鏤骨 畢生難忘 今又獲承本月十一日惠賜崙墨一紙 意氣勤勤懇懇 藹然溢於辭表 僕以釁累之蹤 何以荐得厚眷於足下哉 且此去京師九百里 祇子以六日半至 始覺日邊漸近 勝於居北時 尤庸喜歡 僕初到嶺徼 傚栗峴村民田鹽家舍薄處海口 地性卑濕 泉脈滑濁 未及半載 得癱瘓重脰之症 昕夕叫嚷 素患嘔血 日益橫決 每喉嚨間腥臭衝突 如飛鳥翔翔 汩漰有聲 輒咯唾鮮血若肝肺者十數片 以玆未能久居 移入城中 雖瘴毒稍歇 近市湫隘紛囂 聞縣北十里餘 有義林僧寺 洞壑幽邃 南庵井水甘冽 地誌所云艫航吉祥者是爾 遂借住宗上人版頭方丈 燒筍煮蕨 喫澹度日 身計益穩 病勢益損 寺本巨刹 比甚殘破 只餘數房 然泉石竹林之勝 甲於邑中 朝夕之暇 與緇髡一二輩童子四五人 曳篠筇 穿芒鞋 逍遙磵曲 詠暘谷之詩 誦寒泉之章 嘯然長嘯 忼慨泣下 已而陟國師之峰 憬普照之鑒 訪鐵馬之古藏 前瞻龜汀 把寒岡之清芬 後瞰巴陵 歆趙旅之高操 而南臨鉅海 波濤黏空 開山孤峽 出沒雲霄 想像忠武公之神算妙略 再造東藩 凜然精忠 撑亘宇宙 西指晉陽 慕淵亮之弘度楗仲之芳躅 其餘烈至今有耿光者乎而矗石樓前長江已逝 三壯士之英魂毅魄 猶向往來乎其間否 回望大阪紆餘東走 檜山孔御史之所曾遊賞 高岑峻嶺 巍巍崱屴 蔚然北峙 行人駐車 指點而躑躅者 周景游之故閭 於是相欣然 憺乎忘歸 不省紅日之已墜 此可以銷遷謫之愁 破幽憂之疾

然此事不得不說與足下 玆漫筆相報 未知足下以爲如何

鄭農塢詩集序

歐陽永叔論梅都官詩 以爲窮而益工 黃魯直論杜子美詩 以爲老益工 談者皆曰
至言 而前輩以孟貞曜比聖兪 陸渭南配少陵 然予獨以爲非窮而能工 老而能工 直
工者益工也 何則 余閱三唐以下至宋元明淸及我東人詩集幾數十百種 其窮者益酸
寒 老者益蕪拙 而其工者幾希 由是觀之 惟工者可工 而窮不必工人 老不必工人
也 明矣 余友農塢鄭君君博工於詩 嘗與余及今按察西漁權公 習功令文於京師好
賢坊之沈氏屋 君博時有吟哢 情思峭拔 格韻淸切 當是時 余尙幼少 然已心甚艶
慕之 未幾余坐飛語獄 北竄南謫 流落塞徼數十年而歸 遇君博於西漁公之畿輔布
政司 握手道故舊 如平生相樂甚然 回想向來靑衫玄髮 相上下馳呼角逐 猶如昨日
而忽焉之間 三人者俱老白首矣 雖榮悴升沈之不同 而聚散離合之無常 亦如此 寧
不悲歟 夜闌燈炧 君博出篋中詩一卷 使余弁其首 余愛而藏之 亦已四五歲 而公
私之所怱擾 疾病之所侵因 有意未暇 恐負故人之托 深以爲恨也 丁丑西漁公出鎭
湖西 君博復爲客於公 而余亦監務連山 更遇於錦營之燕超堂 君博示近作數十首
其峭拔者加以遒逸 淸切者增以流麗 少無酸寒蕪拙之態 於是余益信其工者自工
而非窮與老之可以工其人也 然君博年今七耋 葛巾布衣 家甚貧竇 躬耕以食而詩
之益工如是 然則雖謂窮與老能使人工可也 昔茅鹿門讀韓昌黎復讎狀 以爲得子厚
半段議論 余亦以爲歐陽評詩得余之半段議論 君博適來訪告歸 故以其說書而歸之
戊寅仲秋庚寅秋分 海臯金鑢序

원래 제목으로 찾아보기

ㄱ

730

글쓴이 김려

1766년에 태어나 1821년까지 쉰여섯 해를 살았다.

열다섯 살에 성균관에 들어가, 강이천, 김조순, 이옥 들과 어울렸다. 이들과 함께 정통 고문에서 벗어나 시정의 세태를 방언이나 상말을 써서 표현하는 '패사 소품稗史小品' 문체를 익혔다.

서른두 살 나던 1797년에 강이천의 유언비어 사건에 휘말려 함경도 부령으로 유배를 갔다. 1801년 다시 경상도 진해로 귀양을 갔다. 십여 년의 귀양살이는 김려의 문학에 숨을 불어넣고 뼈와 살이 되었다. 귀양지에서 겪은 일들과 그곳에서 만난 백성들의 모습을 생생하게 그려 낸 시들을 '사유악부思牖樂府'에 담았다. 진해 바닷가에서 쓴 '우해이어보牛海異魚譜'는 물고기들의 생태를 기록한 소중한 자료이면서 어촌의 삶을 담은 문학이다. 백정의 딸 방주의 일생을 노래한 '방주의 노래'는 장편 서사시의 걸작으로 꼽는다. 그 밖에 농사지은 경험을 담은 '만선와잉고萬蟬窩媵藁', 현감으로 지내면서 쓴 '황성리곡黃城俚曲', 부령으로 귀양 가면서 쓴 '감담일기坎窞日記' 들이 《담정유고》에 갈무리되어 있다.

옮긴이 오희복

오희복은 현재 김일성 종합 대학의 교수로 있다. 고전 문학을 연구하였으며, 논문으로 '구전설화 작품들의 형태적 특성에 대한 간단한 고찰'이 있다. 《임진년 난리를 당하매》에 든 의병장들의 글을 우리 말로 옮겼고, 《옥린몽》, 《쌍천기봉》, 《사성기봉》들을 윤색했다.

겨레고전문학선집 12

글짓기 조심하소

2006년 2월 28일 1판 1쇄 펴냄 | 2020년 10월 19일 1판 3쇄 펴냄 | **글쓴이** 김려 | **옮긴이** 오희복 | **편집** 김성재, 남우희, 천승희 | **교정** 김용태, 김현아 | **감수** 안대회 | **디자인** 비마인bemine | **영업** 안명선, 양병희, 조현정 | **잡지 영업** 이옥한, 정영지 | **새사업팀** 조서연 | **대외 협력** 신종호, 조병범 | **경영 지원** 임혜정, 한선희 | **제작** 심준엽 | **인쇄** (주)천일문화사 | **제본** 과성제책 | **펴낸이** 유문숙 | **펴낸곳** (주)도서출판 보리 | **출판 등록** 1991년 8월 6일 제 9-279호 | **주소** (10881) 경기도 파주시 직지길 492 | **전화** (031) 955-3535 | **전송** (031) 950-9501 | **누리집** www.boribook.com | **전자우편** bori@bori-book.com

ⓒ 보리, 2006 | 이 책의 내용을 쓰고자 할 때는, 보리 출판사의 허락을 받아야 합니다.
잘못된 책은 바꾸어 드립니다. | 값 35,000원

ISBN 89-8428-228-6 04810
      89-8428-185-9 04810(세트)

이 도서의 국립중앙도서관 출판예정도서목록(CIP)은 서지정보유통지원시스템 홈페이지(http://www.seoji.nl.go.kr)와 국가자료종합목록시스템(http://www.nl.go.kr/kolisnet)에서 볼 수 있습니다.
(CIP 제어 번호: CIP2006000208)

이 책은 한국문화예술위원회의 문예진흥기금 지원을 받았습니다.